BASTEI
LÜBBE

PETRA GABRIEL

Zeit des Lavendels

ROMAN

BASTEI LÜBBE

Bastei Lübbe Taschenbuch
Band 14752

1. Auflage: Juli 2002
2. Auflage: Januar 2005

Vollständige Taschenbuchausgabe

Bastei Lübbe Taschenbücher in der Verlagsgruppe Lübbe

Lizenzausgabe: Verlagsgruppe Lübbe GmbH & Co. KG, Bergisch Gladbach
Umschlaggestaltung: Tanja Østlyngen
Titelbild: Archiv für Kunst & Geschichte, Berlin
Satz: KCS GmbH, Buchholz/Hamburg
Druck und Verarbeitung: AIT Trondheim AS, Norwegen
Printed in Norway
ISBN: 3-404-14752-9

Für meinen Vater, der mir die Welt der Worte geschenkt hat.

1

Katharina fröstelte. Das Leinenhemd unter ihrem grünen Mieder war zwar sauber, aber alt und abgetragen. Es hielt nicht mehr sonderlich warm. Außerdem taten ihr die Füße weh. Sie beneidete die Menschen, die wenigstens einen Platz auf einer der Kirchenbänke hatten. Sie gehörte zu jenen, die stehen mussten. Die vorderen Bänke waren den Vertretern der noblen Familien vorbehalten, auf den hinteren saßen die freien Bauern und Handwerker mit ihren Familien, sorgsam nach Männern und Frauen getrennt. Um sich etwas aufzuwärmen, trat sie von einem Fuß auf den anderen. Das trug ihr den giftigen Blick ihrer Nachbarin ein. Jungfer Elisabeth, die Tochter des Gerbermüllers, legte großen Wert auf Formen. Katharina beobachtete sie verstohlen unter den Wimpern hindurch und kicherte in sich hinein. Nun, das hatte ihr auch nicht geholfen, einen Mann zu finden. Denn mit ihren sonstigen »Formen«, die sie durch ein ziemlich eng anliegendes, besticktes Mieder besonders zu betonen versuchte, war es ganz offensichtlich nicht so weit her. Mit ihren 27 Jahren war Elisabeth jedenfalls noch immer ledig, trotz einer recht ansehnlichen Mitgift. Wahrscheinlich, weil ihre Zunge ebenso spitz war wie ihre Ellbogen. Die Hände hielt Elisabeth ordentlich gefaltet vor ihrer Brust – wenn sie nicht gerade an ihrer Haube zupfte. Ganz die biedere, sittsame Bürgerstochter, die etwas auf sich hielt. Besonders an einem Tag wie diesem.

Katharinas innere Anspannung wuchs. Sie richtete ihre Augen wieder nach vorne. Schließlich gab es nicht allzu oft ein Hochamt anlässlich der feierlichen Ernennung einer neuen Äbtissin des weltlichen Damenstiftes Seggingen. Nun war die Stühlungsmesse fast zu Ende.

Die Mauern des Fridolinsmünsters strahlten noch die Kühle aus, die sie in längst vergangenen kälteren Tagen gespeichert hatten. Durch die Ornamente der hohen Spitzbogenfenster gebrochen, strömte Sonnenlicht in den hohen Kirchenraum und bildete einen Kranz um die Frau, die vorne vor dem Altar stand. Sie war festlich gekleidet; aus dem Schwarz ihres einfach gehaltenen Kleides, das unter einem schweren samtenen Umhang zu sehen war, glitzerten goldene Fäden. Die in doppelte Falten gelegte, schwarze Samthaube war mit einigen Perlen bestickt. Außer einer Perlenkette, die ihr fast bis zur Taille ging, trug sie als Schmuck nur noch den Siegelring der Äbtissin an ihrer schmalen rechten Hand. Eine ganz besondere neue Würde ging von ihr aus: Magdalena von Hausen, nun die gestühlte Äbtissin des Stiftes, damit Reichsfürstin und in weltlichen Dingen nur noch dem Kaiser verantwortlich. Aus dem unscheinbaren Stiftsfräulein war eine Frau mit Macht geworden, Herrin über riesige Ländereien und über zahllose Leben.

Domherr Jakob Murgel, der Abgesandte des Bischofs, stand neben ihr, ebenfalls dunkel gekleidet nach der Manier der Spanier. Sein weißer, gefältelter, mit Reismehl gestärkter Kragen war sorgsam über seinen Umhang drapiert. An seinen für einen Mann eher weich wirkenden, etwas wulstigen Fingern blitzten die Juwelen in den Lichtstrahlen, die den Chorraum erreichten.

Katharinas schillernde, braungrüne Katzenaugen hingen gebannt an dem stattlichen Paar. Besonders die Gestalt der Frau im dunklen Umhang, die stille Würde, die sie ausstrahlte, waren für sie ein Quell des Staunens. Die Frau, die sie schon ihr Leben lang kannte, schien plötzlich eine andere geworden zu sein. Sie verstand nicht, was mit Magdalena von Hausen geschehen war, was diese Wandlung verursacht hatte. Gestern noch hatte sie wie ein demütiger Schatten gewirkt. Nun stand sie da – ruhig, gefasst, mit der Entschlossenheit eines Menschen, der ein Ziel hat und den Weg dorthin genau kennt.

Und sie spürte die Kraft der Macht, die der Mann neben ihr

verkörperte. Die ganze Autorität der Kirche, die absolute Gewalt über die Seelen. Er strahlte sie förmlich aus. Dieser Mann kannte die tiefsten Ängste der Menschen und wusste mit ihrer Furcht zu spielen. Sein Gesicht wirkte kalt und unbewegt. Nur die dunklen Augen musterten unablässig und intensiv, fast drohend, die Menge der Kirchenbesucher. Unwillkürlich zuckte Katharina zurück. Auch wenn sie ihn bisher nur von weitem gesehen hatte – dieser Mann machte ihr Angst.

Der Gottesdienst war endlich beendet, die Luft schwanger von Weihrauchschwaden. Katharina hatte alle Mühe, ein Niesen zu unterdrücken. Im Chor der Kirche schwang noch der Nachklang der letzten Worte. Ein Zug würdiger Frauen und Männer und die Chorherren des Kapitels formierten sich vor dem Altar. Vorne der Priester mit den Ministranten, dann ein golden ziseliertes Glaskästchen auf einem Kissen, getragen von einem weiteren, ehrwürdig wirkenden Herrn. Es folgte die dunkelhaarige Magdalena von Hausen, das Madonnengesicht fast unbewegt. An ihrer Seite schritt der stattliche, hoch gewachsene Jakob Murgel, dunkelhaarig wie sie. Er war etwa 40 Jahre alt, schätzte Katharina, als sie ihn beim Näherkommen betrachtete. Und er war auf seine arrogante Weise sogar gut aussehend. Sie sah, dass viele Frauen ihn verstohlen musterten – der Gang war aufrecht und kraftvoll, die Brosche, die den Umhang hielt, sorgsam gesteckt. Doch wenn er vorbeiging, senkten sich die Blicke schnell. Katharina beobachtete, dass selbst der mächtige und reiche Großmeier, Hans Jakob von Schönau, der oberste Richter für die weltlichen Angelegenheiten des Stiftes, die Schultern unter dem Pelzkragen leicht hochzog, als ihn diese eisblauen Augen streiften.

Langsam bewegte sich der Zug durch den Gang zwischen den Kirchenbänken auf das große Portal zu. Die Menschen, die sich hinten im Münster drängten, rückten zur Seite, um dem Zug Platz zu machen. Katharina, die direkt am Mittelgang stand, presste sich so eng wie möglich gegen die anderen.

Plötzlich fühlte sie, dass Murgels Blick auf ihr ruhte. Schnell senkte sie ebenfalls den Kopf. Doch sie konnte förmlich spüren, wie seine Augen langsam über ihr Gesicht glitten, hinunter zum Ausschnitt ihres Mieders. Katharina bekam am ganzen Körper eine Gänsehaut. Noch nie war sie sich so ausgeliefert vorgekommen. Die Schamröte stieg ihr ins Gesicht. Fast ohne es zu wollen, hob sie die Hand und raffte den Rand des Unterkleides enger zusammen. Gleich darauf wandte Murgel sich wieder seiner dunkelhaarigen Begleiterin zu. Er schien völlig unberührt, als hätte er sie nicht gerade abgeschätzt wie eine Kuh, die zum Verkauf steht. Doch er hatte sich ein genaues Bild von ihr gemacht. Da war sie sich sicher. Sie wand sich innerlich. Die kleine Ader an ihrem Hals pochte heftig. Am liebsten wäre sie im Erdboden versunken.

Eingeschüchtert und verlegen blickte sie schließlich verstohlen um sich, um festzustellen, ob jemand diese Szene bemerkt hatte. Das schien nicht der Fall. Alle Augen in diesem Gotteshaus blickten gebannt in Richtung des Zuges, der sich langsam durch die Kirche schob. Als der Priester und seine Ministranten etwa in der Mitte des Kirchenraumes angekommen waren, erhoben sich auch die Menschen vor dem Chorraum von ihren Stühlen und schlossen sich der Prozession an.

Brütende Hitze und gleißend helle Sonnenstrahlen drangen in die Kirche, als die großen, geschnitzten Türen des Münsterportals aufschwangen. Weiter, Reihe um Reihe, erhoben sich die Menschen, noch benommen vom Weihrauch. Einige blinzelten, als ihnen die blendende Mittagssonne in die Augen fiel. Zu lange hatten sie in der diffusen Dämmerung des Gotteshauses verbracht. Niemand sprach. Nur das Rascheln der Gewänder war zu hören, als einer nach dem anderen aufstand. Vorne durch das Portal drang mit der wärmenden Sommersonne plötzlich aufbrandender Jubel aus zahllosen Kehlen in die Kirche. Der Zug war ins Stocken geraten, nachdem Magdalena von Hausen und Jakob Murgel den Bogen passiert hatten.

Plötzlich hörte Katharina den Klang einer tragenden Baritonstimme, die Jubelrufe verstummten. Es musste der Domherr sein, der da sprach. Katharina konnte ihn nicht sehen. Sie stand noch immer inmitten des Gesindes und einiger Bürger hinter der letzten Kirchenbank. So viele Menschen hatten sich ins Münster gedrängt, um der neuen Äbtissin ihre Reverenz zu erweisen, dass der Zug noch bis zum Chorraum reichte, als sich erst die vorderen Bankreihen geleert hatten.

Doch, es musste der Domherr sein, der da sprach. Die ersten Worte brachten die Gewissheit. Denn ihm oblag es, die neue Äbtissin ihren Untertanen vorzustellen. »Im Namen des Vaters, des Sohnes und des Heiligen Geistes. Die Abtei des Klosters des heiligen Fridolin, Sankt Augustini Ordens, ist ledig geworden. Kraft des mir übertragenen Amtes habe ich heute die edle Magdalena von Hausen zur Äbtissin bestimmt, zu wirken zur Ehre Gottes und seiner Mutter, der glorreichen Jungfrau Maria sowie der gesamten himmlischen Hierarchie und insbesondere des heiligen Fridolin, des ruhmreichen Patrons dieses Klosters. Beugt eure Knie und leistet den Eid der neuen Äbtissin als Herrin dieser Stadt, auf dass das Leben in diesen Mauern weiter wachsen und gedeihen möge zum Lobe des Herrn und mit seinem Segen. Schwört, dass ihr treue Untertanen sein werdet der edlen Magdalena von Hausen und ihr folgen und sie ehren werdet in ihrem Wirken für das Reich des Herrn auf Erden. Und so sprechet mir nach: Ich schwöre …«

Katharina starrte mit zusammengepressten Lippen auf den Kirchenboden. Sie würde das nicht schwören. Niemals!

Dann war auch sie an der Reihe, durch das Portal in die Sonne zu treten. Katharina hielt sich die Hand vor die Augen. Sie wollte so schnell wie möglich weg von hier. Da fühlte sie sich von hinten an der Schulter gepackt.

»Na, dieser Murgel, das ist schon ein recht stattlicher Mann, was? Wusstest wohl nichts Besseres, als dein Hemd möglichst locker zu schnüren, damit dein Busen ihm fast ins Gesicht springt. Hoffst auf sein Bett?«

Katharina stöhnte innerlich, als sie die leicht keifende

Stimme hörte. Was hatte Jungfer Elisabeth nur gegen sie? »Hättest ihn wohl selber gern«, giftete sie zurück.

»Lass das Mädchen in Ruhe, Elsbeth.« Das war die tiefe Stimme des Gerbermüllers. »Manchmal hast du schon ein arges Schandmaul.«

Elisabeth starrte Katharina wütend an, besann sich dann aber eines Besseren, hängte sich bei ihrem Vater ein und würdigte sie keines Blickes mehr.

»Aber ich muss schon sagen, ein Auftreten hat er wie ein Mann von Stand und Erziehung«, klärte sie ihren Vater auf.

»Hast Recht, Mädel. Obwohl ich nicht weiß, worauf er sich nun gar so viel einbildet. Die Reformierten haben die Konstanzer Bischöfe mitsamt den Domherren schon lange aus ihrer eigenen Residenz vertrieben. Johann von Weetze hat also noch nicht einmal mehr seinen Bischofssitz und lebt in Meersburg. Den Konstanzer Münsterschatz verwalten die Ketzer. Und wenn du mich fragst, ich freue mich, dass die ganze Prasserei und Hurerei endlich ein Ende hat.«

»Vater, wie kannst du nur solche Reden führen. Du klingst ja grad, als wärst du selbst ein Ketzer. Und das an solch einem Tag. Wo wir doch jetzt eine so gute neue Herrin haben. Eine, die das Wort der Kirche hochhält. Das sagen alle.«

»Aber es ist diesmal nicht, wie es sich gehört.« Der Gerbermüller schüttelte bedenklich den Kopf. »Inzwischen weiß es doch jeder in der Stadt. Was war das schon für eine Wahl, die unser allergnädigster Bischof, sein Domherr Jakob Murgel und Dekan Markus Ditzlin da abgehalten haben? Es hat doch überhaupt keine richtige Wahl des Segginger Kapitels gegeben, so wie es seit hunderten von Jahren der Brauch ist. Der Bischof hat Magdalena von Hausen einfach bestimmt. Dabei wurde ihr bei der letzten Äbtissinnenwahl 1534 noch Kunigunde von Hohengeroldseck vorgezogen. Außerdem, wer weiß, ob ihr Bruder, der Canonicus zu Speyer, da nicht seine Hand im Spiele hatte. Oder der Herr Vetter, der Probst des Stiftes Ellwangen. Die heiligen Herren kennen und helfen einander. War es nicht auch ihr Bruder, der unsere neue Äbtissin nach dem Tode ihrer Eltern mithilfe einer großen Mitgift im Stift untergebracht hat? Nein, ich weiß nicht. Es ist diesmal einfach nicht so, wie es sich gehört. Sie stammt noch nicht einmal aus einer der freiadeligen Familien. Es sind völlig verdrehte Zeiten. Aber was erzähle ich dir da. Was versteht ein Weibsbild schon davon. Ihr Frauenvolk bleibt am besten im Haus und hinter dem Herd.«

»Vater!« Jungfer Elisabeth konnte ihre Empörung kaum zügeln. Katharina hatte fast Mitleid mit ihr. Doch ihr schwirrte der Kopf von all dem, was sie gerade gehört hatte.

Der Gerbermüller ignorierte den wütenden Blick seiner Tochter und sah sich um. »Wo ist denn eigentlich Konz? Ich hatte ihm zwar freigegeben, aber das heißt noch lange nicht, dass er sich so einfach davonmachen kann. Hier gibt es schließlich Weibsleut, das heut zum Tanz ausgeführt werden will. Ich alter Knochen hab nicht mehr die Kraft dazu.« Er schaute zu seiner Tochter hinunter und lachte dröhnend. Jungfer Elisabeth stieg die Röte in die Wangen.

Katharina hatte das Gefühl, keine Luft mehr zu bekommen zwischen all den Menschen, inmitten dieser schwitzenden Leiber, die aus der Kirche die Treppen hinunter auf den Münsterplatz quollen, einander zulächelten, sich verneigten, Höflichkeiten austauschten. Sie hätte Jungfer Elisabeth sagen können, wo Konz war. Er wartete wahrscheinlich schon am alten Steg am Rhein auf sie. Mit Konz konnte sie über alles reden. Und der Strom würde Ruhe in ihre wirbelnden Gedanken bringen. Konz war jedenfalls der einzige Mensch, der verstehen konnte, was in ihr vorging, ohne dass sie viel erklären musste.

»Katharina, komm endlich, wir müssen zurück.« Konz Jehle von der Niedermühle fühlte, wie Nervosität in ihm aufstieg. Die Rinde der Weide, an der er lehnte, drückte langsam schmerzhaft durch sein dünnes Wams, und die Beine schliefen ihm ein. Doch das Mädchen rührte sich noch immer nicht, kräuselte nur ärgerlich die Nase und blies eine kleine, lockige Strähne rotbraunen Haares zur Seite. Sie saß einfach da auf diesem alten Steg mit den halb verfaulten Bohlen und malte mit ihrem linken großen Zeh Kreisel in das Wasser des Flusses. Seit sie vor einer halben Stunde gekommen war, hatte sie noch kein Wort gesprochen. Äußerlich wirkte sie völlig ruhig. Doch er konnte fühlen, wie es in ihr brodelte.

Über den Hügeln auf der anderen Seite des Flusses türmten sich inzwischen immer mehr dunkle Wolken zu klobigen, drohenden Gesichtern. Die Sonne schickte immer wieder Lichtbündel durch die grauschwarzen Wolkenberge, die sich in schillernde Punkte auf dem Wasser verwandelten. Der dumpfe Druck der Schwüle lag nun wie eine Glocke über dem Land und machte alles, was er berührte, träge, fast bewegungsunfähig.

Wie oft hatte er Katharina schon so beobachtet, unwillkürlich angezogen von dieser seltsamen, nicht greifbaren Faszination, die sie auf ihn ausübte. Wie immer hatten sich einige Strähnen aus der sorgsam aufgesteckten Ordentlichkeit ihres geflochtenen, schweren Haarkranzes gelöst, spickten unter der kleinen Leinenhaube hervor und ringelten sich an ihrem gebeugten, schmalen Nacken. Da war der bekannte braune Tuchrock mit dem geschnürten, grob gewebten, grünen Mieder. Ein abgerissener Zipfel des Rocksaumes hing ins Wasser. Doch das störte sie nicht. Die hohen Wangenknochen verstärkten den katzenartigen Ausdruck ihres Gesichtes. Das vom vielen Waschen zerschlissene, leinerne Unterkleid mit dem geschnürten Oberteil hatte einen Schweißfleck gleich oben am runden Ausschnitt, der sich über den Ansatz ihrer vollen Brüste schmiegte. Der Fleck zog seinen Blick förmlich an. Nein, sie war kein Kind mehr, sondern eine Frau. Und seine Reaktion auf sie war mehr als eindeutig. Hastig zog er sich etwas weiter in den Schatten der Weide zurück. Er wollte nicht, dass sie sah, in welche Verlegenheit sie ihn brachte.

Das ferne Grollen des Donners wirkte wie eine kalte Dusche

auf ihn. »Katharina, wir müssen wirklich aufbrechen. Du wirst sonst Ärger bekommen. Die Äbtissin braucht dich.«

Sie hob den Kopf und sah ihn ein wenig schräg von der Seite an, so, als hätte er etwas besonders Komisches gesagt, dem man mit Nachsicht begegnen müsste. Sie machte aber keinerlei Anstalten aufzustehen. Der wilde Tanz des Lichtes auf dem Wasser spiegelte sich in ihren Augen. Noch immer rührte sie sich nicht.

»Katharina!« Seine Stimme wurde noch um eine Spur drängender.

»Eine schöne Äbtissin.« Katharinas Gesicht verhärtete sich. »Es hat doch gar keine richtige Wahl des Segginger Kapitels gegeben, so wie es seit Bestehen des Stiftes der Brauch ist. Der Gerbermüller hat es seiner Tochter erzählt. Ich habe es genau gehört. Der Bischof hat sie bestimmt. So war es doch, oder?«

»Katharina, sprich vorsichtiger. Du redest dich noch um Leib und Leben. Außerdem, was weißt du schon? Hättest du lieber Ursula von Heudorf als neue Äbtissin gesehen? Sie ist das einzige andere Stiftsfräulein, das übrig ist. Alle anderen sind an Altersschwäche gestorben oder an der Pest, wie Äbtissin Kunigunde von Hohengeroldseck.«

Katharina schüttelte sich. »Erinnere mich nicht an dieses bärbeißige Biest, diese alte Hexe Kunigunde. Ich habe sie einmal durch das Schlüsselloch beim Ausziehen beobachtet und gesehen, dass sie ein Muttermal hat. Wirklich, genau wie eine Hexe!« Sie bekreuzigte sich hastig. »Und haarig war es auch noch. Aber die Pest hat sie doch noch geholt, die hohe Frau. Als Letzte von allen. Da war sie auch nicht anders als jene 200, denen der schwarze Tod allein in Laufenburg das Licht ausgeblasen hat. Ich hoffe, sie schmort jetzt in der Hölle.« Katharina atmete tief durch.

Konz musste unwillkürlich laut auflachen. Katharina wirkte fast kindlich in ihrem rebellischen Zorn, der ihr die Röte in die Wangen trieb. Am liebsten hätte er sie in die Arme genommen und getröstet wie einst als Vierzehnjähriger die vierjährige kleine

Rotznase, wenn sie wieder einmal gefallen war und sich die Knie aufgeschürft hatte. Nun, sie war eindeutig keine vier Jahre mehr. Und wenn er sie so ansah ... Teufel auch! Wieder hätte er sie am liebsten berührt. Und wieder einmal widerstand er diesem Impuls. Er kannte sie zu gut. Er fühlte, dass sie den Freund brauchte. Doch für den Mann war sie noch nicht bereit.

Katharina bemerkte nicht einmal, welchen inneren Kampf ihr Gefährte mit sich austrug. Unwillig sah sie ihn an. »Was lachst du? Ich finde das alles nicht komisch. Was hat sie denn getan, um Äbtissin und Reichsfürstin zu werden, außer dass sie adelig geboren ist?«

»Katharina, versündige dich nicht. Gott muss ihre Stühlung wohl gewollt haben. Vielleicht hat er darum den schwarzen Tod über uns gebracht.«

»Von Gott gewollt! Das sagst ausgerechnet du, dessen Vater vor gut 20 Jahren in Waldshut gehenkt wurde, weil er mit den Bauern und dem Geheimbund des Bundschuh gegen diese Pfaffen und Blutsauger zog? Hast du all die Getöteten, all das Blut vergessen, das damals die Felder tränkte, als der Kaiser seine Soldaten schickte? All die abgehackten Gliedmaßen, die ausgestochenen Augen, die geschändeten Frauen? Und das alles nur, weil sie den Grundherren nicht länger ihr Korn bringen wollten, während ihre Kinder hungerten. Weil sie nicht länger gezwungen werden wollten, für die Pfaffen zu arbeiten, während die sich ihre Frauen griffen. Weil sie sich nicht damit abfinden wollten, dass die Kinder die Schweine nicht mehr zum Fressen in die Flussauen treiben durften. Ohne die Allmende, die Bündten und Gärten auf überlassenem Land oder das Weiderecht für ihre Schweine und Ziegen in den Flussauen und Wäldern konnten sie nicht existieren. Das hast du mir oft genug erklärt. Und hast nicht du selbst mir von den Predigten erzählt, die Pfarrer Balthasar Hubmaier einst in Waldshut hielt? Hat er denn nicht gesagt, dass die Menschen keine Almosen brauchen, sondern ihr Recht und ihre Freiheit, dass wir alle gleich sind vor Gottes Angesicht? Und hat nicht der große Luther selbst gegen die Pfaffen und den Adel gepredigt, die das Land und die Menschen aussaugen wie Blutegel? Bist du es nicht, der sich nachts heimlich in die Wälder schleicht zu geheimnisvollen Treffen, von denen du mir nie etwas erzählen willst? Bist du es nicht, der sagt, der Bundschuh ist noch lange nicht tot? Und nun nimmst du selbst diese ... diese Scheinwahl hin.«

Ihre Augen funkelten grün vor Empörung. Sie erhob sich abrupt und strich den Rock glatt. Eine alltägliche Geste. Doch Konz sah, dass sie am ganzen Körper zitterte.

»Das alles ist rund 20 Jahre her.« Konz fühlte, wie er immer gereizter wurde, eine unbestimmte Angst stieg in ihm hoch. Er musste ihr im Stillen Recht geben. Aber er musste sie auch daran hindern, weiter solche Reden zu führen. Sonst verriet sie sich am Ende noch, vergaß wie sehr sie als Hörige auf der Hut sein musste. Das konnte gefährlich werden in diesen Zeiten. Sehr gefährlich. Mehr als einmal waren Menschen, die solche Reden führten, in den letzten Jahren einfach verschwunden.

»Du solltest wirklich aufpassen, was du sagst, Katharina. Du bist doch kein kleines Kind mehr, das einfach alles heraussprudelt ohne Gedanken an die Folgen. Außerdem bist du zu jung, um dich an den Bundschuh zu erinnern. Und du weißt genau, die Bauern haben nicht vergessen. Ich auch nicht. Der Kampf ist für die hochwohlgeborenen Herren noch lange nicht vorbei. Das Vergessen können sich nur die Reichen leisten. Aber sprich nicht über den Bundschuh. Nie wieder. Niemand darf wissen, dass er noch immer existiert. Es könnte dein Tod sein – und auch meiner.« Er spürte, wie sich seine Gesichtsmuskeln verkrampften.

Katharina nickte. Ja, es gab sie noch, die Rebellen. Kleine Horden, die durch die Wälder des Hotzenwaldes streiften und sich nahmen, was sie brauchten. Offiziell wusste niemand etwas von ihnen. Aber hinter vorgehaltener Hand wurde so manches erzählt. Und Konz, der Mann vor ihr, war einer von ihnen. Er half den Aufständischen, den Vogelfreien und Verdammten, wo er nur konnte. Ihr Gesicht wurde weicher, sie musterte ihn fast zärtlich.

Der Klang der Glocken, die aus den hohen, spitzen Türmen des Fridolinsmünsters zum Abendgebet riefen, ließ sie zusammenzucken. Sie legte ihre Hand leicht auf seinen Arm. Konz spürte, wie ihm an dieser Stelle ganz heiß wurde. Wieder drängte es ihn, sie in den Arm zu nehmen. Doch sie war schon einen Schritt zurückgetreten. Der kurze Moment der Nähe, den sie ihm gestattet hatte, war vorbei.

»Verzeih mir. Ich wollte dich nicht verletzen«, sagte sie sanft. »Nicht du bist es, den ich hasse. – Bald wird der Regen kommen. Du hast Recht, wir müssen zurück.«

Konz blickte hinüber zur Stadt. Es war wirklich Zeit, dass sie aufbrachen. Sein Blick schweifte über weite Wiesen und an kleinen Gärten vorbei. Aus der Ferne sah Seggingen so friedlich aus. Die Häuser, aus groben Steinen zusammengewürfelt, standen dicht aneinander gedrängt, als wollten sie sich gegenseitig stützen. Die dicke, Vertrauen erweckende Mauer, die sie umgab, kannte er, seit er denken konnte. In der Ferne war undeutlich die kleine Zugbrücke beim Schönauer Schloss zu erkennen, die über den Gießen zu den Bündten und Gärten dieser Inselstadt führte. Daneben der kleine Turm der Peterskirche. Seggingen sah von weitem aus wie ein heimeliges Nest mitten im Strom, von Osten her und im Süden und Norden umschlossen von den beiden Armen des Rheins. Im Westen bewacht vom Wasser des Gießen. Rechts neben der Zugbrücke kündete ein aus dicken Quadern zusammengefügter, runder Turm von der Gewalt des Wassers und der Wachsamkeit der Bewohner. Wie schon so viele Male zuvor glitt Konz' Blick von der steinernen Rundbogenbrücke im Norden die Mauer entlang bis hin zur gedeckten Holzbrücke, die die Stadt mit dem südlichen Ufer des zweiten Rheinarms verband. Leise hallten die Hammerschläge aus der Gerbermühle herüber. Jetzt konnte er auch das Gelächter hören, das aus den Häusern auf der Badmatte erklang. Konz seufzte. Für seinesgleichen gab es keine heilenden Quellen. Seinesgleichen musste arbeiten.

»Konz, wir müssen gehen.« Jetzt drängte sie.

Der junge Mann nickte. »Wir hätten schon längst zurück sein müssen. Ein Donnerwetter blüht uns jetzt auf jeden Fall, weil wir so lange weg waren – vom Himmel und im Stift.«

Katharina grinste, sagte aber nichts weiter. Konz konnte das Klatschen ihrer nackten Füße auf dem Gras hören. Sie rannte inzwischen fast. Das Hammerwerk der Gerbermühle schlug seinen metallenen Takt dazu.

»Aber sie ist nicht so wie die anderen, sie ist gut«, brach es aus ihm heraus.

Katharina funkelte ihn an. »Ja, die liebe, die gute, die schöne, die bescheidene Magdalena. Alle sagen das. Sie geht zu den Armen, tröstet die Weinenden, hat für jeden ein gutes Wort. Du hast Recht, es ist schwer, sie nicht zu lieben. Es mag ja sogar sein, dass sie ein guter Mensch ist. Aber für sie ist es leicht, gut zu sein. Sie wurde auf Samt und Seide geboren und gehört nun zu den Großen des Reiches.« Katharina fühlte eine Woge der Eifersucht in sich aufwallen. Sie keuchte. »Bin ich etwa weniger wert, nur weil ich arm bin und nichts habe, das sich zu geben lohnt? Wie mir hat ihr Gott zwei Arme, zwei Hände, zwei Beine, zwei Füße, ein Gesicht und einen Körper gegeben. Darin sind wir gleich. Doch ihre Hände sind weich. Solche Hände können leicht schenken. Hier ein Stück Brot, da etwas Mehl. Schau dir meine Hände an. Die haben nichts zu verschenken.«

Voller Empörung streckte ihm Katharina ihre roten, rauen und rissigen Finger mit den kurzen, abgerissenen Nägeln entgegen. »Jeden Tag wasche ich Berge von Wäsche für die hohen Damen und die Chorherren, bleiche Leinen in der Sonne, bürste weichen Samt. Doch sind es mein Linnen und mein Samt, obwohl ich dafür arbeite? Sie hat für jeden Tag ein anderes Gewand und für Festtage gleich mehrere. Ist ihr Körper so viel wertvoller als meiner? Ich habe nur diesen einen Rock und ein zweites Hemd für Feiertage. Ihre Füße stecken in weichen

Schuhen, für jeden Tag hat sie andere. Schau dir meine Füße an. Sie sind nackt. Ich habe nur das Paar aus verschlissenem, dünnem Leder, das jetzt an meinem Gürtel hängt. Ich muss es schonen, damit es lange hält. Und noch nicht einmal den elenden Verschlag neben der Küche habe ich für mich allein, während sie ungestört in ihrem weichen Federbett schläft.«

Konz erwiderte nichts. Was hätte er auch sagen sollen. Er war es ja gewesen, der diesen Zorn gesät, diesen Hass gegen die Obrigkeiten in ihr geschürt, ihr von den Lehren des Martin Luther erzählt hatte. Und wie er sie so anschaute, wuchs seine Angst um sie.

Die Fridolinsglocken waren längst verstummt, als sie endlich die Steinbrücke überquerten. Die Hitze hatte sich wie eine Glocke über die Häuser gelegt. Beide waren schweißnass. Das schmutzige, dicke Wasser voller Unrat und Fäkalien in den Rinnen vor den Häusern schien sogar zu träge zu sein, um zu fließen. Es war völlig windstill, und die Schwüle drückte den Gestank aus den Abflussrinnen durch sämtliche Ritzen der Häuser. Aus dem Erdgeschoss eines Hauses drang das hohe Muhen eines Kalbes. Beinahe wäre Konz über ein Huhn gestolpert, das hektisch zwischen den Pflastersteinen nach Nahrungsresten pickte. Bedauernd blickte der junge Mann auf seine Begleiterin. Jetzt mussten sie sich trennen.

»Da ist die Gerbermühle. Ich bin da.« Er zögerte. »Katharina …?«

Sie schaute fragend zu ihm auf.

»Magdalena von Hausen ist nicht wie die anderen. Sie galt selbst in ihrer Jugend als Ketzerin, als Anhängerin Martin Luthers. Das hätte sie beinahe das Leben gekostet, als sie vor dem Tribunal stand. Du weißt das auch. Und sie hat dafür gesorgt, dass du als Magd im Stift aufgenommen und gut behandelt wurdest. Selbst Unterricht lässt sie dir geben. Sie tut, was sie kann, um die Ungerechtigkeit zu lindern.«

»Aber es ist trotzdem nicht gerecht, es ist einfach nicht gerecht. Warum kann ich nicht auch Stiftsfräulein sein? Mich wird noch nicht einmal ein Mann nehmen. Ich habe keine Mitgift anzubieten, außer mich selbst. Der Teufel soll sie holen, die Adligen und die Pfaffen, den Domherrn Jakob Murgel, den Dekan Ditzlin, den Bischof und überhaupt das ganze Stift.« Das Mädchen schluchzte fast. Abrupt drehte sie sich von ihm fort und hastete weiter. Er sah ihr nach, hörte das Geräusch ihrer nackten Füße auf dem Kopfsteinpflaster; ihm dröhnte der Kopf. Und als der Donner näher und lauter grollte, schien es ihm, als künde der Himmel selbst vom Untergang dieser Welt.

Im Laufen schaute Katharina noch einmal auf ihre leeren, schwieligen Hände. Plötzlich spürte sie einen scharfen Schmerz im Fuß. Sie hockte sich auf das schmutzige Pflaster und fluchte. Natürlich, so etwas passierte nur den Armen. Vorsichtig zog sie einen Dorn aus ihrer Fußsohle. Sie musste ihn sich beim Lauf über die Wiesen und durch das Gestrüpp in die Ferse getreten haben. Doch noch mehr schmerzte es, dass Konz Magdalena von Hausen verteidigt hatte. Er musste es doch besser wissen. Es ließen sich leicht gute Worte finden, wenn der eigene Magen nicht ständig knurrte. Die Dienstleute bekamen Mehlsuppe, Grütze und Kraut, nur an hohen Feiertagen gab es einmal Fleisch. Gut, andere waren noch schlimmer dran. Die alte Nele zum Beispiel, die sich jeden Tag die Küchenabfälle aus der Stiftsküche abholte. Den Rest bekamen die Schweine.

Da tafelten die Stiftsdamen und die drei Chorherren schon anders. Wild, frischer oder geräucherter Lachs aus dem Rhein, Forellen aus den eigenen Fischteichen, Gemüse und was Küche und Keller hergaben an gutem Wein. Ein steter Strom an Waren floss von den Vorposten des Stiftes, den Dinghöfen, und aus dem weit verstreuten Stiftsland heran. Wahrlich, die Kirche sorgte für ihre Diener. Allerdings nur für die Wohlgeborenen, die Studierten, die Pfaffen. Es war einfach nicht gerecht. Das hatte Konz Jehle doch selbst gesagt. Erst gestern.

»Der Teufel soll euch alle holen!« Der Satz war ihr laut herausgerutscht. Sie schlug die Hand vor den Mund. Konz hatte

Recht. Sie musste endlich lernen, ihre Zunge im Zaum zu halten, sich nicht von ihren Gefühlen überwältigen zu lassen.

Hastig rappelte sie sich hoch, bekreuzigte sich und sah sich um, ob sie auch niemand beobachtet hatte. Direkt neben ihr knallte eine Ladung Dreckwasser aufs Pflaster und spritzte sie von oben bis unten nass. Katharina sah noch Jungfer Elisabeths blonden Schopf, der sich hastig vom Fenster zurückzog. Dieses Biest.

Der Himmel war inzwischen völlig schwarz. Zwischen den Tannen auf den Hügeln im Norden der Stadt zuckte ein Blitz ins Tal. Die ersten schweren Tropfen des Gewitterregens prasselten auf das Pflaster. Himmel, sie musste schnellstens ins Stift.

Unsanft fühlte sich Katharina am Arm gepackt. »Da bist du ja endlich, Mädchen! Irgendwann schläfst du noch ein, immer bist du unpünktlich. Jetzt beeil dich aber! Magdalena von Hausen hat schon mehrmals nach dir fragen lassen. Wehe, wenn die neue Äbtissin nicht mit dir zufrieden ist.«

Heftig befreite sich das Mädchen aus dem schmerzhaften Griff von Lehrschwester Mechthild. Trotz ihrer fast 60 Jahre konnte sie noch kräftig zupacken – und zuschlagen. Seit Jahren kümmerte sie sich um die kleinen Stiftsfräulein, wenn sie kamen. Aber nun waren schon lange keine mehr eingetroffen. Deshalb drangsalierte sie halt die Dienstboten.

Alter Drache!, schimpfte Katharina innerlich und versuchte gleichzeitig, ihrem Gesicht den richtigen Ausdruck von Sittsamkeit und Bescheidenheit zu geben. Darauf legten die Nonnen Wert, das wusste sie schon lange. Es war so lächerlich einfach, sie zu täuschen.

Auch diesmal schien es ihr zu gelingen. Jedenfalls klangen Mechthilds nächste Worte schon etwas sanfter. »Nun schau dir deine Füße an, Kind. Die sind ja völlig schmutzig. So kannst du unmöglich deinen Dienst bei Magdalena von Hausen antreten. Und richte deine Haare. Mein Gott, dieser Wirbelwind! Du verdienst die Ehre überhaupt nicht, der Äbtissin zur Hand gehen zu dürfen. Wirst du denn nie vernünftig? Andere haben in deinem Alter schon zwei Kinder, und du benimmst dich immer noch wie ein kleines Mädchen!«

Mechthild musste sich abwenden, um ihr Schmunzeln zu verbergen. Diese Kleine war die geborene Schauspielerin. Auch wenn sie noch so zerknirscht tat, sie war es keineswegs. Das Mädel war schon eine arge Plage. Ein halbes Kind noch und kaum zu bändigen. Aber sie hatte gute Anlagen, bei Gott. Lernte schneller als viele andere. Konnte sogar schon etwas lesen. Vielleicht wäre sie doch noch in der Lage, dem Kind die notwendige Demut einzubläuen. Denn wo sonst sollte die Kleine hin als in ein Kloster? Niemand wusste, woher sie stammte. Oder zumindest fast niemand. Nur sie, die neue Äbtissin und vielleicht noch die alte Nele. Und sie würden es ihr niemals sagen. Wozu sollte das auch gut sein? Ein Mädchen aus dem Nirgendwo würde ohnehin kein Mann zur Frau nehmen. Jedenfalls hatte Katharina ein gutes Herz. Alles andere würde Magdalena mit ihrer Herzensgüte schon in Ordnung bringen. Da war sich Mechthild sicher. Ein besseres Beispiel an gottgegebener Nächstenliebe und christlicher Demut gab es nicht als Magdalena von Hausen. Arme kleine Katharina. Sie brauchte einfach etwas Zuneigung. Dann würden sich ihre Stacheln und ihr rebellisches Wesen schon legen. Hoffentlich war es dafür noch nicht zu spät. Mechthild seufzte innerlich und warf einen letzten Blick auf den Rücken der davoneilenden Katharina. Die hochgezogenen schmalen Schultern wirkten immer noch ziemlich rebellisch.

2

In den braunen Augen Magdalena von Hausens spiegelten sich ihre Zweifel. Sie sah aus dem Fenster auf den Rhein, versuchte, aus dem wirbelnden Wasser des Stromes ihre Zukunft herauszulesen. Doch diese schien ihr ebenso unstet und undurchsichtig wie die Schwaden des Morgennebels, die über den Fluss zogen. Nun war sie gestühlt. Doch Gott hatte ihr noch immer nicht geantwortet. Trotz aller Gebete um Schutz und Kraft für dieses schwere Amt.

Dieses kleine Haus im Alten Hof würde sie nun auch verlassen müssen und in die Residenz der Äbtissin übersiedeln. Das Häuschen würde ihr fehlen. Wie oft war sie hier früher mit ihrer Schwester Genoveva gesessen und hatte unbeschwert gekichert. Über irgendeinen Blödsinn, an den sie sich schon längst nicht mehr erinnerte. Und dann waren da die Abende der heißen Diskussionen gewesen, wenn ein fahrender Mönch vorbeikam und das Neueste aus dem Kreis der Reformatoren aus Basel oder Zürich berichtete. Mein Gott, wie sehr ihr Genoveva fehlte. Nun war sie eine züchtige Hausfrau mit zwei kleinen Kindern, das dritte unterwegs, und lebte in Basel als Ehefrau des Tischmachers Thomas Rischacher. Nicht gerade ein Aufstieg für eine von Hausen, die sogar das Zeug gehabt hätte, Äbtissin zu werden. Doch Genoveva hatte sich für Thomas Rischacher entschieden. Das Stiftsleben, obschon im Vergleich nicht sonderlich streng reglementiert, hatte sie gelangweilt. Wie gerne hätte sie die quirlige, intelligente Genoveva jetzt um Rat gefragt. Nun musste sie Boten schicken oder auf die wenigen Besuche hoffen. Der nächste würde auf sich warten lassen. In ihrem gesegneten Zustand konnte Genoveva nicht reisen.

Es klopfte. Sie seufzte und erhob sich von ihrem Betschemel. Da flog die Türe auch schon auf. Es war Jakob Murgel.

»Meint Ihr nicht, gnädigster Domherr, auch Ihr solltet die Einladung einer Dame abwarten, ehe Ihr in ihr Zimmer stürmt?« Magdalena von Hausen bedachte Jakob Murgel mit einem eisigen Blick.

»Ich bin ein Mann der Kirche, so wie Ihr eine Frau der Kirche seid. Was also sollte man uns Böses nachsagen.« Mit einem leichten Achselzucken schüttelte er ihre Rüge ab. »Außerdem gibt es noch einiges zu besprechen. Dekan Ditzlin und ich werden demnächst aufbrechen.« Die arrogante Stimme des Mannes wurde etwas weicher. Wie Schmierseife, dachte Magdalena.

»Und was habt Ihr mit mir zu besprechen?«

»Nun, ich denke, selbst eine Frau wie Ihr braucht im Angesicht einer so großen Aufgabe geistlichen Beistand und Ermutigung.«

Magdalena von Hausen senkte den Kopf und nickte. »Das ist wohl wahr. Es ist eine große Last und eine große Verantwortung, Äbtissin des Stiftes zu Seggingen zu sein. Ich flehe jeden Tag zu Gott, dass er mir die nötige Kraft und Weisheit geben möge, dieses sein Reich in seinem Sinne zu lenken. Die Zahl der Aufgaben, die auf mich warten, ist fast unübersehbar.«

»Gott wird Euch antworten, wenn Ihr nur demütig genug betet. Und seid versichert, der Bischof und sein Domherr lassen Euch nicht allein mit dieser schweren Aufgabe.« Murgel trat etwas näher und wollte Magdalena von Hausen die Hand auf die Schulter legen. Doch sie wich zurück. In ihr keimte das Misstrauen.

»Wohl bin ich eine schwache Frau im Angesicht des Herrn. Doch mir hilft, dass ich das Stift gut kenne. Schließlich bin ich seit meiner Kindheit hier. Und Kunigunde von Hohengeroldseck war eine gute Lehrerin.«

»Hegtet Ihr nicht einen gewissen Groll gegen sie, meine Tochter?«

Magdalena von Hausen zog fragend die Augenbrauen hoch.

»Nun, wurde sie nicht Euch vorgezogen bei der letzten Wahl? Ihr wisst sehr wohl warum. Zu sehr wart Ihr den Lehren dieses Ketzers Martin Luther zugeneigt. Ich hoffe, das Tribunal damals hat seine Wirkung auf Euch nicht verfehlt und Euch über den rechten Glauben belehrt. Nun, mit Euren 29 Jahren seid Ihr wohl weiser geworden, und eine treue Tochter der Kirche. Ich würde unserem Bischof jedenfalls gerne berichten, dass er sich auf Euch verlassen kann. Gerade in so schwierigen Zeiten wie diesen muss die Kirche auf ihre Kinder zählen können … Ach, lebt Eure Schwester Genoveva eigentlich noch in diesem Ketzernest Basel?« Die Warnung war unüberhörbar, auch wenn Murgels Stimme die Drohung in Samt verpackt hatte.

Magdalena von Hausen straffte sich. Sie erinnerte sich noch mit Schaudern an diese Tage des Tribunals. Gut, am Ende war sie gerade noch einmal davongekommen, hatte alle von ihrer Treue zur römischen Kirche und zum Papst überzeugt. Es waren schwere Tage gewesen. Doch so leicht würde dieser Mann sie trotzdem nicht einschüchtern. »Ja, Genoveva führt dort mit ihrem Mann ein redliches, gottesfürchtiges Leben. Sie fehlt mir sehr in diesen schweren Tagen. Aber ich habe ja noch mehr Familie, wie Ihr sicherlich wisst. Wenn ich jemals fehlen sollte, wird mir auch der Domherr zu Speyer, mein Bruder Veit Sixtus, mit Rat und Tat zur Seite stehen. Oder mein Vetter, Wolfgang von Hausen, der Probst des Stiftes Ellwangen. Er soll wohl der nächste Bischof von Regensburg werden. Er hat gute Beziehungen nach Rom, das ist Euch wohl bekannt. Und diese hätte er kaum, wenn sich die Kirche meiner nicht sicher sein könnte. Meint Ihr nicht?«

»Nun, so wichtig kann Eurem Bruder diese Stühlung ja wohl nicht gewesen sein. Sonst wäre er gekommen … Wie dem auch sei, ich bin ja nicht hier, um mich mit Euch zu streiten, sondern um Euch meinen Beistand anzubieten.«

Magdalena biss sich auf die Lippen. Murgel hatte Recht. Ihr Bruder Veit Sixtus war trotz seiner Zusage nicht erschienen. Wenn er doch noch kam, würde sie ihm Schabzieger servieren und den sauersten Wein aus dem Stiftskeller. Dieser grüne, mit Steinklee gewürzte Käse aus dem Glarus war in diesem Jahr noch würziger als sonst geraten und würde ihm schon die

Zunge zusammenziehen. Bei diesem Gedanken musste sie lächeln.

Jakob Murgel betrachtete sie irritiert. Diese Frau schien nicht die leiseste Neigung zu haben, sich einschüchtern zu lassen. Dabei hatte sie vor der Stühlung doch einen so demütigen, lenkbaren Eindruck gemacht. Vielleicht hätten sie doch besser Ursula von Heudorf … aber dazu war es jetzt wohl zu spät. Seine Stimme bekam einen metallenen Klang. »Ihr scheint Euch Eurer Sache sehr sicher zu sein. Wie ich hörte, gab es kürzlich Ärger mit dem Keller des Murger Dinghofes. Er widersetzte sich den Anweisungen des Stifts. Hat die Äbtissin denn jetzt keinen Einfluss mehr auf die eigenen Verwalter? Ihr wisst, wie unabdingbar es ist, dass der Zehnt in den Dinghöfen richtig gezählt und eingesammelt wird und die Hörigen unter Aufsicht bleiben. Sie sind wie die Kinder.«

Magdalena von Hausen blickte Murgel fest in die Augen. »Ich weiß sehr wohl, wie notwendig die Kirche die Abgaben dieses reichen Stiftes braucht, gnädigster Domherr. Zumal ja selbst der Bischof keinen roten Heller mehr hat, weil die Reformierten um die Patrizierfamilien der Blarer und der Zwick jetzt den Schlüssel zum Münsterschatz und das Sagen in Konstanz haben. Wie ich höre, führen sie dort ein gar sittenstrenges Regiment. Sogar das Tanzen sollen sie verboten haben. Nun, wie auch immer. In Zeiten, in denen die Nonnen und Mönche die Klöster verlassen oder sich zu weltlichen Lebensgemeinschaften zusammenfinden, ist Ordnung eine der letzten Säulen des wahren Glaubens, das ist mir sehr wohl bewusst.« Die Blicke des Mannes und der Frau maßen sich miteinander.

»Und in solch schweren Zeiten braucht Ihr sicherlich die Unterstützung eines redlichen Mannes der Kirche.« Murgels Stimme war wieder samtweich.

»Ich weiß Euer Angebot sehr wohl zu schätzen. Und sicher werde ich den Bischof um Rat fragen. Ich weiß, eine schwache Frau wie ich bedarf der Hilfe eines starken Geistes.«

Murgel nickte anerkennend. Na, also. Nun schien sie doch

Vernunft anzunehmen. Das Stift war zu reich und zu mächtig. Deshalb war es besonders wichtig, diese Äbtissin im Griff zu behalten.

Ein kleines Lächeln erschien auf dem Gesicht von Magdalena von Hausen. »Doch es gibt auch hier viele fähige Männer. Denkt an den Großmeier des Stiftes, Hans Jakob von Schönau. Er ist ein strenger Mann und ein gerechter Verwalter für die weltlichen Dinge. Ich bin sicher, er wird mir redlich zur Seite stehen. Auch Bürgermeister Marx Bürgin ist ein Mann, dessen Rat man wohl trauen kann.« Vor ihrem inneren Auge erschien das Gesicht des Speicherverwalters Hans Köhler. Sie hatte das Gefühl, sie würde die Hilfe des Schönauers bald brauchen, um dem Spichwärter auf die Finger zu klopfen. Schon lange gab es Hinweise, dass dieser Mann nicht nur die Bauern betrog, sondern auch das Stift.

Murgel nickte bedächtig. »Redliche Männer, gewiss.« Er zögerte. »Aber Männer, die doch mehr den Werten der Welt verhaftet sind als jenen der Kirche. Gerade in diesen Tagen, in denen der Irrglauben der Ketzerei immer mehr um sich greift, solltet Ihr Euch an bewährte Männer des Glaubens halten. An Eurer Seite stehen ja auch noch die Mitglieder des Segginger Kapitels, die drei Chorherren. Konrad Besserer scheint mir der Erfahrenste von ihnen zu sein. 20 Jahre ist er nun schon Chorherr im Stift. Ich denke, Ihr solltet auf seinen Rat hören.« Murgel musterte Magdalena von Hausen scharf. Eine leichte Röte war ihr in die Wangen gestiegen. Doch sie machte keinerlei Anstalten zu widersprechen.

»Ihr wisst, dass er sehr oft in Angelegenheiten des Stiftes unterwegs war und wie oft er auch schwierige Probleme mit unserem Bischof und mir gut verhandelt hat. Er besitzt die Weisheit der Erfahrung, die Euch noch fehlt im Gespräch mit den Mächtigen. Bedenkt, er hat viele der Großen seiner Zeit getroffen, bereits mit Ferdinand von Habsburg verhandelt. Vertraut ihm, Tochter. Sein Rat ist so gut wie meiner.«

»Da habt Ihr mit Sicherheit Recht«, antwortete Magdalena

zweideutig. Nun, sie würde diesen Besserer wohl im Auge behalten müssen. Wie es schien, trieb ihn doch mehr nach Meersburg zu Bischof und Domherr als die Geliebte, die er dort aushielt. Außerdem kümmerte er sich so gut wie überhaupt nicht um seine Murger Pfarrpfründe. Ihn interessierten die Einnahmen aus diesem Amt offenbar mehr als die Schäflein, für deren Seelenheil er verantwortlich war. Es hatte schon so einige Klagen gegeben. Vielleicht tat sie gut daran, seine Pfründe dem jungen Chorherrn Fridolin Imhof zu geben. Er nahm den Dienst an Gott noch ernst.

Murgel nickte hoheitsvoll lächelnd. »Ich sehe, meine Tochter, Ihr habt an Klugheit sehr gewonnen. Kann ich unserem Bischof noch eine Nachricht von Euch überbringen?«

Wieder blickten Magdalenas Augen fest in jene des Domherrn. »Sagt ihm, ich bin seine demütige Tochter, getreu den Worten der Bibel und eine Dienerin der Gerechtigkeit des Herrn. Einen Wunsch, nein, eine Bitte hätte ich noch vorzubringen. Wie Ihr wisst, ist das Kapitel derzeit zu klein, um all die Ämter zu versehen, die die kirchlichen und weltlichen Angelegenheiten erfordern. Selbst einige Kaplaneien sind ohne Aufsicht. Auch das Bauamt ist verwaist. Dabei gäbe es am Münster unseres heiligen Fridolin so viel zu tun. Wenn Ihr einen guten Baumeister wüsstet?«

Murgel lächelte. »Es tut meinem Herzen wohl, Euch so sicher im Glauben gegründet zu sehen und so offen für den guten Rat der Erfahrenen. Ich werde sehen, was ich für Euch tun kann. Doch nun wird es wohl Zeit aufzubrechen. Die Morgendämmerung ist längst vorbei. Ditzlin und ich haben dem Laufenburger Pfarrer noch einen Besuch versprochen.« Mit diesen Worten verbeugte er sich und ging zur Türe.

»Dann erlaubt mir, dass ich Euch hinausbegleite. Ich lasse Euch Hut und Mantel bringen.« Magdalena von Hausen läutete. »Ihr habt hoffentlich Wegzehrung genug? Ich würde Euch gerne einige Flaschen von unserem neuen Wein mitgeben. Ihr wisst doch, die erste Ernte vom neuen Rebberg des Stiftes vom vergangenen Jahr …« Sie lächelte. Und der sauerste Wein, den ich je getrunken habe, fügte sie in Gedanken hinzu. Sie öffnete die Türe in den Gang.

»Hoppla.« Lachend packte Jakob Murgel das Mädchen bei den Schultern, das so plötzlich in ihn hineingerannt war. Er schob sie etwas von sich, um sie sich genauer anzuschauen. Das Gesicht kannte er doch! Es war nicht eigentlich schön. Ja, jetzt erinnerte er sich. Er hatte sie gesehen, als Magdalena von Hausen gestühlt worden war. Dieses intensive, eigenwillige Gesicht mit den großen Augen war plötzlich aus der Masse der Besucher im Fridolinsmünster aufgetaucht, klar abgegrenzt von dem wabernden Brei undefinierbarer Köpfe einer undefinierbaren Menschenmenge. Einige lange Sekunden schaute er Katharina an, bis sie errötete und die Augen niederschlug. Er fühlte, wie sie instinktiv zurückwich, und ließ ihre Schultern los. Das Zurückweichen weckte seinen Jagdinstinkt. Diese kleine Unschuld musste man wohl langsam zähmen.

»Ist das Eure Dienerin? Ein hübsches Kind fürwahr. Und auch recht temperamentvoll. Nun, ich denke, sie hat alle Anlagen, um sich noch gut zu entwickeln. Dumm sieht sie jedenfalls nicht aus. Wie heißt sie denn, die Kleine mit den wirren Haaren und der verrutschten Haube?« Er schob einen Finger unter Katharinas Kinn und hob ihren Kopf hoch. Katharina schüttelte die Hand ab. Murgel lachte arrogant. »Nun, den nötigen Respekt gegenüber Höhergestellten wird sie wohl noch lernen müssen.« Katharinas Gesicht wurde glutrot.

»Das ist Katharina.« Die Stimme der gestühlten Äbtissin von Seggingen klang ruhig, aber voller Autorität. »Und sie ist mir mehr als eine Dienerin. Fast seit sie geboren wurde, lebt sie hier im Stift.« Magdalena von Hausen nahm das Mädchen bei der Hand. »Jedenfalls möchte ich ihre fröhliche Jugend nicht missen. Auch wenn sie manchmal etwas temperamentvoll ist, das gebe ich zu.« Lächelnd steckte Magdalena von Hausen einige der widerspenstigen Haarsträhnen unter Katharinas Haube zurück. Dem Mädchen war das sichtlich peinlich.

Jakob Murgel beobachtete die Szene interessiert. Magdalena von Hausen benahm sich dieser jungen Frau gegenüber beinahe mütterlich. Wie unangemessen. Oder doch nicht? Seit ihrer Geburt lebte diese Katharina also schon im Stift. Er witterte ein Geheimnis. Außerdem konnte die kleine Unschuld einen Mann schon in Wallung bringen. Sie hatte Feuer in den Augen und Pfeffer im Hintern, das gewisse Etwas eben. Eine richtige kleine Hexe – und eine gute Hand voll für einen erfahrenen Mann. Auch wenn sie es wohl selbst noch nicht wusste. Nun, man würde sehen. Ein Schritt nach dem anderen. Für heute hatte er genug erreicht.

Noch einmal glitt sein Blick von oben bis unten über Katharinas Gestalt und kehrte dann zu ihren Brüsten zurück. Dort saugte er sich fest. Katharina wich an die Wand zurück. In Murgels Augen erschien ein selbstsicheres Lächeln. Dann wandte er sich ab.

Noch Stunden später fühlte Katharina seine Augen wie Spinnenbeine überall an ihrem Körper. Murgel hatte sie mit seinem Blick nackt ausgezogen. Sie fühlte sich so schmutzig, gedemütigt und voller Ekel wie noch nie in ihrem ganzen Leben. Erleichtert hörte sie die Hufe der davontrabenden Pferde, als er mit Ditzlin aufbrach. Sie hatte sich in ihrer Kammer versteckt, um ihm nicht noch einmal zu begegnen. Sie hoffte, sie würde diesen Mann niemals wieder sehen.

Magdalena von Hausen hatte von all dem nichts bemerkt.

Vier Wochen später wurde Katharina wieder an Jakob Murgel erinnert. Unmissverständlich und in Form eines Befehls. Magdalena von Hausen überbrachte ihn. Die neue Äbtissin war inzwischen aus ihrem kleinen Häuschen ausgezogen und in den Amtssitz der Äbtissinnen übergesiedelt, die erste Aufregung war verflogen. Magdalena würde mit wachsender Erfahrung eine gute Leiterin des Stiftes werden. Darüber waren sich alle einig. Zumindest alle, die zählten. Vom Koch bis zu den Chorherren, vom Bürgermeister bis zum Schönauer, dem

Großmeier von Seggingen, alle schwärmten von ihr. Von ihrer Herzensgüte, ihrem Bemühen, allen zu helfen, die in Not geraten waren. Von ihrer bescheidenen Art, ihrem vorbildlichen christlichen Lebenswandel, der tiefen Gläubigkeit, die sie beseelte. Ja, alle schwärmten von ihr. Selbst die Ärmsten, selbst die Unzufriedenen. Selbst Konz Jehle, der Sohn des Mannes, der gehenkt worden war, als er gegen Kirche und Adel rebelliert hatte. Er schien sie förmlich anzubeten.

Die Nachricht, die Magdalena von Hausen für sie hatte, traf Katharina wie ein Schlag in die Magengrube. Mit geweiteten Augen starrte sie die lächelnde Reichsfürstin an, die voller Freude auf das Mädchen blickte. Sie war glücklich über die gute Nachricht, die sie zu überbringen hatte.

»Stell dir vor, Katharina, Domherr Jakob Murgel hat nach dir geschickt. Seine Haushälterin werde langsam alt, schreibt er. Deshalb brauche sie junge Hände, die ihr helfen. Ein intelligentes junges Mädchen, das sie in den nächsten Jahren langsam einarbeiten kann. Er glaubt, dass sich die Regentschaft der Protestanten in Konstanz nicht mehr lange halten kann, und denkt, das Domkapitel, der Bischof und alle anderen Kleriker können bald wieder von Meersburg nach Konstanz zurückkehren. Da brauche er für seinen Haushalt eine fleißige, geschickte und unermüdliche Helferin, schreibt er.«

Magdalena hielt das Pergament mit den steilen, energischen Schriftzügen Murgels hoch. »Katharina, das ist die Gelegenheit für dich, es zu bescheidenem Wohlstand und zu Ansehen zu bringen. Etwas, das ich für dich kaum zu hoffen gewagt hätte. Wenn du gut arbeitest, wirst du vielleicht später einmal die Haushälterin Murgels und damit eine geachtete Frau sein, auf deren Stimme man hört. Und bedenke doch, wie viel Gutes du dann jenen tun könntest, die, wie du einst, im Schatten leben müssen.« Magdalena von Hausen klatschte vergnügt in die Hände. »Ach, Katharina, ich freue mich ja so für dich.«

Katharina stand völlig reglos da. Nur langsam drangen die Worte in ihren Verstand vor. Ihr Magen krampfte sich voller

Ekel zusammen bei dem Gedanken, diesem Mann ausgeliefert zu sein. Fassungslos blickte sie zu Magdalena von Hausen. War diese Frau denn wirklich so naiv?

»Katharina, nun sag doch was. Mädchen, du bist ja kreidebleich. Was ist? Ist die Freude zu viel für dich?«

»Nein, Herrin, bitte. Bitte schickt mich nicht zu diesem Mann.« Das blanke Entsetzen stand in Katharinas Augen. Sie begriff, dass die um so vieles ältere Frau wirklich nicht wusste, was Murgel eigentlich wollte. Sie hatte ihren eigenen Körper schon längst vergessen im Kampf um die Rettung ihrer Seele. Sie war einfach unfähig, die Gelüste und die Gier eines Mannes nach Weiberfleisch zu erkennen, weil sie sie nie erlebt hatte. Sie kannte nur ehrbare Absichten, die hochwohlgeborene Dame. Absichten, die für Dienstmägde allerdings nicht galten.

Magdalena von Hausen gab nicht auf. »Aber Katharina, verstehst du denn nicht? Eine solche Möglichkeit bekommst du nie wieder. Was bliebe dir denn sonst? Niemand weiß, woher du stammst, wer deine Eltern sind. Kein ehrbarer freier Mann aus dieser Gegend würde dich zur Frau nehmen wollen. Dabei hast du so viele Gaben. Du bist intelligent, du kannst lesen, du bist in vielem sehr geschickt. Wenn du lernst, deine Ungeduld und dein Ungestüm zu zügeln, wirst du einmal eine gute Haushälterin werden. Und du hättest noch Zeit, besser lesen und schreiben zu lernen. Ohne einen Herrn, der dich beschützt, bist du noch weniger als nichts. Vielleicht kann der Domherr später etwas Gutes tun und dir einen anständigen Mann unter seinen Dienern aussuchen, wenn du dich gut mit ihm stellst. Oder willst du für immer hier im Stift leben? Das Einzige,was dir sonst noch bliebe, wäre der Weg ins Kloster. Aber ich glaube nicht, dass Gott der Herr dich als seine Dienerin gerufen hat. Du bist keine Braut Christi, dazu ist dein Glaube nicht tief und nicht unbedingt genug. Denk nicht, dass ich das nicht weiß. Etwas Besseres als das Angebot von Jakob Murgel wirst du in deinem Leben nie wieder bekommen.«

»Nein!« Katharina schrie fast. »Nein, gnädigste Herrin.

Bitte, bitte schickt mich nicht zu diesem Mann. Macht mit mir, was Ihr wollt. Aber bitte, bitte schickt mich nicht zu diesem Mann. Lasst mich bei Euch bleiben.«

Verblüfft betrachtete Magdalena das zitternde, fast schluchzende Mädchen vor sich. Sollte Katharina doch mehr an ihr hängen, als sie gedacht hatte? Sie liebte dieses halbe Kind, seit es damals zu ihr gebracht worden war, ein hilfloses kleines Bündel. Möge der Himmel verhüten, dass sie jemals erfuhr, woher sie kam.

»Katharina«, sagte sie sanft, »ich weiß, du kennst keine andere Heimat als diese. Und ein wenig bin ich mit den Jahren auch zu deiner Mutter geworden. Du weißt, wie sehr ich deine Gegenwart schätze. Und ich kann auch verstehen, dass du Angst hast, in eine völlig fremde Welt zu kommen. Aber du musst keine Furcht haben vor den Aufgaben, die dich erwarten. Ich bin mir sicher, du schaffst, was von dir erwartet wird. Schlaf eine Nacht darüber. Du wirst sehen, morgen denkst du ganz anders über die Sache.«

Katharina konnte sich kaum noch beherrschen. »Ich gehe nicht zu diesem Mann. Niemals! Auch morgen nicht. Seht Ihr denn nicht, dass er etwas ganz anderes von mir will als Hilfe für seine Haushälterin! Er will mich für sein Bett. Dieser Mann ist schlecht. Ich fürchte mich vor ihm.«

»Katharina, wie kannst du nur! Wie kommst du bloß auf eine solch irrsinnige Idee? Du bist doch fast noch ein Kind. Und Jakob Murgel ist Domherr des Konstanzer Münsters, ein geachtetes Mitglied des Kapitels und ein Vertrauter des Bischofs. Wie kannst du nur so unverschämt sein und ihm so etwas unterstellen. Schweig jetzt. Die gute Nachricht hat dich offensichtlich völlig durcheinander gebracht. Wir reden morgen weiter. Geh! Geh in deine Kammer und beruhig dich erst einmal. Du bist ja nicht mehr bei Verstand.« Kopfschüttelnd sah Magdalena von Hausen dem völlig aufgelösten Mädchen nach, als es hinausstürmte.

Katharina konnte kaum noch klar denken. Doch sie wusste,

sie musste irgendwie einen klaren Kopf bekommen, um einen Ausweg aus dieser Situation zu finden. Eines war jedenfalls sicher. Zu Murgel würde sie nicht gehen. Um nichts auf der Welt. Nur fort von hier, dachte sie immer wieder. In ihre Kammer konnte sie nicht, so viel war klar. Sie teilte sie mit Barbara, der Liebschaft von Konz Jehle. Mit Barbara konnte sie nicht reden. Sie war ohnehin eifersüchtig, weil Katharina so viel Zeit mit Konz verbrachte, der sie offensichtlich mochte. Also, wohin dann?

Kopflos stürmte sie durch die Gassen, vorbei an Menschen, die ihr verwundert oder missbilligend nachschauten, als sie mit aufgelösten Zöpfen an ihnen vorbeirannte. Dies war eine Gegend, in der die Menschen gesittet gingen. Sie merkte kaum, wie sie über die lange, überdachte Holzbrücke lief, hörte nicht das Hämmern ihrer nackten Füße auf den Bohlen. In ihrem Kopf überschlugen sich die Gedanken. Katharina wurde erst bewusst, wo sie war, als sie vor der kleinen Hütte der alten Nele stand und wie wild an die rissige Türe aus verwittertem Holz hämmerte. »Nele, mach mir auf. Nele, um aller Heiligen willen, lass mich herein! Ich muss ...«

»Was musst du Mädchen? Hat dein Liebhaber dich geschwängert, oder will er dich nicht? Soll ich dir einen Liebestrank brauen?«, kicherte die kratzige Stimme der Alten plötzlich in ihrem Rücken. Katharina drehte sich herum und warf sich in die Arme der alten Nele, obwohl diese sogar noch ein Stückchen kleiner war als sie.

»Komm, komm, jetzt atme erst mal tief durch. Du bist ja völlig aufgelöst. Und dann erzähl mir, was los ist. Die alte Nele wird dir helfen, wenn sie kann.« Beruhigend klopfte die bucklige Alte dem Mädchen auf den Rücken. »Nun komm aber erst mal hinein. Es ist nicht gut für dich, wenn man dich hier mit mir sieht. Komm, ich mache uns einen Melissentee, das beruhigt.«

Nele nahm die schluchzende Katharina sanft bei der Hand und zog sie energisch ins Innere der kleinen Hütte.

Katharina war erst wenige Male hier gewesen. Die Alte bat nicht gerne Besucher zu sich herein. Die meisten ihrer Geschäfte machte sie vor der Tür. Ob drinnen oder draußen, das war nicht so wichtig. Denn die Menschen kamen meist nachts zu ihr. Sie fragten um Rat wegen eines Zipperleins, das nicht weggehen wollte, sei es bei sich selbst, bei der Familie oder den Tieren. Sie suchten ihre Hilfe in Liebesangelegenheiten, bei Händeln oder anderen Schwierigkeiten. Sie kamen, wenn sie nicht mehr weiterwussten. Nele war immer die letzte Zuflucht. Doch wenn sie über die Alte vor der Stadt sprachen, dann flüsterten sie und bekreuzigten sich hastig oder kreuzten Mittel- und Zeigefinger hinter dem Rücken zum Schutz gegen die bösen Geister. Die Menschen suchten ihre Hilfe in der Dunkelheit. Wenn es hell war, mieden sie sie wie die Pest. Nele hatte sich inzwischen daran gewöhnt. Es machte ihr nichts mehr aus.

Doch diese da, diese junge Frau mit dem aufgelösten Haarkranz, war anders. Sie kannten sich länger, als Katharina wusste. Die Kleine hatte ihren eigenen Kopf, ließ sich nicht sagen, was sie zu denken hatte und was nicht. Sie schaute sich die Menschen gut an und beurteilte sie erst dann. Sie war wohl verschlossen, auch sehr misstrauisch. Kein Wunder. Für einen Bankert, ein Bastardmädchen, von dem niemand wusste, woher es kam, war es nirgends leicht. Nur ganz wenige kannten Katharinas Herkunft. Dazu gehörte sie. Aber sie würde schweigen.

»So, jetzt sei ruhig, es wird alles gut.« Nele warf energisch die Türe zu, Dämmerlicht senkte sich über den kleinen Raum. »Nun setz dich erst einmal hin. Heulen kannst du auch, wenn du auf deinem Hintern hockst. Ich mache uns den Tee.« Die alte Frau drehte sich etwas zur Seite und begann mit einem Eisenhaken die Glut unter dem Wasserkessel zu schüren. »Weißt du, Mädchen, ein bisschen bist du für mich wie eines meiner fünf Kinder, Gott hab sie selig.«

Katharina vergaß für einen Moment die eigenen Probleme. Nele hatte eine Menge durchgemacht, das wusste sie. Aber normalerweise sprach die Alte nicht davon. Doch diesmal erzählte Nele weiter, ein beruhigendes Gemurmel, das von schrecklichen Erlebnissen kündete.

»Den Mann und den Sohn haben die Kaiserlichen beim Bauernaufstand geholt. Ja, ja, das waren furchtbare Zeiten. Den Sohn habe ich nie wieder gesehen. Und mein Mann starb in meinen Armen. Sie hatten ihm beide Arme abgehackt. Er hatte schon zu viel Blut verloren. Ich konnte ihm nicht mehr helfen.«

»Nele, ich …«

Nele murmelte weiter, als hätte sie Katharinas Worte nicht gehört. »Die Älteste und die Jüngste holte die Pest vor einigen Jahren.«

Katharina erinnerte sich gut. Als die alte Nele schließlich gesund wieder aus ihrem Haus aufgetaucht war, hatten die Leute begonnen, über ihre seltsamen Kräfte zu munkeln, die selbst den schwarzen Tod in die Flucht schlagen konnten. Und Nele? Nele hatte das Schicksal über Nacht gekrümmt. Seit damals war sie buckelig, und ihre Haare waren weiß. Doch seit damals versorgte sie die Menschen mit Mittelchen, Tinkturen und weisen Sprüchen. Verse und seltsame Zeichen, geschrieben auf Zettelchen, die in kleinen Beuteln über dem Herzen getragen werden mussten. Denn weise Sprüche, das hatte Nele ihr einmal erklärt, wirkten fast so gut wie Kräuter. Hauptsache, die Zeichen waren möglichst unverständlich und sehr kompliziert zu bekommen. Dann glaubten die Leute auch daran. Nicht nur der Glaube an Gott konnte Berge versetzen. Die Zettelchen der alten Nele manchmal auch. Und wenn gar nichts mehr half, dann fügte sie ihrer Kräutermixtur etwas Bilsenkraut bei. Dann glaubten die Menschen alles; selbst, dass der Teufel sie besucht hätte. Nele hatte schon vor einiger Zeit angefangen, Katharina über ihre Rezepturen aufzuklären. Immer fast beiläufig. Damit war die Vertrautheit zwischen der jungen Frau und der Heilerin von Seggingen noch gewachsen. Auch wenn sie sich selten sahen.

Katharina krampfte sich das Herz voller Mitleid zusammen. Ja, und die letzte Tochter war an der Pest im Mai gestorben. Gemeinsam mit der alten Äbtissin Kunigunde von Hohengeroldseck. Es war nur ein kurzes Aufflackern des schwarzen Todes gewesen. Nur die Äbtissin und Nele und ihre Familie hatte er heimgesucht. Und Nele war die einzige und die letzte Überlebende ihrer Familie gewesen. Der schwarze Tod hatte sie nun schon zum zweiten Mal verschmäht. Auch zu dieser Frau war das Leben nicht gerecht gewesen. Schüchtern trat sie zu Nele und umarmte sie. »Für mich bist du der einzige Mensch, dem ich trauen kann.«

Kichernd machte die alte Frau sich los. »Na, hast wohl begriffen, dass es immer noch Schlimmeres gibt, Mädchen? Nein, keine Bange, ich werde dir nicht mit meinen Tinkturen und Zettelchen kommen. Weißt inzwischen zu gut, was dahinter steckt. Dir kann ich nichts vormachen. Hast einen guten Rat wohl dringender nötig, wie?«

»Woher weißt du, was ich gerade gedacht habe?«

»Ach, Mädchen. Ich kenne die Menschen schon etwas länger als du. Nun setz dich endlich hin. Inzwischen scheinst du dich ja soweit beruhigt zu haben, dass du wieder normal reden kannst.« Nele winkte ihr ungeduldig zu. »Nun setz dich endlich«, sagte sie noch einmal barsch und wies auf einen Haufen alter Decken, die auf dem gestampften Erdboden der Hütte lagen.

In der kleinen Hütte roch es nach Lavendel. Ganze Büschel davon hingen an Schnüren zum Trocknen von der Hüttendecke. Nele liebte diese Pflanzen, hatte einige Stauden davon in ihren Kräutergarten und drei direkt neben den Eingang zu ihrem Häuschen gepflanzt. Die Alte bemerkte, wohin Katharinas Augen gewandert waren und kicherte. »Ja, ja, der Lavendel. Ist gegen den bösen Blick.« Sie schien diese Bemerkung besonders lustig zu finden und lachte noch einmal herzlich. »Die Hexe von Seggingen schützt sich gegen den bösen Blick«, erläuterte sie, als sie Katharinas verständnislose Miene sah.

Doch dem Mädchen war nicht nach Lachen zumute. Sie atmete tief ein. Der Duft dieser Pflanze mit den kleinen, fast filigranen und doch so widerstandsfähigen Blättern und den zierlichen lila Blüten erinnerte sie an unbeschwerte Kinderzeiten. An damals, als die Tage noch einfach, klar und unkompliziert waren, als sie sich noch nicht fürchten musste. Seit sie sich zurückerinnern konnte, liebte sie Lavendel. Der Duft verkörperte für sie so etwas wie Geborgenheit. Es roch nach Sonne, Lachen, Heimat in dieser kleinen Hütte, nach Beschütztsein. Sie fühlte sich schon etwas wohler. Leise und sehr vorsichtig begann Hoffnung in ihr zu keimen.

»Bitte, bitte kann ich nicht hier bleiben? Nele, schick mich nicht wieder zurück«, brach es aus Katharina heraus.

»Ist ja gut Kind, hab keine Angst. Die alte Nele wird dir schon helfen können. Aber das geht wirklich besser, wenn du dir nicht die Beine in den Bauch stehst.«

Gehorsam ließ sich Katharina auf die Decken gleiten. Sie beobachtete, wie Nele in eine Ecke ihrer Hütte ging und den Deckel einer großen Truhe öffnete. Diese Truhe war eines von vier Möbelstücken in dem kleinen, dunklen Raum, in den nur durch die Ritzen zwischen den Brettern der Holzwände etwas Licht fiel. An der östlichen Wand stand ein aus armdicken Ästen und Weidenschösslingen geflochtenes Bett mit einem Strohsack darauf. An der Südlichen ein Tisch und ein dreibeiniger Schemel, die beide schon bessere Tage gesehen hatten. Erhellt wurde die Dämmerung in der Hütte nur vom Licht des kleinen Feuers, das in einem sorgsam gemauerten Herd flackerte. Über diesem Feuer hing an einem Ständer aus drei oben miteinander verbundenen Stangen ein metallener Topf an einer Kette, in dem Wasser dampfte.

Nele kramte eine Weile in der Truhe und brummte vor sich hin. Dann holte sie eine knappe Hand voll getrockneter Blätter hervor und gab sie in eine hölzerne Schale. Darüber goss sie eine große Schöpfkelle des heißen Wassers und stellte die Schale vor Katharina hin. »Lass den Tee noch ein wenig ziehen,

Mädchen. Jetzt wirkt er noch nicht. Halt, warte, ich habe noch etwas ganz Besonderes für dich.« Nele nahm einen kleinen Tiegel, der in einem grob geknüpften Netz von der Decke hing. »Hier habe ich etwas Honig. Jemand, der meine Hilfe brauchte, hat ihn gebracht. Ich tue dir einen Löffel voll in deinen Tee.« Geschickt fischte Nele mit einem kleinen, löchrigen Lederlappen die meisten Blätter aus dem dampfenden Getränk, ehe sie etwas Honig aus dem Tiegel hineingoss. »So. Jetzt trink zehn Schlucke. Ganz langsam. Genieß den Geschmack des Honigs auf deiner Zunge und dann lass den Tee sachte die Kehle hinuntergleiten. Sonst wirkt er nicht. Und ehe du nicht die zehn Schlucke getrunken hast, sagst du keinen Ton mehr. Bevor du nicht ordentlich nachgedacht hast, kommt sowieso nur Unsinn heraus.«

Katharina tat, wie ihr geheißen wurde, ohne jeden Widerspruch. Nele kicherte in sich hinein. Das Mädchen musste gehörig durcheinander sein, wenn sie bei ihrem Dickkopf ohne zu murren gehorchte. Sie beobachtete, welche Mühe sich ihr Gast gab, sich wieder zu fassen. Etwa fünf Minuten lang saßen sie sich einfach stumm gegenüber.

Dann durchbrach Neles Stimme die Stille, die nur vom Knistern des Feuers im Herd getragen wurde. »Nun, also, was ist?«, fragte sie rau.

»Ich soll nach Meersburg, zum Domherrn Jakob Murgel. Er will mich als seine künftige Hauserin.«

Nele konnte Katharina kaum verstehen, so leise sprach sie. Sie zog eine Augenbraue hoch. »Und?«

»Ich will dort nicht hin. Dieser Mann macht mir Angst. Er hat mich mit einem Blick angeschaut, der war so, so …« Katharina brach ab.

»Aha«, meinte Nele nur und nickte.

»Magdalena von Hausen sagt, das bilde ich mir nur ein. Mag sein. Aber ich will nicht. Ich will nicht nach Meersburg. Nie. Nie gehe ich in Jakob Murgels Haus.«

»Soso, die Äbtissin will also, dass du gehst. Das wundert

mich. Die von Hausen ist doch eigentlich ein Mensch, der andere recht gut beurteilen kann. Ich denke, wenn du noch einmal vernünftig mit ihr redest, dann lässt sie dich hier. So, wie du dich aufgeführt hast, als du hierher kamst, kann ich gut verstehen, dass sie dich einfach für kindisch gehalten hat. Die Äbtissin mag dich, sie würde nie etwas Schlechtes für dich wollen.«

Jetzt erwachte in Katharina der Trotz. »Doch«, schrie sie fast hinaus. »Sie hat gesagt, wenn ich nicht gehe, dann bliebe mir nur noch das Kloster. Und ich will nicht ins Kloster.«

Nele lachte. »Du kannst gut sagen, was du nicht willst, Mädchen. Weißt du denn auch, was du willst?«

»Ich will hier bleiben. Hier bei dir. Leben wie du. Tun können, was ich will, wie du.«

Nele schüttelte den Kopf. »Jetzt glaube ich wirklich auch langsam, dass du verrückt bist. Im Stift bist du in Sicherheit. Jeden Tag bekommst du etwas Anständiges zu essen, und seit du der Äbtissin zur Hand gehst, musst du auch lange nicht mehr so schwer arbeiten wie früher. Du hast ein ordentliches Bett, musst im Winter nicht frieren. Was willst du also mehr? Was willst du bei der alten Nele, über die jeder tuschelt, sie sei eine Hexe? Zu der zwar alle kommen, wenn es Nacht ist, die aber alle meiden, sobald die Sonne aufgeht. Ich hole mir die Essensreste aus dem Stift, um nicht zu verhungern. Und im Winter habe ich mehr als einmal blaue Zehen, weil ich nicht genügend Brennholz für die Hütte zusammenbekomme. Meine Knochen ächzen unter der Gicht. Ich weiß ohnehin nicht, wie lange ich noch lebe. Also geh zurück zur Äbtissin. Sie ist eine gute Frau. Sie wird dich nicht zwingen, obwohl sie es könnte.«

Flehend blickte Katharina auf die alte, kleine, verhutzelte Frau mit den derben, abgearbeiteten Händen, die so sanft sein konnten. Trotz der vielen Schwielen und den von der Gicht entstellten Fingern mit den rissigen Nägeln. Sie liebte Nele. Schon als kleines Kind war sie manchmal hierher gekommen, wenn sie Kummer hatte. Nele wusste immer Rat. Und auch wenn ihre Stimme barsch klang, ihr Gesicht runzelig und hässlich und ihr Rücken von der Gicht gekrümmt war, Katharina wusste genau, Nele war keine Hexe. Denn die kleinen Äuglein, geschwollen und rot vom Rauch des Feuers in ihrer Hütte, sprachen eine unmissverständliche, gütige Sprache. Auch jetzt wieder.

»Na gut«, krächzte Nele. »Heute Nacht kannst du hier bleiben. Und morgen sehen wir weiter. Leg dich hin, hier auf die Decken. Ich muss noch einmal weg.«

Zufrieden kuschelte sich Katharina in die alten Decken. Sie waren zwar rissig und zerschlissen, aber sauber. Nele achtete auf Sauberkeit. Erschöpft von der Aufregung schlief sie schnell ein. Nele beobachtete das schlafende Mädchen noch eine Weile. Dann erhob sie sich ächzend und verließ die Hütte. Sie ging ungern in die Stadt. Doch heute musste es sein. Sie musste Konz Jehle finden, damit er der Äbtissin sagte, wo Katharina war. Sie schätzte diese Magdalena von Hausen. Sie hatten sich einst gut kennen gelernt. Damals, als die Adlige die Hilfe der Heilerin brauchte. Obwohl sie nun Äbtissin war und eine Frau mit Macht und Einfluss, kam Magdalena von Hausen noch immer heimlich zur alten Nele und fragte sie um Rat. Aber das wusste niemand. Und sie würde es niemals jemandem sagen. Auch Katharina nicht. Obwohl sie doch der eigentliche Grund für diese in Jahren gewachsene Freundschaft war. Eines wusste Nele jedenfalls genau. Diese Magdalena von Hausen würde dem Mädchen niemals bewusst etwas Böses antun.

Katharina wachte früh auf am nächsten Morgen. Obwohl es Sommer war, fröstelte sie. Als sie die Augen aufschlug, sah sie als Erstes die Lichterkringel, die die Morgensonne auf ihre Decken malte, als sie durch die Ritzen und Löcher in der Hüttenwand fiel.

»Guten Morgen, Katharina«, sagte Magdalena von Hausen

sanft. Katharina erstarrte. Nele hatte sie verraten. Nun war alles aus. Magdalena von Hausen war gekommen, um sie zu Jakob Murgel zu schicken. Sie begann zu schluchzen.

»Katharina, jetzt hör auf zu weinen. Dieser Julimorgen ist viel zu schön, um Tränen zu vergießen.« Magdalena von Hausen kniete sich neben sie, ihr dunkles Seidenkleid raschelte dabei. Irgendwie beruhigte dieses Rascheln. Und die Stimme Magdalenas war auch nicht mehr ärgerlich. Zögernd hob Katharina den Blick. Was sie sah, ließ sie Mut fassen. Die Äbtissin sah eigentlich nicht richtig ärgerlich aus. In ihren Augen schimmerte sogar ein kleines Lächeln, obwohl das schöne Gesicht ernst blieb.

Angesichts des Hoffnungsschimmers in der Miene des Mädchens musste Magdalena dann aber doch schmunzeln. »Glaubst du wirklich, ich würde dich irgendwohin schicken, wo du auf keinen Fall hinwillst? Nele hat mir – dem Himmel sei Dank – gesagt, wo du steckst. Sei nicht böse auf sie. Sie wusste, ich würde mir Sorgen um dich machen, nachdem du gestern so völlig aufgelöst aus meinem Zimmer gestürmt bist und dann verschwunden warst.«

»Ihr macht Euch Sorgen um mich?« Katharina war erstaunt und ein wenig geschmeichelt. »Warum? Ich bin doch niemand. Ihr könnt doch mit mir tun, was ihr wollt.«

»Katharina, jetzt sei nicht albern. Im Angesicht des Herrn bist auch du ein Menschenwesen, das es zu hüten gilt. Waren es denn nicht gerade die Schwachen und Geschlagenen, denen er das Himmelreich versprach? Und sollte ich dem Wort des Herrn gerade in deinem Fall nicht folgen? Katharina, wenn du in einer Woche noch immer nicht zu Jakob Murgel willst, dann musst du nicht gehen. Das verspreche ich dir. Du musst mir dafür versprechen, dass du nicht wieder wegläufst und dir die Sache in aller Ruhe noch einmal durch den Kopf gehen lässt.«

Zögernd nickte Katharina.

»Na, dann komm, Mädchen. Auf dich und mich wartet eine

Menge Arbeit.« Die Äbtissin erhob sich und nickte der alten Nele zu, die sich im Hintergrund gehalten hatte.

Nele nickte in stummem Einverständnis zurück, als wollte sie sagen: »Na also, ich habe es doch gewusst.« Ihr zahnloser Mund verzog sich zu einem Lächeln, als sie die beiden Seite an Seite davongehen sah. Rechts die hohe, aufrechte Gestalt der Magdalena von Hausen, links die zierliche Vierzehnjährige. Der dunkelbraune neben dem rötlich schimmernden Schopf. Die Reichsfürstin neben der Dirne aus dem Nirgendwo. »Und doch sind beide nur Frauen auf der Suche nach ihrem Weg in einer Welt der Männer«, dachte Nele. »In welcher Wiege sie auch immer lagen, ob hoch oder niedrig geboren, darin sind alle Frauen gleich. Und darum müssen wir einander beistehen so gut wir können.«

Jakob Murgel kochte innerlich. Aber auch der aufmerksamste Beobachter hätte nichts davon gemerkt. Der Domherr hatte in langen Jahren der Übung gelernt, sich zu beherrschen. Doch die einzige Geste, die er sich gestattete, hätte einem Kenner seines Charakters verraten, wie wütend er war: Er knallte das Pergament mit dem Siegel der Fürstäbtissin heftig auf den Schreibtisch. Magdalena von Hausen weigerte sich in nüchternen Worten, die hörige Magd Katharina zu ihm zu schicken. Das Kind sei noch zu jung, schrieb sie, um die ihr zugedachten Aufgaben zu erfüllen. Erst müsse sie besser Haushalten und auch Lesen, Schreiben und Rechnen lernen, um dem allergnädigsten Domherrn in Konstanz eine gute Hauserin sein zu können.

Der allergnädigste Domherr war jedenfalls im Moment nicht allzu gnädig gestimmt. Irgendeine merkwürdige Beziehung gab es zwischen Magdalena von Hausen und dieser Dirne, die ihm nicht mehr aus dem Kopf ging. Er hatte so manches munkeln hören, als er in Seggingen war. Nichts Konkretes, aber doch Verwunderung darüber, warum sich eine Äbtissin einer Dienstmagd derart annahm und sie sogar zu ihrer Zofe machte. Da steckte mehr dahinter. Das hatte er selbst gesehen. Aber auch Chorherr Konrad Besserer hatte bislang nichts herausfinden können …

Der Brief, in dem sich Magdalena für Katharina einsetzte, war ein weiteres Indiz für dieses besondere Verhältnis. Zuerst hatte er nicht sonderlich auf den Klatsch geachtet, den Besserer bei seinen Besuchen von sich gegeben hatte. Der Segginger Chorherr war als Spion zwar nützlich, aber ansonsten nicht sonderlich intelligent. Doch so langsam war Murgel überzeugt, dass hinter dieser Katharina mehr steckte als ihr hübsches Gesicht und ihre jugendliche Formbarkeit. Wenn er sie in die Hand bekäme, dann hätte er vielleicht auch Magdalena von Hausen in der Hand. Die einst so fügsame, brave Stiftsdame hatte sich als Äbtissin schon viel zu selbstständig gemacht. Eigentlich hatte er gedacht, in Magdalena von Hausen auf dem Stuhl der Äbtissin ein williges Werkzeug zu haben. Sie, die Reichsfürstin, hätte ihm den Weg bis hin zu Ferdinand von Habsburg und seinem Bruder Karl V. ebnen können. Und von da aus weiter bis zum Papst, vielleicht sogar bis auf den Heiligen Stuhl selbst. Der König von Spanien und Kaiser des Heiligen Römischen Reiches war ein harter Mann, fest verankert im Glauben der Kirche. Nicht wie sein Bruder und Statthalter in den Vorlanden, der wankelmütige, weiche Ferdinand.

Ja, Domherr Jakob Murgel hatte große Pläne. Einer davon war es, der Ketzerei dieses Martin Luther und dessen Lehre endlich ein Ende zu setzen. Eine Lehre, die jetzt selbst in der ehrwürdigen Bischofsstadt Konstanz regierte. In der Stadt des Konzils, der Stadt der Bischöfe, in der Geschichte geschrieben und vor 100 Jahren noch Ketzer verbrannt worden waren. Wie Jan Hus. Die neue Lehre der so genannten Protestanten oder Reformierten hätte auch Magdalena von Hausen als blutjungem Stiftsfräulein beinahe das Leben gekostet. Er erinnerte sich gut. Damals hatte auch sie die Schriften Luthers, Zwinglis und Huttens gepredigt und engen Kontakt mit dem Ketzerpfarrer aus Waldshut, Balthasar Hubmaier, dem Reformationsprediger von Rheinfelden, Eberhard von Günzburg und dem gehenkten Bauernführer Konz Jehle von der Niedermühle gehabt. Doch sie hatte es geschafft sich irgendwie da herauszuwinden. Das Tribunal hatte sie laufen lassen, unter der Bedingung, künftig nur noch dem wahren Glauben zu leben und der ketzerischen Predigerei zu entsagen.

So war der Scharfrichter unverrichteter Dinge wieder abgereist. Konz Jehle war schon lange tot, Balthasar Hubmaier auch. Eberhard von Günzburg, inzwischen längst aus Rheinfelden vertrieben, war damals zu Martin Luther gereist. Die Pest über den Wittenberger! Diese Gedanken an Freiheit im Volk hatte das Reich nur ihm zu verdanken. Und Magdalena von Hausen ... Nur Lobeshymnen über sie, sei es vom eigentlich besonnenen Schönauer, der einen Narren an ihr gefressen zu haben schien, von Ditzlin, dem Leutepriester aus Waldshut, dem Waldvogt, den Segginger Ältesten. Das war zu schön, um echt zu sein.

Jakob Murgel war wieder ruhiger geworden, sein Hirn arbeitete fieberhaft. Irgendetwas war da zwischen Magdalena und dem Mädchen Katharina. Sonst hätte die Äbtissin ihm diesen kleinen Dienst, sie zu ihm zu schicken, nicht verwehrt. Er würde schon noch herausfinden, was es war. Ob es wohl mit Katharinas unbekannter Herkunft zu tun hatte? Auch darüber hatte er nichts herausfinden können. Ja, das musste es sein. Da war etwas faul, das konnte er schon fast mit Händen greifen. Er hatte selbst genügend Geheimnisse, um sofort zu wittern, wenn jemand etwas verbergen wollte. Vielleicht war Magdalena von Hausen selbst die Mutter? Nein, diese Vermutung ginge wohl doch zu weit. Aber es müsste doch mit dem Teufel zugehen, wenn er nicht hinter dieses Geheimnis käme. Er war sich sicher, dann hätte er Magdalena von Hausen in seiner Hand. Doch dafür musste er erst einmal diese Katharina in die Finger bekommen.

In den herrischen, dunklen Augen Murgels zeigte sich ein

leichtes Lächeln. Ihm würde etwas einfallen. Ihm fiel immer etwas ein. Die Finger seiner rechten Hand trommelten auf der geschnitzten Schreibtischplatte, dann stand er auf. Im Hin- und Hergehen konnte er einfach besser denken. Und langsam begann ein Plan in seinem Kopf Formen anzunehmen. Man musste diese Katharina in die Enge treiben – und mit ihr Magdalena von Hausen. So sehr in die Enge treiben, dass ihr am Ende nichts anderes übrig blieb, als Katharina fortzuschicken. Natürlich würde er sie dann – ganz im Zeichen der Nächstenliebe – gütigen Herzens bei sich aufnehmen. Ja, so musste es gehen. Er würde dafür sorgen, dass sich Katharina in Seggingen bald sehr unwohl fühlte. Und wo sollte sie sonst auch hin, außer zu ihm und unter seinen Schutz? Murgel lachte hart. Es fand sich doch immer ein Weg. Er würde sofort an Besserer schreiben und ihm Anweisungen geben. Nicht so deutlich, dass der ihm einen Strick daraus drehen könnte. Aber doch deutlich genug.

3

Es war Herbst geworden. In Katharina ließ die innere Anspannung langsam nach, während die Wochen vergingen, ohne dass ein neuer Brief von Jakob Murgel kam, der ihre Dienste forderte. Ihre Kammergenossin Barbara hatte natürlich durch den Küchenklatsch erfahren, dass Katharina sich geweigert hatte, nach Meersburg zu Murgel zu gehen. Im Stift blieb nichts lange geheim. Und so bekam sie mit schöner Regelmäßigkeit jeden Abend vor dem Einschlafen einige mehr oder weniger spitze Bemerkungen zu hören, die Barbara offensichtlich lustig fand. Jedenfalls kicherte sie immer dabei. »Na, gnädiges Fräulein, waren wir heute zum Arbeiten aufgelegt, oder sind Euer Gnaden sich inzwischen als Zofe der Äbtissin zu fein dafür? Unser Domherr war jedenfalls nicht gut genug für Euro Gnaden Dienste.«

Katharina erwiderte nie etwas, in der Hoffnung, es würde Barbara irgendwann zu dumm werden und sie könnte die ganze Sache endlich vergessen. Allerdings schien sich Chorherr Konrad Besserer neuerdings besonders für sie zu interessieren. Jedenfalls lief er ihr ständig über den Weg, wenn Magdalena von Hausen sie zu Besorgungen schickte. Aber er benahm sich freundlich genug, sodass sich Katharina keine weiteren Sorgen machte. Sie war gerade wieder zu Magdalena unterwegs, eine heiße Milch auf einem Tablett vor sich hertragend, als sie an der Schulter eine Berührung fühlte. Sie drehte sich um und blickte in das strahlende, erhitzte Gesicht von Konz Jehle von der Niedermühle.

»Konz, was tust du denn hier im Stift! Willst wohl Barbara besuchen? Schön, dich zu sehen. Wir müssen uns unbedingt einmal beim Haus von Nele oder am Fluss treffen.«

Konz schüttelte den Kopf, sein Grinsen wurde noch eine Spur breiter. »Ja, schon«, keuchte er völlig außer Atem. »Aber nicht jetzt. Ich habe eine Nachricht für die Äbtissin. Sie soll heute Nacht unbedingt zu Nele kommen. Da wartet eine alte Freundin auf sie.«

»Eine Freundin der Äbtissin bei der alten Nele? Das kann ich kaum glauben. Sag doch, wer ist das?« Katharina schaute gespannt zu Konz auf.

»Das darf ich eigentlich nicht sagen. Aber weil du meine Freundin bist und weil ich dir vertrauen kann und weil du es doch der Äbtissin sagen musst, also …« Konz holte tief Luft.

»Nun red schon, mach es nicht so spannend«, fiel ihm Katharina ins Wort.

»Also, es ist Wibrandis Rosenblatt. Sie ist auf der Durchreise mit ihrem Gatten, dem Herrn Reformator Martin Butzer, und ihren Kindern. Aus Basel ist sie gekommen. Sie wollen erst nach Konstanz, um mit dem Reformator Ambrosius Blarer zu sprechen, und dann nach England.«

»Ehrlich, Wibrandis Rosenblatt ist da?«

»Wenn ich's doch sage«, grummelte Konz.

»Mein Gott, das muss ich schnellstens Magdalena von Hausen sagen. Sie war doch mit Wibrandis so gut befreundet, als sie noch in Seggingen lebte. Manchmal spricht sie von diesen Zeiten.«

»Sag ich doch, dass du's ihr sagen musst«, drängte Konz. »Ich kann nicht zu ihr. Wie würde das denn aussehen. Also geh endlich.«

Katharina tanzte fast vor Freude, als sie zu den Räumen der Äbtissin eilte. Die heiße Milch schwappte bedenklich in ihrem Becher. Das war einfach zu schön. Wibrandis Rosenblatt war da! Die Tochter des Schultheiß und Feldhauptmanns Rosenblatt. Eine Frau mit aufregender Vergangenheit. Eine Ketzerin. Durch die Erzählungen der Segginger war sie schon fast zu einer Legende geworden. Natürlich sprachen die anständigen Leute über Wibrandis Rosenblatt nur hinter vorgehaltener Hand. Doch gerade deshalb hatte Katharina versucht, so viel wie möglich über sie zu erfahren.

Erst vor kurzem, in einer der wenigen stillen Stunden, die ihr noch blieben, hatte die Äbtissin von Wibrandis erzählt. Katharina war gerade dabei gewesen, ihr die langen, dunklen Haare zu flechten. Magdalena von Hausen gestattete sich selten Minuten der Vertrautheit mit ihrer Zofe. Doch das Knistern des Feuers im Kamin, die wohlige, entspannende Wärme im Zimmer, die Dämmerung, die langsam hereinbrach, die angenehme Empfindung von Katharinas behutsamen Händen in ihrem Haar, hatten ihre eiserne Selbstdisziplin gelockert. Und zum ersten Mal beantwortete sie die Fragen nach der Freundin aus jenen Zeiten, als sie ins Stift gekommen war.

»Ich weiß noch, wie die Leute geredet haben, als der Feldhauptmann Johannes Rosenblatt seine Familie verließ und nie mehr auftauchte«, hatte Magdalena von Hausen versonnen gemurmelt. »Doch meine Wibrandis war nicht nur schön, sondern auch stark.« Katharina erinnerte sich noch genau, wie die Äbtissin gelacht hatte. Das fröhliche Lachen eines kleinen Mädchens. »Wibrandis kommt nämlich von *viga* und *branda* und bedeutet Kampfschwert.«

»Kennt Ihr die Familie Rosenblatt gut?« Katharina war ganz Ohr gewesen.

»Sie haben mir eine Art Heim gegeben. Ein kleines Mädchen aufgenommen, das sich einsam fühlte als Stiftsfräulein in einer fremden Stadt. Das alle Menschen verloren hatte, die es liebte. Die Eltern tot, der Bruder irgendwo im Dienst der Kirche. So viele Pläne haben Wibrandis und ich damals geschmiedet, als wir am Kamin saßen und Bratäpfel aßen!« Die Stimme Magdalenas hatte traurig geklungen.

»Nun, Ihr seid inzwischen die gestühlte Äbtissin dieses Stiftes. Und was ist aus Eurer Freundin geworden?«

Magdalena von Hausen seufzte. Doch zu Katharinas Überraschung hatte sie ihr auch auf diese Frage eine Antwort gegeben. »Wibrandis' erste Ehe in Seggingen hat gerade einmal zwei Jahre gedauert. Dann starb ihr Mann. Doch bald trat Johannes Oekolompad in ihr Leben, Reformator aus Basel und einer der wichtigsten Gefolgsleute des großen Martin Luther. Ich glaube, er war ihre große Liebe. Aber das Schicksal hielt noch mehr Prüfungen für meine Freundin bereit. Auch Oekolompad starb. Zur nämlichen Zeit verschied die Frau eines anderen Reformators. Und so wurde Wibrandis nach geziemender Trauer das Weib von Wolfgang Fabricius Capito.«

»Das muss ein gestrenger Mann und Vater gewesen sein, sagen die Leute.«

Magdalena von Hausen war irritiert gewesen über diese Unterbrechung. »Er tat, was er für richtig hielt, woran er glaubte. Aber du magst wohl Recht haben. In Capitos Glaubensbruder Martin Butzer hat der Herr meiner lieben Wibrandis nach Capitos Tod einen duldsameren Ehemann geschenkt. Seit April 1542 ist sie nun mit ihm verheiratet. Inzwischen hat sie vier Kinder. Butzer hat ihr auch erlaubt, wieder mit mir zu korrespondieren. Ihre Briefe haben mir sehr gefehlt in diesen schweren Zeiten.«

Inzwischen hatte Katharina ihr Ziel erreicht. Aufgeregt klopfte sie an die Türe der Äbtissin. Sie freute sich so, ihr die gute Nachricht zu überbringen, dass sie wieder einmal völlig vergaß, auf das »Herein« zu warten. Magdalena von Hausen sah erstaunt von ihren Papieren auf. Die inzwischen Fünfzehnjährige benahm sich manchmal immer noch wie ein kleines Mädchen. Als sie Katharinas strahlendes Gesicht sah, musste sie lachen. »Gnädigste Reichsfürstin, hohe Frau, stellt Euch vor, wer gekommen ist! Wibrandis Rosenblatt ist da!«

Magdalena von Hausen sprang so schnell von ihrem Schreibtisch auf, dass der Stuhl umkippte. »Wo ist sie? Bring sie doch herein, schnell. Das ist aber eine schöne Überraschung!« Selbst die sonst so beherrschte Äbtissin hatte ein wenig die Fassung verloren.

»Konz sagt, sie wartet bei der alten Nele auf Euch. Bitte, bitte darf ich mit?«

Lachend schaute Magdalena von Hausen auf die aufgeregte Katharina, die sie flehend ansah. »Bei Nele? Warum kommt sie denn nicht her? Sie weiß doch, dass sie jederzeit willkommen ist. Aber wie ich Wibrandis kenne, wird sie schon ihre Gründe haben. Also gut, Katharina, komm mit. Es würde sich ohnehin nicht schicken, wäre ich in der Nacht allein unterwegs.«

Konrad Besserer sah sie gehen. Und er schlich ihnen hinterher. Heute, heute würde er etwas finden, um die Äbtissin und diese Katharina unter Druck zu setzen. Er spürte es in seinen Knochen. Er hatte zwar nicht verstanden, was Jakob Murgel von diesen beiden wollte. Aber auch das würde er noch herausfinden. Besserer grinste hämisch. Das waren dann schon drei, die er in der Hand hatte.

4

Das Unheil braute sich über Katharina zusammen, ohne dass sie es wahrnahm. Neugierige Blicke, Getuschel hinter ihrem Rücken sobald sie vorüberging, gehörten zu ihrem Leben, seit sie denken konnte. So achtete sie auch diesmal nicht weiter darauf. Für Katharina war das ein Teil des Lebens wie Regen und Sonnenschein. Es war eben nicht zu ändern.

Doch Magdalena von Hausen machte dem Mädchen den Ernst der Lage schnell klar. Durchs Fenster des großen Schlafgemaches der Residenz der Äbtissin schickte die untergehende Oktobersonne ihre letzten Strahlen und malte Lichtpunkte auf die rot und golden gefärbten Blätter der Bäume auf den Hügeln am anderen Rheinufer. Das Verhalten Magdalenas stand in völligem Kontrast zu diesem friedlichen Bild des zu Ende gehenden Tages, einem der letzten Tage in diesem ungewöhnlich schönen Altweibersommer des Jahres 1544. Er hatte sogar den in früheren Jahren immer so sauren Trauben für den Stiftswein auf dem Rebberg ein paar zuckrig-blumige Geschmackstupfer verpasst. Es war ein gutes Jahr gewesen, dieses erste Jahr unter der neuen Äbtissin. Und natürlich brachten die Bauern des Stifts und die Bürger der Stadt dies auch mit dem Wirken von Magdalena von Hausen in Verbindung. Die Welt war wieder einmal in Ordnung, die Ernte reich und eingebracht, das Leben versprach, gut zu werden. Die Menschen bereiteten sich auf die dunkleren Tage vor.

Erstaunt betrachtete Katharina die sonst so beherrschte Fürstin. Magdalena von Hausen lief unruhig im Zimmer hin und her, schien einfach nicht stillstehen zu können, wie ein Wolf in einem Käfig. Noch immer nagte dieser stille Groll in Katharina, die Rebellion dagegen, dass manche auf der Sonnenseite des Lebens geboren waren und andere eben nicht. Doch sie war erwachsener geworden in diesem halben Jahr. Mit jedem Tag etwas weniger Kind und ein wenig mehr Frau.

Abrupt wandte sich Magdalena zu ihr um. »Katharina, du musst fort von hier.«

»Warum? Habe ich etwas falsch gemacht? War meine Arbeit nicht gut? Ihr wollt doch nicht etwa …? Ich muss doch nicht etwa nach Meersburg zu Jakob Murgel?«

Magdalena von Hausen schüttelte traurig den Kopf. »Nein, das ist es nicht. Obwohl ich den Verdacht nicht loswerde, dass dieser Mann etwas damit zu tun hat. Aber ich kann es nicht beweisen. Es ist nur so ein Gefühl.«

»Etwas womit zu tun hat? Ich verstehe nicht, was Ihr mir eigentlich sagen wollt, hohe Frau.« Fragend blickte Katharina in das angespannte Gesicht der Äbtissin.

»Hast du denn nicht mitbekommen, was in den Gängen des Stiftes getuschelt wird? Immer mehr Gerüchte machen die Runde.«

Katharina nickte. »Schon, aber ich habe mich nicht weiter darum gekümmert.«

»Mädchen, die Menschen sind seltsam. Wenn es ihnen gut geht, trauen sie dem Zustand nicht und sie suchen förmlich nach dem Unheil. Sie nehmen Ereignisse, kochen sie zusammen mit Vermutungen und blasen so lange in diese Suppe, bis der Rauch sich wie ein Sturm daraus erhebt. Diesmal sind wir beide in seinem Zentrum. Irgendjemand muss uns beobachtet haben, als wir im Sommer Wibrandis Rosenblatt in der Hütte der alten Nele besuchten. Inzwischen ist daraus das Gerücht entstanden, dass du und ich Ketzerinnen wären. Und noch schlimmer. Dich hat gestern der Speicherverwalter des Stiftes, Spichwärter Hans Köhler, sogar offen als Hexe bezeichnet. Das ist ernst, Katharina. Wir dürfen nicht warten, bis die Gerüchte noch lauter werden und Murgel einen Grund hat, sich einzuschalten. Wenn es erst zu einem Tribunal kommt, bist du verloren. Dann habe ich kaum noch Möglichkeiten, dich zu schützen. Doch noch ist es nicht offiziell. Du musst jetzt weg, bevor es zu spät ist.«

Katharina lachte schallend. »Ich eine Hexe! Das kann doch

nur ein Witz sein. Das kann doch wirklich niemand ernst meinen. Und was ist mit Euch? Glaubt Spicher Köhler am Ende auch, dass Ihr eine Hexe seid?«

Magdalena von Hausen schüttelte den Kopf. »Nein, so weit geht die Phantasie der Leute wohl doch nicht, dass sie sich vorstellen könnten, die Herrin des Stiftes Seggingen sei mit dem Teufel im Bunde. Und der Vorwurf der Ketzerei ist zwar ernst, aber ich habe mich schon einmal erfolgreich dagegen verteidigt. Damals war ich eine unbeholfene und naive blutjunge Frau. Etwa in deinem Alter. Aber ich habe und hatte damals gute Freunde, die mir zu Seite standen. Und heute habe ich auch die Macht, mich notfalls vor Ferdinand von Habsburg und Kaiser Karl selbst zu verteidigen. Nein, mir wird hier nichts geschehen, auch wenn ich mich in der nächsten Zeit vorsehen muss. Aber bei dir ist das anders. Deine Stellung ist ungefestigt, viele misstrauen dir schon deshalb, weil du anders bist, weil sie nicht wissen, woher du kommst. Vielleicht hätte ich dich nicht zu meiner persönlichen Dienerin machen sollen. Mag sein, dass auch das einen gewissen Neid erweckt hat. Auf jeden Fall musst du fort. Schnellstens. Bis Gras über die Sache gewachsen ist.«

»Hohe Frau …« Katharina biss sich auf die Lippen.

»Was willst du wissen, Mädchen?«

»Habt Ihr wirklich früher für die Reformation gepredigt?«

»Ja, das habe ich. Und ich stehe dazu. Schau dir doch den Zustand der Kirche an. Priester im Konkubinat oder Geistliche, die in Saus und Braus leben. Menschen, die behandelt werden können wie Vieh, weil sie ihrem Grundherrn gehören. Dabei sind wir doch alle Gottes Geschöpfe und gleich vor seinen Augen. Das ist nicht recht. Doch recht ist auch nicht, was die aufständischen Bauern und der Geheimbund des Bundschuh daraus gefolgert haben. Die Verwüstung des Klosters St. Blasien unter Konz Jehle von der Niedermühle, des Vaters von Konz, die Besetzung des Stiftes durch die Segginger Bürger, angeblich um es vor den marodierenden Bauernhorden zu schützen –

all das war auch nicht recht. Selbst der große Martin Luther griff zur Feder wider die räuberischen und mörderischen Rotten der Bauern. Und danach, was danach geschah, das war ebenfalls nicht recht. Vergewaltigte Frauen, Männer, die mit ausgestochenen Augen und abgeschlagenen Händen zu ihren Familien zurückkehrten. Falls sie überhaupt heimkamen. Ströme von Blut, die ihre Felder düngten, sodass der Boden noch Jahre danach besonders große Früchte hervorbrachte. Und das alles, weil unser allergnädigster Kaiser Karl V. in seiner maßlosen Verbohrtheit, die er Treue im Glauben nennt, die Zeichen dieser neuen Zeit nicht erkennen konnte. Statt ein besseres Leben für die Menschen seines Reiches zu fördern, regierte die Gewalt. Statt die Spaltung der Christenheit mit Güte zu verhindern, zählte nur der Erhalt und die Durchsetzung der Macht in den Vorlanden. Aus lauter Angst vor den Eidgenossen und den Franzosen. Das hat nichts mehr mit der Botschaft der Bibel zu tun. Das ist nichts als hochmütige menschliche Willkür und politische Strategie.«

Mit großen Augen starrte Katharina die Äbtissin von Seggingen an. Sie hielt den Atem an. Mein Gott, diese Frau war ja wirklich eine Ketzerin. Und sie hatte sich innerlich Vorwürfe gemacht über die eigene Rebellion. Niemals, niemals hätte sie dies alles so ausdrücken können wie Magdalena von Hausen. Doch diese Frau, geboren in der Wiege des Adels anstatt im Stroh des Elends, fühlte ähnlich wie sie.

Die Äbtissin erkannte den Sturm, der in diesem Mädchen tobte, und nahm sanft ihre Hand. »Ja, Katharina. In den Augen der ewig Gestrigen, der Fanatiker und all jener, die ihre Pfründe erhalten und die Veränderung der Welt verhindern wollen, bin ich mit Sicherheit eine Ketzerin. Doch es sind nicht die Menschen, deren Urteil mir wichtig ist. Gott allein wird dereinst über mich richten. Und sollte ich falsch gehandelt haben, so wird er mir in seiner Gnade zugute halten, dass ich es nach bestem Wissen und Gewissen tat. Ich will seinem Weg folgen, den er uns zeigte, als er seinen Sohn auf die Erde sandte, um für uns am Kreuz zu sterben. Wenn mich jemand deshalb Ketzerin schimpft, dann soll er das tun. Und wenn ich dafür eines Tages auf den Scheiterhaufen muss, werde ich auch das durchleiden im Wissen um die Gnade des Herrn. Aber noch ist es lange nicht so weit. Ich bin nicht in Gefahr, ich kann mich verteidigen. Doch bei dir ist das anders! Deswegen musst du schnellstens von hier verschwinden.«

Katharina nickte. »Und wo soll ich hin?«

»Ich habe nach Konz Jehle geschickt. Er wird dich nach Basel bringen zu meiner Schwester Genoveva. Du erinnerst dich sicher an sie. Vor fast vier Jahren hat sie den Rischacher geheiratet. In ihrem Haus bist du sicher. Außerdem hat sie inzwischen ihr drittes Kind bekommen und kann Hilfe gut gebrauchen. Meine Schwester ist eine kluge und liebevolle Frau. Bei ihr bist du in guter Obhut.«

»Warum tut Ihr das alles für mich? Kann es jemandem wie Euch nicht egal sein, was aus mir wird?«

»Ich habe dir den Grund schon einmal genannt, Katharina. Jedes der Kinder Gottes ist gleich vor seiner Liebe und Gnade. Auch du. Außerdem bist du mir ans Herz gewachsen. Auch wenn ich sehr wohl weiß, dass du nicht immer mit mir einverstanden warst.« Magdalena sah schmunzelnd, wie Katharinas Wangen sich verräterisch röteten. Sie hatte ins Schwarze getroffen. Doch dann wurde sie wieder ernst. »Es gibt aber noch einen weiteren Grund. Zwischen dir und mir besteht ein Band, von dem du nichts weißt. Nein, ich werde dir heute nicht davon erzählen. Ich darf es nicht. Ich habe es geschworen beim Heil meiner Seele. Also nimm es einfach so hin. Ich hätte dir auch heute nichts davon erzählt, aber ich möchte, dass du mir vertraust! Geh jetzt und packe deine Sachen.«

Mechanisch suchte Katharina wenig später ihre Habseligkeiten zusammen. Sie versuchte Ordnung in den Wirbel ihrer Gedanken zu bekommen. Ihre ganze Welt war durcheinander geraten. Magdalena von Hausen eine Ketzerin! Sie konnte es noch immer nicht glauben. Also spielte es am Ende vielleicht doch keine Rolle, wer hoch geboren war und wer niedrig. Vielleicht waren die Dinge doch nicht so unabänderlich, wie sie immer geglaubt hatte. So hoffnungslos unabänderlich, das Leben vorgezeichnet, der Platz, den ein Mensch einnahm bis ans Ende seiner Tage festgemauert. Vielleicht doch nicht. Vielleicht konnten Gedanken die Welt verändern, wenn man sie ebenso beständig einsetzte wie die Bauern den Pflug oder die Egge. Furche um Furche, Jahr um Jahr.

Katharina schüttelte diese Überlegungen ab. Sie hatte später noch Zeit, darüber nachzudenken. Jetzt war die Gegenwart wichtig. Es gab wohl nicht viele Menschen, denen sie Adieu sagen konnte. Magdalena von Hausen hatte nicht extra zu betonen brauchen, dass dies eine heimliche Abreise werden würde. Konz Jehle kam ohnehin mit. Doch eine war da noch, von der sie sich unbedingt verabschieden wollte. Die alte Nele würde niemandem etwas verraten. Dafür lebte sie schon viel zu lange selbst mit der Bürde der bösen Gerüchte.

Zu Katharinas großer Überraschung wusste Nele schon Bescheid. »Ich habe der Äbtissin den Rat gegeben, dich schnellstens wegzuschicken«, klärte die Alte sie auf. »Eine Frau wie ich hört mehr als die Äbtissin des Stiftes. Doch bevor du gehst, will ich dich noch dem Schutz der Seconia anbefehlen.«

Katharina schaute Nele groß an. Heute schien der Abend der Enthüllungen zu sein. »Seconia? Wer ist das?«

»Die Beschützerin der heilenden Quellen, Kleine. Ich weiß, du hast noch nichts von ihr gehört. Nur noch wenige Frauen haben sich ihrem Dienst geweiht. Seit Urgedenken ist sie es, die das heilende, das heilige Wasser erhält und damit den Quell des Lebens, der vor den Toren der Stadt in der Badmatte aus dem Boden sprudelt. Als die Lehre des Christentums kam, wurde die Erinnerung an sie nach und nach ausgemerzt. Doch deshalb hat sie nicht aufgehört zu existieren. Seggingen hat von ihr übrigens seinen Namen.

Lange bevor die Römer kamen und hier im Rheintal ihre

Straßen anlegten, hieß auch dieser Ort Seconia. Verborgen im Wald gibt es immer noch die heilige Stätte der Göttin. Selbst die Römer haben nicht gewagt, sie zu zerstören. Der irische Mönch Fridolin muss von ihr erfahren haben, als er hierher kam, um den Menschen das Christentum zu bringen. Denn die Stadt, die er um das Stift gründete, nannte er der Überlieferung nach Seconia. Mit den Jahrhunderten, die seitdem vergangen sind, ist das ebenso in Vergessenheit geraten wie die Beschützerin der Quellen selbst. Es gibt nur noch sehr wenige, die sich an sie erinnern. Und aus dem Ort Seconia wurde mit der Zeit die Stadt Seggingen. Doch die Menschen nutzen die heilenden Quellen, wie sie es schon vor Jahrhunderten taten. Nun komm. Die Beschützerin wartet schon auf dich.«

Katharina nickte. Sie vermochte nicht viel zu sagen. Wie selbstverständlich wandte sie sich nach Norden, da die Badehäuser und die Quellfassung am anderen Ufer des nördlichen Rheinarmes lagen, direkt im Westen der steinernen Brücke.

Doch Nele schüttelte den Kopf. »Nein, das ist die falsche Richtung. Wir müssen von der hölzernen Rheinbrücke aus in Richtung Südosten. Dort ist der Hain der Seconia. Dort kommt die starke Wasserader her, die die Quellen der Badmatte speist. Auch dieses Wissen ist bei den meisten Menschen schon lange verloren gegangen.«

Katharina konnte es kaum glauben. »Aber dann kommt das Wasser der Quelle ja aus dem Fricktal.«

Nele nickte bestätigend. »Ja, und unter dem Bett der beiden Rheinarme hindurch fließt es zur Badmatte, wo es ans Tageslicht tritt.«

»Kaum zu glauben«, murmelte Katharina. »Und ich dachte immer, die Quelle entspringt irgendwo in den Bergen und Wäldern im Norden.«

»Das glauben alle«, bestätigte Nele. »Die Wahrheit wissen nur die Dienerinnen der Seconia.«

Es war inzwischen Nacht geworden. Nele führte Katharina

durch einen überwachsenen Trampelpfad in den Wald. Katharina war noch nie nachts im Wald gewesen. Sie fürchtete sich ein wenig. Die Nacht hatte ihre eigenen Geräusche. Und ihre eigenen Formen. Die dunklen Stämme der Tannen wirkten bedrohlich. Nur hin und wieder drang ein Lichtstrahl des Mondes durch ihre Wipfel bis auf den Boden des Waldes. Er machte Steine zu kleinen Waldkobolden und Wurzeln zu gefährlichen Schlangen.

Nele nahm beruhigend Katharinas Hand. »Du musst keine Angst haben. Über diesen Teil des Waldes wacht Seconia«, flüsterte sie. »Die Mächte der Finsternis haben hier keine Gewalt über dich.«

Katharina hoffte inbrünstig, dass Nele Recht hatte. Zur Sicherheit schickte sie aber noch ein stummes Gebet um Beistand zur heiligen Jungfrau Maria.

Der Wald wurde spärlicher, die Bäume gaben einer kleinen Lichtung Raum. Katharina sah mehrere große Steine, die einen Kreis bildeten. In der Mitte dieses Kreises thronte wie ein Altar ein großer, flach behauener Felsbrocken.

»Still jetzt, Kind. Versuche möglichst leise zu sein und gegen keine Wurzel zu stoßen«, raunte Nele ihr zu. »Seconia mag es nicht, wenn ihr Frieden gestört wird. Das sind die Reste ihres Schreins. Er ist schon seit Urzeiten verfallen. Geh zu dem großen Fels in der Mitte, und leg einfach deine linke Hand darauf. Die des Herzens. Und dann warte. Du wirst spüren, wie Seconia dir Schutz und Kraft schickt. Sei einfach ganz ruhig und lass deine Gedanken fließen. Du wirst sehen, sie wartet schon auf dich.«

Katharina war das alles unheimlich. Doch sie tat, wie ihr geheißen wurde. Langsam, um nur ja keinen Lärm zu machen, ging sie auf den Stein zu und legte ihre Hand auf seine Oberfläche. Er fühlte sich glatt und kühl an. Doch nach einiger Zeit – Katharina wusste nicht, ob es Sekunden oder Minuten waren – wurde er warm, schien förmlich in einem eigenartigen Herzschlag zu pulsieren. Ihre Handfläche begann zu kribbeln, als würde sie sie in fließendes warmes Wasser halten. Sie stand ganz still, die ständig bohrenden Gedanken verschwanden, und sie empfand zum ersten Mal in ihrem Leben eine tiefe, warme und friedliche Ruhe.

Konrad Besserer beobachtete das stille junge Mädchen und die alte Frau, die im Schein des Mondes ruhig auf der Lichtung standen. Er triumphierte innerlich. Jetzt hatte er sie. Das war Teufelskult.

5

Katharina war glücklich. Zum ersten Mal seit sie denken konnte, tuschelte niemand hinter ihrem Rücken über ihre dunkle Herkunft. Die Rischachers hatten sie mit offenen Armen und ohne Vorbehalte aufgenommen. Es war ein fröhlicher Haushalt. Und laut. Die drei größeren Kinder waren wahre Racker. Ständig sannen sie auf Streiche, ständig waren sie verschwunden oder brüllten lauthals, weil sie sich wieder einmal die Hosen zerrissen hatten. Doch Mutter Genoveva war nicht aus der Ruhe zu bringen. Welches Malheur sich auch ereignete, sie wusste Trost und Rat.

Thomas Rischacher liebte seine Frau und die vier Kleinen zärtlich. Das konnte jedermann sehen. Der rundliche Mann strahlte über das ganze Gesicht, wenn er seine Frau dabei beobachtete, wie sie den Jüngsten, Huldreich, stillte. Katharina wurde bei diesem Anblick immer ganz warm ums Herz. Ihre Aufgabe war es, sich um die beiden größeren Buben zu kümmern. Kernige Jungen, die zwar viel Unsinn im Kopf hatten, aber ein ebenso gutes Herz wie ihr Vater. Sie konnte nie lange böse mit ihnen sein. Auch wenn sie mal wieder den Milchtopf umgekippt oder sich über und über mit Honig beschmiert hatten. Der dritte hing seinen großen Brüdern ständig am Rockzipfel und schrie wie am Spieß, wenn sie ihn nicht dabeihaben wollten. Dabei konnte er kaum laufen.

Im Haus der Rischachers herrschte auch keine Ruhe, wenn zufällig einmal alle vier Buben schliefen. Da waren die Kunden des Tischmachers zu bewirten, Freunde kamen zu Besuch, Freundinnen von Genoveva schauten »nur schnell einmal herein«. Nichts von der würdigen Ruhe, die im Stift herrschte. Wenn sie lachen wollte, konnte sie einfach laut herauslachen, ohne dass jemand sie ermahnte, sich doch sittsam zu benehmen. Im Gegenteil, meistens lachten die anderen mit. Ja, Katharina war glücklich. Zum ersten Mal in ihrem Leben unbeschwert.

Basel war eine aufregende Stadt. Es gab so viel zu sehen. Selbst in den Wintermonaten hatte Katharina jede freie Minute genutzt und war durch die verschlammten Straßen gestreift. Oft genug war sie danach mit blau gefrorenen Händen zurückgekehrt. Genoveva hatte ihr daraufhin Schuhe, Strümpfe, ein warmes Kleid und einen Umhang von sich geschenkt. Glücklich und warm eingepackt, war Katharina gleich an ihrem nächsten freien Nachmittag wieder losgezogen. Das war auch etwas völlig Ungewohntes. Einmal in der Woche ein freier Nachmittag. Und sie bekam sogar ein wenig Geld. Mit den Münzen kaufte sie sich dann eine Tasse heißes, dampfendes Bier in einer der vielen Schänken in der Innenstadt und genoss mit großen Augen den Trubel um sich herum auf dem Platz vor dem Münster. Überall Leben, werkelnde Menschen mit einer ganz eigenen Bedächtigkeit. Hunde, die aufs Pflaster pinkelten oder im Schneematsch nach Futter suchten. Hohe Häuser und ein Münster, gegen das St. Fridolin in Seggingen wie eine kleinere Hütte wirkte. Auf dessen Bögen die wilden Tauben saßen und jenen, die Pech hatten, auf die Köpfe schissen. Das war nun wieder genau wie in Seggingen.

Bei dem Gedanken musste Katharina lachen. Ein Spritzer des Milchbreis für die Kleinen, den sie gerade rührte, landete auf ihrer Schürze. So viele Monate war sie nun schon hier. Inzwischen war wieder der Frühling eingekehrt. Endlich. Der Winter war hart gewesen. Sie hatten sich oft genug vor dem Ofen in der Küche zusammengedrängt, um nicht zu frieren. Im Januar war dann der kleine Huldreich auf die Welt gekommen. Katharina hatte Genoveva den Schweiß von der Stirn gewischt, heißes Wasser geholt, ihre Hand gehalten, der Hebamme die Tücher gebracht und den aufgeregten Vater beruhigt. Als der Kleine dann kam, mitten in einem Schrei und einem Schwall von Blut, war sie fast ebenso glücklich und fast ebenso erschöpft gewesen wie die Mutter selbst. Und völlig verzaubert von dem Wunder, das sie da miterlebt hatte. Seit dieser Zeit gab es ein starkes Band zwischen ihr und Genoveva. Nein, sie wollte keinen Tag missen.

»Also, das ist unsere Katharina«, dröhnte hinter ihr der fröhliche Bariton Rischachers. »Ich wüsste nicht, wie wir ohne sie fertig werden sollten. Na, kleine Dame, schmeckt der Brei, den du da so heftig rührst? Du wirst dich doch nicht etwa verliebt haben? Ich hoffe, der Brei ist nicht versalzen.« Prompt wanderte Rischachers derber Zeigefinger in den Topf.

»Meister Rischacher, wenn Ihr nicht schon ein erwachsener Mann wärt, müsste man Euch auf die Finger klopfen. Wartet nur, das werde ich Frau Genoveva sagen, dass Ihr den Kindern den Brei wegesst.«

Rischacher lachte dröhnend. »Ja gibt es denn auch etwas für Erwachsene? Ich habe einen Gast mitgebracht. Den müssen wir schließlich bewirten. Wo ist denn meine Frau?«

Katharina wischte sich schnell die mehligen Hände an der Schürze ab und drehte sich um. Der Anblick des Gastes traf sie wie ein Schlag. Jemanden wie ihn hatte sie noch nie gesehen. Nicht eigentlich schön, aber Augen wie blaues Glas, durch das die Sonne strahlt. Und sie schauten sie an, als wäre sie etwas ganz Besonderes. Katharina stand nur da und starrte, brachte kein Wort heraus. Dann wurde sie unvermittelt feuerrot.

Bei allen Heiligen, der Mann war ganz offensichtlich ein Diakon. Und sie himmelte ihn an wie ein dummes kleines Mädchen.

»Frau Genoveva ist oben mit dem Kleinen«, brachte sie gerade noch heraus. Dann drehte sie sich abrupt wieder um und begann erneut wild im Brei zu rühren. Sie hielt sich am Löffel fest wie eine Ertrinkende an einem Baumstamm. Hoffentlich hatte niemand etwas von ihrer Verwirrung bemerkt. Glücklicherweise kamen der kleine Gotthilf und sein älterer Bruder Thomas in die Küche gestürmt. Das heißt, Thomas und Gotthilf stürmten, und der kleine Markus hoppelte in ihrem Schlepptau hinterher, so schnell er auf seinen Beinchen konnte. Dabei schrie er Zeter und Mordio, ohne auch nur einmal Luft zu holen.

Rischacher lachte wieder und wandte sich an seinen Gast. »Und das ist meine Brut. Wie Ihr seht, haben sie das Temperament ihres Vaters geerbt.«

Katharina schnappte sich den brüllenden Markus und wischte ihm mit ihrer Schürze das Rotznäschen ab. Dankbar vergrub sie ihr Gesicht in seinem weichen Kleinkinderbauch. So brauchte sie den Fremden nicht anzuschauen.

»Na, besonders gesprächig bist du ja heute nicht, Katharina. Ist dir eine Laus über die Leber gelaufen? Diese jungen Mädchen, ständig mit dem Kopf bei irgendwelchen romantischen Liebesgeschichten«, neckte Rischacher sie. Wieder fühlte Katharina, wie ihr die Röte ins Gesicht stieg. Doch da sie sich immer noch mit dem kleinen Markus beschäftigte, konnte das glücklicherweise niemand sehen. Auch die Antwort blieb ihr erspart. Die Hausfrau Genoveva kam mit dem Kleinsten im Arm die Treppe herunter.

»Genoveva, da bist du ja. Von Katharina bekommen wir heute nichts zu essen, sie ist wohl verliebt«, flachste Rischacher gutmütig. »Dabei haben wir doch einen Gast. Liebste Frau, darf ich dir Diakon Thomas Leimer vorstellen. Er kommt gerade aus Zürich und bringt uns Nachricht vom Bullinger. Als ich das hörte, musste ich gleich an deine Schwester denken. Zwischen dem Bullinger und Magdalena gibt es doch einen regen Briefwechsel … Meinst du, wenigstens von dir bekommen ein darbender Diakon und ein hungriger Ehemann etwas zu essen?«

Lachend klopfte Rischacher seinem Gast auf die Schulter. »Kommt, Diakon, mit den Weibsleuten ist heute ja doch nichts anzufangen. Lassen wir sie das Mahl zubereiten, und wir gehen derweil in die Stube. Dort erzählt Ihr mir, wie sich Heinrich Bullinger als Nachfolger Zwinglis in Zürich so anstellt. Und überhaupt. Wie kommt's, dass ein Mann der Kirche wie Ihr Ketzern wie uns Briefe eines anderen Ketzers bringt? Das müsst Ihr mir schon genauer erklären.« Rischachers Mund lachte weiter, als er das sagte. Auch die Lachfältchen um seine Augen blieben. Doch Katharina sah genau den kritischen Blick, mit dem er den Gast musterte. Eine Sekunde nur. Dann wandten sich die Männer ab und gingen in die Stube.

So war das also! Mein Gott, nun lebte sie schon so viele Monate im Haus der Rischachers. Aber sie hatte nichts gemerkt, sich nie Gedanken über die religiöse Einstellung der Familie gemacht. Hatte einfach in den Tag hineingelebt wie ein kleines naives Mädchen. Jetzt ergab alles einen Sinn … Das unerwartete Bekenntnis von Magdalena von Hausen zu ihrer reformatorischen Vergangenheit vor der Abreise. Und warum sie sie gerade hierher geschickt hatte. Die so andere Atmosphäre in diesem Basler Bürgerhaus. Die vielen Gäste, die immer kamen und sich dann mit dem Hausherrn in die Stube zurückzogen. Die merkwürdigen Blicke, die verstummenden Gespräche, wenn sie den Wein brachte. Katharina biss sich auf die Lippen. Sie trauten ihr also nicht. Warum nur? Die Rischachers mussten doch wissen, wie glücklich sie in diesem Haus war. Nie würde sie diese Familie verraten. In Gedanken versunken, schnitt sie Scheibe um Scheibe des noch warmen Holzofenbrotes ab. Sie hatte es erst vor einer Stunde aus dem Ofen geholt.

»Katharina …« Genoveva musterte das stumme Mädchen von der Seite. Sie ahnte, was in ihr vorging. »Jetzt hör auf, Brot zu schneiden. Wir müssen keine ganze Kompanie versorgen, sondern nur zwei hungrige Männer. Auch wenn ich zugeben muss, dass meiner einen gesunden Appetit hat.« Genoveva lachte. »Und umklammere das Messer nicht, als ob du mich ermorden wolltest. Wir sind keine bösen Menschen, wie du vielleicht denkst. Deine Reaktion verwundert mich, muss ich sagen. Ich habe dich in den letzten Wochen und Monaten beobachtet und dachte eigentlich, dass du unsere Meinung darüber teilst, dass sich die Dinge ändern müssen. Katharina, schau mich an. Sollten wir uns so in dir getäuscht haben?«

Abrupt hob Katharina den Kopf und sah direkt in Genovevas dunkelbraune Augen. »Das ist es nicht«, presste sie mühsam hervor. »Warum habt Ihr mir nicht getraut? Was ist an mir, dass man mir nicht trauen kann? Habe ich ein Mal auf der Stirn? Hängt es mit meiner Herkunft zusammen? Wisst Ihr vielleicht etwas darüber? Niemand sagt etwas.«

Genoveva schlug die Augen nieder und schwieg eine Weile. Dann sah sie Katharina an. »Nein, es hängt nicht mit deiner Herkunft zusammen. Darüber weiß ich nichts. Magdalena hat mir nie etwas erzählt. Sie meinte, es sei besser so. Dass wir nicht offen mit dir gesprochen haben, hat andere Gründe. Siehst du, es ist gefährlich in dieser Zeit, sich zum reformierten Glauben zu bekennen. Die Kirche ist schnell bei der Hand mit einer Verurteilung. Und mit dem Scheiterhaufen«, fügte sie leiser hinzu. »Außerdem müssen wir auf Magdalena Rücksicht nehmen. Auch wenn es fast ein Tagesritt von Basel nach Seggingen ist, die Nachrichten verbreiten sich schnell. Eine Familie von Ketzern! Es war schwer genug für sie, 1524 das Tribunal heil zu überstehen. Doch sie hat eine Aufgabe zu erfüllen. Auf ihre Weise kämpft sie für unsere und ihre Überzeugungen. Als Reichsfürstin kann sie viel tun. Viel mehr als die einfache Magdalena von Hausen oder ich als Frau eines Tischmachers.

Das dürfen wir einfach nicht gefährden. Deswegen haben wir geschwiegen und abgewartet. Das hatte nichts mit dir persönlich zu tun. Doch ich habe vorgestern mit Rischacher gesprochen. Ich weiß, wir können dir vertrauen.«

Katharina zitterten die Knie. So vieles stürmte auf sie ein. Das, was sie eben erfahren hatte. Und dann dieser Mann, dieser Diakon mit dem durchdringenden Blick, den sie nie in ihrem Leben wieder vergessen würde. Sie nickte nur. Worte hatte sie keine.

Genoveva beobachtete die Verwirrung des Mädchens, den Sturm der Gefühle, der sich auf diesem offenen, fast noch kindlichen Gesicht abzeichnete. Sie ging zu Katharina und nahm sie in die Arme. Sie spürte, wie der steife Rücken des Mädchens sich entspannte und sie sich kurz an sie lehnte. Das war außerordentlich für Katharina. Bislang war sie bei jedem körperlichen Kontakt eher zurückgezuckt. Auf ihre Weise hielt sie die Menschen auf Distanz, als wollte sie sich schützen vor der Gefahr, enttäuscht und verletzt zu werden. Arme Kleine!

Doch die Nähe währte nur Sekunden. Dann löste sich Katharina aus der Umarmung von Genoveva. »Ihr hättet wissen müssen, dass ich Euch nie verraten würde. Das hättet Ihr schon lange wissen müssen.« Ihre Stimme klang ganz klein und traurig.

Genovevas Herz wand sich bei diesen Worten. »Du hast Recht«, sagte sie. »Bitte entschuldige unser Misstrauen. Das hast du nicht verdient. Katharina, ich möchte dir nicht zu nahe treten. Aber eines wollte ich dir doch einmal sagen.« Plötzlich wurde die sonst so unbefangene Genoveva verlegen. »Wir alle lieben dich hier. Du bist für mich nicht wie eine Hausbedienstete, sondern eher wie meine kleine Schwester. Vielleicht ein bisschen auch wie eine große Tochter. Ich schäme mich für unser Verhalten. Bitte verzeih mir.«

Mit großen Augen sah Katharina die ein Stückchen größere Genoveva an. Sie konnte es nicht verhindern, plötzlich füllten sich ihre Augen mit Tränen. Und diese Tränen spülten ein kleines Stück jener Mauer hinweg, die sich über so viele Jahre hindurch und durch so viele Demütigungen gebildet hatte. Sie hatte Angst vor diesen Gefühlen, die auf sie einstürmten, Angst davor, Menschen zu vertrauen.

Genoveva war ganz erschrocken, als sie Katharinas Reaktion auf ihre Worte sah. Sie wusste nicht, was hinter dieser Stirn vor sich ging. Doch sie konnte die Trauer, den Zorn, die Wut und die Angst Katharinas fast körperlich spüren. Aber sie wusste auch, sie durfte das alles jetzt nicht ansprechen. Sie musste dem Mädchen irgendwie helfen, ihre Haltung zu bewahren. Fast unbeholfen streichelte sie Katharina kurz über die Wange. »Komm, lass uns das Essen fertig machen«, sagte sie nur.

Katharina sah sie dankbar an und ging in den Keller, um Käse und Wein zu holen. Genoveva holte die Holzteller von dem Brett neben der Anrichte. Ihr Blick streifte noch einmal nachdenklich den Rücken Katharinas. Dann wandte auch sie sich ab und trug die Teller, die Becher und die Messer in die Stube. Hinter der Türe hörte sie die gedämpfte Stimme des Gastes und als Antwort das Lachen ihres Mannes. Wärme durchfloss sie bei diesem Lachen. Doch darunter mischte sich ein unerklärliches Gefühl der Angst. Es glich der Schwüle vor einem drohenden Unwetter. Sie schüttelte diese Empfindung ab. Das war dumm. Als praktische Frau beschäftigte sie sich mit Problemen, wenn sie kamen. Sie neigte nicht zu derartigen Phantasien. Doch das Echo dieses Gefühls klang noch lange in ihr nach. Arme kleine Katharina, dachte sie. Dann erschien das Lächeln wieder auf ihrem Gesicht, und sie öffnete die Stubentüre.

6

Wenn ich heute an die Monate in Basel zurückdenke, trägt jeder Tag nur ein Gesicht. Das von Thomas Leimer. Der schmale Mund, das eckige Kinn, die markante Nase. Thomas Rischacher hat einmal lachend gesagt, Leimers Nase sei die eines Griechen, sein Mund der eines Römers und seine Augen seien die eines Wikingers. Damit sagte er mehr über diesen Mann aus, als er wohl damals ahnte. Er vergaß nur eines: das Herz eines Lügners. Thomas Leimer hatte eine fast magische Anziehungskraft auf mich. Jeden Tag beschäftigte er meine Gedanken. Und noch Wochen nach dieser ersten Begegnung zitterten meine Knie, wenn ich an seinen Besuch dachte. Jede Sekunde dieser Begegnung tauchte abends, wenn ich im Bett lag, immer wieder vor meinem inneren Auge auf. Ich schämte mich furchtbar für meine Unbeholfenheit und Stummheit. Für die Röte, die mir immer wieder ins Gesicht geschossen war. Keiner, weder Thomas Rischacher noch Genoveva, hatten den Besuch wieder erwähnt. Auch nichts darüber gesagt, wie ich mich benommen hatte.

Wenn ich an ihn dachte, gestaltete ich jedes Mal diese Begegnung neu, spielte sie in allen Varianten in meinem Kopf durch. Mal war ich die geheimnisvolle Katharina, dann die verlockende, dann wieder die kluge. Ich wusste zwar nicht, wie das ging – verlockend zu sein. Oder klug. Oder geheimnisvoll. Doch immer war in meinen Tagträumen Thomas Leimer fasziniert von mir. Mir rettungslos verfallen. Über diesen Punkt hinaus gingen meine Träume nie. Ich wusste noch nichts vom Land der körperlichen Liebe, von der Wüste der Sehnsucht und dem schwarzen Loch der Verzweiflung, dieser tödlichen Müdigkeit. Aber ich wusste eines … Dieser Mann war Diakon – und unerreichbar für mich. Das waren die Abende, als ich in aller noch kindlichen Unschuld und Naivität langsam erwachsen wurde, immer begleitet von diesem Gefühl in meinem Bauch, das ich nicht deuten konnte.

Die Wirklichkeit sah allerdings anders aus. Ein Haushalt mit vier kleinen Kindern macht viel Arbeit. Genoveva war niemals untätig. Zusammen buken wir Brot, salzten das Fleisch für die Räucherkammer, pflückten die Äpfel und Birnen von den Bäumen im kleinen Garten vor dem Haus, pflanzten und ernteten Gurken, Salat, Erbsen, Bohnen, Rüben und den Weißkohl, aus dem wir dann in großen Holzfässern das Sauerkraut stampften, das Thomas Rischacher so liebte. Doch an all das erinnere ich mich nur wie durch einen Schleier. Die Bilder bleiben unscharf. Scharf ist nur das Gesicht von Thomas Leimer.

Dabei habe ich viel gelernt in dieser Zeit. Genoveva machte wahr, was sie gesagt hatte. Sie wurde für mich zur großen Schwester, manchmal gar zur Mutter, die mir das Leben erklärte. Sie war eine kluge Frau – konnte rechnen, lesen, sogar etwas Latein. Ihrem Mann war sie bei der Führung der Bücher eine unschätzbare Hilfe. Denn die Feder lag nicht gut in Thomas Rischachers sehnigen, schwieligen Tischmacherhänden. Sie erzählte mir von ihrer Kindheit auf dem Familiensitz der von Hausens. Und wie ihre Eltern so früh gestorben waren, erst der Vater, anderthalb Jahre später die Mutter. Danach hatte ihr großer Bruder Sixtus die beiden elternlosen kleinen Mädchen Magdalena und Genoveva ins Stift Seggingen gebracht. Es war ihm nicht leicht gefallen, die Mitgift zusammenzubekommen. Denn die von Hausens waren nicht reich. Später, als mit den Schwestern alles geregelt war, hatte sich der Sechzehnjährige dem Dienst der Kirche verschrieben.

Magdalena war damals zwölf Jahre alt gewesen. Genoveva zehn. Im Stift hatten beide eine neue Heimat gefunden – aber wenig Liebe, dafür viele Gebete. Denn Anna von Falkenstein und später auch Kunigunde von Hohengeroldseck nahmen den Dienst an Gott ernst, kamen den unzähligen täglichen Verpflichtungen zum Gebet im Münster strikt nach. Das verlangten sie aber auch von den anderen Stiftsdamen, den Chorherren und natürlich auch den beiden kleinen Mädchen. Magdalena hatte in dieser Zeit die Liebe im Gedanken an Gott gefunden. Genoveva von Hausen war am Ende die praktische, warme Zuneigung und der Schutz Thomas Rischachers wichtiger geworden.

Genoveva brachte mir alles bei, was sie wusste. Das galt natürlich für alle Bereiche des Hauses. Wie man den Teig für Brot und manchmal auch Kuchen richtig ansetzte, welche Kräuter das Essen schmackhaft machen, welche heilen. Wie man kranke Kinder tröstet, wie man kaputte Hosen stopft oder alte Männerkleider in Kinderjacken, -hosen oder hemden umnäht. Sie lehrte mich Lesen, Schreiben und Rechnen. Sie erzählte mir von den Bewegungen der Gestirne, wie sie Kopernikus errechnet hatte, von Kolumbus, der losgesegelt war, eine neue Welt zu entdecken, von Dürer und seinen Werken. Sie berichtete vom strengen Kaiser Karl V., den alle nur den Spanier nannten. Und von seinem liebenswerten, aber wankelmütigen Bruder und Statthalter Ferdinand, dem Regenten der Vorlande. Sie hatte als Mädchen die Rebellion der Bauern und die Macht des Bundschuh noch miterlebt, die Besetzung des Stiftes Seggingen durch die Bürger der eigenen Stadt. Hatte Balthasar Hubmaier und Eberhard von Günzburg predigen hören. Hatte den Bauernführer Konz Jehle gekannt und geweint, als er gehenkt wurde. Sie hatte sie gesehen, all die Menschen, die zurückkehrten an ihre Arbeit, das Feuer der Hoffnung in den Augen erloschen. Sofern sie noch welche hatten. Manche kamen ohne Hände zurück, manche krochen und zogen die Stümpfe ihrer Beine hinter sich her.

Doch die unter den Aufständischen, die heimkamen, waren wenigstens noch am Leben. Unter den Toten war der Mann der alten Nele. Und ihr Sohn. Trotzdem hatte sie geholfen, wo sie nur konnte. Hatte Wunden verbunden, Eiter ausgewaschen und getröstet. Magdalena und Genoveva waren ihr dabei zur Hand gegangen, sooft sie sich heimlich aus dem Stift schleichen konnten. Daher rührte diese alte Freundschaft der beiden Frauen mit Nele, der Hexe. Damals noch Nele, die Heilerin.

Und aus dieser Zeit rührte auch die Überzeugung Genovevas, dass nicht recht war, was damals geschah. Satte Priester, die mit ihren Dirnen promenierten, ein Kaiser, der sich um alles Mögliche kümmerte, aber nicht um die Nöte der Menschen, der sie brutal durch seinen Bruder niederknüppeln ließ, als sie rebellierten, als die Thesen des Martin Luther die Runde machten. Erst geflüstert und dann immer lauter. Das Kind Genoveva hatte das zunächst nicht interessiert. Sie wusch Wunden und weinte mit den Frauen und Kindern. Doch nach und nach lernte sie die Zeichen der neuen Zeit erkennen, die so brutal unterdrückt wurden, die im Blut der Menschen ertranken. Doch sie war fest davon überzeugt: Diese neue Zeit würde sich wieder regen, wieder wachsen und gedeihen auf dem mit Blut gedüngten Boden.

So war sie zur Ketzerin geworden. Zusammen mit ihrer Schwester, deren teuerster Besitz eine Bibel war, geschrieben in einer Sprache, die auch das Volk verstand. Eines der ersten Bücher, das die neue Buchdruckerkunst hervorgebracht hatte. Es war sorgsam versteckt im Geheimfach von Magdalenas Sekretär – eine Gutenberg-Bibel in der Übersetzung von Martin Luther. Und daneben lag das Konstanzer Gesangbuch, herausgebracht von Johannes Zwick und Ambrosius Blarer im Jahre 1540. Genoveva sang mir oft ihr Lieblingslied vor. Johannes Zwick hatte es geschrieben. »Neujahrslied« hieß es und kündete wie das neue Jahr von einer neuen Zeit, einem neuen Anfang:

Das wünschend wir von hertzen all,
zusyn ein volck, das Gott gefall.
Ein ehrliches volck, ein heilige Statt
Die sach uff Gott gantz styff und satt.
Alleluia. Es sy mit uns sin Göttlich hand
Die uns behüt und beschirm vor aller Schand.

Noch heute, so viele Jahre später, höre ich die Begeisterung in ihrer klaren Stimme.

Und Genoveva brachte mir bei, mich zu benehmen, fast wie eine richtige Dame, Gespräche zu führen, mit Gästen zu scherzen. Sie lehrte mich auf die Zeichen zu achten, wenn die Männer allein sein wollten, um sich ihren Geschäften zu widmen, und sich dann still zurückzuziehen. Sie lehrte mich, dass eine kluge Frau ihren Mann niemals kritisiert, ihm in allem folgt und ihn nie mit den Sorgen der Frauen belästigt. So würde er ihr alles anvertrauen, sie zurate ziehen, seine Gedanken und sein Herz für sie öffnen. »Das Herz und das Vertrauen eines guten, aufrechten Mannes ist in dieser unsicheren Zeit der beste Schutz für eine Frau«, sagte sie einmal.

Ich dachte dabei an Thomas Leimer, den Mann, den ich niemals haben konnte. Denn von den Lügen, der Feigheit und der Heuchelei mancher Männer sprach sie nicht.

Es dauerte mehr als vier Monate, bis ich Thomas Leimer wieder sah. Wie schon beim ersten Mal tauchte er plötzlich in der Küche auf in Begleitung von Thomas Rischacher. Genoveva begrüßte ihn fast wie einen alten Freund. Ich stand wieder dabei, stumm wie ein Fisch. Die Röte schoss mir bei jedem Wort, das er an mich richtete, ins Gesicht. Es waren, dem Himmel sei's gedankt, nicht viele. Dafür musterte er mich umso eindringlicher. Und wieder gab er mir das Gefühl, etwas Besonders zu sein. Das machte mich noch verlegener, als ich es ohnehin schon war.

Diesmal durfte ich mit in die Stube. Heinrich Bullinger, der Reformator, hatte aus Zürich wieder einen Brief geschickt und ihn Leimer mitgegeben. Längst sprachen die Rischachers frei vor mir von ihren Überzeugungen. Diesmal sollte ich mit dabei sein, wenn Genoveva den Brief Bullingers vorlas. Denn ihr Mann hatte doch ziemlich mit den Buchstaben zu kämpfen. Aber sie machte das auf eine so unbefangene Art, dass er ihr diese Überlegenheit nie übel nehmen konnte. Ich beneidete sie glühend um ihr Geschick, so scheinbar ungezwungen mit den Menschen umzugehen. Doch ich kannte ihr praktisches Wesen zu genau, um nicht zu wissen, wie gezielt sie handelte, wie genau sie wusste, was sie tat.

Ich wusste nichts. Ich saß mit am Tisch, blickte auf meine Hände und hatte die ganze Zeit nur Thomas Leimers Gesicht vor Augen, spürte seinen Blick, der immer wieder auf mir ruhte. Ich weiß nicht mehr, was in Bullingers Brief stand. Ich weiß überhaupt nichts mehr. Ich erinnere mich nur an den Zorn über mich selbst, dass ich mich schon wieder so dumm und kindisch benahm, an das Zittern meiner Knie und an das eigenartige Gefühl in meinem Bauch, als Thomas Leimers Fuß den meinen einmal wie unabsichtlich streifte. Heute kenne ich ihn besser. Viel besser. Und ich weiß, dass es keineswegs unabsichtlich war. Thomas Leimer kannte die Frauen. Es war so leicht für ihn, mich zu verführen.

Danach kam er noch oft. Hin und wieder traf er mich auch allein an. Ich erinnere mich noch gut an eine Szene: Er kam, als ich gerade draußen die Wäsche auf die Leine hängte, mit rot verschwitzem Gesicht und rissigen Händen von der Lauge. Es war mir peinlich, dass er mich so sah. Doch nach und nach verlor ich meine Scheu vor ihm. Er hatte die Gabe, selbst die alltäglichsten, die kleinsten Dinge zu einem Abenteuer werden zu lassen. Sogar zu meinem roten Gesicht und meinen rissigen Händen hatte er noch etwas Schmeichelhaftes zu sagen. Doch allein sein Blick hätte schon ausgereicht, um mich schöner werden zu lassen.

Ich war ihm völlig verfallen. Genoveva muss das in meinen Augen gesehen haben, als sie mit einem weiteren Korb voll Wäsche in den Garten kam. Leimer sah uns zu, wie wir die gewaschenen Leintücher in der Sonne ausbreiteten, um sie zu bleichen. Er lachte mit uns, als Genoveva ihren Zweitjüngsten wegscheuchte, der drauf und dran war mit der Begeisterung eines Kindes, das die Welt entdeckt, mit seinen schmutzigen kleinen Bubenfüßchen auf ihre sauberen Tücher zu treten. Sie sagte nichts. Aber ich spürte ihren besorgten Blick auf mir ruhen. Erst viel später nahm sie mich zur Seite und erklärte mir, nicht alle Männer seien so zuverlässig wie Thomas Rischacher. Sie nannte Thomas Leimer einen geborenen Frauenjäger. Er könne nicht anders, obwohl er sein Leben Gott geweiht habe.

Doch da war es schon zu spät. Da war ich diesem Gefühl schon völlig erlegen, das er mir vermittelte und das ich inzwischen brauchte wie Rischachers Freund Matthias den Wein und das Bier. Das Gefühl, eine wunderschöne Frau zu sein. Das Gefühl von Macht über das Herz eines Mannes. Ich wusste zu wenig, um zu erkennen, dass ich die Hörige war. Und so gab ich nichts auf ihre Worte und fuhr fort mit meinen abendlichen, geheimen Träumen von Thomas Leimer.

Noch heute, viele Jahre und ein Leben später, frage ich mich immer wieder, wie ich dem hätte entkommen können, was so viel Leid über so viele Menschen brachte. Vielleicht muss ich die Frage anders stellen. Würde ich mich heute noch einmal so verhalten wie damals? Ich komme immer wieder zur selben Antwort, wenn ich ehrlich zu mir bin. Dieser Mann hat mit Gottes Zunge den Tod und das Leid in mein Leben und das vieler anderer gebracht. Und trotzdem, obwohl ich dies heute weiß, würde ich wieder tun, was ich tat. Ich habe große Schuld auf meine Seele geladen, alles verraten, was mir jemals teuer war und an das ich glaubte. Auch mich selbst. Ich konnte nicht anders. Trotzdem ist durch nichts zu entschuldigen und durch nichts wieder gutzumachen, was ich tat. Ich kann nur auf die Gnade des Herrn hoffen. Doch ich glaube, er wird dereinst ein mindestens so strenger Richter über mich sein, wie ich es bin.

Damals kam es, wie es kommen musste. Thomas Leimer tauchte wieder einmal unangekündigt im Hause auf. Ich war gerade dabei, ein Brot zu backen, und hatte die Hände voller Teig. Diesmal war Meister Rischacher aber nicht bei ihm. Er war schon früh am Morgen aus dem Haus gegangen. Und Frau Genoveva war bei der Nachbarin, um ihr zu helfen, ihr krankes Mädchen zu pflegen. Die Kleine lag schon seit Tagen mit hohem Fieber im Bett. So war die Sorge um den Haushalt und die vier Kleinen mir übertragen. Die drei größeren Buben, Thomas, Gotthilf und Markus, konnte ich vor dem Haus toben hören. Sie spielten mit einem Freund Himmel und Hölle. Der kleine Huldreich schlief friedlich in der Stube. Er war eigentlich schon eine ganze Weile aus seinem Babybettchen herausgewachsen. Doch Meister Rischacher war noch nicht dazu gekommen, ein Bett für seinen Jüngsten zu zimmern. Er schlief noch mit seinem älteren Bruder Markus in einem Bett. Und für seinen täglichen Mittagsschlaf wurde noch immer die kleine Wiege benutzt.

Durch die offene Stubentüre konnte ich hören, wenn er aufwachte und sich regte. Doch noch schlief er friedlich, den Daumen in seinen kleinen, rosigen Mund gesteckt. Mit der anderen Hand hielt er fest das Tuch, dessen Zipfel ich in Honig getaucht hatte, um seinen lautstarken Protest zu versüßen, den er jedes Mal anstimmte, wenn er seinen Mittagsschlaf machen sollte. Allmählich war er mithilfe des Honigs eingeschlafen. Nun wollte ich die Zeit nutzen, um schnell den Brotteig zu kneten, damit der Laib in den Ofen konnte, wenn Genoveva heimkam.

Ich hörte Thomas Leimer nicht kommen. Es war wieder Sommer geworden. Der August des Jahres 1545, jenes Jahres, in dem Papst Paul III. das Konzil von Trient einberufen hatte, das die Kirche erneuern sollte. Und ich lauschte beim Kneten des Brotteiges dem Gezänk der Vögel draußen in den Zweigen des Birnbaumes vor dem Küchenfenster. Ich spürte nur zwei Arme, die mich von hinten umfassten, und mir blieb fast die Luft weg von diesem ganz bestimmten Geruch, den er ausströmte. Ich erkannte ihn sofort: Schweiß, vermischt mit einem leichten Hauch von Weihrauch, der seiner dunklen, strengen Kleidung entströmte.

Er sagte nichts, begann einfach, meinen Rücken zu streicheln, bis hinunter zu meinen Pobacken. Ich kam überhaupt nicht auf die Idee, mich zu wehren. Die Hände noch immer im Teig, gab ich mich völlig dem Gefühl dieser unsichtbaren Hände hin. Wahrscheinlich habe ich leise gestöhnt, denn plötzlich fühlte ich diese Hände auch unter meinem Mieder, unter meinem Hemd. Jeder Gedanke war aus meinem Kopf verschwunden, ich spürte nur noch ihn und ließ es geschehen, während meine Hände sich unbewusst weiter in den Teig krallten. Ich habe ihn nicht gesehen an diesem Tag, konnte nicht in seine Augen schauen und in ihnen nach Liebe suchen, als er schließlich meinen Rock hoch schob und meinen Oberkörper über den Tisch beugte. Der grobe Leinenstoff kratzte auf meiner Haut. Ich spürte sein Knie zwischen meinen Schenkeln und öffnete sie willig. Nein, ich habe mich nicht gewehrt. Auch nicht, als dieser Schmerz kam an einer Stelle, von der ich noch nicht einmal gewusst hatte, dass es sie gibt. Selbst dieser Schmerz war süß. Ich nahm ihn hin wie eine Art Buße für das, was ich tat, was ich ihm zu tun erlaubte. Ich spürte ihn in mir; tief, so tief berührte er mein innerstes Wesen. Ich konnte es kaum ertragen, als er plötzlich aufstöhnte und sich zurückzog. Ich lag noch immer wie erstarrt mit dem geöffneten Mieder und den nackten Brüsten in den Teig gedrückt, mein nacktes Geschlecht drängte sich weiter dem Mann entgegen, der schon längst nicht mehr da war. Er war einfach gegangen. Ohne ein Wort. Wie er gekommen war.

Wahrscheinlich wäre ich noch immer so gelegen, versunken in einer Mischung von Seligkeit und Scham, als Genoveva hereinkam. Doch der kleine Huldreich rettete mich an diesem Tag. Quengelnd erwachte er aus seinem Traum und forderte, aus der Wiege geholt zu werden. So lief ich schnell nach oben und versteckte mein teigiges Mieder in meiner Truhe. Das Hemd ließ ich an und schloss hastig die Schnüre über meinen Brüsten. Es hatte nicht allzu viel abbekommen. Als Genoveva schließlich kam, stand ich schon wieder da wie vorher und *knetete mit den Händen den Brotteig. Es war ein heißer Tag, und die Röte in meinen Wangen hätte gut von der anstrengenden Arbeit kommen können. Der kleine Huldreich saß friedlich in der Ecke der Küche und saugte an dem Zipfel des Tuches, das ich erneut mit Honig getränkt hatte. Draußen lärmten die drei anderen Buben. Das hörte ich jetzt wieder, wie ich es davor gehört hatte. Doch es war nicht mehr wie davor. Nichts mehr war wie davor. Und nichts mehr würde jemals wieder so sein. Ich glühte äußerlich und innerlich von diesem Geheimnis, das mir widerfahren war. Denn ein Geheimnis musste es bleiben, das war mir klar.*

Wir trafen uns noch oft in diesem zu Ende gehenden Sommer. Immer wieder tauchte er plötzlich auf. Er schien zu ahnen, wann Thomas Rischacher und Genoveva nicht zu Hause waren. Einmal trat Genoveva überraschend in die Küche, als er gerade gekommen war. Doch sie merkte nichts. Zumindest sagte sie nichts. Obwohl ich spürte, dass sie mich manchmal besorgt beobachtete. Ich lernte seinen Körper gut kennen in diesen Wochen; lernte, wie ich ihn glücklich machen konnte, obwohl es immer schnell ging.

»Kätzchen«, sagte er einmal, »irgendwann werden wir viel Zeit für uns haben. Dann zeige ich dir die Genüsse der langsamen Liebe.«

Er lachte, und ich lachte mit, nur weil er lachte. Doch bis es so weit war, genügte mir die Art von Liebe, die er mir gab. Bis heute weiß ich nicht, ob es Liebe war. Ich habe ihn nie gefragt. Ich fragte nicht nach der Zukunft. Das Jetzt war schon fast mehr, als ich verkraften konnte. Außerdem war er noch immer Diakon. Auch wenn er ganz offensichtlich gute Kontakte zu den Protestanten hatte und hin und wieder für sie Kurierdienste übernahm. So wie jene, die ihn in Rischachers Haus geführt hatten. Doch er sprach nicht darüber. Und wenn ich ihn fragte, winkte er ab. »Die Politik ist nichts für Frauen«, pflegte er zu sagen, »schon gar nicht für mein Kätzchen.«

Es kam mir überhaupt nicht in den Sinn, dass ich ihn irgendwann einmal nicht mehr sehen würde. Es würde schon alles in Ordnung kommen. Irgendwie würde er irgendwann kein Diakon mehr sein, sondern mich an die Hand nehmen, vor Thomas Rischacher hintreten und sagen: Das ist die Frau, die ich heiraten werde. Gebt uns Euren Segen. Ich wusste nicht, wie das geschehen sollte. Doch ich ging immer davon aus, dass es geschehen würde. Und in jenen Nächten, in denen ich auf ihn wartete und von ihm träumte, sah ich uns gemeinsam in einem Zimmer sitzen vor der Wiege unseres Kindes. Ich hatte mir dieses Zimmer in allen Einzelheiten ausgemalt, ebenso wie mein gemeinsames Leben mit ihm. In den Nächten war ich seine Frau. Während der Tage einfach Katharina. Die Katharina, die andere Kinder tröstete und nicht ihr eigenes. Die Katharina, die den Mann einer anderen Frau versorgte und nicht ihren eigenen. Die Katharina am Tage gab es eigentlich nicht. Die richtige, das war die Katharina der Nächte.

So machte ich mir nicht klar, was die Tage eigentlich bedeuteten. Bis zu jenem Tag, als der Brief von Magdalena von Hausen kam. Für Thomas Rischacher und seine Frau Genoveva war es eine gute Nachricht. Sie löste Jubel aus. Genoveva lief tagelang singend durch das Haus. Und Thomas Rischacher rieb sich immer wieder die Hände und murmelte liebevoll: »Sie ist doch ein tolles Weib!« Für mich war der Brief der Tod.

Dabei hätte auch ich mich freuen sollen. Doch da ich nicht von Thomas Leimer erzählen konnte, bemühte ich mich über Tage hinweg so zu tun, als wäre auch ich glücklich. Der Inhalt des Briefes war bei Lichte besehen wirklich unglaublich. Ich hätte Magdalena von Hausen wahrscheinlich bewundert, wenn er nicht eines bedeutet hätte: Ich musste weg aus Basel. Zurück nach Seggingen. Denn es gab keinen, nicht mehr den geringsten Grund, warum ich nicht ins Stift hätte zurückkehren sollen. Magdalena hatte auf der ganzen Linie gesiegt. Der Papst hatte ihr persönlich geschrieben, ihre Treue und Standhaftigkeit im Glauben gelobt und sie voll in ihre Rechte eingesetzt. Nun war sie uneingeschränkte Herrin über die Pfründe und Kaplaneien, Benefizien und Pfarreien des Stiftes, konnte ganz nach eigenem Belieben schalten und walten, ohne dafür vorher die Erlaubnis des Papstes einholen zu müssen. Ich konnte nur ahnen, was dies bedeutete. Jedenfalls war die Fürstäbtissin zu Seggingen nun auch offiziell eine treue Tochter der Kirche. Der Makel der Untersuchung getilgt, die sie viele Jahre zuvor beinahe das Leben gekostet hätte. Und sie hatte die Macht, ihren Glauben durchzusetzen. Langsam und stetig, mit den Menschen. Hier ein Stückchen und dort ein Stückchen. Im Sinne der Worte Luthers – und als treue Tochter der Kirche. Damit war auch jegliche Macht gebrochen, die Domherr Jakob Murgel jemals über sie gehabt haben mochte, die letzten Intriganten und Spione wie Konrad Besserer waren zum Schweigen gebracht. Denn der Papst hatte gesprochen. Und der Papst war unfehlbar. Damit war auch die Gefahr für mich vorbei. Die Leute hatten längst aufgehört, von der Hexe Katharina zu munkeln. Ich könne also endlich zurückkehren, schrieb Magdalena von Hausen. Sie habe mich schmerzlich vermisst. Von ihrer Schwester wisse sie, wie viel ich in den Monaten in Basel gelernt habe. Sie brauche dringend Hilfe beim Verfassen von Dokumenten und bei noch so vielem mehr. Außerdem habe ihr ihre kleine Freundin Katharina sehr gefehlt.

Ja, ich hätte mich freuen sollen. Doch ich fühlte nichts als Leere. Genoveva sah mich eines Tages weinen. Die Tränen rannen mir übers Gesicht. Sie nahm mich schweigend in den Arm, dachte wohl, mir fiele der Abschied schwer. Doch so sehr ich sie auch liebte, dieses andere Gefühl nahm mich völlig gefangen. Daneben war kein Raum mehr für andere Empfindungen. Ich wusste, ich musste gehen. Und würde Thomas Leimer nie mehr wieder sehen. Denn er dachte gar nicht daran, von Heirat zu sprechen. Er dachte auch nicht daran, mich zu bitten, bei ihm zu bleiben. Ich hätte auch das getan.

Zum Teufel mit der Schande. Meine Scham war längst zum Schweigen gebracht.

Als Thomas Rischacher ihm von dem Brief aus Seggingen erzählte, freute er sich ganz natürlich mit der Familie über diesen Erfolg. Nur ich sah das seltsame Glitzern in seinen Augen, als sie ihm von der bewundernswerten Magdalena von Hausen erzählten. Damals wusste ich es nicht zu deuten. Heute weiß ich, was es besagte.

Und so stieg ich zwei Wochen später wieder in die Kutsche. Konz Jehle war gekommen, um mich abzuholen. Ich hatte Thomas Leimer nicht mehr wieder gesehen. Er war wie vom Erdboden verschluckt. Er hatte nichts zurückgelassen von sich. Nur meine Sehnsucht blieb.

7

Konz Jehle betrachtete das stille Mädchen neben sich. Seine Freundin Katharina war noch nie sehr schwatzhaft gewesen. Das war eines der Dinge, die er an ihr mochte. Doch diese hier war eine ganz andere Katharina als jene, die er vor fast genau einem Jahr in Basel abgeliefert hatte. Auf jeden Fall war sie eine Schönheit geworden, eine Frau, nach der sich jeder Mann umdrehte. Doch ihre Miene blieb steinern, undurchdringlich, verriet keinen der Gedanken, die sich hinter ihrer Stirn bewegten. Mein Gott, wie hatte er sich gefreut, sie wieder zu sehen. Das Stift ohne Katharina war einfach nicht mehr dasselbe. Eigentlich galt das für alles. Und nun saß sie hier neben ihm, scheinbar völlig unberührt vom Rumpeln des Zweispänners.

Konz fluchte. Die Straße von Basel nach Seggingen war weiß Gott nicht die beste. Aber immer noch besser als der mit Löchern übersäte Trampelpfad, der nach Waldshut führte.

Konz seufzte noch einmal. Katharina sah zu ihm hinüber. Zum ersten Mal schien sie ihn richtig wahrzunehmen. Zumindest sahen ihre Augen aus, als würden sie ihn diesmal richtig sehen. Da war wieder eine Andeutung des alten, übermütigen Funkens, diese Neugier aufs Leben, die dieses Mädchen so lebendig gemacht hatte. Doch es kam nur ein kurzes trauriges Lächeln, dann senkte sie die Lieder.

Mein Gott im Himmel, was hatten sie in Basel nur mit dieser temperamentvollen, neugierigen jungen Frau gemacht? Wo war nur Katharina geblieben? Diese hier war eine schöne Statue, kalt, abweisend und anscheinend unsagbar traurig. Da stimmte etwas nicht. Da stimmte etwas ganz entschieden nicht. Er würde ihr Schweigen einfach nicht mehr länger akzeptieren. Sie musste ihm sagen, was geschehen war. Diese Schicht aus Eis, die sie umgab, war unerträglich.

»Katharina?« Er zögerte.

»Was ist, Konz?«, fragte sie ruhig.

»Sag mir, was haben sie mit dir gemacht? Ich kenne dich überhaupt nicht wieder. Schön, du bist erwachsener geworden. Aber so erwachsen! Hat dir jemand etwas getan, ist etwas Schlimmes passiert? Bei Gott, ich hacke jeden in Stücke, wer immer dir das auch angetan hat ...«

Sie schüttelte den Kopf, ein kleines Lächeln hob ihre Mundwinkel ein wenig. »Nein, mir hat niemand etwas angetan. Ich bin nur traurig, dass ich Basel verlassen muss. Ich war so gern bei den Rischachers und habe auch die Buben sehr lieb gewonnen.« Sie verstummte.

»Katharina, du würdest es mir doch sagen, wenn du Probleme hättest?«

Sie nickte, sagte aber nichts. Für zwei weitere lange Stunden.

Konz atmete auf, als die Kutsche endlich über das Kopfsteinpflaster der Steinbrücke rumpelte. Diese neue Katharina, neben der er da seit Stunden auf dem Kutschbock saß, verunsicherte ihn. Er wusste nicht weiter. Aber er wusste, dass da etwas ganz entschieden nicht in Ordnung war. So sehr veränderte sich kein Mensch in einem Jahr. Katharina lächelte, als die Kinder sich lärmend um die Kutsche gruppierten, um zuzusehen, wer denn da angekommen war. Drei kläffende Hunde hatten sich dem Zug ebenfalls angeschlossen.

»Ein passender Empfang für Katharina den Bankert«, dachte sie. Doch die alte Bitterkeit stellte sich nicht wie gewohnt ein. Sie war überlagert von diesem dumpfen Gefühl des unwiederbringlichen Verlustes eines Teils ihrer selbst.

Mit hohem Tempo rumpelten die eisenbeschlagenen Kutschräder über den Vorplatz des Fridolinsmünsters und in den Alten Hof, um den sich die Häuser der Stiftsdamen gruppierten. Konz konnte es sich nicht verkneifen, ein wenig anzugeben. Die enttäuschten Kinder blieben zurück, konnten dem Tempo der Kutsche nicht mehr folgen. Nur die Hunde rannten weiter kläffend den Pferden zwischen die Beine. Dabei hätten die Kinder doch gar zu gerne den Empfang der verlorenen Tochter des Stiftes erlebt. Und dann gab es doch diese Gerüchte …

Da trat auch schon Magdalena von Hausen aus einem der kleinen, zweistöckigen Häuser, in denen die Stiftsdamen lebten. An der Hand hielt sie ein kleines, etwa zehnjähriges, schüchternes Mädchen. »Das ist Maria Jakobea von Sulzbach, sie ist seit einigen Monaten im Stift. Vielleicht wird sie ja einmal die künftige Äbtissin.« Lachend streckte sie Katharina die Hand entgegen.

Und diese konnte nicht anders, mit einem Aufschrei stürzte sie sich in die Arme der Äbtissin. Konz schwieg verblüfft, obwohl er sich eine so schöne Rede ausgedacht hatte.

»Katharina, schön, dass du wieder heimgekommen bist.« Sanft löste sich Magdalena von Hausen aus den Armen der jungen Frau, die sie da in Empfang genommen hatte, und schob sie ein Stück von sich weg. »Lass dich anschauen. Du bist ja erwachsen geworden, eine junge Frau. Aber immer noch so stürmisch wie früher. Ich muss wohl meine Schwester Genoveva rügen, dass sie dir kein geziemenderes Benehmen beigebracht hat«, schmunzelte sie.

Katharina wurde sofort stocksteif. »Verzeiht, hohe Frau, ich werde mich künftig zurückhalten. Eure Schwester hat mir durchaus beigebracht, wie ich mich zu benehmen habe.«

»Mädchen, ich habe einen kleinen Spaß gemacht. Wo ist nur dein Humor geblieben? Ich freue mich jedenfalls sehr, dich zu sehen. Jetzt komm aber, ich zeige dir dein Zimmer. Ich habe es dir in einem der leeren Häuser der Stiftsdamen hinten im Alten Hof einrichten lassen. Wir haben ja derzeit genug dieser leeren Räume«, fügte sie traurig hinzu. »Aber du wirst sehen, auch das ändert sich, jetzt, wo du wieder da bist. Ich werde dich zu meiner persönlichen Sekretärin ernennen. Du kannst zwar nicht als Stiftsdame aufgenommen werden, aber so hast du wenigstens einen sicheren Platz im Leben. Oder hast du vielleicht in Basel einen Mann kennen gelernt, der um dich wirbt?«

Katharina wurde feuerrot. Magdalena von Hausen sah das wohl, sagte aber nichts. Dafür war später noch Zeit.

In den Wochen danach hatte Katharina alle Hände voll zu tun. Magdalena von Hausen hatte nicht übertrieben, als sie schrieb, sie brauche Hilfe. Da waren Abrechnungen zu überprüfen, Listen der gelieferten Zehntgüter durchzugehen, die Berichte aus den Dinghöfen durchzusehen, die Aufstellungen des Speicherverwalters zu kontrollieren. Magdalena von Hausen war nichts zu viel, sie kümmerte sich um alles, wusste auch über die letzte Flasche Wein und den letzten Sack Korn im Vorratsspeicher Bescheid. Nicht immer zur Begeisterung von Spichwärter Hans Köhler. Denn sie machte es ihm schwer, seinen kleinen Handel mit heimlich abgezweigten Lebensmitteln fortzusetzen. Genauer, sie machte es ihm unmöglich. Und das gefiel ihm gar nicht.

Ihm gefiel auch nicht, dass die Fürstäbtissin immer öfter dieses Mädchen schickte, diesen Bankert, um ihm ihre Botschaften zukommen zu lassen. Er misstraute dem Mädchen.

Wer war sie denn schon? Und keine Regung in ihrem Gesicht sagte, was sie dachte. Sie machte selten eine persönliche Bemerkung. Nein, Spichwärter Köhler mochte diese neuen Sitten überhaupt nicht. Wo sollte es mit dieser Welt noch enden, wenn heutzutage schon die Niedrigsten der Gesellschaft in derart hohe Stellungen aufstiegen? Er kam aus einem ordentlichen bürgerlichen Hause und hatte sich über viele Jahre hinweg hocharbeiten müssen. Katharina kam von Nirgendwo, kannte noch nicht einmal ihre Eltern. Sie war jung, hatte nichts vorzuweisen und genoss trotzdem das volle Vertrauen der Äbtissin, die sie ganz offensichtlich unter ihren Schutz genommen hatte. Da hieß es vorsichtig sein. Nach außen hin war er natürlich freundlich zu Katharina. Doch das Raunen über diese Hexe, die zudem noch in einem der Häuser lebte, die für die Stiftsdamen gedacht waren, breitete sich wieder in den Segginger Straßen und Häusern aus. Seit mehr als 600 Jahren bestand dieses Stift nun. Und wer hatte so etwas schon jemals erlebt? Ein Bankert im Haus einer Stiftsdame. Da musste etwas faul sein.

Katharina bekam auch diesmal nichts von alledem mit. Sie schrieb unzählige Briefe für Magdalena von Hausen. Jeden Tag wurde ein Bote losgeschickt. Briefe an den Domherrn Jakob Murgel, Briefe an den Abt von St. Blasien, Briefe ins Kloster Glarus, einst eine Gründung und Pfründe des Stiftes Seggingen und nun seit rund 150 Jahren unabhängig. Doch noch immer waren Glarner und Segginger in Freundschaft miteinander verbunden. Noch immer zahlten die Glarner einen ewigen Zins von 32 Pfennigen jährlich. Und dann war da auch der Schabzieger, jener würzige, mit Steinklee verfeinerte Käse, der noch immer aus dem Glarus geliefert wurde.

Und es gab noch die geheimen Schreiben, die Konz Jehle beförderte. Sie gingen an den Zürcher Reformator Bullinger, nach Wittemberg zu Luther, nach Basel zu Schwester Genoveva, nach Konstanz zum Reformator Ambrosius Blarer, nach England zu Wibrandis Rosenblatt und Martin Butzer. Es waren nicht allzu viele. Die Gefahr, entdeckt zu werden, war auch so schon groß genug. Die beiden Frauen hatten sich darauf geeinigt, dass diese Schreiben immer die Unterschrift von Katharina trugen. Wie gut sie daran getan hatten, so vorsichtig zu sein, sollte sich schon sehr bald zeigen.

Anfangs war Katharina das Schreiben noch schwer von der Hand gegangen. Doch die Wochen verflossen, und ihre Schrift wurde immer klarer und auch eigenwilliger. Sie freute sich, als sie von Magdalena von Hausen schließlich für ihre Schreibkünste und für ihr ruhiges, besonnenes Wesen gelobt wurde. »Was würde ich nur ohne dich machen«, sagte die Äbtissin einmal. Für Katharina war das wie ein Adelsschlag. Sie klammerte sich an ihre Arbeit, war unermüdlich, schlief nur wenig. Sie wollte die Zeit der Träume möglichst vermeiden, um nicht wieder an ihn denken zu müssen. Den Mann, von dem sie seit fast vier Monaten nichts gehört hatte. Keine Nachricht, kein Wort. Auch Genoveva und Rischacher hatten in ihren Briefen nichts von Thomas Leimer geschrieben. Wie eine Ertrinkende stürzte sich Katharina in die Arbeit, um nur ja nicht nachdenken zu müssen.

Es waren eigentlich friedliche Tage. Es hätten sogar Glückliche sein können, wäre da nicht der immer bohrende Schmerz in ihrem Inneren gewesen. Stück für Stück versuchte sie, ihren inneren Frieden wiederzugewinnen. Auch Magdalena von Hausen schien glücklich zu sein. Trotz der vielen Arbeit lachten die beiden Frauen viel miteinander. Magdalenas Lachen kam von Herzen. Katharina hatte das Gefühl, als würde ihr Herz Stück für Stück absterben.

Dann, eines Tages, brach sie im Schreibzimmer der Residenz der Äbtissin zusammen. Magdalena von Hausen ließ die ohnmächtige Katharina sofort in ihr Zimmer bringen und schickte nach der alten Nele. Eine innere Stimme warnte sie davor, den Bader zu holen. Nele nahm Katharina mit zu sich.

In der Hütte der alten Nele sah es noch aus wie vor einem Jahr. Im Raum hing kaum wahrnehmbar der Duft von Lavendel, kündete von vergangenen, sonnigen und unbeschwerten Tagen. Katharina ging es sofort ein wenig besser. Die Last, die ihr fast den Atem zu nehmen drohte, wurde unmerklich leichter. Durch die Ritzen der Holzbretter, aus denen die Hütte gezimmert worden war, drang das Licht eines kalten Februarmorgens. Katharina zitterte trotz des Feuers, das in der immer noch sorgsam sauber gehaltenen kleinen Feuerstelle flackerte. Es hatte geschneit in der Nacht davor. Die Wärme der Flammen drang nicht bis in ihre Knochen. Die alte Nele, in warme Decken gehüllt, die ihr die Äbtissin erst vor einigen Tagen hatte zukommen lassen, versuchte das schluchzende Mädchen zu beruhigen. »Warum bist du nicht früher gekommen? Dann hätte ich noch etwas tun können. Nun kann ich dir nicht mehr helfen, ohne dein eigenes Leben zu gefährden.«

Katharina schluchzte auf. »Aber ich habe es doch nicht gemerkt. Mir hat niemand jemals gesagt, was es bedeutet, wenn einem morgens schlecht wird oder die Adern in den Brüsten schwellen.«

»Was glaubst du denn, was passiert, wenn du dich einem Mann gibst? Glaubst du denn, das ist bei den Menschen anders als bei den Tieren? Willst du mir sagen, wer der Vater ist?«

Katharina schüttelte den Kopf. »Du kennst ihn nicht. Und es ist ohnehin egal. Er schert sich nicht um mich. Hat in den ganzen langen Wochen nichts von sich hören lassen.« Sie wusste eigentlich selbst nicht genau, warum sie ihres und Thomas Leimers Geheimnis noch immer schützte. Aber sie konnte ihn nicht verraten. Sie konnte es einfach nicht.

Nele nickte. Dann sah sie Katharina scharf an. »Wenn das so ist, müssen wir uns etwas einfallen lassen. Das Balg braucht einen Vater. Erspar ihm, was dir geschehen ist. Du hast Glück gehabt, dass die Äbtissin dich unter ihren Schutz genommen hat. Ohne sie wärst du jetzt heimatlos und vogelfrei, leichte Beute für jeden Beliebigen, der dir Gewalt antun will. Und es würde dir keiner helfen, auch kein noch so gewogener Richter. Menschen ohne Herkunft haben auch keine Heimat. Für Leute wie dich gibt es kein Recht. Also, das Balg braucht einen Vater. Weißt du einen, der dich nehmen würde?«

Katharina schüttelte den Kopf.

»Hast du schon mit der Äbtissin gesprochen?«

Wieder ein stummes Kopfschütteln.

»Gut, dann gehen wir jetzt zu ihr.« Nele warf die oberste Decke ab, wickelte die zweite noch ein wenig enger um ihren dürren, gebeugten Leib und stapfte los. Sie kümmerte sich nicht darum, ob Katharina ihr folgte oder nicht. Sie hätte das Mädchen erwürgen können, so zornig war sie auf sie. Da hatte sie alle Möglichkeiten eines Glückskindes, so viele, dass die Leute schon misstrauisch wurden. Und dann ließ sie sich wie eine Hündin von irgendeinem geilen Bock ein Kind machen. Warum wurden die Frauen denn niemals schlau? Warum meinten alle, das Glück liege nur in der Liebe eines Kerls?

Nele schüttelte noch einmal den Kopf und brummte vor sich hin. Als sie die stumme Katharina neben sich sah, der die Tränen übers Gesicht liefen, wurde ihr Blick weicher. Nun würde eben auch diese den Weg aller Frauen gehen und das Beste daraus machen müssen. Wie so viele vor ihr. Magdalena von Hausen würde sicher helfen. Sie hatte gegenüber dem Mädchen mehr als eine Verpflichtung. Obwohl sie viele schon abgetragen hatte, wie Nele zugeben musste. Sie wusste auch schon, welchen Mann sie sich für Katharina wünschte. Er war zwar nicht reich, der Sohn eines Gehenkten und Geächteten und auch ein Außenseiter in dieser Stadt. Aber er war ein guter Mensch. Zumindest dann, wenn ihm die Hitze der Rebellion nicht wieder jeden vernünftigen Gedanken aus dem Kopf blies. Und Katharina mochte Konz Jehle, sie würde mit ihm auskommen.

Es kam, wie Nele es vorausgesehen hatte. Magdalena von Hausen sagte nicht viel, als Katharina ihr die Geschichte erzählte, immer angetrieben von den Blicken der alten Nele, die sich unter diesen Umständen sogar einmal in die Residenz der Äbtissin gewagt hatte. Doch den Namen des Vaters nannte sie auch Magdalena von Hausen nicht.

Die Reichsfürstin atmete tief durch, nachdem die beiden Frauen wieder gegangen waren. Katharina brauchte einen Mann, so viel war klar. Es war das Einzige, was sie jetzt noch tun konnte, um sie zu schützen. So schickte sie nach Konz Jehle. Die beiden führten ein langes Gespräch. Doch auch nach der Heirat erfuhr Katharina nie, worüber sich die Äbtissin und der Sohn des Konz Jehle von der Niedermühle unterhalten hatten. Zu ihr sagte er nur, es sei ihm recht, sie zu heiraten. Zumal Barbara, seine Verlobte, im vergangenen Jahr einen anderen, reicheren Mann aus Laufenburg genommen hatte, wo sie jetzt auch lebte. Und dem Kind werde er bestimmt nichts Übles tun. So wurden Katharina und Konz Jehle im März 1546 ein Paar.

Im folgenden Juni kam dann der Junge zur Welt. Katharina bat Konz, ihn Thomas nennen zu dürfen. Er hatte nichts dagegen, wusste er doch, wie gerne sie bei Thomas Rischacher und seiner Frau Genoveva in Basel gelebt hatte. Von Thomas Leimer hatte er noch nie gehört. Er ahnte damals nicht, dass sich das eines Tages ändern würde.

Katharina und Konz Jehle kamen gut miteinander aus. Schließlich kannten sie einander schon fast ihr ganzes Leben, seit die vierjährige Göre dem zehn Jahre älteren Konz ständig hinterhergelaufen war. Der große, dunkle, grobschlächtige Junge hatte es gutmütig hingenommen, dass ihm der zierliche Rotschopf ständig an den Hacken hing und niemals aufgab, auch wenn die kleinen Beinchen mit den langen von Konz nicht mehr mithalten konnten. Konz hatte Katharina beschützt, seit er sie kannte. Und das tat er auch jetzt. Sie und ihren Sohn.

Das Staunen hatte Katharina nicht verloren. Jeder Tag mit ihrem kleinen Sohn war für sie ein Wunder. Der kleine Thomas ähnelte seinem Vater, hatte dessen blaue Augen geerbt. Doch diese hier blickten neugierig in die Welt, in dieses große Abenteuer, bei dem es so viel zu entdecken gab. Sobald er laufen konnte – und das war schon recht früh –, war er ständig verschwunden. Manchmal wusste sie kaum, wie sie alle ihre Pflichten erfüllen und gleichzeitig auf ihren kleinen Sohn achten sollte. Er war einfach nicht zu bremsen.

Hin und wieder half sie auch Magdalena von Hausen noch aus, indem sie Briefe schrieb und Botengänge übernahm. Sie wurde dafür bezahlt. So kam immer wieder ein wenig Geld ins Haus. Wenn es ihre Zeit erlaubte, nahm sie auch an den täglichen Gebeten der gestühlten und der ungestühlten Frauen im Fridolinsmünster teil. Die Stiftsdamen hatten einen langen Tag. Sie mussten nicht nur täglich zum Kapitelamt. Gebetet wurde auch bei der Mette, die im Sommer um vier Uhr und im Winter um fünf Uhr begann. Es folgten um sieben Uhr die Prim, Terz, Sext und Non, um zwei Uhr die Vesper und abends Komplet, Vesper und Mette. Hinzu kam noch das Salve Regina, das an allen Samstagen und an jedem Abend vor dem Muttergottesfest von den Priestern gesungen wurde. Mit all den zusätzlichen Pflichten als Äbtissin bekam Magdalena von Hausen selten mehr als drei bis vier Stunden Schlaf pro Nacht. Deshalb half Katharina ihr, wo sie nur konnte.

Konz Jehle war zum Bannwart des Dinghofs Murg gewählt worden. Er kümmerte sich um den Holzeinschlag, schlichtete kleinere Auseinandersetzungen um Land und sorgte dafür, dass die Grenzsteine immer am richtigen Platz blieben. Aufgrund seiner ruhigen, sachlichen Art und seiner Fähigkeit, auch erregte Gemüter zu besänftigen, war sein Rat oft gefragt. Die Fürstäbtissin hatte dem Paar zur Hochzeit ein Pferd aus den Stallungen des Stiftes geschenkt. Dieser Luxus machte es Konz möglich, wenigstens an manchen Abenden bei seiner Frau und dem Jungen zu sein, den er schon längst als seinen Sohn betrachtete. Wenn es zu spät wurde, verbrachte er die Nacht in der Bannwartschuppose, einem kleinen Schuppen in der Nähe des Kellerhauses. Jeden Morgen, lange bevor die Dämmerung hereinbrach, war er schon aufgesessen und unterwegs nach Murg. Und wenn er abends zurückkam, war die Sonne meist schon untergegangen.

Die junge Familie wohnte inzwischen auch nicht mehr im Alten Hof, der Unterkunft der Stiftsdamen. Magdalena von Hausen hatte den Jungvermählten ein Haus an der südlichen Stadtmauer besorgt, nur einige Meter westlich der langen, gedeckten Holzbrücke, über die Katharina einst gelaufen war, um Bekanntschaft mit Seconia zu machen, der Herrin und Beschützerin der heilenden Wasser. Auch im Haus gab es immer viel zu tun, zumal noch drei Hennen, ein Hahn, das Pferd und eine Ziege zu seinen Bewohnern gehörte.

Neben all dem ging Katharina bei der alten Nele in die Lehre. In der Dämmerung tauchte sie oft in der Hütte auf und lernte begierig alles über die Wirksamkeit der Kräuter. Sie erfuhr vom Seelenkraut Melisse, von der Heilkraft des Salbei oder wie Thymiantee Husten vertreiben kann. Sie lernte Zwiebel- und Rettichsud zubereiten, wenn die Lungen den Schleim nicht hochhusten konnten. Sie wusste schließlich auch, wie sie mit dem gefährlichen Bilsenkraut umgehen musste, das seltsame Träume verursachen konnte, wenn man es nicht richtig anwandte. Aber es war das beste Schmerzmittel, das Nele kannte. Sie erfuhr von der lindernden Wirkung des Wassers der Seconia, von dem Wunder, das kalte Wickel um die Waden bei Fieber und warme um den Bauch bei schlechten Winden bewirken konnten. Sie lernte aus Schweinefett und Schafgarbe blutstillende Salben herzustellen. Nach einer Weile brachte Nele ihr bei, was eine Frau tun kann, wenn sie nicht empfangen will, was sie tun kann, wenn das Kind nicht zur Welt kommen soll. Immer wieder warnte Nele Katharina jedoch davor, diese bestimmten Kräuter nach der 16. Woche anzuwenden. Sie hatte zu viele Frauen daran sterben sehen. Nele zeigte ihr aber auch, was zu tun war, wenn eine Frau Gefahr lief, ihr Kind zu verlieren. »Weißt du«, pflegte sie dann oft trocken anzufügen, »wenn ein Bauer Schwierigkeiten mit seiner kalbenden Kuh hat, dann mach es einfach wie bei einer Frau. Du musst halt mehr davon nehmen.« Die Vorstellung fand Katharina anfangs sehr komisch. Immer wieder musste sie jedoch feststellen, wie Recht die alte Nele mit ihrem Wissen hatte.

Doch Nele wurde immer unbeweglicher und langsamer. Mit ihren verknöcherten Händen konnte sie nicht mehr richtig die genaue Menge der Pülverchen und Tinkturen abmessen, die sie verwendete. Dabei war es doch so wichtig, sich genau an die Rezepte zu halten, wie sie Katharina immer und immer wieder einbläute. Die Gicht wütete böse in ihren Knochen. Mit der Zeit lernte Katharina auch, wie sie Nele dabei etwas Linderung verschaffen konnte, mit Bilsenkraut, kühlenden Salben und sanften Massagen. Viel mehr gab es nicht, um Nele zu helfen. Katharina erfuhr, wo Kamille, Schafgarbe und Bärlauch wuchsen, wie und wann man die Kräuter sammelte, wie sie getrocknet wurden und aufbewahrt. Sie kannte die heilsame Wirkung des Gifts der Tollkirsche, die anregende Wirkung des Johanniskrautes. Sie begleitete die alte Nele bei ihren Besuchen bei kranken Menschen oder Tieren und wurde schließlich immer öfter auch selbst geholt. Katharina verlangte nie etwas für solche Dienste. Dennoch kam dadurch so manches Ei, auch Milch, manchmal sogar ein Huhn ins Haus. Das Gemüse für die Familie baute sie auf einem kleinen Stück Land im Westen der Stadtmauer jenseits der Zugbrücke über den Gießen an, das ihr Magdalena von Hausen überlassen hatte. So kam die kleine Familie ganz gut über die Runden.

Doch die Gerüchte um das Niemandskind Katharina wollten nicht verstummen. Besonders, als der kleine Thomas größer und es immer offensichtlicher wurde, dass er unmöglich der Sohn des dunklen Konz Jehle sein konnte. Doch offen sagte niemand etwas. Die körperliche Kraft und der urplötzlich aufwallende Zorn des Jehle waren allen Lästermäulern wohl bekannt. Wenn Konz Jehle einmal zornig wurde – was sehr selten geschah – dann war es besser, ihm nicht über den Weg zu laufen, geschweige denn der Grund für diesen Zorn zu sein. Denn dann war ihm niemand mehr gewachsen. Wie ein Stier konnte er um sich schlagen und alles niederwalzen, was ihm in den Weg kam. Vor allem dann, wenn er etwas bedroht sah, das er liebte. Und der große Konz liebte seinen kleinen Thomas. Wie einst die Mutter hing der Junge ständig an den Fersen des Mannes, der es auch diesmal gutmütig geschehen ließ.

Alles in allem war es ein gutes Leben. Doch Katharina verbrachte die Tage wie in einer Art Traum. Eine dumpfe, dunkle Decke lag über allen ihren Gefühlen. Darunter verloren die Sonne ihre strahlende Kraft und die wilden Blumen auf den Wiesen ihre Farbe. So sehr sie sich auch bemühte, sie konnte sich nicht davon befreien. So manche Nacht hielt Konz Jehle eine schluchzende Katharina in den Armen und versuchte, ihre schlimmen Träume wegzustreicheln. Am Tage sprachen die beiden nie darüber. Doch in Konz wuchs langsam ein mächtiger Zorn auf das Ereignis oder den Menschen, der Katharina das angetan hatte.

Die Dämmerung senkte sich über das Land. Es war Juli geworden. Der Juli des Jahres 1547. Katharina zündete eine Kerze an. Sie hatte noch viel Arbeit zu erledigen. Sie blickte hinüber zu Magdalena von Hausen. Die Äbtissin stand wie so oft am Fenster und schaute auf den Rhein. Katharina genoss für einen Moment die Atmosphäre des Friedens und den Geruch des Frühsommers, der durch das geöffnete Fenster strömte. Dann beugte sie sich wieder über das Pergament. Sie musste den Brief an den Abt von St. Blasien beenden. Da hämmerte es an die Türe.

Magdalena von Hausen zuckte zusammen. Katharina überkam eine böse Vorahnung. Lernschwester Mechthild, inzwischen noch ein Stückchen gekrümmter, stand vor der Türe. Neben ihr ein magerer, müder Mann.

»Was wollt ihr?« Ganz gegen ihre Gewohnheit war Magdalena von Hausen abweisender als sonst.

»Der Mann hat gute Nachrichten, Fürstin.« Lehrschwester Mechthild strahlte. »Jakob Murgel hat ihn geschickt, damit Ihr auch gleich davon erfahrt. Endlich hat Kaiser Karl, der Spanier, die Ketzer in ihre Schranken gewiesen.«

Katharina sah, wie Magdalena von Hausen bleich wurde. »Kommt herein«, forderte sie den Boten auf. »Und Ihr, Schwester Mechthild, sorgt dafür, dass für diesen Mann in der Küche etwas zu essen und zu trinken hergerichtet und ihm ein Lager bereitet wird. Er ist erschöpft.«

Mechthild schniefte widerwillig. Sie hätte zu gerne die Nachricht ganz gehört, die dieser Mann zu überbringen hatte.

Linkisch zog er ein versiegeltes Pergament aus seinem Gürtel und überreichte es der Äbtissin. Magdalena von Hausen nickte ihm freundlich zu. »Ich danke Euch für die Mühe. Wenn Ihr morgen aufbrecht, werde ich eine Antwort für den Bischof und Jakob Murgel bereithaben. Folgt jetzt Schwester Mechthild, sie wird sich um Euch kümmern.«

Erst als beide aus dem Zimmer waren, brach die Fürstäbtissin das bischöfliche Siegel und begann zu lesen. Nach einer Weile sank sie auf ihren Lehnstuhl und stöhnte.

»Was ist geschehen, hohe Frau?« Katharina war aufs Höchste alarmiert.

»Blut. Ströme von Blut. Alles, was die Reformation sich über Jahre hinweg erkämpft hat, alle Freiheiten des Glaubens, alles ist verloren. Oh Herr, was tust du nur mit deinen Gerechten! Aber hier, lies selbst.«

Katharina zog sich das Herz zusammen, als sie die Schriftzüge Murgels erkannte, der wohl im Namen des Bischofs schrieb. Von diesem Mann konnten keine guten Nachrichten kommen.

Gnädigste Fürstin,
Mitstreiterin im Kampf für den rechten Glauben,
es wird Euch freuen zu vernehmen, dass den Reformierten von unserem allergnädigsten Kaiser eine große Niederlage zugefügt worden ist. Eine, die es sehr wahrscheinlich macht, dass die Lästerer der rechten Lehre unserer heiligen römischen Kirche auch bald aus den Mauern unserer ehrwürdigen Bischofsstadt vertrieben sind. Denn wisset, der Schmalkaldische Bund ist endgültig zerschlagen. Nach dem überstandenen Kampf gegen die Türken und den Feldzügen gegen die Franzosen hat unser Kaiser seine gepanzerte Faust erhoben und sie mit aller Macht auf jene protestantischen Fürsten niederfallen lassen, die sich gegen die rechte Lehre in diesem Bund verschworen und damit gegen den Willen des Kaisers gehandelt hatten. Und der Herr hat seinen Streitern nun den gerechten Sieg geschenkt.

In der Schlacht bei Mühlberg gelang es den Kaiserlichen am 25. April 1547, Kurfürst Johann Friedrich I. von Sachsen gefangen zu nehmen, einen der aufrührerischen, verderbten Führer des Schmalkaldischen Bundes. Diese Nachricht ist wohl längst schon zu Euch gedrungen. Doch nun ist auch Landgraf Philipp I. von Hessen den Kaiserlichen ins Netz gegangen. Damit wurden dem Schmalkaldischen Bund die Köpfe abgeschlagen. Das Natterngezücht ist führerlos. Die Übriggebliebenen lecken ihre Wunden. Das gilt auch für die Aufrührerischen, die in der Bischofsstadt ihr gotteslästerliches Regiment führen. Denn wie Ihr wohl wisst, gehört auch Konstanz seit 1531 dem Schmalkaldischen Bund an und hat den Rebellen immer wieder Geld gesandt.

Der Herr sei gepriesen für seine Weisheit. Der Bischof bittet Euch, zur Feier der guten Nachricht eine Messe im Münster des heiligen Fridolin lesen zu lassen.

Jakob Murgel,
Domherr, im Jahre des Herrn 1547

»Das ist das Ende. Dieser Bund war die große Hoffnung all jener, die an die Verbreitung der wahren Lehre Luthers glaubten und für sie kämpften, die in Freiheit und Selbstbestimmung leben wollten. Luther hat für diese Vereinigung protestantischer Fürsten sogar eine Bekenntnisschrift über die grundlegenden Aussagen des christlich reformatorischen Glaubens verfasst. Nur Philipp Melanchthon verhinderte, dass diese Schrift durch den Bund auch verabschiedet wurde. Du hast die Abschrift gesehen. Ach Katharina, so viele Wünsche, so viele Hoffnungen wurden mit den beiden Fürsten in Ketten gelegt.« Die Stimme der Äbtissin kam fast tonlos aus der Dämmerung.

Katharina wusste nicht, was sie sagen sollte. Ihr kamen diese Ereignisse eher vor wie das Donnern eines fernen Gewitters. Ihr war klar, dass wieder einmal Menschen starben, verstümmelt wurden, litten. Dass wieder einmal Mütter, Töchter und Schwestern abends auf ihren Strohmatten lagen und zu der leeren Stelle schauten, die früher ihr Mann, Sohn oder Bruder eingenommen hatte. Doch wie ein Gewitter erst beunruhigt, wenn es näher kommt, der Blitz erst Angst macht, wenn man ihn wirklich zucken sieht, ging es Katharina auch mit diesen Schlachten. Und die Ängste der Menschen in Konstanz waren weit weg. Die Gegenwart, die Welt, die sie täglich vor Augen hatte, ihr kleiner Sohn, ihr Mann, all die Arbeit, die auf sie wartete, machten es ihr unmöglich, das ganze Ausmaß der Katastrophe zu erfassen, die diese beiden verlorenen Schlachten für die Sache der Reformation auch in ihrer Heimat am Rhein bedeuteten. Doch das alles konnte sie Magdalena von Hausen nicht sagen. Also schwieg sie.

Ein Weile herrschte Stille zwischen den beiden Frauen. Inzwischen war es dunkel geworden. Nur das Licht der einen Kerze erhellte das Zimmer. Katharina hatte die Feder längst neben ihren unfertigen Brief gelegt. Sie konnte nur noch den Umriss der Äbtissin in ihrem Lehnstuhl sehen. Ihre Stimme klang gebrochen und mutlos, als sie schließlich weitersprach.

Doch mit jedem Satz, den die Frau im dunklen Zimmer sprach, wurde ihr Zorn fühlbarer.

»Über 20 Jahre lang haben die Verfechter des neuen Glaubens Stück für Stück an Boden gewonnen auf dem Weg zu einer gerechteren Welt. Damit ist es jetzt vorbei. Wieder werden den Menschen die Daumenschrauben angelegt. Kirche, Obrigkeit und Bürger, das waren in Konstanz nicht mehr verfeindete Lager, zwischen denen im besten Falle Misstrauen herrschte. Sie waren eins. So, wie es sein sollte.«

Katharina spürte fast körperlich, wie der Zorn der Äbtissin wuchs.

»Doch damit dürfen wir uns nicht abfinden. Es muss etwas geschehen. Sonst ist alles umsonst gewesen. Der ganze Kampf, das ganze Blut. Ich werde an Bullinger schreiben. Vielleicht weiß er mir einen Rat. Wir müssen den Menschen Mut machen, dürfen nicht zulassen, dass sie zurück in die alte Dunkelheit fallen, das Licht ihrer Seelen verlieren. Vielleicht kann Bullinger mir jemanden zu Hilfe schicken. Es kommen schwere Tage.«

Zum ersten Mal in all den Jahren, in denen sie sich kannten, fühlte Katharina Wut und Auflehnung im Wesen dieser Frau, eine stählerne Entschlossenheit und Stärke, die Magdalena von Hausen bisher niemandem gezeigt hatte. Die Äbtissin hatte nie direkt die Reformation gepredigt. Hielt alle Regeln und Verpflichtungen einer guten Tochter der Kirche treulich ein. Es war ihr Beispiel, das sprach. Kleine Gesten, die den Menschen deutlicher sagten als tausend Worte, wo sie innerlich stand. Einige machte das zurückhaltend, andere überglücklich, wieder andere ängstlich; aber alle liebten sie für ihre Güte. Da die Äbtissin ihre Überzeugungen niemandem aufdrängte, der sie nicht hören wollte, bestand auch kein Anlass für die Menschen von Seggingen, sich groß darüber aufzuregen, dass eine Reichsfürstin offenbar Anhängerin der Reformation war. Denn was nicht ausgesprochen wurde, musste niemand wissen. Das war für alle das Beste.

Doch nun hatte sich die Lage geändert. Wieder einmal hatte der Spanier unmissverständlich klargemacht, dass er gedachte, die Reformation in seinem Reich mit Stumpf und Stiel auszurotten. Nun wurden die Menschen vorsichtiger. Und in Katharina wuchs eine seltsame Angst. Sie hätte nicht sagen können, wovor. Es war ein diffuses Gefühl der Bedrohung, das mit jedem Tag stärker wurde. Sie schob es weg, so gut sie konnte. In den Monaten, die kommen sollten, in jener Zeit, als ihre Welt in Scherben ging, wünschte sie sich mehr als einmal, sie hätte auf die Warnungen ihrer inneren Stimme gehört.

8

Die ganze Stadt summte von den Vorbereitungen auf die Karwoche. Ich wusste nicht mehr, wo mir der Kopf stand. Denn auch im Stift war viel vorzubereiten und zu helfen. Mein kleiner Thomas machte mir die Sache nicht gerade leichter. Die Vorbereitung des Palmesels für die Karfreitagsprozession war mir übertragen worden, als besondere Auszeichnung durch die Äbtissin.

So ging ich schon Tage vorher in der Morgendämmerung in den Stall, um mit Heubüscheln das graubraune Fell des Tieres möglichst glänzend zu putzen. Daneben wurde ich in der Stiftsküche gebraucht. Die Semmeln und die Oblaten, die am Gründonnerstag im Münster verteilt wurden, mussten gebacken, das Essen für all die Gäste vorbereitet werden, die sich angekündigt hatten. Die ganze Stadt war voller Erwartung, wer denn an diesem Karfreitag von der Kanzel predigen würde. Bislang hatte Magdalena von Hausen noch keinen Namen genannt. Doch es war in Seggingen Brauch, dass zum Fest der Kreuzigung ein Mönch aus dem Barfüßer- und Predigerkloster Basel kam. So war schon so mancher der großen Prediger und

Gelehrten der vergangenen Jahrhunderte auf der Kanzel des Münsters gestanden und hatte den Menschen die frohe Botschaft von Gottes eingeborenem Sohn verkündet, der durch seinen Tod und sein Leiden ihre Sünden auf sich nahm.

So strömten auch an diesem Tag die Gotteshausleute von nah und fern zum Stift, dem sie verpflichtet waren. Sie kamen aus allen Besitzungen und Pfründen des Stiftes in die Stadt, um an diesem Ereignis teilzuhaben. Sie kamen auch, um am Karfreitag den fremden Prediger zu hören, der angekündigt worden war. Immer wieder kamen reisende Mönche in die Stadt, um das Wort Gottes zu verkünden. Das war eigentlich nichts Neues. Doch dieser hier sollte etwas Besonderes sein. Niemand kannte seinen Namen. Wohl gerade deshalb waren alle aufgeregt und gespannt.

Der Morgen des Gründonnerstags im Jahre 1548 dämmerte kühl und grau herauf. Ich weiß noch, dass ich damals dachte, dieser Tag entspreche durchaus jenem Ereignis, an das er erinnern sollte. Schon lange bevor die Dämmerung hereingebrochen war, hatte Spichwärter Hans Köhler im Münster den Tisch im Chor gerichtet. Auf einem verzierten Tuch mit goldenen Stickereien stand der Zuber mit Wasser, daneben lagen die acht Semmeln. Vier weitere Semmeln fügte Ursula von Heudorf als Inhaberin des Heilig-Kreuz-Amtes hinzu. Später würden sie und andere Brote gesegnet, mit dem Messer des Heiligen Fridolin geteilt und an die Leute verteilt. Die Äbtissin und Ursula von Heudorf müssten noch den Wein dazu geben. Und so würde an diesem Tag jeder im Münster teilhaftig des Leibes und des Blutes des Herrn.

Genau in diesem Moment sah ich ihn. Ich weiß noch wie heute, dass ich mich zu meinem kleinen Sohn hinuntergebeugt hatte, der unruhig geworden war. Er verstand mit seinen knapp zwei Jahren noch nicht, was hier vor sich ging. Anfangs hatten ihn die schönen Gewänder, die Gesänge, das Spiel der Orgel und der Duft des Weihrauches besänftigt. Doch das Verteilen des Brotes wurde ihm langsam langweilig, und er begann zu quengeln. Ich beugte mich also zu ihm. Als ich mich wieder aufrichtete, seine kleine Hand in meiner, da blickte ich direkt in die Augen von Thomas Leimer. Einen Moment lang dachte ich, ich müsste sterben.

Ich saß mit meinem Sohn auf einer der hinteren Kirchenbänke, wie es sich für mich geziemte. Konz hatte einige Reihen weiter vorne bei den Männern Platz genommen. Und da lehnte er direkt neben mir an einer Säule und schaute mir mit seinem blauen Blick direkt in die Seele. Wieder betrachtete er mich, als sei ich die einzige Frau auf der ganzen Welt, mit jener Mischung aus Zuneigung und dem spitzbübischen Grinsen eines kleinen Jungen, vor der ich schon in Basel dahingeschmolzen war.

Doch inzwischen hatte ich eines gelernt. Dieser Blick besagte nicht das Mindeste. Er war nicht nur mir vorbehalten. Er galt allen Frauen.

Ich richtete mich auf, drückte meinen Rücken durch und hob mein Kinn. Nein, dieser Mann, der nie wieder hatte von sich hören lassen, würde nicht zu sehen bekommen, wie sehr ich seinetwegen litt. Er würde auch nie erfahren, dass das Kind an meiner Seite seines war. Er hatte ein Stück von mir getötet. Jetzt stahl ich ihm ein Stück von sich.

Der Gedanke an diese Rache machte mir das Nachdenken über diese Begegnung später etwas leichter, gab mir eine kleine, süße Befriedigung der Rache, die der letzte Anker der Hilflosen ist. Denn ich hatte keine Möglichkeit, ihn so leiden zu lassen wie er mich. Jeder, der Thomas und ihn nebeneinander sah, musste sofort erkennen, dass die beiden Vater und Sohn waren. Selbst Thomas Leimer mit seinem besonderen Blick, der sein Gegenüber umarmte und die Person doch nicht sah. Auch er musste es merken. Doch ich würde es leugnen bis an mein Lebensende. So könnte er sich nie sicher sein.

Ich würde ihn nicht haben. Schon gar nicht als verheiratete Frau, die ich jetzt war. Trotzdem behielt ich ein Geheimnis, das mich mit ihm verband. Und ich würde auf diese Weise Konz Jehle nicht entehren. Nicht seinen Namen, nicht seinen Stolz. Der Sohn des Gehenkten war gut zu mir gewesen. Er sollte den Rücken nicht innerlich beugen müssen vor einem Mann, der es nicht wert war.

Deshalb legte ich schillerndes grünes Eis in meine Augen und eine kleine, verächtliche Langeweile über meinen Mund, ehe ich scheinbar völlig ungerührt wieder nach vorne in den Chorraum sah. Ich würde ihn meiden, wo ich konnte, ihn behandeln wie einen Fremden. Denn niemals, niemals dürfte jemand aus dieser Stadt meinen Sohn und ihn zusammen sehen. Ich würde niemandem die Gelegenheit geben, über meine Familie herzuziehen. Das schwor ich mir an diesem grauen Gründonnerstag im Münster im Angesicht des sterbenden Jesus Christus am Kreuz. Ich habe diesen Schwur gebrochen.

Es gab nur einen Ort, wo ich die Kraft finden konnte, die ich jetzt brauchte. Deshalb drängte ich zum Ausgang, schon bevor die kirchliche Feier zu Ende und das Brot für die Menschen draußen vollends gebrochen, der letzte Wein verteilt war. Mit meinem Sohn an der Hand lief ich durch die menschenleeren Straßen, an der Residenz der Äbtissin vorbei auf unser Haus zu. So schnell seine kleinen Beine konnten, eilte Thomas mit mir in Richtung der hölzernen Brücke und über die Bohlen. Am Trampelpfad angekommen, nahm ich ihn auf den Arm. Schließlich kamen wir zum Stein der Seconia. Auf seine milde, Ruhe spendende Wärme hoffte ich. Sie hatte mir schon einmal vor einem schweren Gang geholfen.

Ich legte die Hand auf den Stein wie damals. Wie damals fühlte ich die Kraft, die in mich strömte. Mein Sohn stand, ganz gegen seine Gewohnheit, völlig ruhig neben mir.

Als ich zurückkam, hörte ich schon das Geflüster in der ganzen Stadt. Thomas Leimer würde am Karfreitag predigen. Ich vermochte es zuerst nicht zu glauben, hörte die Worte zwar, doch sie rutschten mir einfach durch meinen Verstand. Jeder und Jede, die ich traf, erzählte die aufregende, die unglaubliche Neuigkeit. Thomas Leimer, der ehemalige Diakon, inzwischen ein Gefolgsmann der Ketzer um Martin Luther, würde predigen. Reformator Bullinger aus Zürich hatte ihn mit diesem Auftrag zur Äbtissin geschickt. Magdalena von Hausen hatte angenommen. Die Menschen waren hin und her gerissen zwischen ihrer Empörung und ihrer Neugier.

Das hatte es in der Stadt noch nie gegeben. Kein Mönch aus Basel war zur Predigt gekommen, sondern ein abgefallener Mann der Kirche, ein Ketzer. Wo immer ich Menschen zusammenstehen sah, diskutierten sie erregt die Frage, wie Magdalena von Hausen dies dulden konnte. Das kam einer Entweihung des Münsters und des heiligen Fridolins gleich, der dieser heidnischen Stadt doch den Glauben gebracht hatte. Aber jeder, der wenigstens kriechen konnte, würde bei diesem Karfreitagsgottesdienst dabei sein. Keiner wollte die Predigt verpassen. So etwas hatte es noch nie gegeben und würde es vermutlich auch nie wieder geben. Alle waren entschlossen, Thomas Leimer sprechen zu hören. Nur ich nicht.

Als ich auf dem Rückweg zum Münster wieder an der Residenz der Äbtissin vorbeikam, sah ich sie mit Thomas Leimer aus dem Tor treten. Und wieder war sein Erscheinen wie ein Schlag in die Magengrube für mich. Magdalena von Hausen winkte mir zu.

»Komm, Katharina. Ich möchte dir jemanden vorstellen. Kannst du dich noch an den Brief erinnern, den wir an Bullinger schrieben, nachdem die Nachricht von der Zerschlagung des Schmalkaldischen Bundes kam? Dieser Mann hier ist seine Antwort. Und ich weiß, er wird uns helfen.«

Zögernd näherte ich mich den beiden. Ich hätte alles gegeben, um Thomas Leimer nicht von Angesicht zu Angesicht begegnen zu müssen. Ich sah genau, wie seine Augen den kleinen Jungen an meiner Hand musterten. Doch mir fiel keine gute Ausrede ein. »Mein Mann wartet auf mich«, begann ich lahm.

Doch Magdalena von Hausen ließ das nicht gelten. »Er mag noch fünf Minuten länger warten. Das hier ist jetzt wichtiger. Katharina, liebste Freundin, du musst den Mann an meiner Seite einfach kennen lernen.«

Eine eiserne Faust zog mein Herz zusammen. Es war eine Art von Gefühl in der Stimme von Magdalena von Hausen, das ich noch nie bei ihr erlebt hatte. Ich vermochte es nicht recht einzuordnen. Sie wirkte um Jahre jünger, voller Hoffnung, fast fröhlich. Das Gefühl der Bedrohung, das mich die letzten Wochen und Monate begleitet hatte, meldete sich mit voller Wucht zurück. Ich glaube, ich wusste es schon in diesem Moment. Aber ich wollte es nicht wahrhaben. Alles in mir wehrte sich dagegen.

Die beiden waren inzwischen die Treppe heruntergekommen. Ich zitterte. Es bedurfte all meiner Kraft, um dem Impuls zur Flucht nicht nachzugeben. Doch ich saß in der Falle.

»Katharina, es ist mir eine große Freude, dir Thomas Leimer vorzustellen. Er ist ein Mann der neuen Lehre, einer, der uns wieder Mut machen wird, der es schafft, die Menschen aufzurütteln. Ach, Katharina, selbst mir, die ich eigentlich stark sein sollte, hat er wieder Kraft gegeben.«

Traut ihm nicht, Fürstin, traut diesem Mann nicht! Die Stimme in mir schrie. Doch meine Lippen blieben stumm. Ach, hätte ich damals nur gesprochen, nur ein Wort. Vielleicht wäre alles anders gekommen. So nickte ich nur stumm. In mir tobte es. Thomas Leimer betrachtete mich spöttisch. Er schien sich sogar an meiner Pein zu weiden.

»Lasst die junge Frau ziehen, Fürstin«, meinte er dann lachend. »Wir werden sicher noch genügend Gelegenheit haben, miteinander zu reden. Ihr seht doch, sie sehnt sich nach ihrem Mann. Und wer wären wir beide, wollten ausgerechnet wir zwei Liebende trennen.« Er blickte auf Magdalena von Hausen hinab und berührte ganz leicht ihren Ellbogen.

Da wusste ich es. Mit der ganzen Sicherheit, die der Schmerz gebiert. Wie ein Riss ging die Gewissheit mitten durch mich hindurch. Ich fühlte mich wie ein Kalb, das zur Schlachtbank geführt wird. Er sah mit jenem Blick auf sie hinunter, von dem ich einst gedacht hatte, er gehöre nur mir. Und sie sah mit einem Blick ihrer dunklen Augen zu ihm auf, der ihm ihre ganze Seele offenbarte. Deshalb also hatte sie mich in den letzten Tagen nicht zu sich gerufen. Thomas Leimer musste schon länger in der Stadt sein.

Ich spürte, wie der Hass auf diese beiden in mir hochstieg. Auf den Mann, der mich verraten hatte, der sich ohne einen Blick zurück an eine andere wandte. Und auf die Frau, die mich einst durch ihren Schutz vor Jakob Murgel und meinen kleinen Thomas vor der Schande bewahrt hatte. Ich konnte mir in den nächsten Stunden noch sooft sagen, dass sie nichts ahnte. Meine unvernünftige, gallig gelbe Eifersucht erwartete von der Äbtissin des Stiftes Seggingen, dass sie es besser wusste. Wie konnte sie nur. Diese Frau mit einem Mann wie ihm, der doch den Charakter eines Wurms hatte. Aber es war zu spät. Schon längst zu spät. Sie war ihm verfallen wie einst ich. Eingelullt und aufgeweicht von seiner schmeichelnden Redekunst, die oberflächlich den Verstand ansprach und unterschwellig alle Gefühle in Aufruhr versetzte. Ich kannte das. Mein Gott, wie gut ich das kannte.

Er hatte sich offen als Ketzer bekannt, sein schwarzes Kleid als Diakon abgelegt. Er verkörperte damit alles, was Magdalena von Hausen in ihrem gütigen Herzen an tiefen Überzeugungen barg. Doch das hier war mehr als eine Überzeugungs- und eine Seelenverwandtschaft. Das waren ein Mann und ein Weib, die sich öffentlich nicht berühren konnten und sich deshalb mit ihren Blicken streichelten.

Ich murmelte etwas, wandte mich um und floh. Ich konnte den Anblick dieser beiden einfach nicht ertragen. Ich glaube, ich hätte geschrien, wäre ich auch nur einen Moment länger geblieben. Es mögen nur wenige Sekunden gewesen sein, in denen ich diesen Blick sah. Sofort danach schlugen die beiden wieder ihre Augen nieder. In diesen Sekunden wurde eine neue Katharina geboren. Eine Rasende, deren Hass jeden vernünftigen Gedanken erstickte. Ich war wie ein Tier. Und wie ein Tier zog ich mich in unser Haus zurück. Ich legte mich auf den Strohsack, den ich mit Konz teilte, und zog die rauen Decken bis über mein Gesicht.

Mein kleiner Sohn stand weinend daneben. Er hatte die Veränderung an mir bemerkt, doch er konnte sie sich nicht erklären. Sie machte ihm Angst, ebenso, wie sie tief hinten in meinem Kopf auch mir Angst machte. Aber ich, die ich sonst bei jedem kleinsten Wimmern zu ihm geeilt war, die ihn bei jeder seiner kleinen Bubentränen tröstend in den Arm genommen hatte, ich kümmerte mich nicht um ihn. Ich lag zusammengekrümmt, die Knie bis unters Kinn gezogen, unter der dunklen Höhle dieser Decken und hoffte zu sterben, das Aufgehen der Sonne nie wieder erleben zu müssen. Irgendwann muss sich mein kleiner Thomas auf den Boden neben das Bett gelegt haben und eingeschlafen sein, seinen kleinen Daumen im Mund, die Tränen der Angst noch immer auf seinen Kinderwangen. So jedenfalls hat uns Konz gefunden.

Von allem, was ich später getan habe, quält mich heute eine Erinnerung am meisten. Was ich mit meiner Veränderung meinem Kind antat, war das Schlimmste. Schlimmer als das, was Thomas Leimer mit mir gemacht hatte. Denn dieser kleine Thomas konnte sich nicht wehren. Ich war alles, was er an Wärme und Schutz hatte auf dieser Welt. Und ich konnte ihm das nicht mehr geben. Nicht nach diesem Tag. Nicht nach diesem Blick. Nicht mehr für eine lange Zeit.

Konz muss ziemlich erschrocken sein, als er uns beide so sah. Er hatte nach der Kirche lange nach mir gesucht und war schließlich nach Hause gekommen, in der Hoffnung, mich dort zu finden. Nach Hause … Ich hatte kein Zuhause mehr. Am wenigsten in mir selbst. Denn da hatte eine andere die Herrschaft übernommen. Eine andere, die trotzdem ich war.

Vorsichtig stieg mein Mann über meinen Sohn hinweg und zog mir die Decke vom Kopf. Ich krümmte mich nur weiter zusammen, damit er meine Augen und mein Gesicht nicht sehen konnte. Erst musste ich wieder Macht über den bösen Geist in mir gewinnen. Zumindest so viel, um ihn nach außen nicht zu verraten. So blieb ich trotz allen Zuredens starr liegen, ohne Konz auch nur eine Antwort auf seine besorgten Fragen zu geben.

Der kleine Thomas war inzwischen wieder aufgewacht. Konz, der meine Liebe zu diesem Kind kannte, versuchte, mich mit seiner Hilfe wieder zum Leben zu bringen. Aber ich hörte die beiden nur wie durch eine dicke Mauer. Eine tiefe und eine kleine, hohe Stimme, die mich nichts angingen. Ich wollte nur in Ruhe gelassen werden, ohne jemandem zu erklären, warum.

Als ob er meine Gedanken gehört hätte, drehte sich Konz um, nahm meinen und seinen Sohn auf den Arm und ging aus dem Zimmer. Ich hatte eine gesegnete halbe Stunde Zeit für mich, um mich wieder halbwegs zu fassen, ehe er mit der alten Nele zurückkam. Sie machte ein besorgtes Gesicht, als sie mich untersuchte. Sie versuchte gar nicht erst, mit mir zu sprechen. Sie hatte die Warnung in meinen Augen gesehen.

»Es fehlt ihr nichts«, sagte sie schließlich und wandte sich zu Konz um. »Zumindest nichts Ernstes. Katharina ist einfach völlig erschöpft. Sie hat zu viel gearbeitet. Ich werde ihr jetzt einen beruhigenden Tee zubereiten, und dann lasst Ihr sie am besten einige Tage im Bett. Der kleine Thomas und der große Konz müssen halt einmal alleine fertig werden. Ihr werdet sehen, dann geht es ihr schnell wieder besser. Aber haltet Euch an meine Anweisungen«, fügte sie mit einem scharfen Blick auf mich hinzu. »Denn sonst könntet Ihr sie verlieren.«

Konz machte ein erschrockenes Gesicht. Ich wusste genau, dass Nele nicht glaubte, ich würde sterben. Sie hatte erkannt, dass meine Seele starb. Ihre Worte waren gleichzeitig eine

Warnung an mich, unausgesprochen, aber trotzdem völlig klar: Reiß dich zusammen. Du hast hier zwei, für die du die Verantwortung trägst.

Es gibt Menschen, die haben ein Gefühl dafür, wonach andere sich sehnen. Sie spüren das Echo dieser Wünsche in sich und geben sie als Antworten zurück. Bei ihnen fühlt sich jeder verstanden, erkannt und aufgehoben. Das ist eine ganz besondere Gabe. Ich glaube, Jesus Christus hatte sie. Und Thomas Leimer. Doch er nutzte dieses besondere Geschenk Gottes nicht zum Guten für seine Mitmenschen, sondern zu seinem eigenen Vorteil. Ich habe lange darüber nachgedacht, aus welchem Material Gott diesen Menschen geschaffen hatte. Es war weder Erde noch Feuer, noch Wasser, es war Luft. Schmeichelnde Luft, die schließlich einen Sturm entfachte, der so viele Leben zerstörte. Der Herr ist mein Zeuge, ich habe darum gekämpft, gut zu sein und das Richtige zu tun. Doch am Ende war ich unfähig dazu.

In gewissem Sinne kam mir mein Zusammenbruch sehr gelegen. So musste ich am Karfreitag nicht ins Münster, um Thomas Leimer predigen zu hören. Ich hätte es nicht ertragen. Wahrscheinlich wäre ich schreiend aus der Kirche gerannt. Mein Mann ging an diesem Morgen nur zögernd. Er wollte mich ungern alleine lassen. Doch ich beruhigte ihn, versprach ihm, wenn er wiederkäme, würde es mir schon besser gehen. Mit einer hilflosen, liebevollen Geste, die mich zutiefst rührte, nahm er schließlich unseren Sohn auf den Arm und ging. Ich lag unter meinen Decken und fragte mich, warum ich ihn nicht lieben konnte, meinen Mann, dessen gutes, starkes Herz meiner Liebe um so vieles mehr wert war. Es ist schon seltsam, die Liebe richtet sich nicht nach der Erkenntnis der Vernunft. Am stärksten brennt sie dort, wo sie verschmäht worden ist. Wahrscheinlich ist es eines der größten Geschenke Gottes überhaupt, wenn die Liebe der Liebe begegnet. Wenn nicht, dann ist es vielleicht besser ohne sie. Freundschaft, Vertrauen,

Sicherheit können sie durchaus ersetzen, diese sanfte Glut, die zwei Menschen zusammenhält, die Gewissheit, zusammen den Alltag zu meistern. Trotzdem werden sie sich immer danach sehnen, zu verbrennen, wie die Motten am Feuer. Ich verstehe es auch nach so vielen Jahren noch immer nicht richtig.

Ich jedenfalls brannte. Lichterloh. Ich lernte, dass es stimmt, was so viele sagen: Der Hass ist nur das andere Gesicht der Liebe. Doch er ist auch die Dunkelheit, ein wüstes unfruchtbares Land, das jeden zerstört, der es betritt. Die Kraft des Hasses ist so oft stärker als die der Liebe. Viel zu oft. So wie das Böse eben viel zu oft das Gute tötet. Ich hoffe noch immer, dass das nicht stimmt. Dass ich nur eine getriebene Helferin in dieser Schlacht war, die das Böse gewann. Dem Himmel sei Dank, dass es immer die letzte Schlacht ist, die am Ende den Krieg entscheidet.

Am Karsamstag kam Magdalena von Hausen in unser Haus. Konz und Nele hatten ihr von meiner »Krankheit« berichtet. Sie machte sich Sorgen um mich, das sah ich. Und ich heuchelte. Heuchelte Freude, sie zu sehen, heuchelte Zuversicht, bald wieder gesund zu sein. Wie hätte ich ihr auch sagen können, was mit mir war. Ich hatte mein Herz längst gegen sie verschlossen, war in die Dunkelheit hinabgetaucht, in jenem Land gefangen, das kein Lichtstrahl mehr erreicht, in dem das Wasser des Lebendigseins vertrocknet ist.

Ohne es zu wollen, stieß sie mich noch tiefer in diesen Abgrund. Vielleicht hätte sie es mir nie gesagt. Doch sie sah, wie elend ich mich fühlte, muss gespürt haben, wie verzweifelt ich war und gedachte, mich mit dieser guten Nachricht zu erfreuen. Wie konnte sie auch ahnen, was ihre Worte bewirkten.

Eine lange Zeit saß die Fürstäbtissin schweigend an meinem Bett. Wohl erschrocken über die Unordnung, die in meinem Hause herrschte. Denn seit Gründonnerstag hatte ich mich nur erhoben, um zum Abort hinter dem Haus zu gehen. Der Boden war nicht gefegt, Kleider lagen im Raum herum, kein Palmzweig kündete vom Fest und der Auferstehung des Herrn.

Magdalena versuchte ihr Erschrecken zu überspielen, mir Zuversicht und Freude zu vermitteln. So erzählte sie mir, was ihr ganzes Wesen bewegte, sie erzählte von ihrem eigenen Glück, ihren eigenen glühenden Überzeugungen, von der Schlacht, die sie kämpfen würde. Die Schlacht für eine neue Zeit, die kommen musste. Davon war sie jetzt überzeugt. Trotz all der Rückschläge, die die Reformierten im vergangenen Jahr hatten hinnehmen müssen. Trotz all der Toten, der Verstümmelten, dem Leid.

»Du hättest Thomas Leimer predigen hören sollen. Die ganze Liebe und Gerechtigkeit Gottes strahlte förmlich aus ihm. Er formulierte die Sehnsucht der Menschen nach einem Leben, das sie bereit macht für das Jüngste Gericht, sodass sie bestehen vor dem Urteil des Allmächtigen, wenn dereinst ihre Zeit kommt. Seine Worte waren so eindringlich, gingen uns allen so sehr zu Herzen. Keiner glaubte am Ende mehr, Thomas Leimer sei ein Ketzer. Er ist ein Mann auf Gottes Weg, der es nicht ertragen kann, wie irregeleitete Pfarrer und Ablassprediger, eitle Adelige und die Mächtigen die Sehnsüchte der Menschen für ihre Zwecke nutzen. Ach, Katharina, wenn du nur hättest dabei sein können. Es war wunderbar. Nie habe ich die Menschen im Münster so ergriffen erlebt. Thomas Leimer hatte die Antwort auf alle ihre Fragen, gab ihnen Mut, gab ihnen Hoffnung, dass jeder, jeder Einzelne, den Weg in diesem Jammertal meistern kann, wenn er nur will. Wenn er an das Gute glaubt und es lebt. Dieser Mann ist von Gott gesandt, um die Menschen aufzurütteln. Und das ist nötig. Gerade in dieser Zeit, in der der alte Glaube die zarten Keime des Neuen zu zertreten droht, die mit so viel Blut gedüngt wurden. In der einmal mehr das Schwert regiert und nicht Gottes Recht.

Und ich, liebste Freundin Katharina, diese schwache Frau, die ich bin, ich darf ihm dabei helfen. Mit der ganzen Kraft, die ich habe. Was bedeutet angesichts dieser großen Aufgabe noch der Titel ›Reichsfürstin‹. Wie unwichtig sind da noch die Geschicke einzelner Menschen. Ich will mit ihm gehen, ihm beistehen bei seinem Kampf für das Gute, für eine gerechte Welt. Denn er braucht mich und meine ganze, meine vollkommene Hingabe. Und deshalb, meine Freundin, meine Tochter, meine Schwester, werden Thomas Leimer und ich morgen heiraten.«

Ich lag wie erstarrt. Ihre letzten Worte hatten mir tausend Messer durch die Seele gejagt, die Gedanken schossen so schnell durch meinen Kopf, dass ich keinen einzigen von ihnen festhalten konnte. Ich spürte, wie mir die Tränen übers Gesicht liefen und meine innere Verzweiflung mich wegzureißen drohte. Doch sie verstand nicht, worum es ging. Wie sollte sie auch. Sie war so hell, so strahlend in ihrer Liebe zu diesem Mann, dass sie das Böse völlig aus ihren Gedanken verbannt hatte, nur das Gute war für sie existent. Hätte ich damals nur gesprochen, ihr von Thomas Leimer und mir erzählt. Wie viel Leid wäre uns allen erspart geblieben. Doch ich konnte nicht. In meinem Inneren hatte nichts Platz außer dem Schmerz. Und als ich wieder zu Verstand kam, da war es zu spät.

»Du musst nicht weinen, kleine Katharina«, sagte sie tröstend. »In meinem Herzen werde ich immer bei dir sein. Auch wenn ich morgen Abend nicht mehr die Äbtissin des Stiftes, sondern nur noch die Frau von Thomas Leimer sein werde. Wir hören sicher voneinander. Und wenn es nur durch die Kunde ist, wie segensreich das Wirken dieses Mannes für unser liebes Land und seine Menschen ist. Zunächst wollen wir zu meiner Schwester Genoveva und ihrem Mann nach Basel gehen. Sie wird uns für eine Weile Unterkunft gewähren, bis wir genau wissen, wie es weitergeht. Ach, Katharina, sei nicht traurig. Freu dich doch mit mir, dass ich endlich meinen Weg gefunden habe, endlich weiß, wozu ich wirklich berufen wurde. Wie wenig konnte ich bisher doch tun. Und wie viel werde ich an seiner Seite tun können. Denk nur an unsere Wibrandis, die

Segginger Schultheißtochter, die an der Seite so vieler bedeutender Männer für ihre Überzeugungen gelebt hat. Morgen Abend werden Thomas Leimer und ich die Stadt verlassen. Ich muss dir sicher nicht sagen, dass das heimlich geschehen wird. Außer dir und mir und dem Priester, der uns traut, weiß niemand davon. Deshalb wollte ich dich und deinen Mann bitten, ob ihr unseren Ehebund nicht vor Gott bezeugen könntet. Morgen früh, vor Tagesanbruch noch, wird die Zeremonie in meinem Betzimmer vollzogen. Werdet ihr kommen? Willst du mir diesen Liebesdienst tun?«

Ich konnte nur nicken. Und als sie fort war, als mein Mann und mein Sohn schliefen, da schrieb ich jenen verhängnisvollen Brief. Ich wünschte mir bis heute, Gott hätte die Hand verdorren lassen, die jene Zeilen an Hans Jakob von Schönau, den Großmeier des Stiftes, zu Papier brachten:

Die Äbtissin des Stiftes Seggingen hat sich einem Mann anergeben, ihre Pflichten gegenüber den Gotteshausleuten und gegen die heilige Mutter Kirche verraten. Heute Abend will sie mit ihrem Buhlen nach Basel fliehen. Möge Gott uns helfen.

Ich habe diesen Brief nicht unterschrieben.

Ich erinnere mich noch heute, so viele Jahre später, genau an das Geräusch meiner hölzernen Schuhe auf dem Kopfsteinpflaster der Straße. Die Mauern der Häuser nahmen es auf, warfen es zurück. Steine und Mauern sprachen mit einer Stimme: »Tu es nicht. Tu es nicht.« Doch der Hass war stärker. Er wallte auf und drückte jede andere Empfindung, jeden klaren Gedanken nieder. Mein Innerstes erstarrte, meine Seele verschwand unter Eis. Ich zog die Schuhe aus und nahm sie in die Hand. Ich wollte die Stimme der Steine nicht hören. Ich wollte Rache.

Die ersten Frühaufsteher unter den Vögeln begannen bereits ihr Lied zu singen. Hinter den Türen regte sich zögernd das erste Leben. Eine Kuh, die verschlafen verlangte gemolken zu werden und Futter zu bekommen; das leise Gurren einer *erwachenden Taube. Sonst war es still. Auch die oberen Räume des Schlosses lagen noch dunkel da. Aus den Stallungen und dem Küchentrakt kamen aber bereits die ersten Geräusche des erwachenden Tages. Mägde, die Wasser holten; der Koch, der die Scheite in die Kochstelle warf, um aus der von der Nacht übrig gebliebenen Glut wieder das Feuer zu entfachen, auf dem später der Frühstücksbrei für die Herrschaft brodeln sollte. Lautlos wie ein Geist legte ich dem Schönauer den Brief auf seine Schwelle.*

9

Der Mann, der Magdalena von Hausen und Thomas Leimer vor Gott zusammengab, war Dekan Markus Ditzlin aus Waldshut. Katharina konnte es kaum glauben, als sie den Priester hinter dem eilends hergerichteten kleinen Altar stehen sah. Schließlich war Ditzlin doch dabei gewesen, als Magdalena von Hausen von Jakob Murgel zur Äbtissin gestühlt worden war. Er musste doch wissen, welchen Frevel vor Gott, der Jungfrau Maria und allen Heiligen es bedeutete, wenn er eine Äbtissin des Stiftes Seggingen einem Mann zum Weibe gab. Zwar musste keine der Stiftsfrauen ein Keuschheitsgelübde ablegen, wenn sie offiziell in die Reihen des Kapitels aufgenommen wurde. Einige hatten das Stift danach auch wieder verlassen und waren Ehefrauen geworden. Es gab keinen Eid, der sie daran hinderte. Doch bei einer Äbtissin war das anders. Von ihr wurde erwartet, dass sie ihr Leben völlig ihrem gottgeweihten Werk zu Ehren des heiligen Fridolin widmete, zur Wahrung der Macht des Kaisers, dem allein sie in weltlicher Hinsicht unterstellt war, und zum Wohle ihrer Untertanen und Hörigen. Ditzlin musste das wissen. Trotzdem hatte er zugestimmt, die beiden zu trauen. Katharina verstand das nicht. Sie hatte eigentlich nie den Eindruck gehabt, dass diesen Diakon aus Waldshut eine besondere Freundschaft mit Magdalena von Hausen verband. Doch sie war wohl die Allerletzte, die von sich behaupten konnte, die Menschen zu kennen.

Vor dem Fenster des kleinen Betzimmers wurde der heraufdämmernde Tag noch durch das Schimmern einiger Sterne zwischen den Wolken erhellt. Drinnen beleuchtete das flackernde Licht einiger Kerzen die Gesichter der fünf Menschen, die sich versammelt hatten. Das Gesicht der Fürstin wirkte ruhig, strahlend und wunderschön. Sie war sich ihres Weges völlig sicher. In Anbetracht der Heimlichkeit dieser Zeremonie hatte sie ein einfaches, dunkles Gewand gewählt. Trotzdem erinnerte es Katharina ein wenig an jenes, in dem sie gestühlt worden war.

Im Gegensatz zur inneren Ruhe seiner ihm versprochenen Braut, strahlte Thomas Leimer Nervosität aus, die er nur mühsam im Zaum halten konnte. Immer wieder sah er mit gehetztem Blick in Richtung des Fensters, als fürchte er den Aufgang der Morgensonne. Hand in Hand standen Thomas Leimer und Magdalena von Hausen vor Ditzlin, leise kamen die Worte der ewigen Eidesformel aus Magdalenas Mund: »Und ich schwöre, dir zu dienen und dich zu lieben und zu ehren, in guten wie in schlechten Tagen, bis dass der Tod uns scheide.«

Katharina war selbst über sich erstaunt, dass sie noch immer keinerlei innere Regung fühlte, als diese Worte ausgesprochen waren, als der Priester den Bund gesegnet hatte. Innerlich taub setzte sie das Zeichen ihres Namens unter das Pergament, das diesen Bund dokumentierte. Ohne jede Regung nahm sie Magdalena von Hausen in die Arme und wünschte ihr eine gesegnete Zukunft. Ohne Zittern gab sie Thomas Leimer die Hand und beglückwünschte ihn zur besten aller Frauen, die er nun sein Eigen nennen konnte. Ihre Stimme blieb auch fest, als sie danach Konz vorschlug, das junge Paar eine Zeit sich selbst zu überlassen. Später würde sie wieder zurückkommen und Magdalena von Hausen helfen, ihre Truhe zu packen.

Konz grinste und nickte, als Katharina das sagte. Die Äbtissin blickte die Vertraute dankbar und leicht errötend an. Thomas Leimer aber wurde sichtlich nervöser.

Leise schlossen Konz Jehle und seine Frau die Türe hinter sich. Markus Ditzlin war bereits in Richtung Küche unterwegs, in sich die Gewissheit, ein gottgefälliges Werk getan zu haben. Zumindest aber eines, das Jakob Murgel sehr gefallen würde. Denn nun hatte er die schon so lange erwartete Gelegenheit, diese Heuchlerin mit der ganzen, fürchterlichen Macht der Kirche zu bestrafen. Die Ironie des Geschehens würde Murgel sicher besondere Freude bereiten. Die Frau, die ihre Macht aus der Liebe zu Gott und den Menschen hergeleitet hatte, die Frau, die mit ihrer Güte und Standfestigkeit sogar den Papst überzeugt hatte, war an einer kleinen, menschlichen, unwichtigen Liebe gescheitert. Die eheliche Treue hatte diese Abtrünnige auch noch auf die Bibel eines Mannes geschworen, der allen Rechtgläubigen als Ketzer galt: auf die schändliche Übersetzung der Heiligen Schrift in die Sprache des unwissenden Volkes von Martin Luther. Ja, Markus Ditzlin war sehr zufrieden mit sich.

Katharina und Konz traten schweigend auf den Platz vor der Residenz der Äbtissin. Der hohe Bogen, der das Haus mit dem Münster verband, wirkte drohend vor dem Himmel, der sich im Osten langsam immer mehr erhellte. Die Türme des Münsters ragten wie mahnend erhobene Finger über die Linie des Horizontes hinaus. Dort, unter dem hohen Bogen, hatten die Äbtissinnen seit Menschengedenken Gericht gehalten; und hinter den hohen Türmen wartete das Gericht Gottes.

Bei diesem Gedanken zerbrach Katharinas innere Taubheit wie Glas, das auf Steinfliesen fällt. Das ganze Ausmaß dessen, was sie getan hatte, wurde ihr plötzlich klar. Sie hatte Magdalena von Hausen verraten, ihre Beschützerin, die immer nur Gutes für sie gewollt hatte! Jede Zeile, jedes Wort dieses unseligen Briefes brannte wie Feuer in ihrer Seele. Sie musste zum

Schloss, ihn zurückholen. Sofort. Hoffentlich hatte ihn noch niemand gefunden. Um des Himmels und aller Heiligen willen, was hatte sie nur getan!

»Ich muss jetzt eine Weile allein sein«, bat sie Konz und versuchte mit aller Kraft, ihre aufkeimende Panik in den Griff zu bekommen. Sie war wie im Fieber. »Ich bin noch etwas schwach und brauche ein wenig Zeit, um mich an den Gedanken zu gewöhnen, dass Magdalena von Hausen bald nicht mehr bei uns ist.«

Konz nickte. Er bemerkte nicht, in welchem Zustand seine Frau war. »Du wirst sie bestimmt sehr vermissen. Arme, kleine Katharina. Aber du hast Recht, solche Geschehnisse muss man in Ruhe überdenken. Ich gehe derweil heim und schaue nach unserem Sohn. Hoffentlich ist er noch nicht aufgewacht. Schließlich musst du der hohen Frau auch noch helfen, ihr Bündel zu schnüren. Wenn du mich brauchst, du weißt, wo ich zu finden bin.«

Die Güte ihres Mannes rührte Katharinas Herz zutiefst. Er hatte keine halbe Frau wie sie verdient. Und was war sie denn schon? Was war aus ihr geworden? Ein Mensch, noch schlimmer als Judas Ischariot, der einst den Herrn verriet. Wenn sie diesen Brief nur wiederbekam. Wenn Gott sie verschonte, das Unheil aufhielt – sie würde Konz Jehle von der Niedermühle ein gutes Eheweib werden. Bei allem, was ihr heilig war. Möge Gott ihr dabei helfen. Sie wandte sich um und wartete, bis ihr Mann nicht mehr zu sehen war. Dann machte sie sich auf den Weg zum Schloss.

Doch der Brief, den sie auf die Schwelle gelegt hatte, war verschwunden. Sie sank auf die steinerne Stufe, ihr Herz hämmerte. Sie spürte nicht, wie die Feuchtigkeit des Morgentaus durch ihre Kleider drang. Aber dann riss sie sich zusammen. Der Schönauer durfte das Schreiben nicht bekommen. Sie musste es abfangen. Irgendwie. Alle im Schloss schienen noch zu schlafen. Vielleicht hatte ein Diener das Schreiben gefunden und ins Haus geholt, vielleicht gab es ja noch eine Möglichkeit, es wieder in die Hände zu bekommen, vielleicht hatte er es noch nicht geöffnet ...

Energisch klopfte Katharina an das noch fest verschlossene Tor. Es dauerte eine Weile, bis sich das verschlafene Gesicht des Beschließers in der kleinen Luke zeigte. Doch Katharina ließ kein Zögern zu. »Ich habe eine lebenswichtige Botschaft von unserer gnädigen Frau, der Fürstäbtissin, an ihren Meier Hans Jakob von Schönau zu überbringen, es eilt. Bringt mich sofort zu eurem Herrn.«

Die Begeisterung im Gesicht, das durch die Luke blinzelte, hielt sich in Grenzen. »Da seid Ihr zu spät gekommen. Er ist bereits seit einer halben Stunde fort. Hat sich aufs Pferd geschwungen, als sei der Teufel hinter ihm her«, erwiderte der mürrische Mann.

Katharina ließ sich nicht abweisen. Sie klammerte sich jetzt an jeden Strohhalm. Wenn sie wenigstens wüsste, ob der Schönauer den Brief schon gelesen hatte. Doch sie wagte es nicht, direkt danach zu fragen. »Es ist wichtig. Er muss sofort erfahren, was ich ihm zu berichten habe. Um aller Heiligen willen, wo ist er denn hin? Wann kommt er zurück?«

»Woher soll ich das wissen? Bin ich Moses der Prophet, wächst mir Gras aus der Tasche?« Die Luke schloss sich krachend. Und alles Hämmern half nichts. Das Tor blieb zu.

Wieder und wieder pochte die junge Frau an das große Tor. Doch sooft sie auch zum Schloss ging und den Großmeier zu sehen verlangte, immer wieder bekam sie dieselbe Antwort. Der Herr von Schönau sei nicht da. Nein, niemand wisse, wann er wiederkommen werde.

Katharina blieb nur noch eines: die Hoffnung, dass der unselige Brief den Schönauer niemals erreicht hatte. Die Hoffnung auf ein Wunder. An diesen Gedanken klammerte sie sich, während sie ziellos umherirrte, von der Steinbrücke zur Holzbrücke wanderte und wieder zurück. Vielleicht konnte sie den Schönauer auf dem Heimweg abpassen. Doch die Hufschläge erklangen nicht, auf die sie so sehr wartete. Kein massiger

Mann kam über die Brücke galoppiert und erklärte ihr, er habe niemals einen Brief erhalten. Katharina betete. Gott, der in seiner Gnade seinen eingeborenen Sohn für die Menschen sterben ließ, dieser Gott durfte es einfach nicht zulassen, dass ihr Verrat Wirklichkeit wurde. Für dieses Wunder versprach sie Gott ihr Leben.

Und dann kam der Abend. Die Nacht senkte sich über die Stadt. Die Stunde der Abreise von Magdalena von Hausen und Thomas Leimer war da.

Magdalena von Hausen hätte später nicht mehr zu sagen gewusst, wie sie diesen Tag überstand. Sie verabscheute die Täuschung, die sie vorhatte. Äußerlich wirkte sie wie immer ruhig, sicher, freundlich zu jedem, der sich an sie wandte. Doch innerlich schämte sie sich für das, was sie den Menschen, die ihr anvertraut waren, mit ihrer heimlichen Flucht antat. Dennoch wurde sie keinen Moment wankend in ihrem Entschluss. Hier ging es um so viel mehr als um ihr kleines persönliches Glück oder äußerliche Ehre. Hier ging es um einen gerechten Kampf für eine bessere Welt, wie es Martin Luther, Huldreich Zwingli oder der große Oekolompad aus Basel, der viel zu früh verstorbene zweite Ehemann ihrer Freundin Wibrandis Rosenblatt, sie gelehrt hatten. In dieser Gewissheit überstand Magdalena von Hausen die Stunden bis zum Einbruch der Dämmerung.

Sie wollte nicht viel mitnehmen aus ihrem früheren Leben. Einige Kleider, etwas Wäsche und die kostbare Gutenberg-Bibel. Das Buch lag neben der Urkunde, die die Heirat bestätigte, wohl verwahrt in der Eichentruhe, die sie schon mitgebracht hatte, als sie als kleines Mädchen ins Stift gekommen war.

Immer wieder läutete sie nach Katharina. Doch die junge Frau blieb verschwunden. Auch ihr Mann Konz wusste nicht, wo sie steckte. Sie hätte sich so gerne von ihr verabschiedet. Der Abschied von so vielen Jahren ihres Lebens und lieb gewordenen Menschen fiel ihr ohnehin schwer. Von Menschen, die sie nur allzu bald aufs Bitterste enttäuschen musste. Fast konnte sie verstehen, dass Katharina an einer solchen Lüge keinen Anteil haben wollte. Trotzdem war sie traurig.

Offiziell hatte Magdalena von Hausen Anweisung gegeben, gegen Abend das Pferd Thomas Leimers zu satteln, da er noch in der Nacht nach Zürich müsse. Außerdem hatte sie befohlen, ihre Kutsche bereitzuhalten. Denn die Fürstäbtissin des Stiftes Seggingen werde diesem großen Prediger nicht die Ehre versagen, ihn ein kleines Stück des Weges zu geleiten. Als Schutz und Begleitung werde sie Konz Jehle mitnehmen. Mehr Hilfe brauche sie nicht, da sie gedenke, schon bald wieder heimzukehren. Heimlich, wenn niemand zugegen war und der Abend des Tages herandämmerte, sollte Konz Jehle ihre Truhe dann in die Kutsche schaffen. So war alles vorbereitet und so geschah es.

Im Lichte der aufgesteckten Fackel rollte die Kutsche Magdalenas auf die Holzbrücke zu. Neben ihr, wieder im dunklen, spanischen Gewand, ritt Thomas Leimer. Magdalena von Hausen hatte die Vorhänge der Kutsche zugezogen. Sie wollte nicht, dass die Menschen ihr Gesicht sehen konnten. Das Gesicht einer Frau, die sie so schmählich im Stich ließ. Auf dem Boden stand die Truhe mit den Habseligkeiten Magdalenas. Konz Jehle saß derweil auf dem Kutschbock und warf immer wieder Blicke auf den dunklen Reiter neben sich, der später sein Pferd hinten an der Kutsche anbinden und dann seinen Platz auf dem Bock einnehmen würde.

Da gellte ein Schrei durch die Dunkelheit. »Haltet an, haltet sofort an! Lasst mich in die Kutsche!«

Konz Jehle zog scharf die Zügel an, als er die Stimme seiner Frau hörte. »Katharina, was machst du denn hier? Wo hast du nur gesteckt? Die Fürstin hat dich schon den ganzen Tag gesucht.«

»Jetzt ist nicht die Zeit für lange Erklärungen. Ich muss sofort mit der Äbtissin sprechen.«

»Katharina, du bist ja völlig aufgelöst. Aber es ist schön, dass ich mich doch noch von dir verabschieden kann. Ich dachte schon, ich sehe dich nicht mehr.« Magdalena von Hausen öffnete die Tür der Kutsche. »Komm, steig ein. Du bist ja völlig außer Atem. Bist du so schnell gerannt, um mich noch zu sehen? Ach, was rede ich da lange, steig ein, wir müssen schnellstens weiter. Wir dürfen niemandem auffallen.«

»Herrin, ich muss Euch etwas sagen. Es ist wichtig.«

»Später. Steig jetzt ein. Und kein Wort mehr, bevor du nicht in der Kutsche sitzt.«

»Könnt ihr Weiber euch nicht während des Fahrens unterhalten?« Der braune Wallach von Thomas Leimer tänzelte nervös. »Wir müssen fort. Gleich sind wir an der Brücke. Und dann kann uns niemand mehr aufhalten. Konz, treib die Pferde an.«

»Aber, ich muss doch ...«

»Katharina, die Äbtissin hat Recht. Steig jetzt ein. So unvernünftig habe ich dich noch nie erlebt.« Die Stimme von Konz Jehle ließ keinen Widerspruch zu. Seufzend stieg Katharina in die Kutsche. Sie saß kaum, da peitschte ihr Mann die Pferde in den Galopp. Die Hufe donnerten über die Bohlen der Brücke. Schon war sie fast überquert. Da bewegte sich das Gebüsch auf der anderen Rheinseite. Dunkle Schemen standen plötzlich am Rand des Weges, entzündeten ihre Fackeln. Konz griff heftig in die Zügel. Da war die Kutsche auch schon von düster dreinblickenden Männern umstellt. Einer, von massiger Gestalt, den eigentlich gutmütigen Mund verkniffen zusammengepresst, öffnete die Kutschentür. »Kommt heraus, Magdalena von Hausen. Hier ist Eure Flucht zu Ende. Ich erkläre Euch hiermit zur Gefangenen. Erwartet die Stunde des Gerichtes für Euer schmähliches Verhalten. Möge Gott Euch gnädig sein«, sagte Hans Jakob von Schönau.

Magdalena von Hausen hatte schon bei den ersten Worten nach der Hand Katharinas gegriffen. Selbst im Zwielicht der Fackeln war zu sehen, dass ihr Gesicht bleich wurde. Sie erhob sich würdevoll, um ihre Hand dem Großmeier des Stiftes zu reichen und sich ihm zu ergeben. Die Männer, die die Kutsche umringten, standen unbeweglich wie Statuen. Da durchbrach ein schrilles Wiehern die Stille. Thomas Leimer hieb seinem Pferd wütend die Sporen in die Flanken. Der Wallach bäumte sich auf. Dann hatte Leimer ihn wieder im Griff. In wenigen Sekunden waren der dunkle Mann und das braune Ross im Schutze des Waldes verschwunden. Keiner der Männer machte sich die Mühe, ihm zu folgen.

Magdalena von Hausen hob stolz den Kopf. »Ich gebe mich Euch gefangen, Schönauer«, sagte sie ruhig. »Verfahrt mit mir, wie Ihr es für richtig haltet.« Dann lehnte sie sich zurück auf ihren Sitz in der Kutsche. Keine Regung war ihr anzumerken, als die Männer die Zügel der fürstlichen Kutsche ergriffen. Einer hatte sich neben Konz Jehle auf den Bock gesetzt. Zwei weitere und der Schönauer kletterten zu den Frauen in die Kutsche. Wieder donnerten die Bohlen unter den Hufen der Rösser, dann das Kopfsteinpflaster der Stadt. Im Hof des Schlosses kamen die Pferde zum Stehen, und zwei Männer brachten Magdalena von Hausen in das ihr zugewiesene Gefängnis. Der Schönauer hatte ihr ein Zimmer seines Schlosses herrichten lassen. Als Reverenz an die Frau, die er früher so geschätzt hatte. Doch vor ihre Türe stellte er Wachen. Hier sollte sie warten, bis sich ihr Schicksal entschied.

Konz wollte der Äbtissin helfen, doch drei Männer hielten ihn fest. Katharina folgte Magdalena von Hausen die Treppe hinauf. Hans Jakob von Schönau hielt sie für einen Moment zurück. »Gott sei mein Zeuge, es wäre mir lieber gewesen, ich hätte nichts von dieser geplanten Flucht erfahren. Nun muss ich einen Menschen gefangen halten in meinen eigenen Mauern, dessen Güte und Klugheit ich schätzen gelernt habe, eine Frau, die die Menschen lieben. Das ist schon eine missliche Situation. Ich wollte, ich hätte diesen verfluchten Brief nie auf meiner Schwelle gefunden. Wenn ich nur wüsste, wer ihn geschrieben hat. Hast du vielleicht eine Ahnung?« Er blickte Katharina forschend in die Augen.

Der jungen Frau wich das Blut aus dem Gesicht. Sie antwortete nicht, schüttelte nur den Kopf. »Darf ich mit ihr gehen?«

»Nun, sie wird wohl jemanden brauchen. Eine Frau, die sie bedient. Und wohl auch eine Freundin in diesen schweren Stunden. Du bist ihr doch wohlgesonnen, oder?« Wieder dieser forschende Blick. Als könnte der Schönauer ihre Gedanken lesen.

Katharina nickte abermals. Abermals stumm.

»Nun gut. Aber ich warne dich: Wenn du ihr hilfst zu fliehen, müssen wir es alle büßen.«

»Herr, ich werde tun, was Ihr sagt«, antwortete Katharina und raffte die Röcke, um Magdalena von Hausen und ihren Bewachern über die Treppe in ihr Gefängnis zu folgen.

10

Noch in derselben Nacht verließen drei Reiter in wildem Galopp die Stadt. Der erste war Dekan Mathias Ditzlin. Er hielt es für besser, Seggingen so schnell wie möglich den Rücken zu kehren, nachdem er gehört hatte, dass Magdalena von Hausen bei der Flucht mit Thomas Leimer gefangen genommen worden war. Ditzlin war nicht sonderlich erpicht darauf, auf seine Rolle in der ganzen Angelegenheit angesprochen zu werden. Auch wenn er im Interesse der Kirche gehandelt hatte, war ihm doch etwas mulmig geworden. Schließlich konnten ihm böse Zungen durchaus einen Strick daraus drehen, dass er die vom rechten Glauben abgefallene Äbtissin von Seggingen mit dem Ketzer Thomas Leimer zusammengegeben hatte. Und Magdalena von Hausen hatte in Seggingen viele Freunde.

Die Nachricht von der Gefangennahme war schnell in der ganzen Stadt bekannt geworden – auf jene geheimnisvolle Art, in der sich solche Neuigkeiten immer verbreiten. Deshalb hielt es Mathias Ditzlin für besser, wenn er sich sogleich zu Domherr Jakob Murgel nach Meersburg begab. Dieser würde seine Bemühungen zu schätzen wissen und ihn schützen, sollte es zu Schwierigkeiten kommen. Das hoffte Ditzlin jedenfalls. Jakob Murgel war schwer zu durchschauen. Seine Loyalität galt eigentlich nur einem Menschen: sich selbst. Das wusste er unter dem Mantel äußersten Glaubenseifers allerdings sehr gut zu verbergen. Deswegen konnte es nur von Vorteil sein, wenn Ditzlin ihm die gute Nachricht vom Fall der verhassten Äbtissin von Seggingen und seine Rolle in diesem Spiel selbst berichtete. Das würde den Dekan sicher in gute Laune versetzen. Und das wiederum wäre eine gute Gelegenheit, sich der Dankbarkeit von Murgel zu versichern.

Der zweite Reiter war ein Bote von Hans Jakob von Schönau, unterwegs mit einem Schreiben an die Regierung in Ensisheim. Darin schilderte der Großmeier die Geschehnisse und bat um weitere Anweisungen, was mit der Reichsfürstin Magdalena von Hausen zu geschehen habe.

Der dritte Bote schließlich war Konz Jehle. Ihm war klar, dass Magdalena von Hausen jetzt jede Hilfe brauchte, die sie bekommen konnte. Deshalb hatte er den kleinen Thomas noch in der Nacht zu einer Nachbarin gebracht. Nun war er auf dem Weg nach Basel zu Genoveva Rischacher, um ihr die Nachricht von der Gefangennahme ihrer Schwester zu überbringen. Genoveva und Rischacher selbst konnten wahrscheinlich wenig tun, da sie selbst Ketzer waren. Er hoffte jedoch, dass es ihnen gelingen würde, den Bruder Veit Sixtus von Hausen, Domherr zu Speyer, und den Vetter Wolfgang von Hausen, früher Probst des Stiftes Ellwangen und inzwischen Bischof zu Regensburg dazu zu bringen, sich beim Konstanzer Domherrn Murgel – und wenn es sein musste auch beim Papst – für Magdalena von Hausen einzusetzen. Er war notfalls bereit, die Bittschreiben selbst nach Speyer und nach Regensburg zu bringen. Auch wenn er dann lange Zeit Seggingen und seinen Pflichten im Bereich des Dinghofs Murg fernbleiben musste. Er wusste, dass Keller Wolfgang Erler ein solches Verhalten nicht billigen würde. Erler hatte für vieles Verständnis, war fast zu einem Freund geworden. Aber er duldete keine Schlamperei und keine Unzuverlässigkeit. Doch Konz war auch klar, dass es die kleine Familie ohne den Schutz der Fürstin ohnehin sehr schwer haben würde. Magdalena von Hausen hatte aus einem unerfindlichen Grund viel für den Bankert Katharina und den Sohn des Gehenkten getan. Nun war es an ihnen, diese Schuld abzutragen.

Der nächste Morgen dämmerte, als Mathias Ditzlin Murgels Bedienstete aus dem Bett holte und verlangte, sofort den allergnädigsten Domherrn zu sprechen. Dieser war zunächst durchaus nicht gnädig gestimmt. Er hasste es, zu dieser Stunde gestört zu werden. Schon gar von Ditzlin, den er für einen kleinen Kriecher hielt, eine Wanze – aber immerhin nützlich wie manches Ungeziefer.

Ditzlin war völlig übermüdet. Der nächtliche Ritt über holprige Pfade war ihm und seinem Hinterteil nicht allzu gut bekommen. Er hatte teuflisch aufpassen müssen, damit sein Pferd nicht in ein Loch trat und sich womöglich noch ein Bein brach. Außerdem war er nicht gerade ein begnadeter Reiter. Doch Murgel dachte zunächst nicht daran, Ditzlin auch nur einen Platz zum Sitzen anzubieten, geschweige denn die Bediensteten anzuweisen, ihm etwas zu essen und zu trinken zu bringen.

Doch das änderte sich schnell, als er die Nachricht vom Fall Magdalena von Hausens hörte. Endlich konnte er diesen Dorn aus seinem Fleisch ziehen. Er würde die Rache an diesem Weib genießen. Als redlicher Kirchenmann würde er sofort den Bischof von Konstanz, Christoph Metzler, sowie Papst Paul III. benachrichtigen und selbstverständlich eine strenge Strafe fordern für diese Heuchlerin, die alle mit ihrer aufgesetzten Treue zur heiligen Mutter Kirche so getäuscht hatte. Der Papst würde über das Verhalten dieser Frau, die er noch drei Jahre vorher selbst schriftlich als treue Tochter der Kirche belobigt hatte, bestimmt nicht erfreut sein und mit der ganzen notwendigen Härte reagieren. Ähnlich würde sicher auch Metzler handeln. Der Bischof hatte die Rückkehr des Kapitels nach Konstanz schon förmlich vor Augen. Der Kaiser hatte die Reichsacht über die Stadt verhängt, Karl V. war empört über die Widerborstigkeit der Konstanzer. Es hieß sogar, dass er seine spanischen Truppen gegen das Ketzernest schicken werde. In einer solchen Situation hatte auch der Habsburger kein Verständnis für eine vom Glauben abgefallene Fürstin. Er würde mit Sicherheit ein Exempel statuieren – sehr zur Zufriedenheit des Konstanzer Domherrn, der dies allerdings nach außen sehr bedauern und allen versprechen würde, dieser armen, fehlgeleiteten Frau zu helfen, wo er nur konnte.

Es war besser, sich diesen Anschein zu geben. Denn Magdalena hatte nach wie vor in ihrem Bruder und in ihrem Vetter Fürsprecher mit Einfluss. Diese beiden würden sich mit Sicherheit für sie einsetzen. Schon, um den Makel, der nun auf der Familienehre lastete, möglichst klein zu halten. Denn eine solche Schande konnte auch ihren eigenen Einfluss in Kirchenkreisen schmälern. Je mehr er darüber nachdachte, desto mehr erhellte sich Murgels anfänglich mürrische Miene. Das war einfach zu schön. Gott belohnte am Ende eben doch jene, die ihm und seiner Mutter Kirche treu dienten. Ganz abgesehen davon: Er liebte diese Spiele.

Mathias Ditzlin hatte sich derweil lieber ruhig verhalten. Er wusste aus langjähriger Erfahrung, dass man bei einem noch verschlafenen Jakob Murgel am besten möglichst wenig redete. Morgens war mit dem Domherrn nie besonders gut Kirschen essen.

Murgel hatte den übermüdeten, hungrigen und durstigen

Ditzlin völlig vergessen, während er über all die herrlichen Möglichkeiten nachdachte, die sich durch diese so plötzlich veränderte Situation in Seggingen für ihn ergaben. Wer weiß, vielleicht konnte er sich die beiden Herren von Hausen ja auch noch verpflichten, indem er scheinbar um Milde für ihre gefallene Verwandte beim Bischof und beim Papst warb. Was er natürlich nicht tun würde. Aber er konnte es unter vier Augen wenigstens versprechen. Die Hoffnung auf einen Vorteil hatte schon viele Menschen gutgläubig und naiv werden lassen. Solange er sie im Ungewissen hielt, würden sie tun, was er wollte, um ihn wohlwollend zu stimmen.

Ein leises Scharren weckte ihn aus seinen Überlegungen. Ditzlin tat jedes Körperteil weh. Er konnte einfach nicht mehr länger stehen. So hatte er sich diese leise Erinnerung an seine Anwesenheit gestattet. Murgel sah auf. »Mein lieber Ditzlin, was bin ich doch für ein schlechter Gastgeber. Diese traurige Nachricht aus Seggingen über den Fall unserer allseits geliebten Fürstäbtissin hat mich so tief getroffen, dass ich alles andere darüber vergaß. Bitte vergebt mir meine Unaufmerksamkeit. Nun setzt Euch doch. Habt Ihr Hunger? Habt Ihr Durst? Ich werde sogleich Anordnung geben, Euch etwas zu bringen. Und dann werden wir uns in aller Ruhe darüber unterhalten, wie wir Euch möglichst aus der Geschichte heraushalten können. Ich hoffe, es wissen nicht allzu viele Leute von der Rolle, die Ihr bei dieser unglückseligen Angelegenheit gespielt habt. Doch ich kenne Euer gutes Herz. Es wäre einfach ungerecht, Euch dafür zu bestrafen, dass Ihr zwei Liebenden den Segen Gottes für ihren Bund gegeben habt. Denn die Ehe ist Gott wohlgefällig. Ihr habt nur in Gottes Ordnung gebracht, was sowieso nicht mehr zu ändern war.«

Ditzlin nickte und setzte sich. Er hatte alle Mühe, sich nicht zu verschlucken. Mein Gott, war dieser Mann ein genialer Heuchler!

Konz Jehle war bereits gegen Mitternacht in Basel angekommen und hatte einer völlig verstörten Genoveva und ihrem Mann Thomas die traurige Geschichte ihrer Schwester erzählt. Die Rischachers waren ebenfalls der Meinung, dass hier nur noch Veit Sixtus und Wolfgang von Hausen helfen konnten. Alle drei setzten gemeinsam die Schreiben an die beiden Würdenträger auf – mit der dringenden Bitte, der Gefangenen zur Seite zu stehen, auch im eigenen Interesse. Weitere zwei Stunden später waren Boten mit den Schreiben unterwegs. Die Rischachers wollten dem müden Konz Jehle nicht auch noch diese lange Reise zumuten, zumal er in Sorge war um Katharina und seinen Sohn Thomas.

Weder Magdalena von Hausen noch Katharina schliefen in dieser Nacht. Im Zimmer der Gefangenen war ein wärmendes Feuer angezündet worden. Katharina legte in regelmäßigen Abständen die Scheite nach. Es war kalt draußen. Klirrender Frost hatte die ersten, zaghaften Anzeichen des Frühlings längst wieder vertrieben. Auf dem Tisch standen Wein und Brot. Doch Magdalena von Hausen hatte nichts davon angerührt. Sie lag auf dem Bett, Katharina konnte ihr Gesicht im spärlichen Schein der Kerzen kaum erkennen. Für sie selbst hatte der Schönauer einen Strohsack herbeibringen lassen. Ganz wie es sich für eine Dienerin geziemte, dachte Katharina, die aber sehr wohl wusste, dass der Schönauer ihr nicht wohlgesonnen war. Das war seine Art, es zu zeigen – wobei er aber immer korrekt blieb.

Immer wieder schaute Katharina zu Magdalena von Hausen hinüber. Sie erwartete, ein Schluchzen zu hören oder einen Seufzer. Doch von der schemenhaften Gestalt unter der Decke kam kein Laut. Die Fürstin hatte nicht mehr gesprochen, seit sie gefangen genommen worden war. Auch Katharina blieb stumm. Das Wissen um die Rolle, die sie gespielt hatte, erstickte jedes Wort, das sie hätte sagen können. So teilten die beiden Frauen zwar ein Zimmer, doch in ihren

Gedanken blieben sie allein. Für beide war der Morgen, der in wenigen Stunden heraufdämmern würde, kein Anfang eines guten Tages.

Gegen vier Uhr erhob sich Magdalena von Hausen leise und kniete sich neben ihre Bettstatt nieder zum stummen Gebet. Doch wieder richtete sie danach kein Wort an Katharina, sondern lehnte sich zurück in die Kissen. Das war das letzte Mal für lange Zeit, dass Katharina die Fürstin vor Gott knien sah. Denn Magdalena von Hausen erhob sich nicht mehr von ihrem Lager. Außerdem blieb sie stumm, so sehr sich Katharina und Hans Jakob von Schönau auch um sie bemühten. Sie trank nur Wasser, verweigerte mit einer selbst in ihrem Zustand noch gebieterischen Handbewegung jede Nahrung. Ihre Augen waren die eines verwundeten Tieres.

Hans Jakob von Schönau lief in seinem Studierzimmer auf und ab. Er war ausgesprochen schlechter Laune. Seine Frau, die Kinder und die Dienstboten wagten in seiner Nähe nur auf Zehenspitzen zu gehen und sich flüsternd zu unterhalten. Der Schönauer hatte die Äbtissin in den Jahren ihrer Regentschaft schätzen gelernt. Als Mensch war sie ihm lieb geworden, fast wie ein eigenes Kind. Nun musste ausgerechnet er, der die Güte und Klugheit, ja die Größe dieser Frau immer wieder bewundert hatte, sie in seinem Schloss gefangen halten.

Täglich versammelten sich von da an große Gruppen von Menschen vor dem Schlosstor. Stumm harrten sie dort aus, viele von ihnen bis zum Abend, ein stiller Gruß an jene Unglückliche, die so vielen von ihnen in ihrem Elend geholfen hatte. Doch der Schönauer konnte ihnen keine neuen Nachrichten bringen. Denn von der Regierung in Ensisheim und Ferdinand von Habsburg war noch keine Botschaft gekommen.

Eine Woche verstrich. Noch immer sprach Magdalena von Hausen kein Wort. Noch immer nahm sie nichts zu sich außer Wasser. Und noch immer hielten die Menschen draußen vor dem Schlosstor ihre stumme Wacht zu Ehren der traurigen Gefangenen. Manche waren selbst aus Laufenburg, aus Mettau aus Kaisten, aus Waldshut angereist. Sogar eine Abordnung aus dem Glarus hatte inzwischen vor dem Schlosstor ihr bescheidenes Lager aufgeschlagen. Täglich wurde die Menschenmenge größer. Diese stillen Wächter wurden Hans Jakob von Schönau langsam unheimlich. Gleichzeitig freute er sich über diese Anteilnahme, die, wie er sehr wohl ahnte, schnell in Zorn auf die Mächtigen umschlagen konnte, sollten die Nachrichten aus Ensisheim schlecht sein. Doch er kannte seine Pflicht. So ließ er die Leute vor dem Schloss täglich mit Feuerholz versorgen. Denn die Nächte und Tage waren noch klirrend kalt in diesen Wochen nach dem Osterfest des Jahres 1548. Jene der stummen Wächter, die über Nacht blieben, durften ihr Lager schließlich im Schlosshof einrichten. Dort waren sie geschützter vor den Unbilden des Frostes. Sie bekamen Essen aus der Schlossküche – sehr zum Unwillen der Schönauerin, der es durchaus nicht gefiel, ihre Vorräte so schnell schwinden zu sehen.

Auch im Stift gab es einige gute Geister. In diesen Tagen verschwand einiges aus den Vorratskammern. Spicher Hans Köhler merkte es wohl, doch er war klug genug, nicht danach zu fragen. Denn es war, als hätten die Menschen einer ganzen Region, ob Fischer, ob Bauer oder Fährmann, ob Handwerker oder Höriger, ob Rechtgläubiger oder Ketzer das Schicksal der Magdalena von Hausen zu ihrem eigenen gemacht. Alle Unterschiede, alle kleinlichen Streitereien wurden hintangestellt, bis diese Angelegenheit geregelt war.

In der Ratsstube kamen Schultheiß Marx Bürgin und seine Ratsherren zu stundenlangen Sitzungen zusammen, um zu entscheiden, was in dieser Angelegenheit zu tun wäre. Aber solange aus Ensisheim keine Nachricht eintraf, solange auch Jakob Murgel und die Kirche ihren Willen nicht offenbarten, konnten die Menschen nichts tun als warten – und für Magdalena von Hausen beten. Küchen blieben kalt, Strümpfe ungestopft, die Tiere wurden nur notdürftig versorgt. Die ganze Stadt schien in eine Art Erstarrung gefallen zu sein.

Zu Magdalena von Hausen drang all das nur bruchstückhaft durch. Sie war in ihrer eigenen Welt versunken, sorgsam behütet und gepflegt von Katharina. Die junge Frau schlief fast nie, war immer bereit, auch auf den leisesten Ton zu hören, der irgendwann von dieser gequälten Seele kommen musste. Schließlich wurde auf Rat Katharinas die alte Nele herbeigeholt. Sie ging zwar nur ungern ins Schloss, doch für Magdalena von Hausen machte sie eine Ausnahme. Die Menschen vor dem Tor wichen zur Seite und öffneten ihr stumm den Durchgang.

Ebenso stumm, aber mit fragenden Blicken, ließen sie Nele einige Stunden später wieder hinaus. Doch die alte Frau schüttelte nur bedauernd den Kopf. Sie hatte bei der Fürstin nichts erreichen können – außer ein kleines, klägliches Lächeln der hohen Frau. Die alte Nele machte sich große Sorgen um Magdalena von Hausen. Sie würde sterben, wenn sie so weitermachte. Aber vielleicht war es ja das, was sie wollte. Und ihr gegenüber saß eine inzwischen schon fast ebenso hohlwangige Katharina mit tiefen bläulichen Ringen unter den Augen und dem dunklen Blick eines von Wölfen gehetzten Schafes.

Die Tage zogen sich für die beiden Frauen wie tausend Ewigkeiten hin. Katharina hatte seit dem Abend der Flucht ihren Sohn und ihren Mann nicht wieder gesehen. Denn der Schönauer ließ außer Katharina niemanden zu Magdalena von Hausen. Er hatte der jungen Frau zwar angeboten, sie könne ihre Familie ruhig einmal besuchen, doch Katharina wollte die stille Frau im Bett nicht allein lassen. Sie fürchtete das Schlimmste. Es waren nun schon beinahe zwei Wochen, dass Magdalena von Hausen ihr Gefängnis nicht verlassen und fast nur Wasser zu sich genommen hatte. Es war förmlich von Tag zu Tag zu sehen, wie sie immer schwächer wurde.

Gegen Mittag klopfte es plötzlich zögernd, die geschnitzte Zimmertüre öffnete sich. Herein stürmte Genoveva Rischacher, gefolgt von Hans Jakob von Schönau, dessen hochrotes Gesicht davon kündete, dass er vergeblich versucht hatte, die Rischacherin am Besuch bei ihrer Schwester zu hindern. Doch Genoveva ließ sich von nichts und niemandem zurückhalten. Die sonst so besonnene Frau war völlig aufgelöst. Mit einem Entsetzensschrei stürzte sie zum Bett und nahm die magere, kleine Gestalt darin in die Arme.

»Oh Magdalin, was haben sie nur mit dir gemacht.« Genoveva schluchzte. Dann riss sie sich zusammen. »Bringt mir sofort eine milde Brühe, mit einem Ei und etwas Wein, den ich unter das Wasser mischen kann. Dann brauche ich noch ein Kissen. Und etwas Brot. Und ein wenig Parfüm von Eurer Frau könntet Ihr auch mitbringen, Schönauer. Geht schon, lasst uns allein.«

Hans Jakob von Schönau sah sofort, bei dieser Frau war es besser, nicht zu widersprechen. Außerdem hoffte er sehr, dass die Schwester Magdalena in ihrer offensichtlichen Seelenpein ein wenig helfen könnte.

Vorwurfsvoll wandte sich Genoveva an Katharina. »Wie konntest du nur zulassen, dass sie so herunterkommt.« Doch sie sah schon nicht mehr, wie das Mädchen errötete. Ihre ganze Aufmerksamkeit galt jetzt ihrer Schwester. Genoveva hielt die Ältere wie ein kleines Mädchen in ihren Armen und wiegte sie hin und her. »Ach, Magdalin«, sagte sie immer wieder sanft. »Ach, Magdalin, du wirst sehen, es wird alles gut. Es ist doch auch damals alles gut geworden, als du vor dem Tribunal standest und der Henker sich schon daran machte, den Scheiterhaufen aufzuschichten. Magdalin, verlier doch den Mut nicht. Du müsstest es doch besser wissen als wir alle zusammen. Die Wege des Herrn sind unergründlich. Vielleicht ist dies einfach eine Prüfung, die du zu bestehen hast. Arme kleine Magdalin, jetzt bin ich ja da. Du wirst sehen, es wird alles gut.«

Katharina hörte das sanfte Gemurmel und wünschte sich,

sie hätte diese Worte finden können. Doch wie sollte sie. Der Verrat, den sie an Magdalena von Hausen begangen hatte, machte sie stumm. Was sollte sie dieser Frau auch sagen, wie konnte sie ihr helfen? Nur die Wahrheit hätte das möglich gemacht. Doch die Wahrheit, die konnte sie nicht sagen, auch wenn sie noch so herausdrängte, auch wenn sie sie am liebsten herausgeschrien hätte: *Hohe Frau, ich war es, die Euch verriet. Ich war es, die dem Schönauer von Eurer Heirat und Eurer geplanten Flucht berichtete.*

Warum?, hätte Magdalena von Hausen dann gefragt. Und sie hätte die ganze Geschichte erzählen müssen. Die Geschichte einer naiven, liebesblinden, verratenen jungen Frau, der die Eifersucht den Verstand vernebelt hatte. Und sie hätte erzählen müssen, dass Thomas Leimer der Vater ihres Sohnes war. Nein, das durfte sie Magdalena von Hausen nicht auch noch antun.

Ein leises Schluchzen holte Katharinas Aufmerksamkeit zurück in das Zimmer. Magdalena von Hausen weinte. Verhalten, verzweifelt, aber sie weinte. Katharina hätte jubeln können. Endlich war diese schreckliche Starre gewichen. Dem Himmel und der heiligen Jungfrau Maria sei Dank.

Genoveva wandte ihren Kopf zu Katharina: »Es tut mir Leid, was ich vorhin gesagt habe. Ich weiß, du hast dein Bestes gegeben. Aber siehst du, sie ist meine Schwester. Lass die Schwester jetzt mit der Schwester allein. Geh dich ausruhen. Ich sehe, dass du es nötig hast. Geh, Kind, geh zu deiner Familie.«

Einige Sekunden lang betrachtete Katharina noch die beiden Frauen. Die Jüngere, die die Ältere im Arm hielt, sie sanft wiegte wie ein kleines Kind und ihre Tränen trocknete. Dann wandte sie sich um und ging leise hinaus. Ging die Treppe hinunter, ging durch die Menschen, die im Schlosshof lagerten, bahnte sich einen Weg durch jene, die noch immer ihre stille Wache vor dem Tor hielten. Doch noch konnte sie nicht nach Hause zu Konz Jehle und ihrem Sohn. Sie ging durch die

Straße hin zum Münster und betrat durch eine Seitentüre den hohen, stillen Kirchenraum, spürte sofort seine besondere Kraft. Die Gebete so vieler Menschen in so vielen Generationen hatten sie geschaffen. Neben der hintersten der Holzbänke kniete sie nieder.

Katharinas Gebet formte sich wie von selbst in ihrem Herzen und dann in ihrem Kopf. Herr, wenn Du der Gerechte bist, dann lass andere nicht leiden für mein Tun. Gib mir die Kraft, wieder gutzumachen, was ich an Leid gebracht habe. Gib mir die Kraft, andere nicht mit meinem Leid zu beladen. Und gib mir die Kraft, es zu tragen. Mach mich stark. Nicht um meinetwillen, sondern für die, die mich brauchen …

Dann stand sie auf, strich den Rock glatt und ging nach Hause zu ihrem Mann und ihrem Sohn. Konz Jehle nahm sie in den Arm, als sie heimkam. Einen Moment lang genoss sie die sichere Stärke, die er ihr bot. Sie hatte nie gelernt, ihre Gefühle auszudrücken.

»Konz Jehle, ich bin froh, einen Menschen wie dich zum Manne zu haben«, sagte sie leise. Sie war sicher, Konz hatte sie verstanden. So standen sie lange nebeneinander am Bett ihres schlafenden, kleinen Sohnes.

»Du musst jetzt auch schlafen, kleine Kathrin, geh ins Bett. Ich passe schon auf euch auf, was immer auch geschehen mag. Das werde ich tun, solange ich lebe.«

Dankbar blickte Katharina zu ihrem Mann auf. Er schien zu wissen, wie sehr sie im Moment seine Stärke brauchte. Dann ging sie zum Bett und rollte sich in die Decken wie ein kleines Kind. Zum ersten Mal seit fast zwei Wochen konnte sie wieder richtig schlafen. Konz saß noch eine ganze Weile am Feuer und schaute abwechselnd von der einen zum anderen. Von seiner Frau zu seinem Sohn.

Es dauerte noch zwei weitere Wochen, bis endlich Nachricht von der Regierung aus Ensisheim kam. Trotz des bangen Wartens waren diese Tage in gewisser Weise eine Zeit der Freude.

Denn Magdalena von Hausen hatte zum Leben zurückgefunden. Katharina erfuhr nie, was in jener Nacht zwischen den beiden Schwestern vorgegangen war. Am nächsten Morgen hatte die Fürstin jedenfalls wieder zu essen begonnen. Ganz langsam, erst eine Suppe, dann ein Ei, dann eine gebratene Forelle. Vieles davon kam aus der Stiftsküche – sehr zum Ärger des Koches der Schönauer. Am Ende kam es noch soweit, dass die beiden Küchenmeister miteinander wetteiferten, welche der Köstlichkeiten, die aus dem Schönauer'schen Haus oder die aus dem Stift, Magdalena von Hausen zu sich nehmen würde. Jeder versuchte, den anderen zu übertreffen, um der kranken Frau möglichst die besten Leckereien vorzusetzen. Auf diese Weise kamen die Menschen, die vor dem Schlosstor und auf dem Hof Wacht für die Äbtissin hielten, unversehens in den Genuss von Leckereien, die sie in ihrem ganzen Leben noch nicht gekostet hatten. Das sprach sich natürlich herum. Nach und nach wurde die Menge, die zur Freude der Schönauerin schon etwas kleiner geworden war, nun wieder mit jedem Tag größer. Doch sie nahm es hin. Ihr Mann hatte endlich seine mürrische Miene abgelegt. Seit es Magdalena von Hausen etwas besser ging, fühlte er sich nicht mehr ganz so sehr als der Kerkermeister, der er sein musste. Und Genoveva entschied sich, wieder heimzukehren nach Basel. Ihre Schwester hatte sich entschlossen, zu leben.

Es war Mai geworden. Einige schöne Tage hatten dem langen Winter endlich ein Ende bereitet. So manche der Bauern, die tagelang vor dem Schloss ausgeharrt hatten, waren inzwischen auf ihre Felder hinausgegangen, um sie zu bestellen. Da endlich kam der Bote aus Ensisheim. Doch die Nachricht, die er brachte, war nicht gut. Sie holte den Winter in die Herzen zurück. König Ferdinand von Habsburg hatte mit der ganzen Strenge und ganzen Macht seines Hauses und im Namen seines Bruders, Kaiser Karl V., geurteilt. Verurteilt. Er befahl, Magdalena von Hausen in strengen Arrest zu nehmen. Die Leitung des Stiftes Seggingen übertrug er bis zur Klärung der

Angelegenheit und der Regelung der Nachfolge dem Großmeier Hans Jakob von Schönau.

Das war zu viel für den Schönauer. Er weigerte sich glattweg, die Fürstin, die einst so vielen Gutes getan hatte, in ein Verlies zu stecken wie eine Verbrecherin. Er war seinem Kaiser in allem ergeben. Doch was zu viel war, das war zu viel, erklärte er seiner Frau. Das, was Ferdinand von ihm wollte, war nicht recht. Und er würde es nicht tun. Magdalena von Hausen würde einfach bleiben, wo sie war. Damit Schluss.

Die Schönauerin versuchte nicht länger, ihren Mann umzustimmen. Sie kannte ihn. Wenn er solche Augen hatte, war sein Entschluss unumstößlich. Aber zu einem bewegte sie ihn doch. Es müsse alles getan werden, um den König umzustimmen. Der Schönauer solle einen Bittbrief für seine Gefangene aufsetzen, in dem er aber um Himmels willen nicht erwähnen dürfe, dass sie nicht im Gefängnis war.

Und was die Leitung des Stiftes anging … Nach Bekanntwerden des Skandals um die Fürstäbtissin, war Ursula von Heudorf von ihrer Familie schnellstens heimgeholt worden. Sie wollten mit diesen ketzerischen Zuständen nicht in Verbindung gebracht werden. Das hieß: Außer der gefangenen Äbtissin selbst gab es keine gestühlte Frau mehr im Stift. Nur noch ein Kind: Maria Jakobea von Sulzbach war erst im letzten Jahr als Zehnjährige in Seggingen angekommen – und damit nach den Statuten viel zu jung, um als vollwertige Stiftsdame aufgenommen zu werden. An ihre Wahl als Äbtissin war also nicht zu denken.

Zum Kapitel gehörten jetzt neben Magdalena von Hausen, die de facto noch immer die amtierende Äbtissin war, auch wenn sie dieses Amt nicht mehr ausüben konnte, die drei Chorherren Konrad Besserer, Johann Widmeyer und Heinrich Stößel. Besserer war damit der Einzige, der noch übrig geblieben war aus der Zeit, in der Magdalena von Hausen Äbtissin wurde. Der Schönauer kannte den kriecherischen Besserer schon lange. Er traute ihm nicht. So wenig, wie es Magdalena von

Hausen tat. Er hatte zu gute Kontakte zum Bischof und zu Murgel. Die Chorherren Fridolin Imhof und Georg Pfiner, die seine Machenschaften nicht billigten, hatte Besserer schon aus dem Stift vertrieben. Mit den beiden Nachfolgern Johann Widmeyer und Heinrich Stößel kam er besser zurecht. Sie waren jung und unerfahren, eher geneigt, ihm zu folgen, ohne lästige Fragen zu stellen.

Das war also die Lage. Keine Stiftsdame, die Nachfolgerin von Magdalena von Hausen werden konnte, die sich jeden Anspruch auf dieses Amt verwirkt hatte. Damit drohte dem Stift die Auflösung. Und das war etwas, was Hans Jakob von Schönau auf jeden Fall verhindern musste. Einmal, weil er sich die Stadt ohne das Stift und seine Einnahmen nicht vorstellen konnte. Außerdem war das Großmeieramt mit großer Machtbefugnis und vielen Einkünften verbunden. Darauf konnte und wollte seine Familie nicht verzichten. Deshalb musste er dafür sorgen, dass alles weiterlief. Und sich gleichzeitig um die Nachfolge kümmern. Mein Gott, in welche Lage hatte Magdalena von Hausen mit ihrem Übertritt zum Protestantismus und der Heirat mit Thomas Leimer sie alle nur gebracht. Aber so war es doch immer im Leben. Auf Frauen war einfach kein Verlass. Erst brachten sie alles durcheinander, gefährdeten damit die Existenz anderer, und die Männer mussten danach sehen, wie sie alles wieder in Ordnung brachten. Trotzdem, er mochte diese gefallene Fürstin. Was auch immer sie getan hatte, sie hatte es reinen Herzens getan. Davon war er überzeugt.

Einer, der die Dinge ebenfalls gar zu gerne wieder in Ordnung gebracht hätte – auf seine Weise –, war Jakob Murgel. Gleich am Morgen, nachdem ihm Mathias Ditzlin die Nachrichten aus Seggingen gebracht hatte, war er zu seinem Bischof Christoph Metzler geeilt.

»Was bringt Ihr mir für Neuigkeiten, dass Ihr es gar so dringend macht?« Metzler machte sich keine Mühe, seine Abneigung gegen Murgel zu verbergen. Er mochte den Domherren nicht.

»Ich bringe leider schlechte Nachrichten.« Murgels Stimme war samtweich. »Magdalena von Hausen, Reichsfürstin und Äbtissin des Stiftes Seggingen, ist vom rechten Glauben abgefallen. Doch das ist noch nicht alles. Sie hat sich heimlich dem ebenfalls abgefallenen Mönch Thomas Leimer aus Basel als Frau anvermählt.« Murgel genoss es, den schockierten Ausdruck auf Metzlers Gesicht zu sehen. Die Abneigung war durchaus gegenseitig.

»Das ist ernst. Ausgerechnet jetzt muss das geschehen, wo unsere Rückkehr nach Konstanz in greifbare Nähe rückt – nicht zuletzt dank eures Verhandlungsgeschicks, geschätzter Domherr.« Murgel verbeugte sich stumm.

»Es ist, als habe der Satan hier selbst seine Hand im Spiele.« Metzler blieb eine Weile stumm. Murgel wartete, bis der Bischof mit seinen Überlegungen fortfuhr. Er wollte den Schock erst richtig wirken lassen, bevor er seine Idee vorbrachte.

Doch dem Bischof war die ganze Tragweite der Ereignisse durchaus klar. »Unser ausgeblutetes und von den Ketzern beraubtes Bistum Konstanz kann es sich auf keinen Fall leisten, dass ein weiteres Stück der verbliebenen Macht und Pfründe wegbricht. Das Stift Seggingen ist reich; die Äbtissin gebietet über beträchtliche Einkünfte. Außerdem war sie immer eine gute Fürsprecherin am kaiserlichen Hofe. Nein, wir können es uns angesichts der laufenden Verhandlungen über den Schadensersatz, den die Reformierten für die Vertreibung der Bischöfe aus Konstanz zu zahlen haben, nicht leisten, diesen Einfluss bei Hofe zu verlieren. Wir müssen schnellstens eine gute Nachfolgerin finden. Eine, die unverbrüchlich zum rechten Glauben steht und unsere gottgefällige Sache beim Kaiser vertritt. Sonst kommt unser guter Kaiser am Ende noch auf den Gedanken, das Stift aufzulösen und die Ländereien zu vereinnahmen – was der Herr verhüten möge. Ja, wir brauchen unbedingt und möglichst sofort eine glaubensfeste Nachfolgerin.«

»Und eine, die auf ihren Bischof hört.« Die Stimme Murgels klang noch immer wie Samt.

»Was? Ja, natürlich.« Metzler war irritiert. Konnte dieser Murgel Gedanken lesen? Versonnen drehte er an seinem Ring. Er musste schnellstens eine Lösung für dieses Problem finden.

»Vielleicht lässt sich aus dieser misslichen Lage sogar noch ein Vorteil für das Bistum ziehen.« Murgels Stimme riss Metzler aus seinen Überlegungen.

»Was wollt Ihr damit sagen?«

»Wäre nicht möglicherweise Agatha Hegenzer von Wasserstelz die richtige Nachfolgerin für Magdalena von Hausen?« Jakob Murgel bemühte sich sehr, seinen Bischof glauben zu lassen, es handele sich bei diesem Vorschlag um einen spontanen Einfall.

»Die Hegenzerin? Nun ja, sie kommt aus einer guten Familie. Und als Dominikanerin ist sie mit Sicherheit eine treue Tochter der Kirche.«

»Ihr sagt es, gnädiger Bischof.« Murgel schnurrte fast. »Und die Hegenzer haben Einfluss. Sie würden ihn nicht zum ersten Mal zum Nutzen dieses Bistums einsetzen – ganz besonders, wenn es auch zu ihrem eigenen Vorteil ist. Eine Schwester, die Reichsfürstin ist, kann einem Geschlecht durchaus das Fortkommen sichern.«

Bischof Christoph Metzler begann, sich für die Idee Murgels zu erwärmen. Fast ärgerte es ihn, dass er nicht selbst darauf gekommen war. Die Hegenzer waren ein angesehenes und sehr einflussreiches Patriziergeschlecht aus Schaffhausen. »Die Familie ist uns seit Generationen treu ergeben«, dachte er laut. »Die Schlösser Weiß- und Schwarzwasserstelz samt den dazugehörigen Herrschaften sind ihnen vom Bistum einst für jahrelange Verdienste als Lehen überlassen worden. Ja, die Familie ist dem Bistum Konstanz verpflichtet.«

»Und Melchior, das derzeitige Familienoberhaupt, ist im

Hause Habsburg zudem gut angesehen – als Waldvogt der Grafschaft Hauenstein und ständiger Gesandter des Kaisers bei der Eidgenossenschaft. Man hört auf ihn. Er könnte uns bei den Verhandlungen über die Rückkehr des Kapitels nach Konstanz sehr behilflich sein. Schließlich ist er inzwischen auch Präsident der vorderösterreichischen Regierung in Ensisheim.« Murgel hatte alle Mühe, Metzler seinen Triumpf nicht spüren zu lassen. Melchior Hegenzer von Wasserstelz hatte sich seinen Freunden gegenüber noch nie kleinlich gezeigt. Das galt aber auch für seine Feinde.

Nur die lange geübte Disziplin hinderte Metzler daran, einen Freudenruf auszustoßen. Dieser Murgel hatte Recht. Das war die Lösung. Aber dem Domherrn gegenüber war Vorsicht geboten. Er witterte mit Sicherheit auch einen Vorteil für sich, sonst hätte er diesen Vorschlag nicht gemacht. Es war auf jeden Fall klüger, diesem ehrgeizigen Mann einen Strich durch die Rechnung zu machen. Er musterte Jakob Murgel ausdruckslos. »Nun, ich denke, da hat der Herr Euch eine gute Idee eingegeben. Doch es dürfte nicht einfach werden, den Dispens des Papstes zu bekommen, damit Agatha Hegenzer von Wasserstelz das Dominikanerinnenkloster Katharinental bei Diessenhofen, verlassen darf. Schließlich ist sie eine Braut des Herrn und hat das Gelübde der Keuschheit abgelegt. Als Äbtissin des Stiftes Seggingen würde sie der Benediktinerregel unterstehen. Und auch ein Keuschheitsgelübde gibt es in diesem weltlichen Damenstift nicht, wie Ihr wisst.« Metzler machte eine wirkungsvolle Pause. Er war gespannt auf die Antwort.

»Aber ich denke, ein Mann wie Ihr wird kaum Probleme haben, dem Papst die Dringlichkeit dieses Anliegens darzulegen. Ich könnte inzwischen dem Hegenzer die Vorteile dieser Nachfolgeregelung näher bringen. Ich bin mehr als sicher, dass er den beiderseitigen Nutzen erkennt.«

Der Bischof wurde immer misstrauischer. Aha, Murgel wollte also mit dem kaiserlichen Rat zusammen ein eigenes Süppchen kochen. Das war nun sicher. Doch das würde er zu verhindern wissen. Er musste selbst nach Ensisheim reisen. Sollte Murgel doch die undankbare Aufgabe übernehmen und Papst Paul III. die unangenehmen Nachrichten bringen. Er würde den Teufel tun. Niemand mochte die Überbringer schlechter Neuigkeiten, das ging auch Päpsten so. Außerdem wäre Murgel dann erst einmal aus dem Weg – und alle Pläne, die er in dieser Sache haben mochte, wären zerschlagen. »Liebster Domherr, diesen Einfall werde ich Euch nie vergessen.« Die Stimme Metzlers war jetzt ebenfalls seidenweich.

In Murgel läutete eine innere Alarmglocke. Es sah Metzler nicht ähnlich, dies so offen einzugestehen. Wieder verneigte er sich stumm.

»Nun, und deshalb denke ich, steht Euch, und nur Euch, die Ehre zu, unseren Heiligen Vater in Rom aufzusuchen, ihm vom Abfall der Magdalena von Hausen zu berichten und ihn um den Dispens für Agatha Hegenzer zu bitten.« Metzler musterte Murgel mit einem strahlenden Lächeln.

Der Domherr hatte das Gefühl, von einer Schlange gebissen worden zu sein. Er durfte nicht zulassen, dass ihn Metzler auf diese Weise kaltstellte und aus dem Weg räumte. In Rom war er zu weit weg, um die Dinge in seinem Sinne zu beeinflussen. »Allergnädigster Bischof, es gibt nur einen Mann, der den Heiligen Vater in angemessener Form unterrichten könnte, und das seid Ihr. Außerdem habt Ihr mich doch zum Unterhändler des Bistums bezüglich der Rückkehr nach Konstanz bestellt. Ich denke, in der derzeitigen Phase sollte ich keine der Verhandlungen versäumen.«

»Ach, ich weiß. Aber hier wird sich vielleicht ein Ersatz finden lassen. Auch wenn es nicht einfach ist. Nicht umsonst seid Ihr mit dieser Angelegenheit betraut worden. Eure gewandte Zunge hat schon viel Gutes für unser geliebtes Bistum bewirkt. Doch in Rom ist sie nun noch notwendiger. Wer, wenn nicht Ihr als der Urheber der Idee, könnte dem Papst Agatha Hegenzer besser als Nachfolgerin der von Hausen näher bringen als Ihr. Nein, lieber Murgel, ich bestehe darauf, dass Ihr diese

Ehre annehmt. Ihr seid einfach der beste Mann. Danach werdet Ihr mich sofort durch einen Boten über das Ergebnis Eurer Bemühungen unterrichten. Außerdem bin ich zu alt für diese lange Reise nach Italien. Ich werde es also für Euch auf mich nehmen, zu Melchior Hegenzer nach Ensisheim zu fahren und ihn mit unseren Plänen vertraut zu machen.«

Murgel wollte widersprechen, doch er kam nicht dazu. Metzler streckte ihm die Hand mit dem Bischofsring zum Kuss hin. »Keine Einwände? Ihr seid einfach zu bescheiden, verehrter Domherr. Es ist wohl am besten, Ihr brecht so schnell wie möglich auf.« Murgel wusste, wann er sich geschlagen geben musste. Für den Moment.

Christoph Metzler war sehr zufrieden mit sich, als der Domherr gegangen war. Er würde nach seinem Gespräch mit dem Hegenzer in Ensisheim sofort weiter nach Rom reisen, um dem Domherrn auf die Finger zu schauen. Doch davon brauchte dieser ja nichts zu wissen. Metzler seufzte. Eine lange, beschwerliche Reise stand ihm bevor. Und er war wirklich nicht mehr der Jüngste. Doch es half nichts. Was tat man nicht alles im Dienste der heiligen Mutter Kirche.

So waren die ersten Fäden für die Nachfolge von Magdalena von Hausen schon geknüpft, als das Schreiben mit dem Befehl Ferdinands von Habsburg in Seggingen eintraf. Melchior von Hegenzer hatte einen nicht unerheblichen Einfluss auf dessen Inhalt genommen. Besonders, was die Schärfe der Verfahrensweise betraf. Er kannte die Beliebtheit Magdalenas in Seggingen nur zu gut. Er wollte sicher sein, sie auf jeden Fall aus dem Weg zu haben. Deshalb hatte er Ferdinand von Habsburg davon überzeugt, dass es unumgänglich war, hier ein Exempel zu statuieren. Schließlich ging es um die Sicherheit und den Frieden des Reiches. Man konnte doch nicht einerseits eine Stadt wie Konstanz mit der Reichsacht belegen und ein Heer mobilisieren, um die sturen Protestanten dort zu beugen, und andererseits eine Frau wie Magdalena von Hausen, eine Adlige und Reichsfürstin, ungestraft mit ihrem Übertritt zu den Reformierten davonkommen lassen. Das hätte unabsehbare Folgen. All die anderen heimlichen Ketzer und Rebellen in dieser Region würden wieder ihre Köpfe erheben, nachdem vor so vielen Jahren der Bauernaufstand erfolgreich niedergeschlagen worden war. Es handelte sich hierbei um eine Frage des Überlebens, der Sicherheit der Vorlande. Auch angesichts der Begehrlichkeiten und heimlichen Verbindungen zu den Eidgenossen. Es musste hart durchgegriffen werden, im Interesse des ganzen vorderösterreichischen Reichs und für das Wohlergehen der Vertreterin der echten Lehre, der heiligen Kirche.

Ferdinand hatte sich überzeugen lassen. Mehr noch, er war von der staatsmännischen Weitsicht des Melchior Hegenzer beeindruckt. Wobei der Präsident der Reichsregierung ihm natürlich noch nicht mitgeteilt hatte, dass er hoffte, seine Schwester als Nachfolgerin für Magdalena von Hausen einsetzen zu können. Im Übrigen hatten sich der Hegenzer und Bischof Metzler darauf geeinigt, diese Art der Argumentation auch dem Papst vorzutragen. Allerdings unter anderen Vorzeichen. Metzler würde den Heiligen Stuhl davon zu überzeugen suchen, dass es nur von Vorteil sein konnte, sich eine Familie noch weiter zu verpflichten, die der Kirche über drei Generationen hinweg so gute Dienste geleistet hatte. Und Agatha Hegenzer würde für die Festigung des rechten Glaubens in diesen so wichtigen Vorlanden, diesem Bollwerk am Rhein, gegen die Heere der Reformation schon Sorge tragen.

Um die Sache der Magdalena von Hausen stand es schlecht.

11

Seit es Magdalena von Hausen besser ging, blieb Katharina nicht mehr jede Nacht bei ihr. Die Fürstin schlief inzwischen wieder ruhiger und wurde nicht mehr von Albträumen verfolgt. Im Gegensatz zu Katharina. So manche Nacht hielt Konz Jehle seine wimmernde Frau in den Armen. Immer wieder hatte sie denselben Traum. Sie stand an einen Pfahl gefesselt im Büßerhemd auf dem Scheiterhaufen, und Jakob Murgel hielt eine lichterloh brennende Fackel unter den Holzstoß. Magdalena von Hausen stand neben ihm und schaute zu; in ihren Augen lag ein trauriger Blick. Doch so sehr Katharina die Äbtissin auch um Hilfe anflehte, sie tat nichts. Die Flammen leckten schon an ihren Beinen, und sie schrie vor Qual. Da endlich kam die alte Nele und löschte das Feuer mit einer seltsamen, grün und blau schillernden Flüssigkeit. »Seconia hat dir noch einmal geholfen«, sagte sie danach ernst. »Jetzt bist du ihr einen Dienst schuldig.«

Immer wieder kam dieser Traum. Vor Müdigkeit konnte sich Katharina tagsüber kaum noch auf den Beinen halten. Magdalena von Hausen, die eigentlich selbst Trost nötig gehabt hätte, versuchte mehrmals Katharina dazu zu bewegen, ihr zu erzählen, was sie so unglücklich machte. Doch das Mädchen schüttelte nur den Kopf.

Abends, wenn sie heimkam, umsorgte sie mit aller Liebe ihren Mann und ihren Sohn. Die beiden gaben ihr jenen Halt und jene Sicherheit, die sie im Moment so nötig brauchte. Konz Jehle hatte seine Katharina noch nie so erschöpft und verzweifelt, aber auch noch nie so zärtlich erlebt. Doch jede Nacht aufs Neue kam dieser Traum, bis Katharina es nicht mehr aushielt. In zwei Tagen sollte sie mit einem Bittbrief für die Äbtissin nach Ensisheim aufbrechen, begleitet von zwei Männern, die ihr Jakob von Schönau zum Schutz mitgeben würde. Darauf hatten sich die Ratsherren um Schultheiß Marx

Bürgin und der Schönauer geeinigt. Es war besser, erst jemanden zu schicken, der nicht viel zu verlieren hatte. Auf Vorschlag des Schönauers war die Wahl auf Katharina gefallen. Die junge Frau war nur allzu gerne bereit, Magdalena von Hausen diesen Dienst zu tun. Doch zuvor musste sie zu derjenigen, die ihr in ihrem Traum immer wieder geholfen hatte: zur alten Nele.

Zu ihrer Überraschung drang kein Licht durch die Ritzen der Hütte, als Katharina bei Neles Behausung ankam. Das Bretterhäuschen lag völlig still da, als wäre es nicht mehr bewohnt. Katharina war besorgt. Das Feuer ließ Nele doch sonst nie ausgehen! Sie rüttelte an der Türe und klopfte, aber niemand antwortete. Schließlich wusste sie sich nicht anders zu helfen und brach die Türe auf. Sie bot nicht viel Widerstand. Im Zwielicht des kleinen Raumes sah sie ein Bündel Decken auf dem Bett liegen. Katharina trat näher und erkannte, dass es die alte Nele war. Sie wimmerte leise, ihr Gesicht war kreidebleich und auf der pergamentenen Haut ihrer Wangenknochen glühten die roten Flecken des Fiebers.

Vorsichtig wickelte Katharina Nele aus den Decken. Sie fröstelte und war kaum noch bei Bewusstsein. »Mein Gott, Nele, was hast du nur? Wie lange liegst du schon da?« Katharina bekam ein schlechtes Gewissen. Es war ihr schon aufgefallen, dass die alte Frau nirgends mehr zu sehen gewesen war. Sie hatte sich aber weiter keine Gedanken darüber gemacht. Nun lag Nele hier, offenbar sterbenskrank. Und niemand hatte sich um sie gekümmert. Um sie, die so vielen mit ihrem Rat und ihren Kräutern geholfen hatte.

Energisch krempelte Katharina die Ärmel hoch. Zuerst entfachte sie wieder die Flammen in der kleinen Feuerstelle. Dann holte sie einen Eimer frischen Wassers aus dem Ziehbrunnen vor der Hütte. Sanft entkleidete sie die alte Frau und begann, sie sorgfältig von oben bis unten abzuwaschen. Im Kessel über dem Feuer hatte inzwischen das Wasser zu kochen begonnen. Katharina suchte sich eine Hand voll Kräuter zusammen, mit denen sie einen Tee gegen Fieber und zur Stärkung aufbrühte.

Das Waschen mit dem kühlen Wasser hatte Nele sichtlich gut getan. Sie schien inzwischen halbwegs wieder bei Bewusstsein zu sein. Schluck für Schluck flößte Katharina ihrer Freundin den stärkenden Tee ein, unendlich langsam. Nele hatte offensichtlich seit Tagen nichts mehr zu sich genommen. Sie war so schwach, dass sie anfangs kaum schlucken konnte. Außerdem wollte Katharina den leeren Magen nicht zu sehr belasten. Zu ihrer großen Erleichterung behielt Nele den Tee bei sich.

In der kleinen Hütte war es inzwischen gemütlich und warm geworden. Nele hob schwach ihre Hand. »Ich wusste, dass du kommen würdest, Mädchen«, flüsterte sie.

»Ruhig, Nele, mach dir keine Sorgen, ich kümmere mich um dich. Jetzt gehe ich erst einmal heim, besorge dir saubere Decken und koche dir eine Hühnerbrühe. Ruh dich aus. Ich bin bald wieder da.«

Nele nickte und schloss die Augen. Binnen Sekunden war sie eingeschlafen. Katharina betrachtete die alte Frau zärtlich. Sie war wie eine Mutter zu ihr gewesen. Sie würde nicht zulassen, dass diese Frau starb.

Konz sah sofort, dass etwas nicht in Ordnung war, als seine Frau heimkam und sich eilig daran machte, aus den Resten eines halben Huhnes eine Suppe zuzubereiten. Hastig erzählte ihm Katharina von der Krankheit der alten Frau. »Ich kann jetzt noch nicht nach Ensisheim reisen«, erklärte sie. »Erst muss ich dafür sorgen, dass es Nele besser geht. Ich bin die Einzige, die sich in den Kräutern auskennt. Der Bader würde sie nur zur Ader lassen, eine andere Medizin kennt er nicht. Doch Nele ist so schwach, sie würde daran sterben. Sie braucht mich jetzt. Bitte geh zu Jakob von Schönau und sag ihm, dass ich noch einige Tage brauche, bis Nele wieder über den Berg ist.« Hoffentlich schaffe ich es überhaupt, fügte sie im Stillen für sich hinzu.

Als Katharina mit frischen Decken und einem dampfenden Topf voll Suppe zurückkam, hatte sich der Zustand der alten

Frau schon merklich gebessert. Ihr ausgetrockneter Körper hatte den heilenden Tee förmlich in sich aufgesogen. Nele schlief friedlich und erwachte erst, als Katharina sie aus den alten, schon stinkenden Decken wickelte und sie sorgsam in die neuen hüllte. Das schien ihr sichtlich gut zu tun. Sie war zwar noch sehr schwach, doch sie warf der jungen Frau schon ein kleines Lächeln zu. Katharina strahlte zurück. Sie war so glücklich, dass sie noch rechtzeitig gekommen war. Wenigstens einmal hatte sie Nele helfen können.

»Kannst du schon etwas Suppe essen, wenn ich dich stütze?«

Nele nickte.

Wieder begann die langsame Prozedur. Geduldig, Schluck für Schluck, flößte Katharina der alten Frau eine halbe Tasse Brühe ein, bis Nele abwinkte. »Lass mich jetzt weiterschlafen. Es ist genug«, murmelte sie. Kaum lag ihr Kopf wieder auf dem Strohkissen, schlief sie auch schon.

Katharina machte sich derweil daran, die kleine Hütte zu säubern, den Boden zu fegen und alles wieder an seinen Platz zu räumen. Nele, die sonst so ordentlich war, musste schon länger krank gewesen sein, sonst hätte sie nicht alles so verkommen lassen.

Zwei Stunden später kam Konz mit dem kleinen Thomas an der Hand. »Können wir hereinkommen?«, fragte er durch die verschlossene Tür.

»Kommt schon«, rief Katharina lachend. »Es ist nur ein Fieber, nichts Ansteckendes, glaube ich, weder die Pest noch die Cholera. Ich denke, diesmal werden wir Nele noch einmal auf die Beine bekommen. Es geht ihr schon viel besser.«

Als Konz in die Hütte trat, fand er eine erhitzte Katharina mit roten Wangen vor, die rotbraune Strähne, die er so gut kannte, hing ihr wieder einmal über die Nasenspitze. Sie blies sie energisch weg – fast wie die freche, kleine Göre, die er einst gekannt hatte. Konz grinste. Er hatte seine Frau schon lange nicht mehr so gelöst gesehen. Müde, völlig erschöpft, aber doch wenigstens glücklich.

»Dem Himmel sei es gedankt, dass wir Nele noch rechtzeitig gefunden haben«, flüsterte sie ihm zu und streichelte ihrem kleinen Sohn über den Kopf. »In einigen Tagen wird es ihr wieder besser gehen. Aber sei mir nicht böse, ich kann diese Nacht nicht mit heimkommen. Ich werde mir hier ein Lager auf dem Boden bereiten. Ich muss Nele immer wieder mit kaltem Wasser abwaschen und ihr Wadenwickel machen, damit das Fieber sinkt. Außerdem braucht sie alle zwei Stunden ihren Kräutertee und einige Schlucke Suppe. So wird sie wieder zu Kräften kommen. Hast du dem Schönauer gesagt, dass ich noch nicht nach Ensisheim kann?«

Konz nickte. »Magdalena von Hausen und Hans Jakob von Schönau lassen dir ausrichten, du sollst dir keine Sorgen machen. Auf einige Tage komme es jetzt auch nicht an. Du sollst abreisen, wenn es Nele wieder besser geht. Der Schönauer lässt dir übrigens frisches Gemüse schicken, etwas Fisch und ein Hühnchen, damit du Nele auch ordentlich versorgen kannst. Außerdem wird dir ein Diener Decken bringen und frisches Stroh für die Matratze sowie ein Kissen, damit es die alte Heilerin von Seggingen bequem hat.«

Da klopfte es auch schon an der Türe. Zwei Diener des Schlosses standen davor, beladen mit den verschiedensten Kisten und Körben. Sie hatten wahre Schätze mitgebracht. Zum Beispiel einen neuen Sack mit frischem Stroh für Neles Bett und einen für Katharina, damit sie darauf schlafen konnte. Die Schönauerin hatte offensichtlich in ihren Truhen gekramt; denn zum ersten Mal in ihrem Leben würde Nele nun über ihrer Strohmatratze ein richtiges Bettuch aus Leinen haben, darauf ein weiches Kissen, gefüllt mit Daunen und eine ebensolche Zudecke.

Katharina lächelte. Sie hatte den Schönauer bisher nicht allzu gut gekannt, ihn für einen recht jovialen, verbindlichen Mann gehalten, dem sie aber eine gewisse Härte durchaus zutraute. Nun erlebte sie ihn als einen Menschen, der wusste, was gebraucht wurde, wenn Not am Mann war. Die alte Nele habe Magdalena von Hausen geholfen, ließ er ausrichten. Jetzt würden der Schönauer und Magdalena von Hausen auch der alten Nele helfen.

Die Hilfe Magdalenas folgte auf dem Fuße. Wieder klopfte es an der Türe. Diesmal kam der Stiftskoch mit zwei Gehilfen. Er hatte für Nele einen leichten Weizenbrei gekocht, ein Brot aus feinem, weißem Mehl gebacken und auch in Öl gesottene Fische eingepackt. Auf dem kleinen Tisch in Neles Hütte war kaum noch Platz für all die Köstlichkeiten. Dazu gesellten sich schließlich noch ein Säckchen Mehl, Salz, Pökelfleisch, mehrere Eier und viele gute Wünsche anderer Bürger aus Seggingen. Denn es hatte sich schnell herumgesprochen, dass die alte Heilerin krank war. Sosehr die Menschen über sie auch tuscheln mochten, einige halfen.

Nach einer Weile lag Nele mollig eingepackt in Daunen auf dem frischen Strohsack. Katharina machte ihr eigenes Lager für die Nachtwache zurecht. Dann warf sie alle Besucher aus der Hütte. Konz war zufrieden, an seiner Frau wieder eine Spur jener alten Energie und jener Lebendigkeit zu entdecken, die er so lange vermisst hatte. So trollte sich die ganze Gesellschaft und ließ die junge Heilerin mit der alten allein, die inzwischen laut schnarchte.

Es dauerte zwei Tage, bis Nele wieder mehr als einige Worte zusammenhängend sprechen konnte. Katharina hatte die ganze Zeit an ihrer Seite ausgeharrt, sie in regelmäßigen Abständen von oben bis unten gewaschen und kalte Wadenwickel gemacht. Wann immer die alte Frau aus ihrem Schlaf erwachte, stand sie schon bereit und versorgte sie mit all den Köstlichkeiten, die sich angesammelt hatten.

Nele genoss die Pflege und liebevolle Fürsorge ihrer jungen Freundin sichtlich. Das Fieber war bereits gesunken, und sie hatte schon wieder Normaltemperatur. Katharina kontrollierte das genau, wenn sie die alte Frau wusch. Sie hatte das Gefühl dafür in ihren Händen, hatte es gelernt, als sie bei der Heilerin in die Lehre gegangen war. »Du hast sehende Hände«, hatte Nele ihr einmal gesagt.

Diese Hände nutzte sie jetzt. Und das ganze Wissen, das Nele ihr beigebracht hatte. Nach vier Tagen hatte sich die alte Frau erholt. Manchmal konnte sie sogar mehr als eine Stunde wach sein. Eines Abends winkte sie Katharina an ihr Lager. »Mädchen, ich muss mit dir sprechen.«

»Du bist noch zu schwach, um so viel zu reden, ruh dich lieber aus«, wandte Katharina ein.

Nele schüttelte den Kopf. »Wenn ich jetzt mit dir streiten muss, kostet mich das noch viel mehr Kraft. Also komm und setz dich zu mir.«

Gehorsam stellte Katharina den Besen in die Ecke und setzte sich neben dem Lager der alten Frau auf die Erde.

»Lass mich reden und unterbrich mich nicht. Ich habe dir etwas Wichtiges zu sagen.«

Katharina nickte.

Nele hob eine Hand und streichelte der jungen Frau über das Haar. »Ich weiß, was du getan hast.«

Katharina sah sie erschrocken an.

Nele nickte. »Ich weiß, dass du es warst, die Magdalena von Hausen verraten hat. Und ich weiß, wie sehr du dich damit quälst. Ich weiß auch, wer der Vater deines Sohnes ist.«

Katharina zuckte zusammen, Abwehr in den Augen. »Ich habe es dir aber nicht gesagt.«

»Das war auch nicht nötig. Das merkt selbst ein Blinder. Ich kann mir also sehr gut vorstellen, was du gefühlt haben musst, als Thomas Leimer Magdalena von Hausen geheiratet hat. Schließlich war ich auch einmal jung und temperamentvoll. Ich hätte meinen Mann erwürgt, wenn er sich eine andere genommen hätte. Und du bist auch nur ein Mensch und keine Heilige, stimmt's?«

Katharina nickte.

»Du musst lernen, dir zu verzeihen. Was du angerichtet hast, ist schlimm. Doch es ist nicht mehr zu ändern. Und auch Magdalena von Hausen hat ihre Pflicht vergessen. Trotzdem musst du alles tun, um gutzumachen, was du angerichtet hast. Selbstzweifel können dir dabei nicht helfen, auch keine innere Marter, sondern nur ein klarer Verstand. Hör also auf, dich innerlich zu zerfleischen. Du hast noch ein langes Leben vor dir. Wenn Gott Gnade üben kann, solltest du es dir selbst gegenüber auch lernen. Was du getan hast, war Unrecht. Aber hör auf, dich zum Richter aufzuschwingen, weder über andere noch über dich selbst. Der Mensch ist unvollkommen und muss lernen, damit zu leben. Überlass das Urteil der Gerechtigkeit Gottes. Sie sieht mehr als wir Menschen.« Sie lächelte die junge Frau ermutigend an.

Katharina war unfähig, etwas dazu zu sagen.

Nele zögerte einen Moment, ihre Augen wurden ernst. »Es gibt etwas, das du für mich tun musst, bevor du nach Ensisheim gehst. Du musst mich zu Seconia bringen. Ich kann nicht alleine gehen. Doch das ist eine Sache allein zwischen dir, ihr und mir. Wir können niemanden sonst dabei brauchen. Das heißt, du musst es alleine schaffen, mich zum Stein zu bringen. Es muss sein. Ich werde nicht mehr allzu lange leben.«

Katharina fuhr hoch, doch Nele winkte ab. »Ich habe dir doch gesagt, du sollst still sein und zuhören. Der Tod ist nichts, wovor man sich fürchten muss. Schlimm kann nur das Sterben werden. Ich bin alt. Ich weiß nicht, wie alt, aber ich habe mein Leben gelebt und den vollen Anteil an Freude und Schmerz bekommen. Ich bin müde und bereit zu gehen. Diese Krankheit war eine Warnung. Sie sollte mir klarmachen, dass ich noch einiges zu richten habe, ehe ich diese Welt verlasse. Erst dann kann ich mich ausruhen. Zwei Dinge muss ich noch tun. Beide betreffen auch dich. Und beide sind wichtig. Zum einen: Seconia braucht eine Wächterin, die ihren Stein schützt und die ihr Vermächtnis bewahrt, die der Herrin der Wasser hilft, ihre heiligen Quellen zu erhalten und Schaden von ihnen abzuwenden. Jede Wächterin hat die Aufgabe, eine Nachfolgerin zu suchen, wenn ihre Zeit gekommen ist. Seconia hat mir in meinen Träumen gesagt, dass sie mit dir einverstanden ist. Deshalb müssen wir wieder zu ihrem Stein gehen. Du musst lernen, ihre Botschaften zu verstehen. Und am Stein der Seconia wirst du auch erfahren, wer du bist und woher du kommst. Ich breche damit das Schweigegelübde, das ich einst geleistet habe. Bei meiner Seele habe ich geschworen, das Geheimnis mit in mein Grab zu nehmen. Der Herrgott wird meine Seele schon nicht verdammen, wenn ich meinen Eid jetzt breche. Schließlich gibt es dafür einen guten Grund. Du hast noch eine Aufgabe zu erfüllen in diesem Leben, und dafür ist es wichtig, dass du wenigstens einen Teil deiner Geschichte erfährst. Du und deine Kinder und deren Kindeskinder werden noch viel Leid, Tod und Blut erleben, doch sie werden auch großen Anteil haben an den Geschehnissen in der Region der Quellen – über Menschengedenken hinweg. Sie werden hoch steigen und tief fallen. Sie werden ihr Leben im Dreck fristen und an Bäumen hängen. Sie werden kämpfen, sie werden sterben. Und aus ihrem Blut und aus ihrer Liebe wird diese Gegend wachsen und gedeihen. So steht es im Buch des Schicksals geschrieben. Denn du vereinigst alles in dir. Einen großen Namen und die Erde der Bauern. Seconia wird dir dazu die Kraft der heilenden Wasser erklären. Damit die Früchte deines Baumes wachsen können, damit er seine Wurzeln kräftig in die Erde schlägt und sich speist aus den Familien des Adels und des Volkes, aus dem Leben der Niedrigsten, der Geächteten und der Hochgeborenen. Denn du bist diejenige, die dies alles in sich vereint. Doch jetzt lass mich in Ruhe schlafen. Ich muss Kraft sammeln. Morgen früh, bevor der Mond untergeht und die Sonne ihre Bahn zieht, müssen wir am Stein der Seconia sein. Komm eine gute Stunde vor Sonnenaufgang zu mir.« Die letzten Worte hatte Nele nur noch flüstern können. Dann war sie auch schon eingeschlafen.

So konnte Katharina ihr keine der vielen Fragen mehr stellen, die ihr auf der Seele brannten. Zu rätselhaft waren die Worte der alten Heilerin.

Abends streichelte sie liebevoll ihren kleinen Sohn. Wenn sie Neles Prophezeiung richtig verstanden hatte, würde sein Leben nicht einfach werden.

Katharina konnte die ganze Nacht über nicht richtig schlafen. Doch diesmal war sie nicht von bösen Träumen geplagt. Eine Art seltsamer Schwebezustand nahm sie gefangen. Es war weder ein Wachen noch ein Träumen. Sie versank willig darin. Denn zum ersten Mal seit Wochen fand ihre Seele Frieden. Eigentlich hätte sie aufgeregt sein sollen. Doch sie war es nicht. In ihr herrschte eine große Ruhe. Sie wusste, das Rätsel würde sich lösen. Wenn sie erkannte, woher sie kam, sah sie auch, wohin sie ging. Aus den vielen Wegen, die von ihrem Pfad abzweigten, würde sie den herausfinden, der auf ihre ureigenste Straße führte.

Mehr als eine Stunde vor Morgengrauen war Katharina wieder bei der alten Nele. Es dauerte eine Weile, bis die Heilerin angezogen war. Katharina half ihr dabei, auch wenn das Nele sichtlich peinlich war. Der Vollmond beleuchtete den Weg der beiden Frauen über die Holzbrücke und jenen Trampelpfad, der so gut im Unterholz des Waldes verborgen lag. Diesmal hatte Katharina keine Angst. Obwohl sie wusste, dass sie in gewisser Weise ihrem Schicksal entgegenging, das sie heute kennen lernen sollte.

Nele stützte sich schwer auf sie. Trotz des Stockes und der helfenden Arme von Katharina konnte sie nur sehr langsam gehen. Die alte Frau brummte verärgert. »Ich hätte nicht gedacht, dass ich noch so schwach bin. Dabei müssen wir uns beeilen. Ich bin ein nutzloses altes Weib. Meine Beine wollen einfach nicht so, wie ich will. Fass mich fester um die Hüfte. Im Zweifelsfall musst du mich tragen. Seconia wartet. Sie ruft.«

Der Mond zog das letzte kleine Stück seiner nächtlichen Bahn, als Nele und Katharina den Stein erreichten.

Nele war trotz des kühlen Junimorgens schweißüberströmt

und keuchte. Sie deutete auf einen der Bäume, die in einem Kreis um den Schrein der Beschützerin der Wasser wuchsen. »Setz mich dort ab. Ich muss mich ausruhen, damit ich dir mit meiner Kraft helfen kann. Es ist nicht mehr viel davon übrig. Du wirst es also fast alleine schaffen müssen. Mach es einfach wie beim letzten Mal. Geh zum Stein, leg deine Hand darauf. Seconia wird durch ihn zu dir sprechen.«

Katharina gehorchte ohne ein weiteres Wort. Wieder stieg jene kribbelnde Wärme durch ihre Hand und verteilte sich in ihrem ganzen Körper. Jeder andere Gedanke verschwand aus ihrem Kopf. Sie fühlte nur noch das Singen des Steins. Doch plötzlich, wie durch einen Blitz, änderte sich die Szene.

Sie stand in einem kärglichen Zimmer, das nur durch das flackernde Licht eines kleinen, schwachen Feuers erhellt wurde. Offensichtlich die Behausung eines Hörigen. Auf der schmalen Bettstatt erkannte sie eine blasse junge Frau, die ihr merkwürdig bekannt vorkam. Sie hatte offensichtlich gerade ein Kind entbunden, das bereits, wohl eingepackt in einem zerschlissenen Tuch, neben ihr auf dem Stroh lag und friedlich schlief. Eine andere Frau war gerade dabei, die letzten blutigen Zeichen der Geburt mit einem schmutzigen Tuch wegzuwischen, als die Türe aufging. Ein grauhaariger, stolz wirkender Mann mit roten Strähnen in seinem ansonsten ebenfalls grauen Bart betrat herrisch den Raum. »Wie geht es ihr, Jungfer Hildegard?«

Die Alte sah müde hoch. »Sie hatte eine schwere Geburt und blutet stark. Ich glaube, sie wird sterben.«

Der Greis wurde bleich. »Und das Kind?«

»Es lebt. Es ist gesund. Ihr seid Großvater eines kleinen Mädchens, gnädiger Herr. Doch das wird Euch wohl kaum interessieren. Das Kind einer Hörigen ist wohl nicht wichtig für einen Herrn wie Euch. Selbst wenn die Mutter darüber sterben muss. Auch eine Hörige ist ein Mensch.« Die Hebamme machte sich nicht die Mühe, ihren Zorn zu verbergen. Sie schien keinerlei Angst vor diesem Mann zu haben.

»So einer bin ich nicht«, bekam sie barsch zur Antwort. »Es mag zwar nicht recht sein, was ich tun werde, doch ich stehe für die Schande meiner Familie gerade. Mein Sohn hat diese Dirne Katharina geliebt«, fügte er leise hinzu. »Ich werde nicht zulassen, dass das Kind verkommt. Auch wenn es nie den Namen unserer Familie tragen kann.«

Die Hebamme blickte erstaunt auf. »Was wollt Ihr tun? Die Mutter hat nicht mehr lange zu leben. Das Wurm braucht Milch, wenn es nicht verhungern soll. Wer wird sie ihm geben?«

Ungeschickt hob der Alte das Baby vom Stroh hoch. Man sah, dass er nicht viel Erfahrung mit Neugeborenen hatte. »Ich werde dafür sorgen, dass du nicht verkommst. Und wenn es das Letzte ist, was ich in diesem Leben tue. Schon um der Leiden deiner Mutter willen, die du niemals sehen wirst. Ebenso wenig wie deinen Vater.« Dann sah er auf. »Wickle das Kind gut ein. Ich werde es zu einer Amme bringen, der ich vertrauen kann. Sie weiß bestimmt Rat.«

Die Hebamme nickte und tat, wie ihr geheißen. Der Greis strich noch einmal sanft über die Wangen der jungen Mutter. Dann seufzte er und ging hinaus. Er würde tun, was er musste, um den Namen seiner Familie zu schützen. Niemals durfte sein Sohn erfahren, dass dieses Kind nicht mit der Mutter gestorben war. Die Kleine musste verschwinden.

Einige Sekunden lang fühlte Katharina wieder nur das Singen des Steins. Sie war in einem Traum gefangen, aus dem sie sich nicht lösen konnte. Jetzt kam jener Albtraum zurück, der sie so viele Nächte lang hatte wimmernd hochschrecken lassen. Wieder der Feuerstapel. Wieder Jakob Murgel, der ihn ansteckte, wieder Magdalena von Hausen, die dabeistand und sie traurig anschaute. Doch dieses Mal half die Fürstin der alten Nele, die quälenden Flammen zu ersticken. Und wieder fiel Katharina dieses schillernde grüne und blaue Wasser auf, unter dem das Feuer starb.

Der Stein sang weiter. Aus dem Morgendunst des Horizontes bildete sich die Form eines jungen Mannes mit flammend rotem Haar und vornehmer Kleidung. Neben ihn trat eine junge Frau in einem zerrissenen Rock, mit einem Blutfleck in der Höhe des Schoßes. Noch ein Paar kam dazu und noch eines. Immer mehr Menschen wurden es. Da erschien einer mit einem Strick um den Hals, einer mit nur einem Bein. Es kamen Gutgekleidete und Menschen in Lumpen. Es kam ein Bauer mit seinem Pflug. Alle streckten ihr lächelnd die Arme entgegen. Manche hatten dunkle Haare, manche rötlichbraune, wie sie selbst, in manchen Augen erkannte sie die gelbbraunen Punkte ihrer eigenen Pupillen wieder. Manche waren groß, manche hatten sanfte, satte Gesichter, andere dünne, verhärmte. Doch sie alle gehörten zu ihr. Jeder von ihnen war bereit, ihr auf seine Weise die Kraft zu geben, die sie brauchte, um vom Holzstoß zu steigen und ins Leben zurückzukehren.

Vorsichtig lösten Nele und Magdalena die Fesseln, die Katharina an den Pfahl banden, der in die Spitze des Scheiterhaufens gerammt war. Sie sah sich mit ihrer Hilfe herabsteigen und auf all diese Menschen zugehen. Die Figur des Jakob Murgel wurde dabei immer durchsichtiger, ehe er sich schließlich ganz auflöste. Und die Menschen vor ihr winkten ihr zu. Lächelten sie an. Gaben ihr Mut, bis schließlich einer nach dem anderen ebenfalls mit der Erde, dem Wind, der Luft und der Sonne verschmolz. Zurück ließen sie nur ihre große, grenzenlose Liebe.

Mit einem Ruck kehrte Katharina zurück in die Gegenwart. Das Singen des Steines hatte aufgehört, die Strahlen der Morgensonne zeichneten erste Lichtstreifen auf seine glatte Oberfläche. Sie sah sich um, sah die alte Nele unter dem Baum liegen und schlafen. Zum ersten Mal in ihrem Leben hatte sie keine Angst mehr, kannte all jene, zu denen sie gehörte. Sie wusste zwar noch immer nicht, wer sie waren. Doch sie hatte ihre Eltern gesehen, deren Eltern und deren Eltern. Alle, die zu ihr gehörten und zu denen sie gehörte, diese ganze unendliche

Schar. Auch einige dieser Menschen hatten gelitten, sich gefreut, hatten geweint und gelacht. Sie waren ein Teil von ihr, und sie war ein Teil von ihnen. Bis in alle Ewigkeit, was auch immer geschah. Sie würde nie wieder einsam sein. Es war nicht wichtig, ihre Namen zu kennen. Wichtig war nur dieses Gefühl der Geborgenheit, das sie erlebt hatte. Sie würde es nie wieder vergessen. Ebenso wenig wie diese lebendige Kraft, die von ihnen allen ausgeströmt war und ihren Körper bis in den letzten Winkel erfüllt hatte.

Eine veränderte Katharina ging zu dem Baum hinüber und weckte Nele. Die alte Heilerin blickte zu ihr hoch und blinzelte in den Strahlen der Morgensonne, die durch die Zweige hindurch in ihre Augen schienen. »Nun weißt du es also«, stellte sie fest. »Mehr können Seconia und ich dir nicht sagen. Mich bindet noch immer ein Schwur. Die Einzige, die dir die Namen deiner Eltern mitteilen könnte, ist Magdalena von Hausen. Aber auch sie hat geschworen, zu schweigen. Nun bring mich wieder in meine Hütte. Ich muss weiterschlafen. Und du hast eine Aufgabe zu erfüllen. Seconia hat mit ihrem Wasser das quälende Feuer des Hasses gelöscht, das in dir brannte. Dieser Hass hätte dich beinahe zerstört. Und aus Hass entsteht kein Leben und keine Zukunft. Nur aus der Kraft der Liebe. Nun fahr nach Ensisheim und bitte für Magdalena von Hausen.«

So schnell wie erhofft, konnte Katharina ihre Reise nach Ensisheim doch nicht antreten. Hans Jakob von Schönau wollte die junge Frau auf keinen Fall gehen lassen, ohne sie vorher genau über den Stand der Dinge zu informieren. Dazu gehörte auch, dass er ihr schilderte, wer welche Interessen bei der Klärung der Nachfolge Magdalenas von Hausen haben könnte. Katharina, die sich bislang nie allzu genau mit den Personen auseinander gesetzt hatte, die von ferne ihre Geschicke mitbestimmten, war erstaunt. Wie konnte sich nur jemand in diesem ganzen Geflecht von Beziehungen zurechtfinden? Da waren so viele Wünsche und der Kampf um Macht im Spiel. Ihr wurde klar, dass es in Ensisheim nicht leicht werden würde.

Der Schönauer gab ihr auf jeden Fall ein Empfehlungsschreiben mit. Er hoffte, dass es ihr wenigstens die Türen zu Melchior Hegenzer, dem Präsidenten der österreichischen Regierung in den Vorlanden, öffnen würde. Über ihn vielleicht sogar den Weg zu König Ferdinand. Zumal Letzterer dafür bekannt war, dass ansehnliche weibliche Reize ihn durchaus nicht kalt ließen. Überhaupt waren der Charme und die Anziehungskraft Katharinas insgeheim ein wichtiger Faktor bei seinen Überlegungen im Kampf um Milde für Magdalena von Hausen.

Aber auch die abtrünnige Äbtissin war in gewisser Weise nur eine Figur in diesem Schachspiel um Macht, Geld und Einfluss, in dem die größte Triebfeder Gier hieß und die Bauern im Zweifelsfall geopfert wurden. Katharina war von ihrer Herkunft her auch ein Bauer. Ihre Sorge um Magdalena von Hausen und ihre persönliche Gewandtheit wiesen ihr in den taktischen Überlegungen des Schönauers allerdings durchaus die Rolle eines Springers zu.

Den Bittbrief für die Äbtissin und das Empfehlungsschreiben an Melchior Hegenzer von Wasserstelz hatte Katharina sorgfältig in ihren Rock eingenäht, als sie in den frühen Morgenstunden des 16. Juli aufbrach, begleitet von zwei Männern des Schönauers. Ein wenig in Sorge war sie schon, ihre beiden Patienten Magdalena und die alte Nele allein zu lassen. Denn sie wusste nicht, wie lange sie brauchen würde, bis sie Einlass beim Hegenzer fand. Beide hatten ihr jedoch hoch und heilig versichert, es gehe ihnen gut. Eingenäht in ihre Unterwäsche hatte sie auch ein Säckchen mit einigen Münzen. Der Schönauer hatte es ihr mitgegeben, damit sie sich die Unterkunft in einer Herberge leisten konnte. Einer der beiden Begleiter würde bei Katharina bleiben. Der andere sollte zurückkehren und Nachricht bringen, wie es um die Sache stand. Bis ins elsässische Ensisheim war es immerhin eine gute Tagesreise. Für die Fahrt hatte Hans Jakob von Schönau der jungen Frau seinen Zweispänner zu Verfügung gestellt.

Die Stunden in der Kutsche brachten Katharina die schon so lange ersehnte Gelegenheit, über alles nachzudenken, was sie in den letzten Wochen erfahren hatte. Denn durch die Unterrichtsstunden bei Jakob von Schönau war ihr kaum Zeit geblieben, das aufrüttelnde Erlebnis beim Stein der Seconia zu verarbeiten. Sie hatte mit Magdalena von Hausen noch nicht darüber gesprochen. Zuerst musste sie sich darüber klar werden, ob die Bilder, die sie gesehen hatte, mehr waren als ein sehr realistischer Traum, ob sie wirklich ihre Geburt miterlebt und ihre Eltern kennen gelernt hatte. Verborgen in diesen Bildern war ja auch das Versprechen der Liebe gewesen und die Botschaft der Seconia, dass die heiligen Wasser der Quellen die inneren Qualen löschen würden, an denen sie zu verbrennen drohte. Doch sie schob diese Gedanken bald beiseite. Dafür war noch Zeit, wenn sie nach Seggingen zurückkam. Jetzt musste sie ihren Verstand auf das richten, was ihr bevorstand. Nur wenn sie sich geschickt verhielt, würde ihre Mission Erfolg haben. Ein Erfolg, von der auch ihr eigener Seelenfrieden abhing.

Ein Zufall half Katharina schon während der Reise, eine geeignete Unterkunft zu finden. Gegen den entschiedenen Widerstand ihrer beiden Begleiter hatte sie nämlich darauf bestanden, einen jungen Mann mitzunehmen, der zu Fuß auf der Landstraße nach Ensisheim unterwegs war. Der heiße Tag schien ihn zwar nicht besonders zu belasten, aber er war dann doch froh, eine Mitfahrgelegenheit gefunden zu haben. Der junge Reinhold stammte aus Ensisheim, war Student der Rechtswissenschaften in Freiburg und gerade auf dem Weg heim zu seiner Mutter. Diese wiederum – Katharina lobte den gesegneten Zufall – hatte eine kleine Pension, mit der sie ihre Witwenrente aufbesserte. Der Vater von Reinhold war schon früh gestorben und hatte seiner Frau und seinem Sohn als kleiner Ministerialer der Regierung nicht viel hinterlassen können.

So vermietete seine Mutter drei der Zimmer des kleinen Häuschens im Zentrum von Ensisheim. Eines war gerade frei geworden. Wenn er sie darum bitte, werde die Mutter das Zimmer sicher für eine Weile an Katharina vermieten, erklärte der junge Mann, nachdem er vom Ziel ihrer Reise gehört hatte. Es sei sauber und billig. Wenn sie wolle, könne sie auch an den täglichen Mahlzeiten teilnehmen. Für die Begleiter, die in Ensisheim bleiben sollten, würde sich sicher auch noch ein Plätzchen finden.

Katharina, nicht gerade eine erfahrene Reisende, war froh, dass sie eine ihrer Sorgen auf diese Weise loswurde. Sie hatte sich schon ein wenig davor gefürchtet, in einer Herberge zu übernachten. Manche dieser Einrichtungen waren von zweifelhaftem Ruf. Doch die Unterkunft bei einer Witwe war sicherlich angemessen.

Reinholds Mutter, eine rundliche Frau mit herzlichen blauen Augen, fasste sofort Zuneigung zu der jungen Reisenden, die ihr Sohn ins Haus brachte.

Schon am Morgen nach ihrer Ankunft versuchte Katharina, zu Melchior Hegenzer vorgelassen zu werden. Doch der Präsident hütete sich davor, die junge Frau zu empfangen. Er ahnte, was sie aus Seggingen nach Ensisheim geführt hatte, auch wenn sie sich weigerte, seinem Sekretär den Grund ihres Besuches zu nennen. Sie sprach nur von zwei Briefen von Hans Jakob von Schönau, die sie zu übergeben habe. Melchior Hegenzer war im Moment sehr angetan vom Verlauf, den die Ereignisse zugunsten seiner Schwester und damit seiner Familie genommen hatten. Er gedachte nicht, die Sache noch komplizierter zu machen, indem er sich anhörte, was diese Katharina zu sagen hatte. Jedenfalls nicht, ohne sich vorher mit dem Bischof von Konstanz darüber ausgetauscht zu haben. So ließ er der jungen Frau nur sagen, sie möge am nächsten Tag wiederkommen und ihre Briefe dalassen.

Als Katharina am Tag darauf wieder vor der Türe stand, wurde sie erneut nicht eingelassen. Ebenso am Tag danach.

Hegenzer wartete auf die Antwort auf seinen Brief nach Konstanz, den er sofort nach der Ankunft Katharinas geschrieben hatte.

Katharina war verzweifelt. Sie kam einfach nicht weiter. Der Herr Präsident habe Besprechungen, der Herr Präsident müsse Dokumente unterzeichnen. Sie wusste einfach nicht, wie sie durch diese Mauer kommen sollte, und wurde immer mutloser. Wenn sie wenigstens wüsste, warum der Hegenzer sie nicht vorließ. Wirtin Reinhild sah das und sprach Katharina auf ihre Sorgen an. »Mit ein wenig Geld für die richtigen Empfänger lässt sich da durchaus etwas machen«, erklärte sie schließlich resolut und stemmte die Hände in die Hüften.

Katharina schaute sie groß an.

»Mein Kind, du hast noch viel zu lernen von der Welt.« Reinhild lachte. »Lass mich nur machen.«

So wechselten am nächsten Tag einige der Münzen aus Katharinas Beutel den Besitzer. Bereits am Tag darauf überbrachte Reinhild ihrem Hausgast die Antwort. Der Hegenzer wartete in dieser Sache noch auf einen Brief von Bischof Christoph Metzler aus Konstanz. Das war nun nicht gerade eine ermutigende Neuigkeit für die junge Frau. Sie ahnte, dass etwas dahinter stecken musste, wenn der Präsident der vorderösterreichischen Regierung und der Bischof von Konstanz über ihr Anliegen miteinander korrespondierten. Doch sie hoffte, dass sie wenigstens weiterkäme, wenn der Brief des Bischofs in Ensisheim eingetroffen war. Noch immer wiederholte sie Tag für Tag ihren Gang. Noch immer wurde sie abgewiesen. Auch in der zweiten Woche.

Wieder war es das Schicksal, das ihr schließlich zu Hilfe kam. Ferdinand, der Statthalter und Bruder des Kaisers, wurde in Ensisheim erwartet. Nur wenige wussten allerdings, warum: Die Belagerung der Reformierten in Konstanz durch die spanischen Truppen seines Bruders stand unmittelbar bevor. Er wollte in der Nähe sein, wenn die Stadt fiel. Melchior Hegenzer würde sein Auge und sein Ohr werden, wenn es darum ging, dieser Stadt wieder Recht und Ordnung und den alten Glauben aufzuzwingen. Und sie würde fallen, würde wieder ein Teil werden des Heiligen Römischen Reiches, des Hauses Habsburg.

Doch das ahnte in Ensisheim fast niemand. Die ganze Stadt bereitete sich auf diesen überraschenden Besuch vor. Fahnen wurden gehisst, Blumengestecke vorbereitet, die Straßen gefegt und Häuser gestrichen, damit der Habsburger einen guten Eindruck bekam, wenn er durch das geschmückte Stadttor einzog.

Inzwischen hatte sich im Haus der Wirtsfamilie Katharinas schon eine Art konspirativer Zirkel gebildet, um zu beraten, wie die junge Frau doch noch an ihr Ziel gelangen könnte. Reinhold hatte die zündende Idee. Katharina musste beim Einzug des Königs irgendwie seine Aufmerksamkeit auf sich ziehen und ihm direkt ihr Anliegen vorbringen. Einer schönen Frau habe Ferdinand noch nie widerstehen können. Die Frage sei nur, wie Katharina in die Nähe des Habsburgers gelangen könne. Er werde natürlich gut abgeschirmt.

Wieder wechselten einige Münzen den Besitzer. Und Katharina bekam genaue Anweisungen übermittelt, wie sie sich beim Einzug des Habsburgers in die Stadt zu verhalten habe.

Drei Tage später lehnte Katharina Stunden vor dem Eintreffen des kaiserlichen Statthalters an der beschriebenen Säule. Sie hatte sich so schön gemacht wie möglich – unter Mithilfe von Frau Reinhild, die mit einigen guten Stücken aus ihrer Kleidertruhe zu Katharinas Ausstattung beigetragen hatte. Nun sah sie aus wie eine wohlhabende, schöne Bürgerin. In ihrer Hand hielt sie die schönste Rose aus dem Garten ihrer Wirtin, den Brief mit der Bitte um eine Audienz hatte sie in den tiefen Ausschnitt des engen Mieders geschoben.

Es wurde eine lange Zeit des Wartens für Katharina. Manchmal spürte sie ihre Beine kaum noch. Nach und nach versammelten sich immer mehr Menschen am Straßenrand, die meisten im Sonntagsstaat. Den Kindern hatte man kleine Fähnchen mit dem Wappen der Habsburger in die Hand gedrückt. Es war brütend heiß. Zu Katharinas Erleichterung schoben sich immer wieder einige Wolken vor die Sonne und brachten etwas Schatten.

Plötzlich fühlte Katharina ein Zupfen an ihrem Ärmel. Ein dunkel gekleideter Mann bedeutete ihr stumm, ihm zu folgen. Danach drängte er sich wie ein Wiesel durch die Menschenmenge. Katharina hatte alle Mühe, ihn nicht aus den Augen zu verlieren. Schließlich stand sie ganz vorne an der Absperrung und sah ihren Führer mit einem anderen Mann sprechen, hörte einige Münzen klingeln, als sie von Hand zu Hand wanderten. Der andere drehte sich kurz zu ihr um und nickte. Er würde sie durchlassen.

Weiter vorne näherte sich offenbar der Zug des kaiserlichen Statthalters mit seinem Gefolge. Der Klang des aufbrandenden Jubels kam immer näher. Unerwartet erhielt Katharina von hinten einen Stoß, der sie mit Schwung in die Mitte der Straße beförderte – auf die Knie und vor die Hufe des Rosses von Ferdinand von Habsburg. Das Pferd wieherte und stieg. Doch der Habsburger war ein guter Reiter. Er brachte das nervöse Tier schnell wieder zur Ruhe. Sein zorniger Blick suchte die Ursache der ärgerlichen Störung – und fiel auf eine schöne junge Frau mit tiefem Ausschnitt, die ihm flehend ein Brieflein entgegenstreckte, das an einer roten Rose befestigt war. Ferdinands zornige Miene glättete sich. Das versprachen aufregende Tage zu werden in Ensisheim. In jeder Hinsicht. Er winkte seinem Adjutanten zu, der Katharina den Brief und die Rose abnahm. Dann war der Habsburger auch schon vorbei.

Mit staubigen Kleidern kam die junge Frau zurück in ihre Pension. Sofort wurde sie von allen Seiten bestürmt, zu erzählen, wie es denn gewesen sei. Danach begann das Rätselraten, was der Regent jetzt tun werde. Katharina hoffte. Sie hatte das Glitzern in den Augen des Fürsten sehr wohl gesehen.

Drei Tage später hatte die Ungewissheit ein Ende. Ein Bote des Melchior Hegenzer stand vor der Tür. Der Präsident der Regierung lasse mitteilen, dass er pünktlich am Nachmittag gegen vier Uhr Zeit für Katharina habe. Allerdings nicht mehr als eine halbe Stunde. Schließlich sei Ferdinand von Habsburg in der Stadt, und deshalb müsse er viele Geschäfte erledigen. Katharina jubelte. Jetzt war sie rund drei Wochen in Ensisheim. Aber das Warten und die Ausdauer hatten sich gelohnt. Endlich würde sie mit dem Hegenzer reden können.

Wieder musste Reinhilds Kleiderschrank herhalten, um Katharina für den Besuch bei Melchior Hegenzer von Wasserstelz auszustatten. Er war wohl nicht so leicht zu beeindrucken und galt als sittenstrenger Mann. Also war der Ausschnitt Katharinas diesmal etwas weniger tief. Aber immer noch tief genug, um einiges erahnen zu lassen.

»Ihr seht einfach hinreißend aus«, verkündete Reinhold, als er sie sah, und wurde gleich darauf rot.

Seine Mutter schmunzelte. »Du hast bei Gott Geschmack, mein Sohn.« Jetzt war es an Katharina, zu erröten.

Der Bote, der die Nachricht am Vortag gebracht hatte, holte Katharina auch ab. Ohne große Formalitäten wurde sie direkt in das Amtszimmer von Melchior Hegenzer geführt. Auf einem Stuhl in einer dunklen Ecke des Raumes saß ein weiterer Mann. Er war nur schwer zu erkennen und sichtlich bemüht, im Hintergrund zu bleiben. Doch Katharina erkannte die Konturen sofort: Es war Ferdinand von Habsburg. Melchior Hegenzer erlöste sie aus ihrer Verwirrung, ob sie nun vor dem Statthalter des Kaisers in den Vorlanden knien sollte oder nicht, indem er sie sofort vor seinen Schreibtisch winkte. Offensichtlich wollte Ferdinand unerkannt bleiben.

Der Präsident der vorderösterreichischen Regierung machte nicht viele Worte. Das tat er nie. »Bringt vor, was ihr zu sagen habt«, fuhr er Katharina rau an.

Die junge Frau zögerte eine Weile und warf einen unsicheren Blick zu dem Mann im Schatten. Dann entschloss sie sich jedoch, einfach so zu tun, als wäre er nicht da – wobei sie den Blick des kaiserlichen Bruders ständig in ihrem Rücken spürte. Beredt schilderte sie die Verdienste, die sich Magdalena von Hausen als Äbtissin erworben hatte. Ihre gütige Art, die so vielen Menschen zum Segen gereichte. Dann das Wesen Thomas Leimers – ein Mann mit wenig Charakter und wenig Liebe, außer für sich selbst. Sie erzählte von der Wache, zu der die Menschen zusammengekommen waren, von ihrer Verehrung für die gefallene Fürstin, die trotz ihres Standes so selten an sich und so oft an andere gedacht und ihnen geholfen hatte. Bei jedem ihrer Worte war Katharina anzusehen, wie sehr ihr das Schicksal Magdalenas am Herzen lag.

Katharina legte ihre ganze Seele, alles, was sie empfand, in ihre Bittrede. Eine solche Frau dürfe einfach nicht gefangen gesetzt werden, flehte sie immer wieder. Die hohen Herren sollten doch über solch einer einmaligen Verfehlung die Verdienste nicht vergessen, die sich die Fürstin um das Stift und die ganze Gegend und damit auch um das Ansehen der Heiligen Mutter Kirche erworben habe. Außerdem würden das die Menschen von Seggingen nicht einfach so hinnehmen. Sie fürchte, es könne wohl zu Unruhen, wenn nicht gar zu Schlimmerem kommen, wenn die Strafe für Magdalena von Hausen zu hart ausfiel. Sie bitte den Präsidenten deshalb demütig, beim Statthalter des Kaisers in den Vorlanden darauf hin zu wirken, dass die frühere Äbtissin von Seggingen nicht in strengem Arrest leben müsse. Das habe sie nicht verdient.

Melchior Hegenzer hörte nur zu, gab mit keiner Regung zu erkennen, was er dachte. Hin und wieder schaute er allerdings kurz zu dem Mann in der Ecke. Als Katharina geendet hatte, blieb es erst einmal eine Weile still im Raum. Beide Männer sannen über das Gehörte nach und wogen sorgsam ab, wie sie es mit ihren eigenen Interessen in Einklang bringen konnten.

»Da haben die Menschen und die Äbtissin von Seggingen in Euch ja eine beredte Fürsprecherin gefunden.« Die Stimme des Mannes in ihrem Rücken kam so überraschend, dass Katharina erschrocken herumfuhr.

»Euer königliche Gnaden, verzeiht. Ich wollte nicht respektlos sein.« Katharina wollte vor Ferdinand niederknien, doch der Habsburger hielt sie mit einer ungeduldigen Bewegung davon ab. »Solcherlei Zeremonien können wir uns heute sparen, denke ich. Kommt her zu mir, mein Kind, und bringt den Fußschemel mit, den der Hegenzer so geflissentlich unter seinem Schreibtisch verbirgt.«

Der Regierungspräsident errötete leicht, beeilte sich aber, Katharina den Schemel zu reichen. Die junge Frau holte ihn und stellte ihn zu Füßen des Königs ab.

Die Hand mit den vielen Ringen winkte ihr huldvoll zu. »Der ist für Euch, setzt Euch.«

Verlegen kauerte sich Katharina auf den Schemel. Nun sah sie von Ferdinand nur noch die seidenumwickelten, ziemlich dicken Waden. Auch Menschen von kaiserlicher Abstammung waren also nicht perfekt. Beinahe hätte sie gelacht. Doch als sie den Kopf hob und im Halbdunkel Ferdinands Augen sah, da war ihr klar, mit diesem Mann war nicht zu spaßen.

»Jetzt erzählt mir von Euch. Wir haben so viel über die Tugenden der von Hausen gehört, von Euch wissen wir aber nichts. Warum setzt Ihr Euch so für sie ein? Diese Frau muss schon etwas Besonders sein, wenn sie die Menschen so für sich einnehmen kann, dass sich eine junge Frau wie Ihr sogar in die Höhle des Löwen wagt.«

Katharina zögerte immer noch. Sie fühlte sich unbehaglich unter dem bohrenden Blick des Fürsten.

»Erzählt schon«, wiederholte Ferdinand ungeduldig.

Also berichtete Katharina von ihrer dunklen Herkunft und darüber, dass sie alles, was aus ihr geworden war, nur der Güte dieser Frau verdankte.

»So, so.« Ferdinand schaute anerkennend zu ihr nieder. »Ich wusste nicht, dass es im niedrigen Volk derart schöne Frauen gibt wie Euch. Es wäre schade gewesen, wärt Ihr verkommen. Insofern hat die Äbtissin von Seggingen mit Sicherheit ein gutes Werk getan. Aber eins müsst Ihr doch zugeben, kleine Frau. Wo sollte es hinführen, wenn jeder die Gesetze des Reiches und der heiligen Mutter Kirche einfach auslegen würde, wie es ihm passt? Was geschieht, wenn sich die Menschen gegen die überkommenen Gesetze auflehnen, haben wir gesehen, als die Bauern und die Landlosen raubend und mordend durch die Dörfer zogen. Selbst diesem Ketzer, diesem Martin Luther wurde das Treiben der Rotten zu viel. Das ist nun zwar schon Jahrzehnte her – und Ihr werdet es schwerlich miterlebt haben. Doch es war eine schlimme Zeit, bis wir diesem Unwesen endlich ein Ende bereitet hatten. Viele meiner treuen Soldaten mussten dabei ihr Leben lassen. Nein, so weit darf es niemals wieder kommen. Kein Vater züchtigt seine Kinder gern. Denn ich bin der Vater meines Volkes. Deshalb ist es besonders wichtig, dass gerade die, auf die das Volk hört, ein gutes Beispiel geben. Und wenn sie es nicht tun, müssen sie hart bestraft werden, damit nicht andere, die es nicht besser wissen können, ihrem Beispiel folgen. Deswegen halte ich den strengen Arrest für Eure Äbtissin von Seggingen – was sie ohnehin bald nicht mehr sein wird – auch für die einzig richtige Lösung. Außerdem ist es eine gnädige noch dazu. Vergesst nicht, Magdalena von Hausen musste sich schon einmal wegen der Verteilung ketzerischer Schriften vor einem Tribunal verantworten. Damals ließ die Kirche Gnade walten. Nicht nur das. Viele Jahre später belobigte der Papst diese Abtrünnige sogar noch. Doch lassen wir die Kirche urteilen über das, was Sache der Kirche ist. Ein Landesfürst muss aber eben auch die politischen Konsequenzen bedenken, die ein solches Handeln haben kann. Es tut mir also Leid, Jungfer Katharina. Ich kann und darf das Urteil nicht mildern. Schließlich sagt man nicht umsonst, dass es besser ist, ein faules Glied des Körpers abzuhacken, ehe der ganze Mensch stirbt. Das gilt auch für einen Staat. So schmerzlich das für Euch auch sein mag, ich habe noch anderes zu bedenken als das Schicksal einer Frau, mag sie auch noch so beliebt beim Volke sein.«

Katharina hielt den Kopf gesenkt. Ferdinand beugte sich vor, legte die Hand unter ihr Kinn und zwang sie, zu ihm aufzuschauen. Die Tränen liefen der jungen Frau übers Gesicht. Doch sie sagte keinen Ton.

»Mein Gott, diese Weibsleute. Wenn sie mit Worten nicht weiterkommen, dann weinen sie eben.« Ferdinand machte eine hilflose Geste zu Melchior Hegenzer hin. »Werter Regierungspräsident, ein Landesfürst ist auch nur ein Mann. Dieser Jammer ist ja kaum mit anzuschauen. Wir möchten von unseren Untertaninnen geliebt werden und nicht gehasst. Besonders von so überaus ansehnlichen«, fügte er schmunzelnd hinzu. »Also, Hegenzer, habt Ihr einen Vorschlag?«

Melchior Hegenzer von Wasserstelz schaute die junge Frau zu Füßen des Königs prüfend an. »Wir haben nur ihre Aussage, dass die Menschen Magdalena von Hausen lieben«, meinte er trocken. »Manchmal ist es besser, schönen Frauen nicht allzu sehr zu vertrauen. Außerdem, sosehr ich auch bedaure, es sagen zu müssen, diese junge Frau ist offensichtlich ein Bankert. Da brauchen wir schon das Wort angesehenerer Leute, ehe Eure Hoheit Ihr Urteil revidieren. Wir könnten es doch so formulieren: So sich eine Abordnung angesehener Bürger der Stadt Seggingen, begleitet von Angehörigen des Stiftes, bereit finden sollte, für diese Magdalena von Hausen zu sprechen, könnten Euer Gnaden sich vielleicht bequemen, noch einmal darüber nachzudenken, die Strafe etwas abzumildern. Natürlich nur, sofern jene Magdalena von Hausen auch bereit ist, ihre Schuld einzugestehen und Zugeständnisse zu machen. Zum Beispiel dergestalt, dass sie Reue zeigt und verspricht, ab sofort völlig zurückgezogen zu leben, ohne jemals wieder ketzerische Gedanken zu verbreiten oder sonstige Unruhe zu stiften.«

Ferdinand zuckte halb amüsiert mit den Schultern. »Ihr seht, junge Frau, hier spricht die Vernunft. Gut, so soll es sein.

Also geht jetzt, und sagt das Euren Seggingern. Wenn sie Magdalena von Hausen wirklich so sehr verehren, wie Ihr sagt, dann müssen sie sich schon hierher bemühen. Wir werden dann zwar nicht mehr da sein, aber wir überlassen die Sache getrost unserem lieben Hegenzer. Wir vertrauen seinem Urteil. Geht jetzt.«

Folgsam erhob sich Katharina. Wieder hinderte sie der Fürst daran, vor ihm auf den Boden zu sinken. Ohne ein weiteres Wort verbeugte sich Katharina vor Melchior Hegenzer, der sie ungeduldig aus dem Raum winkte.

Als sich die Türe hinter ihr schloss, musste Katharina sich erst einmal setzen. Ihre Knie zitterten. Das Gespräch hatte sie völlig erschöpft. Dann erhob sie sich energisch. Sie hatte viel zu tun, wollte noch an diesem Abend ihre Sachen packen, um möglichst schnell wieder mit der Nachricht in Seggingen zu sein. Viel hatte sie nicht erreicht. Aber wenigstens hatte der Statthalter des Kaisers versprochen, noch einmal über die Sache nachzudenken. Dass sich eine Delegation angesehener Bürger und Angehöriger des Stiftes zusammenfinden würde, die zu Gunsten Magdalenas von Hausen in Ensisheim vorsprach, daran zweifelte sie keinen Moment.

Frau Reinhild und ihr Sohn Reinhold sahen die junge Frau nur sehr ungern ziehen. Sie hatten sie in den Wochen lieb gewonnen, in denen sie nun in Ensisheim weilte. Katharina versprach, auf jeden Fall Nachricht zu senden, wie sich die Sache entwickelte.

12

Als Katharina nach Seggingen zurückkam, hatte Hans Jakob von Schönau ebenfalls Neuigkeiten für sie: »Es gibt Nachrichten von Thomas Leimer.«

Katharina erstarrte innerlich, doch sie ließ sich nichts anmerken, sondern zupfte nur ihren Rock zurecht. Doch dem Schönauer war die Verärgerung anzumerken. Der korpulente Mann stampfte wie ein Stier durchs Zimmer. »Dieser Leimer ist schon wenige Tage nach seiner Flucht in Radolfzell aufgetaucht und hat sich dort dem bischöflichen Gericht gestellt. Wohl nicht ganz ohne Hintergedanken. Konstanz ist gefallen, die Reformierten sind ausgezogen. Die Blarers, die eifernden, fanatischen Zwicks, all die einflussreichen wohlhabenden reformierten Familien der Stadt sind ins Exil gegangen. Einige unter Zurücklassung ihrer Schulden, andere verloren den größten Teil ihres Hab und Guts. Doch zuvor hat es viele Tote gegeben. Mord, Vergewaltigungen und Plünderungen säumten den Weg der spanischen Söldner unter dem kaiserlichen Obersten Alfonso de Vives bei ihrem Marsch auf die Stadt.« Die Stimme des Großmeiers stockte. Er kniff die Lippen zusammen und brauchte nichts weiter zu sagen. Katharina wusste, was er von einem solchen Vorgehen der Soldaten hielt.

Schönau war an seinen Schreibtisch getreten. Unbewusst hatte seine rechte Hand die Tischkante so fest gefasst, dass die Knöchel weiß hervortraten. »Und der neue Konstanzer Stadthauptmann, Freiherr Nikolaus von Pollweil, sitzt nun vor leeren Kassen. Die Zahlungen der Stadt an den Schmalkaldischen Bund haben die Schatullen geleert. Vom Domschatz des Bistums Konstanz ist auch nicht mehr viel übrig.« Wieder machte er eine Pause.

Katharina sah ihn fragend an. »Wollt Ihr damit sagen …?«

Der Schönauer nickte. Seine Stimme klang bitter. »Genau das will ich damit sagen, schwer genug fällt es mir. Die Kirche ist in diesen Zeiten froh über jeden, der sich freiwillig einsichtig zeigt und in ihre Arme zurückkehrt. Was zählt da die Verfehlung eines Einzelnen, wenn schon ganze Klöster samt Abt, Nonnen und Mönchen zur neuen Lehre konvertieren? Leimer fand jedenfalls offene Ohren, als er seinen Abfall widerrief. Mit einigen Auflagen, die nicht allzu streng waren, wurde er wieder als Kleriker am Busen von Mutter Kirche aufgenommen.« Er lachte hart und schaute Katharina an. »Das ist durchaus auch als ein Wink mit dem Zaunpfahl an andere Abtrünnige gedacht. Der Reichstag zu Augsburg hatte schließlich auch den Zweck, die Erneuerung des rechten Glaubens zu bringen, beide Seiten miteinander zu versöhnen, die Spaltung der Kirche abzuwenden. Noch immer hoffen die Kirchenfürsten, dass das gelingt. Und ihnen vor allem kräftige Entschädigungen für all das beschert, was ihnen die Reformation an Besitz genommen hat. Doch eigentlich ist niemand mit dem zufrieden, was die Verhandlungen in der Folge der Schmalkaldischen Kriege an Ergebnissen brachten …« Hans Jakob von Schönau brach ab. »Aber was rede ich da. Was versteht eine so junge Frau wie Ihr schon von Politik.«

Katharina richtete sich auf. »Auch ich habe Augen und Ohren. Ich weiß sehr wohl, dass sich die hohen Herren der Kirche seit drei Jahren winden wie die Würmer, wenn es um die innere Erneuerung der Kirche geht. Da müssten sie ja Privilegien aufgeben. Glaubt Ihr, ich wüsste nicht, dass es sich angenehm lebt außerhalb der weltlichen Gesetze in den Armen der Kirche?«

Der Schönauer lachte schallend. »Höre ich da die Stimme Eures Mannes aus Euch sprechen?«

Katharina wurde wütend. »Auch Frauen können denken, Großmeier von Seggingen, nicht nur Männer. Wer war es denn, der die Welt in diesen Glaubenskrieg stürzte, der Soldaten in Marsch setzte, brave Bürger ausraubte, mordete, vergewaltigte? Etwa die Frauen?«

»Hoppla, ich wusste ja nicht, dass Ihr Euch für solche Dinge interessiert.« Hans Jakob von Schönau sah Katharina mit neu erwachtem Interesse an. »Aber Ihr habt schon Recht, bislang hat das Konzil von Trient zwar viele Worte geboren, aber keine zündenden Ideen.« Er runzelte die Stirn. »Und jenseits des Rheins, bei den Eidgenossen, scheint sich zudem eine zweite starke Allianz gegen den rechten Glauben aufzubauen. Die Anhänger Zwinglis und Calvins kommen einander näher. Wie zu hören ist, arbeiteten sie derzeit an einem gemeinsamem reformiertem Bekenntnis. Wie auch immer, die Kirche kann offenbar jeden Mitstreiter brauchen …«

»Und sei er noch so liederlich«, unterbrach ihn Katharina. »In dieser Situation ist Milde für die sonst so gerechten Herren offenbar plötzlich ein Gott gefälliges Mittel. Sie entdecken die Nächstenliebe und die christliche Vergebung, wenn es gilt, die eigenen Reihen wieder zu stärken, die sich bedenklich gelichtet haben. Ein Streiter Gottes mehr – wer fragt da schon, was der geschenkte Gaul im Maul hat.«

Wieder dröhnte das Lachen des Schönauers. »Ich hätte nicht gedacht, dass Ihr so temperamentvoll seid in Eurem Gerechtigkeitssinn. Nun, ganz so einfach haben es die hohen Herren diesem Leimer nicht gemacht, trotz aller christlichen Nächstenliebe. Er muss natürlich aufhören, die ketzerischen Reden der Protestanten weiterzuverbreiten und sich für eine Weile ganz vom Predigen zurückziehen – bis sich die gnädige Mutter Kirche wieder von seiner Treue überzeugt hat.« Der Sarkasmus und die Verachtung in der Stimme des Schönauers waren nicht zu überhören.

Katharina war entsetzt. Thomas Leimer verriet wirklich alles, was anderen teuer war – nachdem er sie zuvor ins Verderben getrieben hatte. Doch er hatte offenbar seine Überzeugungskraft noch nicht eingebüßt und auch nicht seine Selbstsucht und Eigenliebe. Moral und Charakter kannte dieser Mann wohl nicht. Er hatte gesehen, dass die Situation günstig war, und die Chance ergriffen. Sein Überlebensinstinkt war unfehlbar, ebenso wie sein Gespür dafür, wie er andere am besten für seine Bedürfnisse und Zwecke ausnutzen konnte.

Der Großmeier betrachtete die junge Frau neugierig. Sie schien jedenfalls recht aufgeweckt zu sein. Allerdings wüsste er zu gerne, was sie an diesem Thomas Leimer wirklich so aufregte. Nur weil er der Mann der Äbtissin von Seggingen war … Er räusperte sich. »Nun, ich denke, Ihr wollt schnellstens zu Magdalena von Hausen. Sie wartet schon auf Euch.«

Katharina nickte und schaute den Schönauer besorgt an. »Wie hat sie die Nachricht aufgenommen?«

Hans Jakob von Schönau schüttelte den Kopf. »Ich weiß es nicht. Bei Gott, ich kann es nicht sagen. Wer kann schon die Frauen verstehen?« In komischer Verzweiflung hob er die Hände. Trotz ihrer Beunruhigung musste Katharina lachen. Mit jedem Tag wuchs ihre Zuneigung und Achtung gegenüber diesem Mann.

Besorgt eilte sie zu Magdalena von Hausen. Nun hatte Thomas Leimer nicht nur seine Ehefrau im Stich gelassen, sondern auch alles verraten, wofür sie beide gemeinsam hatten kämpfen wollen. Zu ihrer Überraschung war Magdalena trotz aller schlechten Nachrichten guten Mutes und keineswegs bereit, ihr tiefes Vertrauen in diesen Mann aufzugeben. »Er weiß schon, was er tut«, erklärte sie gelassen der fassungslosen Katharina.

Die junge Frau war versucht, der älteren ins Gesicht zu schreien, sie solle doch endlich aufhören, so gutgläubig und naiv zu sein. Dieser Mann sei ein Taugenichts – nichts weiter. Einer, der sein Fähnchen nach jedem Wind dreht, egal woher er weht. Doch sie beherrschte sich. Es stimmt wohl, dachte sie für sich. Liebe macht blind! Sie war das beste Beispiel dafür.

Magdalena von Hausen war trotz aller Versuche des Schönauers auch später nicht dazu zu bringen, ihrem neuen Glauben abzuschwören. Und sie stand unverbrüchlich zu dem ihr von Gott gegebenen Ehemann, da half auch diese Nachricht nichts. All die Argumente, die Hans Jakob von Schönau dazu vorzubringen hatte, prallten an der Äbtissin ab. Magdalena blieb fest. Auch die Nachrichten, die Katharina aus Ensisheim mitbrachte, konnten sie darin nicht erschüttern. Ebenso wenig der Fall von Konstanz. Sie war zutiefst überzeugt davon, alles werde sich zum Guten wenden. Damit stand sie allerdings allein. Niemand sonst teilte diese Ansicht.

Der Schönauer rief gleich am nächsten Tag nach Katharinas Rückkehr aus Ensisheim die Räte der Stadt, die Chorherren des Stiftes, die Pfarrer von Seggingen, Murg und Laufenburg zusammen. Außerdem waren die Keller der Dinghöfe des Stiftes geladen sowie die Vertreter der Zünfte – der Fischer, der Flößer und all der anderen Zünfte der Stadt. Es sollte beraten werden, was nun zu geschehen habe. Denn nach der Nachricht, die König Ferdinand Katharina mitgegeben hatte, war eines klar: Wenn sich das Schicksal der Magdalena von Hausen zum Guten wenden sollte, konnte sich niemand mehr hinter seinem Ofen verstecken. Alle mussten offen und deutlich für die ehemalige Äbtissin eintreten.

Auch wenn manche Angst hatten, am Ende mochte sich niemand drücken. Zu groß war die Verehrung für diese Frau. Außerdem wollte keiner der Notabeln und ehrsamen Bürger als Feigling gelten. Dafür fochten sie aber umso heftiger über die Formulierung des Bittschreibens und die Zusammenstellung der Delegation, die nach Ensisheim reisen würde. Die Debatte dauerte zwei Tage und zwei Nächte. Dann war das Gnadengesuch aufgesetzt und die Mitglieder der Delegation standen fest.

Zur Abordnung gehörte selbstredend Schultheiß Marx Bürgin, Spichwärter Hans Köhler und Konrad Besserer als der erfahrenste der drei Chorherren des Stiftes. Letzterer versprach sich von der Reise auch Aufschluss darüber, was in Ensisheim über die Nachfolge Magdalena von Hausens beschlossen worden war. Jakob Murgel weilte in dieser Sache noch immer beim Papst in Rom und hatte ihm aufgetragen, vor

Ort die Dinge genau zu beobachten. Einmal jeden Monat erwartete er von Besserer einen Bericht.

Mit nach Ensisheim fahren wollte auch einer der wohlhabendsten Männer der Stadt, der Gerbermüller. Für ihn war die Sorge um Magdalena von Hausen ebenfalls nicht die einzige Antriebsfeder. Er wollte den Aufenthalt in Ensisheim nutzen, um sich nach neuen Geschäftspartnern umzuschauen, möglicherweise sogar unter den Mitgliedern der vorderösterreichischen Regierung. Zumindest wären die Ministerialen gegen ein gewisses Entgelt mit Sicherheit bereit, ihm zu helfen, die richtigen Kontakte zu knüpfen.

Der Leiter der Delegation hatte von vornherein festgestanden: Hans Jakob von Schönau. In ihm sahen alle den idealen Führer. Einmal hatte er große Erfahrungen darin, knifflige Gespräche zu führen und sich in höheren Kreisen zu bewegen. Außerdem stand seine Neutralität außer Frage. Als derzeitiger Verwalter des Stiftes konnte er von jeder Form von Milde, die Magdalena von Hausen gewährt wurde, nur Nachteile haben. Denn jedes Mehr an Einfluss und Mitspracherecht für die ehemalige Äbtissin bedeutete eine Einschränkung seiner Verfügungsgewalt. Außerdem war der Schönauer ein ehrlicher Mann und auch als solcher bekannt. Manche, die anders handelten, belächelten ihn zwar, doch sein Wort galt etwas bei der Regierung in Ensisheim. Wahrscheinlich würde es sogar den Ausschlag geben.

Katharina wäre am liebsten mitgefahren. Doch der Schönauer wehrte ab. Sie habe das Ihre getan, erklärte er. Alles andere sei jetzt Männersache. Mit Bangen sah sie die fünf würdigen Herren eine Woche später gen Ensisheim aufbrechen. Fünf Monate waren inzwischen vergangen, seit Magdalena von Hausen gefangen gesetzt worden und Thomas Leimer verschwunden war.

Für die Leute von Seggingen war es kein guter Sommer gewesen. Durch die langen Wachen vor den Toren des Schlosses hatten viele ihre Felder erst später bestellt als üblich. Ab Ende Mai hatte es dann fast unaufhörlich geregnet. Zwar war ihnen der Frost zu den Eisheiligen erspart geblieben, dafür ertrank die Saat auf den Feldern fast im Wasser. Nur spärlich brachte die Sonne mit ihrer Wärme Süße in Äpfel und Trauben. Viele der Rüben verfaulten im Boden. Milben, Pilzkrankheiten und Schädlinge gediehen prächtig und zerstörten einen weiteren Teil der Ernte. Nein, es war kein gutes Jahr für die Ländereien und Menschen, die zum Stift gehörten. Viele glaubten, dass das eine Art Strafe war für die Stadt und für den Abfall Magdalenas vom rechten Glauben. Außerdem machten die Menschen sich Sorgen um ihre Zukunft. Keiner wusste, wie es mit dem Stift weitergehen würde, und davon hingen so viele Existenzen ab. Ein Äbtissinnenwechsel war immer eine Zeit der Verunsicherung gewesen. Umso mehr jetzt, als sogar der Bestand des Stiftes gefährdet war. Nun schien auch der Himmel gegen die Stadt zu sein.

Wie immer in solchen Zeiten suchten die Menschen nach Ursachen – und fanden sie zumeist in den schwächeren Gliedern der Gemeinschaft. Wieder lebte also das Gerede über Katharina auf, das unter dem Eindruck der Ereignisse, in deren Mittelpunkt Magdalena von Hausen stand, verstummt war. Doch noch war es nicht so schlimm. Noch konnten die Menschen von der vergangenen Ernte zehren. Und ein schlechteres Jahr gab es immer wieder einmal zwischendurch. Aber die Frauen machten besorgte Gesichter und tuschelten untereinander, wenn Katharina vorüberkam.

Zwei Wochen gingen ins Land, bis die Delegation wieder aus Ensisheim zurückkehrte. Die Männer brachten gute Nachrichten mit. Der ehemaligen Äbtissin war gestattet worden, wieder in ihrem früheren Haus im Alten Hof zu leben. Dort, wo sie schon als junges Mädchen und als Stiftsdame gewohnt hatte. Allerdings würde sie unter striktem Hausarrest bleiben. Doch es kam noch besser: Magdalena von Hausen wurde in Aussicht gestellt, dass sie freikommen könnte – so sie sich vom Ketzertum abwandte und sich von ihrem Ehemann Thomas Leimer lossagte.

Diese Absicht hatte sie aber keineswegs, im Gegenteil. Sie weigerte sich strikt, solchen Vorschlägen auch nur weiter zuzuhören. Wie schon zuvor blieb sie treu in ihrem neuen Glauben. Ebenso treu stand sie zu ihrem verschwundenen Ehemann. Doch immerhin, sie konnte zurück in ihr eigenes Heim. Das war eine große Erleichterung, vor allem für die Schönauerin, die langsam genug von diesem Gast in ihrem Haus hatte.

Für Katharina begann eine Zeit mit viel Arbeit. Nicht nur war die Ernte einzubringen und zu verarbeiten, das Gemüse aus ihrem kleinen Garten für den Winter einzulagern, die Äpfel und Birnen zu pflücken, das Fleisch einzusalzen und zu räuchern, nun musste sie auch noch Magdalena von Hausen bei ihrem Umzug helfen. Doch sie beklagte sich nicht. Besonders als sie sah, wie glücklich diese in ihrem neuen Heim war. Dort, wo sie einst mit ihrer Schwester so viele Träume gesponnen und so viele Ideen diskutiert hatte. Die Gutenberg-Bibel kam natürlich wieder mit. Auch das Konstanzer Gesangbuch. Über all dem war wieder keine Zeit für Katharina, Magdalena von Hausen endlich auf ihre Herkunft anzusprechen.

Kaum war die ehemalige Äbtissin sicher untergebracht in ihrem ehemaligen Häuschen im Alten Hof, da kam eine neue Hiobsbotschaft: Die alte Nele lag im Sterben.

Als Katharina die Tür zu der kleinen Hütte öffnete, erkannte sie sofort, dass es diesmal keine Rettung geben würde. Der Geruch des Todes lag über dem Raum. Anders als beim letzten Mal hatte Nele keine Probleme mehr mit dem Nahen des Todes. Sie hatte ihre Angelegenheiten gerichtet, in Katharina eine Nachfolgerin als Wächterin der Seconia gefunden. Zwar wusste die junge Frau noch nicht so viel wie sie über die Heilkraft bestimmter Kräuter, doch das würde sie lernen. Sie war geschickt und verstand es, darauf zu hören, was die Pflanzen ihr über sich erzählten. Außerdem hatte sie eine ganz besondere

Kraft in ihren Händen, die fiebrige Kinder zum Einschlafen brachte und vor Schmerz brüllende Tiere beruhigte. Sie konnte also gehen, ohne sich Sorgen zu machen. Seggingen hatte eine neue Heilerin.

Erst nach ihrem Tode wurde klar, wie vielen Menschen die alte Nele in ihrem Leben geholfen hatte. Manche kamen verstohlen in der Nacht zur kleinen Hütte, um von der verschrumpelten, zusammengesunkenen Gestalt unter den Decken Abschied zu nehmen. Viele erschienen jedoch ganz offen, um einen letzten Blick auf diese außergewöhnliche Frau zu werfen, ihr eine kleine Erinnerung oder ein Dankesgeschenk mit auf den letzten Weg zu geben. Mal war es eine Blume, dann ein Hufeisen, die Windel eines Kindes und sogar einige Schmuckstücke wurden der Toten in den Sarg gelegt. Als dann die tote Nele aufgebahrt war und den letzten Gang zum Friedhof antrat, sammelte sich nach und nach ein langer Zug von Menschen hinter dem einfachen Tannenholzsarg. Er wurde von Konz Jehle, Schultheiß Bürgin, Fridolin Wasmer, dem Meister der Fischerzunft, und Franz Strittmatter getragen, einem der Männer des Schönauers, die Katharina nach Ensisheim begleitet hatten.

Zuerst folgten nur Katharina und ihr Sohn Thomas der alten Frau zum Friedhof. Doch an jedem Haus, an dem der Zug vorbeikam, gesellte sich eine weitere Familie dazu. Es wurde eine beeindruckende Prozession. Im Leben hatten die Menschen den offenen Kontakt mit Nele gescheut. Doch wenigstens im Tod erwiesen sie ihr die Reverenz.

Pfarrer Andreas Diemer traute seinen Augen kaum, als er auf den Friedhof kam. Eine riesige Menschenmenge hatte sich zu diesem Begräbnis versammelt. Eigentlich hatte der Segginger Pfarrer die alte Frau nicht in geweihter Erde bestatten wollen. In seinen Augen war sie eine Heidin. Geld, um die Beerdigung zu bezahlen, hatte sie auch nicht. Das Geld stiftete schließlich Magdalena von Hausen aus ihrer Privatschatulle. Überredet hatte ihn am Ende Hans Jakob von Schönau. Als Diemer die vielen Menschen sah, war er froh, zugestimmt zu haben. Allerdings musste er sich nun eine längere Grabrede einfallen lassen. Eigentlich hatte er vorgehabt, nur einige Worte zu sagen und die Sache gut sein zu lassen. So kam die alte Nele, die Heidin, Heilerin und Hexe, die Wächterin der Seconia nach ihrem Tode noch in den Genuss, viele lobende Worte über sich zu hören, und das gewissermaßen aus geweihtem Mund. Katharina überlegte, was ihre Freundin dazu wohl gesagt haben würde. Doch da sie deren Sinn für Humor kannte, war ihr klar: Nele hätte sich wahrscheinlich königlich amüsiert. Für Katharina war es jedoch schon eine Genugtuung, dass die Menschen wenigstens jetzt kundtaten, was ihnen Nele gewesen war.

Katharina warf ein kleines Sträußchen von getrocknetem Lavendel in Neles Grab – als letzten Gruß für die Frau, die ihr so oft Halt und Heimat gegeben hatte, wenn sie nicht mehr weiterwusste. Sie hoffte so sehr, dass Nele ihren Frieden gefunden hatte, dort, wo sie jetzt war. Denn selbst hier auf dem Friedhof, noch am offenen Grab, tuschelten die Menschen über ihre Nachfolgerin Katharina. Sie begegneten ihr – ähnlich wie einst der alten Nele – mit Misstrauen. Obwohl sie viele in der Menge sah, denen sie schon geholfen hatte. Doch sie wusste, damit würde sie leben müssen. Die Menschen kamen trotzdem. Denn in den letzten Wochen war sie unmerklich mehr und mehr in die Rolle geschlüpft, die Nele einst ausgefüllt hatte.

Etwas half Katharina über den Verlust der geliebten Alten hinweg. Anderthalb Monate, nachdem die Menschen Nele zu Grabe getragen hatten, war ihr klar, sie war wieder schwanger. Konz Jehle, der werdende Vater, hätte sie mit seinen Bärenkräften vor Freude fast erdrückt, als er die Nachricht hörte.

Nun war Katharina die Wächterin des Schreins der Seconia. So ging sie eines Abends wieder über den engen Trampelpfad zu jenem Stein, der ihr eine Vergangenheit, der ihr Eltern geschenkt hatte. Auch wenn sie noch immer nicht wusste, wer sie waren. Wieder fühlte sie das Rieseln, als flösse warmes Wasser durch ihre Glieder, als sie ihre Hand auf die glatte Oberfläche legte und dem Stein die Botschaft von Neles Tod und dem neuen Kind brachte. Wieder antwortete Seconia. Doch diesmal sah Katharina Bilder, die sie nicht verstand. Dunkle Bilder, durchmischt mit lichten Momenten. Wie Wolken, durch die hin und wieder die Sonne fiel. Sie fühlte sie eher, als dass sie sie sah. Aber sie konnte die Botschaft nicht deuten. Bis auf einen ganz kleinen Teil. Das Kind, das in ihr wuchs, würde ein Mädchen sein. Mit der Geburt dieses Kindes würde ein Teil der alten Nele wiederkehren. Denn alles war ein Teil von allem, das Leben fand immer zu seinem Anfang zurück und vollendete damit den Kreis.

Es wurde ein kalter Winter. Kälter als jeder, an den sich selbst die Ältesten erinnern konnten. Die Menschen froren in ihren Häusern. Sogar jene, die sich teures Feuerholz leisten konnten und einen Kamin hatten. Jede Nacht stieg eisiger Dunst vom Rhein auf und legte sich wie Raureif über die Gemüter und die Glieder. Viele der Ärmsten gingen heimlich in den Wald, um Holz zu stehlen. So war es auch eine harte Zeit für Konz Jehle. Als Bannwart des Dinghofes Murg war es seine Aufgabe, dafür zu sorgen, dass sich jeder nicht mehr an Holz nahm, als ihm zustand. Er war dafür dem Keller und dem Stift gegenüber verantwortlich. Mehr als einmal sah er zur Seite. Denn er wusste aus eigener Erfahrung, wie weh die Not tun konnte. Manchmal musste er aber einschreiten und so mancher Holzdieb wurde gestellt. Zumeist kostete dies die Ertappten noch das Letzte, das sie besaßen. In den Häusern und Höfen kehrte langsam der Hunger ein, hing gleich der Kälte wie ein drohender Schatten über der ganzen Gegend. Denn die letzte Ernte war schlecht gewesen, die Vorräte gingen schnell zur Neige. Trotzdem musste von allem der vorgeschriebene Teil an das Stift gegeben werden. Hans Jakob von Schönau hatte Spichwärter Hans Köhler zwar angewiesen, im Zweifelsfall zugunsten der Menschen zu entscheiden. Doch das tat Köhler höchst selten. Er wollte sich nicht nachsagen lassen, die Geschäfte schlecht verwaltet zu haben in einer Zeit, in der es keine Äbtissin gab.

Die Kälte forderte in diesem Winter einige Tote. Zumeist waren es die Kleinsten. Wie oft sah Katharina ein Neugeborenes, das übel hustete und zudem unterernährt war, weil auch die Mutter hungerte und deshalb zu wenig Milch hatte. Vielen konnte sie trotz aller Mühen nicht helfen. Die kleinen Körper waren einfach zu schwach, um auch noch mit Krankheit und Fieber fertig zu werden. So zog in diesen kalten Tagen in vielen Häusern dumpfe Trauer ein. Zwar war es nicht unüblich, dass kleine Kinder starben. Doch in diesem Winter musste der Segginger Pfarrer viele kleine Körper in die heilige Erde betten.

Das Gemurmel der Menschen wurde lauter. Im Winter gab es nicht so viel zu tun wie im Sommer. Die Ernte war inzwischen versorgt und eingebracht. Die kurzen Tage über widmeten sich die Menschen ihren Alltagsgeschäften, an den Abenden aber blieb viel Zeit, miteinander über Ereignisse zu diskutieren und über die Zukunft zu sprechen. Die Männer taten das zumeist am Stammtisch in der Schänke der Broglis. Die Frauen trafen sich in den Häusern, die Hände beschäftigt mit dem Spinnen der Schafswolle oder dem Ausbessern von Kleidern.

Wo Zeit zum Nachdenken ist, bekommt die Phantasie Flügel. Bald wisperten die Segginger hinter vorgehaltener Hand von einem Fluch, der über der Stadt und den Menschen lag. Nicht lange danach wurden die Blicke, die Katharina im Vorbeigehen musterten, immer finsterer. Sie stecke hinter all dem, munkelten die Menschen. Damals, als die Hexe aus Basel zurückkam, habe alles Schlechte angefangen. Selbst eine Frau wie Magdalena von Hausen sei diesen bösen Kräften schließlich erlegen. Denn wie sonst hätte die Äbtissin ihrem Glauben untreu werden können, wie sonst sich einen Mann nehmen, obwohl das doch undenkbar gewesen war. Der Bankert, das Niemandskind steckte hinter all dem! Auch wenn sie noch so hoch aufgestiegen war und sich einen noch so gutbürgerlichen Anstrich gab. Wer konnte denn schon wissen, aus welchem Teufelsloch diese Katharina einst gekrochen war?

Auch dieser Winter ging vorbei. Mit den ersten Sonnenstrahlen vergaßen die meisten Menschen das Gerede und machten sich daran, sich auf den nächsten Frühling, die nächste Aussaat, den nächsten Lachsfang vorzubereiten. Sie hatten weniger Zeit, sich über den Fluch zu unterhalten. Als die Tage langsam wärmer wurden, zog wieder Hoffnung in die Herzen. Nur noch wenige Wochen, dann würden die Obstbäume wieder blühen und die Saat wieder sprießen. Dann würde es die ersten frischen Kräuter geben, die ersten knackigen Radieschen und Rettiche. In den Ställen kämen die jungen Tiere zur Welt, für die Besitzer bedeutete das Milch, Käse, Butter. Zwei Monate lang, von März bis Mitte Mai, hielt dieser Frühling, was sich alle von ihm erhofften. Jene Stimmen, die den bösen Fluch beschworen, wurden weniger und leiser.

Dann kamen die Eisheiligen und mit ihnen der große Frost. Über Nacht verwandelte sich der Anblick der Landschaft. Die Bäume hatten zwar spät geblüht, aber dafür umso üppiger. Am nächsten Morgen war keine der zarten Obstblüten mehr übrig. Die Kerzen der Kastanien, die am Tag davor noch die Luft mit ihrem Duft erfüllt hatten, waren über Nacht zu traurigen, runzligen braunen Gebilden geworden. Die zarten Wurzeln der ersten Saat erfroren im Boden, und viele der kleinen Tiere, die in diesen Frostnächten geboren wurden, verendeten kläglich im Stall. Das brachte zwar kurzfristig Fleisch, tötete aber jede Hoffnung auf neues Leben. Selbst der Gesang der Vögel war verstummt. Starre legte sich über das Land.

Der strenge Frost hielt viele Tage an. Erst als der Mai zu Ende ging, schien es, als wolle die Wärme endlich Einzug halten. Wieder schulterten die Menschen ihre Schaufeln, wieder spannten sie die Pferde oder sich selbst vor Egge und Pflug, um noch einmal auszusäen in der Hoffnung, doch noch eine Ernte einbringen zu können. Und selbst der Salm, der sonst in rauen Mengen den Fluss heraufgekommen war, um die Laichplätze aufzusuchen, wurde inzwischen knapp. Da wurde jedes Korn gebraucht.

Doch auch die wenigen Tage der Wärme und Sonne waren trügerisch. Nach der Kälte kam der große Regen. Die vereinzelten Äpfel, Birnen oder Pflaumen, die in den geschützteren Lagen die Kälte überstanden hatten, verfaulten an den Bäumen, bevor sie Zeit hatten zu wachsen. Die neue Saat wurde weggeschwemmt. Die Rüben, die aus dem Boden geholt wurden, stanken – sofern sie überhaupt gewachsen waren. Die Weintrauben faulten an den Stöcken. Die Wasserläufe der Wuhre und Bäche, die von den Bergen im Norden herunterkamen, brachten Geröll und Schlamm, überschwemmten Wiesen und Felder. Das Wasser des Rheins hatte seine Kraft vervielfacht und brandete bedrohlich um die Mauern des Gallusturmes, wo der Fluss sich zweiteilte, der Gießen überschwemmte die Bündten und Gärten. Da wurde das Gemurmel vom Fluch wieder lauter.

Elisabeth, die Tochter des Gerbermülles, war die Erste, die es Katharina gegenüber laut aussprach. Als die junge Frau an ihrem Haus vorüberging, stürzte sie sich plötzlich aus der Tür und warf sich auf sie. »Du Hexe«, kreischte Elisabeth. »Du gehörst verbrannt. Du bist schuld an diesem Fluch, der über uns allen liegt.«

Katharina versuchte verzweifelt, Elisabeth daran zu hindern, ihr die Haare büschelweise auszureißen. Mehrere Menschen verfolgten das Spektakel, doch niemand half. Alle Gesichter waren drohend und gleichzeitig voller Schadenfreude. Endlich schaffte es Katharina, sich freizumachen. Wie von Furien gehetzt lief sie heim, so schnell sie konnte. Es war schwer, denn die Zeit der Geburt stand nahe bevor. Nicht einmal ihr hoch gewölbter Bauch hatte Elisabeth von diesem Angriff abhalten können. Sie musste sich der Zustimmung der anderen sehr sicher sein.

Konz hatte alle Mühe, seine völlig aufgelöste Frau zu beruhigen, als sie schwer atmend und schweißüberströmt direkt in seine Arme lief. Zunächst konnte sie ihm kaum erzählen, was geschehen war. Als Konz schließlich die ganze Geschichte Wort für Wort aus ihr herausgeholt hatte, sah er rot. Das hier konnte gefährlich werden. Zu viele Scheiterhaufen hatten schon für Hexen gebrannt. Zu viele Familien waren zerstört, zu viele Menschen gequält worden. Am Ende hatten sie alle gestanden. So weit durfte er es nicht kommen lassen. Nicht für Katharina, nicht für ihren Sohn, nicht für das Kind, das bald kommen würde, nicht für all jene, die diese besondere Art der Pest noch mit hineinziehen würde in den Strudel der Gewalt, der sich da anbahnte. Wie ein wütender Bär streifte der Mann durch die Wälder, um sich erst einmal zu beruhigen. Selbst in seinem wilden Zorn sagte ihm noch ein Fünkchen seines sonst klaren Verstandes, dass er nun nichts Unbedachtes tun durfte. Das würde die Lage nur noch verschlimmern. Die verängstigte Katharina hatte er davor zu jener Frau gebracht, die der Familie schon so oft geholfen hatte. Magdalena von Hausen steckte zwar selbst in Schwierigkeiten, doch bei ihr war Katharina sicher. Wenigstens für den Moment.

Am Abend dieses Tages fand sich eine kleine, besorgte Runde bei Magdalena von Hausen ein. Sie hatte zwar Hausarrest, doch davon, dass niemand zu ihr durfte, hatte nichts in dem Schreiben gestanden, das die Delegation aus Ensisheim mitgebracht hatte. Die Situation war bitter ernst, das wussten alle – Hans Jakob von Schönau, Schultheiß Marx Bürgin, Konz Jehle und Katharina. War der Verdacht der Hexerei erst einmal laut ausgesprochen, dann vervielfältigte er sich wie ein Echo, konnte eine Lawine auslösen. Das hatte schon der Prozess gegen eine junge Frau gezeigt, der im Frühling und Frühsommer drei Monate lang das ohnehin unruhige Konstanz völlig aufgewühlt hatte. Sie war bezichtigt worden, mit dem Teufel im Bunde zu sein, obwohl sie im Spital arbeitete. Danach gab es nichts und niemanden, der diesen Erdrutsch hätte aufhalten können. Weder Kaiser noch König. Und wenn erst einmal die Kirche ihre Hand im Spiel hatte, war endgültig alles zu spät. Es gab viele in Seggingen, die Katharina nicht wohlgesonnen waren und gute Beziehungen zur Kirche hatten. Auch das wussten alle.

So wurde beschlossen, Katharina zunächst einmal aus der Schusslinie der bösen Gerüchte zu nehmen. Sie sollte für die nächsten Wochen bei Magdalena von Hausen bleiben und dort auch ihr Kind zur Welt bringen. An eine Reise nach Basel – wie schon einmal in einer ähnlichen Situation – war aufgrund der fortgeschrittenen Schwangerschaft jedenfalls im Moment nicht zu denken.

Katharina war völlig außer sich vor Angst. Außerdem stand die Geburt des Kindes in weniger als einem Monat bevor. Sobald das Kleine etwas größer war, würde man weitersehen. Wenn Katharina für den Moment außer Sichtweite für die Menschen blieb, würden vielleicht einige das Getratsche vergessen. Schultheiß Bürgin, ein besonnener Mann und heimlicher Verehrer Magdalenas, strich besorgt über seinen runden Bauch, versprach aber, sein Möglichstes zu tun, um das böse Gerede im Keim zu ersticken. Er machte den anderen indessen nicht viel Hoffnung. Kaum jemand war in diesen Tagen davor gefeit, mit dem Willen Gottes und dem Schicksal zu hadern. Der nächste Hungerwinter stand in einigen Monaten vor der Tür. Wenn es bald aufhörte zu regnen, konnte vielleicht noch etwas von der Ernte gerettet werden; auch wenn es nicht reichen würde. Trotzdem mussten gute Nachrichten unter die Leute. So beschloss der Schönauer, öffentlich verkünden zu lassen, er werde die Speicher des Stiftes öffnen und auch die Dinghöfe anweisen, dasselbe zu tun, sollte es wieder zu einem Hungerwinter kommen. Außerdem sollte die Fälle gestundet werden, jene Kopfsteuer, die beim Tod eines Hörigen anfiel. Früher war es das beste Gewand oder das beste Stück Vieh im Stall gewesen. Inzwischen hatte das Stift für die Abgabe einen Geldwert festgesetzt, der sich auch am Ertrag des überlassenen

Landes und den Zinszahlungen orientierte. Für die Hörigen des Dinghofes Murg lag er bei fünf Pfund – das war der Wert von 30 Schafen. So hatte die betroffene Familie des Hörigen bei seinem Tod zweifach Kummer und Not zu bewältigen. Mit der Stundung und der Versorgung mit dem Nötigsten aus den Speichern des Stiftes wäre wenigstens das schlimmste Elend gelindert, und die Zukunft sähe für die Gotteshausleute, die vom Stift Abhängigen und Hörigen nicht ganz so düster aus. Vielleicht würde auch das helfen, das Hexengeschrei zum Verstummen zu bringen.

Doch so wenig wie der Regen aufhörte, so wenig vergaßen die Menschen. Sie hatten Blut geleckt. Auch wenn sie abgeschieden lebte und sich nur nachts nach draußen wagte, um ihren Mann und ihren Sohn zu sehen, spürte Katharina die Bedrohung wie eine Mauer, die sich höher und höher auftürmte und ihr bald jede Luft zum Atmen nahm. Nur ganz wenige Besonnene konnten sich diesem Strudel entziehen: Ihre Stimmen gingen unter im lauten Chor derer, die die Bestrafung der Hexe forderten.

Noch wagte niemand das Asyl zu stören, das Magdalena von Hausen Katharina bot. Doch das war nur noch eine Frage der Zeit. Katharina wurde das endgültig klar, als selbst Lehrschwester Mechthild sich hastig bekreuzigte und das Zeichen gegen den bösen Blick machte, als sie ihr eines Tages im Hof begegnete. Selbst diese Frau, die sie schon so lange kannte, war in jenen tödlichen Sog geraten.

In diese schwere Zeit hinein wurde die kleine Anna geboren. Es waren schwere Stunden für Katharina. Es schien, als wolle ihre kleine Tochter nicht in diese Welt. Die alte Nele war tot, den Bader duldete sie nicht an ihrem Bett. Er kannte sich mit dem Ziehen von Zähnen aus und dem Schneiden von Haaren. Von einer Geburt verstand er nichts. So versuchte sie zwischen ihren Wehen und Schreien der völlig hilflosen Magdalena von Hausen zu erklären, was zu tun war. Mehrere Male dachte Katharina, sie würde sterben, und war eigentlich noch nicht einmal besonders traurig darüber. Sie war müde, zerrissen von Schmerzen und Wehen, die das kleine Wesen in ihr nur ganz langsam nach draußen trieben. Doch dann war Anna da, geboren inmitten eines Schreis und mit der letzten Kraft ihrer Mutter. Katharina wurde ohnmächtig. Konz Jehle, der draußen vor dem Zimmer hin- und herlief, hätte vor lauter Sorge beinahe die Türe eingetreten. Doch er zwang sich zur Ruhe. Er wusste, er würde die Lage mit seiner Verwirrung nur noch komplizierter machen. Helfen konnte er ohnehin nicht. So biss er sich in seiner Erregung die Fingerknöchel blutig.

Magdalena von Hausen und ihre Zofe hielten sich sorgsam an das, was ihnen die werdende Mutter zwischen den Wehen erklärt hatte. Mit warmen Tüchern nahmen sie Katharinas kleine Tochter in Empfang, umwickelten die Nabelschnur an zwei Stellen fest mit Garn und schnitten sie durch. Dann massierten sie der Ohnmächtigen sanft den Bauch, bis die Nachgeburt kam. Katharina bekam dies alles nur im Unterbewusstsein mit, aus der Ohnmacht glitt sie allmählich in einen stärkenden Schlaf hinüber. Sie schlief zehn Stunden lang und erwachte erst, als ihre kleine Tochter lautstark ihr Recht forderte.

Warm eingewickelt in weiche Tücher lag das Kind in ihrem Arm. Katharina legte das Baby an die Brust. Anna hatte sich gegen den Eintritt in diese Welt nach Kräften gewehrt. Doch nun, wo sie schon einmal da war, saugte sie gierig, wollte leben mit allen noch unbewussten Fasern ihres kleinen Körpers. Zärtlich betrachtete Katharina ihre Tochter. Die Fäustchen geballt, mit fest geschlossenen Augen und verschrumpeltem Gesicht lag sie in ihren Armen, ein Büschel roter Haare auf dem Kopf. Dieses Kind würde einmal einen festen Willen haben, das sah man schon jetzt. Doch noch war es hilflos, vollständig darauf angewiesen, dass sie es beschützte. Und das würde sie tun. Bei allen Heiligen.

Das schworen sich beim Anblick der Mutter mit ihrem Kind noch drei andere Menschen. Konz Jehle, der kurz darauf ins

Zimmer kam, um nach den beiden zu sehen, wurde von einer so wilden Welle der Zärtlichkeit überflutet, dass er kaum atmen konnte. Der kleine Thomas an seiner Hand blickte mit großen Augen auf die neue Schwester. Auch sein Herz flog ihr zu, noch ehe sie die Augen aufgeschlagen hatte. Die dritte war Magdalena von Hausen. Sie hatte nie ein eigenes Kind gehabt und zweifelte im Stillen, ob sie jemals in ihrem Leben eines haben würde. Denn die Zeit, in der sie gebären konnte, neigte sich dem Ende zu. Dieses kleine Wesen hier war mit ihrer Hilfe auf die Welt gekommen. Mehr Mutter würde sie wohl niemals werden. So stimmte sie freudig zu, als Katharina und Konz sie baten, die Patin der kleinen Anna zu werden.

Das kleine Mädchen beschäftigte noch andere. Kaum war sie am Leben, wurde sie schon zum Mittelpunkt des Hasses. Die Hexe hatte eine Teufelsbrut zur Welt gebracht! Eine rothaarige, kleine Ausgeburt des Satans. Mit einem Feuermal über dem Herzen. »Rottet sie aus, rottet diese Brut aus, ehe es noch mehr werden.« Der Schrei flog von Mund zu Mund, von Haus zu Haus, wurde aufgenommen und weitergegeben. »Teufelsbrut, Teufelsbrut, rottet sie aus diese Teufelsbrut, ertränkt sie in ihrem eigenen Blut.« Immer größer wurde die Menge vor dem Haus Magdalenas.

Zunächst standen die Menschen einfach nur dort und warteten, so als hätten sie angesichts des Hauses der Äbtissin plötzlich Angst bekommen vor ihrem eigenen Mut. Aber es ging eine fühlbare Bedrohung von ihnen aus. Nicht lange, da erhob sich wieder eine kreischende Stimme: »Gebt uns die Hexe heraus mit ihrem Kind.« Als hätten alle nur darauf gewartet, pflanzte sich diese Forderung fort. Zuerst war es ein Raunen, am Ende ein raues, fast tierisches Gebrüll: »Die Hexe heraus, die Hexe heraus!«

Die Menschen im kleinen Geburtszimmer empfanden die Bedrohung fast körperlich. Magdalena von Hausen hob den Kopf. »Ich werde hinausgehen und mit ihnen reden. Auf mich hören sie vielleicht.«

Konz versuchte sie zurückzuhalten, doch Magdalena machte sich los. »Ich bin die Einzige, die jetzt noch zu ihnen durchdringen kann. Mir werden sie glauben.«

Die Menschen verstummten, als die Äbtissin plötzlich vor ihnen stand. »Was wollt ihr, warum stört ihr den Frieden meines Hauses? Warum zwingt ihr mich, nach draußen zu gehen und gegen den Befehl unseres allergnädigsten Herrn Ferdinand von Habsburg zu verstoßen? Geht in eure Häuser. Geht heim. Hier ist keine Hexe. Nur eine erschöpfte Frau mit ihrem Kind. Der Teufel ist nicht in ihr. Der Teufel ist in euch. Schaut in eure Herzen, seht, wie er tanzt. Eure unsterbliche Seele will er haben und freut sich schon. Denn ihr gebt sie ihm willig. Geht heim, gute Leute. Akzeptiert, was der Himmel euch schickt, und lasst dem Teufel, was des Teufels ist. Geht. Denkt an eure eigenen, unschuldigen Kinder. Wieso sollte dieses ausgerechnet eine Brut des Satans sein? Noch ist es kaum auf der Welt. Mit meinen eigenen Händen habe ich es in Empfang genommen und seinen Eingang in dieses Leben gesegnet. Dieses Kind ist Gottes Geschöpf, so wie wir alle. Was könnte ein so kleines Kind euch schon tun? Geht heim!«

In die Menge geriet Bewegung. Die Ersten wandten sich schon um, um zu ihren Häusern zurückzukehren, wie es die Äbtissin gesagt hatte.

Doch plötzlich durchschnitt eine schrille Stimme das betretene Schweigen. »Behext seid Ihr, Euch hat sie auch behext. Der Teufel hat dem Kind seinen Stempel schon aufgedrückt. Stimmt es nicht, es hat ein Feuermal? Sagt es, sagt es!« Bis in ihr Zimmer hörte Katharina die aufgebracht kreischende Elisabeth. Warum hasste diese Frau sie nur so?

Magdalena von Hausen zögerte.

»Seht ihr, ich habe es euch ja gesagt. Sie traut sich nicht, uns zu antworten. Holt sie, holen wir sie uns!« Elisabeths Stimme peitschte auf die Menge ein. Die erste Reihe der Menschen schloss sich wieder und bewegte sich drohend vorwärts; Magdalena von Hausen hob beschwörend die Hände.

Die Rettung für Katharina und ihre kleine Tochter kam von unerwarteter Seite. »Was ist hier los?« Die befehlsgewohnte Männerstimme brachte die Menge zum Stillstand. Hufgetrappel ertönte, die Menschen machten Platz für den Mann und sein Pferd. »Ich will sofort wissen, was das hier soll. Seid ihr toll geworden? Ich, Melchior Hegenzer von Wasserstelz, Präsident der Regierung der österreichischen Vorlande und Befehlshaber des kaiserlichen Regimentes zu Ensisheim befehle euch, mir sofort zu sagen, was ihr hier wollt. Du da, was ist hier los?«

Der Angesprochene trat verlegen von einem Bein aufs andere. »Wir wollen uns die Hexe und ihre Satansbrut holen.« Die Antwort klang kläglich.

»Welche Hexe, welche Satansbrut?«

»Sie wollen Katharina und ihr Neugeborenes. Sie glauben, die Frau sei eine Hexe.« Magdalena von Hausen bemühte sich, ihrer Stimme einen ruhigen und bestimmten Klang zu geben.

»Diese Katharina, die zu mir nach Ensisheim kam?«

Magdalena nickte.

Melchior Hegenzers Gesicht wurde noch finsterer, sofern das überhaupt möglich war. Dann lachte er plötzlich schallend. Die Menschen starrten ihn mit offenen Mündern an. »Na, da hat euch jemand einen ganz schönen Bären aufgebunden. Diese Katharina ist eine ganz normale Frau. Ich kenne sie. Ich habe schon so manche befragt, die als Hexe galt. Diese ist bestimmt keine. Geht also heim und schämt euch. Ihr macht euch nur lächerlich. Besonders jetzt, wo ein Gast in der Stadt ist. Da kommt sie ja schon.«

Das Geräusch einer Kutsche, gezogen von einem Vierergespann prächtiger Rappen, ließ die Köpfe der Menschen herumfahren. Die Pferde trabten in den Alten Hof. Gespannt wartete jeder, wer denn aus der feinen Kutsche steigen würde.

»Das ist aber ein großer Empfang für eine einfache Ordensfrau wie mich.« Ruhig betrachtete Agatha Hegenzer von Wasserstelz die Menge, ehe sie aus der Kutsche stieg. Dann ging sie zu Magdalena von Hausen und nahm sie herzlich in den Arm. »Es ist schön, Euch zu sehen. Auch wenn es unter so traurigen Umständen geschieht. Mein Bruder und ich haben Nachrichten für Euch. Eigentlich wollten wir zuerst ins Stift. Doch nun sollt Ihr es als Erste erfahren.«

Magdalena von Hausen nickte. Es konnte nur einen Grund geben, warum Melchior Hegenzer seine Schwester hierher gebracht hatte. Ohne einen weiteren Blick auf die Menge führte sie die schlanke Nonne im Habit der Dominikanerinnen ins Haus.

Schon am nächsten Tag hatte sich die Neuigkeit in der ganzen Stadt herumgesprochen. Agatha Hegenzer von Wasserstelz sollte die neue Äbtissin des Stiftes werden. Zumindest war das der Wunsch des Bischofs von Konstanz. Doch die Erwählte hatte sich ausbedungen, ihre neue Wirkungsstätte erst einmal kennen zu lernen, ehe sie sich entschied. Der Bruder hatte sie nach Seggingen begleitet. Der kaiserliche Rat war auf dem Weg nach Konstanz. Er gehörte zu der Kommission, die dort wieder die alte, die gute Ordnung herstellen sollte.

Das drängte sogar die Gespräche über die Hexe in den Hintergrund. Was war das für eine Frau, diese asketisch wirkende Nonne mit dem herben Gesicht? Würde sie wirklich die neue Fürstäbtissin werden? Würde sie das Bestehen des Stiftes sichern können? Außerdem, wie sollte eine Nonne der Dominikanerinnen Äbtissin von Seggingen werden?

Weder von Schultheiß Marx Bürgin noch von einem der drei Chorherren war auch nur ein Sterbenswörtchen mehr zu erfahren. Selbst nicht, als die Kutsche mit Agatha Hegenzer drei Tage später wieder über die steinerne Brücke aus der Stadt rollte. Daneben ritt ihr Bruder, Melchior Hegenzer von Wasserstelz, ebenso hager, ebenso asketisch, gefolgt von seinen Männern. Die Sonne schickte einige Strahlen durch die dunklen Wolken, und der Regen hörte auf, als die Wimpel mit dem Wappen derer von Wasserstelz im Wind flatterten.

Wieder zog Hoffnung in die Herzen der Menschen ein. Dass die Sonne gerade jetzt durch die Wolken gedrungen war, das konnte nur Gutes bedeuten.

13

Diese Tage der Todesangst haben mir für immer ihren Stempel aufgedrückt. Angst ist eine seltsame Empfindung. Sie lähmt und macht gleichzeitig völlig klarsichtig. Die winzigen Hände meiner kleinen Tochter, die vertrauensvollen Augen meines Sohnes – all das sah ich glasklar. So, wie die Berge sich nach einem Gewitter oder bei Föhn gegen den Horizont abzeichnen. Manchmal hatte ich sogar das Gefühl, eine einzelne Pore auf meinem Handrücken erkennen zu können. Selbst meine eigenen Beine, meine Brüste, mein Bauch waren für mich Gegenstand ständiger Verwunderung. Alles, was ich schon so oft gesehen hatte, ohne es wirklich wahrzunehmen, war plötzlich ein für mich völlig neues, erstaunliches, unbekanntes Land, das ich zum ersten Mal betrat.

Die Angst brachte mir das Gefühl des Staunens zurück über das Wunder des Lebens. Über die Eiche, deren Blätter sich vor dem Fenster meines Zimmers im Regen wiegten, über das Geräusch des Windes in den Zweigen oder die kleinen Spritzer, die jeder Regentropfen in das Wasser des Rheins zauberte. Ich sah mein Bett, den kleinen Tisch, den Stuhl, die Truhe, als wäre alles völlig neu; so wie die ganze Welt; so wie meine Tochter. Gerade erst erschaffen aus dem Nichts mit der Fülle einer unendlichen, wundersamen Kraft.

Stundenlang streichelte ich meiner kleinen Anna über ihre feuerroten Haare, erfühlte die Beschaffenheit eines jeden ein-

zelnen. In meinen Gedanken sprach ich mit ihr, erforschte ihre noch unbewusste Lebenskraft bis in jede Verästelung ihres Gehirnes. Ich unterhielt mich mit der Frau, die sie einmal sein würde.

Ich verlor jedes Zeitgefühl, jede Ahnung von Selbstverständlichkeit. Es gab nichts Gewohntes, Alltägliches mehr. Nicht das Stück Brot auf meinem Teller, nicht das Wasser in meinem Becher. Ich sog jedes Bild in mich auf, das sich meinen Augen bot. Ich wusste nichts mehr von der Länge von Minuten, Stunden oder Tagen. Manchmal schien eine kleine Geste, die mein Mann machte, sich über Tage hinzuziehen. Manchmal kam der Abend, ohne dass ich den Tag überhaupt wahrgenommen hatte. Die Stunden waren aufgelöst in einer Unzahl einzelner Eindrücke und Bilder, die unabhängig voneinander existierten, ohne durch die Klammer eines bestimmten Zeitabschnittes verbunden zu werden.

Die Augen meines Sohnes, die Händchen meiner Tochter, alle diese Bilder sind noch heute, Jahrzehnte später, tief in mir eingebrannt. Ich kann sie jederzeit aus mir hochholen und betrachten. Doch die eigentlichen Geschehnisse während dieser Wochen sind wie hinter einem dicken Nebelschleier verborgen. Ich erinnere mich an Umrisse, Schemen, an den Nachhall von Stimmen, doch nicht an die Menschen, die Orte, die Worte. Manchmal dachte ich, ich werde verrückt. Verrückt vor Angst.

Nach der Abreise von Melchior Hegenzer ließen uns die Menschen erst einmal in Ruhe. Doch es war die Ruhe vor dem Sturm. Vielleicht schämten sie sich anfangs für das, was geschehen war. Ich weiß es nicht. Aber Menschen können Scham nur begrenzt ertragen. Mit der Zeit legen sie sich viele gute Gründe für ihr Tun zurecht.

Konz war sich völlig sicher, dass sie wiederkommen würden. Deshalb bestand er darauf, dass ich nach Basel reiste. Heimlich, in der Nacht, wie eine Verbrecherin. Wie schon einmal.

Magdalena von Hausen hatte einen Brief an Genoveva Rischacher geschickt. Wie damals bot die Familie mir wieder eine Heimat. Von Herzen wurde ich willkommen geheißen, ebenso wie meine Tochter und mein Sohn, die mit mir gehen sollten. Konz würde bleiben. Alles in ihm wehrte sich dagegen, vor der Situation wegzulaufen. Aber die Kinder und mich wollte er in Sicherheit wissen. Außerdem hatte er als Bannwart in Murg eine Aufgabe zu erfüllen. Das Gemüse musste aus der nassen Erde geholt werden, die Trauben an den Stöcken, die unser Haus umrankten, waren zu ernten, ehe sie vollends wegfaulten. Er würde es alleine ohnehin kaum alles schaffen. Da war es in gewissem Sinne eine Erleichterung, dass er nicht auch noch auf unseren Sohn aufpassen musste wie bisher. Denn seit die Gerüchte schlimmer geworden waren, hatte auch keine der Nachbarinnen sich mehr bereit gefunden, Thomas tagsüber in ihr Haus aufzunehmen und ihn zu versorgen. Die Feindseligkeit und die Angst bildeten einen Ring um meine kleine Familie wie Wasser um eine Insel.

So ging ich also wieder einmal fort. Meinen Sohn an der Hand, meine Tochter schlafend im Tuch vor meiner Brust, ein kleines Bündel Habseligkeiten auf dem Rücken, so traf ich bei den Rischachers ein. Einer der Männer des Schönauers hatte uns in einer der Stiftskutschen ein Stück weit des Weges gebracht, bis es dämmerte. Dann musste er umkehren. Die letzten Meilen liefen wir, nur ungenügend geschützt vor dem grauen Nieselwetter. Wir waren völlig durchnässt, als wir endlich bei Genoveva ankamen. Doch sie scherte sich nicht darum, nahm meinen Sohn und mich herzlich in den Arm, betrachtete voll Wonne mein kleines Mädchen. Dann setzte sie uns direkt vor den warmen Herd, besorgte uns trockene Kleider. Denn auch das Bündel auf meinem Rücken war völlig durchweicht. Bald dampften unsere Sachen an der Leine am Kamin, Thomas und ich hielten eine Tasse heißen Kamillentees in der Hand, meine Tochter Anna war selig und trocken eingepackt an meiner bloßen Brust eingeschlafen. Ich habe mich noch niemals so willkommen gefühlt. Und noch niemals so unendlich einsam und ausgeliefert.

Genoveva Rischacher sorgte dafür, dass ich nicht allzu oft ins Grübeln kam. Thomas und die Rischacher-Buben freundeten sich schnell an. Mit einer für kleine Jungen erstaunlichen Geduld bezogen sie ihn, den Jüngsten, in ihre Spiele mit ein. So lernten seine Augen, die mich in den letzten Wochen manchmal angeschaut hatten, als wäre er ein Erwachsener, endlich wieder lachen, wie es sich für einen Dreijährigen gehört. Mit den Rischacher-Buben heckte er all die Streiche aus, die kleinen Jungen so einfallen. Äpfel klauen, Honig stibitzen, die Katze am Schwanz ziehen, Frösche fangen, Mäuse suchen, sich Löcher in die Hosen reißen, von oben bis unten matschverschmiert heimkommen.

Genoveva konnte noch immer nichts aus der Ruhe bringen. Sie war inzwischen rundlicher geworden, die 32 Lebensjahre, die sie zählte, hatten die ersten Fältchen in ihre Augenwinkel und ihre Stirne gegraben. Doch ihre Augen lachten noch immer wie die eines jungen Mädchens. Manchmal kam ich, die zwölf Jahre Jüngere, mir dagegen vor wie eine alte Frau. Unser Verhältnis war ein anderes geworden. Inzwischen war ich ebenfalls Mutter, hatte Verantwortung, war nicht mehr das kleine, kindliche Mädchen, dem man so viel beibringen musste.

Ich hatte längst schon gelernt, einen Haushalt zu führen. So half ich, wo ich konnte. Denn meine Arbeitskraft war das Einzige, was ich den Rischachers für ihre Freundlichkeit geben konnte. Sie akzeptierten das so selbstverständlich, als gehörte ich zur Familie.

Zum ersten Mal seit Wochen spürte ich wieder in manchen Momenten ein Gefühl der Sicherheit, kehrte die Selbstverständlichkeit alltäglicher Verrichtungen zurück. Die Tage der Angst hatten tiefe Spuren in mir hinterlassen. Die Panik würde bei der ersten Gelegenheit wieder hervorbrechen und mich in ihrem Griff halten, das wusste ich. Doch vorerst genoss ich das

Gefühl mit Arbeit ausgefüllter Tage, die mir keine Zeit ließen nachzudenken.

Mit der Zeit sprach sich auch in der Nachbarschaft herum, dass ich Kenntnisse von der Heilkraft der Kräuter und der segensreichen Wirkung des Wassers hatte. So wurde ich immer öfter gerufen, wenn es Krankheiten gab, egal ob bei Mensch oder bei Tier. Doch die Leute begegneten mir offen. Sie hatten Hoffnung in den Augen, wenn ich kam, ein Lächeln um die Lippen, wenn ich ging. Sie hielten mich offenbar für einen guten Menschen. Manchmal war ich versucht, selbst daran zu glauben. Doch ich wurde schnell eines Besseren belehrt. Denn Thomas Leimer kam zurück.

Es war inzwischen Herbst geworden. Der Oktober des Jahres 1549. Es hieß, Papst Paul III. sei schwer erkrankt, liege womöglich im Sterben. Ich war nun schon mehrere Wochen bei den Rischachers. Thomas und meine kleine Anna entwickelten sich prächtig. Auch in Basel waren Anzeichen von Hunger zu spüren, Menschen, die an die Türe kamen und um Brot bettelten, um ein Glas Milch oder getrocknete Früchte. Ich habe es nie erlebt, dass Genoveva jemanden wieder mit leeren Händen wegschickte. Sie gab, was sie entbehren konnte, manchmal sogar darüber hinaus. Sie gab frohen Herzens, ohne dass sie damit die Hoffnung verband, im Jenseits dafür belohnt zu werden. Sie gab, weil es in ihrer Art lag, zu geben. So ertönte das schüchterne Klopfen der Bettler an ihrer Türe immer öfter.

Meine kleine Anna war eine Quelle des ständigen Entzückens für Genoveva. Sie hatte sich so sehr ein Mädchen gewünscht. Doch bislang waren der Familie nur Söhne geboren worden. So gab sie ihr alle Liebe, die sie einer eigenen Tochter nicht geben konnte. Es war eine Zeit, die ich nie vergessen werde. Ebenso wenig wie die Tage, die danach kamen.

Es war ein kalter Montagabend, als es wieder einmal an unserer Türe klopfte. Ein junges Mädchen stand davor, vom Laufen völlig außer Atem. Ihre Herrin habe sie geschickt, mich zu holen. Es gehe ihr nicht gut, sie habe von meinen Künsten gehört. Ob ich nicht schnell kommen könne? Was ihrer Herrin fehlte, vermochte sie aber nicht genau zu sagen. So sammelte ich hastig einige der wichtigsten Kräuter zusammen.

Das große Patrizierhaus, zu dem mich das etwa achtjährige, verschüchterte junge Ding führte, war wirklich eine Überraschung für mich. Zu so wohlhabenden Familien war ich noch nie gerufen worden. In Basel gab es einige gute Ärzte. Schließlich hatte einst der große Paracelsus in dieser Stadt gelehrt. Deshalb holten mich normalerweise nur jene, die sich deren Dienste nicht leisten konnten.

Das Mädchen bemerkte mein Erstaunen und beeilte sich zu erklären, das schöne Haus sei schon vor einer ganzen Weile an den Grafen Georg von Württemberg verkauft worden. Für 1000 Gulden, werde gemunkelt. Doch von dem vielen Geld sei inzwischen nichts mehr übrig. Der Graf erlaube ihrer Herrin aus Mitleid, noch hier zu wohnen. Ich war etwas erstaunt über die plötzliche Mitteilsamkeit des Kindes. Doch das erklärte wenigstens, warum ausgerechnet ich gerufen worden war. Das dachte ich zumindest.

Dorothea Offenburg sah man an, dass sie es gewohnt war, über Geld zu verfügen. Sie hatte jene Haltung und jenen Befehlston, den nur Reiche haben können, für die es selbstverständlich ist, dass jede ihrer Anordnungen sofort befolgt wird, ohne dass sie auch nur im Mindesten die Stimme erheben müssen. Ich sah eine stattliche Frau mit dicken Augenbrauen und einem herben, aber nicht hässlichen Gesicht, die sich stöhnend im Bett zusammengekrümmt hatte. Mir war schnell klar, dass ihr nichts Ernsthaftes fehlte. Schlechte Winde hatten sich in ihrem Bauch festgesetzt und verursachten die Schmerzen. Ein leichtes Abführmittel, verbunden mit einem entspannenden Kräutertee und warmen Bauchwickeln, würde ihre Schmerzen schnell lindern. Ich gab ihr ein Fläschchen Pflaumensaft, versetzt mit etwas Wermut, und sorgte dafür, dass aus Fenchel und Kamille ein Tee gekocht wurde. Dreimal täglich ein Becher Saft und jeweils abends eine Tasse Tee verordnete ich ihr. Sicherheitshalber wartete ich noch eine Stunde an ihrem Bett, bis sie sich langsam entspannte. Dann wollte ich gehen, ohne auch nur ein Dankeschön für meine Bemühungen gehört zu haben. Dorothea Offenburg war inzwischen eingeschlafen.

Plötzlich öffnete sich die Türe, und ein Mann trat ins Zimmer. Ich konnte ihn im Dämmerlicht der Kerzen zunächst nicht erkennen. Trotzdem begann etwas in mir zu vibrieren. Mein Körper erkannte ihn schon lange, bevor mein Verstand es tat. Der schwarze Schatten in der Türe kam mir bedrohlich und ungeheuer anziehend zugleich vor. Unwillkürlich erhob ich mich vom Stuhl neben dem Bett meiner Patientin. Der Schatten kam einige Schritte näher. Plötzlich nahmen die verschwommenen Gesichtszüge Konturen an. Die Form dieses Gesichtes, die Kraft dieser Augen durchfuhren mich wie ein Blitz einen Baum am Wegesrand. Ich war wie gelähmt, gleichzeitig begann ich zu zittern wie Espenlaub. Ich brachte gerade noch die Kraft auf, mich an der Lehne meines Stuhles festzuhalten. Es war der Mann, von dem ich gehofft hatte, dass ich ihn niemals wieder sehen würde: Thomas Leimer.

Und er sagte, als wäre es das Selbstverständlichste der Welt: »Wie schön, dich zu sehen, Katharina. Ich habe gehört, du bist eine berühmte Heilerin geworden. Überall in Basel spricht man von dir. Konntest du meiner Frau helfen?«

Er wandte sich von mir ab und stellte sich ans Bett der schlafenden Dorothea. Eine Weile lang sah er auf sie hinunter. Dann drehte er sich wieder zu mir um. Ein seltsamer Blick lag in seinen Augen. Doch vielleicht war das nur Einbildung, eine Vorspiegelung des Augenblicks und des Flackerns der Kerzen.

Eine Ewigkeit lang war es mir unmöglich, mich zu bewegen. Zumindest schien es mir so. Dann rannte ich wie von Sinnen aus dem Raum, aus dem Haus, unfähig, auch nur einen klaren Gedanken zu fassen. Ich rannte, bis ich beim Haus der Rischachers war.

Genoveva war noch wach. Sie brauchte nur einen kurzen Blick, um zu erkennen, dass etwas geschehen sein musste. Selbst heute, Jahre später, kann ich nicht genau sagen, was damals in mir vorging. Da war der alte Hass. Da war Verachtung für diesen Mann. In diesem Moment glaubte ich das zumindest. Doch wenn ich genau überlege, dann war da noch immer – und trotz allem, was ich inzwischen über ihn wusste – diese Anziehungskraft, der ich mich nicht entziehen konnte. Aber damals redete ich mir ein, ich hätte das schon längst überwunden.

Genoveva war entsetzt, als ich ihr von Thomas Leimer erzählte. »So hat er also die Unverschämtheit aufgebracht und ist tatsächlich nach Basel zurückgekommen«, murmelte sie vor sich hin.

Ich schaute sie fragend an.

»Er hat am vierten März geheiratet. Das weiß ich inzwischen. Die ganze Sache kam eher per Zufall ans Tageslicht, denn er war schlau genug, nicht in Basel vor den Altar zu treten. Hier wissen einfach zu viele von seiner Heirat mit meiner Schwester. Da musste er die schnelle Entdeckung fürchten. Dorothea Offenburg und er wurden von einem Prädikaten in Arlesheim getraut. Ganz offensichtlich hat dieser Leimer es nur auf das Vermögen von Dorothea abgesehen. Die arme Frau. Sie war wohl einsam nach der Scheidung von ihrem Mann, dem Junker Joachim von Sulz. Da hat sie einiges mitgemacht. Thomas Leimer muss das Herz dieser Armen im Sturm erobert haben. Und schon einen Monat nach ihrer Heirat mit ihm hat sie ihr prachtvolles Haus am Rheinsprung an den Grafen von Württemberg verkauft.«

»Und wie ist nun bekannt geworden, dass er ein Bigamist ist?«

»Dem Rat von Basel kam seltsam vor, dass das Paar nicht in der Stadt geheiratet hatte. So wurde der Sache nachgegangen. Sie fragten auch bei uns nach, weil wir Leimer kannten. Und so kam natürlich heraus, dass Leimer bereits mit meiner Schwester verheiratet ist. Ich erinnere mich noch genau an den Skandal, den das damals auslöste. Dorothea Offenburg und Thomas Leimer waren tagelang das Stadtgespräch. Und natürlich auch meine arme Schwester«, fügte sie leiser hinzu.

Genoveva räusperte sich. Es war deutlich, wie sehr sie dies alles beunruhigte. »Nun, und dann ließ der Rat sie suchen, um sie zu verhaften. Vergeblich. Es hieß später, das Paar sei nach Mühlhausen geflohen. Doch die Mühlhausener lehnten die Festnahme und die Auslieferung der Flüchtigen ab, nachdem Heinrich Bullinger aus Zürich, Reformator und Nachfolger Zwinglis, für Leimer gebürgt hatte. Bullinger bestätigte, was Leimer behauptete: Diese Ehe mit Magdalena von Hausen sei ungültig gewesen. Da half es dann auch nichts mehr, dass Johannes Gast, Diakon von St. Martin hier zu Basel, an Bullinger schrieb und ihn aufklärte. Als der Brief ankam, war die Trauung schon vollzogen.« Genoveva lachte rau. »Gast hat ihn einen ausgemachten Lotterbuben und Frauenjäger genannt, er hat uns das später selbst gesagt. Wir kennen ihn gut. Und ich musste ihm berichten, dass meine Schwester noch immer treu zu diesem Taugenichts und Tagedieb steht. Selbst um den Preis ihrer Freiheit.« Eine einzelne Träne rollte ihr über die Wange.

Ich war wie vor den Kopf gestoßen. »Warum hast du uns nichts davon mitgeteilt? In keinem deiner Briefe stand etwas. Und wenn du das Magdalena geschrieben hättest, ich hätte es gemerkt. Weiß sie denn nichts von dem, was geschehen ist?«

Genoveva schüttelte traurig den Kopf. »Nein, ich habe es nicht übers Herz gebracht. Ich hatte Angst, dass sie dann jeden Willen zu leben verlieren würde. Ich hätte es nicht ertragen, sie noch einmal so zu sehen wie nach ihrer Gefangennahme und der Flucht dieses Schurken.« Genoveva wischte sich ver-

stohlen eine weitere Träne ab. »Und nun ist er also wieder in der Stadt. Es ist nicht zu glauben. Die Unverschämtheit dieses Menschen ist einfach unfassbar. Wenn ich daran denke, wie oft er früher in unserem Haus zu Gast war. Ich habe nichts, aber auch nichts von seinem üblen Charakter geahnt. Ich hatte so sehr gehofft, dass er endlich aus unserem Leben verschwunden sein würde.«

Sie konnte auch nicht ahnen, wie sehr ich ihr innerlich zustimmte. Sie wusste ja nicht, dass mein kleiner Thomas der Sohn von Thomas Leimer war. Dass ich hoffte, der Schlund der Hölle würde sich auftun und diesen Mann von der Erdoberfläche tilgen. Ich wollte ihn niemals mehr sehen müssen. Er weckte eine Seite in mir, die ich nicht kontrollieren konnte, wenn er bei mir war. Hass, Sehnsucht, Begehren, Scham versammelten sich dann um das Zentrum meines inneren Orkans. Das machte mir Angst. Mit aller Inbrunst betete ich darum, ihm niemals wieder zu begegnen. Doch tief in meinem Inneren wusste ich wohl schon damals, dass dieses Gebet nicht erhört werden würde.

Das Wiedersehen kam schneller, als ich es mir noch in meinen schlimmsten Befürchtungen an diesem Tag vorstellen konnte. Bereits am nächsten Morgen erwartete er mich. In einen schwarzen Umhang gehüllt, stand er im Schatten eines Hauseingangs in der Nähe. Ich war schon früh wieder zu einem Patienten gerufen worden und bemerkte ihn zuerst überhaupt nicht. Es dämmerte gerade, ein grauer Oktobertag im Jahre 1549 brach an. Der Himmel war wolkenverhangen. Thomas Leimer verschmolz fast mit dem dunklen Grau in der Nische des Hauseingangs.

Ich ging in Gedanken versunken an ihm vorbei, gerade damit beschäftigt, mich zu fragen, ob ich auch alle Kräuter und Utensilien eingepackt hatte, die ich vermutlich brauchen würde. Ich musste zu einer jungen, schwangeren Frau, die im siebten Monat war und Blutungen bekommen hatte. Ich hoffte nur, dass ich helfen konnte und sie ihr Kind nicht verlor. Sie war erst siebzehn, und es war ihre erste Geburt. Ich kannte sie vom Sehen – ein junges, schüchternes, hübsches Ding, ein wenig verängstigt und hilflos. Wie auch mir hatte ihr ebenfalls niemals jemand erklärt, was es mit dem Kinderkriegen auf sich hatte. Dementsprechend verunsichert war sie. Ebenso wie ihr zwanzigjähriger Ehemann, der sich rührend um seine junge Frau sorgte. Er ging neben mir, völlig nervös, und störte mich immer wieder mit seinen ängstlichen Fragen in meiner Konzentration. Sich auf den Patienten in Gedanken vorzubereiten ist wichtig. Nur dann kann man schnell und richtig handeln, wenn es darauf ankommt.

So übersah ich fast die dunkle Gestalt in der Nische einer Haustür. Ich nahm sie nur ganz am Rande meines Verstandes aus dem Augenwinkel heraus wahr und war bereits einige Meter weitergelaufen, ehe mir der Schock des Erkennens durch die Glieder fuhr. Thomas Leimer sprach mich nicht an. Er stand einfach nur da, ganz still, und sah mir beim Vorübergehen zu. Mir zitterten die Knie beim Weiterlaufen. Doch Schritt für Schritt zwang ich mich, den Abstand zwischen ihm und mir zu vergrößern. Ich hatte alle Mühe, den Wirbel meiner Gefühle vor dem jungen, völlig aufgelösten Vater zu verbergen. Die Gedanken flossen wie zäher Leim durch meinen Kopf. Ich war froh, dass wir noch ein Stück des Weges in den Westen der Stadt zu gehen hatten. Das gab mir die Zeit, die unangenehmen Fragen in die hinterste Ecke meines Bewusstseins zu drängen und sie vorläufig zum Schweigen zu bringen. Ich wusste, später, nach dem Krankenbesuch, würden sie dafür umso heftiger über mich herfallen. Doch ich war inzwischen geschult genug, um es zu schaffen und innerlich wenigstens halbwegs zur Ruhe zu kommen, indem ich meine Gefühle einfach beiseite schob, so gut es eben ging.

Die junge Frau erwartete mich schon mit ängstlichen Augen. Mitten in der Nacht war sie mit Schmerzen aufgewacht und hatte festgestellt, dass sie blutete. Der Muttermund war bereits leicht geöffnet, doch es war nicht ganz so schlimm wie befürchtet. Das Kind würde sich vielleicht noch über die nächsten Wochen retten lassen, wenn sie sich ruhig verhielt und aufhörte im Haus zu arbeiten. Denn im Gespräch stellte sich heraus, dass sie wahrscheinlich zu schwer gehoben hatte. Sie wollte am Vortag einen großen Korb mit Wäsche in den Garten tragen, um sie aufzuhängen. Und dabei hatte sie den ersten Stich im Leib gespürt.

Ich schickte sie sofort ins Bett und schärfte dem jungen Paar ein, dass sie dort auch zu bleiben habe. Keine Arbeit mehr, keine Aufregung, so viel Ruhe wie möglich. Dann bereitete ich ihr einen Sud aus entkrampfenden und stärkenden Kräutern zu, eine Mischung aus Kamille, Knoblauch, Klatschmohn, Salbei und Schöllkraut, zur Beruhigung versetzt mit etwas Baldrian. Außerdem erklärte ich ihrem Mann, wie er ihr dreimal täglich einen stärkenden Trank zubereiten konnte. Das Rezept war eine der Spezialitäten der alte Nele. »Glückstee« hatte sie ihn immer genannt: ein Aufguss aus Arnika, Schafgarbe, Anis, Minze, Salbei, Basilikum und Eisenkraut – jeweils eine Prise von jeder Pflanze auf eine Schale Wasser. Er stärkte den Kreislauf. Für zwischendurch verordnete ich ihr möglichst kalten Brennnesselsaft und Bauchwickel mit kaltem Wasser. Als ich ging, lag sie schon friedlich in ihrem Bett und war fast eingeschlafen. Die Blutungen hatten beinahe aufgehört. Sie waren ohnehin nicht sehr stark gewesen.

Thomas Leimer sah ich auf dem Heimweg nicht mehr. Ich hatte bewusst eine andere Strecke gewählt. Doch mir war klar: Das war nur eine Galgenfrist. In meinem Kopf formten sich immer wieder zwei Sätze. »Was will er nur von mir?« Und: »Herr im Himmel hilf mir, mach, dass er aus meinem Leben verschwindet!« Eine wilde Sehnsucht nach meinem Mann keimte in mir. Ich hoffte wohl, seine Zärtlichkeit und Zuneigung könnten mich vor mir selbst retten. Ich wollte nichts als flüchten. Doch wohin hätte ich gehen sollen? Nach Seggingen konnte ich nicht, noch nicht. Die Gerüchte würden sofort wieder aufflackern. Der schlimme Sommer war noch zu frisch in der Erinnerung, und ein harter Winter stand den Menschen bevor. In einer solchen Situation wären sie nur allzu willig gewesen, mir auch dafür die Schuld zu geben.

Mein Sohn war völlig verwirrt von der Heftigkeit, mit der ich ihn umarmte, als ich zurück ins Haus der Rischachers kam. Freudig hörte ich das Gebrüll meiner kleinen Tochter Anna, die endlich aus dem Bett geholt werden wollte. Als sie an meiner Brust lag, meinen Sohn neben mir, der nach Kleinjungenart interessiert zuschaute, da fand ich langsam wieder zu mir selbst zurück. In meinem Kopf formten sich die sehnsüchtigen Worte, die ich an Konz schicken würde. Ich betete, er würde kommen. In seinen Armen war ich sicher. Ich wusste nur nicht, wovor.

Von da an stand Thomas Leimer jeden Tag in der Nähe des Rischacher'schen Hauses. Er sprach mich nie an. Ich ignorierte ihn, so gut ich konnte. Ich spürte, er suchte meinen Blick. Doch ich schaute immer krampfhaft in die andere Richtung, sobald ich ihn sah. Wann immer möglich, schlug ich andere Wege ein, um ihm zu entgehen, klopfenden Herzens. Ich schämte mich, dass ich floh. Dass dieser Mann, trotz allem, was er an Schaden angerichtet hatte, noch immer meine Gedanken beherrschte. Die Frage, ob er wieder dastehen würde, war der erste Gedanke, mit dem ich morgens aufwachte. Ich schämte mich zutiefst, als ich mich dabei ertappte, dass ich nach ihm Ausschau hielt. Ich wollte ihn aus meinen Gedanken verbannen, aus meinem Leben, aus meinen Gefühlen. Mit allen Mitteln, die mir zur Verfügung standen, kämpfte ich darum. Und ebenso verzweifelt rief ich mir immer wieder das Bild meines Mannes vor Augen. Die Art wie er mich ansah, seinen Mund, seine Nase. Doch von Tag zu Tag wurde es verschwommener, sosehr ich mich auch bemühte. Ich hasste mich dafür und hoffte von ganzem Herzen, er würde kommen. Doch es erreichte mich nur ein warmer, liebender Brief, in dem er in ungelenken Buchstaben schrieb, sobald alles für den Winter vorbereitet sei, werde er versuchen, sich einige Tage Zeit zu nehmen. Bei dem wenigen, das es zu verteilen gab, war es besonders wichtig, dass es gerecht geschah. Den Überfluss zu verteilen ist einfach. Das Maß des Hungers zu bestimmen, Überleben oder Tod zu verwalten ist eine furchtbare Aufgabe. Auch wenn er es nicht schrieb, so wusste ich doch, dass mein Mann seinen eigenen, schweren Kampf zu bestehen hatte.

Ich sah die Blicke, mit denen mich Genoveva musterte, der mein seltsames Wesen natürlich auffiel. Doch sie war zu zurückhaltend, um mich zu fragen. Und ich erklärte es ihr mit der Sehnsucht nach meinem Mann und meinem Zuhause. Das war umso einfacher, als mein Sohn Thomas immer öfter nach Konz fragte. Anna war noch zu klein dafür, sie kannte ihren Vater noch nicht. Thomas war dagegen für mich die lebendige Erinnerung an jenen anderen Thomas, der immer wieder stumm in der Nähe des Hauses stand und sein grausames Spiel mit mir trieb.

Drei Wochen lang ging das so. Drei Wochen lang gelang es mir, ihn zu ignorieren. Doch dann, eines Morgens, hielt ich es nicht mehr aus.

Er war sichtlich überrascht, dass ich diesmal nicht vorüberging. »Was willst du von mir? Warum lässt du mich nicht in Ruhe? Hast du nicht genug angerichtet?« Es war schwer für mich, ihn anzusprechen. Meine Stimme klang selbst für meine Ohren rau und gebrochen. Wie die einer alten Frau.

»Ich brauche Hilfe, Katharina. Dorothea und ich verbergen uns noch immer im Haus am Rheinknie. Doch die Häscher des Rates ziehen ihren Ring immer enger um uns. Bald haben sie uns gefunden. Wir müssen aus Basel weg, so schnell es geht. Aber wir haben kein Geld mehr.«

»Und jetzt soll ich dir welches verschaffen? Wieso gerade ich? Wieso sollte ich dir und deiner Buhle helfen? Ich will nicht von mir sprechen. Doch du hast die beste, die gütigste Frau verraten, die ich kenne. Du verdienst es nicht, dass man dir hilft.«

»Katharina, bitte …«

Ich war fast gerührt von seiner hilflosen, flehenden Geste. Aber ich wollte nicht weich werden. »Ich habe kein Geld. Das bisschen, das ich mit meiner Heilkunde verdiene, gebe ich den Rischachers für Unterkunft und Essen. Sie sind auch nicht reich, können eine Frau und zwei kleine Kinder nicht ständig durchfüttern. Ich habe selber Sorgen. Kümmer du dich um deine.« Damit ließ ich ihn stehen.

Doch nun war der Bann gebrochen, die Mauer des Schweigens gefallen. Ich hätte Thomas Leimer besser kennen sollen. Wenn er etwas wollte, gab er nicht auf.

Er tauchte einfach eines Tages in der Rischacher'schen Küche auf – genauso wie vor so vielen Jahren. Er hatte das Haus genau beobachtet und wusste offensichtlich, dass ich mit den Kindern allein war. Wie damals stand er plötzlich hinter mir. Ich saß am Küchentisch, schälte Äpfel und hörte meinem Sohn zu, der ganz aufgeregt von der Blindschleiche erzählte, die er am Morgen im Garten beinahe gefangen hätte. Plötzlich fühlte ich mich beobachtet und schaute über die Schulter. Da stand er in der Küchentüre, einen verunsicherten Blick in den Augen, und beobachtete den kleinen Jungen, der nur so heraussprudelte. Der Schock lähmte mich, ich konnte ihn nur ansehen – und hoffen, dass er nicht erkannte, dass Thomas sein Sohn war.

Ich wollte noch immer nicht, dass er es wusste. Wollte nur endlich Ruhe vor diesem Mann, Ruhe in meinem Inneren und alles vergessen. Wollte endlich ein Leben in Frieden.

»Was willst du schon wieder? Warum kannst du mich nicht in Ruhe lassen? Ich kann dir nicht helfen«, sagte ich schließlich heiser. Meine Kehle war wie zugeschnürt.

Er zögerte. »Kannst du die Kinder nicht hinausschicken? Wir müssen endlich einmal reden. Allein.« Dann grinste er.

Wie gut ich dieses jungenhafte, verschmitzte Grinsen kannte. Und prompt spürte ich jenes Ziehen im Bauch, jene Sehnsucht nach Berührung, gegen die ich mich schon früher nicht hatte wehren können. Er sah es sofort. Das alte, bekannte Funkeln war plötzlich wieder in seinen Augen.

»Wie wär's, willst du einem durstigen Mann nicht etwas zu trinken anbieten?«

Ich seufzte. »Also gut, bringen wir es endlich hinter uns«, antwortete ich bemüht mürrisch. Ich spürte, wie die Mauer, die ich zwischen uns aufgebaut hatte, zu bröckeln begann. Doch das wollte ich nicht, auf keinen Fall. Sie war der einzige Schutz, den ich vor diesem Mann hatte. So versuchte ich, jeden der bröckelnden Steine schnell wieder an seinen Platz zu setzen.

Doch ich sah ein, dass es besser war, wenn die Kinder unser Gespräch nicht mithörten. Widerstrebend schickte ich sie in den Garten. Denn solange sie da waren, war ich vor mir selbst und den Wünschen geschützt, die sich tief aus meinem Bauch nach oben in meinen Verstand drängten. Sie schienen zu spüren, dass etwas nicht in Ordnung war, und gingen schweigend. Mein kleiner Thomas warf über die Schulter einen finsteren Blick zurück auf diesen Mann, der ihm die Aufmerksamkeit der Mutter nahm. Thomas Leimer ließ sich davon nicht aus der Ruhe bringen. Er setzte sich neben mich an den Küchentisch. Fahrig griff ich nach einem weiteren Apfel, um ihn zu schälen. Ich wollte beschäftigt sein, mich an irgendetwas festhalten, um ihm nicht in die Augen schauen zu müssen. Der Teil meines Verstandes, der noch funktionierte, riet mir zu fliehen. So weit und so schnell wie möglich. Doch meine verwirrten Gefühle nagelten mich auf meinem Platz fest.

Sanft nahm er meine Hand. Ich war unfähig, sie ihm zu entziehen. Meine Finger umklammerten noch immer den Apfel. Die Berührung seiner Haut, die Wärme seiner Hand weckten all die Gefühle in mir, die ich so unermüdlich immer wieder weit in die Tiefen meiner Seele hinabgestopft hatte – nur um weiterleben zu können. Nun brachen sie sich Bahn wie eine Sintflut. Ich zitterte am ganzen Körper.

»Oh Katharina, was haben wir nur gemacht? Immer warst du es, die ich wollte. Doch ich wusste es nicht. Wusste es erst, als es schon viel zu spät war. Als ich deinen Blick sah an dem Tag, als ich mit Magdalena von Hausen aus der Residenz der Äbtissin trat. Doch da konnte ich nicht mehr zurück. Da war ich schon gebunden mit meinem Wort, gebunden durch das gemeinsame Ziel, das wir beide uns gesetzt hatten. Ich war entschlossen, im Dienste des rechten Glaubens den Weg zu gehen, den ich gewählt hatte. Entschlossen, endlich einmal etwas Sinnvolles zu tun in meinem Leben. Sag, was hätte ich denn machen sollen? Dir gab ich nie mein Wort. Aber ihr. Hätte ich diese edle Frau im Stich lassen sollen? Ich weiß, ich tat es dann doch. Und ich schäme mich dafür. Aber am Ende konnte ich es einfach nicht mehr ertragen, dich immer zu sehen, mich ständig nach deiner Nähe zu verzehren und dich nicht berühren zu können. Doch wie jeder Mann sehnte ich mich nach der zärtlichen Nähe der Wärme einer Frau. So heiratete ich ein zweites Mal. Aber du warst es, immer nur du, nach der ich suchte. Katharina, kannst du mir verzeihen?«

Ich sah Tränen in seinen Augen, und meine Abwehr war dahin, die Mauer stürzte ein mit einem Donnerschlag. Ich vergaß meine Erfahrungen mit ihm, vergaß alles, was geschehen war, vergaß meinen Mann, meine Pflichten. Oh ja, ich hätte es besser wissen müssen. Doch der Damm war geöffnet. Er hatte gesagt, was ich hören wollte, wonach ich mich all die Jahre gesehnt hatte. Und ich glaubte ihm. Weil ich ihm glauben wollte, weil es so schön war, diese Worte zu hören. Auch ich weinte, schluchzte verzweifelt, konnte endlich all das Leid mit ihm teilen, das ich durchlitten hatte. Wer war ich denn schließlich, zu urteilen? Hatte nicht auch ich einen Menschen verraten, der es nicht verdiente? War nicht auch ich eine Schuldige?

Er nahm mich in seine Arme. Zuerst ganz sanft, wie ein

Freund, der nur trösten will. Hätte er mehr gezeigt, ich glaube, ich wäre noch in diesem Moment geflohen. Aber er war schlau. Nur ganz allmählich wurden seine Berührungen intensiver, wanderte der Mund, mit dem er mich zuerst nur aufs Haar geküsst hatte, weiter nach unten. Mit jeder kleinen Zärtlichkeit bekam ich Sehnsucht nach mehr. Ich zitterte wie Espenlaub, klammerte mich an ihn wie eine Ertrinkende. Bis er aufstand, mich an sich zog, mich auf die Arme nahm und mich nach oben in meine Kammer trug. Da konnte ich nicht mehr fliehen. Selbst meine kleine Tochter, die Tochter von Konz und mir, die friedlich dort in ihrer Wiege ihren Mittagsschlaf hielt, konnte mich nicht mehr aufhalten. In diesem Moment war ich nicht mehr fähig, klar zu denken. Ich wollte ihn, wollte endlich wieder ihn. Mit jeder Faser meines Körpers. Meinen Verstand hatte ich zum Schweigen gebracht. Und als er in mich eindrang, da zersprang die gläserne Fessel meiner Seele in tausend Stücke. Ich fühlte mich frei, getragen, endlich wieder lebendig nach all den Jahren des Vegetierens. Da war sie wieder, die wilde, jauchzende Katharina, die das Leben in beide Hände nahm. Und das Leben, das war er.

Ich verdrängte das Später. Wollte nichts davon wissen, wollte nur diesen Augenblick, ihn festhalten für den Rest meines Lebens, ihn in mir, auf mir, neben mir spüren, seinen Geruch in mich einsaugen. Den Geruch des Mannes, den ich nicht lieben sollte und den ich doch nie aufgehört hatte zu lieben. Zum ersten Mal seit Jahren spürte ich mich wieder, fühlte ich mich wieder lebendig, ohne diesen grauen Schleier der Traurigkeit. Mein Unterbewusstsein flüsterte mir zu, dass der Preis für diese Stunden hoch sein würde. Doch ich wollte es nicht wissen. Später würde ich ihn zahlen, später, aber nicht jetzt.

Tag um Tag traf ich mich mit Thomas Leimer, wann immer es möglich war. Wir liebten uns in Hinterhöfen, dunklen Ecken, wenn es dämmerte. Nur einmal noch bot sich für uns die Gelegenheit, in einem richtigen Bett zusammen zu sein.

Diesmal war es das Ehebett von Thomas Leimer und Dorothea Offenburg in jenem prachtvollen Haus am Rheinsprung. Seine »Frau« war zu einer Freundin gegangen. Wir schlichen uns über die Treppe in den oberen Stock wie die Diebe, ohne auch nur eine Kerze anzuzünden, damit Dorotheas Zofe nichts merkte. Sie diente ihrer Herrin seit vielen Jahren und war geblieben, obwohl es keinen Lohn mehr gab. Eigentlich hätte ich mich schämen müssen, überhaupt in solch eine Situation zu geraten. Doch ich war längst jenseits der Scham. Nichts zählte. Ich lebte nur noch für jene kurzen, leidenschaftlichen Augenblicke mit Thomas Leimer. Jeder vernünftige Gedanke, die Zuneigung zu meinem Mann, die Liebe zu meinen Kindern – alles war wie weggewischt, jenseits jener Wand angesiedelt, die meine Wirklichkeit von der der anderen trennte. Wenn ich bei ihm war, existierte die »normale« Welt nicht mehr. Alles versank im Nebel jenseits der Grenzen unserer Insel, die ich aus meinen Gefühlen baute. Ich hätte wissen müssen, dass die Wirklichkeit sich nicht aussperren lässt. Und wenn sie dann wieder über die Menschen hereinbricht, dann tut sie es voller Härte, dann ist sie wie reißendes Wasser, das selbst die dicksten Steine bewegt.

Ich hatte meine Brosche verkauft, das einzige Schmuckstück, das ich besaß. Magdalena von Hausen hatte sie mir zur Hochzeit mit Konz Jehle geschenkt. Ich empfand eine gewisse makabre Befriedigung darüber, dass das Geld aus dem Verkauf des Geschenkes einer verratenen Ehefrau an eine verratene Geliebte Thomas Leimer zur Flucht verhelfen sollte. Doch ich zögerte den Zeitpunkt hinaus, an dem ich ihm das Geld gab, denn das würde das Ende unserer Begegnungen sein. Allein der Gedanke daran bewirkte, dass sich mir der Magen zusammenkrampfte. Aber ich wusste, es musste bald sein. Er konnte nicht länger in Basel bleiben. Schon mehrmals waren ihm die Häscher des Rates auf den Fersen gewesen, er konnte ihnen gerade noch entkommen. Ich verstehe bis heute nicht, warum sie niemals in dem Haus am Rheinsprung suchten. Als ich ihm die Münzen dann schließlich gab, war es zu spät. Für ihn und für mich.

Ich werde diese Nacht nie vergessen. Ich küsste Thomas Leimer ein letztes Mal zum Abschied, verborgen im Eingang eines Hauses in der Nähe der Straße, in der die Rischachers wohnten.

Da hörte ich ein Stöhnen, das klang wie das eines waidwunden Tieres, das weiß, dass es sterben wird. Als ich mich umblickte, schaute ich direkt in die Augen von Konz Jehle, meinem Mann. Ungläubige, schmerzerfüllte, sterbende, zornige Augen. Ich sah die tiefe Trauer in seinem Blick, hörte, wie sein Herz brach. Und dann spürte ich den Zorn, diese unbändige Wut, beobachtete, wie sie sich in ihm zusammenballte. Erschrocken trat ich einen Schritt zurück. Konz hatte seinen Blick jetzt auf Thomas Leimer gerichtet. Er wirkte eiskalt.

Und für mich schien die Zeit plötzlich langsamer zu laufen. Ich sah, wie mein Mann die Faust ballte, wie er sie hob, Stück für Stück und Thomas Leimer mitten ins Gesicht schlug – mit aller Kraft eines verletzten, wütenden Stieres.

Ich weiß nicht mehr, ob ich geschrien habe. Etwas geschah mit mir. Plötzlich ging alles so schnell. Ich wollte mich zwischen die beiden Männer werfen, aber da war es auch schon zu spät. Keiner von beiden schien mich noch wahrzunehmen. Thomas Leimer taumelte unter der Wucht des Fausthiebes. Ich sah, wie er unter seinen Mantel griff. Etwas blitzte im Schein des Halbmondes, der eben in diesem Moment hinter den Wolken hervorkam, und zuckte zur Brust meines Mannes. Es war eine Szene wie aus einer anderen Welt. Mein Mann sank langsam in sich zusammen. Schließlich lag er am Boden. Um ihn herum breitete sich immer mehr Blut aus, dunkle, wuchernde Flecken, erkennbar im Schein des Mondes. Ich beugte mich zu ihm hinunter, fiel schluchzend auf die Knie, mitten hinein in dieses Blut. Da drang das Geräusch von Füßen in mein Bewusstsein, vom Schritt eines Mannes, der läuft, so schnell es geht. Thomas Leimer war fort.

14

Es dauerte eine Weile, bis sich Genoveva Rischacher aus der tiefen Bewusstlosigkeit des Schlafes emporgekämpft hatte. Dann endlich drang das wilde Klopfen an der Haustür in ihr Bewusstsein. Wahrscheinlich wieder jemand, der Katharinas Dienste als Heilerin brauchte, dachte sie und seufzte. Die Ärmste war in den letzten Tagen kaum noch zum Schlafen gekommen. Doch aus Katharinas Zimmer kam kein Laut. So stand sie seufzend auf und schlang sich den warmen Schal um die Schultern, der an einem Stuhl direkt neben dem Bett hing. Es war schon recht kalt für Ende Oktober, und sie fror in ihrem Nachthemd. Das Hämmern an der Haustür klang noch eine Spur dringender, und so eilte sie, so schnell sie konnte, die Treppe hinunter. Im Vorbeigehen sah sie, dass im Herd in der Küche noch Glut war. Es kam eine wohlige Wärme aus diesem Raum, und sie dachte sehnsüchtig an ihr molliges Bett. Da hörte sie die völlig hysterische Stimme von Katharina. Es dauerte einen Augenblick, bis sie begriff, dass die Worte von draußen kamen. »Genoveva, um der Liebe des Himmels willen, mach auf, mach schnell auf.« Wieder das wilde, verzweifelte Klopfen.

»Jesus«, murmelte Genoveva und drehte so schnell sie konnte den Schlüssel im schweren Schloss der Eichentüre. Noch im Öffnen hörte sie ein Wimmern.

»Himmel, Himmel hilf, er verblutet mir.«

Genoveva stieß einen Schreckensschrei aus. Vor ihr stand Katharina, völlig außer sich, mit verzweifelt geweiteten Augen, die Hände und die Schürze mit Blut verschmiert. Ihr zu Füßen lag Konz Jehle, offenbar bewusstlos. Aus seiner linken Seite strömte in Brusthöhe das Blut. Katharina musste ihren verletzten Mann allein bis vor die Haustüre geschleppt haben.

»Hilf mir, er muss sofort ins Haus, ich muss das Blut stoppen …« Katharina konnte nur noch stammeln.

Genoveva fragte nicht lange, sondern half der zitternden Katharina, Konz Jehle in die Küche zu schleifen. Zu zweit zogen sie den schweren Mann durch den Hausflur. Jede hatte ihn unter einer Achsel gepackt, seine Füße schleiften über den Boden und machten Schlieren aus den Blutstropfen, die begannen, aus einem provisorischen Verband zu tropfen, der offenbar hastig um die Brust des Verletzten gewickelt worden war. Genoveva erkannte in den fleckigen Streifen Katharinas Unterrock.

In der Küche holte Katharina schnell mehrere Decken, eine rollte sie zusammen und bettete den Kopf ihres Mannes darauf. Dann rannte sie in ihr Zimmer. Binnen Sekunden war sie mit frischem, weißem Linnen für den Verband und einer Hand voll getrockneter, gemahlener Schafgarbe zurück sowie mit einem Tiegel mit Salbe aus Schweinefett mit indischer Aloe, Salbei und Ringelblume versetzt.

Genoveva hob Konz' Oberkörper, damit Katharina die blutigen Stofffetzen abwickeln konnte. Dann gab sie behutsam die Salbe und die Kräuter auf die Wunde und erneuerte den Verband. Der neue weiße Stoff färbte sich ebenfalls schnell rot. Katharina schüttelte den Kopf.

»Es reicht nicht, der Messerstich ist zu tief. Ich muss nähen. Traust du es dir zu, mir zu helfen? Du wirst ihn festhalten müssen. Doch zuerst müssen wir Konz auf den Küchentisch legen.«

Genoveva nickte. Sie sah, wie sehr die Hände von Katharina zitterten und wie sehr die junge Frau sich bemühte, sie unter Kontrolle zu bekommen. Liebevoll strich sie ihrem Mann über die Stirn, den Blick angstvoll auf sein wachsbleiches Gesicht gerichtet. Es dauerte eine Weile, bis die beiden Frauen es geschafft hatten, den schweren Mann auf den Küchentisch zu heben. Sie kämpften mit der Kraft der Verzweiflung. Der immer noch bewusstlose Konz stöhnte hin und wieder laut auf, doch er erwachte nicht. Schließlich hatten sie es geschafft.

»Ich brauche eine Nadel und Zwirn, schnell. Und eine Kerze. Dann aus meinem Zimmer das kleine braune Fläschchen mit der Mischung aus Alkohol, Knoblauch-, Kamille- und Salbeisud. Beeil dich, er verliert zu viel Blut. Ich muss es irgendwie stoppen.« Sie presste beide Hände auf die Seite mit der Wunde.

Wieder fragte die Rischacherin nicht lange. Als sie zurückkam, hatte Katharina den Verband schon wieder abgewickelt. Rot gefärbt von Blut lagen die Leinenstreifen achtlos hingeworfen auf dem Küchenboden. Katharina presste die Ränder der nun wieder offenen Wunde mit beiden Händen zusammen. Den Bereich rund um die Stichverletzung hatte sie bereits mit weißem Leinen abgedeckt.

Dann fädelte sie den Zwirn in die Nadel und hielt das Metall über die Kerzenflamme. Ehe sie zu nähen begann, wischte sie die Wundränder und einige Zentimeter darum herum noch mit der Flüssigkeit aus dem Fläschchen ab, die sie auf einen weiteren Leinenstreifen gegossen hatte.

Danach begann sie konzentriert, Stich um Stich die Wundränder zusammenzuziehen. Zehnmal fuhr die Nadel durch das Fleisch. Zehnmal zuckte der bewusstlose Mann auf dem Küchentisch. Dann war die Naht geschlossen.

Behutsam strich Katharina die Wunde ein zweites Mal mit der Heilsalbe ein und streute die Kräuter darauf, in die sie noch Bellwurz gemischt hatte, um die Schmerzen zu lindern. Dann verband sie die Verletzung erneut. Diesmal drang kaum noch Blut durch das weiße Leinen. Mit tiefer Erleichterung im Blick wandte sich Katharina zu Genoveva. »Der Jungfrau Maria sei Dank. Es ist geschafft. Wenn sich die Wunde jetzt nicht entzündet und Konz nicht zu viel Blut verloren hat, dann wird er durchkommen.« Auf ihrer Stirn glitzerten die Schweißtropfen, ihre Hände, die beim Nähen so ruhig gewesen waren, zitterten plötzlich unkontrolliert. Katharina nahm ihre eine Hand mit der anderen, um sie irgendwie zur Ruhe zu bekommen. Genoveva sah, dass die junge Frau kurz vor dem Zusammenbruch stand.

Doch Katharina konnte sich noch nicht ausruhen. Vorsichtig hob sie den Kopf ihres Mannes und faltete mehrere Decken zusammen, sodass er ein kleines Kissen hatte. Mit einem Leintuch deckte sie ihn zu. Darüber kam die frisch gewaschene, gewebte Baumwolldecke, die die praktische Genoveva ebenfalls mit in die Küche gebracht hatte. Dann schüttete sie einige Tropfen einer klaren Flüssigkeit aus einem kleinen Fläschchen in einen Becher und füllte ihn mit Wein auf. »Mohnsaft«, sagte sie sanft. »Er wird Schmerzen haben, wenn er erwacht. Das lindert sie.«

Erst jetzt, nachdem sie getan hatte, was sie tun konnte, sank Katharina völlig erschöpft auf den Küchenschemel und legte die zitternden Hände auf die Tischplatte neben Konz. Eine ganze Weile saß sie nur da. Dann legte sie den Kopf in die Arme und begann zu schluchzen. Sie zitterte am ganzen Leib. Hin und wieder hob sie die verweinten Augen und blickte mit einem herzzerreißenden Ausdruck der Angst in das kalkweiße Gesicht ihres Mannes, von dem sich der schwarze Bart in starkem Kontrast abhob.

Wortlos füllte Genoveva einen zweiten Becher mit Wein und stellte ihn neben Katharina. Stumm schaute sie eine Weile auf die beiden, die verzweifelte junge Frau und den bewusstlosen Mann. Katharinas wildes Weinen wurde langsam leiser. Aber nicht, weil ihr Kummer kleiner geworden wäre. Sie schluchzte wie ein hilfloses, verlorenes Kind, das schon so lange geweint hat und zu dem niemand gekommen war, um es zu trösten. Ein leises, kaum hörbares Wimmern. Es war ein Laut von so abgrundtiefer Verlorenheit, dass Genoveva ein Schauer über den Rücken lief. Sie konnte nur ahnen, dass sich ein Drama hinter den Geschehnissen verbergen musste. Noch nie hatte sie einen Menschen gesehen, der so hoffnungslos wirkte. Am liebsten hätte sie Katharina in die Arme genommen wie eine Mutter ihr kleines Kind.

Doch sie wusste, auch dafür war jetzt nicht die Zeit. Katharina war zu sehr in ihrer Verzweiflung versunken, um überhaupt etwas anderes zu bemerken als ihren Kummer und ihren

Mann. Sie wirkte wie jemand, der eigentlich schon gestorben ist und nur noch lebt, weil er eine letzte Aufgabe zu erfüllen hat.

Genoveva riss sich zusammen. Es gab eine Zeit für Trost und eine für Heilung. Solange die Seele betäubt war, konnte sie Katharina nicht helfen, das fühlte sie. Deswegen galt ihr nächster praktischer Gedanke dem Mann auf dem Küchentisch. Erst wenn es ihm besser ging, würde in Katharinas Seele jener Funken Hoffnung erwachen, der das Weiterleben möglich machte. Dann war Zeit zu reden. Dann war Zeit für Trost. Dann war die Zeit, diesen Funken am Leben zu erhalten und stärker werden zu lassen, einen Weg zu suchen, wie es weiterging.

»Ich hole Thomas. Wir müssen Konz auf dein Bett legen«, sagte Genoveva ruhig, obwohl auch ihr die Knie zitterten.

Katharina nickte nur. Sie war unfähig zu sprechen.

Es dauerte drei Tage, bis sicher war, dass Konz Jehle überleben würde. Die Wunde war eigentlich nicht allzu schlimm. Das Messer war zwischen den Rippen in die linke Brustseite von Konz eingedrungen, ganz in der Nähe der Achselhöhle. Es hatte dabei wohl eine Blutbahn verletzt. Glücklicherweise hatte der Stich das Herz nicht erreicht. Obwohl die Richtung der Stichwunde darauf hindeutete, dass Thomas Leimer genau dorthin gezielt hatte. Denn der Wundkanal führte schräg nach unten. Nur das unwillkürliche Heben des Arms zur Abwehr hatte den Sohn des Gehenkten vor einem jämmerlichen Tod bewahrt. Und Thomas Leimer hatte sich nicht die Zeit genommen, sein Werk zu vollenden. Doch er wusste wohl mit dem Messer umzugehen, so viel vermochte Katharinas Geist nach und nach zu erfassen; mit jedem Tag, an dem sie die Wunde neu verband, wurde ihr das klarer. Sie dankte Gott, dass sie nicht auch noch den Tod ihres Mannes auf ihr Gewissen geladen hatte.

Konz hatte viel Blut verloren. Immer wieder flößte Katharina ihm vorsichtig gewürzten warmen Rotwein, verdünnt mit Wasser und einem Zusatz von Melisse, Baldrian, Bellwurz und

Mohn ein, um ihn zu stärken. Konz war zwar nicht mehr bewusstlos, aber er dämmerte in fiebrigen Albträumen vor sich hin. Katharina wusste, wenn dieses Fieber anhielt, wenn sich die Wunde entzündete, würde er sterben. So wich sie kaum einen Moment von seiner Seite.

Genoveva Rischacher hatte es stillschweigend übernommen, sich um die kleine Anna und ihren Bruder Thomas zu kümmern. Das Baby verlangte immer wieder nach seiner Mutter, mochte sich nicht mit dem Honigtuch oder dem Brei aus verdünnter, gesüßter Kuhmilch und Weizenkörnern zufrieden geben, mit der Genoveva versuchte, es zu füttern. So brachte sie die Kleine in regelmäßigen Abständen zu Katharina, damit sie sie an die Brust legen konnte. Das waren die einzigen Momente, in denen die junge Frau ihren Blick einmal von ihrem fiebernden Mann abwandte. Einzig ihre kleine Tochter mit ihrer unbändigen Forderung nach Nahrung und Leben konnte sie für Momente von ihrer Pflicht ablenken.

Einmal, als Genoveva Katharina Brot mit Käse brachte, sah sie die Mutter mit ihrem Kind, von weitem ein Bild des Friedens. Die Kleine schlief friedlich an Katharinas Brust. Doch als sie näher kam, bemerkte sie, dass das ruhige Gesicht der jungen Frau nur eine Maske war. Aus den weit aufgerissenen, grünen Augen flossen die Tränen auf das schlafende Kind. Katharina gab keinen Laut von sich. Genovevas Seele krümmte sich vor Mitgefühl bei diesem Anblick. Noch immer wusste sie nicht, was geschehen war. Doch sie betete zur Jungfrau Maria und allen Heiligen, die ihr einfielen, diese kleine Familie zu beschützen und sie von ihrem Leid zu erlösen.

Wie üblich rührte Katharina das Essen kaum an. Sie trank nur hin und wieder etwas Wasser oder nahm einige Schlucke des gewürzten Weines zu sich. Sorgsam löste sie jeden Tag die Verbände um die Brust ihres Mannes in minutenlanger, geduldiger Arbeit, tränkte und weichte sie mit lauwarmem Kamille- und Knoblauchsud auf, um den Schorf, der sich gerade gebildet hatte, nicht zusammen mit den Leinenstreifen abzureißen.

Doch sie wusste, sie musste die Wunde unbedingt so sauber wie möglich halten. Immer wieder wusch sie den Körper des Kranken mit kaltem Melissenwasser, um das Fieber zu senken. Sie machte ihm kalte Wickel um die Waden, erneuerte sie immer wieder, Tag und Nacht.

Dann endlich, in der dritten Nacht, schien das Fieber zurückzugehen. Der Hüne begann ruhiger zu atmen, warf sich nicht mehr so unruhig auf seinem Lager hin und her. Immer wieder hatte Katharina ihn festhalten und davor bewahren müssen, sich im Delirium die Verbände abzureißen.

Und zum ersten Mal nach all diesen Stunden schlug er die Augen auf und blickte ihr klar und direkt ins Gesicht. Zuerst spielte ein kleines Lächeln um seinen Mund, als er sie sah. »Wo bin ich?«, murmelte er. Doch dann wurde der Blick seiner liebevollen Augen hart. Katharina fühlte sich förmlich hineingezogen in das Dunkel, das hinter diesen so vertrauten, geliebten Augen lauerte, in einen Abgrund von Schmerz, verratener Liebe und verlorenem Vertrauen. Dann schlossen sich seine Lider wieder, und der Mann glitt hinüber in einen tiefen Schlaf.

Katharina wusste, Konz war gerettet. Und sie war verloren. Denn er erinnerte sich. Niemals in ihrem Leben würde sie diesen Blick vergessen. Er hatte sich in ihre Seele eingegraben wie ein Brandeisen in die Haut eines Tieres.

Konz Jehle sprach nicht wieder mit seiner Frau. Wann immer sie ihn versorgte, seinen Verband erneuerte oder ihn wusch, wandte er den Kopf zur Seite. Alle ihre Versuche, mit ihm zu reden, schlugen fehl. Er antwortete einfach nicht, sah sie an mit dem Blick eines Fremden, der sie schon nach den ersten Worten zum Verstummen brachte.

Aber er aß wenigstens. Erst Hühnerbrühe, die Genoveva gekocht hatte, dann Brei, versetzt mit Brühe, und schließlich gelang es ihm auch, feste Nahrung bei sich zu behalten. Er wurde schnell stärker. Wenn Genoveva hereinkam, schenkte er ihr manchmal ein kleines, trauriges Lächeln, das Katharina schier das Herz zerriss. Wie sehr sie diesen Mann liebte, der ihr Sicherheit und Geborgenheit geschenkt hatte! Wie sehr vermisste sie seine schier unerschöpfliche Warmherzigkeit und Liebe. Doch all das schien verschwunden, unerreichbar hinter einer Mauer, die er mit jedem Tag höher zwischen ihnen errichtete. Oh Gott, sie hatte nie gewusst, was ihr dieser Mann bedeutete. Er hatte einfach zu ihrem Leben gehört. Und nun war dort, wo einst all dieses Vertrauen zwischen ihnen geherrscht hatte, nur ein leerer, kalter Blick aus braunen Augen.

Doch mit jedem Tag, den er stärker wurde, hoffte Katharina weiter. Sie ließ ihn noch immer selten allein, schlief entweder auf dem Stuhl neben dem Bett oder auf dem Fußboden auf einem Strohsack, wenn sie sicher war, dass ihrem Mann nichts fehlte. In der zehnten Nacht sank sie völlig erschöpft auf ihr einfaches Lager, nachdem sie sich vergewissert hatte, dass Konz ruhig atmete und seine Stirn auch nicht das kleinste Anzeichen möglicherweise wieder aufkommenden Fiebers zeigte. Die langen Nächte in halb wachem Schlaf, in denen sie immer wieder auf einen Laut aus dem Bett gehorcht hatte, um beim kleinsten Geräusch sofort aufzuspringen, forderten ihren Tribut. An Leib und Seele völlig erschöpft, glitt sie hinüber in einen tiefen, traumlosen Schlaf.

Als sie am nächsten Morgen aufwachte, schien schon die Sonne durch das Kammerfenster. Erschrocken richtete Katharina sich auf. Mein Gott, es musste mindestens zehn Uhr sein. Ihr nächster Gedanke galt ihrem Mann. Doch das Bett war leer. Hastig blickte sie sich in der kleinen Kammer um. Alle Sachen von Konz, die Genoveva gewaschen, geflickt und sauber gefaltet auf die Truhe gelegt hatte, waren verschwunden.

Ein eisiger Schreck ging Katharina durch Mark und Bein. Sie wusste, es war vergeblich, im Haus nach ihm zu suchen. Ihr Mann hatte sie verlassen. Schluchzend brach sie über ihrem Strohsack zusammen.

Genoveva hörte das Weinen unten in der Küche. Zuerst dachte sie, Konz und Katharina würden endlich miteinander sprechen, endlich die Last von ihren Seelen reden. Doch das Weinen hörte nicht auf, ging in jenes verzweifelte Wimmern über, das sie zum ersten Mal von Katharina gehört hatte, als sie Konz verletzt ins Rischacher'sche Haus gebracht hatte. Da wusste sie, dass etwas geschehen war. Ganz gegen ihre Gewohnheit barsch schickte sie die Kinder nach draußen in den Garten, vergewisserte sich, dass die kleine Anna friedlich in ihrer Wiege schlief, und eilte die hölzerne Treppe nach oben.

Katharina rührte sich nicht, als sie hereinkam, lag zusammengekrümmt auf dem Strohsack vor dem leeren Bett und hielt sich die Fäuste vor den Mund, um ihr Wimmern zu ersticken. Genoveva kniete sich nieder und nahm die Verzweifelte sanft in die Arme, wiegte sie an ihrer Brust, streichelte ihr Haar, schob ihr immer wieder die von Tränen nassen, rotbraunen, lockigen Haarsträhnen aus dem Gesicht.

»Scht, ganz ruhig, Liebe. Es wird gut. Alles wird gut.« Die stete gemurmelte Litanei drang langsam in Katharinas Bewusstsein. Sie fühlte die sanften Arme, die sie hielten, und der letzte Rest, das letzte Fünkchen ihres Kampfeswillens brach zusammen.

»Erzähl mir, was geschehen ist.«

Katharina schüttelte den Kopf. »Du würdest mich hassen, mich verachten, so wie ich es selbst tue.«

Genoveva setzte sich zu ihr auf den Strohsack und streichelte ihren Rücken, wie man einem Baby den Rücken streichelt. »Ich werde dich nicht hassen. Ich könnte dich niemals hassen. Du bist für mich wie eine kleine Schwester. Zu lange kennen wir uns schon. Und nichts, was auch geschehen sein mag, wird daran etwas ändern.«

Forschend sahen grüne, verweinte Augen in Genovevas braune, ein kleiner Schimmer Hoffnung, ein Funke Vertrauen glomm in ihnen. Dann brachen bei Katharina alle Dämme. Mehr stammelnd als sprechend, immer wieder unterbrochen von Weinkrämpfen, erzählte sie ihre ganze Geschichte. Die

Geschichte von Thomas Leimer, die Geschichte ihrer verratenen Liebe, ihres Hasses, ihres doppelten Scheiterns und des Verrates an Magdalena von Hausen.

Genoveva stöhnte innerlich, je mehr sie erfuhr. Mein Gott, wie sehr hatte dieses Mädchen gelitten. Und deshalb auch ihre Schwester Magdalena. Es war nicht gerecht! Das hatte niemand verdient. Weder Magdalena noch Konz, noch Katharina. Da hatten Menschen einander wehgetan, die sich liebten. So viel verschwendete Liebe, so viel verschwendeter guter Wille. Genoveva stiegen die Tränen in die Augen, zärtlich streichelte sie der jungen Frau über den Kopf. »Katharina, du musst mit Magdalena und Konz reden. Du musst ihnen alles erzählen. Dann werdet ihr wieder zueinander finden. Dieser Mann, Thomas Leimer, und sein unheilvoller Schatten sind nicht stark genug, euch für immer auseinander zu bringen. Glaub mir. Ich bin sicher, sowohl Konz als auch Magdalena werden dir am Ende verzeihen. Auch wenn es ihnen sicher nicht leicht werden wird. Jetzt geh erst einmal zur Beichte, tu einen ersten Schritt, bring die Sache mit deinem Gewissen in Ordnung. Und dann sprich mit den beiden Menschen, die du doch eigentlich liebst. Das höre ich aus jedem deiner Worte. Sei sicher, sie werden schließlich verstehen. Danach musst du den nächsten Schritt tun, den schwersten von allen. Du musst einen Weg finden, dir selbst zu verzeihen.«

Katharina schüttelte den Kopf. »Konz ist fort. Er hat mich verlassen. Und mit Magdalena kann ich nicht sprechen. Wie sollte ich auch zurück nach Seggingen?«

»Konz wird zurückkommen, wenn seine verletzten Gefühle wieder etwas geheilt sind. Er liebt dich wie sein Leben. Er wird dir zuhören. Und Magdalena kannst du auch einen Brief schreiben.« Katharina nickte kläglich.

Sein eigener, keuchender Atem brachte Thomas Leimer wieder zur Besinnung. Verdammt, das war knapp gewesen. Das plötzliche Auftauchen dieses dunklen Hünen mit dem Temperament eines schäumenden Bullen hatte ihn zu Tode erschreckt. Er konnte nur hoffen, dass sein Messer den Gegner matt gesetzt hatte. So matt wie möglich. Das war kein Mann, mit dem man spaßen konnte. Der blinde Zorn machte diesen Hünen unberechenbar – aber auch verletzlich. Jetzt hieß es Ruhe bewahren. Er benahm sich viel zu auffällig. Hoffentlich hatte niemand seine wilde Flucht bemerkt. Thomas Leimer sah sich um. Nein, zu dieser Stunde schliefen die braven Basler Bürger friedlich in ihren Betten. Und die, die nicht schliefen, hatten ebenfalls etwas zu verbergen. Sie würden sich hüten, ihn zu melden.

Aber diese Sache war ernst. Sehr viel ernster als Bigamie. Thomas Leimer war sich wohl bewusst, dass die Herren des Rates nur darum auf eine energische Verfolgung verzichtet hatten, weil sie seine Frau Dorothea Offenburg schützen wollten. Trotz ihrer Mesalliance mit ihm. Er lachte bitter. Schließlich war sie einmal ein Mitglied der gehobenen Gesellschaft gewesen. Daran erinnerten sich noch viele. Nur darum hatten sie das Paar in Ruhe gelassen, ihnen stillschweigend Zuflucht im alten Haus am Rheinsprung gewährt und im Übrigen so getan, als wüssten sie von nichts. Dorothea verfügte immer noch über gute Beziehungen und alte Freundschaften. Obwohl sie schon lange keine reiche Frau mehr war. Keine, bei der es sich lohnte, zu bleiben.

Doch noch brauchte er sie. Sie mussten aus der Stadt. Denn mit Messerstechern waren die hohen Herren mit den gestärkten weißen Krägen weit weniger nachsichtig. Dorothea wusste viel über einige von ihnen. Dinge, die sie um jeden Preis vor der Öffentlichkeit verborgen halten mussten. Das würde ihnen für die Flucht nützlich sein. Er würde sie also erst einmal mitnehmen. Mal sehen, was dann kam.

Ein wenig Geld hatten sie ja vorerst. Was weiter notwendig war, würde Dorotheas Wissen ihnen bringen. Aber Dorothea hatte auch einen scharfen Instinkt. Es war nicht einfach, sie hinters Licht zu führen. Es hatte all seiner Überredungskunst bedurft, sie davon zu überzeugen, dass er niemals rechtmäßig an Magdalena von Hausen gebunden gewesen war. Doch am Ende hatte sie ihm geglaubt. Sie durfte auf keinen Fall von Katharina erfahren. Alles würde sie ihm verzeihen, alles mit ihm tragen, nicht aber seine Liebschaft mit diesem Mädchen.

Liebschaft, wie das klang! Ein wenig sogar nach Liebe. Leimer lächelte. Wenn er es recht betrachtete, war sie die einzige all seiner Buhlerinnen, an die er hin und wieder noch dachte, wenn sie schon längst Vergangenheit waren. Ihre wilde grünäugige Leidenschaft hatte ihm geschmeichelt, ihre bedingungslose Hingabe hatte ihm wohl getan.

Doch, dafür liebte er sie sogar. Ein wenig. Soweit er zu lieben vermochte. Er hatte ihr gegeben, was sie wollte. Die schönen Worte, die jede Frau vom Mann ihres Herzens so gierig zu hören wünscht. Je größer die Übertreibungen, je phantasievoller die Lügen, je leidenschaftlicher die Komplimente, umso besser.

Frauen waren einfach dumm. Warum war ihnen das, was sie hören wollten, immer so viel wichtiger als die Wirklichkeit? Selbst die Klügsten hatten schließlich nachgegeben. Auch die schwärmerische Magdalena war schwach geworden. Man musste nur ihren wunden Punkt finden und ihnen dann sagen, wonach sie sich sehnten, immer und immer wieder. Wenn er es recht bedachte, war es ein fairer Handel. Er gab ihnen, wonach sie sich sehnten, und die Frauen gaben ihm, was er brauchte.

In diesem Fall war es das Geld von Katharina gewesen. Bei Dorothea hatten ihn das Geld und ihre guten Beziehungen gereizt. Doch dieser Mann von Katharina, dieser wütende Hüne, mit dem war nicht gut Kirschen essen ... Auch nicht mit dem Rat von Basel, wenn es um Mord ging. Er musste aus der Stadt, so schnell wie möglich und weit weg von Vorderösterreich. Italien wäre vielleicht ein lohnendes Ziel. Er hatte noch einige gute Beziehungen im Vatikan aus seiner Zeit als Diakon.

Wenn er sich besonders reumütig gab, würde ihn die Kirche vielleicht ein drittes Mal in die Reihen ihrer Diener aufnehmen. Unmöglich war es wohl nicht. Er würde sich geißeln und weinen, sich die Kleider zerreißen und die Weisheit aller loben, die ihm dabei nützen konnten.

Jedenfalls waren die neuen Papiere gut vorbereitet, die ihn und Dorothea zu Menschen mit einer anderen Vergangenheit machten. Sie hatten ja beide damit gerechnet, dass sie eines Tages schnell würden fliehen müssen. Dorotheas »Freunde« hätten sie jedenfalls lieber heute als morgen aus der Stadt verschwinden sehen. Seine Frau wusste zu viel. Sie mussten auf jeden Fall fort. So schnell wie möglich. Ehe Dorothea von dem unseligen Messerstich erfuhr.

Nun musste er nur noch einen Weg finden, Dorothea zu überzeugen, dass ein unverzüglicher Aufbruch nötig war. Sie musste glauben, dass sich der Mann, den sie liebte, in größter Gefahr befand. Was schließlich auch stimmte ... Er sah die Szene förmlich vor sich. Er, völlig aufgelöst zu ihren Füßen; ein Mann, der von Liebe stammelte und davon, dass sie ihr Schicksal nicht länger mit seinem unglückseligen, fluchbeladenen Leben belasten dürfe. Deshalb wolle er sie unverzüglich verlassen, damit sie wieder ihr altes, ehrbares Leben aufnehmen konnte. Das laute Lachen Thomas Leimers hallte durch die enge, dunkle Gasse und brach sich an den Häusern.

Erschrocken richtete sich Dorothea Offenburg von ihrem Lager auf, als Thomas Leimer völlig verstört in ihr gemeinsames Schlafzimmer stürmte, die Haare zerzaust, den Mantel zerfetzt, Tränen in den eisblauen Augen. Bitterlich weinend brach er vor ihrem Bett auf die Knie. »Liebste, ach, meine liebste Frau, ich weiß nicht, wie ich es über mich bringen soll, dich zu verlassen. Doch ich muss. Die Häscher sind mir dicht auf den Fersen. Ich muss sofort weg von allem, was ich so unendlich liebe. Weg von dir. Oh, verzeih mir. In welche Lage habe ich dich gebracht! Keine Frau verdient es, so leiden zu müssen. Nun bitte ich dich flehentlich, lass mich ziehen, so schnell wie möglich, zu deinem eigenen Besten. Verleugne mich, verleugne, dass wir jemals einander angetraut wurden.

Verleugne unsere Liebe. Und du bist frei.« Schluchzend sackte er noch weiter zusammen, die Augen hinter den Händen verborgen.

Dorothea hatte sich inzwischen gefasst. Ein weicher Ausdruck machte ihr herbes Gesicht fast schön. Sie war keine Frau der großen Worte. Zärtlich streichelte sie ihm über den verwirrten blonden Schopf. Ihre Antwort klang fast trocken: »Liebster, red keinen Unsinn. Natürlich werde ich bei dir bleiben. So, wie ich es vor Gott gelobt habe.« Ihre Augen wurden traurig. Sie dachte an das Kind, das in ihr heranwuchs. Sie hatte immer gehofft, ihr erstes Kind würde im vertrauten, behaglichen Haus am Rheinsprung zur Welt kommen, aufwachsen in der Stadt, die sie liebte. Nun würde es in einer fremden Welt geboren werden. Das machte ihr Angst, doch sie unterdrückte den Impuls, ihm davon zu erzählen. Das war jetzt nicht die richtige Zeit dafür, ihn auch noch mit der Sorge um ihr Wohlergehen zu belasten. Es würde ohnehin schon schwer genug werden.

Thomas Leimer, den Kopf inzwischen in den Armen verborgen, hatte Mühe, nicht zu lachen, und wandelte den Laut schnell in ein erneutes Schluchzen um. Gott, sei gelobt dafür, dass du die Frauen so berechenbar gemacht hast, dachte er.

Bereits am nächsten Morgen waren Thomas Leimer und Dorothea Offenburg spurlos aus Basel verschwunden. Einen Tag später klopften die Häscher des Rates an die Tür des Hauses am Rheinsprung. Sie fanden es verlassen, klopften an alle Türen und suchten nach dem bigamistischen Messerstecher und seiner Buhle. Doch sie fanden das Paar nicht. Die Flüchtenden wurden von hoher Stelle aus gut gedeckt.

15

Wie immer, wenn sie sich Sorgen machte, versuchte Magdalena von Hausen Ruhe aus dem Anblick der stetig strömenden, manchmal wirbelnden Wasser des Rheins vor ihrem Fenster zu schöpfen. Für sie war der Strom Sinnbild der göttlichen Weisheit und Weltordnung. Ob wild oder träge, seine Wasser zogen doch immer an ihrem Fenster vorbei, scheinbar bestimmt für die Unendlichkeit, kommend aus dem Becken des Bodensees bis hin zur unübersehbaren Weite des Meeres zwischen den deutschen Landen und England, in dem sich seine Fluten verloren. Egal, wie es dem einzelnen Tropfen auch gehen mochte, ob er von den Stromschnellen, dem Wind oder Treibgut herumgewirbelt wurde, oder ob er ruhig und träge seinen langen Weg dahinglitt, ehe auch ihn der Strudel packte – der Fluss blieb sich gleich und änderte sich doch täglich. Eine bessere Metapher für das Leben gab es für die einstige Äbtissin des Stiftes Seggingen nicht.

Der Novembermorgen hatte weiße Raureifschleier über den Fluss, über die Bäume und Büsche an seinem Ufer gezogen. Schon vor einigen Tagen hatte der erste Frost das kalte Ende dieses schrecklichen Jahres 1549 angekündigt und die Pfützen auf den Wegen gefrieren lassen. Das Ende eines Jahres, das den Menschen der Stadt die zweite schlechte Ernte nacheinander gebracht hatte. Auch den anderen Besitzungen des Stiftes ging es nicht gerade gut. Doch so schrecklich wie hier, in diesem sonst so sonnenverwöhnten Landstrich, war es den Landleuten nirgends sonst ergangen. Der Initiative des Stiftsverwesers Hans Jakob von Schönau war es zu verdanken, dass aus den umliegenden Gebieten diesmal mehr Güter gekommen waren als der übliche Teil. Selbst die Leute im Glarus, dem Haus des heiligen Fridolin auch nach ihrer Abspaltung noch immer in Freundschaft verbunden, hatten ihre Vorratskammern geöffnet und Lebensmittel geschickt. So würden die Menschen der

Region wohl auch diesen Winter irgendwie überstehen – abgesehen von den Alten und Schwachen …

Fast hätte Magdalena von Hausen selbst daran geglaubt, dass ein Fluch über diesem sonst von Gott so gesegneten Land lag. Denn noch immer hatte der Papst den Dispens nicht erteilt, damit die neue Äbtissin Agatha Hegenzer von Wasserstelz ihr Kloster Katharinental, das der Eidgenossenschaft unterstellt war, verlassen und zusammen mit einer Mitschwester, der Dominikanerin Anna von Neuhausen, nach Seggingen kommen konnte. Trotz der Intervention von König Ferdinand und des unermüdlichen Bestrebens des Bischofs. Agatha Hegenzer von Wasserstelz war eine gute Frau mit warmen Augen. Das hatte sie gesehen, als die Hegenzerin nach Seggingen gekommen war, damals, als es den Aufruhr um Katharina gegeben hatte. Sie war sicher auch eine energische Frau, die wusste, was sie wollte. Bei ihr würde das Stift in guten Händen sein. Die Geschäfte und die ihr anvertrauten Gotteskinder, die Freien und die Hörigen, alle brauchten sie dringend wieder eine ordnende Hand, gerade in diesen schweren Tagen.

Obwohl Magdalena von Hausen natürlich wusste, dass nicht nur das Wohl des Stiftes, sondern auch noch manch anderes Kalkül gerade die Hegenzerin zur designierten Äbtissin gemacht hatte, war sie mit dieser Nachfolgerin durchaus einverstanden. Sie selbst konnte wenig tun. Außer zusammen mit dem Schönauer einen weiteren Bittbrief an Rom aufzusetzen, diesen unseligen Zustand doch nun endlich zu beenden. Damit wieder Ruhe einkehre und die jungen Töchter der Edlen, die im Stift erzogen wurden, wieder eine gottgefällige Führerin bekämen. Und ein Schreiben an die Hegenzerin, um ihr die Not ihrer Schäflein zu schildern. Denn schließlich war sie bereits zur Äbtissin gewählt, auch wenn sie ihr Amt noch nicht hatte antreten können. Darüber hinaus konnte sie nur Tag für Tag die Gottesdienste besuchen und um Gnade für dieses bedrängte Land flehen, sich mithilfe des Schönauers bemühen, die größte Not zu lindern und den Leidenden Trost zu spenden.

Ihre eigene Not kam ihr angesichts dieses Leidens ohnehin allzu eigensüchtig und klein vor. Noch immer hing sie in Treue an Thomas Leimer. Doch sein Gesicht begann in ihrer Erinnerung langsam zu verschwimmen. Ihre Liebe und ihre kurze Ehe erschienen ihr immer mehr wie ein Traum, Teil eines anderen Lebens. Ganz anders als die innersten Überzeugungen, die sie noch immer fest zu den Lehren der Reformation stehen ließen. Liebevoll ging ihr Blick zu dem kleinen Sekretär, in dem noch immer, gut versteckt in einem Geheimfach, ihr wertvollster Besitz lag, die Gutenberg-Bibel. Täglich abends im Schein der Kerzen las sie darin. Das war ihr ein großer Trost. Waren diese Worte doch ebenso beständig und ewig in ihrer Wahrheit wie der Fluss vor dem Fenster.

Sie hätte so gerne mit jemandem über ihre Überlegungen gesprochen. Ihre Schwester Genoveva fehlte ihr, ebenso wie Katharina. Sie hatte schon eine ganze Weile nichts mehr aus Basel gehört. Auch das war beunruhigend. Sie würde den Schönauer bitten, einen Boten zu senden, um zu erkunden, wie es den Lieben dort ging.

Eine fordernde Männerstimme riss Magdalena aus ihren Gedanken. Gleich darauf klopfte es an die Zimmertüre, und ihre Bedienerin kam mit zornig geröteten Wangen ins Zimmer.

»Bitte vergebt, hohe Frau. Aber der Bote aus Basel will sich einfach nicht abweisen lassen.« Die Magd musterte Magdalena von Hausen schüchtern. Sie wusste, wie wichtig die wenigen stillen Stunden am Morgen für die unglückliche Frau waren. »Doch er hat ein Schreiben aus Basel mitgebracht und will es nur Euch selbst übergeben.«

Magdalena zog erstaunt eine Augenbraue hoch. Ihr Gesicht war immer noch schön, auch wenn das Schicksal schon einige graue Fäden in ihre dichten, dunklen Haare gemalt und einige Linien in ihre Stirn und die Mundwinkel gegraben hatte. »Lasst ihn hereinkommen«, sagte sie in ihrer ruhigen Art.

Auch der junge Mann hatte gerötete Wangen, offensichtlich ebenso von der Anstrengung eines schnellen Rittes wie von der Auseinandersetzung mit der Zofe. Er verneigte sich tief, voller Respekt vor der Frau, der er gegenüberstand, und reichte ihr stumm das Pergament. Dann machte er fluchtartig kehrt und verließ das Zimmer. Er fühlte sich in seiner Lage sichtlich unwohl. Magdalena musste unwillkürlich lächeln und bedeutete ihrer Bedienerin zu gehen. Sie wollte allein sein, wenn sie die so lange ersehnte Nachricht aus Basel öffnete.

Sie setzte sich auf jenen Stuhl am Fenster, von dem aus sie schon so oft auf das Wasser des Rheins geschaut hatte, und erbrach das Siegel ihrer Familie, das ihr sagte, dass der Brief von Genoveva auf den Weg gebracht worden war.

Zum zweiten Mal an diesem Tag zog Magdalena von Hausen erstaunt die Augenbrauen hoch. Denn das Schreiben ihrer Schwester war nur kurz und begleitete ein zweites, wesentlich längeres:

Liebste Schwester,
verzeih mir, wenn so lange mehr keine Kunde von uns kam. Wenn du den zweiten Brief gelesen hast, wirst du wissen, welche schrecklichen Ereignisse uns hinderten. Ich bitte dich, lies diesen Brief mit dem ganzen Mitgefühl deines liebevollen Herzens, auch wenn er schlimme Nachrichten für dich bringt. Er kommt von einer jungen Frau in großer Seelenpein, die gegen die Gesetze Gottes und der Menschen fehlte.

Viel Übles ist daraus erwachsen, auch dir, meine geliebte Schwester. Trotzdem bitte ich dich von Herzen, verurteile sie nicht, sondern verzeih ihr. Denn wir sind allzumal Sünder, und niemand ist gefeit vor der Versuchung. Sie ist gefallen, ihre Seele windet sich in den wilden Schmerzen der Reue.

Und sie hat durch ihre Taten mehr verloren als ihre innere Seelenruhe. Die Strafe Gottes hat sie bereits hart getroffen. Lass nicht auch noch die Strafe deiner Verachtung folgen. Die Rache ist mein, spricht der Herr. Üb also Gnade mit dieser Unglückli-

chen, die auch aus Liebe und falscher Rücksichtnahme gehandelt hat.

Sie bereut zutiefst, was geschah. Sie will nichts, als mit ihrem Gott und dir ins Reine kommen, damit ihr wieder die Gnade des Allmächtigen zuteil werde. Auch wenn es dich schwer ankommen mag, hilf mir, geliebte Schwester, diese gequälte Seele zu retten und sie auf den Weg des Allmächtigen zurückzuführen.

Und bedenke bei allem, was du jetzt erfahren wirst: Auch die Schreiberin des zweiten Briefes teilt nichts als das Schicksal so vieler unglücklicher Frauen, die schon durch die Doppelzüngigkeit und den Verrat eines Mannes gestrauchelt sind. Du wirst bald verstehen, warum ich dies schreibe.

Für weitere Nachrichten ist jetzt nicht die rechte Zeit. Aber ich verspreche dir, ich werde bald ein weiteres Schreiben aufsetzen, das dir von Thomas, den Kindern und mir berichten soll.

Ich wünsche dir die Kraft zu verzeihen und den Segen Gottes und des Heiligen Fridolin. Mögen sie dir zusammen mit der gnadenreichen Jungfrau Maria in diesen schweren Stunden des inneren Kampfes zur Seite stehen.

Deine dich von Herzen liebende Schwester
Genoveva Rischacher

Hastig legte Magdalena von Hausen den Brief ihrer Schwester zur Seite und griff zu dem zweiten Pergament, das auf beiden Seiten eng mit den akkuraten Linien der Schrift Katharinas beschrieben war. Auch dieser Brief begann mit einer Bitte um Verzeihung:

Hochedle Frau,
gnädigste Gönnerin,
so viel Gutes habt Ihr mir, einem armen Waisenkind, über die Jahre getan. Und doch habe ich Euch schmählich verraten, Euer Vertrauen missbraucht, geschwiegen, wo ich längst hätte sprechen sollen und so Gutes mit Üblem vergolten. Die Feder sträubt sich mir noch immer, will kaum niederschreiben, was geschah.

Doch es muss geschehen, denn nur so kann ich hoffen, jemals wieder vor Euer verehrtes Angesicht treten zu können, ohne dass ich vor Scham über mein Tun in den Boden versinken möchte.

Der edle Hans Jakob von Schönau hat wohl vieles von dem schon erraten, was ich Euch jetzt beichten will, doch aus Rücksicht auf Euer Wohlbefinden geschwiegen. Bei ihm mögt Ihr seine Version der Ereignisse erfragen. Meine Beweggründe waren nicht so edel, sondern getragen von Eigennutz und Eifersucht, auch wenn ich es vor mir selbst mit anderen Gründen zu bemänteln suchte.

Doch der Mensch kann zwar äußerlich fliehen, nicht aber vor Gott und vor sich selbst. Und so bitte ich Euch, die dieses Schreiben auch hart treffen wird, dennoch, die Unglückliche, die es schrieb, nicht ganz zu verdammen, sondern ihr noch ein klein wenig von jenem Wohlwollen zu bewahren, mit dem Ihr sie einst so unverdient überhäuft habt.

Eure Schwester hat mir den Mut gemacht, daran zu glauben. Doch ich kann verstehen, wenn Ihr es nicht vermögt. Dann werde ich auch das als Teil meiner gerechten Strafe annehmen. Gott segne Euch und gebe Euch alle Kraft, die Ihr braucht, um diese Geschichte zu lesen, die ich nun schreiben muss, so schwer es mir auch fällt …

Katharina hatte sich nicht geschont und berichtete ohne Selbstmitleid und völlig offen. Zum ersten Mal erfuhr Magdalena von Hausen nun von der Verbindung dieser Unglücklichen mit Thomas Leimer. Erfuhr, dass er der Vater ihres Sohnes war, erfuhr von der Stunde, in der sie verraten wurde. Und von den letzten Ereignissen in Basel, die Konz Jehle beinahe das Leben gekostet hätten und durch die Katharina ihren Mann dennoch verloren hatte.

Die widersprüchlichsten Gefühle bestürmten die einsame Frau im Zimmer am Rhein. Auch in ihr lebte die Eifersucht, die Sehnsucht einer Frau nach Liebe. Auch sie musste nun erkennen, dass sie an einen Unwürdigen geraten war. Und auch sie würde lernen müssen, mit dieser Erkenntnis als Strafe für ihre Verblendung zu leben.

All die Zeit war ihr die Gnade des Bewusstseins vergönnt gewesen, vor den Augen Gottes auf dem richtigen Pfad zu sein. Wie eitel und selbstgefällig hatte doch auch sie für sich in Anspruch genommen, Gottes Willen zu kennen. Aber der Allmächtige ging seinen eigenen Weg, um den Menschen zu zeigen, wie klein und unwichtig sie vor seinem Angesicht sind.

Oft saß Magdalena von Hausen in den nächsten Tagen an ihrem Fenster, schaute schweigend auf den Fluss und erforschte ihr Gewissen. Auch sie hatte gefehlt gegen dieses junge Mädchen; schon ehe Katharina bewusst in diese Welt getreten war. Auch sie hatte geschwiegen. Ob aufgrund des Schwurs oder auch aus Scham oder Eigennutz vermochte sie nicht zu sagen. Jetzt musste sie ebenfalls ihr Schweigen brechen und ein lange gehütetes Geheimnis preisgeben, von dem nicht einmal ihre Schwester etwas wusste.

Viele Tage kämpfte Magdalena von Hausen mit sich, verbrachte Stunden des Gebetes im Münster und kniend auf dem harten Betschemel in ihrem Zimmer. In dieser Zeit erlegte sie sich strenges Fasten und Stillschweigen auf. Erst dann war sie fähig, zur Feder zu greifen und die beiden Briefe aus Basel ehrlichen Herzens und ohne Verbitterung zu beantworten.

Geliebte Schwester,
meine liebste Freundin Katharina,
der Anfang meines Schreibens mag euch zeigen, dass kein Zorn und kein Groll in meinem Herzen zurückgeblieben sind angesichts der Dinge, die mir erzählt wurden. Doch ich muss zugeben, es war mir schwer, diese Gefühle zu besiegen. Bin auch ich doch nur allzu menschlich, geschlagen mit den Schwächen und den Verblendungen meines Geschlechtes und ebenfalls keineswegs gefeit vor den Versuchungen des Bösen. Doch so Gott es will, wird es uns gemeinsam gelingen, diesen Kampf durchzustehen, zum Guten zu wenden, was so übel begann. Damit der Böse

sein Haupt demütig niedersenken möge vor der Größe und der Allmacht des Herrn, der allein Gnade walten lassen kann, wo die Kräfte der Menschen zu gering sind und versagen.

Nein, ich bin dir nicht gram, Katharina, nicht mehr. Zu viele Leiden sind schon entstanden, weil Menschen aus den falschen Gründen schwiegen, anstatt sich offen vor dem Angesicht des Herrn und ihrer Mitbürger zu dem zu bekennen, was sie taten. Das gilt auch für mich. Auch ich habe ein Geständnis zu machen, auch ich muss um Verzeihung bitten für ein Unrecht, das ich tat. Damals dünkte mir, ich täte es aus einem rechten Grund. Heute weiß ich, dass auch ich nicht frei von Eigennutz war. Und so bitte ich euch, dich meine geliebte Schwester, und dich, meine Freundin Katharina (denn das bist du für mich noch immer und mehr denn je) um Verzeihung, dass ich so viele Jahre vor euch verborgen hielt, was euer Leben doch so tief berührt.

Mehr als zwei Jahrzehnte sind diese Geschehnisse nun her. Aber ohne sie, liebste Schwester, wärst du heute vielleicht nicht die glückliche Mutter und Ehefrau, die du wurdest. Und du, Katharina, müsstest dich nicht als arme Waise bezeichnen. Ohne es zu wissen, hast du dem Geschlecht derer von Hausen schon durch deine Geburt viel Gutes bereitet und unser Überleben gesichert. Ohne dich wäre ich wohl nie die Äbtissin dieses wunderschönen Stiftes geworden. Ich versprach, dieses Geheimnis bis an mein Lebensende zu bewahren. Nur die alte Nele und eine Lehrschwester wussten noch davon. Denn Nele war es, die dich, Katharina, in einer Sommernacht in meine Arme legte und einer jungen, unerfahrenen Frau die Sorge für ein Neugeborenes übertrug, das dieser und ihrer ganzen Familie ein Weiterleben in Ehren ermöglichte und sie vor dem Staub der Armut rettete.

Gott möge mir verzeihen, dass ich das Gelübde des Schweigens jetzt breche. Doch lest nun, was in jener Sommernacht, am 16. Juli vor mehr als 20 Jahren und in den Wochen zuvor geschah.

Ich will es kurz machen. Du, Katharina, bist die uneheliche Tochter von Hans Ulrich zu Wieladingen und seiner großen Liebe, einem schönen, aber einfachen Bauernmädchen. Wie du weißt, waren die Herren zu Wieladingen einst die Inhaber des niederen Meieramtes, saßen also in kleineren Angelegenheiten zu Gericht und regierten von ihrer Burg im Murgtal aus. Ihre Linie ist nun seit langer Zeit hier bei uns ausgestorben. Doch eine andere Linie des Geschlechts existiert noch. Das Haus der Wieladinger ist keineswegs erloschen, auch wenn nur wenige das noch wissen. Dein Geschlecht, deine Familie, die deines Vaters, lebt seit fast 200 Jahren wohl geachtet in Bern.

Dein Vater hat inzwischen eine Familie, ist kurz davor, zum zweiten Mal Großvater zu werden. Er würde dich niemals offiziell anerkennen. Außerdem weiß er nicht, dass du lebst. Dein Großvater erzählte ihm einst, du wärst zusammen mit deiner unglücklichen Mutter gleich nach der Geburt gestorben. Doch er wäre stolz auf seine Tochter, die seinen wilden, ungezähmten Sinn geerbt hat.

Aber ich schweife ab. Auch diese Berner Linie der Wieladinger trägt den Segen und den Fluch jenes stürmischen Geistes in sich, der schon die einstigen Meier des Stiftes Seggingen so gefürchtet und gleichzeitig so beliebt machte. Kannten sie doch kein Halten bei den Sehnsüchten des Herzens und auch nur wenig Rücksicht, was ihre sonstigen Wünsche anbetraf.

Der Stammsitz deines Geschlechtes, die umliegenden Wälder, die Matten und Wiesen der Burg, das Fischereirecht in der Murg von Hottingen bis zum Rhein und der Lehnhof in Wieladingen wurden vom Hause Habsburg dem in Waldshut wohnenden Herrn Baldung zum Lehen, zur Verwaltung und zum Schutz gegeben, als es die Wieladinger im Murgtal nicht mehr gab. Doch kein anderes Geschlecht wohnt darin, seit die Herren mit Hartmann, dem letzten der Wieladinger, aus der Gegend verschwanden. Die dicken Mauern, gebaut für die Ewigkeit, beginnen zu bröckeln. Keine Ritter in eisengetriebenen Rüstungen überqueren mehr die Zugbrücke, kein schweres Stampfen der

Hufe beladener Tiere kündet mehr von einem erfolgreichen Beutezug. Denn sie fühlten sich keinem Gesetz untertan als ihrem eigenen. So wurden die wilden Herren zu Wieladingen bald gefürchtet, konnte doch keine Strafexpedition ihre wilde Burg auf den Felsen erstürmen.

Auf der anderen Seite waren sie beliebt, nahmen darbende Reisende auf und unterstützten das gemeine Volk im Kampf gegen die Übergriffe der Obrigkeit. Alle, die in Treue zu ihnen hielten, denen waren sie treu.

Doch die Linie spaltete sich. Der eine Teil des Geschlechtes zog das geachtete Leben im Licht vor. Sie ernteten Reichtum für ihr gottgefälliges Leben. Die andere Linie, die im Murgtal, ereilte schließlich das Gericht des Herrn, und sie erlosch mit Hartmann von Wieladingen vor rund 200 Jahren, als dieser 1376 sein Meieramt, das Recht, Gericht zu halten, für 875 Gulden an das Stift Seggingen verkaufte. Seit damals wurde dieses Amt nicht mehr verliehen und auch nicht die damit verbundenen Rechte. So gab es auch keine Einnahmen mehr aus der Gerichtsbarkeit in den Dinghöfen. Und auch die Fälle, der Ersatz für den Arbeitsausfall beim Tod eines Hörigen, stehen seitdem wieder dem Stift zu.

Dein Vater, Katharina, ein Spross der Berner Linie, kannte auch kein Halten, wenn es um Herzensangelegenheiten ging. Er konnte das Wieladinger Blut nicht verleugnen, auch wenn ihn die Jahre inzwischen weiser und abgeklärter gemacht haben. Unsterblich verliebte sich der junge Hans Ulrich in ein einfaches Bauernmädchen, die Hörige Katharina, deren Namen du bekamst. Denn das Ergebnis dieser alle Standesgrenzen missachtenden Liebe bist du. Deine Mutter starb im Kindbett, nur wenige Stunden nach deiner Geburt. Die Familie deines Vaters tat alles, um die Frucht dieser Beziehung zu verbergen. Selbst vor Hans Ulrich, deinem Vater, dem dein Großvater in dieser Hinsicht nicht traute. Er hatte Angst, sein Sohn würde in seiner ungestümen Liebe zu einer Hörigen die ganze Familie in Verruf bringen. So wandte er sich an einen

Freund des Hans Ulrich, meinen geliebten Bruder Veit Sixtus von Hausen, um Rat.

Auch Veit war damals in einer schier aussichtslosen Lage. Unsere Eltern waren tot, von unserem Familienvermögen war nur wenig übrig geblieben. Mein Bruder wollte in den Dienst der Kirche treten und Genoveva und mir den Eintritt ins Stift Seggingen ermöglichen. Doch unser Vermögen reichte nicht aus. So wurde die Not der Wieladinger durch deine Geburt zu unserer Rettung. Die Familie gab uns die notwendigen Summen für unser eigenes Weiterkommen und dazu ein gutes Auskommen für deine Erziehung. Auf diese Weise warst du weit weg und dein Großvater sicher, dass sein Sohn Hans Ulrich niemals von deiner Existenz erfahren und dich womöglich sogar als sein Kind anerkennen könnte.

Ich versprach dafür, dich zu einem gottgefälligen, jungen Mädchen zu erziehen und dich später einem guten Mann zum Weibe zu geben. Außerdem gelobte ich, für den Rest meines Lebens über deine Herkunft zu schweigen.

Das alles wurde geregelt, noch bevor du geboren wurdest. Nele stand deiner Mutter bei der Niederkunft bei und brachte dich dann sofort zu mir.

So kommt es, dass die Familie von Hausen dir viel verdankt, Katharina. Es ist also keineswegs so, dass ich dir eine uneigennützige Wohltäterin und Gönnerin war. Doch du magst mir glauben, die Jahre, in denen ich dich aufwachsen sah, das Aufwallen des Wieladinger Blutes in deinem wilden Herzen erlebte und versuchte, dich zu Sanftmut und Demut zu bekehren, das waren auch Jahre, in denen ich dich immer mehr lieb gewann. Das hat sich nie geändert, denn in gewissem Sinne sind du und die deinen zu meiner Familie geworden; auch wenn ich erst vierzehn war, als ich deine Ziehmutter und Freundin und Nele deine Großmutter wurde. Viel mehr als uns steht dir dein Platz in diesem Stift und eine Heimat in diesem lieblichen Tal des Rheinstromes zu. Ist mit dir doch ein altes Geschlecht in diese Gegend zurückgekehrt, das trotz seiner Wildheit auch viel Gutes bewirkt hat.

Lasst uns jedoch niemals vergessen: So viel die Menschen auch denken mögen, am Ende sind es doch die Wege des Herrn, die unser Schicksal lenken. Wahrlich, der Wille des Allmächtigen ist voller Wunder.

Gottes Segen für euch alle.

Magdalena, Freiin von Hausen

16

Dem Himmel sei Dank, es hatte endlich aufgehört zu regnen. Seit zwei Tagen waren sie nun unterwegs in Richtung Rorschach, der ehrenwerte Tuchhändler Johannes Brutschin und seine Ehefrau Ursula, um im Auftrage des großen Handelshauses Fugger neue Geschäftskontakte zu knüpfen und alte mit den Konstanzer Handelshäusern Gall und Tritt zu pflegen. So stand es zumindest in den Papieren. Thomas Leimer wusste nicht, wie Dorothea es geschafft hatte, an diese Unterlagen zu kommen. Aber schon der Name Fugger sorgte dafür, dass sie unbehelligt blieben. Schließlich hatte dieses Handelshaus mit seinem Geld Kaiser Karl V. den Thron gekauft. Fugger – das war ein Name, der Respekt einflößte.

Missmutig schaute Thomas Leimer an sich hinunter. Sein Fuchswallach war mit Schlamm bespritzt, sein derber Wollumhang auch. Das würde keinen guten Eindruck machen, wenn er bei Jakob Murgel vorsprach. Dabei war der gute Eindruck wichtig, sehr wichtig. Besonders wenn er einen Mann wie den Konstanzer Domherrn überreden wollte, ihm einen Gefallen zu tun. Bevor er nach Italien ging, brauchte er dringend ein Empfehlungsschreiben, das ihm die Tür zur Rückkehr in die warmen Arme von Mutter Kirche öffnete. Murgel war der Einzige, der ihm jetzt noch helfen würde. Vielleicht. Er kannte den Domherrn nicht, hatte aber von dessen Skrupellosigkeit schon einiges gehört. Irgendwie musste er Murgel davon überzeugen, ihm ein Empfehlungsschreiben für die Kurie auszustellen. Ohne Beziehungen lief nichts in Rom ... Nun, er hatte noch immer bekommen, was er wollte.

Eines war jedenfalls sicher. Er konnte auf keinen Fall in der Gegend bleiben. Sowohl in den habsburgischen Vorlanden als auch bei den Eidgenossen hatte er es sich mit allen seinen Gönnern inzwischen verscherzt. In Italien kannte ihn niemand. Das Wissen über seine Vergangenheit würde den Weg nur schwerlich über die Alpen ins weit entfernte Italien finden. Leimer nickte zufrieden.

Murgel war ehrgeizig. Und noch nicht lange zurückgekehrt in diese Stadt Konstanz, die das Domkapitel vor über 20 Jahren unter so schmählichen Bedingungen hatte verlassen müssen. Vielleicht konnte er ihn bei dieser Seite seines Charakters packen. Der Papst lag im Sterben, hörte man. Jedenfalls war Paul III. schwer krank. Es standen in Rom also große Veränderungen bevor. Da gab es doch sicher einiges, was ein wendiger Mann vor Ort für einen ehrgeizigen Domherren tun könnte, der es satt hatte, Domherr in einem Münster zu bleiben, das all seiner Schätze beraubt war. Wenn er sein Anliegen richtig vorbrachte, würde auch Murgel die Vorteile einer solchen Allianz schnell begreifen. Allerdings musste er noch das Problem Dorothea Offenburg lösen. Er konnte sie unmöglich mit nach Italien nehmen. Sie wäre ihm nur im Weg bei seinem neuen Leben.

Er blickte hinüber zu seiner Frau. Ihr Gesicht war bleich. Der schnelle Ritt machte ihr zu schaffen, das sah er. Sie war noch nie eine besonders gute Reiterin gewesen. Ihr zierlicher Zelter, eigentlich viel zu edel für die Gattin eines Tuchhändlers, war ebenfalls bis zur Brust voller Schlammspritzer.

Dorothea zog mit der einen Hand fröstelnd ihren durchweichten, grob gesponnenen Umhang zusammen und schob die Kapuze tiefer ins Gesicht. Sie spürte den Blick ihres Mannes auf sich ruhen und lächelte ihm tapfer zu. Doch sie fror offensichtlich erbärmlich in ihrer viel zu leichten Kleidung. Selbst für Ende Oktober war es schon empfindlich kalt. Der Atem der beiden Pferde bildete kleine Nebel in der kühlen Luft. Aber Dorothea klagte nicht.

Das musste er ihr lassen: Sie war keine Frau, die jammerte. Obwohl die reiche Dorothea Offenburg es nicht gewöhnt war, an Tagen wie diesem über schlammige, löchrige Wege zu reiten. Wenn, dann war sie früher höchstens in einer bequemen Kutsche gereist, begleitet von Lakaien, eingepackt in wärmende Decken und mit einem Kohlenbecken im Inneren der Kutsche, dessen Glut für Wärme sorgte. Doch sie hatten keine Zeit, eine Kutsche zu nehmen. Die Herbststürme fegten schon übers Land, der Winter nahte. Nicht mehr lange, und der erste Schneefall würde einsetzen. Die alte Handelsroute nach Italien war zu keiner Jahreszeit ein Zuckerschlecken. Wenn der Winter hereinbrach, Stürme die Schneeflocken wie Geschosse über die schmalen Trampelpfade trieben, konnte die Strecke schnell zu einer tödlichen Falle werden. Es war schon mancher am Wegesrand erfroren. Sie mussten also so schnell wie möglich zu Murgel nach Konstanz und dann weiter nach Süden.

Thomas Leimer blinzelte seiner Frau mit einem Lächeln zu, das er für ermutigend hielt. Sein Gesicht verriet nichts von seinen wirklichen Gedanken. Fieberhaft überlegte er weiter, wie er sie loswerden konnte. Vielleicht würde sich ja Murgel ihrer annehmen. Er betrachtete sie prüfend. Nein, dafür war sie wohl nicht hübsch genug. Der herbe Mund, die hohe Stirn, sie wirkte eher wie eine selbstbewusste Adelige, nicht wie eine weiche, anschmiegsame Frau. Auch wenn der äußere Eindruck trog. Aber sie hatte einfach nicht jene Ausstrahlung von Hilflosigkeit und Sinnlichkeit, die Männer wie Murgel unwiderstehlich anzog.

Plötzlich scheute ihr nervöser Zelter. Sie bekam die Stute gerade noch in den Griff. Er zügelte verärgert seinen Warmblüter, um auf sie zu warten.

»Wir müssen deine Stute in Konstanz loswerden. Das nervöse Tier schlägt ja schon aus, wenn ihm nur ein Vogel vor die Nüstern fliegt«, stellte er gereizt fest.

Dorothea schaute ihn anklagend an. »Aber ich liebe dieses Tier. Sein Stammbaum reicht zurück bis zu den Stuten des Propheten. Mein Vater hat sie mir einst geschenkt.«

Er beherrschte sich gerade noch und zwang sich, verständnisvoll zu nicken. »Schade um das wertvolle Ross. Zu einer anderen Zeit wäre ich stolz gewesen, es zu besitzen. Doch eine solche Reise quält das empfindliche Tier nur. Das musst du doch einsehen. Es ist ein Pferd für bequeme Pfade. Wir müssen schauen, dass wir die Stute in Konstanz loswerden. Sie bringt bestimmt ein hübsches Sümmchen.«

Er sah den stummen Protest in ihrem Gesicht und ließ sie erst gar nicht zu Wort kommen. »Das Geld können wir gut brauchen. Mein Fuchswallach sieht zwar aus wie ein Bauernpferd, ist aber den widrigen Umständen weit besser gewachsen. Wir werden dir ein ähnliches Pferd besorgen. Gefühlsduseleien können wir uns im Moment nicht leisten.«

Dorothea Offenburg biss sich auf die Lippen. Doch es kam kein Widerspruch. Ungeduldig winkte Leimer seiner Frau zu, die etwas zurückgeblieben war. Er war erleichtert, dass sie sich wieder einmal fügte, ohne Ärger zu machen. Andererseits verstand er einfach nicht, wie ein Mensch sich und seine Wünsche so ganz und gar zugunsten eines anderen aufgeben konnte, so wie sie es tat.

Dorothea hatte inzwischen wieder aufgeschlossen, sie ritt nun neben ihm. Der Weg war etwas breiter geworden, und ihr Zelter hatte sich wieder beruhigt. Sie sprach noch immer nicht. Das war nun wirklich eine angenehme Seite an ihr. Er mochte Frauen nicht, die ständig redeten und einen Mann in seinen Gedanken störten. Fast liebevoll betrachtete er sie.

»Komm, Liebste, sei tapfer, wir haben es bald geschafft.« Er lächelte seiner Frau noch einmal aufmunternd zu, so warmherzig er konnte. Er hatte diesen Blick lange geübt. Schon bei seiner Mutter. Dieser Hure. Dorothea strahlte dankbar zurück.

Seine Mutter. Manchmal hatte er sie sogar bewundert. Sie hatte es verstanden, die Männer um den Finger zu wickeln. Zumindest, solange sie noch jung und schön gewesen war: die hilflose, trauernde Witwe eines früh verstorbenen Bäckermeisters. Immerhin hatte er es einem ihrer zahllosen Liebhaber zu verdanken, dass er etwas aus sich hatte machen können. Dieser hatte den Sohn seiner Geliebten sogar in seinem Testament bedacht und es ihm so ermöglicht, sich den Studien der Theologie zu widmen. Er war Pfarrer gewesen. Vielleicht hatte der Alte gehofft, so dem Gericht Gottes und dem Fegefeuer zu entgehen. Leimer lachte trocken in sich hinein.

Doch am Ende war seine Mutter im Armenspital elendig an der englischen Krankheit krepiert. Er sah das Bild vor seinem inneren Auge, als wäre es gestern gewesen. Die ausgemergelte Frau auf dem Strohsack. Unter ihr nur gestampfter Boden. Neben ihr zahllose andere kotzende, stinkende, eitrige, ekelhafte menschliche Wracks. In seinem Kopf schrillten wie damals die Schreie des Irrsinns, die ihr zerlöcherter Verstand ihrem ausgemergelten Leib abpresste – unflätige Beschimpfungen, ein wildes Kreischen, das einfach nicht enden wollte. Sie hatten ihn jahrelang bis in seine Träume verfolgt, gellten in stillen Stunden in seinen Ohren. Er fühlte wieder den unbeherrschbaren Brechreiz von damals in sich aufsteigen und krümmte sich innerlich zusammen. Es war jedenfalls das Letzte, was er von Theresia Leimer gesehen hatte.

»Komm, lass uns schneller reiten, dann wird uns warm. In gut einer Stunde sind wir in Konstanz. Denk einfach an das warme Feuer, das in der Herberge am Fischmarkt auf uns wartet, das heiße Bier, das dir Hände und Bauch wärmen wird.«

Dorothea nickte müde. Unter ihren braunen Augen lagen dunkle Ringe. Aber wieder lächelte sie. Das Herz wurde ihr warm unter seinem Blick und bei seinen tröstenden Worten. Dieser Mann war jedes Opfer wert.

Domherr Jakob Murgel musterte sein Gegenüber ungeniert. Der Mantel zeigte noch unverkennbare Spuren von Schlammspritzern, obwohl sich jemand offenbar hastig bemüht hatte, sie herauszubürsten.

»So, also Ihr seid Thomas Leimer, der Mann, der die Äbtissin von Seggingen verführt und vom rechten Weg abgebracht hat. Und nun seid Ihr hier in Konstanz mit Eurer Metze und wollt meine Hilfe. Ein Empfehlungsschreiben, hm? Ihr seid ziemlich dreist.«

Leimer nickte stumm und machte einen ironisch angedeuteten Kratzfuß. Er wusste, Murgel erwartete keine Antwort.

Doch der Domherr sah die Nervosität sehr wohl, die Leimer hinter dieser Geste zu verstecken suchte. Gut! Für den Anfang sehr gut. Dieser Leimer war ein Mensch, der nur die Macht respektierte, keiner, der zu leicht errungene Gefälligkeiten zu schätzen wusste. Falls er ihm half. Jakob Murgel genoss die Situation in vollen Zügen. »Warum sollte gerade ich Euch helfen, wieder in den Schoß der Kirche zurückzukehren?«

Leimer zögerte. »Ich … hatte den Eindruck, Ihr wärt der Äbtissin von Seggingen nicht sonderlich gewogen. Und immerhin habt Ihr es auch mir zu verdanken, dass sie nun nicht mehr Äbtissin ist.«

»Ein echter Christ liebt alle Seelen, auch die verirrten«, wies ihn Murgel salbungsvoll zurecht. »Außerdem tätet Ihr gut daran, nicht auch noch damit zu prahlen, dass Ihr eine gottesfürchtige Frau verführtet. Nicht nur, dass sie mit Euch die Ehe einging, sie kehrte dem rechten Glauben den Rücken …«

Der Domherr konnte sich gerade noch ein zufriedenes Schmunzeln verkneifen. Ein Mann, der diese hochmütige Magdalena von Hausen ins Verderben gestürzt hatte, weckte in der Tat gewisse Sympathien in ihm. Er würde ihr niemals vergeben und vergessen, dass sie ihm die kleine Katharina verweigert hatte. Noch heute regten sich seine Lenden, wenn er an das Mädchen dachte.

Ein Empfehlungsschreiben für Thomas Leimer, den Liebhaber von Magdalena von Hausen, das wäre schon eine subtile Form der Rache.

»Wie man hört, wartet die Dame noch immer auf Euch.« Er blickte Leimer an. »Nun, vielleicht könnte es ihre unsterbliche Seele ja retten, wenn ich Euch ein Empfehlungsschreiben gebe und Euch damit den Weg nach Italien ebne. Wenn sie Euch nicht mehr zu Gesicht bekommt, kehrt sie vielleicht als reumütige Tochter zur Mutter Kirche zurück. Doch was habe ich davon?«

Murgel belauerte den Mann, der da vor ihm stand, neugierig. Eines war offensichtlich: Leimer brauchte diese Einführung sehr dringend. Da musste mehr dahinter stecken als seine bigamistische Ehe mit dieser Dorothea Offenburg. Es gab Männer, die lebten ganz offen mit zwei Frauen. So wie Phillipp I. von Hessen, dieser Ketzerfürst, der gehofft hatte, seine Vielweiberei durch den Anschluss an den Schmalkaldischen Bund der protestantischen Fürsten sanktioniert zu bekommen. Nun, er war dem Kaiser bei der Schlacht bei Halle ins Netz gegangen.

Leimer wählte seine Worte vorsichtig, als er auf Murgels Frage antwortete: »Ich könnte Euch in Rom sicherlich von Nutzen sein. In einer Zeit wie dieser und angesichts der Veränderungen, die sich beim Heiligen Stuhl anbahnen, ist es immer gut, Verbündete im Zentrum der Macht zu haben.«

Ein ärgerlicher Funke glomm in den Augen des Domherrn auf. Dieser Leimer war wirklich dreist. Und leider offenbar allzu gut informiert. Er würde ihn zähmen müssen. Nur sehr wenige wussten, dass die Mission, zu der ihn Bischof Metzler nach der Absetzung der Segginger Äbtissin in die Heilige Stadt geschickt hatte, kläglich gescheitert war. Der schwer kranke Papst Paul III. beschäftigte derzeit die Gemüter ebenso wie die Intrigen um seine Nachfolge. Da hatte niemand Zeit, sich um einen Domherrn zu kümmern, der die Nachricht vom Abfall einer verliebten, ketzerischen Äbtissin brachte und für eine Nachfolgerin gut Wetter machen sollte. Das würde erst sehr viel später wieder aus den Schubladen geholt werden. Ärgerlich, aber nicht zu ändern. Die Zukunft des Heiligen Stuhls war derzeit in den Gängen des Vatikan von größerem Interesse als die Bestrafung und die Nachfolge der Magdalena von Hausen.

Andererseits wusste Murgel die Ironie dieses Augenblicks zu schätzen. Er war ein Mensch, der solche Feinheiten liebte. Dieser Leimer hatte durchaus Recht.

Dennoch runzelte Murgel die Stirn und musterte den Bittsteller vor sich mit größter Unhöflichkeit. Thomas Leimer wurde unter diesem Blick immer unsicherer und begann von einem Fuß auf den anderen zu treten. Murgel würdigte ihn noch immer keiner Antwort. Erst wollte er in Ruhe nachdenken.

In seinem Kopf überstürzten sich die Bilder seines Aufenthaltes in Rom. Wenigstens war er Kardinal Carafa begegnet. Per Zufall, und als er wieder einmal vergeblich versucht hatte, ins Vorzimmer des Papstes zu kommen. Sie hatten sich auf Anhieb verstanden. Der eine, über 70 Jahre alt, mit der versteinerten Miene des Moralisten, Mitglied der Kommission für Kirchenreform und Leiter der neu organisierten Inquisition. Zusammen mit Cajetan von Thiene hatte er den Theatiner-Orden gegründet. Und Carafa war ein Mensch mit offensichtlich unstillbarem Hunger nach mehr. Einer, der alles wollte. Einer, den die Jahre nicht zufrieden gestellt hatten, der immer noch hungriger geworden war. Einer, der auf den Stuhl Petri wollte. Murgel und Carafa, zwei Männer vom gleichen Schlag, beide ehrgeizig, beide intelligent, verwandte Seelen eben. Und beide erkannten im anderen jemanden, der nützlich sein konnte. Carafa war in gewisser Weise genial.

Der Theatinerorden ... Das brachte den Domherrn auf eine Idee. Er betrachtete den nervösen Thomas Leimer boshaft. Mönche, die zu den Armen gingen, Kranke heilten, in strenger Armut lebten. Das wäre doch sicher eine gottgefällige Schule der Demut für diesen eingebildeten Schönling. Jakob Murgel grinste Leimer an. In dessen Augen glomm Hoffnung.

Doch Murgel senkte seinen Blick sofort wieder. Dafür würde dieser Mann zahlen, sein Leben lang. Wenn er ihm ein Empfehlungsschreiben gab, musste er ihn auch in die Hand bekommen. Er konnte ihm in jedem Fall immer drohen, seine Missetaten und Lügen zu verraten. Der strenge Carafa würde keinen Ketzer in seinem Orden dulden. Als Leiter der Inquisition hatte er alle Mittel bei der Hand, einen Mann wie Thomas Leimer zu brechen. Das war gut, sehr gut sogar. In Murgels Gehirn arbeitete es fieberhaft. Dieser Mann würde gehorchen, ihm aus Rom alle Informationen liefern, die er brauchte, um sein eigenes Fortkommen zu beschleunigen.

Leimer versuchte vergeblich, aus Murgels Miene herauszulesen, wie es um seine Sache stand. Dieses Schweigen wurde ihm langsam ungemütlich. Der Mann war ein guter Schachspieler, das sah man. Und er glaubte offensichtlich, seinen Bauern gefunden zu haben, den er im Zweifelsfall opfern könnte. Man würde sehen. Auch er war ein Meister in diesem Spiel.

Murgels Stimme riss ihn aus seinen Gedanken. »Ich werde es mir überlegen. Ich denke eigentlich nicht, dass Ihr meine Hilfe verdient habt. Aber ich bin immerhin bereit, darüber nachzudenken. Schließlich habt auch Ihr eine unsterbliche Seele – falls Ihr wirklich Reue und Demut zeigt wie ein echter Mann der Kirche. Doch davon scheint Ihr mir im Moment noch weit entfernt zu sein. Ich weiß noch nicht, ob Ihr würdig seid, wieder in die Gemeinschaft der Gläubigen aufgenommen zu werden. Mehr kann ich Euch jetzt nicht sagen. Kommt in einer Woche wieder.«

Leimer fuhr auf, wollte protestieren. Seine Lage und der herannahende Winter forderten einen schnellen Aufbruch nach Italien. Doch eine energische Handbewegung Murgels erstickte seinen Widerspruch. »Geht jetzt, bevor ich es mir anders überlege.«

Es dauerte nicht eine, sondern zwei Wochen, bis Thomas Leimer endlich sein Empfehlungsschreiben in der Hand hielt.

Es machte Murgel Vergnügen, ihn zappeln zu lassen. Außerdem war es klug, wenn dieser Mann von Anfang an zu spüren bekam, wer hier die Macht hatte. Bevor er das Pergament versiegelte, gab er es seinem neuen Hörigen zu lesen. Der Brief war in Latein verfasst, Thomas Leimer hatte einige Mühe, ihn zu verstehen:

Hochverehrter Bruder in Christo, Kardinal Gian Pietro Carafa, der Mann, der Euch dieses Schreiben überbringt, ist Bruder Benediktus, ein reisender Kapuziner-Mönch, den es aus verschiedenen Gründen nach Italien und in Euren Orden zieht. Er ist ein gewandter Mann, der Euch so nützlich sein könnte, wie er es mir war, wenn Ihr Eure Hand über ihn haltet. Vielleicht könnte er durch Eure Gnade und mit Eurer Fürsprache im Theatiner-Orden Zuflucht finden. Er wird tun, was immer Ihr von ihm verlangt.

Jakob Murgel, Domherr zu Konstanz
14. November, im Jahre des Herrn 1549

Dieses Schreiben machte ihn zum gefügigen Werkzeug eines Mannes, den er noch nicht einmal kannte. Das begriff Thomas Leimer sofort. So empfahl man willige Spione und Mörder. Doch er hatte keine Wahl. Ein anderes würde er nicht bekommen. Insgeheim imponierte ihm sogar die Weitsicht Murgels. Der Mann verstand es, aus einer Situation Kapital zu schlagen. Immerhin hatte Murgel ihm mit seinem Brief eine falsche Identität verschafft. Vielleicht ließ sich daraus ein Hebel schnitzen, der die Verhältnisse veränderte. Deshalb beschränkte er sich auf eine einzige, lahme Frage: »Was mache ich als Mönch mit meinem Weib Dorothea Offenburg? Als Mann der Kirche kann ich wohl schlecht mit einer Frau reisen.«

In Murgels Blick lag Stahl. »Das ist Euer Problem, Bruder Benediktus.«

Keuchend stellte die Schankmagd Maria die beiden schweren, gefüllten Bierkrüge vor der Türe zum Schankraum ab. Mit dem Unterarm wischte sie sich den Schweiß von der Stirn. Wenn sie noch oft in den Keller musste, um Nachschub zu holen, dann würden ihr bis Mitternacht die Arme bis zu den Kniekehlen hängen. Sie hob die Arme und schob mit den Händen ihre Brüste noch ein wenig höher in dem eng anliegenden Mieder. Grinsend blickte sie in ihren weiten Ausschnitt. Zwei runde, pralle Kugeln kamen ihr entgegen. Sie sprangen den Männern förmlich ins Gesicht. Besonders, wenn sie sich leicht vorbeugte, um ihnen mit einem auffordernden Knall ihr Essen oder ihr Getränk vorzusetzen. Der Umsatz der Schänke am Konstanzer Fischmarkt hatte sich erheblich gesteigert, seit Maria hier bediente.

Als sie die Tür zum Schankraum öffnete, schlug ihr die schwere, warme Luft nach der Kälte im Kellergewölbe wie ein heißer Lappen ins Gesicht. Es roch wie immer hier: nach dem stickigen Qualm des Kaminfeuers, nach dem Schweiß ungewaschener Gäste, dem Dunst von Alkohol und ranzigem Fett, der noch tagelang in den Kleidern hing. Der dunkle, bärenhafte Fremde mit dem langen, lockigen Haar, das nach einer zärtlichen Frauenhand schrie, und dem vollen Bart saß noch immer da wie vor fünf Minuten, als sie zum Bierholen gegangen war. Er hatte die Ellbogen auf den fettigen Holztisch gestützt, das Kinn in die Hände gelegt und starrte in seinen gewürzten, heißen Wein. Er sah finster aus. Maria hatte fast ein wenig Angst vor ihm. Doch es war eine wohlige Furcht, denn in seinen Augen lag jener sehnsüchtige Blick, den jede richtige Frau im richtigen Moment gar zu gerne aus den Augen eines Mannes vertreibt, der ihr gefällt. Der Fremde hatte allerdings noch nicht einmal aufgeschaut, als sie ihm den Becher auf den Tisch gestellt hatte, die runden, herausfordernden Kugeln in ihrem Ausschnitt wären ihm dabei fast ins Gesicht gefallen. Er hatte es nicht einmal gemerkt.

Konz Jehle hatte Sehnsucht. Sehnsucht nach den grünen,

wogenden Wipfeln der Wälder über Seggingen, nach dem Geruch der Stadt, jener Mischung aus Urin, Stall, Küchendünsten und Weihwasser. Er wünschte, er könnte jetzt dort durch die Straßen gehen, die Menschen grüßen, die er seit seiner Kindheit kannte. Er sehnte sich danach, durch die endlosen Wälder zu streifen, die er einst im Auftrag des Stiftes und des Murger Dinghofes zu betreuen hatte. All das fehlte ihm so sehr, dass sein Herz schmerzte. Er wusste nicht, was er hier in Konstanz in dieser Schänke eigentlich tat. Ein Instinkt hatte ihn in die Stadt am Bodensee getrieben.

Seit drei Wochen hatte er nun entlang des Rheins zwischen Basel und Konstanz versucht, irgendwo eine Spur von Thomas Leimer zu finden. Doch der schien wie vom Erdboden verschluckt zu sein. Konstanz war seine letzte Hoffnung. Leimer war schon einmal in die Arme der Kirche zurückgekehrt, hatte man damals in Basel gemunkelt. Vielleicht wollte er es ja wieder versuchen. Vielleicht war er ja deshalb zu Bischof Metzler gegangen. In Basel konnte er jedenfalls kaum noch Freunde haben. Aber bislang deutete nichts darauf hin, dass er in Konstanz war. Seit vier Tagen durchstreifte Konz die Stadt, beobachtete den Amtssitz des Bischofs. Vorgestern noch hatte er gedacht, er habe Leimer gesehen. Ein Mann auf einem braunen Wallach, neben sich eine Frau auf einem zierlichen Zelter, die ihn liebevoll anblickte. Doch das konnte nicht sein. Die Frau irritierte ihn. Nein, ein Mann, der zurück in die Arme der Kirche wollte, würde sich nicht mit einer Frau belasten.

Konz Jehle stöhnte leise. Er wollte eigentlich nur nach Hause, dorthin, wo er sich auskannte, wo er sich nicht so verwirrt und einsam fühlte. Er sehnte sich zurück in sein Heim, nach seinem Sohn Thomas, nach seiner kleinen, rothaarigen Tochter, die er noch kaum kannte. Und nach dem plötzlichen, oft ganz unvermuteten Lächeln von Katharina, das seine ganze Seele mit Wärme erfüllen konnte.

Doch Katharina war nicht da. Die Frau, mit der er Tisch und Bett geteilt hatte, war eine andere als jene getriebene Fremde der Tage in Basel. Sie glich seiner Katharina, aber er kannte sie nicht. Kannte nicht die wilde Sehnsucht und Begierde, mit der sie diesen Thomas Leimer in einer dunklen Ecke wie eine Hure umarmt und geküsst hatte. Eine Geste von so tiefer Sehnsucht und Hingabe, dass ihm die Erinnerung daran schon wieder die Tränen in die Augen trieb.

Was hätte er danach auch mit ihr reden sollen? Er erkannte ihr Bedürfnis nach Aussprache wohl, als es ihm nach der schweren Verwundung durch Leimers Messer langsam wieder besser ging. Doch je weniger weh der Stich unter der Achsel tat, umso stärker empfand er den Schmerz ihres Verrates. Schon wenn sie ins Zimmer trat, hätte er sich wie ein Wurm zusammenkrümmen mögen, so furchtbar war es, sie auch nur anzusehen. Sie war nicht mehr die Frau, mit der er gelacht hatte, die Frau, die er umarmt hatte, die Frau, mit der er über die Zukunft ihrer kleinen Familie gesprochen hatte, die er mit seinem Leben beschützen würde. Seine Frau. Mein Gott, wie sehr er sie vermisste! Ihre zärtliche Berührung, wenn er traurig war, ihr aufmunterndes Lächeln, wenn sie ihm einen Becher kühles Wasser reichte, sobald er müde die Türe öffnete. Diese Frau, der er so bedingungslos vertraut hatte wie sich selbst.

Doch jene, die er in Basel gesehen hatte, war eine Fremde. Er hätte jeden niedergeschlagen, der behauptete, dass diese andere Katharina existierte. Vorher. Er hatte immer gewusst, dass seine Frau eine geheime, tiefe Wunde mit sich herumtrug, seit sie das erste Mal aus Basel zurückgekommen war. Doch er hatte sie nicht drängen wollen, nicht zwingen, ihm zu erzählen, wer der Vater des kleinen Thomas war. Obwohl er es hätte aus ihr herausprügeln können. Er wusste um seine enorme körperliche Stärke, wusste, wie schnell er jemanden verletzen konnte. Deshalb ging er normalerweise behutsam mit seiner Kraft um. Es hatte ihn Jahre der Übung gekostet, sie unter Kontrolle zu bekommen, Jahre, in denen die Menschen schmerzhaft das Gesicht verzogen, wenn er ihnen nur die Hand drückte. Und er wusste um jene enorme Wut, die er in sich trug. Diesen Zorn konnte er nicht kontrollieren. Er fürchtete ihn fast ebenso, als wäre es der Zorn eines anderen Mannes. Wenn er aufstieg, verlor er die Macht über sich selbst, vervielfachten sich seine Kräfte. Ohne sein Messer wäre Thomas Leimer jetzt tot.

Aber diesmal hatte der Zorn sich nicht gelegt. Er wurde nur mühsam in Schach gehalten durch jene Schicht von Eis, die seit Basel sein Herz und sein Hirn eingefroren hatte. Er konnte nicht richtig denken. Doch er musste denken. Er musste entscheiden, was er nun tun sollte. Musste eine Möglichkeit finden, Thomas Leimer auf die Spur zu kommen. Denn dieser Mann war der Schlüssel zu Katharinas Schmerz. Schon dafür verdiente Leimer den Tod. Er musste herausfinden, was es war, was seine Frau und diesen Mann verband. Und sollte es ihn auch das eigene Leben kosten. Vorher konnte er nicht zurück. Er wollte es mit Leimers eigenen Worten hören. Vielleicht konnte er seiner Frau dann wieder vertrauen. Wie sollten sie denn jemals wieder zusammenleben, wenn zwischen ihnen kein Vertrauen war?

Er hätte es ahnen müssen, dass mit diesem Mann etwas nicht stimmte, als er Thomas Leimer mit dem tückischen Blick des notorischen Blenders zum ersten Mal von der Kanzel hatte predigen hören. Seine Worte klangen gut, seine Stimme war verlogen. Schon damals hatte er ihm nicht getraut, hatte nie verstanden, was Magdalena von Hausen an ihm fand. Warum sie alles, die überkommene Ordnung, ihre Ehre, die Menschen, die sie liebten, weggab, um diesem Mann zu folgen. Er hatte gesehen, wie sich Katharinas Körper versteifte, sich ihr Gesicht verhärtete, wann immer Thomas Leimer in ihre Nähe kam. Damals hatte er gedacht, sie fühle die Schlange, die in diesem Mann wohnte, ebenso wie er. Doch das war ein Irrtum gewesen. Der Grund lag ganz woanders. Sie hatte Leimer geliebt. Das war ihm jetzt klar.

Konz stöhnte auf. Er wollte, er hätte die beiden nicht zusammen gesehen. Er fühlte wieder die eiserne Entschlossenheit in sich aufsteigen, diesen Mann zu stellen, die Hände um seinen Hals zu legen und zuzudrücken.

»He, Fremder, willst du noch lange hier sitzen, ohne einen weiteren Wein zu trinken?« Maria hatte sich direkt vor ihn gestellt, die Hände in die Hüften gestemmt, den Oberkörper leicht vorgebeugt, sodass ihre fülligen Brüste fast aus dem Mieder sprangen.

Konz blickte sie verständnislos an, nahm langsam wieder den Raum wahr, in dem er gerade saß. Hölzerne unbequeme Bänke, glänzend poliert von hin- und herrutschenden Hinterteilen unzähliger Gäste. Das Gemurmel der anderen und die vier Männer, die am Tisch direkt rechts von ihm saßen. Auf der Platte lagen noch die Reste einer Mahlzeit: abgenagte Schweineknochen, Brotkrümel, eine Lache von verschüttetem Wein. Einer der vier musste einen Witz erzählt haben, denn alle lachten grölend, schon halb berauscht.

»Und stellt euch vor, dieser Dummkopf wollte doch tatsächlich zu dieser Jahreszeit noch über den Arlberg-Pass nach Italien. Einen schlechteren Weg hätte er sich wohl nicht aussuchen können. Auch noch in Begleitung einer Frau. Selbst wenn sie für den ersten Teil der Strecke auf dem Alpenrhein ab Rorschach Richtung Süden eine Ledine bekommen, wird es schon schwer genug. Versteh einer die Menschen. Ausgerechnet über den Arlberg-Pass. So ein Dummkopf! Als ob der Leibhaftige hinter ihm her wäre, als ob er was zu verbergen hätte. Er müsse schnellstens nach Rom zur Kurie. Er habe einen wichtigen Auftrag des Hauses Fugger und eine dringende Nachricht vom Domherrn zu überbringen, wollte er mir weismachen. Wer's glaubt. So einen Umweg macht doch sonst kein Mensch, der seine fünf Sinne beieinander hat, schon gar kein Handelsmann des Hauses Fugger. Das kann er erzählen, wem er will, aber nicht mir.« Der Dicke wischte sich grinsend die fettigen Hände am Wams ab.

»Dass ich nicht lache«, krähte der kleine Dünne neben ihm,

der aussah wie ein Wiesel. »Will um diese Zeit mit dem Schiff den Alpenrhein befahren. Bei diesem Regen und diesen Stürmen schafft das auch keine Ledine. Das würde kein Kapitän mit Verstand wagen. Außerdem friert der Tuchhändlersdame da höchstens das Schatzkästlein ein. Na, die Kälte, das Hochwasser und die Stürme werden diesem windigen Fugger-Gesandten die Dummheit schon früh genug aus dem Schädel blasen. Sofern dann noch etwas von seinem Schädel übrig ist.« Die vier Gäste am Nebentisch lachten wieder grölend.

Mit einem Ruck sah Konz Jehle auf. Ein solches Verhalten, eine solche Unvernunft konnte nur jemand an den Tag legen, der auf der Flucht war. Er musste mit diesen Männern reden.

»Fünf Becher Wein, vier für die Herren da drüben«, befahl er Maria mit dröhnender Stimme. »Ich sehe, das sind Herren mit Erfahrung, Reisende wie ich. Erlaubt Ihr, dass ich mich zu Euch setze?«

Konz Jehle erhob sich. Er ignorierte Maria, die noch immer vor ihm stand, einen ratlosen Blick im hübschen Gesicht. Sie sah ihn noch einmal kurz an, zuckte mit den Schultern und ging zurück an die Theke. Der hier war wirklich ziemlich seltsam. Es hatte noch keinen Mann gegeben, der beim Anblick ihrer Brüste nicht leuchtende Augen bekommen hätte. Doch der Dunkle hatte noch nicht einmal hingesehen. Es war wohl besser, ihn in Ruhe zu lassen.

Einer der Männer, ein langer Dünner mit hagerem Gesicht sah zu Konz Jehle hinüber. »Und was wollt Ihr von uns?«

»Nichts als ein wenig Wein mit Euch trinken und Erfahrungen austauschen. Wie ich gerade mitgehört habe, kennt Ihr Euch hier aus. Ich muss auch weiter nach Italien wie dieser Fremde, über den Ihr eben geredet habt.« Konz Jehle machte sein unschuldigstes Gesicht. »Und vielleicht ein kleines Spielchen, um die Einsamkeit zu vertreiben?«

Im Gesicht des Wiesels machte sich die Gier breit. Er musterte den Dunklen abschätzend. »Warum auch nicht«, meinte er dann quäkend.

Maria kam mit den fünf Bechern Wein. »Ist das den Herren vielleicht Empfehlung genug?«, fragte Konz. Der Dicke grölte wieder und schlug sich auf die Schenkel. »Nun, für den Anfang ist es wohl genug als Einführung. Was meint ihr, Freunde?« Die anderen nickten.

Konz ging hinüber an den Nebentisch. »Maria, die Würfel«, brüllte der Hagere.

Die Schankmagd knallte Becher und Würfel mit einem ärgerlichen Blick auf den Tisch.

Konz schüttelte den Würfelbecher. »Ich bin kein guter Spieler, Ihr müsst entschuldigen.« Die heitere Miene des Wiesels sprach Bände. Die Würfel rollten klackend über den Tisch. »Oh, wie Ihr seht, habe ich auch heute kein Glück.«

»Mit einer leichteren Geldkatze lässt sich's ohnehin besser reisen, Fremder.« Das war wieder die laute Stimme des Dicken.

Konz nickte und lachte gutmütig. »Na, vielleicht habe ich dafür bald einmal Glück in der Liebe, so wie dieser Fremde, von dem Ihr gesprochen habt. Ein Mann, dem eine Frau zu dieser Jahreszeit über die Alpen folgt, muss wohl sehr gut aussehen.«

Der Dicke lachte wieder. »Weiß nicht, hab eher einen Blick für Weiber. Und diese hier war für meinen Geschmack etwas zu sehr feine Dame. Das Herrchen hat sie allerdings nicht gerade liebevoll behandelt. So ein Schönling. Nichts dran. Blaue Augen, glaube ich, und redet fürchterlich salbungsvoll daher. Eher wie ein Priester und nicht wie ein Tuchhändler. Na ja, die Fugger sind ja bekannt dafür, dass sie oft die seltsamsten Unterhändler haben.« Wieder rollten die Würfel über den Tisch. »Oho, Fremder, diese Runde wird teuer für Euch. Maria, noch einmal fünf Wein auf Kosten dieses Mannes da.«

»Ich würde gerne mal mit ihm reden. Ich muss auch nach Italien. Vielleicht kann ich mich den beiden anschließen. Wisst Ihr vielleicht, wo dieser Tuchhändler untergekommen ist?« Konz sagte das eher nebenbei.

»Seid Ihr nun auch völlig übergeschnappt?« Der Hagere schaute ihn ungläubig an. »Der Winter kommt bald. Ihr würdet Euch den Arsch abfrieren, wenn's gut geht. Wenn's schlecht läuft, noch etwas mehr. Oder habt Ihr vielleicht mit diesem seltsamen Pärchen etwas zu schaffen?«

Wieder rollten die Würfel über den Tisch. Konz ließ sich mit der Antwort Zeit, dann lachte er und wies auf die Würfel. »Wenn Ihr mit mir fertig seid, dann werde ich wohl kaum noch das Geld haben, mir einen eigenen Führer über die Alpen zu mieten, meint Ihr nicht?«

»Das könnte wohl sein«, lispelte das Wiesel und kicherte scheppernd.

»Nun, jeder muss wissen, was er tut«, lallte der Dicke. Der schwere, gesüßte Wein hatte begonnen, ihn benommen zu machen. Auch Konz konnte die Wirkung des Alkohols jetzt spüren. Er merkte, wie das Misstrauen wieder nachließ. Dem Dicken blieb das Würfelglück treu. »Ihr könntet Recht haben, Fremder, Ihr könntet Recht haben«, dröhnte er mit schwerer Zunge.

»Also, dann sagt mir lieber, wo ich diesen Mann und diese Frau finde.« Konz bemühte sich, die erneute Nachfrage wie einen Scherz klingen zu lassen.

Der Dicke stützte den Kopf auf die Hand. »In der Herberge zum Silbernen Fisch, nicht weit von hier, meine ich«, lallte er. Dann glitt ihm der Ellbogen weg, und der Kopf knallte auf die Tischplatte. Eine Sekunde später schnarchte er.

Am nächsten Morgen war Konz bereits unterwegs zum Silbernen Fisch. Er wartete. Zwei Stunden wartete er, dann sah er einen Mann und eine Frau, die offensichtlich abreisten. Er meinte, den Messerstich von Basel noch einmal zu spüren. Das war er! Das war Thomas Leimer. Er hatte ihn endlich gefunden. Nun würde er ihn nicht mehr verlieren. Wohin dieser Mann ging, würde auch er gehen. Er würde ihn stellen. Sein heißer Zorn wich einer kalten Gewissheit und einer eisigen Ruhe. Aber er konnte warten … Am besten ließ er ein, zwei

Tage Abstand zwischen sich und dem Paar, damit Leimer ihn nicht erkannte. Er konnte warten.

Dorothea Offenburg biss sich auf die blau gefrorenen Lippen. Seit einer endlosen Reihe von Tagen waren der Tuchhändler Johannes Brutschin und seine Frau Ursula nun wieder unterwegs. Entlang des Sees in Richtung Bregenz, durch Nebel und nicht enden wollende Nässe. Trampelpfade, auf denen sich der kleine Trupp mit dem Packpferd durch schlammige Wiesen und über matschige Pfade quälte. Immer wieder hatte sie sich gewünscht, es möge wenigstens richtig kalt sein, die Pfützen gefroren. Nur endlich ein Ende dieser Nässe, die ihr durch Mark und Bein drang. Selbst die Betten in den verlausten und verwanzten Herbergen waren klamm gewesen. Dorothea Offenburg hatte das Gefühl, als würde ihr nie mehr in ihrem Leben warm werden, als hätte kein Feuer die Macht, jene kalte Nässe zu vertreiben. Endlich waren sie in der Herberge in Rorschach angekommen.

»Ich möchte nur noch schlafen. Hast du dir schon unsere Bettstatt angeschaut?«

Mit einer ungeduldigen Geste brachte der Tuchhändler seine erschöpfte Frau zum Schweigen. Dorothea Offenburg war müde, selbst zu müde, um zu essen. Sie wollte endlich weg aus der Schankstube und hinauf in ihr Strohlager. Und sei es noch so voller Ungeziefer. Doch der edle Gatte hatte keine Zeit für sein Weib. Seine neue Bekanntschaft war Gold wert: einer der Männer der berühmten »Mailänder Boten«, die die Nachrichten-Verbindung zwischen Lindau und Mailand aufrechterhielten. Andreas Messmer stammte aus Fussach. Und er kannte sich aus auf dem Weg nach Italien. Stämmig, rote Wangen, Arme wie knorrige Äste. Leimer hing an seinen Lippen. Die beiden Männer waren inzwischen schon die besten Freunde. Ständig stand ein gefüllter Becher mit Wein vor ihnen.

Anderl, wie er sich nannte, schüttelte gerade bedächtig den Kopf. »Seid Ihro Gnaden Euch sicher, dass Ihr mit einem Weib über den Arlberg wollt? Zu dieser Jahreszeit?«

Leimer nickte. »Es muss sein. Der Fugger wartet nicht lange, wenn er einen Auftrag gegeben hat. Und meiner lautet nun einmal: Geh nach Italien.«

Anderl nickte düster. Er kannte den Ruf der Fugger. Sie verlangten, dass ihre Aufträge prompt erledigt wurden. Und sie gaben jedem nur eine Chance. »Das mit die Ungeduld von die reichen Herrschaften, des kenn i schon. Also, zwei Möglichkeiten habt's. Die linksrheinische Strecke über Rheineck, Altstätten nach Werdenberg. Von da aus mit der Fähre weiter nach Schaan. Der direkte Weg nach Sargans ist wegen der Enge am Schöllberg schon im Sommer schwer genug zu passieren. Des wegen wird's am besten sein, Ihr nehmt gleich die rechtsrheinische Route durchs Österreichische. Aber mei, mit an Weib! Na, Euro Gnaden san ziemlich unvorsichtig. Ich kenn den Weg. Davon kann ich nur abraten zu der Jahreszeit. Da ist's schon für ein gestandenes Mannsbild allein schwer genug. Auf gar keinen Fall dürft Ihr über Bludenz und den Arlberg-Pass. Über den Berg führt bloß ein Saumpfad, nicht breit genug selbst für einen kleinen Karren. So manches Stück Weg müsst Ihr absteigen und zu Fuß gehen. Also, wählt den anderen Pfad, den leichteren. Was wollt Ihr auch davon abweichen, als wär Euch der unselige Satan auf den Fersen. Ich tät Euch ja gegen ein gutes Entgelt mitnehmen. An kleinen Verdienst nebenbei kann jeder brauchen. Bloß, die Zeit, ständig auf an Weiberrock zu warten, hab i net. Und sei er noch so saftig.« Anerkennend blinzelte er zur Tuchhändlersfrau hinüber. Dorothea Offenburg schaute angestrengt ins Kaminfeuer und tat, als hätte sie nichts gehört.

»Und was ist mit dem Schiff? Ich habe gehört, die Ledinen fahren auch im Winter?« Thomas Leimer wollte nicht aufgeben. Da musste er halt das Risiko eingehen, die bekannte alte Handelsroute zu nehmen.

Anderl nickte nachdenklich. »Das wär vielleicht eine Möglichkeit. Da müsst die Gattin sich nicht gar so schinden. Das müssen bloß die Taglöhner, die armen Siecher, und die Gespanne, die die Kähne den Alpenrhein stromaufwärts ziehen. Aber vielleicht fahren die Schiffer bei dem momentanen Hochwasser gar net.«

Thomas Leimer nickte und blickte zu seiner Frau. Sie würden also die Ledine nehmen, was blieb ihnen auch anderes übrig. Das hieß, die Pferde mussten zurückbleiben. Nun, er würde sich später um neue kümmern.

Den ersten Teil der Strecke kamen sie auch gut voran. Doch schon nach einigen Tagen, bei Lustenau, war Schluss. Die schäumenden Fluten des Rheins machten jede Weiterfahrt unmöglich. Sie mussten wieder über Land weiter.

Es war kalt geworden. Je weiter der Weg den Tuchhändler und seine völlig erschöpfte Frau bergan führte, umso mehr Schneeflocken mischten sich unter den Regen. Nun peitschte der Sturm die eisigen Kristalle gegen die in Lustenau eilig besorgten, mageren Gäule, in ihre Augen, in das Gesicht von Dorothea Offenburg, das nur unzulänglich durch einen Schal und die Kapuze geschützt war. Obwohl sie das Tuch bis fast unter die Augen gezogen hatte, drang die Schärfe des Eises noch immer bis zu ihrer Haut durch.

Mit Sehnsucht erinnerte sie sich an jene Winter, als sie in der warmen Stube in ihrem Haus am Rheinknie gesessen und der Schnee sich wie weicher Flaum auf die Fensterbank gesetzt hatte. Zarte Kristalle, wunderschön und leicht wie Federn. Sie hatte nicht gewusst, dass Schnee so wehtun konnte. Was hätte sie dafür gegeben, noch einmal an diesem Feuer sitzen zu können. Endlich einmal nicht mehr müde zu sein, endlich einmal ohne Flohbisse, endlich einmal wieder etwas Anständiges zu essen und nicht diesen ewigen, faden Brei, das halb gare Fleisch, das die Herbergen am Weg zu bieten hatten. Endlich wieder ein duftendes Daunenbett und keine dieser dreckigen, zerrissenen, stinkenden Decken, die es in den riesigen Schlafsälen dort gab. Nur wenn sie viel Glück hatten, war noch ein eigenes Zimmer für den Tuchhändler und seine Frau frei. Oft waren es aber Sammelunterkünfte, meist sogar die Gaststube selbst, in der sie sich neben anderen schnarchenden, stöhnenden, stinkenden, scheißenden, furzenden, rotzenden Menschen einrichten mussten. Sie konnte dort kaum schlafen. Ihr ganzer Körper juckte schon vor Dreck und Flohbissen. Manchmal hatten sie schlechter genächtigt als früher die Pferde in ihrem Stall in Basel.

Dorothea seufzte. Ihren geliebten Zelter hatte sie schon in Konstanz zurücklassen müssen. Jakob Murgel hatte ihn in seinen Ställen untergebracht. Wenigstens hatte es das Tier jetzt gut. Sie verstand nicht, warum sie nicht den Winter über in Konstanz geblieben und erst im Frühling über die Alpen gereist waren. Wegen Bigamie würde keiner der Häscher im Winter hinter seinem Ofen hervorkommen, um sie und Thomas Leimer zu jagen. Zumal doch niemand wusste, dass sich hinter dem Tuchhändler Johannes Brutschin und seiner Frau Ursula Thomas Leimer und Dorothea Offenburg verbargen. Auf ihre diesbezügliche Frage hatte ihr Mann nur barsch erklärt, sie könne ja in Konstanz bleiben. Doch Dorothea wusste, das konnte sie nicht.

Er hatte sich verändert in den letzten Wochen. Die Zärtlichkeit und Besorgnis, das Lachen, die jungenhafte Lust auf Abenteuer, die sie an diesem Mann so liebte, waren einer beständig größer werdenden Griesgrämigkeit gewichen. Jede seiner barschen Äußerungen, jeder ärgerliche Blick machten ihr inzwischen Angst. Panische Angst, sie könnte ihn verlieren. Und das, das wusste sie, würde sie nicht ertragen. Hastig verdrängte sie diesen Gedanken wieder aus ihrem Bewusstsein. Ein Leben ohne Thomas Leimer – daran mochte sie noch nicht einmal denken.

Zum ersten Mal hatte sie sich einem Mann so bedingungslos gegeben, einen Menschen so nah an sich herangelassen. Sie, die früher so distanzierte Dorothea Offenburg, die immer die Kontrolle behielt, niemandem erlaubt hatte, sie so tief in ihrem innersten Sein zu berühren. Nun war sie völlig wehrlos, ihm ausgeliefert. Nein, nur nicht daran denken, dass er einmal nicht mehr bei ihr sein könnte. Sie konnte schon den Gedanken kaum ertragen. Außerdem brachte es Unglück. Angst zog das Unglück an. Und sie brauchte Mut. Gerade jetzt. Brauchte auch Mut, es ihm endlich zu sagen. Es war auch sein Kind, das sie erwartete. Sie hatte sich so sehr gefreut, als es immer mehr zur Gewissheit wurde.

Doch nun würde dieses Wesen in ihrem Bauch, das, was ihre tiefe Vereinigung mit diesem Mann lebendig machte, ihn nur stören. Das spürte sie. Sie wollte ihn nicht noch mehr verärgern. Deshalb schwieg sie weiter. In ihrem Kopf formte sich das Bild der heiligen Familie, die bei Schnee und Wind durch die Lande gezogen war, um einen Ort zu finden, an dem das Christuskind auf die Welt kommen sollte. Weihnachten war nicht mehr allzu fern. Maria hatte in einem Stall entbunden. Dorothea Offenburg hoffte, dass ihr wenigstens das erspart bleiben würde. Dass es warme, helfende Hände geben würde, die ihr in ihrer schweren Stunde beistanden. Es war ihr erstes Kind. Sie wusste nichts über Geburten. Und sie war nicht mehr so jung, nicht wie die Katze in ihrem alten Haus am Rheinsprung in Basel. Die warf ihre Jungen einfach, verborgen in irgendeinem Winkel. Sie hatte viel über die Schmerzen und die Gefahren einer Geburt gehört. Nein, sie wollte nicht allein sein, sondern in den guten Händen einer fähigen Hebamme, die ihr den Schweiß von der Stirn strich und ihre Hand hielt, wenn es schlimm wurde. Die wusste, was zu tun war, falls etwas schief ging.

Wieder trieb der Sturm eine Wolke von Flocken und Eiskristallen über die beiden Menschen und die drei mageren Klepper. Das Packpferd schien noch die meiste Kraft zu haben. Das Schneegestöber war jetzt so dicht, dass sie nur wenige Fuß weit sehen konnten. Außerdem wurde es langsam dunkel. Thomas Leimer beobachtete seine Begleiterin. Lange würde sie nicht mehr durchhalten. Manchmal schwankte sie schon vor Müdigkeit auf ihrem Pferd. Sie musste doch bald einsehen, dass es das Beste für sie war zurückzubleiben. Doch bislang hielt sie eisern durch. Nun, sie würden die nächste Herberge bald erreichen. Vaduz war nur noch eine gute Stunde Ritt entfernt.

Plötzlich stieß Dorothea Offenburg einen Schrei aus. Sie ließ die Zügel fahren und griff sich an den Unterleib. »Thomas, hilf mir. Mein Gott, das Kind, ich verliere das Kind!«

Thomas Leimer zügelte sein Pferd so hart, dass es stieg. »Was sagst du da«, brüllte er fassungslos. »Kind? Welches Kind? Du willst mir doch nicht sagen, dass du …?«

Dorothea nickte schwach.

»Gott, verflucht sollst du sein. Was sollen wir jetzt mit einem Kind? Warum hast du nichts gesagt, Weib? Bist du wahnsinnig? Der Teufel soll dich holen. Das geschieht dir recht. Du machst nichts als Schwierigkeiten.«

Dorothea schluchzte hemmungslos. Die krampfartigen Schmerzen in ihrem Unterleib wurden immer schlimmer. Wie Wellen brachen sie über sie herein. Doch sie wusste nicht, was schlimmer war. Die Worte ihres Mannes oder die Pein in ihrem Bauch. Fast besinnungslos brach sie über dem Pferd zusammen.

Thomas Leimer war wie vor den Kopf gestoßen. Dieses vermaledeite Weib! Ein Kind! Nicht zu fassen. Als ob die Situation nicht schon schlimm genug wäre. Eine weitere Windböe jagte Eis über Menschen und Pferde hinweg. Leimer konnte kaum noch atmen in dieser Schneehölle. Für ihn war es wie eine Bestätigung seiner Gefühle. Wem nützte es schon, wenn sie alle hier starben? Am besten überließ er sie ihrem Schicksal. Einen schlechteren Zeitpunkt für ihre Weiberprobleme hätte sie sich wirklich nicht aussuchen können. Als ob sie sich bewusst seinen Plänen in den Weg stellen, ihn mit immer festeren Fesseln an sich ketten wollte. Aber da hatte sie sich getäuscht. Nun war Schluss!

Er griff nach den Zügeln des Packpferdes. Niemand würde nach ihr fragen. Niemand würde sie vermissen. Wütend drückte er seinem Klepper die Hacken in die Weichen. Das müde Pferd machte einen Satz nach vorne. Energisch nahm er es zwischen die Schenkel, trieb es nach vorne. Er würde weiterkommen. Er würde überleben. Mochte sie doch verrecken im Schnee. Es würde ohnehin nicht lange dauern. Erfrieren war ein sanfter Tod. Wieder hieb er dem Pferd die Stiefel in den Leib und zerrte an den Zügeln des Packpferdes. Widerstrebend setzten sich die beiden Gäule in Bewegung. Bedauernd blickte er zurück auf das Pferd von Dorothea. Nun, er würde es ihr lassen müssen. Er konnte sich nicht mit noch einem Tier belasten. Wieder kämpfte er sich einige Meter vorwärts. Der Sturm zog bereits einen Vorhang aus Schnee zwischen sie. Sein Gaul warf den Kopf nach oben und wieherte.

Das Pferd von Dorothea antwortete und setzte sich ebenfalls in Bewegung.

»Thomas, bitte hilf. Ich schaffe es nicht mehr.« Er konnte ihre schwache Stimme durch den eisigen, peitschenden Wind kaum hören. Sie schwankte im Sattel, versuchte verzweifelt, sich auf dem Pferd zu halten. Sie war also wieder zu sich gekommen. Verflucht sollte sie sein.

»Thomas! Liebster, bitte …«

Nein, er wollte nicht. Er wollte nicht auf diese Stimme hören … Da stieg unvermutet sein Pferd. Er hatte nicht damit gerechnet und landete mit einem Schwung im kniehohen Schnee. Fluchend erhob er sich und klopfte seine Kleider ab. Inzwischen war ihr Pferd wieder näher gekommen. Er spürte ihre Augen förmlich, wie sie ihn angstvoll, aber immer noch voller Vertrauen unter der tief in die Stirn gezogenen Kapuze anblickten. Sie war offenbar fast besinnungslos vor Schmerzen. Aber diese Augen! Er konnte diesen Blick nicht ertragen. Wie damals im Armenspital die Augen seiner sterbenden Mutter. Verdammt, er war einfach zu weichherzig. Also gut. Bis zur nächsten Herberge würde er sie noch bringen. Aber dann musste sie sehen, wo sie blieb.

Ohne ein Wort band er die Zügel ihres Pferde hinten am Geschirr des Packpferdes fest. Danach ergriff er die Zügel des Packpferdes und stieg wieder auf seinen Klepper. Der schien plötzlich nichts mehr dagegen zu haben, weiterzulaufen. Thomas Leimer zog sich die Kapuze noch tiefer in die Stirn. Er sah sich nicht mehr nach der Frau auf dem Pferd hinter sich um. Wenn sie sich auf dem Gaul halten konnte bis zur Herberge, dann wollte es das Schicksal eben so. Wenn nicht – dann hatte sie Pech gehabt. Er hatte jedenfalls das Seine getan. Mehr Nächstenliebe konnte niemand erwarten, auch der Himmel nicht. Fast liebevoll tätschelte er das Bündel, in dem er das Mönchshabit versteckt hatte. Es war sicher hinten an seinem Sattel festgeschnallt. Bruder Benediktus wartete schon.

Die Wirtsfrau schlug beide Hände über dem Kopf zusammen, als Thomas Leimer mit der schwankenden Dorothea am Arm die Tür zur Herberge aufstieß. »Mein Gott, was ist mit Euch, was hat diese arme Frau? Kommt, kommt schnell, wir haben oben noch ein freies Zimmer. Los, Mann, mach schnell einen gewürzten Wein heiß. Die kleine Frau bricht uns sonst völlig zusammen. Womöglich stirbt sie noch.«

In diesem Moment wusste Regine Steirer noch nicht, wie Recht sie mit ihrer Sorge hatte. Erst als die Wirtin die Bewusstlose aus ihrem vor Kälte steifen Umhang schälte, sah sie das ganze Ausmaß des Unglücks. Dorotheas Rock war blutig. Die Wirtin begriff sofort: Diese Frau hatte eine Fehlgeburt. Und wenn ihr nicht alle Engel des Himmels und die gnädige Jungfrau Maria beistanden, würde sie verbluten, so schwach wie sie war. Thomas Leimer würgte, als der blutige Schoß seiner Frau zum Vorschein kam. Er hatte so etwas noch nie ertragen. Er hasste Krankheit, hasste den Geruch von Blut. Fluchtartig verließ er das Zimmer.

Langsam kämpfte sich der Geist von Dorothea Offenburg drei Tage später wieder ins Bewusstsein zurück. Das erste Gefühl, das sie empfand, war Wärme. Endlich wohlige Wärme. Dann eine sanfte Hand, die ihr mit einem feuchten Tuch die Stirne abwischte. Ihre Lider zitterten, und sie schlug die Augen auf. An ihrem Bett saß die Wirtin und schaute sie mitleidig an.

»Wo bin ich?«, stammelte Dorothea Offenburg.

»Am Leben, junge Frau. Dem Himmel sei's gedankt. Aber Ihr habt Euer Kind verloren. Seid nicht traurig. Gott wird Euch ein neues schenken. Denkt einfach, der Herr hat's gegeben, der Herr hat's genommen.«

Dorothea Offenburg versuchte ihre Benommenheit abzuschütteln. »Wo ist mein Mann? Warum ist er nicht bei mir?«

Der Blick der Wirtsfrau wurde hart. Trotzdem versuchte sie, ihrer Stimme einen zuversichtlichen Klang zu geben. »Er ist weitergezogen. Er sagte, der Dienst fürs Handelshaus der Fugger, den er zu verrichten habe, dulde keinen Aufschub. Ihr solltet zurück nach Konstanz gehen. Er hat auch Geld dagelassen für Eure Pflege, bis es Euch besser geht und Ihr stark genug seid, zurückzureisen. Mein Mann hat versprochen, dass er Euch unseren Knecht zur Begleitung mitgeben wird. Wie Ihr seht, es ist alles geregelt. Macht Euch also keine Sorgen. Wir behalten Euch gerne noch eine Weile hier. Im Moment ist das Wetter ohnehin so schlecht, dass Ihr nicht reisen könnt. Und wenn der Frühsommer kommt, seht Ihr Euren Mann in Konstanz wieder. Das lässt er Euch ausrichten.« Die junge Frau tat ihr Leid. Es war besser, Männer wie dem ihren nie zu begegnen.

Dorothea Offenburg schluchzte. Nun war es also doch geschehen. Er war fort. Das Unsagbare, das Unerträgliche war eingetroffen. Jetzt hatte sie nichts mehr. Sie war allein. Ohne ihren Mann. Und ohne ihrer beider Kind. Innerlich betete sie zum Himmel, er möge sie sterben lassen.

Drei Tagesritte entfernt kämpfte sich das Pferd von Thomas Leimer langsam durch inzwischen fast hüfthohen Schnee. Es war kalt, aber der Schneesturm war schwächer geworden. Er hatte wohl die Wetterscheide hinter sich. Und Bruder Benediktus war zum Leben erwacht. Statt eines Vollbartes zierte jetzt ein kleiner, spanischer Spitzbart sein Kinn. Die Wangen hatte er glatt rasiert, was ihm ein völlig verändertes Aussehen gab.

Der heilige Bruder fluchte ganz unheilig, als das Ross und das Packpferd auf dem Weg durch den Schnee stolperten. Doch er war entschlossen. Schneetreiben, Kälte oder Sturm – er würde den Weg nach Italien schaffen, in die wärmenden Arme von Mutter Kirche. Davon würde ihn nichts und niemand abhalten.

Es dauerte eine Woche, bis Dorothea Offenburg sich so weit erholt hatte, dass sie aufstehen konnte. Der Schneefall wollte kein Ende nehmen. Nach kurzen Pausen fielen wieder weiße Flocken, als habe der Himmel ganze Berge davon für diesen Winter bereit. Die einsame Frau sah aus dem winzigen Fenster ihrer Kammer auf die mit dicken, weißen Mänteln eingehüllten Bergspitzen. Sie hatte jetzt keine Chance mehr, ihrem Mann zu folgen. Der Schnee war zu hoch, sie war zu schwach. Die Herberge in Vaduz hatte in den letzten Tagen kein Gast mehr erreicht. Der letzte Reisende war vor zwei Tagen gekommen. Das hatte die Wirtin erzählt. Auch er steckte nun fest, ohne Aussicht, vor dem nächsten Jahr weiterzukommen.

Regine Steirer tröstete die Frau, als sie das Essen in die Kammer brachte. Sie kam aus gutem, reichem Hause, das sah man. Aber sie beklagte sich nicht über die Einfachheit der Herberge. Und Reichtum schützte wohl auch nicht davor, dem falschen Mann in die Hände zu fallen. »Es freut mich, dass Ihr noch ein wenig bei uns bleibt. Dann sind wir zu Weihnachten wenigstens nicht allein in dieser weißen Einsamkeit. Oft sehen mein Mann und ich im Winter wochenlang keine Reisenden. Nur die Einheimischen kommen. Es ist schön, das Fest der Geburt Jesu diesmal mit Hausgästen zu feiern.«

Dorothea Offenburg dachte zweifelnd an ihre Geldkatze, die immer dünner würde. Sie hoffte, die wenigen Münzen, die ihr Mann ihr dagelassen hatte, würden reichen, bis der Himmel aufklarte und der Frost brach. Irgendwie beruhigte sie der Gedanke, dass es noch einen Fremden gab, der in der Herberge gestrandet war. Vielleicht würde dieser Mann ihr weiterhelfen können. Sie musste so schnell wie möglich wieder gesund und kräftig werden, um mit ihm zu sprechen. Womöglich konnte er sie ja nach Konstanz zurückbringen.

Konz Jehle hatte ganz andere Gedanken. Er verfluchte das Missgeschick, das ihn dazu verdammt hatte, die Verfolgung von Thomas Leimer zu unterbrechen. Er wusste, mit jedem Tag, den er warten musste, würden seine Chancen schlechter werden, diesen Mann zu stellen. Er verschwendete keinen Gedanken an die kranke Frau oben im Zimmer. Er wusste zwar von ihr, aber in seinem Kopf hatte nichts anderes Raum als die drängende Eile, diese nagende Entschlossenheit, die ihn hinter dem Mann hertrieb, der ihm seine Frau, seine Heimat, seine Zukunft genommen hatte.

Doch das änderte sich, als er Dorothea Offenburg traf und sie wieder erkannte. Als sie in den Abendstunden am Kamin ins Gespräch kamen, als sie einander ihre Geschichte erzählten. Für Dorothea Offenburg stürzte die Welt ein, als sie von dem Betrug ihres Mannes erfuhr, als sie erkannte, dass sie einem Verzweifelten gegenübersaß, dem ihr Mann erst die Frau und dann beinahe das Leben genommen hatte. Es war, als sei das Ende ihrer Welt gekommen.

Der Abgrund, in den sie fiel, wurde bodenlos, als sie schließlich begriff, dass Thomas Leimer, ihr Mann, der rechtmäßig verbundene Gatte der Magdalena von Hausen war. Es gab nicht mehr den Hauch eines Zweifels am ganzen Ausmaß seiner Heimtücke, nachdem Konz Jehle ihr die Geschichte von der heimlichen Hochzeit und der feigen Flucht des Mannes erzählt hatte, den sie liebte. Die ganze Zeit über war sie nichts als seine Mätresse gewesen. Ihr Bund war weder durch Gottes noch der Menschen Recht gesegnet. Doch sie hatte ihm geglaubt, gegen alle Vernunft, immer wieder geglaubt, als er auf die Bibel schwor, er habe Magdalena von Hausen niemals rechtmäßig geehelicht.

Nun war sie vollkommen allein; war eine von jenen Frauen,

die sie früher immer so verachtet hatte: eine Buhlschaft, nichts weiter, austauschbar wie ein Hemd, das man nicht mehr brauchte. Dieser Mann hatte sie nie geliebt. Niemand ging mit Menschen, die er liebte, so um. Niemand hatte das Recht, andere so zu verletzen. Jetzt gab es nur noch eines, was sie in ihrem Leben wollte: Magdalena von Hausen sprechen, sie sehen, sie kennen lernen, sie für ihre unwissentlich begangene Sünde um Vergebung bitten. Jene Frau, die ebenso, nein, noch mehr getäuscht worden war als sie. Nur das wollte sie noch. Und wenn es das Letzte war, das sie in ihrem Leben tat.

Es wurde ein trauriges Weihnachtsfest für die Menschen in der eingeschneiten Herberge. Als die Kerzen brannten, die Zeit der Liebe kam und die Sehnsucht nach einer Heimat immer größer werden ließ, empfanden Konz Jehle und Dorothea Offenburg Leere. Ihr Leid war zu groß, um eine Brücke zueinander zu schlagen. Sie konnten sich gegenseitig nicht helfen. Der andere erinnerte jeden nur an eigenes Leid. So gingen sie sich schließlich aus dem Weg, wo sie nur konnten. Beide verbrachten den Heiligen Abend für sich in der eigenen Kammer.

Ihre Gastgeber saßen ebenfalls allein um den festlich geschmückten Tisch vor dem liebevoll zubereiteten Weihnachtsbraten. Das Herz der Wirtsfrau krümmte sich vor Mitleid, wenn sie an die beiden einsamen Menschen dachte, den Mann und die Frau, die jedes Stückchen der Hoffnung verloren hatten, die dieser Tag den Herzen der Menschen doch eigentlich bringen sollte.

17

Kopfschüttelnd betrachtete Hans Jakob von Schönau die frühere Äbtissin von Seggingen. Sie hatte sich nahe ans Feuer gekauert und rieb ihre erstarrten, schon blau gewordenen Finger.

»Ihr solltet in dieser Kälte nicht so lange und so oft im Münster beten. Erst gestern habe ich beobachtet, dass Ihr stundenlang auf dem kalten Steinfußboden knietet. Es hilft niemandem, wenn Ihr an Lungenentzündung erkrankt und sterbt.«

Auf dem verhärmten Gesicht der Magdalena von Hausen zeichnete sich ein feines Lächeln ab. »Wenn Ihr mich beobachtet habt, dann heißt das, Ihr wart im Münster. Ein wenig beten tut wohl in diesen frostigen Februartagen, nicht wahr? Es wärmt das Herz. Das ist gut bei einem knurrenden Magen. Was macht da schon etwas äußere Kälte. Die Menschen in der Stadt hungern. Und ich bin schuld, dass keine Äbtissin sie führt und tröstet. Soll ich da nicht sooft ich kann wenigstens für ihr Seelenheil beten? Etwas anderes habe ich sowieso nicht zu tun. Und ich kann auch an keinen anderen Ort als ins Münster, wie Ihr wohl wisst.«

»Erst macht Ihr Euch über mich lustig, und dann seid Ihr böse mit mir, obwohl ich mich doch nur um Euch sorge. Findet Ihr, das steht einer gottesfürchtigen Frau gut an, so mit ihren Freunden umzugehen?« Der wuchtige Mann schien das kleine Zimmer des Häuschens im Alten Hof hinter dem Münster fast auszufüllen. Mit Zuneigung blickte er auf die Frau am Kamin.

Magdalena von Hausen erhob sich. »Es ist wohl wahr. Ihr seid und wart mir ein guter Freund, Großmeier. Dafür kann ich Euch nicht genug danken.«

Hans Jakob von Schönau winkte ab. »Ihr wisst, Sentimentalitäten sind mir zuwider. Außerdem habe ich die Speicher des Stiftes vor einer Woche wieder öffnen lassen. Auch wenn

Spichwärter Hans Köhler etwas dagegen hatte. Doch er musste wohl. Denn die künftige Äbtissin Agatha Hegenzer von Wasserstelz hat schriftlich zugestimmt. So werden vielleicht nicht ganz so viele Menschen verhungern.«

Magdalena von Hausen legte die Hand auf den Arm des Großmeiers. »Mit Euch haben die Menschen wenigstens einen weltlichen Fürsprecher. Nun haben die ganz Alten und Jungen noch eine Chance, diesen Winter zu überstehen. Ihr seid ein anständiger Mensch, Schönauer«, sagte sie voller Wärme.

Der schwere Mann drehte sich überraschend behände um und ging ans Fenster. Zu viel Lob machte ihn verlegen. »Selbst der Fluss scheint langsamer dahinzuziehen in diesen Tagen«, murmelte er. »Und es wird wirklich Zeit, dass die neue Äbtissin in Seggingen einzieht. Da sitzt die Hegenzerin noch immer in ihrem Kloster Katharinental und kann nichts tun, weil noch immer kein Dispens vom Papst eingetroffen ist.«

Magdalena von Hausen stellte sich neben ihn. »Nun, vielleicht darf sie ja bald ihr Dominikanerinnen-Kloster verlassen. Jetzt, wo die Christenheit nach dem Tod von Papst Paul III. im letzten November endlich wieder einen neuen Oberhirten hat.«

Der Schönauer nickte. »Hoffen wir, dass aus dem Kammerherrn und Kardinal Giovanni Maria del Monte wirklich ein guter Hirte wird. Es hat wahrscheinlich nicht umsonst geschlagene drei Monate gedauert, bis sich das Konklave auf ihn einigen konnte. Ich traue diesen Römern in der Kurie nicht. Und del Monte – oder Papst Julius III. – ist gebürtiger Römer. Außerdem ist er nicht gerade ein Freund unseres allergnädigsten Kaisers, wie man hört. Und dann ist da auch noch dieser Knabe, der Wärter seines Lieblingsaffen, den er so offen bevorzugt. Es wird gemunkelt, Julius will diesem 17-jährigen Bengel sogar den Kardinalspurpur um die Schultern hängen. Da wird er keine Zeit haben, sich um den Dispens für eine Nonne zu kümmern.« Der Schönauer schüttelte den Kopf. »Denkt Ihr noch an ihn?«

Magdalena von Hausen hielt überrascht den Atem an. Diese Frage hatte sie nicht erwartet. Sie wurde rot. Es war nicht notwendig, einen Namen auszusprechen. Beide wussten, wen der Großmeier meinte. »Manchmal«, sage sie leise.

Die Fremde kam Ende Februar des Jahres 1550. Der Winter mit seiner klirrenden Kälte hielt die Gotteshausleute in Seggingen noch immer fest im Griff. Sie kam am Nachmittag, als die niedrig stehende Sonne gerade die letzten Strahlen über den Rhein schickte. Magdalena von Hausen stand – wie so oft in jenen Tagen – an ihrem kleinen Betpult und las in der Luther-Bibel, die sie durch so viele schwere Tage begleitet hatte. Das heftige Pochen an der Türe holte sie aus ihrer Versenkung. »Herein.«

Zögernd schob das Mädchen die schwere Holztüre auf. »Ihr habt Gäste, hohe Frau. Es sind zwei Weibsleute. Die eine scheint krank zu sein, wenn Ihr mir diese Bemerkung erlaubt. Aber sie wollen unbedingt mit Euch reden. Nur mit Euch.«

»Wo sind die beiden Frauen jetzt?«

»Hier, vor der Türe.«

Magdalena von Hausen runzelte ärgerlich die Stirn. »Warum habt Ihr ihnen keinen Platz zum Niedersetzen angeboten? Besonders, wenn die eine krank ist. Schnell, bringt sie herein.«

Das Mädchen winkte, und Magdalena von Hausen sah sich zwei ungewöhnlichen Frauen gegenüber. Eine, die kleinere, rundliche, wirkte zwar sehr müde, aber sichtlich glücklich, angekommen zu sein. Und dann die andere: Sie stützte sich schwer auf ihre Begleiterin. Eine einst schöne, stolze Frau. Doch nun war sie krank. Krank an Leib und Seele. An Jahren jung, doch dem Aussehen nach wie eine Greisin – Narben in der Seele, tiefe Falten auf der Stirn, schoss es Magdalena von Hausen durch den Kopf. Ihr Herz verkrampfte sich vor Mitleid.

»Seid willkommen. Um des Himmels willen, setzt Euch. Ich lasse Euch etwas Warmes zu trinken bringen.« Magdalena von

Hausen ging den Frauen entgegen und winkte der Magd zu, das Nötige zu besorgen. Das Mädchen knickste und verschwand.

Die Kleinere der beiden blickte hoch und lächelte warmherzig. »Ich danke Euch recht herzlich. Wir kommen von weit her zu Euch. Diese Frau hier, Dorothea Offenburg, bat mich, sie zu Euch zu bringen. Trotz ihrer großen Schwäche. Und hier sind wir nun. Hättet Ihr vielleicht ein Bett, wo sich meine Begleiterin niederlegen kann? Sie vermag fast nicht mehr auf ihren Beinen zu stehen. Und ich kann sie auch kaum noch halten, wenn ihr erlaubt ...«

»Natürlich. Legt sie am besten gleich hier auf mein Bett. Dann könnt Ihr mir erzählen, wer Ihr seid und woher Ihr kommt.«

Mit einem Seufzer sank die Größere auf das Bett Magdalena von Hausens. Ihre Gefährtin half ihr liebevoll dabei, sich niederzulegen.

»Haben wir es geschafft, liebe Frau Steirer? Haben wir Magdalena von Hausen gefunden? Sind wir in Seggingen?« Sie war so erschöpft, dass sie vor Müdigkeit weinte.

»Ja, wir sind da. Ihr könnt schlafen.«

»Ist sie hier? Ich muss sie sehen. Ich muss ihr alles erklären. Ich muss mit ihr sprechen.«

Die Kleinere blickte zu ihrer Gastgeberin. »Sie meint Euch, wenn Ihr Magdalena von Hausen heißt und früher die Äbtissin von Seggingen wart. Bitte, ich glaube, sie hat nicht mehr lange zu leben. Bitte sprecht mit ihr.«

Verwirrt trat Magdalena von Hausen zu der Fremden. »Wer seid Ihr, was kann ich für Euch tun?«

»Seid Ihr Magdalena von Hausen? Er ist vom rechten Weg abgekommen. Er ist in Gefahr. Helft, rettet die Unsterblichkeit seiner Seele. Ihr müsst ...« Es kam wie ein Hauch. Über dem Zimmer lag inzwischen schwer die Dämmerung. Die Züge der Frau auf dem Bett waren kaum noch zu erkennen.

»Ja, ich bin Magdalena von Hausen.«

»Dem Himmel sei Dank.«

In diesem Satz erkannte Magdalena von Hausen die ganze Qual, die in diesem Menschen brannte. Die etwas eng stehenden, braunen Augen waren fast blind vor Trauer. In die schmalen, strengen Winkel des einstmals stolzen, herben Mundes hatten sich tiefe Falten gegraben.

Sie legte der Fremden liebevoll die Hand auf den Arm. »Nun, da Ihr mich gefunden habt, könnt Ihr schlafen. Ich laufe Euch nicht weg. Im Gegenteil, Ihr seid in meinem Zimmer. Hier könnt Ihr ruhig schlafen und Kräfte sammeln. Aber sagt mir noch zuerst, wer Ihr seid? Den Rest kann mir dann Eure Gefährtin erzählen.«

Die Fremde nickte schwach. »Verzeiht mir, bitte verzeiht«, murmelte sie so leise, dass Magdalena von Hausen es kaum hören konnte. »Ich wollte Euch dies nicht antun. Auch ich bin die Frau von Thomas Leimer.«

»Geht es Euch wieder besser? Hohe Frau, was macht Ihr nur?«

Als Magdalena von Hausen die Augen wieder aufschlug, fand sie sich in den Armen von Regine Steirer wieder. Verwirrt blickte sie zu ihr hoch. Regine Steirer sah an ihren Augen, dass die Erkenntnis zurückkehrte. Dann sammelte sie sich und stand auf, bleich wie eine Tote. Die Wirtsfrau besann sich nicht lange und nahm die andere in den Arm. »Er ist es nicht wert«, sagte sie einfach.

Magdalena von Hausen nickte stumm und blickte zu der schlafenden Dorothea Offenburg hinüber. »Warum ist sie gekommen?«

»Jessas, Ihro Gnaden, ich bin nur eine einfache Frau. Aber ich glaube, sie hatte keinen anderen Ort mehr, an den sie gehen konnte, keinen anderen Menschen mehr, dem sie vertraute. Schaut sie Euch an. Selbst im Schlaf kann man ihre Verzweiflung spüren. Sie machte sich solche Vorwürfe, kam sich so schlecht vor, dass sie einen Mann geheiratet hat, der einer anderen gehörte. Dabei wusste sie es doch nicht besser, die Arme. Und als sie mitbekommen hat, dass dieser Schuft, dieser Thomas Leimer, in Gefahr ist, weil ihn ein anderer Mann verfolgt, da war sie überhaupt nicht mehr zu halten. Irgendwie glaubt sie, Ihr seid die Einzige, die helfen kann, weil Ihr Äbtissin gewesen seid. Und sie hofft so sehr, dass Ihr ihr verzeiht. Sie glaubt, wenn es einen Menschen gibt, der Thomas Leimer retten kann, dann seid Ihr es. Sie hat solche Angst um ihn! Viel mehr als um sich selbst. Nicht nur davor, dass er ermordet wird, sondern auch um seine unsterbliche Seele. Dieser Schuft, dieser elendige.« Regine Steirer schlug sich auf den Mund. »Oh, verzeiht, ich wollte Euch nicht beleidigen. Er ist ja auch Euer Mann.«

Magdalena von Hausen reagierte nicht auf diese letzte Bemerkung. »Warum ich, warum ausgerechnet ich? Ist es denn noch nicht genug?«

Regine Steirer schaute Magdalena von Hausen mitleidig an. »Ach, Ihro Gnaden, ich weiß es nicht. Vielleicht glaubt sie, dass Ihr stark seid, stärker als sie. Aber wer weiß schon, warum das Schicksal uns so vieles auferlegt. Vielleicht hilft's, wenn ich Euch erst einmal die ganze Geschichte dieser Ärmsten erzähle, so wie sie sie mir erzählt hat. Und das, was danach geschah. Die Geschichte eines traurigen Weihnachtsfestes in meinem Gasthaus in den Alpen.«

Magdalena blickte noch einmal hinüber zu Dorothea Offenburg. Dann nickte sie. »Lasst uns nach nebenan gehen. Auch Ihr müsst Euch erst einmal aufwärmen und etwas essen. Dann werden wir reden.«

Leise schlich sich die Magd an die Türe des Schlafzimmers der ehemaligen Äbtissin. Seit Tagen schon kam sie kaum heraus, wich nicht von der Seite dieser seltsamen Fremden. Die andere, die sie gebracht hatte, war schon am nächsten Morgen nach der Ankunft wieder abgereist. Erstaunlich, Magdalena von Hausen hatte diese einfache Frau verabschiedet wie eine Freundin, mit Tränen in den Augen, als sie ging. Dabei war sie doch nichts als eine Herbergswirtin. Danach hatte sie sich umgedreht und war wieder in ihr Zimmer gegangen. Sie hatte leicht geschwankt, als könne sie sich kaum auf den Beinen halten. Zurück in das Zimmer, in dem die kranke Fremde um ihr Leben kämpfte. Denn so viel hatte sich inzwischen herumgesprochen im Stift. Das Mädchen legte vorsichtig das Ohr an die Tür. Doch sie konnte nichts hören. Nur das Gemurmel von zwei Frauenstimmen. Danach war Stille. Die Magd zuckte die Schulter und lief weiter. Sie hatte ihre Pflichten zu erfüllen.

Kurz danach schellte die Glocke aus dem Zimmer von Magdalena von Hausen. Als das Mädchen hineinging, sah sie die hohe Frau am Bett der Fremden sitzen. Tränen liefen ihr die Wangen hinab. Die Fremde lag völlig still. Wie ein kleiner Vogel, der aus dem Nest gefallen ist, dachte die Magd. Leise näherte sie sich dem Bett.

Magdalena von Hausen blickte auf. »Sie ist tot«, sagte sie leise. Und dann: »Sie wollte wohl nicht mehr leben.« Sie schüttelte den Kopf und straffte sich. »Holt mir den Großmeier des Stiftes. Ich muss mit ihm reden.«

Hans Jakob von Schönau sah auf die bleiche, stille Frau auf dem Bett hinunter. Der Tod hatte ihr die Verzweiflung aus den Zügen gewischt, ihr die Würde wiedergegeben. Ihr Gesicht sah zufrieden aus, fast glücklich und um Jahre jünger. »Ich kann kaum glauben, was Ihr mir da erzählt. Ich kann nicht fassen, dass ein Mensch so skrupellos sein kann.«

»Es ist aber so.« Die Stimme Magdalenas brach fast. »Und er ist noch immer mein Mann. Trotz allem. Sie und ich, wir waren und sind nichts anderes als seine Gefangenen. Trotz allem, was geschah, wie kann ich so tun, als wäre er nicht mein Mann? Sie hat mir erzählt, dass Konz Jehle Thomas Leimer nach Italien verfolgt. Und sie hat mir ein Versprechen abgenommen, noch im Tod hat sie für ihn gebeten. Sie, die so sehr unter ihm gelitten hat. Vielmehr noch als ich. Ach, ich wollte, ich hätte sie retten können. Ich habe es wirklich versucht, mich mit allen meinen Kräften bemüht, zu Gott gebetet. Auch wenn es mir nicht leicht fiel, das könnt Ihr mir glauben.« Sie verstummte.

»Ich bin sicher, Ihr habt getan, was Ihr konntet. Warum macht Ihr Euch Vorwürfe? Ihr seid nicht schuld am Leid dieser Frau.« Hans Jakob von Schönau fühlte sich hilflos angesichts dieser Trauer.

Magdalena von Hausen blickte zu ihm hoch. »Wisst Ihr, ich habe sie auch lieb gewonnen in diesen Tagen. Sie war ein guter Mensch, viel tapferer als ich. Sie ist sogar gestorben für das, was sie für richtig hielt. Es hat sie ihre letzten Kräfte gekostet, zu mir zu kommen. Doch das war ihr nicht so wichtig. Sie wollte nur eines: mein Versprechen. Am Anfang war ich feige. Ich hatte Angst, mit ihr allein zu sein. Ihr Elend wühlte so vieles wieder auf. Und irgendwie fühlte ich mich auch für all das verantwortlich, was mit ihr geschehen ist. Wenn ich nur ...« Magdalena erschauderte. »Sie wollte so sehr meine Verzeihung. Dabei trug sie doch gar keine Schuld. Sie wusste doch von nichts. Sie hat ihm doch geglaubt. So wie ich. Am Ende ist sie Stück für Stück gestorben, ganz leise, bis einfach nichts mehr von ihr übrig war.«

Hans Jakob von Schönau sah, dass sie tief aufgewühlt war. Diesmal gelang es ihr nicht, ihre Gefühle vor ihm zu verbergen. Es war das erste Mal, dass er Magdalena von Hausen weinen sah in all den Jahren, die er sie nun kannte. Es war, als hätte die Mauer, die sie um sich aufgebaut hatte, einen kleinen Riss bekommen.

»Bitte, grämt Euch nicht so. Ich kann Frauen nicht weinen sehen.« Hilflos hob er die Hand. Er hatte Schwierigkeiten mit großen Gefühlen. Er hielt sich lieber an die praktische Seite des Lebens. »Was für ein Versprechen habt Ihr Dorothea Offenburg denn gegeben?«

Ein bitteres Lächeln spielte um Magdalenas Mund. »Ich habe ihr bei der Unsterblichkeit meiner Seele versprochen, in Italien nach Thomas Leimer zu suchen. Sie hat mir den Schwur abgenommen zu versuchen, ihn wieder auf den rechten Weg zurückzubringen. So, wie es jeder Christenmensch für einen anderen tun sollte, um seine Seele zu retten. Und ich musste ihr im Angesicht ihres Todes einen heiligen Eid leisten, alles zu tun, um zu verhindern, dass er und Konz Jehle einander etwas antun. Bis zu ihrem letzten Atemzug wollte sie ihn retten.«

»Ihr wisst, dass Ihr nicht gehen könnt.« Hans Jakob von Schönau runzelte die Stirn.

Magdalena von Hausen nickte. »Ich weiß. Noch nicht. Nicht, bis die neue Äbtissin kommt.« Sie hob den Kopf und sah ihm fest in die Augen. »Werdet Ihr mir dann helfen, mein Freund? Ich muss dieses Versprechen halten, bei der Unsterblichkeit meiner Seele. Bitte!« Flehend blickte sie ihn an.

»Verdammte Weiber«, grollte der Schönauer. Doch er spürte ihre eiserne Entschlossenheit. Sie würde einen Weg finden, dieses Versprechen einzulösen, egal wie, egal, ob er ihr half oder nicht, und egal, was es sie kostete. Da war es wohl besser, er versprach ihr Hilfe. Sonst machte sie am Ende noch irgendwelche Dummheiten. »Ich kenne Euch. Ihr gebt ja doch keine Ruhe. Aber noch ist es nicht so weit. Versprecht Ihr mir zu warten, bis es an der Zeit ist, und nicht überstürzt zu handeln? Außerdem … wo wollt Ihr denn suchen in Italien?«

Magdalena von Hausen schaute zu Boden. »Ich verspreche Euch, ich werde warten. Ich bin auch Euch und den Menschen hier etwas schuldig. Wo ich suchen soll? Regine Steirer, die Wirtin des Adlers in Vaduz, die Dorothea Offenburg aufnahm, hat mir eine Geschichte erzählt. Sie sprach von einem traurigen Weihnachtsfest, einer einsamen, schwachen Frau, die ihr Kind verloren hatte. Und dabei erzählte sie ganz nebenher auch noch von einem Mann. Einem dunklen, schweigsamen Hünen, der nur darauf wartete, weiterzukommen, der nach Italien wollte. Ich wurde aufmerksam und fragte nach. Das war bestimmt Konz. Konz Jehle von der Niedermühle. Und das kann nur eines heißen. Er hat die Spur von Thomas Leimer gefunden. Warum sonst wollte er nach Italien? Mein Gatte muss nach Italien gegangen sein. Dorothea Offenburg vermutete, dass Rom sein Ziel war. Nein, es gibt kaum noch Zweifel. Und inzwischen sind sie wohl beide in Rom. Möge der Himmel helfen, dass ich zur rechten Zeit von hier fort kann, um mein Versprechen einzulösen.«

Hans Jakob von Schönau nahm schüchtern die Hand der Frau neben sich und drückte sie ermutigend. Er wusste nicht, was er sagen sollte.

Eine Zeit lang standen die beiden Menschen stumm beieinander. Dann blickte die Frau wieder auf den massigen Mann neben sich. Ein entschlossener Blick lag in ihren Augen. »Versprecht es.«

»Was soll ich versprechen?«

»Dass Ihr mir helft, zu gehen, wenn es so weit ist. Versprecht es.«

Hans Jakob von Schönau nickte widerwillig. »Also gut. Ich verspreche es.«

»Bei Eurer unsterblichen Seele?«

»Bei meiner Seele.«

Niemand in Seggingen außer Hans Jakob von Schönau hat jemals erfahren, wer diese Fremde war. Sie kam als Ursula Brutschin, die schwer kranke Frau des Tuchhändlers Johannes Brutschin, der im Auftrag des Hauses Fugger nach Italien gereist war und seine Frau hatte zurücklassen müssen. Und unter diesem Namen wurde sie auch begraben. Ganz in der Nähe der alten Nele, der Heilerin von Seggingen.

18

Santa Maria Maggiore war Giovanna die liebste der römischen Kirchen. Sie mochte dieses bis ins kleinste Detail ebenso prunkvoll wie liebevoll gestaltete Gotteshaus. Der reich verzierte, marmorne Fußboden, die vergoldete, matt glänzende Kassettendecke – und vor allem das über 200 Jahre alte Aspismosaik. Jacopo Torriti hatte darin den Triumph Marias dargestellt. Es schien die Quelle jenes geheimnisvollen Leuchtens in diesem Kirchenraum zu sein, das die Gegenwart des Allmächtigen fast fühlbar machte.

Giovanna ging oft in diese Basilika. Ihr hoch aufragender, herrlicher Glockenturm begrüßte sie schon von weitem. Neben dem Vesta-Tempel mit dem Ausblick auf den Tiber, die Insel im Fluss und das jüdische Ghetto, war dies einer ihrer Lieblingsorte. Santa Maria Maggiore verkörperte die gute Seite ihres Lebens, ihren von Kind an gepflegten, tiefen Glauben an die Madonna und ihre Güte. Der Vesta-Tempel, benannt nach dem einstigen Tempel der Vestalinnen, den jungfräulichen Priesterinnen des alten Roms auf dem Forum Romanum, war die andere Seite. Die der Frau. Die der Hure. Denn irgendwie betrachtete sich Giovanna als Erbin jener Priesterinnen, die ihren Leib 30 Jahre lang dem Dienst der Vesta weihen mussten. Auch sie widmete ihren Leib anderen. Zumeist waren es Kleriker. Nicht die großen Herren, die Bischöfe oder gar die Kardinäle. Eher deren Sekretäre. Doch wer weiß … Sie war erst 16. Ihre Sonne als Tochter der Venus für die Pfaffen ging gerade erst auf.

Giovanna runzelte die Stirn. Da war noch etwas an Santa Maria Maggiore, das sie liebte: Hier hatte sie Ruhe, um nachzudenken. Ein Gedanke beschäftigte sie in der letzten Zeit immer wieder. Sie brauchte einen Beschützer. Erst neulich hatte ein Priester sie mit seinen perversen Gelüsten übel zugerichtet. Als Tochter einer Jüdin und eines Mönchs hatte sie niemanden, der sich um sie kümmerte. Sie gehörte nirgendwohin, weder ins jüdische Ghetto noch zu den anständigen Römern. Ihr Zuhause waren die Straßen des Stadtteils Trastevere, die Schänken, die dunklen Ecken, die Hinterhöfe. Auch wenn sie sich im letzten Jahr mühsam einen gewissen Lebensstandard erarbeitet hatte. Die meisten Pfaffen waren knausrig. Sie wollten die Pforte ins Liebesparadies am liebsten für Gotteslohn durchreiten. Doch inzwischen hatte sie zwei Stammkunden, die die kleine Venus von Trastevere etwas großzügiger bedachten. Giovanna kicherte leise vor sich hin. Venus von Trastevere. Dieser Name gefiel ihr. Einer ihrer Liebhaber hatte sie so genannt.

Doch das rief ihr das Problem wieder in Erinnerung. Sie brauchte einen Beschützer, den sie rufen konnte. Sie konnte es sich nicht leisten, dass ihr einer ihrer Liebhaber noch irgendwann den Arm brach oder am Ende das Genick.

Wieder einmal fiel ihr Blick auf den einsamen Mann, der ganz vorne in der Basilika kniete. Breiter Rücken, starke Schultern, lockiges, schwarzes Haar, das sich ungekämmt unter dem Rand der Lederkappe hervorkringelte und ein ganzes Stück weit über den Kragen seiner groben Jacke fiel. Der Kleidung nach hatte er bessere Zeiten gesehen. Der gebeugte Nacken hatte etwas Anrührendes, Verlorenes; so, als sei er entwurzelt und wisse nicht wohin.

Der Eindruck verstärkte sich, als er aufstand. Ein gutes Gesicht, so weit es aus dem wirren, schwarzen Bart herausleuchtete: warme, traurige, braune Augen, eine hohe Stirn. Und gewachsen war er – fast wie Jupiter. Giovannas Interesse wuchs. Sie folgte ihm, als er aus der Kirche trat und im hellen Licht der warmen Maisonne mit den Augen blinzelte. Er wirkte unschlüssig, wohin er jetzt gehen sollte.

Ganz die lebenserfahrene Römerin sprach sie ihn an. »Na, Fremder, du weißt wohl nicht, wohin?«

Konz Jehle drehte sich verwirrt um. Ein junges, hübsches Mädchen stand vor ihm, recht ordentlich gekleidet, die Hüfte mit keckem Schwung ein wenig nach hinten gedrückt. Er schaute sie fragend an. Er hatte kein Wort von dem verstanden, was sie sagte.

Giovanna begriff sofort, dass er kein Italienisch sprach. Na, das konnte ja heiter werden. Aber vielleicht … So schnell ließ sich die Venus von Trastevere nicht entmutigen. Anerkennend glitt ihr Blick noch einmal über die breiten Schultern, hinunter über die schmalen Hüften, über die Beule vorne in seiner engen Hose und weiter zu den strammen Schenkeln. Diesmal sprach sie ganz langsam, nahm ihre schlanken, beweglichen Hände zu Hilfe. »Ich bin Giovanna. Und du? Wo kommst du her? Hast du eine Unterkunft?«

Konz schüttelte den Kopf und lächelte unsicher. Die Kleine versuchte offenbar, ihm zu erklären, dass sie Giovanna hieß. So hob auch er eine Hand und deutete auf seine Brust. »Konz«, sagte er, »ich heiße Konz.«

Giovanna hatte den nächsten Pluspunkt an ihrer neuen Bekanntschaft entdeckt. Er hatte sogar gute Zähne. Viele ihrer Liebhaber waren schon älter, hatten sich vom besten Mannesalter längst verabschiedet – ebenso wie von den meisten ihrer Zähne. Und der schmerzende Rest der fauligen Ruinen in ihrem Mund verpasste ihnen nicht nur meist schlechte Laune, sondern auch noch einen äußerst abstoßenden Mundgeruch. Dieser hier schien jedenfalls keine fauligen Stummel im Kiefer herumzutragen. Außerdem wurde ihr langsam klar, dass er wohl wirklich nicht wusste, wohin. Zumindest hatte er vorhin ziemlich unschlüssig ausgesehen.

Giovanna deutete auf ihren Magen. »Hast du Hunger?«, fragte sie.

Konz machte ein komisch verzweifeltes Gesicht. Nun wollte das Mädel auch noch etwas zu essen von ihm haben. Aber er hatte nichts. Seit Wochen, seit er in Rom angekommen war, brachte er sich halbwegs mit Betteln durch. Doch die Menschen in den großen Palazzi waren nicht allzu freigiebig; auch nicht die vielen Kleriker, die die Straßen bevölkerten. Nachts schlief er unter den Tiberbrücken, ständig auf der Hut vor dem Heer der Obdachlosen, das in der Stadt unterwegs war. Die Armen liebten die nicht, die noch weniger besaßen. Eines hatten sie ihm jedenfalls schnell und eindringlich klargemacht: Die besten Bettelplätze – die vor den Kirchen und die auf den Piazzas – waren in festen Händen. Wehe dem, der sich der Ordnung der Diebe widersetzte. Eine kräftige Tracht Prügel, verabreicht von einer ganzen Gruppe finster aussehender Gestalten hatte ausgereicht, auch wenn er die Sprache nicht verstand.

Am Ende hatten sie ihn sogar mit so etwas wie Respekt behandelt. Zehn Mann waren nötig gewesen, um Konz Jehle zu Boden zu zwingen. Gott sei Dank hatten sie ihre Messer nicht eingesetzt bei diesem Kampf.

Er wusste nicht, was er dem Mädchen antworten sollte. Er hatte nichts, was er ihr geben konnte. Sein Magen knurrte bereits seit drei Tagen. Den letzten Kanten trockenen Brotes, an den er sich erinnern konnte, hatte ihm eine mitleidige Römerin in der Nähe des jüdischen Viertels am Tiberufer in die Hand gedrückt. Das Wasser lief ihm im Mund zusammen, als er sich an den Geschmack erinnerte. Nun wollte er nach Trastevere. Manchmal fielen in den Küchen der Tavernen einige übel riechende, faulige Reste ab. Manchmal sogar die abgenagten Knochen eines Hühnchens oder eines Schweinebeins. Das war nicht viel, aber besser als nichts. Zumindest dann, wenn er schneller war als die streunenden Hunde oder die Ratten.

Er griff in die Hosentaschen und zeigte dem Mädchen dann seine leeren Hände. Danach berührte er seine Magengegend und machte ein knurrendes Geräusch.

Giovanna lachte lauthals. Diese Sprache verstand sie. Das da war einer, der hatte noch weniger als sie. Ohne viel Federlesens packte sie Konz bei der Hand. »Komm mit, dich werden wir schon satt bekommen«, kicherte sie und zog ihn mit sich fort.

So lernten sich Konz Jehle von der Niedermühle und Giovanna, die Hure, kennen. Sie gab ihm zu essen. Er beschützte sie vor allzu rauem Liebeswerben. Während der Stunden am Tage, an denen sie schlief, durchstreifte er weiter die Stadt, schaute hinter alle Türen, die sich ihm öffneten. Doch nie fand er Thomas Leimer. Aber er gab nicht auf. Er wusste, dass der Mann, der ihm die Frau genommen und ihn niedergestochen hatte, nur in Rom sein konnte. Er hatte seinen Weg über die alte Handelsstraße durch alle Herbergen auf dem Weg nach Rom verfolgt, wie ein Hund, immer auf seiner Fährte. Thomas Leimer war ihm um Wochen voraus. Erst nachdem der Frühling die Pfade wieder einigermaßen vom Schnee freigeräumt hatte, konnte er ihm folgen. Doch Leimer hatte Spuren hinterlassen, Erinnerungen in den Köpfen der Menschen. Ein Mann wie er blieb nicht unbemerkt. Dieser charmante, zuvorkommende Mönch Benediktus, von dem die Schankmägde in einigen Herbergen schwärmten, das konnte niemand anders als Thomas Leimer sein, da war sich Konz Jehle sicher. Er würde ihn finden!

Der Mann vom Rhein lernte die ewige Stadt am Tiber gut kennen bei seinen Streifzügen. Und mit der Zeit konnte er sich auch verständigen. In einfachen Worten zwar, aber es ging. So bekam er schließlich auch immer wieder Arbeit in den Tavernen und Schänken von Trastevere. Starke Männer waren überall gefragt. Er hätte sich nun allein durchbringen können. Doch er blieb bei Giovanna. Wohl auch in der Hoffnung, dass einer ihrer Liebhaber vielleicht irgendwann von Thomas Leimer oder Benediktus berichten würde. Und nach und nach erzählte er Giovanna seine Geschichte. Die kleine Venus von Trastevere war voller Mitgefühl. Der traurige Bär rührte sie zutiefst. Sie spürte, wie entwurzelt, verwirrt und voller Heimweh er war. Sie gab ihm, was sie ihm geben konnte. Am Weihnachtsabend des Jahres 1551 wurden Konz, der Sohn des Gehenkten, und Giovanna, die tiefgläubige Halbjüdin und Hure, ein Liebespaar. Beide waren einsam, beide sehnten sich nach Wärme. Aber Giovanna spürte mit dem Instinkt einer liebenden Frau: Die Gedanken und das Herz ihres Gefährten waren anderswo. Eines Tages würde sie ihn verlieren. Spätestens dann, wenn er diesen Mönch Benediktus gefunden hatte, nach dem er so verzweifelt suchte. Dieser Mann musste Konz etwas ganz Wichtiges weggenommen haben. So viel hatte sie aus seiner Erzählung begriffen. Auch wenn sie nicht ganz verstand, was es mit dieser Katharina, die er gleichzeitig hasste und liebte, und diesem Mönch auf sich hatte.

Nachdenklich beobachtete Cajetan von Thiene Bruder Benediktus beim Unkrautjäten im Garten. Dieser konnte ihn hinter dem Fenster im zweiten Stock des Palazzo nicht sehen. Neben ihm stand Gian Pietro Carafa, ebenfalls mit gerunzelter Stirn.

»Ich weiß nicht, was ich von ihm halten soll.« Cajetan von Thiene wandte sich dem kleinen, drahtigen, asketisch wirkenden Mann an seiner Seite zu. »Seit mehr als einem Jahr ist unser Bruder in Christo nun im Hause des Theatinerordens in Rom. Doch noch immer gelingt es mir nicht, zu einem Schluss zu kommen, was seine Persönlichkeit betrifft.« Der Generalpräpositus, der oberste Hirte der Theatiner, zuckte mit den Schultern und lachte. »Dabei habe ich so manchen Mann kommen und wieder gehen sehen, seit wir im Jahre 1524 zusammen den Orden gegründet haben, verehrter Freund. Erinnert Ihr Euch? Damals wart Ihr noch Bischof von Cieti. Doch keiner der Männer, die in unser Haus kamen, hat mir bislang solche Rätsel aufgegeben. Wie seid Ihr nur an diesen Mann geraten, wo kommt er her? Manchmal scheint es mir, als fehle es ihm an der nötigen Demut für den Dienst des Herrn.«

Kardinal Carafa setzte ein geheimnisvolles Lächeln auf und wischte die Frage mit einer Handbewegung zur Seite. »Die nach der Regel der Augustiner ausgelegte, einfache Lebensweise, der Dienst an Kranken und Leprösen ist offenbar nicht jedes Mannes Sache. Vielleicht hat er sich in den Armen des Ordens ein leichtes, behagliches Leben versprochen, einen gelegentlichen Besuch bei den offenherzigen römischen Huren. Nun, er hat auf jeden Fall noch einiges zu lernen.« Carafas Stimme klang hart.

»Mein Freund, meint Ihr nicht, Ihr seid vielleicht manchmal etwas zu pessimistisch und unnachgiebig in Euren Forderungen an einen Theatiner? Es ist nicht für jeden so leicht wie für Euch, auf den Pfaden des Herrn zu wandeln.« Der Generalpräpositus schaute wieder auf den Mann im Garten hinunter.

Im Grunde hatte Carafa Recht, dachte Cajetan von Thiene. Gottesdienst war auch Menschendienst und umgekehrt. Es schickte sich nicht für einen Mann, der sein Leben und sein Herz dem Allmächtigen darbrachte, dem Müßiggang zu frönen und den großen Herrn zu spielen. Eine Neigung, die er in diesem Bruder Benediktus ganz deutlich zu spüren meinte. Andererseits: Wie sollten die einfachen Menschen recht handeln, wenn selbst der Papst sich schamlos und offen seinen Gespielen in die Engelsburg holte und die Mitglieder seiner Familie und Freunde mit hohen Ämtern ausstattete, gleichgültig ob sie dazu befähigt waren oder nicht. Das trieb dem manchmal zugegebenermaßen recht unduldsamen und strengen Bruder in Christo an seiner Seite trotz seiner vorgerückten Jahre durchaus zu Recht die Zornesröte ins Gesicht. Nun ja, auch Carafa war nicht ganz ohne Ehrgeiz. Der kleine asketische Mann wollte alles oder nichts. Und er hatte wohl auch gute Aussichten, einmal der nächste Bischof von Rom zu werden. Aber etwas mehr Demut und etwas weniger Unnachsichtigkeit gegenüber den Fehlern anderer hätten auch Kardinal Carafa gut zu Gesicht gestanden, befand Cajetan von Thiene im Stillen.

Der Generalpräpositus fragte sich erneut, woher dieser Bruder eigentlich kam, der wie aus dem Nichts in Rom aufgetaucht war. Und er hatte Carafa schon oft danach gefragt. Doch immer war es ausgegangen wie heute: Der Weggefährte langer Jahre hatte gelächelt und wich aus. Vielleicht kam Bruder Benediktus aus den Reihen jener Gefolgsleute, jener verborgenen Armee Gottes, über die der Kardinal nicht sprach. Carafa war es nicht gegeben, in der Stille des Ordens zu leben. Er wollte mehr. Und inzwischen konnte der Kardinal auf die unbedingte Gefolgschaft einer ganzen Reihe von intelligenten Klerikern bauen. Sie waren wie er der Meinung, nur eine Erneuerung der Kirche von Rom, die Unterstützung der Ziele des Konzils von Trient, könnten letztendlich die Spaltung des Glaubens verhindern. Diese guten Beziehungen hatte der Kardinal schon mehr als einmal zum Nutzen des Theatinerordens spielen lassen. In Italien gab es inzwischen mehrere Klöster der noch recht jungen Gemeinschaft.

Jedenfalls hatte ihm Carafa diesen Benediktus geschickt – mit der etwas vage formulierten Bitte, ihn sich genauer anzuschauen und den Mann vielleicht sogar in den Orden aufzunehmen, sollte er sich eignen.

»Warum habt Ihr mir diese Seele anvertraut?« Dieses Mal wollte der Generalpräpositus seine Antwort. Vielleicht brachte die Frage Licht in die geheimnisvolle Beziehung zwischen diesen beiden Männern.

Wieder wich Carafa aus. »Ich halte ihn für einen Menschen mit viel versprechenden Gaben«, erklärte er ausweichend.

Der Generalpräpositus schluckte. »Gaben hat dieser Bruder sicherlich. Und wenn es nur der kaum verhüllte Zorn ist. Schaut hinunter, wie er mit der Hacke in den Boden drischt, als müsse er den Vermaledeiten daraus vertreiben.« Unwillkürlich musste Cajetan von Thiene beim Anblick des zwar gebeugten, aber störrisch wirkenden Rückens von Benediktus lachen.

Selbst Carafas Miene zeigte den Anflug eines Schmunzelns. »Christliche Demut und Duldsamkeit gehörten offenbar wirklich nicht zu seinen Tugenden. Unser Bruder schwingt die Hacke in der Tat wie ein äußerst ungeduldiger Mann«, bestätigte der Kardinal trocken.

»Ist er nicht einigen harten Prüfungen unterzogen worden, so wie ich Euch bat? Der Wert eines Menschen zeigt sich erst, wenn er geschliffen worden ist. Darin gleicht er diesem Diamanten.« Er wies auf den großen, funkelnden Stein im Ring an seiner Hand.

Cajetan von Thiene runzelte die Stirn. Der Kardinal hatte eine gefallsüchtige, eitle Seite, die ihm missfiel. Dann nickte der Generalpräpositus dem Freund zu. »Er hat Latrinen geleert, Fußböden geschrubbt, die Tiere gefüttert – immer ohne Murren. Doch danach stellte er den Dreck und die Blasen an seinen Händen ein wenig zu offensichtlich zur Schau. So habe ich ihn schließlich der Obhut unseres Bruders Stefano übergeben, der die Aufsicht über den Garten führt. Bruder Stefano ist zwar kein Geistesriese, doch das Gemüse und die Blumen in den Beeten gedeihen unter seinen Händen fast wie Unkraut. Es ist, als brauche er eine Pflanze nur zu berühren, und schon beginnt sie zu wachsen und sich auszubreiten, als wolle sie dem Bruder einen ganz persönlichen Gefallen tun. Aber auch Stefano hat bisher keinen Zugang zu Benediktus gefunden. Der Mann ist einfach undurchsichtig. Er tut, was von ihm verlangt wird. Doch ich werde das Gefühl nicht los, dass es ihm dabei an etwas fehlt. Vielleicht ist dieses Etwas jene selbstlose, selbstvergessene Liebe des wahrhaft Demütigen.« Cajetan von Thiene zögerte. Dann sprach er weiter: »Seit drei Wochen wird Benediktus neben der Gartenarbeit nun auch im Dienst an den Kranken im Spital eingesetzt. Hier ist es ähnlich. Er wäscht und verbindet die eitrigen, stinkenden, schwärenden Wunden dieser armen Menschen, wie ihm geheißen wird. Es ist ihm kein Widerwille anzumerken, aber auch keine Anteilnahme. Er geht mit Menschen um wie mit einem kaputten Schemel oder einem Loch im Gewand. Scheinbar interessiert und dennoch völlig unbeeindruckt, ohne auch nur eine Miene zu verziehen. Nie habe ich eine Träne des Mitleids oder auch nur eine Regung der Anteilnahme in seinem Gesicht gesehen.« Cajetan von Thiene seufzte.

Kardinal Carafa nickte nachdenklich. »Vielleicht solltet Ihr diesen Bruder Benediktus etwas mehr in Eure Nähe holen, vielleicht ändert sich diese Haltung, wenn er Aufgaben bekommt, die seinen Gaben entsprechen, und wenn er in Euch ein gutes Vorbild hat. Er hat einen wendigen Geist, schreibt inzwischen brauchbares Latein, kann rechnen, und ist nach diesem guten Jahr auch des Italienischen fast fließend mächtig. Meint Ihr nicht, teuerster Generalpräpositus, dass jeder Mann grundsätzlich so eingesetzt werden sollte, dass er Gott mit seinen besten Gaben dienen kann? Weder der Stall noch die Küche, noch der Garten, noch das Spital scheinen den Talenten dieses Bruders zu entsprechen.«

Cajetan von Thiene hörte den versteckten Tadel wohl, der in Carafas Stimme mitschwang. Außerdem meldete sich sein Misstrauen wieder. Wollte der Mann, den er für einen Freund hielt, ihm etwa einen Spion wie eine Laus in den Pelz setzen? Doch es galt, die Verdächtigungen wohl abzuwägen. Vielleicht tat er dem Kardinal Unrecht. »Etwas in mir sträubt sich dagegen, diesen Mann mit so wichtigen Dingen wie der Verwaltung des Ordenshauses oder der Korrespondenz zu betrauen. Das ist eine Vertrauensstellung. Und so, wie der Bruder die Salatpflanzen hackt, ist es vielleicht besser, ihm nicht allzu sehr zu vertrauen.«

Doch Carafa blieb hartnäckig. »Jedenfalls verdient Benediktus auch diese Möglichkeit, sich zu beweisen. Er hat sich nichts Greifbares zu Schulden kommen lassen. Versucht es doch, ehe Ihr ein abschließendes Urteil fällt. Schon, um mir endlich etwas Konkretes über diesen Mann mitteilen zu können.«

Der Generalpräpositus gab auf. Der Kardinal schien großes Interesse an diesem Bruder zu haben. Er würde dafür sorgen, dass Benediktus nur Unverfängliches in die Hände geriet. Er nickte dem Mann an seiner Seite zu. »Gut, wenn Ihr es so wollt, werde ich es tun. Männer mit seiner Bildung klopfen nicht jeden Tag an die Türe der Theatiner. Und auch ein Haus der Demut und der Bescheidenheit muss verwaltet werden.«

19

Wenn Katharina das Heimweh nach Seggingen packte, ging sie auch während ihres zweiten Exils in der Stadt immer wieder ins Basler Münster. Es gab dort einfach so viel, das sie an die Heimat erinnerte. Zum Beispiel das Grab des Reformators Johannes Hüßgen, der als Geistlicher Rat in Basel gewirkt hatte und dort unter dem Namen Oekolompad beerdigt worden war. War er doch der viel zu früh verstorbene Mann der Segginger Schultheißtochter Wibrandis Rosenblatt gewesen, die sie so bewundert und vor vielen Jahren einmal kennen gelernt hatte.

Katharina liebte schon den Weg aus der Augustinergasse hin zum Münster. Sie fand sich nach den fast drei Jahren, die ihr zweiter Aufenthalt in Basel nun schon dauerte, inzwischen ohne Probleme zurecht und fühlte sich sicher. Besonders freute sie sich immer auf den Anblick des neueren, südlichen Martinsturms. Er war um die Jahrhundertwende vollendet worden.

Doch auch der Münsterplatz war ein Erlebnis. Er bot die Bühne für reiche Handwerker mit pelzverbrämten, puffärmeligen Jacken, die ihre Schultern aussehen ließen, als wären sie aufgeblasen. Da waren feine Damen mit ihren Zofen und Schoßhündchen unterwegs, die verzweifelt versuchten, den Urin- und Kotpfützen auszuweichen, wenn sie denn schon laufen mussten. Dazwischen boten fliegende Händler Kräuter oder Nadel und Faden feil. Sie begegnete Topfschleifern und Kesselflickern. Devotionalienhändler boten neben Bildbeschreibungen des Lebens des heiligen Franziskus von Assisi auch den bis ins Detail in Kupfer gestochenen oder in Holz geschnittenen Feuertod der Jungfrau von Orleans an. Daneben hatte mancher noch eine geheime Lade. Hin und wieder wurde ein Passant verschwörerisch hinter die nächste Hausecke gezogen. Das Angebot: garantiert echte Zähne der heiligen Barbara oder die Hautkuppe des Kräuterdaumens der Hildegard von Bingen. Für Katharina hatte dieser allerdings eher ausgesehen wie ein Stück einer mumifizierten Schweinezitze.

Basel war überhaupt eine aufregende Stadt. Das empfand die junge Frau immer wieder. Protestantische Flüchtlinge aus Frankreich und aus Italien fanden hier Aufnahme. Viele davon kamen ins Haus der Rischachers. Lange Gespräche, ernste Gesichter, aber auch Lachen erfüllten die Räume des Hauses in der Augustinergasse. Die Protestanten wurden im toleranten Klima des freien Basel nicht behelligt. Jeder konnte glauben, was er wollte. Zumal die Fremden auch Geld in die Stadt brachten sowie die Techniken der Seidenbandweberei und des Stofffärbens, mit denen die Stadt zu Reichtum gekommen war.

Doch Basel war für Katharina noch mehr. Die 1460 gegründete Universität zog sie magisch an. Dort hatte einst der Medicus Theophrastus von Hohenheim gelehrt, besser bekannt unter dem Namen Paracelsus, der schließlich nach einem Streit mit der medizinischen Fakultät erbost den Staub des Basler Bodens von seinen Füßen geschüttelt hatte. Auch die Toleranz der Basler hatte Grenzen. Paracelsus hatte sich für das bodenständige Stadtvolk doch zu sehr von der traditionellen Medizin abgewandt. Solche Methoden wie das Aufschneiden von Toten billigten sie nicht. Neues war zwar immer willkommen – aber nur in Maßen und solange es sich einbinden ließ in die überkommene Ordnung und Geld brachte. Doch immerhin hatte die Stadt seinen Bemühungen eine ganze Anzahl gut ausgebildeter Ärzte zu verdanken.

Auch sonst hatte Paracelsus seine Spuren hinterlassen. Dazu gehörten jene Unbelehrbaren, die seinen wissenschaftlichen Gedanken weiter folgten, Menschen, die Katharina ebenfalls im Hause der Rischachers traf. Sie konnte nicht studieren. Aber sie konnte lernen. Wie ein Schwamm saugte sie jeden Brocken an Information in sich auf, den sie zum Thema der Heilung finden konnte, diskutierte oft stundenlang über die richtige Form eines chirurgischen Eingriffs oder die Wirkung mancher Kräuter aus der Apotheke Gottes. Auch die präparierten Skelette des Brüsseler Arztes Andreas Vesalius sorgten für Gesprächsstoff. Das waren ganz neue, aufregende Ansichten des menschlichen Körpers, die er da in seiner anatomischen Sammlung bot. Obwohl sich selbst mancher der Freidenker nicht so sicher war, ob Gott es gutheißen könne, wenn jemand ihm so ins Handwerk pfuschte. Der Tod gehörte zum Leben, wartete hinter jeder Straßenecke, war eigentlich nichts Besonderes. Aber Tote gehörten auch ordentlich und christlich begraben – und nicht auseinander gerupft, geschält wie eine Zwiebel und in Einzelteilen in Spiritus gelegt. Doch da es zumeist die Leichen der Ärmsten der Armen waren, die der Medicus aus Brüssel für gutes Geld kaufte und präparierte, erschöpfte sich der Widerstand in lahmem Protest und einem wohligen Gruseln.

Und noch einen Freund hatte Katharina in diesen Jahren des Exils in Basel gefunden. Einen, der sie mit dem so schwer erhältlichen, niedergeschriebenen Wissen, mit Büchern, versorgte – Thomas Platter, der einstige Geißhirte aus Grächen, der zum Buchdrucker geworden und schließlich zum ersten Rektor der Basler Lateinschule aufgestiegen war. Er hatte einen Narren an der wissbegierigen Katharina gefressen. Das ständige Lernen half ihr auch, sich abzulenken, nicht an Konz zu denken. Und nicht an das, was sie ihm und sich und den Kindern mit ihrer bodenlosen Verblendung angetan hatte. Der Albtraum, der täglich in ihrem Inneren tobte, wollte einfach nicht aufhören.

Seit dem Kampf zwischen Thomas Leimer und Konz Jehle vor mehr als zwei Jahren in Basel und seinem Verschwinden hatte sie nun nichts mehr von ihrem Mann gehört. Sie konnte sich einfach nicht vorstellen, wo er hingegangen sein mochte. Sie hatte Sehnsucht nach ihm, wollte ihn in die Arme nehmen, ihn um Verzeihung bitten, ihm erklären, dass sie nun endlich wisse, wie dumm sie gewesen war. Er hatte so selbstverständlich zu ihrem Leben gehört, immer bereit sie zu stützen und zu halten, dass sie erst begriff, was sie verloren hatte, als er nicht mehr da war. Es war eine ständige, stumme Trauer, eine nie enden wollende Sehnsucht, die sie Tag und Nacht begleitete. Manchmal träumte sie von ihm, von ihrem kleinen Haus in der Nähe der Holzbrücke am Rhein in Seggingen, in dem längst andere Menschen lebten. Hin und wieder waren die Träume so lebendig, dass sie jede Pore seines Gesichtes genau sah, ebenso wie den warmen Blick in seinen braunen Augen, die breiten Schultern, das Bäuchlein, das sich langsam bildete. Dann drehte sie sich im Halbschlaf auf ihrem Lager herum und breitete die Arme weit aus, um ihn darin aufzunehmen. Doch wenn sie endgültig aufwachte, waren ihre Arme leer.

Sie wusste nun, woher sie kam, wer ihre Eltern waren. Doch Konz hatte ihr ein Zuhause gegeben. Ohne ihn fühlte sie sich wie ein Kind in der Nacht, das einsam umherirrte. Katharina liebte dieses bunte, widersprüchliche Basel. Doch es erschien ihr immer wie eine Übergangsstation, kein Ort, an den sie gehörte. Immer, wenn Briefe von Magdalena von Hausen die Familie erreichten und Genoveva ihr daraus vorlas, wurde Katharina sehr still und hatte mehr als einmal Tränen in den Augen.

Die Veränderung kam unerwartet einige Monate später und wieder einmal mit einem Brief aus Seggingen. Er brachte gute Nachrichten.

An meine liebste Schwester und meine Freundin Katharina,
endlich kann ich Euch die frohe Botschaft bringen, auf die wir alle schon so viele Jahre sehnsüchtig warten. Agatha Hegenzer von Wasserstelz ist endlich in Seggingen eingetroffen. Allerdings hat der gegenwärtige Papst ihr den Dispens noch immer nicht erteilt, der sie vom Gelübde und Dienst bei den Dominikanerinnen entbindet. Doch Bischof Christoph Metzler hat endlich dem berechtigten Drängen des Großmeiers und Verwalters des Stiftes, Hans Jakob von Schönau, nachgegeben und ihr den Einzug in die Stadt und die Übernahme der Stiftsgeschäfte gestattet. Der

Schönauer hatte ihn immer wieder bestürmt. Er sah sich nicht in der Lage, den jungen Stiftsdamen, die in den vergangenen Jahren an unsere Türe klopften und um Aufnahme baten, die ihnen gemäße Erziehung zu geben. Auch der kaiserliche Rat Melchior von Hegenzer hat immer wieder das ganze Gewicht und die ganze Autorität seiner Stellung in die Waagschale geworfen, die sich dadurch immer weiter zu Gunsten seiner Schwester senkte.

Es ist so ein Glück, sie hier zu haben. Nach den schweren Hungerjahren braucht das Stift endlich wieder eine weibliche, führende Hand, eine, die seelische Wunden heilt und den Menschen Hoffnung gibt. Und vielleicht ist es auch für den Hegenzer nicht ganz ohne Vorteil, wenn er Fakten schafft. Vielleicht traut er dem neuen Heiligen Vater in Rom nicht so recht. Doch was auch immer die Überlegungen des ehrwürdigen kaiserlichen Rates gewesen sein mögen, die Oberin des Klosters Katharinental ließ Agatha Hegenzer von Wasserstelz endlich ziehen.

Sie kam still, in aller christlichen Bescheidenheit, nicht im Gewand einer Fürstin, sondern im Kleid einer einfachen Dominikanerin. Wir, die wir so lange auf sie gewartet hatten, konnten unsere Freude nur in einem kleinen, einfachen Gottesdienst im Hause des Heiligen Fridolin teilen und dem Herrn für ihre Ankunft danken. Erst wenn der Dispens kommt, werden wir unsere jubelnden Gebete des Dankes für alle Welt vernehmbar zum Herrn schicken. Erst dann können wir die Boten in alle Himmelsrichtungen aussenden, damit die Christen erfahren, dass Seggingen eine neue Äbtissin hat.

Liebste Schwester, vertraute Freundin, nun erst kann ich meine Verantwortung völlig und frohen Herzens abgeben. Stunde um Stunde danke ich dem Herrn im Stillen, dass er doch noch alles zum Guten wendete. Endlich muss ich mir nicht mehr in jeder wachen Stunde zum Vorwurf machen, was ich den Menschen dieser Stadt antat, als ich Thomas Leimer heiratete. Dank der Nachsicht und der Liebe des Herrn kann ich ihnen wieder in die Augen sehen. Denn er hat ihnen in seiner Weisheit eine gute

Führerin und Lehrerin gegeben. Die neue Fürstäbtissin des Stiftes mag manchmal etwas herb und abweisend wirken. Doch sie ist eine Frau mit klarem Verstand, der dennoch ihre warmen Gefühle nicht erstickt.

Auch ich habe von ihr nichts als Güte und Verständnis erfahren. Als ich ihr schilderte, wie sehr ich trotz all der Ämter, die ich nach wie vor versehe, eine Gefährtin, eine Vertraute vermisse, da erlaubte sie, dass Katharina zurückkehrt. Sie sprach mir aber ernsthaft ins Gewissen, mahnte mich, die Ereignisse und Gerüchte um Katharina nicht zu vergessen, die dich, liebste Freundin, beinahe das Leben gekostet hätten. Sie legte dar, wie wichtig es gerade in der momentanen, noch nicht gesicherten Situation für Stift und Gotteshausleute ist, dass der Frieden in der Stadt bewahrt bleibt. So wirst du, liebste Freundin, dich anfangs sehr im Hintergrund halten müssen.

Doch du kommst in eine veränderte, glücklichere Stadt. Die Menschen haben wieder Hoffnung geschöpft, richten sich langsam wieder auf aus all dem Tod, der Not und dem Elend, das sie so lange niederdrückte. Die Ernte dieses Jahres 1552 verspricht, gut zu werden. Die Freude hat Einzug gehalten in den Herzen der Menschen an jenem Tag, als die neue Äbtissin kam. Denn die seit hunderten von Jahren überkommene, gute Ordnung ist wiederhergestellt. So bestellten sie ihre Felder mit Frieden im Herzen. Die Angst und die Unsicherheit sind überwunden. Sie atmeten wieder freier in den sonnigen Frühlingstagen dieses Jahres. Und sie segneten die folgenden, warmen Sommertage, die die Trauben und das Korn reifen ließen. Der Salm ist gut gestiegen, die Küchen und Keller füllen sich. Noch lagert nicht viel auf den Speichern und in den Kellergewölben. Doch es ist ein Anfang, gesegnet mit den Gaben aus dem unermesslichen Füllhorn der Güte des Allmächtigen.

Diese Gaben schüttet er selbst über die niedrigsten unserer Mitkreaturen aus. Die Tiere werfen gesunde Junge. Und nur wenige Kälber und Zicklein starben bisher in diesem Jahr, in dem die neue Äbtissin kam. Auch ist noch jede Frau in den letzten

Monaten gesund aus dem Kindbett wieder aufgestanden. Es gab nur eine Totgeburt. Es ist also eine Zeit des Neuanfangs, des wieder erwachenden Lebens. Die finsteren Mächte sind besiegt. Und dieser Gedanke war es, liebste Katharina, der Agatha Hegenzer dazu bewegte, deiner Heimkehr zuzustimmen, die du gewiss ebenso sehnlichst erwartest wie ich. Komm also, so schnell du kannst.

Der Segen des Allmächtigen sei mit euch und euren Familien
Magdalena, Freiin zu Hausen

Heim nach Seggingen! Katharina bekam vor lauter Aufregung rote Wangen, als sie das hörte. Fast hätte sie vor Freude laut aufgeschrien. Endlich heim! Das war auch ein Stück weit die Heimkehr zu Konz, zu all dem, was sie so lange Zeit über geteilt hatten. Mit Tränen in den Augen hob sie die kleine Anna, ihre und Konz' kleine Tochter, hoch, die ihre Heimat noch nie bewusst gesehen hatte. Dann barg sie den Kopf an der Brust des Mädchens, das nicht verstand, was plötzlich mit der sonst so stillen Mutter geschehen war.

»Wir dürfen heim«, flüsterte Katharina glücklich.

»Heim?«, echote Anna.

»Ja, Kind, heim«, jubelte Katharina.

Der kleine Thomas stand staunend daneben. So froh hatte er seine Mutter schon lange nicht mehr erlebt. Auch wenn er sich nicht mehr so recht an das erinnern konnte, was sie »Heim« nannte. Doch wenn sie das so glücklich machte, dann war er es auch. So ergriff er ihre freie Hand und schließlich tanzte Katharina, lauthals lachend vor Freude, durch die Rischacher'sche Küche. Die kleine Anna wand sich in ihren Armen. Sie wollte endlich dem festen Druck der Mutter entkommen und wieder auf den Boden gestellt werden. Thomas stolperte fast über seine Füße, als er versuchte, den Tanzschritten der Mutter zu folgen. Genoveva lachte mit und klatschte den Takt dazu.

So fand sie der Rischacher, der gerade mit seinen Buben vom

Fischen am Rhein heimkam. »Na, das ist ja eine schöne Bescherung«, polterte er gutmütig lachend los, während die vier Rischacher-Buben wie die Orgelpfeifen mit offenen Mündern dabeistanden. »Wenn die Katze aus dem Haus ist, dann tanzen die Mäuse. Was ist denn hier los, ihr Weibsleute? Wollt ihr einem müden, hungrigen Angler nicht seinen Fang abnehmen und daraus ein anständiges Essen bereiten?«

Genoveva wandte sich strahlend zu ihrem Mann um. »Katharina darf zurück nach Seggingen. Die Hegenzerin ist endlich gekommen. Sie erlaubt es ihr. Schau, hier ist der Brief von Magdalena.«

»Na, Mädchen, das ist ja schön. Die Heimat ist halt etwas anderes, als in einem fremden Haus zu wohnen. Auch wenn du uns fehlen wirst«, erwiderte Thomas Rischacher.

Abrupt blieb Katharina stehen. »Ihr werdet mir auch fehlen«, meinte sie leise.

Drei Wochen später reiste sie mit ihren Kindern ab. Magdalena von Hausen hatte ihr eine Kutsche geschickt, die sie nach Hause bringen sollte. Diesmal kam sie nach Einbruch der Nacht in die Stadt. Nur die streunenden Hunde begleiteten das Gepolter der Kutschräder über die Bohlen der Holzbrücke mit ihrem Gebell. Es gab keinen großen Empfang.

Agatha Hegenzer von Wasserstelz, klein und drahtig, hatte ganz entschieden die Qualitäten eines Feldwebels. Ihr Kommandoton dröhnte des Öfteren durch die Gänge des Stiftes mit der Macht einer Posaune. Außerdem war sie eine Frau, die keine Dummheiten duldete. Und Hexenglauben war für sie Dummheit. Sie schämte sich dafür, dass ausgerechnet ihr Orden, die Dominikaner, die dunklen Henkersknechte der Inquisition stellte. Der Teufel war überall! Aber mit Magie hatte das nichts zu tun. Ihre Begrüßung für Katharina war knapp: »Da seid Ihr ja.«

Danach wurde sie praktisch. Ihre Anordnungen waren im Ton ebenso durchdringend wie ihre Worte präzise. Katharina sollte die ersten Wochen bei Magdalena von Hausen bleiben und möglichst zurückhaltend sein. Dann musste sie umziehen. Im Alten Hof, so leer manche Häuser auch sein mochten, war nur Platz für die Stiftsdamen. Sie solle sich also eine andere Bleibe suchen. Und sich im Übrigen anständig benehmen. Sie dulde keinen Zauberfirlefanz und kein Heilergetue.

Katharina nickte brav. Bestimmte Bewegungen hatte sie von Kind an gut geübt.

Magdalena von Hausen hingegen hatte sie zur Begrüßung in die Arme genommen. »Es ist schön, dich wieder hier zu haben«, sagte sie nur. Das reiche Gewand der Fürstäbtissin hatte sie mit der dunklen Tracht der Stiftsdamen getauscht: Wiler, Kleid und Übergewand. Es war aus demselben Stoff gefertigt wie das Überkleid. Sie wollte auch äußerlich zeigen, dass sie sich ihrer Stellung im Stift als Sünderin wohl bewusst war und sich keinerlei Befehlsgewalt über den Besitz und die Gotteshausleute mehr anmaßte.

Katharina hatte keinerlei Probleme, sich wieder an den geregelten, wenn auch geschäftigen Ablauf der Dinge im Stift zu gewöhnen. Agatha Hegenzer von Wasserstelz duldete keine müßigen Hände. Wer im Stift aß und lebte, hatte zu arbeiten. Jeder bekam sein gerüttelt Maß an Aufgaben zugeteilt – neben dem regelmäßigen Besuch der Gebetsstunden. Zu Katharinas Aufgaben gehörte das Schreiben von Briefen in den Belangen des Stiftes ebenso wie das Putzen von Gemüse in der Küche. Agatha Hegenzer hielt nichts davon, die Abhängigen nur mit Tätigkeiten zu beschäftigen, die ihnen zu Kopf steigen und sie ihren Stand vergessen lassen könnten. Aber sie hielt viel davon, dass jeder seinen Platz im Leben hatte. So dauerte es eine Weile, bis Katharina ihre Kinder bei der Hand nehmen und jenen Besuch machen konnte, der ihr schon so lange am Herzen lag. Sie wollte hinauf zur Burg der Wieladinger.

Es war ein klarer Sommertag im Juni 1552, als Katharina zur Burg ihrer Vorfahren hinaufstieg. Sie hatte von der Äbtissin die Erlaubnis bekommen, mit den Kindern in der ehemaligen Bannwarthütte ihres Mannes beim Dinghof Murg zu übernachten.

»Ich verstehe, dass Ihr Euch um die Angelegenheiten Eures verschwundenen Gatten kümmern müsst. Das erwarte ich sogar von Euch. Es wird Zeit, dass die Bannwarthütte geräumt wird. Packt also die Sachen von Konz Jehle zusammen und schafft sie fort. Der neue Bannwart hat ein Anrecht darauf, die Behausung uneingeschränkt nutzen zu können.« Wenn sie einen Entschluss gefasst hatte, duldete Agatha Hegenzer von Wasserstelz keinen Widerspruch.

Wieder nickte Katharina bescheiden. Das kam ihren Wünschen sehr entgegen.

Die Morgensonne warf ihre ersten Strahlen rot auf die sanften, runden Hügel des Fricktals, die Tautropfen im Gras glitzerten im ersten Licht des Tages, als Katharina oberhalb der Hammerschmiede mit Anna und Thomas in das Dunkel des Murgtalwaldes eintauchte. Ein mehrstündiger Marsch durch eine verwunschene Welt lag vor ihnen, eine Welt der Kobolde und der Feen, der Erdwesen und der Steinmänner, die sie hier betraten. Die tief hängenden Äste der Bäume ließen nur selten einen Sonnenstrahl auf den Boden durchdringen. Farne hatten sich an Felsen festgeklammert, Moospolster umrahmten die Steingesichter der kantigen Felswände an der rechten Seite des Pfades. An der Linken rauschte die Murg ins Tal. Mal schäumend und strudelnd vorbei an größeren Felsbrocken, die ihren Lauf bremsten. Manchmal wurde der Bach ruhiger, langsamer. In diesen Abschnitten gab das klare Wasser den Blick auf Kiesel und Algen frei. Sumpfdotterblumen, Farne und scharfe Gräser säumten das Ufer. Dann wieder kamen sie an abgebrochenen, ausgewaschenen Erdwunden vorbei, aus denen verloren die Wurzeln gefallener Baumriesen ragten.

Thomas und Anna liebten diese geheimnisvolle Welt im

Halbdunkel sofort. Welch prächtiger Ort zu spielen, Steinburgen zu bauen, Dämme zu errichten, Stöcke zu schnitzen, durchs Wasser zu stieben, nach Fischen zu greifen oder Geschichten von verwunschenen Wesen zu erfinden. Doch Katharina wollte weiter. Sie hatten nicht viel Zeit. Am Abend mussten sie zurück in der Bannwarthütte sein. Dann wartete der schwerste Teil dieser Reise in die Vergangenheit auf sie. Dann musste sie die Habseligkeiten von Konz zusammensammeln.

Es ging steil bergauf. Nach einer guten Stunde musste Katharina die kleine Anna auf ihre Schultern setzen. Immer wieder war das Kind mit seinen kurzen Beinchen über Wurzeln gestolpert, die aus dem schmalen Pfad ragten. Doch sie hatte Sie unbedingt mitnehmen wollen. Schließlich war auch die Kleine ein Kind aus dem Geschlecht der Wieladinger. Und eine aus den Reihen der Rebellen um den Gehenkten Konz Jehle von der Niedermühle, ihrem Großvater. Selbst wenn sie ihr das erst in einigen Jahren würde erklären können.

Auch Thomas wusste nicht, warum die Mutter mit ihnen durch das dunkle, wilde Flusstal streifte. Aber er fragte nicht. Diese Welt war ihm Aufregung genug.

Schon lange war kein Pferd der Ritter von Wieladingen mehr von der hohen Burg auf dem Felsen ins Tal hinuntergetrabt. Doch manchmal, wenn die Murg besonders laut rauschte, meinte Katharina, das Klappern der Hufe noch zu hören. Sie konnte den Tross förmlich sehen: vornweg der Ritter in seiner Rüstung, dahinter die Knappen und Gefolgsleute mit flatternden Bannern, auf dem Weg zu einem Beutezug oder um die Aufgaben des niederen Meieramtes des Stiftes Seggingen zu erfüllen und Gericht zu halten. Hier hatten die heimlichen Treffs der Bundschuhrebellen stattgefunden. Hier hatten sie sich vor den Häschern des Statthalters Ferdinand von Habsburg zwischen den Felsen versteckt, waren verschmolzen mit der Dunkelheit der Bäume. Hin und wieder drang der dröhnende Ruf von Hämmern der Murgtal-Schmiede in das Haus des Waldes, der seine eigenen Geräusche hatte: Das Wasser, der Wind in den Bäumen, die Lieder der Vögel begleiteten das Geräusch ihrer Schritte und das Keuchen des eigenen Atems.

Sie erreichten die Lochmühle und marschierten schließlich weiter über die morsche Brücke den steilen Felsen hinauf, der die Burg einst vor Feinden geschützt hatte. Der Weg war gefährlich. Bröckelnde, glitschige Steine machten den drei Wanderern den Aufstieg schwer. Aber endlich standen sie auf der Burgmatte, und Katharina packte das Essen aus. Etwas Brot, Schabzieger, der würzige Steinklee-Käse aus dem Glarus, und einige schrumpelige Äpfel vom vergangenen Jahr lagen schließlich auf dem Tuch, das sie auf der Wiese ausgebreitet hatte. Thomas war nicht zu halten. Er stürmte dem bröckelnden Burgfried entgegen, der wie ein abgebrochener Backenzahn in den Himmel ragte. Katharina konnte ihn nur mit Mühe zurückhalten. Die zerfallende Burg zu betreten war viel zu gefährlich. Dennoch, sie spürte es genau: Die Herren der Festung waren zwar gegangen, aber ihre Geister waren noch da.

Markerschütterndes Kriegsgebrüll riss sie aus ihren Gedanken. Ritter Thomas machte sich energisch von seiner protestierenden Schwester los. Es dauerte ihm einfach zu lange, bis das Burgfräulein Anna mit ihren winzigen Fingerchen auch das letzte der Farnblätter an der Efeuranke befestigt und damit seine Rüstung komplettiert hatte. Sein König erwartete den Getreuen Freiherrn Thomas von Wieladingen, um endlich in den Krieg gegen die Heiden ziehen zu können. Was sollte da unnützer Tand. »Lasst mich, mein Burgfräulein, man erwartet mich, hofft auf den Degen in meiner harten Faust, um auch dem letzten Heiden den Kopf abzuhauen«, erklärte er.

Doch das Burgfräulein Anna sah das durchaus nicht ein. »Anna auch abhauen«, krähte sie energisch, um ihre wilde Entschlossenheit kundzutun. Aber Ritter Thomas, auch wenn er sonst seiner Schwester jeden Wunsch erfüllte, focht das diesmal nicht an. Entschlossen klemmte er sich den Stock zwischen die Beine, rückte den Stockdegen an seinem Gürtel zurecht und trabte laut johlend davon. Wohl um den Heiden von vorneherein Angst einzujagen. Anna stürmte unter Protestgeschrei auf ihren kleinen Beinchen hinterher so schnell sie konnte. Unter diesen Umständen wollte sie kein Burgfräulein mehr sein, sondern lieber ein Knappe.

Katharina hatte alle Mühe, nicht laut herauszulachen. Der sechsjährige Thomas glich eher einem Heuhüpfer oder einem ungelenken Füllen. Na, jedenfalls würde er hungrig sein nach diesen ganzen Mühen.

Das erinnerte sie daran, dass es schon fast Mittagszeit war. Sie lief zu ihrer kleinen Tochter hinüber. Ritter Thomas war derzeit verloren für Frauenangelegenheiten. Aber Anna sollte ihr jetzt besser helfen, Holz für ein kleines Feuer zu sammeln. Die Brotstücke in ihrem Beutel warteten darauf, in der Glut gebacken zu werden. Anna ließ sich nur widerwillig überzeugen – ein Knappe zu sein gefiel ihr viel besser. Doch Katharina schnappte sich die Hand der Kleinen und ließ ihr keine Wahl. Beim gemeinsamen Holzsammeln vergaß Anna dann schnell die Unbilden des Schicksals. Zu viel war unter den Bäumen zu entdecken. Zum Beispiel leckere, blaue Waldbeeren und kleine, rote Walderdbeeren. So hatte sie nach einer Viertelstunde zwar einen verschmierten Mund, aber kein Stöckchen Holz gesammelt – im Gegensatz zu ihrer Mutter, die inzwischen einen dicken Arm voll gefunden hatte.

Die Äste und Zweige waren trocken. Schnell flackerte auf der Burgmatte ein kleines Feuer. Der Duft des gerösteten Brotes lockte schließlich auch Ritter Thomas herbei. Liebevoll betrachtete Katharina ihre Kinder. Irgendwann würde sie ihnen erzählen, was es mit diesem Ort auf sich hatte. Es war lange her, dass sie sich so wohl, so eins mit sich selbst gefühlt hatte. Sie spürte, wie die Geister der Vergangenheit lächelten.

Dann war es Zeit zum Aufbruch. Sie seufzte. Doch sie würden wiederkommen.

Es war schon lange dunkel, als Katharina mit den Kindern in Seggingen ankam, eingeklemmt zwischen den Mehlsäcken, die der Fronmüller Simon Hammerschmied mit seinem Ochsenkarren ins Stift transportierte. Thomas und Anna schliefen selig. Das Gerüttel des Karrens störte sie nicht im Mindesten. Hin und wieder warf Katharina einen Blick auf das Bündel neben sich. Es waren die Habseligkeiten von Konz, die sie in aller Eile aus der Bannwarthütte geräumt hatte. Der Sohn des Gehenkten hatte nicht viel zurückgelassen. Ein altes Paar Schuhe, ein zerschlissenes Hemd, eine Kappe, ein stumpfes Messer – und diese Gegenstände weckten in Katharinas Herz erneut die bittersüße Sehnsucht nach ihrem Mann.

Katharina fühlte sich an längst vergangene Tage erinnert, als ihr Lehrschwester Mechthild bei der Ankunft mit der bekannten, wilden Entschlossenheit im Blick entgegenkam. Liebevoll glitt ihr Blick über die vertraute, im Dienst des Stiftes ergraute und inzwischen gekrümmte Gestalt. »Gott sei Dank, dass du endlich da bist. Die Äbtissin hat furchtbare Zahnschmerzen. Sie weiß, dass du dich aufs Heilen verstehst. Schnell, komm, ich kümmere mich um die Kleinen.« Katharina hatte gar keine andere Wahl, als zur Residenz der Fürstin gegenüber vom Münster zu laufen.

Agatha Hegenzer von Wasserstelz schien tatsächlich ziemlich zu leiden. Das war die zähe Frau nicht gewohnt, das machte sie ungeduldig. »Los, tut etwas«, nuschelte sie durch ihre geschwollene Backe.

Katharina trat ans Bett der Äbtissin. »Lasst mich erst einmal sehen«, forderte sie ebenso knapp.

Die Fürstin riss den Mund auf, so weit es bei der Schwellung möglich war. Katharina begriff schnell, dass sie wirklich starke Schmerzen haben musste. Das Zahnfleisch um den rechten, vorletzten Backenzahn war dick geschwollen und eiterte.

Sie zog am Klingelstrang. Sofort erschien ein junges Mädchen. »Lauft hinüber ins Haus der edlen Magdalena von Hausen und holt mir meine Kräuterlade«, befahl sie. »Und sorgt in der Zwischenzeit für einen Lappen und möglichst kaltes Wasser.«

Folgsam lief die Kleine hinaus und kam kurze Zeit später mit der Wasserschüssel und einem Tuch aus Leinen zurück. Katharina feuchtete den Lappen an und drückte ihn vorsichtig auf die Wange der Äbtissin. Diese stöhnte leise, doch die Kühlung tat ihr sichtlich gut.

Inzwischen hatte ein Diener auch die Kräuterlade gebracht. Katharina nahm sich die Kanne auf dem Tischchen am Bett der Hegenzerin. Dort hinein füllte sie eine halbe Hand voll getrockneter Blütenblätter von Rosen, eine halbe Hand voll Salbei, dieselbe Menge Veilchen und Schwarzbeeren, etwas Kamille und Bilsenkraut. Damit ging sie in die Küche und goss die Mischung mit etwa einem Liter kochend heißem Wasser auf.

Es dauerte eine Weile, bis der Aufguss die richtige Temperatur hatte. Er durfte nicht zu heiß sein, aber auch nicht zu kalt. In der Zwischenzeit erneuerte sie immer wieder die kühlen Tücher für die geschwollene Wange der Hegenzerin. Den letzten Rest Wasser schüttete sie aus dem Fenster und hielt der Äbtissin die leere Schüssel hin. »Haltet sie fest. Jetzt werden wir Mundspülungen machen.«

Gehorsam tat die Befehlsgewohnte, wie ihr geheißen wurde. Gurgelnd versuchte sie, den bohrenden Schmerz loszuwerden. Und nach einer Weile schien tatsächlich Erleichterung einzutreten. Katharina sah, wie die Augenlider der Äbtissin immer schwerer wurden. Sie stellte den Rest des Aufgusses in der Kanne auf das Tischchen. Die Kräuter hatte sie vorher durch ein Tuch abgeseiht. »Versucht jetzt zu schlafen«, murmelte sie sanft. »Das ist immer noch die beste Medizin. Und wenn der Schmerz zu stark wird, dann macht eine weitere Mundspülung und lasst Euch kalte Tücher für die Wange geben. Dann wird die Schwellung abklingen.«

Die Hegenzerin hörte die letzten Worte nicht mehr. Aus dem Bett kam ein leises Schnarchen.

Katharina lächelte und streckte die müden Glieder. Es war ein langer, erlebnisreicher Tag gewesen. Das Morgengrauen war nicht mehr fern, es war Zeit, dass sie auch ins Bett kam zu ihren Kindern.

Die kleine Anna drückte sich sofort im Halbschlaf in die Arme der Mutter, Thomas rollte sich vor ihrem Bauch zusammen. So gaben sie einander Wärme und Geborgenheit. Solange es die Kinder gibt, hat mein Leben doch einen Sinn, dachte Katharina noch. Dann war auch sie eingeschlafen.

Es dauerte noch drei Tage, bis die Zahnschmerzen bei Agatha Hegenzer von Wasserstelz verschwunden waren. Doch die Heilung änderte ihre Einstellung zu Katharina grundlegend. Jemanden in der Nähe zu haben, der sich auf die Medizin verstand, konnte von wesentlicher Bedeutung sein, das erkannte die Äbtissin sofort. Mochte dieser Jemand auch noch so undurchsichtiger Herkunft sein. So etwas wie Vertrauen begann zwischen den beiden Frauen zu keimen. Doch Agatha Hegenzer war es nicht gegeben, ihre Empfindungen zu zeigen.

Aber Katharina spürte die Veränderung in ihrem Verhältnis zueinander auf die verschiedenste Weise. Sie wurde von all ihren anderen Pflichten entbunden und bekam die Helfer zur Verfügung gestellt, die sie brauchte, um die Heilkräuterbeete im Küchengarten des Stiftes zu komplettieren. Die Schrift des Mönches Walafried von Strabo vom Kloster Reichenau über den Anbau und die Wirkung der Kräuter leistete Katharina dabei unschätzbare Dienste. Außerdem hatte ihr Agatha Hegenzer die Abschrift einiger Kapitel gegeben, die Hildegard von Bingen über die Kräuter, ihr Wesen und ihre Pflege geschrieben hatte. Nach diesen Anleitungen legte sie die Beete sorgsam an – und auch für die Küche fiel dabei so manches Gewürzkräutlein ab. Allerdings musste sie den Küchenmeister anfangs überreden, Salbei und Lavendel, Kümmel und Nelken zu verwenden. Es versöhnte ihn, dass er dadurch so manches Mal eine Prise des kostbaren Salzes oder Pfeffers sparte.

Noch eine Vergünstigung brachte Katharina der geheilte fürstliche Backenzahn. Die Äbtissin stellte ihr das Material und die Leute zur Verfügung, um sich ein eigenes kleines Haus zu bauen. Agatha Hegenzer befand, dass die Leibärztin der Äbtissin von Seggingen angemessen zu wohnen hatte. Katharina wusste schon, wo sie ihr neues Haus bauen würde: an der Stelle, an der die inzwischen verfallene Hütte der alten Nele stand, nicht allzu weit entfernt vom Schrein der Seconia.

Katharina schüttelte entschieden den Kopf. »Nein, ich will ein gemauertes Fundament für mein Haus. Es soll keine einfache Holzhütte werden.«

»Dafür wird das Geld nicht reichen, das mir die Äbtissin zugesagt hat«, wandte Mathias Henlein ein. »Außerdem bin ich Zimmermann und Restaurator und kein Maurer. Die hiesigen Bauleute würden nicht dulden, wenn ich ihre Arbeit machte.«

»Wir werden eine Lösung finden.« Katharina ließ sich von ihren Plänen nicht abbringen. Mit großzügigen Strichen zeichnete sie mit einem Stock ihr Haus in die Erde, dort, wo einmal Neles Kräutergarten gewesen war. Aber von all den heilenden Pflanzen war keine mehr zu sehen. Die Natur hatte sich den Garten zurückgeholt. Doch, da – Katharina lächelte. Da, zwischen dem Unkraut und dem Gras hatte sich eine Staude Lavendel behauptet, kleine grüne Blätter grüßten den Himmel. Die junge Frau lachte glücklich. Das war ein Zeichen. Sie tat das Richtige. Hier würde sie ihrer Familie eine Heimat bauen, ein Haus, in dem es nach Lavendel roch, wie damals in der kleinen Hütte, die einst hier gestanden hatte. Und hier würde sie auf Konz warten. Es war ihr, als hätte ihr die Pflanze einen Gruß aus einer anderen Welt gebracht, einen Duft von Hoffnung, eine Botschaft von Nele. Die alte Heilerin von Seggingen hieß gut, was sie da tat.

»Macht Euch um das Geld keine Sorgen, Meister Henlein.

Ich habe selbst noch einiges gespart. Jedenfalls will ich ein richtiges Haus. Eines mit einem Fundament aus Stein, das noch steht, wenn meine Tochter und mein Sohn erwachsen sind und Familien haben.« Liebevoll schaute sie zu den beiden Kindern hinüber, die durch das hüfthohe Unkraut im ehemaligen Garten tobten und vergnügt in den zusammengesunkenen Trümmern der alten Hütte nach Schätzen fahndeten. Anna krähte jedes Mal vor Vergnügen, wenn sie wieder eine Tonscherbe gefunden hatte. Gerade eben zog sie die Reste einer Decke unter einem abgestürzten Dachbalken hervor. Katharina krampfte es das Herz zusammen. Die Decke erinnerte sie an die letzten Tage der alten Nele, die so friedlich und mit sich im Reinen gestorben war. Sie hoffte, auch ihr würde der Herr einst diese Gnade gewähren. Vielleicht war das mit ein Grund, warum sie die amtierende Äbtissin gerade um dieses Grundstück gebeten hatte.

Zu ihrer Überraschung war ihr die Bitte sofort gewährt worden. Die Hegenzerin war nun einmal eine Frau der praktischen Überlegungen. Das kleine Stück Land lag auf der anderen Seite der gedeckten Holzbrücke, außerhalb der Stadtmauern und jenseits des Rheins. Von dort aus hatte man einen wunderbaren Blick auf die alte Rheininsel, auf der der Überlieferung nach einst der heilige Fridolin so gerne geweilt hatte, als er aus seiner Heimat Irland nach Seggingen gekommen war, um den hiesigen Heiden den Glauben zu bringen. Seitdem galt die kleine Insel als Fridolins Boden, geheiligtes Land. Auf diesem Grundstück war Katharina jedenfalls weit genug weg, um den Menschen aus dem Weg zu gehen, falls wieder einmal die Hexengerüchte aufleben sollten. Dennoch war es nahe genug, um Katharina schnell holen zu können, sollten Menschen oder Tiere in der Stadt ihre Hilfe brauchen.

Und fähige Heilerinnen waren selten. Deswegen wollte die Äbtissin sich diese hier verpflichten, auch wenn sie eine Frau mit dunkler Herkunft war. Katharina konnte es jedenfalls mit jedem männlichen Arzt aufnehmen, auch wenn sie nicht studiert hatte. Allerdings würde sie weder Grundstück noch Haus umsonst bekommen. Solange die Äbtissin ihre Hilfe benötigte, würde sie diese ohne Entgelt leisten und sich ohne Erlaubnis der Fürstin auch nicht länger als eine Woche aus Seggingen entfernen. Das war der Handel, den sie Katharina vorgeschlagen hatte.

Und die junge Frau schlug ein. Denn dafür wurde ihr nun das Land der alten Nele zu Eigen überschrieben. Sie bekam sogar Material und Handwerker für den Bau ihres Hauses. Mathias Henlein war einer von ihnen. Er war eigentlich kein Meister, sondern ein reisender Zimmermannsgeselle auf der Walz. Die Äbtissin hatte ihn mit diversen Ausbesserungsarbeiten am Münster und an den Häusern der Stiftsdamen im Alten Hof beschäftigt. Diese waren mittlerweile abgeschlossen, und er war mehr als zufrieden, noch eine Weile in der Stadt zu bleiben.

Anerkennend blickte er auf Katharina. Mit ihren geröteten Wangen, der lockigen Strähne braunroten Haares, die sich wieder einmal aus der Haube gelöst hatte und ihr über die Nasenspitze hing, sah sie eher aus wie ein junges Mädchen als eine verheiratete Frau mit zwei Kindern – eine, deren Mann seit Jahren verschwunden war. Vielleicht ergab sich da ja etwas … Sie war auf jeden Fall entzückend, wie sie aufgeregt wie ein kleines Mädchen ihre Striche in die Erde ritzte. Am liebsten hätte er die feinen Härchen berührt, die im Nacken unter der Haube hervorlugten und in denen sich das Sonnenlicht fing.

Katharina hob den Kopf. »Ihr sollt Euch nicht meinen Nacken anschauen, Meister Henlein, sondern meine Zeichnung«, erklärte sie trocken.

Der Mann riss sich zusammen. Aber immer wieder wanderte sein Blick zur zarten Nackenlinie dieser Frau. Doch jetzt achtete er darauf, dass sie es nicht mehr bemerkte. Er wollte sie nicht erschrecken. Sie rührte irgendetwas in ihm an, weckte seinen Beschützerinstinkt. Vielleicht war es diese unbestimmte Traurigkeit in ihrem Blick. Am liebsten hätte er sie ihr fortgeküsst … Doch sie hatte so eine Art, einen Mann auf Distanz zu halten, die wie eine unsichtbare Mauer wirkte. Wenn er sich um ihr Haus kümmerte, würde er sie jedenfalls noch oft sehen in der nächsten Zeit.

Ihre Worte drangen jetzt wieder in sein Bewusstsein. Er musste unwillkürlich lächeln, als sie energisch die Haarsträhne wegblies, die sie an der Nase kitzelte. »Den Eingang will ich im Osten, dort, wo die Sonne aufgeht. Davor soll ein kleiner Vorbau, luftig gebaut, in dem ich meine Kräuter trocknen kann. Dahinter will ich einen großen Raum und die Küche, daneben eine Kammer, in der die Kinder und ich schlafen können. Neben das Haus sollte noch ein kleiner Stall. Außerdem muss es so gebaut sein, dass es aufgestockt werden kann, wenn meine Kinder einmal ihre eigene Familie gründen wollen. Dann will ich auch noch eine Mauer ums Haus, in deren Schutz ich meinen Kräutergarten anlegen kann. Sonst bläst mir der kalte Fricktaler Wind noch die zarten Keimlinge kaputt. Und dann muss auch noch der Ziehbrunnen repariert werden.«

Mathias Henlein nickte anerkennend. Diese Frau mochte ja zerbrechlich wirken, aber sie wusste, was sie wollte, und sie wusste, wovon sie sprach. Das würde ein heimeliges kleines Haus werden, wenn es einmal fertig war.

Er räusperte sich. »Gut, ich werde mit dem Steinmetz sprechen, damit er mit seinem Gesellen das Fundament und die Mauer zieht. Danach werde ich das Holz für den Aufbau und das Dach aussuchen. Die Äbtissin hat mir erlaubt, es aus dem Stiftswald zu holen. Doch es muss erst noch trocknen, bevor ich es behauen kann. Das alles wird aber sehr viel teurer werden als gedacht. Vielleicht kann ich etwas handeln …«

»Lasst das meine Sorge sein«, beschied ihn Katharina. »Ich sagte Euch doch, ich habe genügend Geld. Tut Ihr nur Eure Arbeit.«

Der Mann nickte.

Als der Winter kam, stand das Haus. Katharina war glücklich, als sie zum ersten Mal mit ihren Kindern am gemauerten Kamin saß. Sie erzählte ihnen von der kleinen Feuerstelle der alten Nele. Thomas und Anna betrachteten die alte Heilerin von Seggingen inzwischen schon als so etwas wie ihre Urgroßmutter, auch wenn sie sie nicht kannten. Die Mutter erzählte so oft von ihr. Thomas hatte sie zwar gesehen, als er ganz klein war, doch er erinnerte sich nur schemenhaft an die verkrümmte, gichtige Gestalt.

Im Frühling begann Katharina den kleinen Garten anzulegen. Sie hatte von der Äbtissin die Erlaubnis bekommen, sich Ableger aus dem Stiftsgarten zu holen. Zur Einweihung hatte die Hegenzerin der kleinen Familie außerdem einen Walnussbaum, einen Apfel- und Birnbaum, einen Pflaumenbaum und einen gelben Rosenstock geschenkt, der einen Ehrenplatz an der sonnigen Südwestecke des kleinen Häuschens bekam. Und Großmeier Hans Jakob von Schönau hatte nicht nur einige Männer zum Hausbau abgeordnet, sondern stiftete noch mehrere Weinstöcke, die die Südwand bald mit ihren grünen Blättern bedeckten.

Ihren ersten Hahn und zwei Hennen bekam Katharina von jemandem, an den sie zuletzt gedacht hätte. Eines Abends stand Jungfer Elisabeth vor ihrer Türe. Jene Elisabeth, die einst ihren Hass auf sie hinausgekreischt und die Menge aufgepeitscht hatte, die Hexe Katharina und ihre Hexenbrut zu steinigen. Katharina hätte ihr die Türe beinahe wieder vor der Nase zugeschlagen. Doch etwas an der Art, wie ihr Elisabeth stumm einen Korb entgegenstreckte, ließ sie zögern.

»Was willst du von mir? Hast du mir nicht schon genug Schaden zugefügt mit deinen üblen Verleumdungen? Hast du mir nicht die Heimat und beinahe auch das Leben genommen damit?«

Elisabeth nickte. »Ich weiß«, sagte sie leise. »Die Äbtissin hat mich deswegen auch ganz schön ins Gebet genommen. Ich sehe ein, dass es nicht recht war. Ich musste der Hegenzerin versprechen, dich wieder zu versöhnen.« Das hässliche Gesicht mit der langen Adlernase verzog sich verbittert. »Sonst hätte sie mich aus der Stadt gewiesen. Sie dulde hier keine Denunzianten, hat sie erklärt. Wenn sie sagt, dass du keine Hexe bist, dann muss eine unwissende Frau wie ich mich fügen. Ich bin nicht so gelehrt. Und sie ist eine Frau der Kirche. Aber ich tue es nicht nur deshalb. Ich habe mich hinterher ganz schlecht gefühlt damals. Ich wollte nicht, dass es so weit geht. Ich wollte dir nur einen Schrecken einjagen. Fragt mich nicht, warum, ich weiß es nicht. Der Teufel muss in mich gefahren sein. Also, das Reden liegt mir nicht. Nimmst du meine Entschuldigung an?« Wieder streckte sie Katharina den Korb entgegen. »Hier, das kannst du vielleicht brauchen.«

Unter dem Leinentuch, das über den Korb gelegt war, piepste es leise. Vorsichtig hob Katharina eine Ecke des Stoffes und sah drei Küken, die sich zitternd aneinander drängten.

Sie streckte Elisabeth ihre Hand hin. »Komm herein«, sagte sie rau. »Und lass uns reden. Danach wollen wir nie wieder über die Vorfälle von damals sprechen.«

Elisabeth nickte dankbar und trat ein. Dann sah sie sich staunend um. Katharina hatte nicht viel. Dennoch war es sauber in dem kleinen Haus, warm und behaglich. Auf dem einfachen Tisch aus Tannenholz stand ein Krug mit Frühlingsblumen von der Wiese. Um den Tisch standen vier dreibeinige Schemel, an der Ostwand neben der Eingangstüre eine Weidentruhe. Sie hatte einst der alten Nele gehört. Über dem Kamin hingen ordentlich aufgereiht einige Pfannen und Töpfe, sauber geputzt. Sogar ein kleiner, gewebter Wollteppich bedeckte den Steinfußboden. Es war einfach, aber ein Heim.

»Schön hast du es hier«, murmelte Elisabeth.

Die beiden Frauen redeten noch lange an diesem Abend. Katharina lernte eine einsame, verbitterte Frau kennen, die sich in ihrem Leben lange vergeblich nach Liebe gesehnt hatte. Sie wurden niemals richtige Freundinnen, denn so ganz konnte Katharina nicht vergessen. Doch Elisabeth kam von nun an öfter. Sie liebte die Kinder und schien mit der Rolle einer entfernten Tante zufrieden zu sein. Das war mehr an Familie, als sie jemals gehabt hatte. Und mit der Zeit wurde auch ihr glühender Neid auf dieses Niemandskind weniger, dem all das in den Schoß gefallen war, wovon sie, die Bürgerstochter aus gutem Hause, nur träumen konnte: die Zuneigung und die Freundschaft von Menschen, an die sie nie herangekommen war. Sie spürte, obwohl Katharina nie darüber sprach, dass auch die einstige Feindin ihr Bündel an Leid zu tragen hatte. Das stimmte Elisabeths Herz weicher. Sie verstand nicht mehr, warum sie jemals hatte glauben können, dass diese Frau eine Hexe sei. Wäre sie es gewesen, hätte sie niemals ihren Mann verloren, um den sie sehr zu trauern schien. Auch wenn sie ihn ihr gegenüber niemals erwähnte.

Zu den Kindern sprach Katharina oft über Konz Jehle. Sie wollte nicht, dass sie ihren Vater vergaßen. Es wärmte ihr das Herz, von der Zeit ihrer Kindheit zu erzählen, von jenen Tagen, als sie dem älteren Konz überall hin gefolgt und von ihm beschützt worden war.

Anna begeisterten diese Geschichten besonders. »So wie ich mit Thomas«, lispelte sie mit leuchtenden Augen.

Der Junge nickte ernst dazu. Der Vergleich kam ihm durchaus nicht abwegig vor. Er war der Mann im Haus, solange der Vater nicht da war. Er sehnte sich mit seinem ganzen Herzen nach ihm und glaubte fest, er würde wiederkommen. Irgendwann würde der große Mann, der ihn so oft bei der Hand genommen und ihm die Dinge des Lebens erklärt hatte, wieder vor der Türe stehen. Aber solange das nicht der Fall war, musste er die Frauen beschützen.

Katharina ahnte, was in dem Buben vor sich ging, der viel zu früh hatte erwachsen werden müssen. Sanft strich sie ihrem Sohn übers Haar. Auch sie war in Gedanken jeden Tag bei Konz Jehle. Der vierte Schemel am Tisch stand für ihn dort und würde auf ihn warten.

Inzwischen hatte sie allerdings einige Verehrer. Thomas sah das gar nicht gerne. Da war dieser Zimmermann, Mathias Henlein. Immer scharwenzelte er um die Mutter herum. Dabei stand das Haus doch schon lange. Aber der lästige Freier fand noch einiges zu tun. Er mauerte die Brunnenfassung neu, schleppte die verschiedensten Gegenstände an. Zum Beispiel den Wollteppich hatte er gebracht. Thomas fand zwar eigentlich, das sei ein schönes Geschenk, doch er ahnte, was der Mann vorhatte. Die Mutter schien das alles nicht zu bemerken. Nun, er würde jedenfalls darauf achten, diesen Kerl nicht mit der Mutter allein zu lassen.

Katharina betrachtete ihren Sohn liebevoll, wie er so neben ihr am Tisch über seinen Büchern saß. Doch seine Gedanken waren offensichtlich nicht bei den Lernaufgaben für den Tag, die sie ihm aufgegeben hatte. Der inzwischen Neunjährige lernte bei Magdalena von Hausen lesen, schreiben, rechnen und auch ein wenig Latein, wenn er nicht gerade im Stift oder zu Hause aushelfen musste. Es hatte sich herausgestellt, dass Thomas ein intelligenter Junge war. Er begriff schnell. Der früheren Äbtissin machte es Freude, ihn zu unterrichten.

»Wird Euch das nicht zu viel?«, hatte Katharina sie einmal gefragt. »Du und die deinen seid wohl die einzige richtige Familie, die ich außer meinem Bruder jemals haben werde«, hatte Magdalena von Hausen erwidert. »Lass mir also die Freude.«

Aber Katharina wusste, es steckte noch anderes dahinter. Der kleine Thomas wurde seinem Vater immer ähnlicher, wurde äußerlich immer mehr zum Ebenbild von Thomas Leimer.

Dann gab es noch einen zweiten Verehrer. Dieser klopfte immer wieder energisch an die Türe und begehrte Einlass. Es war Felix Bürgin, der Sohn des Segginger Schultheiß. Wenn Elisabeth die entfernte Tante war, dann war der 17-Jährige eine Art junger Onkel für die Kinder geworden, einer, der sie mit in die Wälder nahm, ihnen Gruselgeschichten erzählte, mit ihnen Unsinn anstellte. Der Bürgermeisterssohn Felix Bürgin wusste, dass Katharina ihn nicht für voll nahm und ihn für einen unreifen Knaben hielt. Aber so groß war der Unterschied an Jahren nun auch wieder nicht, hatte er sich ausgerechnet. Er würde es ihr beweisen, mit der Zeit würde sie sich schon daran gewöhnen.

Er vergaß niemals, wie sie ihn behandelt hatte, als er ihr seine Liebe gestand. Das saß wie ein Stachel in seinem Herzen. Es war ein wunderschöner Tag im Mai gewesen, die Eisheiligen waren vorbei. Katharina hatte hinter der Mauer in ihrem Garten gekniet und Salbei, Thymian und Zichorie gesetzt. Er konnte sich noch immer deutlich an den kleinen Fleck Erde unter ihrem linken Auge erinnern. Sie hatte sich mit den schmutzigen Händen wieder einmal eine Strähne des braunroten Haares aus dem Gesicht gewischt, die einfach nicht unter der Haube bleiben wollte. Dann fiel sein Schatten auf sie, und sie schaute zu ihm auf. Damals hatte sie ausgesehen wie ein junges Mädchen seines Alters. Er hatte einfach nicht anders gekonnt, war in ihren Garten gekommen und hatte sich neben sie gekniet, ein verlegener, innerlich lichterloh brennender Junge, der nicht wusste, wohin mit seinen Händen. Vor lauter Verlegenheit hatte er eine Hand voll Erde aufgenommen und ließ sie krümelweise durch die Finger hindurchrieseln, die Wangen glühten feuerrot.

»Frau Katharina, ich liebe Euch«, hatte er geflüstert. »Mehr als mein Leben. Bald werde ich für Euch sorgen können. Dann heiraten wir.«

Katharina hatte ihn nicht ausgelacht wie befürchtet. Doch sie tat etwas, das war viel schlimmer. Sie lächelte ihn liebevoll-mitleidig an und strich ihm sanft über das Haar, so wie ihrem Sohn und nicht wie einem Mann. »Ich habe schon einen Gatten«, sagte sie dann. »Einen, zu dem ich gehöre und immer gehören werde«, hatte sie leise hinzugefügt, so, dass er es kaum hören konnte. Dann wandte sie sich ruhig wieder ihrer Arbeit zu. Diese Bewegung wirkte auf ihn so endgültig, dass es Felix wie ein Messer ins Herz stach.

»Nun, vielleicht kommt er ja nicht zurück. Dann werde ich da sein. Ich bin jung, ich kann warten.« Er war selbst erstaunt über die fast bewusste Grausamkeit dieser Sätze.

Doch wieder hatte Katharina ihn nur ganz ruhig angeschaut und sich dann von neuem auf ihre Kräuter konzentriert.

Katharina sah Magdalena von Hausen nun nicht mehr allzu oft. Es gab einfach zu viel Arbeit für sie. Die offensichtliche Unterstützung durch Agatha Hegenzer von Wasserstelz hatte dafür gesorgt, dass immer mehr Menschen kamen, um ihre Hilfe zu suchen. Manche klopften mit verlegenen Gesichtern an ihre Türe. Doch Katharina machte nie eine Anspielung, auch wenn sie in einem ihrer Patienten einen von jenen erkannte, die sie einst als Hexe auf den Scheiterhaufen hatten bringen wollen. Die meisten waren glücklich darüber, dass sie nicht an ihr schlechtes Gewissen rührte, und vergaßen die Vorfälle von damals bereitwillig.

Auch die Hegenzerin brauchte ihre Dienste oft. So zäh sie wirkte und so robust sie sich gab, die Gicht quälte sie und so manch anderes Zipperlein obendrein. Besonders zu leiden hatte sie unter verklemmten Winden. Viele Stunden saß Katharina am Bett der Äbtissin und massierte sanft den fürstlichen Bauch.

»Du hast heilende Hände«, rutschte es der Hegenzerin einmal heraus. Das war ein besonderes Lob, und Katharina wusste es wohl zu schätzen. Diese Frau war sonst nicht so schnell bei der Hand mit spontanen, wohlwollenden Äußerungen.

Und noch einer hatte sich gemeldet. Nun, da Katharina zurück war, sah er eine Möglichkeit, sie doch noch in sein Haus zu bekommen. Er hatte das Mädchen nie vergessen können, über all die Jahre nicht. Es gab nicht viele Frauen, die sich ihm versagten. Er brannte darauf, sie in seine Gewalt zu bekommen. Doch die Worte, die er in seinem Brief an Agatha Hegenzer fand, waren sanft wie das Schnurren einer Katze.

Er habe Katharina einst als sittsames Mädchen kennen gelernt, schrieb er. Nun sei er bereit, ihr und ihren Kindern eine neue Heimat zu geben – bis ihr Gatte wieder auftauche und sie beschützen könne. Er benötige dringend eine fähige Haushälterin, sei sogar bereit, ihre Kinder mit aufzunehmen und sie zu guten, christlichen Menschen zu erziehen. Vielleicht könne er es sogar ermöglichen, ihrem Sohn Thomas die Erziehung in einem Kloster zukommen zu lassen. In Seggingen sei die junge Frau doch nur in Gefahr, solange sie nicht davon ablasse, die Menschen zu heilen. Schließlich müsse doch auch die allergnädigste Fürstäbtissin wissen, wie verbreitet die schwarze Magie und die Teufelsanbetung gerade bei den Heilerinnen sei. Es sei also besser, Katharina von ihrem Tun abzubringen und sie mit der gottgefälligen Arbeit im Haus unter der Aufsicht eines Mannes der Kirche zu betrauen, der auf ihr Seelenheil achten könne.

Agatha Hegenzer von Wasserstelz hatte keine allzu hohe Meinung vom Konstanzer Domherren. Die Gerüchte über seine diversen Liebschaften waren selbst bis zu ihr gedrungen. Auch das Geflüster darüber, dass er mit seinen Buhlschaften nicht allzu sanft umging und an so mancher seine perversen Gelüste austobte. Sie hatte keineswegs die Absicht, Katharina zu ihm zu schicken.

Das schrieb sie ihm auch. In gesetzten Worten und sehr höflich. Doch die Botschaft ließ an Deutlichkeit nichts zu wünschen übrig. Sie lautete: Lasst die Hände von dieser Frau.

Sie erzählte Katharina erst von diesem Schreiben, als der Brief bereits abgesandt war. Die Äbtissin konnte sich zwar nicht vorstellen, dass die junge Frau zu Murgel wollte. Aber es wäre dumm, ein Risiko einzugehen. Sie war dann jedoch sehr überrascht, wie dankbar Katharina für diese Ablehnung zu sein schien. Sie hatte ihr sogar spontan die Hand geküsst. Agatha Hegenzer konnte sich keinen Reim darauf machen.

Doch sie vermerkte diesen Vorfall sorgsam in jener Kammer ihres Gedächtnisses, in die sie all die Dinge tat, die sie zu gegebener Zeit aufzuklären gedachte. Sie mochte keine Geheimnisse, und sie war eine geduldige Frau. Jedenfalls konnte es nicht schaden, wenn Katharina ihr gebührend dankbar war. Sie würde an ihren Bruder Melchior von Hegenzer schreiben und sich über Katharina erkundigen. Vielleicht wusste auch der Schönauer etwas. Inzwischen hatte sie diesen besonnenen, ehrlichen Mann schätzen gelernt. Auch wenn er für ihren Geschmack etwas zu sehr der Völlerei und dem Wein frönte.

Für Katharina hatten diese friedlichen Jahre aber auch eine Kehrseite. Die neue Fürstäbtissin hatte ihr ein Zuhause gegeben, ihr gestattet, wieder in ihrer Heimat zu leben. Dafür war sie ihr dankbar. Andererseits hinderte Agatha Hegenzer sie aber daran, zu tun, was sie und Magdalena von Hausen sich geschworen hatten. Sie wollten so schnell wie möglich nach Italien. Die eine, um Konz Jehle zu finden, die andere auf der Suche nach Thomas Leimer. Und beide, weil sie fürchteten, die Männer könnten sich gegenseitig etwas antun.

Magdalena von Hausen stand unter Hausarrest und konnte deshalb nicht reisen. Und Katharina hatte Agatha Hegenzer ihr Wort gegeben, nicht ohne ihre Erlaubnis fortzugehen. Das war der Preis für die Heimat, die sie für ihre Kinder schaffen durfte. Doch Katharina wusste, der Tag würde kommen, da sie ziehen konnte, um ihren Mann zu suchen. Nichts im Leben blieb sich gleich, nichts war unabänderlich. Irgendwann würde Agatha Hegenzer ihren Bitten Gehör schenken, von denen sie jetzt nichts wissen wollte. Und irgendwann würde sie vielleicht auch Magdalena von Hausen gehen lassen. Bis dahin konnte sie nichts tun, als warten und hoffen, dass Konz heimkäme, gesund und munter. Aber er kam nicht. Ebenso wenig wie Thomas Leimer.

Magdalena von Hausen hatte über ihren Bruder Veit Sixtus, über den Bischof von Konstanz, selbst über Jakob Murgel nach den beiden Männern forschen lassen, hatte alle ihre Verbindungsleute angeschrieben, die Kontakte nach Italien unterhielten. Doch es kam keine Nachricht, ob die beiden Männer noch lebten, was sie taten, ob es ihnen gut ging. Sie schienen von der Erdoberfläche verschwunden zu sein.

20

Rom war der schmutzigste Ort, den Konz kannte. Selbst nach mehr als drei Jahren in der Ewigen Stadt konnte er sich nicht an die besondere Mischung römischer Ausdünstungen gewöhnen. Sogar das kleine, bescheidene Seggingen stank weniger als diese heilige Kloake. Auf den Straßen bildeten Dreck, Abfälle, faulige Gemüsereste, Pferdeäpfel und Hundescheiße eine übel riechende Mischung. Manchmal kauerte auch ein toter Bettler an einer Straßenecke. Konz sah Verhungernde und Kranke mit schwärenden Wunden in Türnischen. An warmen Tagen schickte diese Stadt ihre Ausdünstungen wie eine verwahrloste, schamlose Hure gen Himmel. An solchen Tagen ließ es sich nur am Tiber einigermaßen aushalten. Häuser, die nicht mehr benötigt wurden oder baufällig waren, wurden einfach dem Verfall überlassen und boten allerlei Gelichter und Diebesgesindel Unterkunft. Es war selbst für einen Hünen wie ihn gefährlich, nachts allein in Rom unterwegs zu sein. Die Überreste der alten Kultur aus den Gründerzeiten Roms schienen die Menschen nur als eine Art Steinbruch zu betrachten, aus dem sie sich bedienen konnten, um Material für neue Häuser zu beschaffen. Teile von Obelisken und Säulen, von Reliefs, der Arm einer klassischen Statue, alles wurde irgendwie irgendwo eingebaut. Auf der anderen Seite begannen die neuen Meister die klassischen Formen des alten Roms und der Griechen wieder zu entdecken. Für Marmorstatuen gab so mancher reiche Römer Unsummen aus. Es gehörte bei den Wohlhabenden zum guten Ton, sich das moderne Altertum in Haus und Garten zu holen. In den meisten Fällen waren es schlechte Kopien von Bildhauern, die das Original noch nie gesehen hatten.

Viele Menschen dieser Stadt waren innerlich genauso verfault wie die Kloake, in der sie lebten. Das galt auch für die großen Familien Italiens, die Borgia, die Medici, die Sforza, die

Orsini. Gleich, wo sie regieren mochten, in Florenz, Mailand oder Venedig, sie alle legten Wert darauf, in der Ewigen Stadt, hier, im Zentrum der kirchlichen Macht, in irgendeiner Form präsent zu sein. Manche hatten nur ihre Spione geschickt, andere einen Palazzo errichtet. Die äußerliche Tünche war prachtvoll und verschwenderisch; aber innerlich waren diese Menschen ebenso voller dekadenter Fäulnis wie die Straßen, in denen sie wohnten. Gewissen war für diese Römer ein Fremdwort, die Intrige der Lebenssaft. Mancher verkrüppelte Bettler war im Vergleich zu ihnen ein Heiliger.

Konz wusste dies alles aus eigener Erfahrung. Er hatte durch Giovanna Zugang zu einer Welt gefunden, die unter der Welt von Rom lag. Auch in ihr waren die Gewalten ebenso streng verteilt wie unter den Mächtigen, auch hier herrschten Neid und Habgier. Doch wer sich in den Gängen und Räumen im Bauch der Stadt einmal einen Platz erobert hatte, der war seines Lebens sicher, auch nachts. Denn hier gab es wenigstens in Ansätzen so etwas wie Loyalität und Ehre, sogar tiefen Glauben an die Gerechtigkeit Gottes. Es war die Welt der Diebe, der Huren und Mörder, tief unten, in der Dunkelheit der Katakomben und Kanäle. Ein eigener, weit verzweigter Staat hatte sich dort gebildet, mit Spionen in vielen der Palazzi.

Wer sich unter den Reichen, den Mächtigen einen Feind vom Hals schaffen, ein ungewolltes Kind loswerden, eine Information erhalten oder sich einen Liebestrank besorgen wollte, der wandte sich an diese Welt. Bei Tageslicht waren die beiden Ebenen streng getrennt. Doch im Schutz der Nacht gab es so manche Verbindung.

Und in dieser Welt war Giovanna, die kleine Venus von Trastevere, inzwischen so etwas wie eine Fürstin. Ihre Beziehungen zu Priestern und höheren Klerikern brachten ihren Freunden manche Nachricht, die sich gut in klingende Münze umwandeln ließ. Außerdem hatte sie durch ihre Herkunft Zugang zu einer dritten Welt, die auch den normalen Dieben sonst verschlossen blieb: zum hermetisch abgeschirmten jüdischen

Viertel am Tiber. Die Tochter einer Jüdin und eines Mönchs gehörte eigentlich nirgendwohin. Und weil dies so war, hatte sie in den vielen Welten Roms ihre Verbindungen. Mit ihr und als ihr Beschützer fand auch Konz Jehle seinen Platz.

Der Sohn des Gehenkten hatte sich in vielen Kämpfen Respekt verschafft, gut gelernt, mit dem Messer umzugehen. Doch noch etwas anderes brachte ihm Achtung ein. Man konnte sich auf seine Schweigsamkeit und Ehrlichkeit verlassen. Das zählte etwas in dieser Welt unter der Welt.

Niemals hatte Konz Jehle dabei vergessen, warum er nach Rom gekommen war: Er musste einen Mann finden, Thomas Leimer. Aber dieser schien noch immer wie vom Erdboden verschluckt zu sein.

Giovanna kannte die Besessenheit ihres Konz. Sie war nicht allzu erpicht darauf, dass er an sein Ziel kam. Sie hatte sich entschlossen, diesen Mann als ihren Beschützer zu behalten. Sie spürte genau, er würde gehen, wenn er diesen Thomas Leimer einmal gefunden hatte. Die Venus der Tavernen und Hinterhöfe hatte sich zum ersten Mal in ihrem jungen Leben verliebt. Der Körper war das eine. Ihn verkaufte sie wie eine Ware. Das Herz war etwas anderes. Und das gehörte Konz Jehle; ihm konnte sie vertrauen wie noch niemandem zuvor. Oft, wenn sie in den frühen Morgenstunden von ihrer Arbeit in die gemeinsame Kammer über einer Taverne in den verwinkelten Gassen von Trastevere kam und sich neben ihn legte, betrachtete sie ihn zärtlich. Dieser Mann war alles an innerer Heimat, was sie jemals gekannt hatte. Sie würde ihn nicht wieder hergeben, wenn es sein musste, mit allen Mitteln um ihn kämpfen. In manchen Momenten träumte sie sogar davon, als ehrbare Frau mit Kindern an seiner Seite zu leben. Doch Giovanna war zu klug. Sie wusste, das würde niemals Wirklichkeit werden. So klammerte sie sich an das, was sie hatte.

In manchen Momenten bekam sie besonders große Angst, ihn zu verlieren. Dann lag wieder jener bestimmte Blick in seinen Augen, der sie ausgrenzte, zu einer Fremden machte. Sie kannte diesen Blick. In diesen Momenten sah er sie an, als würde er sie nicht kennen, aus einem Traum erwachen und sich in einer Wirklichkeit wieder finden, die ihm fremd war.

»Wohin gehst du, woran denkst du? Was ist los mit dir?« Sie hatte ihn das so oft gefragt und nie eine Antwort bekommen – außer einem Kopfschütteln und immer demselben Satz: »Nichts, meine Kleine«. Dann fiel die Tür hinter ihm zu, und er blieb oft tagelang verschwunden.

Konz hatte schnell gelernt, sich vor Verfolgern zu schützen, wenn er nicht beobachtet sein wollte. Auch vor jenen, die Giovanna hinter ihm herschickte, weil sie wissen wollte, was er tat. Er wusste, sie würde ihm nicht helfen bei seiner Suche nach Thomas Leimer. Doch sosehr er sie auch schätzte und bewunderte, so nahe sie sich auch manchmal kamen, die tiefe, unauslöschliche Sehnsucht nach den Wäldern am Hochrhein, nach dem Fluss, nach Seggingen, verließ ihn nie. All diese Bilder waren mit einem Namen verbunden, der sich unlöschbar in sein Herz und seine Seele eingebrannt hatte. Er gab Giovanna, was er konnte. Doch sein Herz gehörte nicht mehr ihm. Daran hatte sich nichts geändert. Er musste diesen Leimer finden, ihn stellen. Erst dann konnte er zurück. Vielleicht.

In Gedanken versunken ging er über den Ponte Paladino, hin zu einer Kirche, die für ihn zu den schönsten dieser an Prunkbauten so reichen Stadt gehörte: Santa Maria in Cosmedin. Ihr siebenstöckiger, Jahrhunderte alter Campanile beeindruckte ihn bei jedem Besuch wieder. Doch es war nicht der Turm, der ihn hertrieb, sondern die große steinerne Maske, die Bocca della Verità, die Fratze der Wahrheit, die der Piazza ihren Namen gab. Rund, verzerrt, ein steinernes Relief mit leeren Augen und einem weit aufgerissenen Mund, so starrte sie die Besucher der Kirche an. Stundenlang stand Konz Jehle davor, stundenlang versuchte er das Gesicht der Wahrheit zu ergründen. So auch dieses Mal. Wie oft hatte er sich schon gewünscht, die Hand von Katharina oder Thomas Leimer in den Mund dieses bärtigen Götterkopfes zu stecken. Jeder in Rom kannte die Legende: Lügnern, die ihre Hand in den Mund dieser Fratze legten, wurde sie abgebissen. Jenen, die die Wahrheit sagten, geschah nichts. Doch die, von denen er Wahrheit wollte, waren nicht erreichbar.

Seufzend wandte er sich ab. Er hatte noch eine andere Verabredung in dieser Nacht, in der Nähe des jüdischen Ghettos unter dem Ponte Fabrizio. Das Schwappen der Tiberwellen gegen das Ufer begleitete ihn auf seinem Weg nach Norden. Es war eine gefährliche Gegend. Schon mancher hatte hier unfreiwillig mit dem Strom Bekanntschaft gemacht und war am nächsten Morgen tot angeschwemmt worden. Es brauchte feine Ohren, um neben dem Geräusch des Wassers auch das leiseste Schlurfen der Schritte möglicher Verfolger wahrzunehmen. In dieser Nacht war es ruhig. Nur von ferne drang aus den Fenstern mancher Häuser noch Gelächter. Er setzte sich auf einen Stein unter der Brücke und wartete, ließ seine Gedanken mit dem sanften Fließen des Wassers schweifen.

»Buona sera, Gonzo, bist du müde heute Abend? Du bist unaufmerksam, Freund. Das ist schlecht, wenn du am Leben bleiben willst.« Konz schreckte hoch. Wie ein dunkler Schatten war der Mann im schwarzen Umhang neben ihn geglitten. Er hieß Antonio Fernaci und war einer der Schreiber, die die Fugger in ihrer römischen Niederlassung beschäftigten, einer jener Männer, die das weltweit bekannte, geheime Nachrichtennetz dieses Handelshauses belieferten. Antonio hatte überall in den Dienstbotenquartieren seine Fäden gespannt, kannte überall jemanden, der ihm verpflichtet war. Und »Gonzo« hatte ihm das Leben gerettet. In einer Nacht vor vielen Wochen, als der Mann, der zu viel wusste, beinahe wie andere vor ihm Futter für die Fische des Tiber geworden wäre. Er hatte beobachtet, wie drei Schatten einem einzelnen Schatten durch die dunklen Gassen nachschlichen. Konz' Messer hatte Antonio in einem stillen, verbissenen Kampf gerettet. Konz wusste bis heute nicht, ob er die Männer getötet hatte, die am Ende leblos auf der Piazza lagen. Die Körper waren am nächsten Morgen verschwunden. Doch er hatte einen wertvollen Freund gewonnen, einen, der viel erfuhr. Und wenn es irgendwo einen Mann gab, der Thomas Leimer hieß und deutsch sprach, dann würde es das Handelshaus der Fugger erfahren, davon war er überzeugt.

»Ich habe Nachrichten für dich, mein Freund«, wisperte der Schatten. Antonio hatte die Kapuze seines weiten Umhanges tief über das Gesicht gezogen. Er legte keinen Wert darauf, in der Gesellschaft dieses Tedesco erkannt zu werden. Rom hatte tausend Augen, auch nachts. »Du musst zum Palazzo Venezia gehen. Dort residiert Kardinal Carafa. Er ist ein mächtiger, ehrgeiziger Mann. Vielleicht wird er sogar der nächste Papst. Und bei ihm findet du einen Bruder Benediktus aus Germania als Sekretär. Keiner weiß, woher dieser Mann kommt. Doch Freunde von mir waren dabei, als Carafa über den Dispens für eine Dame namens Agatha Hegenzer sprach. Es geht wohl darum, dass sie ihr Kloster verlassen darf, um in ein anderes am Rhein zu gehen. Meine Freunde haben genau gesehen, wie dieser Benediktus zusammenzuckte, als er von dem Dispens hörte. Mir wurde erzählt, Carafa habe das auch bemerkt. Doch dieser Bruder Benediktus schwor, er habe noch nie etwas von dieser Agatha und dem Kloster gehört, in das sie gehen sollte. Dabei hatte er Zeige- und Mittelfinger hinter dem Rücken gekreuzt. Gonzo, was meinst du? Sagt dir das etwas?«

Konz schüttelte den Kopf. »Kann sein, kann aber auch nicht sein.«

Antonio nickte. »Es muss nicht sein, dass dieser Mönch der Mann ist, nach dem du suchst. Aber du solltest ihn dir anschauen, amico mio. Was hast du schon zu verlieren. Es kann nicht mehr geschehen, als dass du ein weiteres Mal vergeblich gehofft hast. Doch wenn er es ist, den du suchst, dann sind wir quitt, dann habe ich meine Schuld bei dir abgetragen.

Hier ist ein Papier mit der Adresse. Lern sie auswendig und verbrenn es dann.«

»Danke, Freund.« Konz war noch immer kein Mann, der viele Worte machte. In stummem Einvernehmen schüttelten sich die beiden die Hand, der Mann im Umhang verschwand.

Konz hätte vor Anspannung schreien können. Das war die erste zumindest einigermaßen brauchbare Spur von Thomas Leimer, die er in all den Jahren in Rom zu fassen bekommen hatte. Noch hatte er ihn nicht. Aber wenn er es war, würde er ihn bekommen! Konz zuckte zusammen, als er plötzlich das Knirschen seiner eigenen Zähne hörte. Wenn er es war, dann hatte Leimer es wieder einmal geschafft, ein Loch zu finden, in dem er unterkriechen konnte; der Hund, der die Hand der Kirche erst leckte und dann biss. Und wenn er es nicht war? Egal, in welchem Loch Leimer sich auch versteckte, er würde ihn bekommen, das schwor er sich in dieser Nacht. Nicht zum ersten Mal.

Giovanna bemerkte die Veränderung an Konz sofort, als er im Morgengrauen schweigend neben sie ins Bett glitt. »Was hast du, amore?«, flüsterte sie. Mit ihrer gut ausgebildeten weiblichen Intuition für Gefahr fühlte sie die Anspannung, unter der er stand, fast körperlich.

Doch wieder einmal sagte er nur mit seiner sonoren Stimme abwesend: »Nichts, sorg dich nicht, Kleines.« Dann streichelte er sanft die weiche Haut ihres Rückens.

Konz war heute jedenfalls nicht nach weiteren Vergnügungen, das wurde ihr ebenfalls klar, als sie ihre Hand, für eine Hure bemerkenswert ungeschickt, über seinen Bauch nach unten streifen ließ. Bei ihm war sie befangen. Bei ihm war sie nicht die Venus von Trastevere, sondern eine junge Frau, die sich nach mehr als körperlicher Vereinigung sehnte. Schon so lange wartete sie auf ein Zeichen der Liebe. Aber selbst in ihren stürmischsten Stunden, wenn ihre Seele sich auftat und sie ihre Liebe heraussprudelte, die sie ohnehin kaum in Worte fassen konnte, kam keines von ihm. So blieben ihr nur die lächerlichen, kleinen, eigentlich nichts sagenden Ausdrücke, die alle benutzten. Und wieder fiel es ihr auf. Er hatte ihr gegenüber noch nie von Liebe gesprochen.

Giovanna sah Konz wenig in den nächsten Tagen und Nächten. Stunde um Stunde stand er vor dem Palazzo Venezia mit dem abweisenden Erdgeschoss, den Zinnen und dem Turm. Stunde um Stunde betrachtete er das elegante Obergeschoss, den piano nobile, den kleinen Balkon, der dem Papst hin und wieder zu Repräsentationszwecken diente. Am Ende kannte er jeden Stein dieses Hauses. In seinem Rücken fühlte er den großen Schatten der Kirche San Marco, sah hinter den Fenstern das Flackern der Kerzen, hörte Stimmen, wenn sie geöffnet wurden. Doch er wartete nur auf eine Stimme, auf ein Gesicht. Als es erschien, hätte er es fast nicht erkannt.

Thomas Leimer war rundlicher geworden, aber offenbar noch immer eitel. Er trug zwar das Habit des Theatinerordens, doch es entsprach bei weitem nicht in dem Ausmaß der Mäßigkeit und Armut, wie sie die Ordensgründer Cajetan von Thiene und Kardinal Carafa predigten. Offenbar war das Gewand maßgeschneidert, um den Bauchansatz Leimers zu verdecken. Außerdem hatte er seinen Vollbart abrasiert. Ein kleiner spanischer Spitzbart zierte sein Kinn. Die schulterlangen Haare und die Tonsur ließen sein Gesicht länger erscheinen, als es Konz Jehle aus der kurzen, aber intensiven Begegnung in Basel in Erinnerung hatte. Im Moment blickte er demütig zu Boden, nickte zu den Worten seines Begleiters, der den Kardinalspurpur trug. Ihn erkannte Konz Jehle zuerst: Kardinal Carafa, einer der Männer im Dunstkreis des Papstes. Auch wenn Julius III. mit diesem moralinsauren, ehrgeizigen, verknöcherten Glaubenseiferer persönlich nicht allzu viel anzufangen wusste, so war er doch ein wichtiger Kämpfer um die Einheit des Glaubens, einer der Männer, die das Konzil von Trient zur Erneuerung des Glaubens in Gang gebracht und über alle Widerstände hinweg auch weitergetrieben hatten.

Dann blickte der Mann im Theatinerhabit kurz auf. Er sah Konz Jehle nicht, der sich in den Schatten eines Hauseinganges zurückgezogen hatte. Dem Mann vom Hochrhein jedoch fuhr der eisblaue Blick des Bruders durch Mark und Bein. Jener Blick, an dem er seinen Feind immer und überall erkennen würde.

Thomas Leimer schien den mächtigen Kardinal Carafa gut zu kennen. Es sprach eine gewisse Vertrautheit aus den Gesten, die die Unterhaltung begleiteten. Offenbar gab es ein Problem zu lösen. Konz Jehle konnte nicht verstehen, was die beiden beredeten. Doch die Worte »San Pietro« hörte er deutlich. Leimer hatte also etwas mit dem Bau zu tun, der Rom und die ganze Welt in Aufruhr versetzt und indirekt sogar Martin Luther und die Reformation ins Leben gerufen hatte. Seit einiger Zeit war die Kuppel für dieses Riesenwerk im Bau, für dessen Finanzierung der Dominikanermönch Johann Tetzel jene Ablässe verkauft hatte, die den Zorn des Augustinerpriors und zweiten Predigers an der Schlosskirche zu Wittenberg, des Professors an der kursächsischen Universität der Stadt, Martin Luther, erregt hatten.

Ohne dieses gigantische Bauwerk und all die Anstrengungen, die seine Verwirklichung kosteten, hätte es vielleicht weder die 95 Thesen Luthers noch die Reformation, noch die Bauernkriege, noch das Todesurteil für seinen Vater jemals gegeben – und auch keinen von der katholischen Kirche abgefallenen, zur Reformation übergetretenen Kleriker namens Thomas Leimer. Es war schon ein seltsames Spiel des Schicksals, dass ausgerechnet dieser Thomas Leimer nun mit der pompösen Umgestaltung von San Pietro zur größeren Ehre des Papsttums und zur Bekundung der Macht und Stärke der heiligen Mutter Kirche zu tun haben sollte.

Thomas Leimer winkte mit der Hand. Konz Jehle sah nun, warum er aufgeschaut hatte. Eine prächtige, sechsspännige Kutsche mit dem Wappen Carafas rollte heran. Nun kam noch ein dritter Mann mit schnellen Schritten aus dem Palazzo

Venezia hinter den beiden ersten hergeeilt. Konz Jehle erkannte zu seiner Überraschung in ihm den Konstanzer Domherrn Jakob Murgel. Carafa nickte Murgel ungeduldig zu. Dann stiegen die drei Männer in die Kutsche, der Diener auf dem Kutschbock knallte mit der Peitsche, und das prächtige Gefährt rollte holpernd davon in Richtung Castel Sant'Angelo, der Engelsburg, dem derzeitigen Sitz von Papst Julius III. Konz Jehle wusste nun, wo er Thomas Leimer wieder finden konnte: im Palazzo Venezia oder in San Pietro.

Konz Jehle war mit seinen Gedanken weit weg, als er an diesem Abend zu Giovanna zurückkehrte. Fieberhaft überlegte er, wie er in die Nähe seines Feindes kommen konnte, ohne dass ihn dieser erkannte. Er wollte erst alles über Thomas Leimer wissen, was es zu wissen gab, ehe er ihn stellte. Diesmal sollte das Überraschungsmoment auf seiner Seite sein. Giovanna würde ihm dabei nicht helfen, das wusste er. Sie wollte ihn in Rom und an ihrer Seite behalten. Ihr war klar, dass er gehen würde, wenn seine Aufgabe in dieser Stadt beendet war. Das hier war nicht sein Zuhause, dieser endlose lärmende Moloch, der nie zur Ruhe zu kommen schien und in dem selbst die Nacht Stimmen hatte. Aber das waren andere als die in den Wäldern um Seggingen oder am Ufer des Hochrheins. Es waren Stimmen der Intrige, des Lugs und Trugs, der Unehre. Konz war ein einfacher, gradliniger Mann. Das Denken um sieben Ecken lag ihm nicht. Aber er würde es lernen müssen, das wusste er. Und dazu brauchte er Hilfe. Einen Helfer, der schweigen konnte. Giovanna jedenfalls würde alles tun, um seine Bemühungen zum Scheitern zu bringen. Er würde eine Lösung finden. Zunächst einmal musste er in die Nähe dieses Thomas Leimer gelangen. Irgendwie.

Der Weg, der sich schließlich für den ersten Teil seiner Aufgabe anbot, war einfach. Thomas Leimer schien eine Art Schreiber auf der riesigen Baustelle von San Pietro zu sein. Einer von vielen, die eingesetzt waren, um wenigstens einigermaßen eine Übersicht über die Unsummen zu behalten, die die

Umgestaltung dieser Kirche verschlang – und die über Jahrzehnte unzählige einfache, gutgläubige Menschen mit Ablässen und Kirchenzins aufgebracht hatten. Trotzdem floss ein Großteil der Mittel auch hier wieder in fremde Taschen. Nichts in Rom ging mit rechten Dingen zu. Und diese Baustelle war eigentlich unkontrollierbar. Da ließen sich am Rande gute Geschäfte machen. Konz Jehle war davon überzeugt, dass auch Thomas Leimer sich dies nicht entgehen lassen würde. Er musste nur in Leimers direktes Umfeld vordringen und jemanden finden, den der Theatinermönch übervorteilt hatte. Dann hätte er einen Verbündeten.

Andrea Catani blickte den Hünen vor sich prüfend an. Er machte nicht gerade einen Vertrauen erweckenden Eindruck. Das Gesicht war dreckverschmiert, vom ungepflegten Bart fast völlig überwuchert. Das Haar hing ihm wirr über die Stirn, die Kleidung war löchrig und zerrissen. Er schien auch noch blöde zu sein, denn auf die Frage nach seinem Namen war dem Riesen zunächst nur ein dämliches »Hä?« zu entlocken. Dann klopfte er sich wie ein Affe auf die Brust und tönte: »Io Gonzo, sono molto forte.« Beflissen krempelte er daraufhin die zerlöcherten Ärmel seines Hemdes hoch.

Andrea Catani atmete tief aus. Das war nun wirklich ein Einstellungsgrund. Solche schwellenden Muskelberge hatte er schon lange nicht mehr gesehen. Nun, um Steine zu schleppen für den Umbau von San Pietro, musste man kein Geistesriese sein. Er brauchte dringend Männer, es ging viel zu langsam voran. Außerdem hatte Blödheit auch ihre Vorteile. Ein Mann wie dieser konnte nicht rechnen, auch nicht lesen. Das hieß, er konnte einen guten Teil der Bezahlung für diesen Esel in die eigene Tasche stecken. Er verzog den Mund zu einem schiefen Grinsen und nickte.

Der Hüne schien erleichtert zu sein. Catani schob ihm ein Pergament hin. Gonzo machte seine drei Kreuze darunter, ohne auch nur auf die Schriftzüge zu schauen.

Catani gratulierte sich selbst. Da hatte er einen nützlichen

Idioten gefunden. Wenn er sich klug verhielt, würde dieser ihm vielleicht bald folgen wie ein Hund. In solchen Zeiten konnte ein Mann, der weiterkommen wollte, nicht genügend Hunde um sich haben, die er im Zweifelsfall von der Leine lassen konnte. Er würde diesen Gonzo im Auge behalten. Beim heiligen Petrus, das würde er. Kichernd sah er Konz Jehle nach, der wie befohlen zum Aufseher ging, um sich seine Arbeit zuteilen zu lassen. Der Hüne hob die schweren Steinquader auf, als wären es Gemüsekisten, im Gesicht einen dumpfen, leeren Ausdruck. Wieder nickte Andrea Catani zufrieden.

21

Agatha Hegenzer von Wasserstelz begrüßte die Gäste in der vollen Pracht ihres fürstlichen Standes vor dem Tor der Residenz. An ihrer Seite stand Großmeier Hans Jakob von Schönau, in den Augen der Kirche noch immer der Verwalter des Stiftes Seggingen. Denn noch regierte die Hegenzerin diese reichen Ländereien nicht mit dem Segen des kirchlichen Dispenses. Zunächst erfuhr niemand außerhalb der Stiftsmauern, warum die hohen Herren gekommen waren. Doch die Stadt summte von Gerüchten. Am selben Abend noch jagte ein berittener Bote gen Ensisheim. Die Spannung erreichte ihren Höhepunkt, als eine Woche später Melchior Hegenzer, Präsident der kaiserlichen Regierung und Bruder der Äbtissin, mit seiner Eskorte über die Steinbrücke galoppierte. Die Fahnen mit dem Wappen derer von Wasserstelz flatterten stolz im Frühsommerwind.

Es gab allen Grund für diesen Stolz. Denn endlich, nach so vielen Jahren des Kampfes, war die Familie ans Ziel ihrer Wünsche gelangt. Endlich hatten die sieben mageren Jahre für Seggingen ein Ende. Das Stift hatte wieder eine offizielle Äbtissin.

Murgel und Metzler brachten den Dispens des Papstes aus Rom mit.

Es war eine eher einfache Feier, mit der die neue Äbtissin diesmal gestühlt wurde. Die etwas prekäre Situation machte es notwendig. Der diplomatische Konstanzer Bischof hatte sich mit seiner Argumentation am Ende durchgesetzt. Schließlich sei Agatha Hegenzer ohne den Dispens nach Seggingen gekommen, erklärte Christoph Metzler. Man solle diese Situation nicht mit zu viel Pomp noch offensichtlicher machen. Am Ende komme die ganze unglückliche Entwicklung dann auch dem Papst in Rom zu Ohren. Niemand könne wissen, wie Julius darauf reagiere.

So waren an diesem Tag nur wenige der Edlen des Reiches und der Kirche im Münster vertreten. Dafür drängten sich die Gotteshausleute des Stiftes umso enger im hohen Kirchenraum, die meisten mit glücklichen Gesichtern. Denn endlich war das Gespenst der Auflösung des Stiftes gebannt, endlich hatten sie wieder eine mit dem Segen des Papstes versehene Lehensherrin.

Magdalena von Hausen hatte sich nach der Stühlung in ihr kleines Haus im Alten Hof zurückgezogen. Sie brauchte einige Minuten der Besinnung. Da klopfte es an die Türe. Sie runzelte ärgerlich die Stirn.

»Was ist?«

Es war die Stimme ihrer Dienerin: »Herrin, Herr Melchior Hegenzer von Wasserstelz wünscht Euch zu sprechen und bittet darum, hereinkommen zu dürfen.«

Magdalena von Hausen atmete tief durch. Sie hatte damit gerechnet, dass der kaiserliche Rat und Bruder der neuen Äbtissin das Gespräch suchen würde. Nun, da die Situation des Stiftes geklärt war, wurde auch ihre Lage wieder zum Thema. Sie hätte aber lieber mehr Zeit zum Nachdenken gehabt. Doch ihr blieb wohl keine andere Wahl.

»Bitte ihn herein.«

Der kaiserliche Rat verbeugte sich galant vor der ehemaligen Äbtissin und musterte sie diskret. Bei seinem ersten Besuch in Seggingen hatte er sie nur kurz getroffen, damals, als es um die Hexe Katharina ging. Doch sie hatte keinen besonders nachhaltigen Eindruck auf ihn gemacht.

Magdalena von Hausen erwiderte die Geste mit einem ebenso höflichen Nicken. »Seid willkommen in meiner bescheidenen Kammer. Wollt Ihr etwas gewürzten Wein?«

Melchior von Hegenzer nickte zustimmend. Diese Magdalena von Hausen schien doch keine so graue, brave Maus zu sein. Er musste seinen ersten Eindruck korrigieren. Sie zeigte Haltung. Er hatte eine völlig zerstörte, gebrochene Frau erwartet. Gefunden hatte er nun einen Menschen mit der ganz eigenen Würde jener, die nichts mehr zu verlieren haben. Einige Sekunden lang musterten sich der Mann und die Frau schweigend.

»Wollt Ihr Euch nicht setzen?« Mit einer graziösen Handbewegung wies Magdalena auf den Lehnstuhl neben dem Kamin. Wieder verbeugte sich der kaiserliche Rat elegant. Dann setzte sie sich auf einen dreibeinigen Schemel ihm gegenüber und ordnete in aller Ruhe ihre Röcke.

Melchior Hegenzer räusperte sich. Die Dame hatte offenbar nicht vor, es ihm leicht zu machen. »Nun, man kann schon sagen, dies ist ein Jahr der großen Veränderungen«, begann er das Gespräch und verfluchte sich innerlich für diesen ungeschickten Anfang. Diese Frau brachte ihn mit ihrer Haltung aus der Fassung! Das war er nicht gewohnt.

Magdalena von Hausen lächelte liebenswürdig. »Oh ja, es war für uns alle eine Erleichterung, als wir vom Augsburger Religionsfrieden hörten. Vielleicht kehrt nun Frieden ein zwischen den Protestanten und der Heiligen Römischen Kirche. Auch wenn es sich wohl eher um einen Kompromiss handelt, der vielleicht nicht jedem gefällt.«

Auf Melchior Hegenzers herbem Gesicht erschien ein kleines Lächeln. Bei Gott, diese Frau hatte Geist. Sie wusste genau, dass er das nicht meinte. Doch wenn sie es so wollte, dann würde er das Spiel mitspielen. Fast bedauerte er schon, dass eine Frau wie sie für die Kirche verloren war.

»Nun, ich denke, auch die Anhänger der neuen Lehre werden die Gelegenheit begrüßen, etwas Ruhe zu finden. Die Anhänger Zwinglis und Calvins sind inzwischen heillos zerstritten, wie man hört. Meine Schwester hält sie, bei allem Respekt für Eure Haltung, für nichts als Spinner. Gefährlich zwar, aber Spinner, über die der Sand der Zeit hinwegrieseln wird wie über so viele. Die Kirche hat schon so manche Fanatiker überstanden.« So, das war deutlich. Melchior Hegenzer lehnte sich zufrieden zurück. Mal sehen, wie Magdalena von Hausen reagieren würde. Er hatte das Gespräch nicht nur auf das gewünschte Thema gebracht, sondern ihr auch gleichzeitig indirekt gesagt, was er von den Protestanten hielt.

Doch ihr Gesicht gab keine Regung preis. Sie nickte. »Es ist wahr, in Eurer Schwester hat das Stift endlich wieder eine Herrin gefunden, die fest im Glauben steht. Und die Menschen haben eine Führerin, bei der sie wissen, woran sie sind. Sie haben genug von all den Irrungen und Wirrungen, die diese Zeit mit sich bringt. Nach den schweren Hungerjahren wollen sie einfach nur Sicherheit, in Ruhe ihre Felder bestellen und genügend zu essen, ein Dach über dem Kopf für sich und ihre Familien. Sie wollen Frieden; nach all den Toten endlich Frieden. Sie haben Eurer Schwester freudigen Herzens Gehorsam geschworen. Ich weiß sehr wohl, dass ich den Gotteshausleuten all dies nicht geben konnte.« Magdalena von Hausen lächelte traurig.

Melchior Hegenzer war einmal mehr beeindruckt. Die Art dieser Frau war mehr als ungewöhnlich. Seine Hochachtung stieg. Er wünschte sich, er hätte sie unter günstigeren Umständen getroffen. Da fiel sein Blick auf die lutherische Übersetzung des neuen Testamentes auf ihrem Schreibtisch.

Magdalena von Hausens braune Augen hielten dem forschenden Blick ihres Gastes offen stand. In seinen Augen war sogar so etwas wie Verständnis zu lesen. Sie war erstaunt. Sie hatte nicht erwartet, den Bruder der neuen Äbtissin sympathisch zu finden. Der sonst so gewandte Mann schien sogar etwas verlegen zu sein. Seit ihrer letzten Begegnung hatten sich tiefe Linien in seine Stirn und seine Mundwinkel eingegraben. »Er sieht aus wie ein Mann mit ständigen Magenschmerzen«, hatte Katharina noch am Vorabend gesagt. Wahrscheinlich stimmte das sogar. Er sah seiner Schwester sehr ähnlich, als er ihr so im flackernden Licht des Kaminfeuers gegenübersaß und an dem Wein in seinem Becher nippte.

»Nun«, er zögerte. Dann beschloss er, zum eigentlichen Grund seines Besuches zu kommen. »Nun, da alles zur Zufriedenheit aller Beteiligten geregelt ist, macht es wohl wenig Sinn, Euch länger in Hausarrest zu halten. Ich kann Euch deshalb die frohe Nachricht überbringen, dass der Kaiser meinem Ersuchen zugestimmt hat, Euch eine Zeit der Erholung zu gönnen. Großmeier Hans Jakob von Schönau hat in diesem Sinne beredt bei mir vorgesprochen. Er sagte, Ihr benötigt nach all den Aufregungen einmal Abstand und Ruhe …?«

Magdalena von Hausen sagte nichts, musterte ihn nur ruhig. Innerlich nahm sie sich vor, dem Schönauer herzlich zu danken. Er hatte sein Wort gehalten, ihr zu helfen. Doch ganz so leicht wollte sie es ihrem Gegenüber nun auch wieder nicht machen, denn er hatte sicher noch ein anderes Motiv: Nun da die Angelegenheiten des Stiftes geregelt waren, war es für seine Schwester einfacher, die Vorgängerin eine Weile aus dem Weg zu haben. Sie lächelte: »Aber ich bin glücklich hier. Ich habe Ruhe und viel Zeit über Gott, die Menschen und das Stift nachzudenken und zu beten.«

Beinahe hätte Melchior Hegenzer laut herausgelacht. Es war lange her, dass er ein Gespräch so genossen hatte. Sie waren ebenbürtige Gegner, diese Frau und er. Er lächelte sie mit allem Charme an, den er aufbringen konnte. »Natürlich müsst Ihr nicht gehen. Euch steht in diesem Stift ein rechtmäßiger Platz zu, zumal Ihr Euch viele Verdienste erworben habt. Doch meint Ihr nicht auch, dass es klüger wäre – für Euer Seelenheil und das der Menschen –, wenn Ihr Euch Zeit gebt, mit Abstand und Ruhe zu beschließen, wie Euer künftiges Leben aussehen soll? Ihr könntet zu Eurem Bruder nach Speyer gehen. Wie ich höre, habt Ihr auch eine Schwester in Basel. Oder wie wäre es mit einer Kur im Aargau. Ihr seht blass aus.«

Er war erleichtert, als sie ohne weitere Gegenrede nickte. »Ich denke, eine Kur würde mir gut tun. Wenn ich es recht überlege, wäre der Aargau wirklich ein guter Ort.«

»Dann verstehen wir uns.« Nun, da seine Mission erfolgreich beendet war, sah er keinen Anlass mehr zu bleiben, auch wenn er es fast bedauerte. »Kann ich meiner Schwester mitteilen, dass Ihr bald fahren werdet?«, fragte er, schon im Hinausgehen.

Magdalena von Hausen nickte. »Lasst mir ein wenig Zeit, um meine Angelegenheiten zu ordnen.« Und dann, als wäre es ein plötzlicher Einfall: »Ich würde gerne Katharina mitnehmen. Sie ist eine begnadete Heilerin, wie Ihr sicher schon erfahren habt. Und wie Ihr selbst bemerktet, geht es mir nicht sehr gut. Ich werde auf der Reise ihre Hilfe benötigen.«

Er runzelte die Stirn. Er war zu intelligent, um nicht zu bemerken, dass sie ihn auf eine sehr subtile Art und mit einem Lächeln erpresste. »Entweder mit Katharina oder überhaupt nicht«, lautete die Botschaft. Er wusste, dass seine Schwester ihre Heilerin nur ungern ziehen lassen würde. Doch sie würde in den sauren Apfel beißen müssen. Für sie war es wichtiger, dass ihre Vorgängerin für eine Weile fort war, damit die Menschen sich an die ruhigeren Zeiten gewöhnen konnten, ohne immer wieder an die bösen Jahre erinnert zu werden, die hinter ihnen lagen. Also würde sie zustimmen. Er nickte, dann schloss er die Tür hinter sich.

Magdalena von Hausen sank auf den Schemel. Nun war es also geklärt. Sie war frei, den Kreis ihres eigenen Schicksals zu schließen, ihr Versprechen gegenüber Dorothea Offenburg zu halten, Thomas Leimer und Konz Jehle in Italien zu suchen. Angst keimte in ihr auf. Nur gut, dass Katharina sie begleiten würde.

Falls Katharina noch einen zusätzlichen Grund gebraucht hätte, mit Magdalena von Hausen nach Italien zu reisen – Jakob Murgel gab ihn ihr am nächsten Abend. Sie war gerade bei Magdalena von Hausen, um mit ihr den weiteren Gang der Dinge zu besprechen, als sich ohne Klopfen die Türe öffnete. Murgel gab sich nicht einmal den Anschein von Höflichkeit. Seine Blicke glitten gierig über Katharinas Körper. Sie erschauderte und rückte unwillkürlich näher an Magdalena. Dieser Mann war, wenn dies überhaupt möglich war, noch abstoßender für sie geworden. Die Jahre der Völlerei und des Alkohols hatten ihn aufgeschwemmt, die einstmals markanten Züge verweichlicht und schwammig gemacht. Seine Haut war großporig und sah grau und ungesund aus, an seinen einstmals so schlanken, fast aristokratischen Händen bildeten sich erste Gichtknoten.

»Aha, zwei schöne Frauen beieinander«, tönte er hämisch. Er machte sich nicht die Mühe, sich für sein äußerst ungehöriges Benehmen zu entschuldigen. »Wollt Ihr nicht gerne wissen, wo Euer verehrter Gatte steckt«, fragte er Magdalena von Hausen voll unverhohlener Boshaftigkeit. »Ich denke, Ihr solltet ihn schnellstens vergessen. Er ist inzwischen dem Theatinerorden beigetreten und wieder ein sehr eifriger Sohn der Kirche.« Er lachte schallend. »Ich habe ihn in Rom gesehen, als wir den Dispens des Papstes für die Schwester des Hegenzers erwirkten. Und er scheint sich in den Armen der Kirche sehr wohl zu fühlen. Er wird langsam ein reicher Mann, ein guter Diener des Kardinals Carafa. Dieser hat ihn aufgrund seiner Schreib- und Rechenkünste sogar abgestellt, um beim Umbau verschiedener Gotteshäuser behilflich zu sein. Man stelle sich das vor. Das ist der Witz des Jahrhunderts!« Wieder lachte er aus vollem Hals und machte einen spöttischen Kratzfuß vor

Magdalena von Hausen. »Nun, werte Dame, Ihr habt ihm nicht mehr viel zu bieten. Lasst also am besten alle Hoffnung fahren, dass er jemals wieder in Eure liebenden Arme zurückkehrt.« Damit stürmte er wieder aus dem Zimmer. Allerdings nicht, ohne Katharina anzüglich und deutlich auf die Brust und dann auf den Schoß zu starren.

»Dieses Schwein.« Katharina zitterte. Magdalena von Hausen nahm die junge Frau in den Arm. »Lass dich von diesem Mann nicht beeindrucken. Er ist es nicht wert, auch nur einen Moment länger über ihn nachzudenken. So kleinlich kann eben Rache sein. Aber wir haben wichtigere Dinge zu besprechen.« Und dann erzählte Magdalena von Hausen Katharina die Geschichte, die sie von Regine Steirer, der Adlerwirtin aus Vaduz gehört hatte. Sie sprach von der verzweifelten Dorothea Offenburg, einem traurigen Weihnachtsfest in den tief verschneiten Alpen und ihrem Versprechen. Sie hatte ihr bisher all das verschwiegen, um den Kummer der Freundin nicht wieder aufzuwühlen. Sie sah einfach keinen Sinn darin. Doch nun war die Zeit gekommen. Katharina sagte kein Wort. Aber sie hielt sich krampfhaft an Magdalenas Betpult fest. Die Tränen liefen ihr über die Wangen hinunter. »Nun weiß ich endlich, wo ich mit meiner Suche anfangen muss. Wenn Thomas Leimer nach Rom ging, ist ihm mein Mann sicher gefolgt, nach allem, was Euch Dorothea Offenburg und Regine Steirer erzählt haben. Der einsame Mann, der über Weihnachten im Adler von Vaduz aufs Weiterkommen wartete, dass muss Konz gewesen sein.« Katharina schluchzte auf. Dann schaute sie Magdalena von Hausen mitfühlend an. »Das waren schwere Tage für Euch.«

Die frühere Äbtissin schwieg. Was hätte sie auch sagen sollen?

Katharina nahm ihre Hand. »Gott im Himmel und alle Heiligen, hoffentlich gibt das kein Unglück. Und alles durch meine Schuld.«

»Und durch meine«, fügte Magdalena von Hausen leise hinzu. »Wir müssen so schnell wie möglich fort. Noch scheint unseren Gatten nichts geschehen zu sein. Zumindest Bruder Benediktus geht es nach Murgels Worten wohl gut. Vielleicht finden wir die beiden noch rechtzeitig.«

Doch die Abreise der beiden Frauen verzögerte sich, denn es dauerte noch eine Weile, bis Agatha Hegenzer von Wasserstelz Katharina ziehen ließ. Sie wollte sie auf jeden Fall in Seggingen halten. Den Ausschlag gab schließlich die immer dringlichere Werbung von Mathias Henlein, dem Zimmermann, um Katharinas Hand. Er hatte sogar schon über Hans Jakob von Schönau bei der neuen Äbtissin nachfragen lassen, wie diese zu einer Ehe zwischen ihm und Frau Katharina stehe. Er wolle sich dann hier in Seggingen niederlassen.

Die Hegenzerin stand der Idee sehr wohlwollend gegenüber, sicherte sie ihr doch nicht nur eine fähige Heilerin, sondern auch einen guten Zimmermann. Das brachte Katharina auf die Idee einer Notlüge. Sie bat um eine Audienz bei der Fürstin. Diese gewährte sie gnädig. Katharina erzählte Magdalena von Hausen hinterher lachend, wie einfach es im Grunde gewesen war.

Mit allen Anzeichen einer Jungverliebten war sie vor die Äbtissin getreten. Es habe sich wohl herumgesprochen, dass Henlein um sie werbe. Und sie wolle ihn auch gerne heiraten. Die Kinder brauchten wieder einen Vater. Doch als treue Tochter der Kirche könne sie dies nicht. So lange habe sie nichts von ihrem Gatten Konz Jehle gehört. Sie nehme deshalb an, dass er tot sein müsse. Jetzt wolle sie versuchen, eine Spur von ihm zu finden. Denn heiraten und sich völlig in Seggingen niederlassen könne sie nur, wenn sie genau wisse, dass sie frei sei. Sie bitte die gnädigste Äbtissin also in den Tagen dieser glücklichen Fügung für das Stift um die Erlaubnis, nach Konz Jehle suchen zu dürfen, damit sich auch ihr Schicksal günstig füge.

Das gab nach all dem guten Zureden von Melchior Hegenzer schließlich den Ausschlag. Die Fürstäbtissin ließ Katharina ziehen.

Melchior Hegenzer sollte die beiden Frauen ein Stück weit begleiten. So brachen sie also im Juni des Jahres 1555 zu ihrer großen Reise auf, hin und her gerissen zwischen Bangen und Hoffnung. Katharinas Kinder, Thomas und seine kleine Schwester Anna, standen Hand in Hand da und sahen der Mutter nach. Sie freuten sich nicht gerade darauf, die nächste Zeit im Stift Seggingen leben zu müssen. Einige Gotteshausleute waren ebenfalls zur Abreise gekommen und winkten der Kutsche der beiden Frauen ihr Lebewohl hinterher, entboten der ehemaligen Äbtissin von Seggingen einen letzten Gruß fast so, als würden sie sie nie wieder sehen. Und auch sie verschwanden aus dem Blickfeld der Reisenden, als die Kutsche über die Bohlen der hölzernen Brücke polterte, dann die Wegbiegung gen Osten nahm, den Rhein entlang in Richtung Kreuzlingen und Konstanz. Die ehemalige Äbtissin sollte zu den heilenden Quellen des Aargau reisen, Katharina würde dann weiter nach Kreuzlingen und Konstanz fahren. Das war es, was alle glaubten.

Der Hegenzer wusste ein wenig mehr. Er trennte sich schon am zweiten Tag der Reise von der Gruppe, kehrte wieder um und zog weiter in Richtung Westen, zurück nach Ensisheim. Seine Männer überließ er Magdalena von Hausen und Katharina, bis auf zwei Getreue, die er mit sich nahm. Das war seine Art, sich wortlos vor einer Frau zu verbeugen, die seine Achtung errungen hatte. Magdalena wusste die Geste und die Sorge um ihre Sicherheit wohl zu würdigen und dankte ihm herzlich zum Abschied. So reisten die beiden Frauen mit vier zusätzlichen Begleitern und dem Kutscher als Schutz weiter nach Osten, in Richtung Bodensee.

Es waren sonnige, laue Sommertage; die Fahrt in der Kutsche war – bei allen Fährnissen, mit denen man bei solcherlei Unternehmungen rechnen musste – recht angenehm. Wo immer es sinnvoll erschien, übernachteten die Reisenden unter freiem Himmel. Warme Decken waren genügend untergebracht in den Truhen auf dem Kutschdach. Zwei der Männer des Begleitschutzes erwiesen sich zudem als geübte Jäger, sodass die Gruppe nur selten in Herbergen übernachten oder die Vorräte auffüllen musste. Das war allen recht so, denn so manche der Absteigen am Wegesrand waren dreckig und verwanzt. Schmierige Tische, Unrat auf den Böden, schlechter Wein und lieblos gekochte, undefinierbare Speisen sorgten dafür, dass allen die Nacht unter freiem Himmel doch lieber war. Das Schlaflied sang der Rhein. Mehr als einmal versuchte Katharina, in den glitzernden Sternen am Himmel ihr Schicksal zu lesen. Mehr als einmal beteten die beiden Frauen gemeinsam, dass der Herr und die gebenedeite Jungfrau Maria ihr Tun segnen und ihnen helfen möge, Schlimmes zu verhüten.

In Baden verabschiedeten sich die Männer des Hegenzers. Die Frauen mieteten sich neue Begleiter, die sie vor Wegelagerern beschützen sollten, und zogen dann weiter an der glänzenden Fläche des Bodensees entlang, passierten Kreuzlingen und machten sich auf in Richtung Bregenz. Beide hatten sich darauf geeinigt, diese Reiseroute zu wählen, weil sie so Regine Steirer, die Wirtsfrau im Adler in Vaduz besuchen konnten. Magdalena wollte sie gerne wieder sehen. Und Katharina hoffte, von ihr mehr über ihren Mann zu erfahren.

In Altenrhein ließen sie die Kutsche zurück und stiegen auf ein Rheinschiff um, eine Halbledine. Das Schmelzwasser aus den Bergen lieferte genügend Wasser für die Reise auf dem Fluss. Es wurde eine geruhsame, doch zugleich auch sehr langsame Fahrt. Und so beschlossen die Frauen, wieder Pferde zu mieten, um schneller vorwärts zu kommen. Je länger die Reise dauerte, umso mehr bekamen Katharina und Magdalena von Hausen das Gefühl, dass die Zeit drängte.

Als die Reisegruppe nach Tagen schließlich den Adler in Vaduz erreichte, bot sich ihnen ein überraschendes Bild. Ein Hüne mit kindlichem Gesicht hatte einen offenbar sturzbesoffenen Störenfried am Kragen seiner Jacke gepackt und expedierte ihn zur Türe hinaus. Der Ruhestörer wedelte wild mit den Armen, doch dann verlor er die Balance. Er fiel Katharina und Magdalena von Hausen direkt vor die Füße. Trotz ihrer Erschöpfung mussten die beiden Frauen lauthals lachen, als sich der Hinausgeworfene brummelnd und fluchend aufrappelte und schwankend davontappte. »Hier scheinen ja raue Sitten zu herrschen«, kicherte Katharina.

Die Wirtsstube war sauber, aber völlig verräuchert. Regine Steirer unterhielt sich gerade mit einem Gast, einem dicken Franziskanermönch mit Fettflecken auf der Kutte und verschmitztem Blick. Er schien kein Kostverächter zu sein; nicht nur, was das Essen anbetraf. Wenn er nicht gerade von seiner Hammelkeule abbiss und mit vollem Mund und zu listigen Schlitzen verengten Augen mit Regine schäkerte, dann wanderte sein Blick unverhohlen zu ihrem durchaus nicht unansehnlichen Hinterteil. Die Wirtsfrau hatte die Hände in die Hüften gestützt und bog sich vor Lachen über etwas, das dieser Mönch gesagt hatte.

»Bei Euch geht es ja hoch her«, sprach Magdalena von Hausen sie an. »Der eine Gast fliegt gerade zur Türe hinaus, der andere erzählt Witze. Bekommen zwei reisende Frauen aus Seggingen bei Euch auch ein Bad, etwas zu essen und ein sauberes Bett – genau in dieser Reihenfolge?«

Regine Steirers Kopf flog herum. »Jessas Maria! So eine Überraschung. Als Wirtsfrau muss man ja mit vielem rechnen, aber das! Magdalena von Hausen aus Seggingen …« Sie stockte und wurde rot. »Ich muss wohl ›Euer Gnaden‹ sagen. Entschuldigt, meine Freude war so groß, Euch hier zu sehen.«

Diese Frau war einfach herzerfrischend, fand Katharina und beobachtete die beiden vergnügt.

»Nein«, beruhigte ihre Gefährtin die Wirtsfrau. »Magdalena von Hausen ist völlig genug. Fürstin bin ich schon eine ganze Weile nicht mehr, wie Ihr wohl wisst.«

Regine Steirer wurde ernst. Sie nickte. Dann schlug sie sich mit der flachen Handfläche an die Stirn. »Da stehe ich nun und halte Maulaffen feil. Ludwig, einen Badezuber in das Zimmer Nummer acht. Maria, geh sofort heißes Wasser machen.«

Dann wandte sie sich an den dicken Franziskaner, der der Begrüßung mit großem Interesse zugehört hatte. »Werter Herr William von Roebruck, Ihr werdet mich jetzt entschuldigen müssen. Hier ist ein lieber Gast mit einer Freundin. Ich werde die beiden Damen jetzt auf ihr Zimmer bringen, damit sie sich frisch machen können.« Dann ein durchdringender Ruf: »Ludwig, hast du den Zuber schon oben? Wenn nicht, dann beeil dich. Und dann komm herunter und zeig den Bediensteten der beiden Damen ihr Quartier. Danach führst du die Rösser in den Stall und gibst ihnen Futter. Anna, da hinten sitzt ein Gast, der will schon seit geraumer Zeit etwas bestellen. Frag ihn, was du bringen sollst ... Kommt, meine Damen, ich zeige Euch Euer Reich«, damit drehte sie sich um und winkte den Frauen zu, ihr zu folgen.

»Bei Gott, das ist eine zupackende Frau«, murmelte Katharina.

Das bestätigte sich, als sie oben im Zimmer angekommen waren. Regine Steirer nahm die ehemalige Äbtissin ohne viel Federlesens in den Arm. »Magdalena von Hausen, es ist schön, Euch zu sehen«, sagte sie. »Und auch Eure Begleiterin.« Katharina lächelte ihr mit einem Kopfnicken zu.

»Jetzt werden wir ein Bad nehmen und uns den Staub der letzten Wochen abwaschen«, erklärte Magdalena lachend und machte sich los. »Dann kommen wir herunter. Vielleicht lerne ich dann auch Euren Mann kennen?«

Schlagartig wurde Regine Steirer ernst. In ihre Augen schossen Tränen. »Mein Mann ist tot«, sagte sie leise. »Er wurde vor zwei Jahren im Berg von einer Lawine erschlagen.« Sie biss sich auf die Lippen. Dann gab sie sich einen Ruck und lächelte, immer noch mit Tränen in den Augen. »Aber ich komme schon durch. Unsere Kinder geben mir Kraft. Außerdem habe ich ja noch den Ludwig als Hilfe – und auch den einen oder anderen Verehrer. Unseren William, den Mönch, habt Ihr ja schon gesehen.« Sie kicherte. »Der hat's nicht nur knüppeldick hinter den Ohren, sondern auch unter seiner Kutte. Oje, was habe ich da wieder gesagt. Und das zu einer Gnädigen wie Euch.« Sie kicherte wie ein kleines Mädchen, nicht im Mindesten zerknirscht, auch wenn sie etwas rot geworden war.

»Hier werden wir uns wohl fühlen«, meinte Katharina und strahlte Regine Steirer an.

Sie fühlten sich wohl. Manchmal schien es ihnen, als sei dieses turbulente Wirtshaus der einzig sichere, friedliche Ort auf der Welt, eine Insel, in der das Böse von Ludwig, dem Schankknecht, einfach zur Türe hinausgeworfen wurde. Nach und nach erfuhr Regine Steirer auch Katharinas Geschichte.

Katharina und Magdalena von Hausen blieben anderthalb Wochen im Adler in Vaduz. Dann reisten sie weiter – durch grüne Täler, sahen Häuser mit großen Steinen auf den Dächern, vorbei an Almen. Ende August erreichten sie Rom; an einem schwülen, brütend heißen Abend nach einem Tag voll flirrender Hitze. Es dauerte noch zwei weitere Stunden, bis sie endlich eine Herberge gefunden hatten und im Hause der römischen Dominikanerinnen ihre Kammer beziehen konnten.

Katharina saß auf ihrem Lager und lehnte mit dem Rücken an den kalten Quadersteinen der Wand, die von keinerlei Teppichen verkleidet wurden. Sie wirkte erschöpft im Kerzenschein, der das Rot in ihren Haaren zum Leuchten brachte. Magdalena von Hausen beobachtete sie stumm. Doch sie sagte nichts. Sie fühlte, dass es nicht nur die Strapazen der Reise waren, die Katharina stumm machten. Was ihre Gefährtin empfand, war nicht nur die Müdigkeit. Es war auch Angst. Sie hatten nie darüber gesprochen. Doch beiden war klar, dass sich auf dieser Reise ihr künftiges Schicksal entscheiden würde – hier, in dieser fremden, brütend heißen, stinkenden und doch erstaunlichen Stadt.

Magdalena von Hausen sehnte sich mit jeder Faser ihres Herzens danach, zu beten. Den Allmächtigen um Kraft zu bitten für die schwere Aufgabe, die vor ihnen lag. Für sie kam dafür nur ein Ort infrage: der neue Petersdom, dessen Grundstein Papst Julius II. vor nun fast 50 Jahren gelegt hatte und der immer noch nicht fertig war. Errichtet auf dem Grab des heiligen Petrus, des obersten aller Menschenfischer, und an der Stelle einer Jahrhunderte alten Basilika, die einst auf einem heidnischen Friedhof entstanden war. Seit einigen Jahren war der berühmte Michelangelo dort Baumeister, damit beauftragt, den Zentralbau mit der hohen Kuppel zu vollenden. Dort würde sie Gott am ehesten finden, inmitten all dieser zu seinen Ehren werkelnden und schwitzenden Menschen. Gleich am nächsten Tag wollte sie sich auf den Weg machen. Sie bat Katharina, mit ihr zu kommen.

Doch diese schüttelte nur müde den Kopf, die Linien an ihren Mundwinkeln wurden tiefer. »Ihr könnt Euch besser verständigen als ich, das habe ich schon gleich bei der Ankunft gemerkt. Mein Latein ist lange nicht so gut wie Eures. Jeder hat sofort begriffen, was Ihr sagtet, als wir ankamen.« Es klang fast wie eine Ausrede.

»Katharina, ich hätte Euch gerne dabei.« Magdalena von Hausen wollte nicht so schnell aufgeben.

Die junge Frau senkte die Augen. »Bitte, lasst mich hier. Ich bin so unendlich müde. Ich muss Kraft schöpfen«, erwiderte sie. »Ich brauche einfach einige Stunden Ruhe. Die kann ich nicht auf einer Baustelle finden, und sei sie noch so gottgeweiht.«

So ging Magdalena von Hausen am nächsten Morgen allein zum noch unfertigen Petersdom. Ihre einsame Gestalt mit dem dunklen Schleier vor dem Gesicht und im einfachen, schwarzen Gewand der Stiftsdamen aus Seggingen verschmolz mit den Schatten in den römischen Gassen.

22

Thomas Leimer blickte zufrieden auf sein Pergament. Der Lärm der Steinhauer, das Gebrüll der Zimmerleute beim Gerüstbau, das Holpern der Pferdekutschen, die die Dombaustelle passierten, das Gelächter der vorbeigehenden Menschen, das ganze Chaos, in dem er stand, drang kaum in sein Bewusstsein vor. Er sah die Gruppe wichtig aussehender Männer nicht, den Gewändern nach alles Kleriker, die lebhaft das diskutierten, was vom neuen Petersdom schon zu sehen war. Die Arbeiter waren gerade dabei, die ersten Vorbereitungen für den Bau der großen Kuppel zu treffen. Die alte Basilika würde bald völlig vergessen sein, aufgehen in diesem großen, der Ehre Gottes und der Macht der Päpste geweihten Bauwerk. Die künftige, grandiose Pracht und Größe dieses monumentalen Baus der Christenheit zeichneten sich schon deutlich ab. Noch gab es nur Pläne für die große Kuppel, die den gedrungenen Bau einst krönen würde.

Doch der verzückte Blick Thomas Leimers war nicht auf das Jenseits, auf die dem Himmel geweihten, steinernen Visionen gerichtet. Seine Träume waren anderer Art. Sie manifestierten sich in den dürren Zahlenreihen vor seinen Augen. Er sah nur kurz auf, als ihm einer der Steinmetze, ein korpulenter Mann mit listigem Blick, im Vorbeigehen auf den Rücken klopfte. Sie nickten einander in stillem Einverständnis zu. Der Mann und der Mönch hatten beide das gleiche Ziel. Beide arbeiteten intensiv daran, dass der himmlische Reichtum auch ihre irdischen Säckel füllen möge. Dem unbedarften Auge enthüllten diese Zahlen nichts. Sie gaben Mengen wieder. Hinter ihnen verbargen sich Menschen, Steine, Holz, eben all das Baumaterial und die Arbeitskraft, die für dieses gigantische Werk benötigt wurden. Wer würde in diesem unübersehbaren Heer von Arbeitern schon erkennen, dass es einige von ihnen nur auf dem Papier gab? Wer konnte schon all die Steinquader zählen und feststellen, dass es weniger waren, als auf Thomas Leimers Liste standen? Selbst der große Baumeister Michelangelo Buonarroti mit seinem scharfen Blick kannte nicht alle, die hier beschäftigt waren, das hatte Leimer schnell herausgefunden. Wie sollte er auch? Die Arbeiter wechselten häufig. Der Bau des Domes versprach jedenfalls ein gutes Geschäft zu werden, zumindest für jene, die sich zu helfen wussten. Hier ein Arbeiter mehr, dort einige Steine oder etwas Holz weniger – alles bezahlt vom Ablassgeld gequälter, sündiger Seelen, vom Zehnten unzähliger Menschen im ganzen Heiligen Römischen Reich und doch nie angeliefert. Die Menschen arbeiteten auf anderen Baustellen. Die Steine wanderten in die Mauern anderer Häuser. Wirklich, ein gutes Geschäft. Und es würde noch lange so gehen, sie alle reich machen, ihm endlich den Stand in dieser Welt verschaffen, nach dem er sich sehnte, der ihm gebührte.

Er sah die zierliche Frauengestalt im dunklen Übergewand nicht. Sie hatte das Gesicht hinter einem Schleier verborgen und näherte sich langsam der Baustelle. Er bemerkte nicht, wie sie plötzlich zur Salzsäule erstarrte, als sie seiner ansichtig wurde. Sah nicht, wie sie sich dann hastig umsah und schnell wie ein Schatten hinter einem Stapel aus Steinblöcken verschwand, mit den dunkeln Konturen verschmolz, die der Haufen im Sonnenlicht auf die Erde warf.

Kurz darauf zuckte die Gestalt ein zweites Mal zusammen. Magdalena von Hausen bekam fast einen Magenkrampf. Heilige Jungfrau Maria! Da drüben, nur wenige Meter entfernt, arbeitete ein Mann, der sah aus wie Konz Jehle. Doch, er musste es sein. Sie hätte ihn fast nicht erkannt. Der dunkle Bart war grau vom Steinstaub, die Haare hingen ihm ungepflegt und lang über die Augen. Er beugte sich tief über die Steine. Doch einmal blickte er auf. Da sah sie seine Augen und der letzte Rest an Verunsicherung schwand. Es war der Sohn des Gehenkten, ohne jeden Zweifel. Und sein Blick war dunkel vor Hass und Qual. Magdalena bekreuzigte sich.

Dann fing sie sich wieder. Gott sei Dank waren sie noch rechtzeitig gekommen, um das Schlimmste zu verhindern. Beide Männer wirkten gesund und munter. Leimer schien von der Gegenwart des Mannes aus Seggingen nicht einmal etwas zu ahnen. Noch war es also nicht zu spät. Noch konnten Katharina und sie verhindern, dass sich die Männer gegenseitig etwas antaten. Wie das gelingen könnte, wusste sie noch nicht. Doch Magdalena vertraute auf Gott. Er würde sie auch in dieser Sache auf den rechten Weg bringen und ihre Schritte leiten.

Konz Jehle beobachtete Thomas Leimer schon eine ganze Weile. Der Steinstaub bedeckte ihn von Kopf bis Fuß. Er hatte den Kopf über einen Granitquader gesenkt, auf den er mit wilden Schlägen einmeißelte. Nur hin und wieder wanderten seine dunklen Augen verstohlen zu dem Theatinermönch, der anscheinend geschäftig und genau zählte und die kontrollierten Mengen in unendlichen Reihen auf seinem Pergament eintrug. Seit Wochen folgte er ihm nun, immer auf der Suche nach einer Gelegenheit, diesen Mann endlich zu stellen, herauszufinden, warum er sein Leben, seine Familie zerstört und ihn auf diese lange Reise gezwungen hatte. Anfangs hatte er gefürchtet, Thomas Leimer könne ihn erkennen. Doch die Sorge war unbegründet gewesen. Leimer interessierte sich nicht für einfache Arbeiter. Auch wenn er sich jetzt Bruder Benediktus nannte.

Allerdings war es nicht einfach gewesen, Giovanna klarzumachen, warum er unbedingt beim Bau des Petersdomes mitmachen wollte. Es war jedenfalls besser, wenn sie den wahren Grund nicht erfuhr.

»Warum musst du unbedingt so schwere Arbeit tun? Genügt es dir nicht mehr, dich auf dem Markt zu verdingen und bei den Wirten zu arbeiten?« Sie hatte ihn misstrauisch gemustert. »Willst du mich am Ende gar verlassen? Fort von mir gehen?« Tränen stiegen in ihre Augen. »Du weißt, dass ich dich zu meinem Schutz brauche. Lass mich also nicht im Stich.«

Giovanna sprach nie von ihrer Liebe zu ihm. Doch er ahnte, was sie empfand. Wenn sie ihn so anschaute, wie ein kleines hilfloses Mädchen vertrauensvoll vor ihm stand, dann wurde Konz das Herz schwer. Er wusste, er würde sie eines Tages verlassen. Sobald die Stunde der Abrechnung mit Thomas Leimer gekommen war. Es tat ihm in der Seele weh, sie so täuschen zu müssen. Doch sie würde ihn niemals freiwillig gehen lassen. So hilflos sie auch manchmal wirkte, Giovanna hatte während ihres harten Lebens auf der Straße vieles gelernt, kannte jeden Trick. Nicht, dass er Angst vor dem hatte, was sie tun könnte. Aber er respektierte sie. Er wollte ihr nicht noch zusätzlich wehtun müssen.

Also hatte Konz als Antwort auf ihre Fragen den Kopf geschüttelt. »Nein, das ist es nicht. Es gibt einiges in meinem Leben, was ich mit meinem Gott noch ins Reine bringen muss. Es ist meine Art Buße zu tun, indem ich die Steine schleppe und behaue, die einmal aller Welt von seiner Macht künden werden.«

Giovanna hatte ihn forschend gemustert. Ihr Instinkt sagte ihr wohl, dass hier etwas nicht stimmte. Doch Konz erwiderte ihren Blick ruhig.

Und irgendwann würde er Bruder Benediktus allein treffen. Dann konnte er ihn endlich zur Rede stellen, notfalls die Wahrheit aus ihm herausprügeln. Er spürte, wie der alte Zorn, die Verletztheit in ihm aufloderten, ihn auch nach so vielen Jahren noch beinahe verbrannten.

Niemals in seinem Leben würde er den Moment vergessen, als er Katharina in den Armen dieses Mannes gesehen hatte. In einer dunklen Ecke verborgen wie eine Hure. Seine Katharina!

Er fühlte eine leichte Hand auf seiner Schulter, hörte eine sanfte Stimme. »Konz Jehle von der Niedermühle, wenn Ihr nicht aufhört, diesen Steinblock zu malträtieren, dann wird bald nicht mehr genug von ihm übrig sein, um in den Mauern des Petersdomes der Ehre Gottes zu dienen.«

Er hätte beinahe laut aufgeschrien. Mit einem Ruck flog sein ganzer Körper herum. »Allmächtiger, Magdalena von Hausen. Was tut Ihr denn hier?«

»Euch heimholen. Zurück dorthin, wohin Ihr gehört.«

Der Hüne senkte den Blick. Er blinzelte mit den Augen, um die Tränen zurückzuhalten. Dieses Wiedersehen erschütterte ihn zutiefst. Er wischte sich mit dem nackten Unterarm den Staub aus dem Gesicht, dann schüttelte er langsam den Kopf. In seinem Blick lag tiefe Trauer, als er auf Magdalena von Hausen hinabschaute. »Nein, hohe Frau. Ich habe keine Heimat mehr. Nicht, bevor ich getan habe, was ich tun muss.« Unwillkürlich glitt sein Blick zu Thomas Leimer hinüber, der gerade in ein Gespräch mit dem Zunftmeister der Steinmetze vertieft war.

Magdalena von Hausen ergriff beschwörend Konz' Hände, drehte seine harten, hornigen Handflächen gen Himmel. »Konz Jehle, schaut Euch diese Hände an. Es sind gute Hände. Hart von der Arbeit, von einem Leben im Sinne des Allmächtigen, ausgerichtet nach seinen Regeln. Hände, die Ihr dem Herrn entgegenstrecken könnt, wenn Ihr ihn anruft. Wollt Ihr sie mit Blut beflecken, sodass Ihr sie hinter Eurem Rücken verstecken müsst, wenn der Herr Euch einst zu sich ruft?«

Konz Jehle knirschte mit den Zähnen, so laut, dass er selbst zusammenschrak. »Auge um Auge, Zahn um Zahn, auch das sagt der Herr. Lasst mich in Frieden. Lasst mich tun, was ich tun muss. Geht heim. Was versteht eine Frau wie Ihr denn schon davon, was ein Mann tun muss!«

Magdalena seufzte. »Oh, ihr kleingläubigen Männer! Warum ist euer Herz so eng? Warum öffnet ihr es nicht für die Gerechtigkeit des Allmächtigen. Auch mir wurde Übles angetan. Schreie ich deshalb nach Rache? Ändert Rache irgendetwas? Macht sie die Dinge ungeschehen? Ist das, was uns in unserem Leben geschieht, nicht vielmehr eine Prüfung des

Herrn, an der wir wachsen und im Glauben stark werden sollen? Denn wisset, dass kein Blatt vom Baume fällt, ohne dass Gott der Allmächtige es so bestimmte. Sind wir denn vor seinem Angesicht nicht nur Kinder, die er leiten und führen muss zu seinem Ruhme? Wie könnt Ihr Euch anmaßen, seinen Ratschluss infrage zu stellen. Die Gerechtigkeit liegt in seiner Hand, nicht in der schwachen eines Menschen. Vertraut auf ihn.«

»Eine schöne Predigt ist das, die Ihr mir da haltet, hohe Frau. Doch eine vergebliche«, knurrte der große Mann. »Lasst den Menschen tun, was des Menschen ist, den Mann, was er tun muss. Geht jetzt endlich, bevor dieser Mönch dort hinten auf uns aufmerksam wird. Kümmert Euch um Eure Angelegenheiten.«

Magdalena von Hausen schob den Schleier hoch und schaute dem Mann fest in die Augen. »Das sind meine Angelegenheiten, Konz Jehle von der Niedermühle. Der, den Ihr verletzen oder gar töten wollt, der ist mein Gatte. Lasst uns in Ruhe darüber reden. Katharina ist auch in der Stadt. Sie hat Angst um Euch. Bringt mit Eurem Zorn nicht noch mehr Unglück über uns alle.«

»Katharina ist hier? Mir bleibt auch nichts erspart«, flüsterte er rau. »Ich will sie nicht sehen. Geht. Geht alle beide. Das Weib ist die Sünde, das steht schon in der Bibel. Sie ist es, die all dies zu verantworten hat. Nehmt sie und geht. Ich will sie nicht sehen!« Er schrie es fast, die Köpfe der Arbeiter neben ihnen flogen herum.

Konz' Stimme wurde leiser. »Ist denn nicht schon genug geschehen, dass Ihr sie jetzt auch noch nach Rom bringen müsst? Geht doch. Geht endlich. Ich will nicht mit Euch sprechen.« Tränen zogen ihre Spuren durch den Staub auf seinen Wangen. »Was ich tue oder auch nicht, ist eine Sache zwischen Gott und mir. Lasst mich endlich in Ruhe.«

»Nein«, sie schüttelte den Kopf. »Das werde ich nicht tun, solange noch ein Funken Leben in mir ist. Und Ihr werdet

Euch mit mir treffen, mit mir sprechen. Es gibt einen anderen Weg. Gott wird ihn uns weisen. Versprecht es mir. Versprecht es mir sofort, oder ich schreie, so laut ich kann. Dann weiß mein Gatte, dass wir hier sind. Wollt Ihr das? Dann wird Eure ganze Rache unmöglich.«

»Verdammtes Weib! Das ist Erpressung.« Konz zögerte. »Also gut. Ich bin bereit, mit Euch zu reden – unter zwei Bedingungen. Ihr versprecht mir, dass Ihr Katharina niemals hierher bringen werdet. Ich will sie nicht sehen. Ich kann sie nicht sehen. Und Ihr schwört mir bei den Gebeinen des heiligen Fridolin, dass Ihr niemandem, ich betone, niemandem sagt, dass und wo Ihr mich gesehen habt.«

Magdalena schaute ihn lange an. In ihrem Blick lag Mitleid. »Oh, ihr Männer. Warum seid ihr so mutig, wenn es ums Töten und Verletzen geht, um Rache und Zorn; und so feige und kleinmütig, wenn es darum geht, zu lieben und zu verzeihen. Aber gut. Ich schwöre es beim Heil meiner Seele. Ich werde morgen wiederkommen. Dann reden wir.«

Konz nickte. »Aber nicht hier. Wir treffen uns am Ufer des Tiber, an der Brücke, die vor der Insel über den Fluss führt. Morgen, wenn die Sonne am Mittagshimmel steht. Aber kommt allein. Sonst garantiere ich für nichts.«

»Ich werde da sein. Allein. Auch wenn sich das für eine Frau nicht ziemt.« Magdalena zog den Schleier wieder vors Gesicht. Ohne ein weiteres Wort drehte sie sich um und war kurz darauf verschwunden.

Doch Magdalena von Hausen ging noch nicht zurück zum Konvent der Dominikanerinnen. Außer Sichtweite von Konz Jehle wartete sie in einem Hauseingang auf der gegenüberliegenden Seite des Petersplatzes. Sie hatte noch mit einem anderen Mann zu sprechen. Ihrem Mann. Auch wenn er nun das Habit der Theatinermönche trug, so hatte er sie doch einst zum Weibe genommen. Ihr Herz klopfte bis zum Halse, als sie darauf wartete, dass Thomas Leimer die Dombaustelle verlassen würde. Endlich, nach weiteren anderthalb Stunden, schien er mit seiner Liste fertig zu sein. Sie sah ihn ungeduldig einem Jungen winken, der sich bislang still im Hintergrund gehalten hatte. Diesem drückte er die Pergamente in die Hand und machte sich dann auf den Weg. Magdalena folgte ihm wie ein Schatten. Sie war enttäuscht. Sie hatte gehofft, ihn allein sprechen zu können.

Doch auch hier war ihr das Schicksal wieder hold. Sie kannte das prächtige Gebäude nicht, auf das er zustrebte. Doch gerade als er das mit christlichen Motiven verzierte, kunstvoll geschnitzte Eichentor öffnen wollte, wurde Thomas Leimer aufgehalten. Ein Passant rief ihm etwas zu. Ihr Gatte bedeutete dem Jungen, der mit drei Schritten Abstand hinter ihm hergetrottet war, schon einmal ins Haus zu gehen. Er wechselte einige Worte mit dem Fremden. Sie hörte ihn laut lachen. Als er sich zum Tor wandte und hineingehen wollte, trat sie hinter ihn: »Warte, ich muss dich sprechen.«

»Ich habe jetzt keine Zeit …« Noch während er dies sagte, ungeduldig, endlich zu Cajetan von Thiene zu kommen, der schon eine halbe Stunde auf ihn wartete, durchfuhr ihn der Schock. Er wirbelte herum und erkannte sofort, wer die verschleierte Frau war, die da vor ihm stand. Zuerst starrte er sie nur sprachlos an, während Magdalena von Hausen zum zweiten Mal an diesem Tag ihren Schleier hob, diesmal um ihrem Mann ins Gesicht zu schauen. Sie sagte nichts. Doch was sie in seinen Augen las, erschreckte sie zutiefst. Keine Freude des Erkennens, nur eisige Abwehr; und tief in diesen blauen Augen, die sie einst so geliebt hatte, glitzerte die Angst.

»Was willst du hier?«, erkundigte er sich fast flüsternd. Sie konnte die Panik in seiner Stimme erkennen. Er sah sich hastig um. »Komm, wir können hier nicht bleiben.« Eilig führte er sie um die Ecke und blieb dann in einer Einfahrt stehen. Magdalena sagte nichts. Sie sah ihn nur an, zutiefst getroffen von seinem Verhalten.

Thomas Leimer hatte sich inzwischen wieder etwas gefasst. Es war eine Katastrophe, dass diese Frau hier aufgetaucht war.

Die Frau, von der er geglaubt hatte, er werde sie niemals wieder sehen. Sie sprach noch immer nicht, sah ihm nur weiter unverwandt in die Augen, so, als wolle sie auch die kleinste Einzelheit seines Gesichtes in sich aufnehmen.

»Weib, was willst du hier? Warum reist du mir nach? Hast du noch immer nicht genug von einem Mann, der so offensichtlich nichts mehr von dir wissen will?«

»Du bist mein Gatte«, erwiderte sie ruhig. »Ich habe das Recht und die Pflicht, bei dir zu sein.«

Er lachte hämisch. »Gatte, ich höre immer Gatte. Die Ehe wurde nie vollzogen. Sie ist also ungültig im Angesicht des Herrn. Wenn sie es nicht ohnehin schon am Tag ihrer Schließung war. Ich unterzeichnete das Pergament zwar, aber wenn du genau hinschaust, wirst du erkennen, dass ich es nicht mit meinem richtigen Namen tat.«

»Warum lügst du?« Ihre Ruhe wurde ihm langsam unheimlich. Sie atmete tief durch. »Wir müssen miteinander reden. Es gibt etwas, das ich dir sagen muss. Dringend. Wo und wann können wir sprechen?« Sie trat einen Schritt näher zu ihm hin.

Er stieß sie zurück. »Überhaupt nicht. Ich bin Mönch, wie du siehst. Ich habe nichts mehr mit dir zu schaffen.«

Doch sie gab nicht auf. »Du liebtest mich einst, auch wenn es jetzt nicht mehr so sein sollte. Ich flehe dich an, um dieser Liebe willen. Du musst mich anhören. Es könnte um dein Leben gehen.«

Sein Gesicht verzog sich verächtlich. »Liebe! Was ist schon die Liebe zwischen Mann und Weib verglichen mit meiner Liebe zu Gott und dem Dienst an ihm, den ich jetzt tue? Wie kannst du auf etwas bestehen, das nie existierte? Auf einer Ehe, die es nie gab? Du hast kein Recht an mir. Du bist eine Irregeleitete, eine Ketzerin. Ich habe der Ehe mit dir nur zugestimmt, weil ich mir Macht erhoffte und Einfluss, den Reichtum einer rechtgläubigen Fürstin. Und was habe ich bekommen? Eine anhängliche, dumme Frau, die mir nachläuft. Eine Frau, die mir nichts bedeutet. Die mir nie etwas bedeutet hat angesichts der großen Aufgaben, die auf mich warten. Du bist ein hirnloses Weib, das den gefährlichen Lehren Luthers anhängt. Wie gefährlich sie sind, das habe ich erst hier in Rom erkannt. Also geh deiner Wege und lass mich meine gehen. Dein Glaube ist schon lange nicht mehr der meinige. Hier scheiden sich unsere Lebenspfade. Also verschwinde, geh mir aus den Augen!« Den letzten Satz hatte er fast gebrüllt.

Magdalena von Hausen zuckte zusammen. Ihr Herz schmerzte, ihr Magen krampfte sich ein weiteres Mal zusammen. Das war nicht mehr der Mann, den sie einst gekannt hatte. Dieser hier, das war ein Fremder, kalt, verletzend, feindselig. Doch irgendwo unter dieser Hülle musste er sein, der begeisterungsfähige, idealistische, warmherzige Mensch, den sie einst zum Gatten gewählt hatte.

Sie senkte den Kopf, zog zum zweiten Mal an diesem Tag den Schleier vor das Gesicht. Es hatte keinen Zweck, nicht jetzt. Freiwillig würde er niemals mit ihr reden. Doch sie würde einen Weg finden.

Sie hielt den Schwur, den sie Konz Jehle gegeben hatte. Katharina erfuhr nichts von ihrer Begegnung mit ihm. Auch nicht, dass sie ihren Gatten gesehen und was er gesagt hatte. Magdalena war ohnehin viel zu aufgewühlt über diese beiden so unerwarteten Begegnungen, um all das ausdrücken zu können, was ihr Herz bewegte. Doch sie war auch von etwas anderem überzeugt. Nur Gott der Herr konnte ihre Schritte an diesem Tag gelenkt haben. Schon am ersten Morgen in Rom hatte sie die beiden Männer gefunden, um derentwegen Katharina und sie diese weite, beschwerliche Reise auf sich genommen hatten. Das konnte kein Zufall sein. Dahinter steckte der Wille des Herrn. Er würde sie auch weiter leiten in ihrem Tun.

Als sie am Abend vor ihrem Lager kniete, betete sie um Kraft. Um so viel Kraft wie möglich, um alles in seinem Sinne zu beenden. Sie hatte das Gefühl, Gott spreche zu ihr. Heiße gut, was sie vorhatte: der Liebe und der Vergebung zu ihrem Recht zu verhelfen. Und zum ersten Mal seit langer Zeit fühlte sie sich nicht mehr allein, sondern wieder vollkommen eins mit ihrem Gott. Das gab ihr Mut, trotz ihrer Angst vor der nächsten Begegnung mit ihrem Gatten. Aber auch der würde sie sich stellen; zur rechten Zeit, am rechten Ort, mit der Hilfe des Allmächtigen.

Pünktlich um die Mittagszeit stand Magdalena von Hausen an der vereinbarten Stelle am Tiber. Konz war noch nicht da, also wartete sie geduldig, voller Vertrauen, dass Gott dafür sorgen würde, dass er kam. Sie beobachtete die Menschen bei ihren täglichen Verrichtungen. Die junge Frau, die den Inhalt eines Nachtgeschirrs aus dem oberen Fenster eines Hauses kippte, die vielen Kleriker, die scheinbar geschäftig von einem Ort zum anderen unterwegs waren, Nonnen mit ihren schwarzweiß gerahmten Gesichtern, den verkrüppelten Bettler an der Ecke und die Obdachlosen, die sich im Schatten der Brücke am Tiberufer aus Lumpen ein Lager gebaut hatten. Essensreste, Abfall, wo immer sie hinsah, und dazwischen tummelten sich die Ratten, pickten die Tauben nach Resten, suchten ausgehungerte Hunde nach Fressen. Hin und wieder kam ein reich gewandeter, in Samt und Seide gehüllter Patrizier vorbei und warf eine Münze in den Becher des Bettlers. Doch das war eher selten. Die meisten beachteten ihn nicht. Sie ging hinüber zu ihm und suchte im Laufen einige kleinere Geldstücke aus ihrem Säckel heraus. Sie wollte dem armen Mann etwas geben. Vielleicht brachte es ihr ja Glück.

Sie sah den Jungen mit den zerrissenen Hosen kaum im Augenwinkel, da hatte er ihr die Geldkatze auch schon entrissen und stürmte davon. Sie schrie auf, so laut sie konnte. Da packte eine kräftige Männerfaust den Kleinen und wand ihm den Geldsack aus der Hand. »Junge, wie kannst du nur? Eine hilflose Frau bestehlen!«

Der Kleine wehrte sich mit allen Kräften. Doch gegen den Griff von Konz hatte er keine Chance. Ein Schwall unflätiger Gossenflüche ergoss sich über den Mann und die Frau. Die

Worte trieben Magdalena von Hausen die Schamröte in die Wangen, obwohl sie nur wenige von ihnen verstand. Der Junge hatte einen furchtbaren Dialekt – die Sprache der Straße. Konz schien das nicht zu kümmern. Er war Ausdrücke wie diese gewohnt. Unflätige Flüche erschütterten ihn schon lange nicht mehr. Er kannte sie inzwischen alle. Gutmütig sah der Hüne auf das schmächtige Kind hinunter. Der kleine Dieb war fünf, höchstens sechs Jahre alt, sein Gesicht verkrustet vom Dreck der Rinnsteine und Kloaken.

Er packte den Jungen am Kragen und schob ihn zu Magdalena. »Und was machen wir jetzt mit dem Bengel? Wenn ich ihn loslasse, geht er gleich wieder auf das Geld von anderen Leuten los. Den römischen Hütern des Gesetzes will ich ihn aber auch nicht übergeben. Die haben nicht viel Mitleid mit solchen Kindern. Wenn sie Glück haben, kommen sie ins Armenhaus. Wenn sie Pech haben, werden sie an den Führer einer Diebesbande verkauft.«

Magdalena lachte. »Na, dann werde ich mich wohl um den Kleinen kümmern müssen. Die Dominikanerinnen, bei denen Katharina und ich in Rom untergekommen sind, wissen vielleicht einen Rat.« Sie betrachtete den kleinen Burschen prüfend, der sich verzweifelt drehte und wendete, um dem Griff der großen harten Hand zu entkommen. In ihren Augen glomm ein amüsierter Funke. »Allerdings glaube ich, dass wir ihm entweder den Mund zunähen sollten, oder ich muss diesem Bengel schnellstens beibringen, sich halbwegs anständig auszudrücken, sonst werden uns unsere Gastgeberinnen im Kloster der Dominikanerinnen allesamt aus dem Haus werfen. Ich sehe die Mutter Oberin schon mit schamrotem, empörtem Gesicht durch die klösterlichen Gänge wandeln.« Der Kleine hatte nichts von dem verstanden, was Konz Jehle und Magdalena von Hausen in ihrer Muttersprache zueinander gesagt hatten. Aber er wusste nur zu genau, dass hier über sein künftiges Schicksal verhandelt wurde.

Magdalena von Hausen betrachtete ihren Schützling nachdenklich. »Auf jeden Fall bin ich Euch zu Dank verpflichtet, mein Freund. Ich war wirklich unvorsichtig. Es wäre eine Katastrophe gewesen, wenn der Bengel all mein Geld gestohlen hätte. Dann hätten Katharina und ich nichts mehr gehabt, um zurückzukommen – und Ihr auch nicht.«

Konz Jehles Gesicht verfinsterte sich. »Ich komme nicht mit zurück. Das sagte ich schon. Nicht, bevor ich getan habe, was zu tun ist.«

»Ihr wollt Thomas Leimer an die Gurgel. Habe ich Recht?«

Konz' Miene wurde noch ablehnender, so weit dies überhaupt möglich war. Er zögerte. Doch Magdalena wollte ihre Antwort. »Seid ehrlich, sagt, was Ihr vorhabt.«

Da brach es aus ihm heraus. »Er verdient es nicht besser. Manchmal denke ich, der einzige Lebenszweck dieses Mannes ist es, andere unglücklich zu machen. Er ist ein Bigamist und ein Lügner. Außerdem ist er ein Betrüger und ein Dieb. Ich beobachte ihn schon seit einigen Wochen. Er bestiehlt sogar Gott um seine Steine für den Bau des Doms. Mein Vater hat gegen die Seuche dieser heuchlerischen Pfaffen gekämpft und ist dafür gehenkt worden. Soll ich, sein Sohn, nun weniger tun?«

»Konz Jehle von der Niedermühle, ich bitte Euch, lasst ab von diesem Plan. Das ist eines guten Christen nicht würdig. Ihr macht Euch nur mit jenen Pfaffen gemein, gegen die wir beide etwas haben, wie Ihr wisst. Und es ändert nichts. Nichts wird dadurch ungeschehen gemacht. Ich kann verstehen, dass Ihr meinen Gatten hasst. Doch der Hass ist kein guter Ratgeber. Wollt Ihr am Ende ein Menschenleben auf Euer Gewissen laden? Wollt Ihr mit einer solchen Schuld vor Gott treten? Diese Tat wiegt unendlich schwerer als der Diebstahl von Steinen. Und wie wollt Ihr mit einer solchen Todsünde auf dem Gewissen einmal Eurem Sohn und Eurer Tochter offen in die Augen schauen? Die beiden brauchen Euch, genauso wie Katharina. Sie liebt Euch von Herzen. Gebt ihr doch wenigstens die Gelegenheit, Euch zu erklären, wie alles kam. Euch zu sagen, wie sehr sie bereut, was sie getan hat, wie sehr sie sich wünscht, dass Ihr wieder heimkommt. Sie hat inzwischen ein Haus gebaut. Es wartet auf Euch, wie die Menschen, die darin wohnen. Und gebt auch meinem Gatten die Gelegenheit, sich zu rechtfertigen, und damit die Möglichkeit, auf den rechten Weg zurückzufinden. Ich flehe Euch an. Seid Ihr denn so rein und schuldlos, so ohne Sünde, dass Ihr Euch zum Richter aufschwingen könnt über andere, die gefehlt haben? Wollt Ihr ihnen denn keine Möglichkeit geben, gutzumachen, was geschah, Buße zu tun, aus ihren Fehlern zu lernen und so ihre Seele zu retten? Denkt daran, Konz Jehle von der Niedermühle: Auch Ihr seid nur ein schwacher Mensch. Auch Ihr habt schon andere verletzt und verraten, ohne es eigentlich zu wollen.«

Konz wurde rot. Er dachte an Giovanna. Wie konnte diese Frau das wissen? Nein, sie wusste es wohl nicht. Aber Magdalena von Hausen war eine gute Menschenkennerin. Sie sah sofort, dass es ihr gelungen war, bei Konz einen wunden Punkt zu treffen.

Eigentlich gegen seinen Willen wurde er weich. »Also gut«, brach es schließlich aus ihm heraus. »Ich sehe keinen Sinn darin. Aber Ihr gebt ja doch keine Ruhe. Ich bin bereit, mit Thomas Leimer und Katharina zu reden. Aber nur mit beiden zusammen – falls Ihr Leimer dazu überreden könnt.« Er konnte sich nicht vorstellen, dass sie es schaffen würde, ihren Gatten zu einem Treffen mit einer ehemaligen Buhle und deren eifersüchtigem Ehemann zu bewegen. Leimer würde einer solchen Zusammenkunft niemals zustimmen. Das hoffte er jedenfalls, denn einen anderen Ausweg, dieser hartnäckigen Frau zu entkommen, sah er nicht.

Magdalena begriff sehr wohl, dass Konz versuchte, sich mit einem Trick aus der Schlinge zu ziehen. Doch dieser Mann kannte die von Hausens nicht. Wenn sie sich entschieden hatten, etwas zu tun, dann führten sie es auch aus. So nickte sie nur. »Gut, ich werde Euch Nachricht geben, wann und wo das Treffen stattfindet. Wo kann ich Euch finden?«

»Ich bin jeden Tag hier beim Dom.« Konz blickte auf den kleinen Jungen hinunter, den er noch immer am Kragen gepackt hielt. Er hatte bei seiner gewaltigen Kraft kaum etwas von dessen Befreiungsversuchen gemerkt. »Und was machen wir nun mit ihm?«

»Ich sagte es schon, ich werde ihn mitnehmen. Ein gutes Essen und ein Bad – am besten in umgekehrter Reihenfolge – werden ihn sicher etwas ansehnlicher machen. Vielleicht kann ich ja dann etwas für ihn tun.«

Der Kleine war durchaus nicht der Ansicht, dass er bei Magdalena von Hausen bleiben sollte. Doch Konz Jehle machte kurzen Prozess. Er beugte sich nieder und flüsterte dem Jungen etwas ins Ohr. Der wurde sofort mucksmäuschenstill, steif wie ein Stock und kreidebleich.

»Was habt Ihr ihm gesagt?«, wollte Magdalena von Hausen wissen.

Konz lachte. »Ich habe ihm erklärt, dass ihr eine gute Freundin des Königs der Diebe seid. Und der ist ein harter Mann. Er behandelt die unter seinen Schülern, die sich erwischen lassen, nicht besonders sanft. Das weiß der Kleine offensichtlich genau. Ich habe schon vermutet, dass er nicht aus eigenem Antrieb handelt, sondern zum Stehlen abgerichtet wurde wie ein kleiner Hund. Solche Kinder gibt es hier in Rom viele. Er wird jetzt ganz brav sein und mitkommen. Er hat viel zu viel Angst, dass Ihr ihn an seinen Herrn und Meister verratet.«

Magdalena von Hausen nahm die Hand des Jungen, und er ließ sie ihr willig. Das Kind schien sich mit seinem Schicksal abgefunden zu haben. »Konz Jehle, in welche Gesellschaft seid Ihr hier nur geraten? Nun, in diesem Falle ist es wohl gut so. Also, Ihr hört sehr bald von mir.« Damit wandte sie sich um und ging.

Katharina musste laut herauslachen, als Magdalena von Hausen mit dem Buben an der Hand auftauchte. Unter all dem Dreck steckte ein pfiffiges Kerlchen, das konnte man sehen.

Jedenfalls trottete er brav neben Magdalena her, zumindest äußerlich. Sie konnte genau sehen, was in dem Jungen vorging. Sie kannte die Anzeichen der geheimen Rebellion viel zu gut von sich selbst. »Wen habt Ihr denn da aufgelesen?«, rief sie dem ungleichen Paar entgegen.

Magdalena zuckte etwas hilflos die Schultern. »Er wollte mir meine Geldkatze stehlen.« Sie schluckte. Beinahe hätte sie Katharina verraten, dass sie Konz Jehle gesehen hatte. Irgendwann würde sie ihr davon erzählen müssen. Aber jetzt mussten sie sich erst einmal um den Jungen kümmern.

»So, so.« Katharina nickte. Sie schien nicht sonderlich überrascht. »Und dann habt Ihr mit Eurem guten Herzen den kleinen Gauner gleich an Kindes statt angenommen.«

Verblüfft blickte Magdalena zu dem Jungen hinunter. Der schaute mit großen, dunklen Augen zu ihr auf. Sein Blick verriet Angst und Misstrauen. Katharina hatte den Nagel auf den Kopf getroffen. Sie konnte sich nicht helfen, irgendetwas an diesem winzigen Bürschchen rührte sie. Vielleicht war es die kindliche Sehnsucht nach Geborgenheit und Liebe oder zumindest nach jemandem, der ihn nicht verletzte und ihm wehtat, die auch dieses verschmierte, bockige Gesicht nicht verbergen konnte. Die großen Kinderaugen, die schon viel zu viel gesehen hatten, erzählten ihre eigene, traurige Geschichte. »Ja«, sagte sie zögernd. Dann musste auch sie lachen. »Ja, ich glaube, so ist es.«

Katharina wurde praktisch. Sie wusste genug von ihren eigenen Kindern, um zu erkennen, dass dieses hier ziemlich hungrig sein musste. Der Junge hatte wohl schon lange nichts Richtiges mehr in den Magen bekommen. Zu groß waren die Augen in diesem mageren Gesichtchen, die Ärmchen zu dünn, die aus dem zerrissenen, groben Hemd von undefinierbarer Farbe hervorschauten.

»Am besten geben wir ihm erst einmal etwas zu essen«, meinte sie trocken. »Ich werde mich in der Küche umschauen.«

»Meinst du nicht, wir sollten ihn erst einmal gründlich waschen? Er stinkt wie die schlimmste Kloake von Rom.« Magdalena von Hausen schaute noch einmal zweifelnd auf ihren kleinen Begleiter.

Katharina schüttelte den Kopf. »Sauber machen können wir ihn später. So wie ich ihn einschätze, wird er diese Prozedur viel friedlicher über sich ergehen lassen, wenn er vorher etwas in den Magen bekommen hat. Was nützt die schönste Sauberkeit, wenn er uns vorher wie eine kleine, räudige Katze verhungert. Während ich etwas Essen besorge, könntet Ihr ihm ja vielleicht das Gesicht und die Hände waschen. Um den Rest kümmern wir uns später.«

Magdalena nickte. Sie verstand einfach zu wenig von Kindern. Aber wie es schien, würde sie es lernen müssen.

Schweigend schauten die beiden Frauen zu, wie der Junge eine halbe Stunde später die Brotsuppe in sich hineinschlang. Sie hatten ihn mit in ihre Kammer genommen und ihn an den kleinen Holztisch gesetzt. Katharina hatte absichtlich eine Suppe mitgebracht, die der kleine Magen wahrscheinlich besser verdauen konnte.

Nach den ersten Bissen aß er etwas langsamer und schaute hin und wieder verstohlen zu den beiden Frauen, die ihn beobachteten. Er traute ihnen nicht. Man konnte keinem Erwachsenen trauen, das hatte er gelernt. Und schon gar keinem, der sich so freundlich gab. Sie wollten immer etwas für ihre Nettigkeit. Niemand gab in diesen Zeiten etwas umsonst. Jedenfalls bekam er endlich etwas zu essen. Er machte sich so klein wie möglich. Vielleicht vergaßen sie ihn ja dann.

Doch es nutzte nichts. Sie vergaßen ihn keineswegs. Kaum hatte er den letzten Löffel Suppe im Magen und wollte sich gerade daranmachen, eine Fluchtmöglichkeit zu erkunden, da packten sie ihn auch schon. Er wehrte sich mit Händen und Füßen, doch es half nichts. Den beiden entschlossenen Frauen hatte er nichts entgegenzusetzen. Sie rissen ihm die Kleider vom Leib. Er schrie Zeter und Mordio. Dann steckten sie ihn in einen Zuber mit lauwarmem Wasser, der ins Zimmer gebracht worden war. Darin saß er nun, ehe er es sich versah. Protesttränen zogen ihre Spuren durch die Dreckkruste auf seinem Gesicht. Schließlich gab er auf, zumal diese Hände erstaunlich sanft mit ihm umgingen. Widerstandslos ließ er sich abschrubben. Doch dann kam ein Schwung Wasser von oben, dass ihm Hören und Sehen verging. Dreimal wiederholten die Frauen diese Prozedur. Er hatte das Gefühl, die Haut an seinem Körper sei von oben bis unten aufgeschrammt. Aber das prickelnde Gefühl der Sauberkeit war auch überraschend angenehm.

Die jüngere der beiden Frauen lachte. Dann packte sie ihn unter den Achseln und hievte ihn aus dem Wasser. Ohne sein Protestgeschrei zu beachten, musterte sie ihn von oben bis unten. »Na, wen haben wir denn da? Das ist ja ein richtig hübscher kleiner Junge, der da zum Vorschein kommt. Holt das große Tuch, gnädige Frau, und trocknet ihn ab. Es ist zugig in der Kammer. Seht nur, wie er zittert. Sonst holt er sich noch die Schwindsucht.« Magdalena von Hausen beeilte sich, Katharinas Worten Folge zu leisten.

Es klopfte an die Türe. Katharina wischte sich die Hände am Rock ab und öffnete. Mit mürrischem Gesicht reichte Schwester Maria Annunciata ein Bündel sorgsam zusammengefalteter Kleider durch den Türspalt. Sie missbilligte es zutiefst, dass diese beiden Frauen, die doch nur Gäste im Hause der Dominikanerinnen waren, jetzt auch noch einen Mann ins Haus geholt hatten. Auch der Blick auf den völlig verwirrten Jungen vermochte nicht, sie zu besänftigen. Sie hatte es Katharina schon in der Küche gesagt: Männer hatten in diesem Hause nichts verloren, und seien es noch so kleine. Katharina nickte ihr freundlich zu. Immerhin hatte sie für den Jungen etwas zum Anziehen gebracht. Die Kleider, die er getragen hatte, taugten nur noch fürs Feuer. Mit einem energischen Knall schloss sich die Türe wieder.

Katharina kicherte. »Nun hat sie uns aber deutlich gezeigt,

was sie von unseren guten Taten hält. Was soll's. Kommt, hohe Frau, lasst uns den Kleinen anziehen.«

Der ließ es resigniert mit sich geschehen. Er war so müde. Schon während des Anziehens fielen ihm die Augen immer wieder zu. Magdalena von Hausen bettete ihn sorgsam auf ihr Lager und deckte ihn liebevoll zu. Sie legte die Hand an ihre Brust. »Ich bin Magdalena«, bedeutete sie dem Kind. Dann wies sie zu der anderen Frau. »Katharina«, sagte sie. Schließlich legte sie ihre Hand leicht auf seine Brust. »Und wie heißt du?«

Er zögerte eine Weile. Dann erschien ein schüchternes Lächeln auf seinem Gesicht. »Giorgio«, murmelte er. Dann war er auch schon eingeschlafen.

Magdalena von Hausen lachte und wandte sich Katharina zu. »Georg also. Allerdings wird er wohl noch ein wenig brauchen, bis er dem heiligen Georg auch nur im Entferntesten ähnelt.« Dann wurde sie ernst. »Komm, setz dich zu mir an den Tisch. Ich muss etwas mit dir besprechen.«

Die junge Frau nahm Platz. Eine Weile betrachteten die beiden den schlafenden Jungen.

»Katharina, ich weiß nicht so recht, wo ich beginnen soll. Es ist so viel geschehen in diesen letzten beiden Tagen, von dem du noch nichts weißt.« Magdalena von Hausen zögerte. Doch jetzt war die Zeit gekommen, um Katharina von Konz Jehle und Thomas Leimer zu erzählen.

Die Jüngere unterbrach sie kein einziges Mal, schaute sie nur unverwandt an mit diesen großen, grünen Augen, das Gesicht weiß wie die Wand. Nur ein einziges Mal stöhnte Katharina unwillkürlich auf und verbarg ihr Gesicht in den Händen. Es war, als Magdalena ihr berichtete, dass Konz Jehle sie nicht sehen wollte.

Mit sanfter Gewalt zog die frühere Äbtissin von Seggingen Katharina die verkrampften Finger vom Gesicht und nahm sie zwischen ihre Hände. »Es tut mir Leid, Katharina, dass ich dir dies alles so offen sagen muss. Ich hätte dir den Schmerz gerne erspart. Doch es ist viel zu viel gelogen und verschwiegen worden. Wir sind nicht nach Rom gereist, um so weiterzumachen wie früher, sondern um es besser zu machen, um all den Schmerz zu besänftigen, mit Liebe zu heilen, der in jedem von uns wühlt. Das geht nur durch Wahrheit, Verständnis und Verzeihen. Außerdem, du kennst ja die Männer. Sie sind äußerlich oft stark. Aber manchmal müssen wir Frauen sie mit weiblicher Entschiedenheit auf den richtigen Weg bringen. Die Zeit des Wartens ist vorüber. Ich weiß, was wir tun werden.«

Die beiden Frauen saßen in dieser Nacht noch lange beieinander und beobachteten den kleinen Giorgio, der mehr als einmal im Schlaf stöhnte und schrie. Immer wieder nahm Magdalena von Hausen ihn zärtlich in die Arme und streichelte seine Ängste fort. Im Halbschlaf kuschelte sich der Kleine vertrauensvoll an sie. Katharina betrachtete die beiden mit einem traurigen Lächeln. Sie musste bei diesem Anblick an ihre eigenen Kinder denken, die in Seggingen auf die Mutter warteten. Sie hatte Sehnsucht nach ihnen, nach ihrem Lachen, ihren großen, vertrauensvollen Augen, der Liebe, die sie ihr so kindlich unverkrampft und offen entgegenbrachten. Doch Magdalena von Hausen hatte Recht, erst war hier noch etwas zu erledigen.

23

Skeptisch blickte Michelangelo Buonarroti zur Kuppel hinauf. Nein, so ging das nicht. Er würde mit den Leuten reden müssen. Das hier sollte die Krönung seines Lebenswerkes als Baumeister werden. Er sah die große Kuppel des Petersdoms schon vor sich, die im Moment erst langsam zu wachsen begann. Er würde keinesfalls Schlamperei dulden. Er verfluchte seine Knochen. Früher wäre er einfach hinaufgeklettert, hätte den Leuten an Ort und Stelle gezeigt, was sie anders machen mussten. Er strich sich über den weißen, sorgsam gestutzten Bart. Doch nun war er schon fast 80 Jahre alt. Der Körper versagte den Dienst, auch wenn der Geist noch hellwach war.

»Meister, entschuldigt die Störung. Würdet Ihr mir einen kurzen Moment Eurer Zeit schenken?«

Michelangelo fuhr herum. Sein ganzer kleiner, drahtiger Körper drückte Ablehnung aus. »Ich habe keine Zeit zu verschenken, das seht Ihr doch selbst.« Dann wurde seine Miene sanfter. Selbst mit fast 80 Jahren wusste er eine gut aussehende Frau noch immer zu schätzen. Und das hier war eine, auch wenn sie sich seltsam klösterlich gekleidet hatte. Er kannte die Tracht nicht. »Ihr seid doch nicht etwa eine Nonne? Das wäre Verschwendung der Gaben des Herrn.«

Magdalena von Hausen lächelte, ihr bleiches Gesicht wurde dabei fast schön. »Nein, Meister Michelangelo. Ich bin keine Nonne. Im Gegenteil, ich bin hier, um meinen Gatten gesund heimzuholen. Und mit ihm einen Mann namens Konz Jehle. Er arbeitet als Steinhauer für Euch. Deshalb brauche ich Eure Hilfe.«

Michelangelo musterte die Fremde misstrauisch, mit dem für ihn so typischen, wachen Blick. So, verheiratet war sie also. Zu schade. Das machte die Sache weniger reizvoll. Andererseits witterte er hier mit dem klaren Geist des Künstlers eine interessante Geschichte. Er liebte solche Geschichten. Waren sie doch der Stoff, aus dem die Träume sind und letztendlich das Material, aus dem er seine Werke webte. Sie bargen ebenfalls Geschichten aus dem Leben, zum Teil vermischt mit der Symbolik der Heiligen. Kurz gesagt, er liebte Klatsch. Und hier würde er einigen zu hören bekommen, da war er sicher. Er winkte Magdalena von Hausen hinüber zu seiner kleinen Baubude, nicht mehr als einige Stangen, die eine kleine Ecke des Petersdoms abtrennten. Hinter staubgrauen Vorhängen verborgen studierte er hier immer wieder die Pläne für seine Kuppel, verbesserte und änderte sie. Hier hatte er zumindest hin und wieder seine Ruhe vor den ständigen Fragen der Handwerker. »Setzt Euch.« Er wies auf einen wackeligen, dreibeinigen Schemel. »Erzählt.«

Magdalena von Hausen schonte weder sich noch die anderen. Sie jammerte nicht, sie beschönigte nichts, sie fasste sich kurz. Die Achtung Michelangelos vor dieser Frau wuchs mit jedem Satz, den sie sprach. Diese hier war etwas Besonderes, keins von den üblichen dummen, geschwätzigen Weibern. Schade, dass er sie nicht schon früher getroffen hatte. Sie wäre es wert gewesen, in einem seiner Werke verewigt zu werden. Doch die Hände wollten nicht mehr. Er musste alles seinen Schülern überlassen.

Sie sprach völlig ohne Selbstmitleid über das Drama ihres Lebens. Bewunderungswürdig! Er wusste selbst viel zu viel von Seelenpein, um nicht eine gequälte Seele zu erkennen, wenn er einer begegnete.

»Und was wollt Ihr nun von mir?«

Magdalena von Hausen erkannte das tiefe Mitgefühl in den klaren, jung gebliebenen Augen des alten Mannes. »Wir brauchen einen Raum. Wir alle müssen miteinander reden, um endlich Frieden zu finden. Und dann sorgt dafür, dass Konz Jehle kommt. Freiwillig wird er es wohl nicht tun. Er ist so voller Zorn und Schmerz. Ich fürchte, er wird sonst eine schreckliche Tat auf sein Gewissen laden und meinen Gatten töten. Bitte helft uns. Ich bin fremd in dieser Stadt. Ich weiß nicht, wohin oder an wen ich mich sonst wenden sollte. Ich habe nicht die Macht, Konz Jehle zu zwingen. Ihr habt sie. Er arbeitet für Euch.«

»Seid Ihr sicher, dass das der richtige Weg ist?«

Magdalena nickte.

Der alte Mann mit den wachen Augen schaute sie einige Sekunden prüfend an. Es kam ihr vor wie eine Ewigkeit. »Gut. Ich werde Euch helfen. Ich glaube, Ihr meint es ehrlich. Und ich glaube, Ihr könnt es schaffen. Kennt Ihr das jüdische Ghetto bei der Tiberbrücke?«

Magdalena schüttelte den Kopf. »Ich weiß, wo es ist, aber ich bin noch nie dort gewesen.«

Michelangelo kümmerte sich nicht um ihren Einwand. »Ich habe Freunde dort, Ihr seid dort sicher. Fragt nach Aaron Rosenberg. Jeder kennt ihn. Ich werde Euch eine Art Passierschein mitgeben, sonst kommt Ihr noch nicht einmal in das Viertel hinein. Die Juden schotten sich ab. Und sie haben gute Gründe dafür in diesen Zeiten. Ich bin sicher, Aaron wird Euch ein Zimmer zur Verfügung stellen, wo Ihr Euch treffen könnt. Er ist mir einen Gefallen schuldig. Konz Jehle wird da sein. Ich finde schon einen Vorwand, ihn dorthin zu schicken. Aber seid Ihr sicher, dass Euer Gatte auch kommt? Über ihn habe ich keine Gewalt.«

Magdalena nickte. »Er wird. Ich glaube, es gibt eine Möglichkeit, ihn zu zwingen.«

Michelangelo Buonarroti konnte sich ein Lächeln nicht verkneifen. Es zauberte tausend Fältchen um seine Augen. »Ich sehe schon, Ihr seid eine energische Frau, wenn Ihr Euch etwas vorgenommen habt.«

Magdalena von Hausen gab dem alten Mann dankbar die Hand. Im Hinausgehen suchten ihre Augen den großen Kirchenraum ab. Dem Himmel sei Dank, Konz Jehle war nirgendwo zu sehen. Doch als sie den Dom verließ, lief sie ihm geradewegs in die Arme. Neben ihm ging eine junge, recht hübsche dunkelhaarige Frau. Sie hatte vertraulich die eine Hand auf seinen Unterarm gelegt. Konz Jehle stockte mitten im Schritt, als er Magdalena von Hausen erkannte. Er wurde feuerrot und schüttelte schnell Giovannas Arm ab. Doch Magdalena von Hausen winkte ihm nur kurz zu. »Wir hören bald voneinander«, rief sie und ging weiter.

Konz Jehle rutschte das Herz förmlich in die Hose. Mein Gott, was hatte dieses Weib nur jetzt wieder angestellt. Und Giovanna hatte sie auch noch gesehen. Doch sie schien nicht weiter Notiz von der jungen Frau an seiner Seite genommen zu haben. Jedenfalls war sie ruhig weitergegangen. Am besten er tat, als wäre nichts gewesen.

Doch Giovanna war nicht so leicht zu täuschen. Sie hatte die Reaktion von Konz genau registriert. Ihr war, als würde eine kalte Faust ihr Herz umklammert halten. »Wer war das?«, fragte sie rau, ein Kloß steckte ihr in der Kehle.

Konz versuchte möglichst gleichgültig auszusehen. »Oh, nur eine Romreisende, die mich einiges über den Dombau gefragt hat. Ich konnte ihre Fragen nicht alle beantworten. Deshalb will sie noch einmal wiederkommen. Ich kenne sie nicht.«

Er log. Giovanna spürte es ganz genau. Sie hatte schon zu viele Männer lügen sehen. Die kalte Faust presste ihre Kehle noch stärker zusammen. Da steckte etwas dahinter, mehr als er zugeben wollte. Er hatte zu merkwürdig auf diese Fremde reagiert. Seine Gleichgültigkeit wirkte zu gewollt, um echt zu sein. Nun, eine kluge Frau baute vor. Sie würde dafür sorgen, dass sie künftig über jeden seiner Schritte informiert war. Bei diesem Gedanken beruhigte sie sich wieder etwas und brachte es sogar fertig, ihm scheinbar sorglos zuzulächeln.

Cajetan von Thiene sah ärgerlich von den Papieren auf seinem Schreibtisch hoch. »Ist sie immer noch da?«

Der junge Theatinernovize, den er als Schreiber zu sich geholt hatte, nickte. »Sie lässt sich nicht abweisen. Schon gestern hat sie den ganzen Tag vor dem Haus gewartet. Heute war sie bereits in der Morgendämmerung vor dem Tor. Sie sagt, sie müsse Euch unbedingt sprechen, um der Liebe Christi willen.«

»Weiber. Ständig sind sie lästig«, knurrte der Generalpräpositus der Theatiner. »Also gut, fragt sie, was sie will. Ihr könnt es mir dann erzählen. Inzwischen soll sie wieder heimgehen.«

»Ich habe mir erlaubt, sie zu fragen. »

»Und? Was will sie?«

»Sie sagt, sie könne nur mir Euch selbst sprechen. Es gehe

um einen Mann namens Thomas Leimer. Er nenne sich jetzt Bruder Benediktus. Mehr wollte sie nicht erzählen.«

Cajetan von Thiene sah überrascht auf. Das klang interessant. Vielleicht würde er nun doch noch etwas über diesen Mann erfahren, der ihm schon so lange Rätsel aufgab. Bislang hatte er sich als verlässlich, klug, gewandt und sehr diensteifrig erwiesen. Doch so ganz traute er ihm noch immer nicht. Er wandte sich seufzend von dem Berg Pergamente ab, die vor ihm auf dem Schreibtisch auf seine Unterschrift warteten.

»Was macht die Frau für einen Eindruck?«

Der Novize zögerte.

»Los, redet, wie Euch der Schnabel gewachsen ist.«

»Sie wirkt sehr unglücklich, Herr. Aber sie ist ordentlich gekleidet, scheint für eine Frau sogar einigermaßen intelligent zu sein.« Der junge Mann räusperte sich.

»Weiter, ziert Euch nicht so, was ist noch?«

»Sie ist sehr schön, Herr.«

»So, so. Also, in Gottes Namen, holt sie herein. Ich werde mir anhören,was sie zu sagen hat.«

Als Katharina den Raum betrat, hielt der Generalpräpositus unwillkürlich den Atem an. Er hatte nie viel für Frauen übrig gehabt. Doch diese hier strahlte etwas aus, was ihm beinahe den Atem nahm. Sie war nicht eigentlich schön. Aber Augen wie diese hatte er noch nie gesehen. Sie rührten etwas in ihm an, was er schon seit Jahrzehnten nicht mehr gespürt hatte. Stärke lag in ihnen, aber auch Hilflosigkeit. Diese grünen, klaren Augen mit den gelben Punkten wirkten fast zu groß für das schmale Gesicht. Sie war nicht sonderlich groß, wirkte so zerbrechlich, als könne sie der nächste Windstoß umblasen. Sie hatte sichtlich Angst und war unsicher. Doch sie hielt sich in Würde. Was konnte ein Mann wie Bruder Benediktus, der immer nur verächtlich über Frauen gesprochen hatte, mit einer Frau wie dieser hier zu tun haben?

Er bedeutete ihr, sich zu setzen und zu sprechen. Noch hatte er kein Wort gesagt. Er tat es auch lange Zeit danach nicht. Das Drama, das mit ihren Worten vor seinem geistigen Auge zu Bildern wurde, nahm ihn gefangen. Manchmal musste er sich beherrschen, um nicht mit den Zähnen zu knirschen. Bei Gott, dieser Mann war ein Erzlump, ein Ketzer und ein Lügner! Er musste ausgemerzt werden vor dem Angesicht der heiligen Mutter Kirche. Wie hatte er sich nur so täuschen lassen können? Er musste unbedingt mit Kardinal Carafa sprechen. Er hatte diesen verräterischen Thomas Leimer schließlich zu den Theatinern gebracht. Cajetan von Thiene war sich sicher, sein Freund Carafa würde sehr ärgerlich sein. Der Kardinal war ehrgeizig, aber von strenger Moral. Wahrscheinlich stand er sogar kurz davor, der nächste Papst zu werden. Julius lag schwer krank darnieder. Carafa war ein würdiger Nachfolger. Und ein Mann der Gerechtigkeit. Dieser Thomas Leimer würde seine angemessene Strafe bekommen. Cajetan von Thiene runzelte grimmig die Stirn.

Katharina war zutiefst erschrocken, als sie seine Reaktion sah. Zorn und Empörung spiegelten sich deutlich im Gesicht des Generalpräpositus. Flehend sah sie ihn an. »Bitte, straft ihn nicht. Er wusste nicht, was er tat. Thomas Leimer ist nicht böse, er ist nur schwach. Helft meiner Gönnerin und Freundin Magdalena von Hausen, ihr Versprechen einzulösen.«

Cajetan von Thiene betrachtete die Frau vor sich mit stetig wachsender Hochachtung. Menschen wie sie gab es selten. Da saß sie nun vor ihm und flehte für einen Mann, der ihr selbst so viel Leid zugefügt hatte. Und sie flehte nicht für sich, sondern für eine andere.

»Bitte, Herr. Er weigert sich, mit uns zu sprechen. Es könnte Schlimmes geschehen, wenn mein Gatte und er sich nicht aussöhnen. Wollt Ihr einen Tod auf Euer Gewissen laden? Wollt Ihr noch mehr Unglück heraufbeschwören? Ich bin nur eine schwache Frau. Ich weiß, ich habe gefehlt. Ihr seid gesegnet mit der ganzen Weisheit und Macht der heiligen Kirche und des Glaubens. Aus meinem tiefsten Herzen flehe ich Euch an, sorgt dafür, dass er morgen Abend zu dieser Adresse kommt.« Sie reichte ihm einen Zettel. »Freiwillig wird er es nicht tun. Ich bitte Euch bei allem, was Euch heilig ist, gebt auch ihm diese Möglichkeit, wieder mit Gott ins Reine zu kommen, zu bereuen, zu lernen. Es geht nicht nur um das Seelenheil meines Gatten, das Wohl meiner kleinen, unmündigen Kinder. Es geht auch um die unsterbliche Seele eines Mannes, der sich Euch als Bruder Benediktus anvertraut hat. Nur wer weiß, dass er gefehlt hat, kann aufrichtig bereuen und sich ändern.«

Cajetan von Thiene nickte. »Ihr seid sehr beredt, meine Tochter. Gut, ich werde Euch helfen. Bruder Benediktus wird zur angegebenen Stunde am angegebenen Ort sein. Mehr kann ich Euch aber nicht versprechen.« Das Gesicht des Generalpräpositus wurde hart. »Mir scheint, dieser Mann ist wie Unkraut im Garten, das die guten Pflanzen erstickt. Dass er Leid über Euch und die Euren gebracht hat, ist die eine Sache. Das ist schlimm. Und Ihr habt Recht, wenn Ihr sagt, es dürfe nicht noch schlimmer werden. Doch er hat auch die heilige Mutter Kirche verraten, belogen und betrogen. Er hat den rechten Glauben verleugnet. Er ist Unkraut, das mit Stumpf und Stiel ausgerottet werden muss, damit er nicht noch mehr hoffnungsvolle Pflanzen in Gottes Garten verderben kann. Es ist an mir, ihn dafür zu bestrafen und dafür zu sorgen, dass so etwas nie wieder geschieht. Bei allen Heiligen, ich bin nicht bereit, das hinzunehmen.«

Katharina wollte protestieren. Doch Cajetan von Thiene gebot ihr mit einer energischen Handbewegung zu schweigen. »Für diesen einen Abend ist er Euer. Doch danach gehört er mir und dem Gericht der Kirche. Geht jetzt, Kind, sonst überlege ich es mir noch anders.«

Aaron Rosenberg machte kein allzu erfreutes Gesicht, als er den beiden verschleierten Frauen die Türe öffnete. Das Anliegen Michelangelos hatte ihn nicht begeistert. Doch der Dombaumeister war nun einmal sein Freund. Und ein Jude tat in den heutigen Zeiten gut daran, Freunde zu haben, die der Kurie nahe standen.

»Kommt herein.« Der dicke Mann trat ungeduldig von einem Bein aufs andere. Dann wandte er sich schweigend um und ging voraus. Ganz am Ende des Ganges öffnete er eine Türe. Katharina und Magdalena von Hausen betraten ein reich möbliertes Zimmer. Die schweren Samtvorhänge sorgten dafür, dass niemand von außen hereinschauen konnte. Die brennenden Kerzen eines silbernen, ziselierten, siebenarmigen Leuchters, der in der Mitte eines schweren Zedernholztisches stand, tauchten den Raum in ein flackerndes Halbdunkel, das die Schatten der Menschen wie übergroße Schemen an die Wand warf. Offenbar war das Haus aus großen Steinquadern zusammengefügt worden. Die Steine waren hin und wieder in den Ritzen zu sehen, die zwischen den schweren Teppichen hervorschauten, mit denen die Wände verkleidet waren – Teppiche aus aller Welt, mit muslimischen Blumenmotiven, Gobelins, mit christlichen Motiven bestickt, Seidenteppiche aus dem Land, das man Cathai nannte. Aaron Rosenberg schien kein armer Mann zu sein.

Er bedeutete den beiden Frauen, sich auf die Stühle am Tisch zu setzen, dann ging er wieder hinaus. Kurze Zeit später kam eine kleine Dienerin und brachte heißen, süßen Pfefferminztee. Das einzige Zeichen der Gastfreundschaft, zu dem Aaron Rosenberg sich durchringen konnte. Das hier roch nach Ärger. Und den konnte er jetzt am wenigsten brauchen. Er hatte schon früh gelernt, dass es für einen Juden in dieser Welt das Beste war, möglichst unauffällig zu bleiben – gerade, wenn er reich war, und selbst, wenn er einflussreiche Freunde hatte. Hier witterte er förmlich das Unheil. Die Sache gefiel ihm nicht.

Am wenigsten gefiel ihm, dass Cajetan von Thiene, der Generalpräpositus selbst, von ihm verlangt hatte, er solle ihn hinter der Geheimtüre verstecken, die hinter einem der Teppiche verborgen lag. Gestern Nacht war er einfach vor seiner

Türe aufgetaucht. Er hatte von dem Treffen gewusst. Aber er wollte nicht sagen, woher. Es gab einfach zu viele Geheimnisse in dieser Sache, um sich dabei wohl zu fühlen.

Und woher wusste Thiene von seinem geheimen Gang? Auch darauf hatte er keine Antwort bekommen. Das war überhaupt das Beunruhigendste an der ganzen Sache. Er hatte diesen Gang vor Jahren heimlich bauen lassen, um beizeiten fliehen zu können, sollte es nötig werden. Er führte in die Katakomben und von dort aus direkt auf ein Feld vor den Mauern von Rom. Es verursachte ihm tiefes Unbehagen, dass der Theatiner diesen Gang kannte. Er war sein einziger Schutz, sollte es schlimm werden.

Er hoffte nur, dass alles gut ging. Zwei der Gäste waren da. Es würden noch zwei weitere kommen. Und drei, von denen die anderen nichts wussten. Es war besser, sich nach allen Seiten hin abzusichern.

Konz Jehle trat unsicher in den Raum. Zunächst bemerkte er in dem flackernden Halbdunkel die beiden Frauengestalten nicht. Erst als Katharina aufsprang und auf ihn zulief, erkannte er sie.

»Oh Gott, Katharina.« Seine Stimme war voller Qual.

Sie blieb stehen, unsicher, wie sie sich jetzt verhalten sollte. Doch dann fasste sie Mut. Sie warf sich vor ihrem Mann auf die Knie, umklammerte seine Beine. »Verzeih mir, Konz, ich flehe dich an, um unserer Kinder willen, verzeih mir. Ich weiß, ich habe so viel falsch gemacht. Ich habe dich verletzt, ich habe dich belogen …«

Er stöhnte. »Steh auf, ich kann dich nicht so sehen.«

»Na, das ist aber eine rührende Versöhnungsszene. Das Mädel hatte schon immer Temperament.«

Konz fuhr herum, stieß mit dieser Bewegung seine Frau zur Seite. Er hörte nicht den Aufschrei von Magdalena von Hausen, bemerkte nicht, wie Katharina versuchte, auf die Beine zu kommen, um sich zwischen die beiden Männer zu stellen. Er sah nur diesen Thomas Leimer, das markante Gesicht spöttisch verzogen, hörte nur die Ironie, die aus jedem seiner Worte troff.

»So, deshalb bin ich also hier. Die Herrschaften haben mich in eine Falle gelockt. Versöhnt euch doch weiter ohne mich. Ich habe meinen Spaß mit dieser da gehabt. Sie interessiert mich nicht mehr.« Thomas Leimer warf einen weiteren verächtlichen Blick auf Magdalena von Hausen. »Ebenso wenig wie die andere da hinten.«

Er wandte sich um, um zu gehen. Da stürzte sich Konz Jehle auf ihn. Leimers Gurgel wurde umklammert von stählernen Fäusten. Der Mann im Mönchshabit röchelte und suchte verzweifelt in den Falten seines weiten Gewandes nach dem Messer, das er extra noch eingesteckt hatte. Eine innere Stimme hatte ihn gewarnt.

Die beiden Frauen versuchten mit aller Kraft, Konz Jehle von seinem Gegner wegzuziehen. Doch er schüttelte sie ab wie lästige Fliegen. Er hörte nicht, was sie sagten. Dennoch lockerte sich der Griff um Thomas Leimers Hals etwas. Aber noch immer war es ihm nicht gelungen, sein Messer zu ergreifen. Er brauchte Zeit. »Wollt Ihr etwa den Vater Eures Sohnes umbringen?«, würgte er hervor.

Abrupt löste der Hüne die Hände. »Das ist nicht wahr. Thomas ist nicht Euer Sohn!«

Thomas Leimer schnappte noch immer nach Luft. Er hielt sich die Kehle. »Das wusstet Ihr nicht? Jeder kann es sehen. Selbst ich. Auch wenn Katharina dachte, sie könnte es vor mir verbergen. Fragt sie doch, Eure kleine, nach Verzeihung heulende Schlampe. Ihr könnt sie haben, mitsamt dem Balg. Ich lege keinen Wert mehr auf sie.«

Wie ein geschlagener Bär wandte sich der dunkle Mann an Katharina. Seine Augen flehten sie an, zu widersprechen, zu sagen, dass es nicht so war. »Nicht dieser Mann. Katharina, sag, dass das nicht stimmt.«

Sie schaute ihn an, tiefe Trauer in ihren grünen Augen. »Doch, Konz, er spricht die Wahrheit.«

Er stöhnte, plötzlich schwach wie ein Kind. Dieser letzte Verrat hatte ihm alle Kraft genommen. Er wankte wie ein Baum, dem die Axt an die Wurzel geschlagen wird. Doch dieser Moment währte nur kurz. Wie ein Wolf warf er sich herum, getrieben von wilder Wut. Jetzt würde er diesen Mann töten, töten, töten! Ein roter Schleier legte sich vor seine Augen, jeder vernünftige Gedanke war ausgeschaltet.

Er sah nicht das siegessichere Blitzen in den blauen Augen des anderen. Er sah nicht das Messer in dessen Hand. Er sah nur die Kehle, die Ader am Hals, das Blut, das dort pulsierte. Mit einem Aufschrei warf er sich auf seinen Feind, die harten Steinhauerhände griffen ihm nach der Gurgel.

»Nein!« Der Schrei einer Frau gellte durch den Raum. »Gonzo, Vorsicht, er hat ein Messer!« Giovanna, begleitet von zwei Männern in abgerissenen Kleidern, hatte unbemerkt das Zimmer betreten.

Doch Konz Jehle reagierte nicht, es war schon zu spät, mit zu viel Wucht hatte er sich auf seinen Gegner gestürzt. Mit dem Messer in der Brust fiel er schwer zu Boden.

Wieder schrie Giovanna. Sie riss den Leuchter vom Tisch und stieß ihn mitsamt der brennenden Kerzen direkt in das hämisch grinsende Gesicht von Thomas Leimer.

Der heulte auf, hielt sich die Hände vor die Augen, seine Haare fingen Feuer. Einige der Kerzen waren zu Boden gerollt. Schon brannte einer der Wandteppiche, dann schlugen die Flammen aus den Vorhängen.

Der Mann am Boden rappelte sich mühsam auf, getrieben von einer schier übermenschlichen Kraft. Er riss das Messer aus seiner Brust, ein Strahl von Blut folgte. Doch er schien es nicht zu bemerken. Mit der grimmigen Wut eines verwundeten Löwen stürzte er sich auf seinen Todfeind. Mit blutigen Händen hielt Konz Jehle die Waffe in der Hand und stieß sie in den Körper des brennenden, sich windenden Thomas Leimer. Wieder und immer wieder. Er achtete nicht darauf, wohin die Klinge traf. Dann brach er zusammen.

Das bestialische, gequälte Heulen des anderen hörte abrupt auf. Langsam sank Thomas Leimer neben den am Boden liegenden Konz Jehle.

Katharina erwachte aus ihrer Erstarrung. Mit einem schluchzenden Laut der Verzweiflung stürzte sie zu ihrem Mann und bettete seinen Kopf in ihren Schoß. Mit zitternden Händen strich sie ihm die wirren Haare aus dem Gesicht. »Konz, bitte. Bitte, lieber Konz. Oh Herr, mach, dass er nicht tot ist.« Ohne auf die Umstehenden zu achten, riss sie ihr Kleid entzwei und versuchte die klaffende Wunde zu verbinden, das Blut irgendwie zu stillen, mit dem das Leben aus ihm herausfloss. Dabei wimmerte sie wie ein kleines Kind.

Magdalena von Hausen hatte einen Teppich von der Wand gerissen und war dabei, die Flammen zu ersticken, die ihren Mann zu verbrennen drohten. Thomas Leimer stöhnte selbst in seiner Bewusstlosigkeit.

Überall im Zimmer war inzwischen Qualm.

Aaron Rosenberg riss die Türe auf. »Es brennt«, kreischte er. »Holt Wasser, holt Wasser!« Damit war er wieder verschwunden.

Giovanna stieß Katharina rüde zur Seite. »Das ist mein Mann«, keuchte sie. »Ihr habt ihm genug zugefügt. Geht weg. Er gehört jetzt zu mir.« Katharina wollte sich auf sie stürzen, doch Giovanna blieb kalt. »Seht Ihr nicht den Rauch, das Feuer? Wollt Ihr ihn auch noch verbrennen lassen? Ihr könnt ihn unmöglich alleine hier herausbringen. Ich habe zwei Männer bei mir. Ich kann ihn vielleicht noch retten. Ohne mich ist er verloren. Wenn Ihr nicht zur Seite geht, wird er sterben. Er liebt Euch ohnehin nicht mehr. Er liebt mich. Geht, geht endlich aus dem Weg!«

Sie winkte ihren beiden Begleitern zu. Die Männer drängten Katharina noch weiter von Konz Jehle weg. Dann packten sie den Hünen und trugen ihn aus dem Zimmer. Giovanna warf der Hexe mit den grünen Augen noch einen letzten, kalten Blick zu. Sie würde diesen Mann nicht bekommen.

Nur über ihre Leiche! Er gehörte ihr. Sie würde dafür sorgen, dass diese da ihn niemals wieder sah. Weder tot noch lebendig.

»Konz!« Ein Schrei, der alle Schmerzen dieser Welt enthielt, entrang sich Katharinas Brust. Sie wollte hinterherstürzen, tat es aber doch nicht. Diese dunkle Fremde hatte Recht. Sie konnte Konz helfen. Sie selbst besaß nicht die Macht dazu. Selbst wenn ihre Hände heilen konnten, diesmal war sie am Ende mit ihrer Weisheit. Sie war nicht stark genug, um ihren Mann hier herauszuschaffen. Es war furchtbar. Sie hatte die Entschlossenheit der anderen genau gespürt. Diese Frau liebte ihn. Und er liebte sie. Auch wenn sie ihn nun für immer verloren hatte, vielleicht würde er so wenigstens leben. Das war die einzige Hoffnung, die noch blieb. Nun war alles egal; selbst wenn sie in diesem Inferno sterben sollte. Sie hörte nicht mehr, wie der Schwerverwundete draußen leise ihren Namen rief.

Da öffnete sich die Türe in der Wand. Cajetan von Thiene war aus dem geheimen Gang ins Zimmer getreten. Er erfasste mit einem Blick die kritische Situation und handelte sofort. Er packte Katharina und setzte die völlig Verstörte auf einen Stuhl. Dann stürzte er zu Magdalena von Hausen. Diese hatte es inzwischen geschafft, die Flammen zu ersticken, die Thomas Leimer zu verbrennen drohten.

Von draußen waren Stimmen zu hören und das drängende Schimpfen von Aaron Rosenberg. »Macht schnell, bei Moses und allen Propheten, ich bitte Euch, beeilt Euch, sonst brennt noch das ganze Haus nieder!«

Endlich kam Hilfe! Katharina und Magdalena von Hausen keuchten und husteten, der Qualm erstickte sie fast. Cajetan von Thiene hatte inzwischen die brennenden Vorhänge zu Boden gerissen und trat das Feuer aus. Das Übrige erledigten die Dienstboten mit Wassereimern.

Sanft zog der Generalpräpositus Magdalena von Hausen hoch, die wieder neben Thomas Leimer kniete. »Ihr könnt ihm jetzt nicht helfen. Er muss sofort ins Hospiz. Seht Ihr nicht, wie schwer verwundet er ist?«

Magdalena von Hausen schluchzte und barg ihren Kopf an der Schulter des Mannes, der wie ein Wunder in höchster Not in diesen Raum gekommen war und sie alle gerettet hatte.

Katharina war unendlich müde, so müde wie noch nie in ihrem Leben. Wie hinter einer Nebelwand sah sie den am Boden liegenden Mann. Er stöhnte, es schien noch Leben in ihm zu sein. Alles in ihr weigerte sich, ihm zu helfen. Doch die Heilerin in ihr war stärker. Sie stand auf, trat zu ihm und versuchte herauszufinden, ob sie noch etwas tun konnte. Sie spürte genau, dass das Leben kurz davor war, Thomas Leimer zu verlassen.

Auch hier nahm Cajetan von Thiene die Situation wieder in die Hand. Er winkte zwei der Männer von Aaron Rosenberg zu sich. »Nehmt ihn und tragt ihn schnellstens ins Hospiz.« Seiner gebieterischen Stimme vermochte sich niemand zu widersetzen.

Aaron Rosenberg nickte nur, er schien völlig verzweifelt. Der Generalpräpositus legte ihm die Hände auf die Schultern. »Es tut mit Leid, dass ich mit die Schuld daran trage, dass Euch dies zugemutet wurde. Hätte ich gewusst, dass diese beiden Männer wie die Tiere aufeinander losgehen, ich hätte Euch niemals in diese Lage gebracht. Dennoch bin ich froh, dass ich wenigstens zur Stelle war, um einzugreifen. Ihr werdet Eure Entschädigung bekommen, Jude. Ihr habt einen Fürsprecher in der Kirche, wenn Ihr einmal Hilfe braucht. Ihr wisst, dass ich ein Freund von Kardinal Carafa bin, der wahrscheinlich der nächste Papst wird?«

Der dicke Mann hatte sich inzwischen etwas beruhigt. Gut, das Zimmer war verwüstet. Aber das Haus stand noch. Ohne das beherzte Eingreifen des Theatiners wäre es inzwischen vielleicht schon abgebrannt und das ganze jüdische Viertel gleich mit. Die Häuser standen eng hier. Er war nur froh, dass nicht mehr geschehen war. »Es ist schon gut«, erwiderte er gepresst. »Ihr brachtet mich nicht allein in diese Lage, und Ihr habt geholfen, dass es nicht schlimmer wurde. Dafür bin ich dankbar. Den Verlust kann ich verschmerzen.«

»Ihr seid ein großzügiger Mann, Aaron Rosenberg. Das vergesse ich Euch nicht«, antwortete Cajetan von Thiene und drückte dem Juden herzlich die Hand.

Ein Schluchzen erinnerte den Theatiner an die beiden Frauen. Katharina hatte sich wieder auf den Stuhl gesetzt, nun, da auch Thomas Leimer ins Hospiz gebracht worden war. Ihre Hände fühlten sich ebenso leer an wie ihr Herz. Niemals wieder würde sie aus diesem Albtraum aufwachen.

Magdalena von Hausen stand einfach mitten im Zimmer, die Hände hingen bewegungslos an ihrer Seite, die Schultern gesenkt. Ihr Gesicht war völlig eingefallen. Sie vermochte noch immer nicht zu glauben, was geschehen war. Verstört blickte sie zu Cajetan von Thiene. »Kann ich ihn sehen? Kann ich ihn besuchen?«

Der Mann nickte mitleidig. »Kommt morgen Mittag zu mir. Ich werde Euch dann sagen können, wie es um ihn steht. Der Herr hat furchtbar Gericht gehalten. Auch wenn er das überlebt, wird er nie mehr der sein, der er war. Geht jetzt in Eure Herberge. Ihr könnt nichts mehr tun.«

Sie hob langsam den Kopf. »Ich wollte doch nur Gutes. Nur Gutes. Ich dachte, das Richtige zu tun. Und nun? Nun ist nur Schlimmes daraus entstanden. Gott der Herr hat mich verlassen.«

Die Klage dieser Frau zerriss dem alten Mönch fast das Herz.

24

Wir blieben in Rom, bis Thomas Leimer aus seiner Bewusstlosigkeit erwachte. Cajetan von Thiene behielt Recht. Er würde nie wieder der sein, der er gewesen war. Sein ganzer Körper war furchtbar verbrannt, eine Seite seines Gesichtes völlig entstellt. Er hatte ein Auge verloren – und seine Stimme, jenes Organ, das immer seine größte Waffe gewesen war. Niemand wusste, ob er überleben würde. Doch selbst inmitten seiner Schmerzen weigerte er sich, Magdalena von Hausen zu sehen. Sie war völlig am Boden zerstört. Die Kraft ihres Glaubens, die sie bislang immer aufrechterhalten hatte, war verloren gegangen. Sie war nur noch die Hülle der Frau, die ich einst gekannt hatte. Ich wusste, ich musste sie heimbringen. Sonst würde auch sie sterben. Dann hätte ich nicht nur meinen Mann verloren, sondern auch sie.

Mein Mann. Durch meine eigene Dummheit hatte ich ihn verloren. Verblendet und leichtfertig war ich gewesen. Nun hatte er eine andere. Für ihn war ich nur noch ein Stück Narbengewebe aus der Vergangenheit. Er liebte mich nicht mehr, dessen war ich mir nun sicher. Die kleine Stimme der Hoffnung, die sich immer wieder in mir meldete, brachte ich energisch zum Verstummen. Sie brachte mir nichts als die Schmerzen einer Illusion, die sich niemals erfüllen würde. Er hatte keinerlei Regung gezeigt, als ich ihm zu Füßen fiel. Nicht Liebe, sondern Ablehnung stand in seinen Augen. Er hatte ein neues Leben, eine neue Liebe gefunden. Das durfte ich ihm nicht auch noch zerstören. Ich hatte diesem Mann genug angetan. Durch mich war er beinahe zum Mörder am Vater unseres Sohnes geworden. Ich kannte ihn gut genug, um zu wissen, dass schon allein dieses Wissen ihn zerstören konnte. Konz Jehle von der Niedermühle war kein böser Mensch. Er war ein zorniger Mann, aber auch einer mit *einem unbestechlichen Gefühl für Gerechtigkeit, Anstand und das Gute. Mit mir zu leben würde ihn immer an die schrecklichen Geschehnisse jenes letzten, verhängnisvollen Abends erinnern. Er hätte sein Leben lang keine Ruhe mehr. Wenn ich ihn liebte, und das tat ich, dann musste ich ihn gehen lassen.*

Ich wollte nur eines, bevor ich für immer aus seinem Leben verschwand: wissen, ob er noch lebte, wie es ihm ging. Auch hier half der gütige Cajetan von Thiene. Über Meister Michelangelo Buonarroti hatte er erfahren, dass es Konz inzwischen besser ging. Er war noch sehr schwach und kaum bei Bewusstsein. Doch dem Geschick der römischen Ärzte war es gelungen, sein Leben zu retten. Eine junge Frau war bei ihm. Sie wich nicht von seiner Seite und verweigerte jedem den Zutritt. Sie behauptete, sie sei seine Frau.

Fast war ich dieser Fremden dankbar. Sie hatte ihm Wärme gegeben, als ich ihn verriet. Sie hatte sein Leben gerettet, als ich dazu nicht in der Lage war. Nur das war wichtig. Er würde leben. Wenn auch nicht mit mir. Ich wusste, ich hatte ihn für immer verloren. Nun blieb mir nur noch eines: Magdalena von Hausen heimzubringen, um wenigstens sie zu retten. Diese Frau, mit der mich ein ganzes Leben verband. Außerdem wollte ich zu meinen Kindern, zu den beiden einzigen Menschen, die mir jetzt noch als Heimat blieben. Ich wollte sie in die Arme nehmen, wollte Stück für Stück versuchen, mein zerbrochenes Leben wieder zusammenzusetzen. Dort am Rhein, der Heimat meiner Ahnen, und beim Stein der Seconia.

Die Reise zurück an den Rhein kostete mich viel Kraft. Fast die letzte, die ich noch hatte. Doch jetzt war es an mir, stark zu sein. Denn die Frau, die immer für mich stark gewesen war, konnte es nicht mehr. Mit uns reiste der kleine Giorgio. Er hing rührend an Magdalena von Hausen, hatte sich zu ihrem Beschützer ernannt. Er war der Einzige, der der verzweifelten, blassen, lethargischen Frau noch ein Lächeln abringen konnte. Es war, als wäre dieser kleine Junge der letzte seidene Faden, der sie noch ans Leben band. Cajetan von Thiene hatte dafür gesorgt, dass der Knabe die notwendigen Papiere bekam, um mit uns reisen zu können. Wie er das geschafft hatte, verriet er uns nicht. Jedenfalls war klar, Giorgio hatte keine Eltern mehr. Das hatte der Generalpräpositus in einem Gespräch mit dem römischen Straßenkind herausgefunden.

Giorgio hatte laut Thiene panische Angst, wieder zurückzumüssen ins Reich der Diebe. Sie hatten ihm gedroht, ihn zu verkrüppeln, ihm die Finger abzuschneiden, sollte er versagen. Ein verkrüppelter Bettler sammelte ebenso viel Geld wie ein gesunder Dieb.

»Erzieht ihn zu einem guten, gottesfürchtigen Mann«, hatte der Theatiner uns zum Abschied gebeten. Wir gaben ihm das Versprechen. Als wir uns von diesem großherzigen Mann verabschiedeten, hatten wir das Gefühl, einen Freund gefunden zu haben; auch wenn er nie einen Hehl daraus machte, dass er das, was wir getan hatten, zutiefst missbilligte. Doch ich erkannte in seinen Augen das tiefe Mitleid, das er mit der zerstörten Frau fühlte, zu der Magdalena von Hausen geworden war.

So reiste Giorgio also mit uns. Wir hatten eine Kutsche gemietet. Magdalena von Hausen war zu schwach, um zu reiten.

Es war ein schöner September, der Beginn eines sonnigen Altweibersommers. Selbst auf den Höhen des Gotthardpasses war es in diesem Jahr noch ungewöhnlich warm. Doch die Wärme der Sonne erreichte mein Inneres nicht. Vielleicht würde ich wieder beginnen zu fühlen, wenn ich meine Kinder in den Armen hielt.

Magdalena von Hausen bekam nach einigen Tagen hohes Fieber. Ich tat, was ich konnte, um es zu senken. Warm zugedeckt, mit Giorgio an ihrer Seite, lag sie in der Kutsche. Doch ich hatte jeden Tag weniger Hoffnung. Sie schien mir unter den Händen dahinzuschwinden. In den Nächten flehte ich Seconia an, mir die Kraft zu senden, die ich brauchte. Denn in Magdalena von Hausen glühte nur noch ein kleiner, kaum wahrnehmbarer Lebensfunke.

Ich hatte sie schon einmal am Rande des Todes erlebt. Doch damals hatte der Glaube ihr Kraft gegeben. Jetzt hatte sie noch nicht einmal mehr diesen Anker. Die tiefe Verbindung zu ihrem Gott schien völlig zerbrochen zu sein. Sie betete nicht mehr. An ihrer Liebe und dem Verschwinden Thomas Leimers war sie nicht gestorben. Mit dem Verlust ihres Glaubens an die göttliche Vorsehung und seine Weisheit, an diese Macht, die sie auch in den schlimmsten Stunden ihres Lebens geleitet hatte, schien auch ihr Lebenswille zu erlöschen. Denn Glaube war für sie das Leben selbst, so sehr wie der eigene Atem.

»Verzeih mir, Katharina. Ich dachte, ich könne Schicksal spielen. Ich wollte doch nur das Gute, ein gegebenes Versprechen einlösen, eine Seele zurück auf den Weg des Allmächtigen führen. Nun habe ich euch alle zerstört! Gott hat mich verlassen. Vielleicht war er nie an meiner Seite. Vielleicht gibt es ihn auch nicht. Alles ist meine Schuld.« Sie weinte, als sie das sagte.

Mir zerriss es fast das Herz, dass sie sich allein die Schuld gab an diesen schrecklichen Geschehnissen. Doch sie war nicht davon abzubringen, auch wenn ich ihr wieder und wieder erklärte, dass sie keine Schuld treffe. Es war mein Versagen, mein Betrug an einem guten, liebenswerten Mann, der all diese Ereignisse ins Rollen gebracht, all dieses Unglück verschuldet hatte. Aber sie hörte mich nicht. Nichts, kein Trost, keine Hoffnung, konnte in das Dunkel ihres Inneren vordringen. Nur manchmal spürte sie die kleine Hand von Giorgio, der sie liebevoll streichelte. Dann lächelte sie ein wenig. Doch auch dieses Lächeln barg eine Welt der Verzweiflung.

Irgendwie gingen die Tage dahin. Wie durch ein Wunder

war Magdalena von Hausen noch am Leben, aber sicher nicht durch meine Heilkunst. Ich konnte nur ihren Körper pflegen, und das Fieber sank auch. Doch die Krankheit und der Tod lagen in ihrer Seele. So wusste ich mir am Ende nur einen Rat. Ich würde sie nach Basel zu ihrer Schwester bringen, zur energischen, praktischen, klugen Genoveva Rischacher. Sie hatte ihr schon einmal geholfen.

Es war bereits Oktober, als wir in Basel ankamen; ein wunderschöner, goldener Oktober. Das Laub der Bäume auf den runden Hügeln, die sich aus dem breiten Rheintal in die Höhe wanden, schillerte im Sonnenlicht in herrlichen Farben. Dunkles und helles Rot, Gelb, Gold wechselten sich mit dem satten Grün der Tannen und dem helleren der gemähten Hangwiesen ab. Die Natur hatte ihren Pinsel ausgepackt, ihre verschwenderischsten Kleider angelegt, als wolle sie uns willkommen heißen. Die bunt getupften Hügel, das breite Band des Stromes, der ruhig dahinfloss – es war ein Bild wie von höherer Hand gemalt. »Gottes gesegnetes Land«, dachte ich.

Doch Magdalena von Hausen sah dies alles nicht, auch wenn Giorgio noch so entzückt plapperte. Er hatte unsere Sprache inzwischen recht gut gelernt. Er war ein liebenswerter, großherziger kleiner Junge, der viel Schlimmes erlebt hatte. Aber sein kindlicher Selbsterhaltungstrieb war stärker gewesen. Mit rührender Liebe hing er an Magdalena von Hausen.

Das fröhliche, lebhafte Treiben im Rischacher'schen Hause nahm uns schon bald gefangen. Es gab kein Entkommen. Lachen, Freundlichkeit, strahlende Kinderaugen: Giorgio fühlte sich in Basel schnell heimisch. Die Rischacher'schen Buben nahmen ihn sofort als einen der ihren auf. Und mir wurde das Herz warm, als ich den Buben zum ersten Mal aus vollem Halse lachen hörte. Er hatte schon so früh ein Mann sein müssen. Es tat gut, zu sehen, dass er noch ein Kind sein konnte. Die Jungen hatten einen Igel im Garten gefunden und untersuchten ihn genau. Sie kreischten vor Vergnügen, als sie ihn schließlich wieder freiließen, er sich entrollte und mit seinen kleinen Beinchen so schnell wie möglich davontappte, auf der Suche nach einem Ort für seinen Winterschlaf. Dabei brummte und schnaubte er vor Empörung.

An Magdalena von Hausen schien dies alles vorbeizugehen. Genoveva Rischacher machte das allmählich zornig. Eines Abends wurde ich zufällig Zeugin eines Gespräches zwischen den Schwestern.

»Hör endlich auf, dich selbst zu bedauern. Was geschehen ist, ist geschehen. Was verlangst du eigentlich? Gott hat doch nichts anderes getan als das, was du immer wolltest. Er hat dich zurückgefordert. Ihm hattest du in deiner Jugend dein Leben geweiht, nicht einem Mann. Nun, da du deine Pflicht Ihm gegenüber tun könntest, verleugnest du Ihn. Gott lässt sich nicht betrügen. Auch nicht von dir, Magdalena. Es ist leicht, an Ihn zu glauben, wenn alles gut geht. Und noch leichter, Ihn zu verleugnen und zu verfluchen, wenn die Dinge nicht so gut laufen. Ich hätte dich nicht für so kleingläubig gehalten. Hat Er dir nicht auch gleichzeitig etwas geschenkt? Die Zuneigung eines kleinen Jungen, einer einsamen Kinderseele, die alle Liebe braucht, die du ihm geben kannst? Der kleine Giorgio vertraut dir, betet dich förmlich an als seine Retterin. Du hast kein Recht, dieses Geschenk Gottes zurückzuweisen, nur, weil du mit deinem eigenen Leben und deinem eigenen Glauben nicht zurechtkommst. Schwester, wach endlich auf aus deinem traurigen Schlaf! Schau dich um! Sieh, mit welcher Pracht die Natur sich zum Sterben anschicht. Doch dann wird sie wieder erwachen, mit neuem Grün, jungen Tieren. Das Leben lässt sich nicht verleugnen. Es ist da, überall um dich herum. Sieh es an, nimm es nur wahr. Und dann preise die Macht des Herrn. Denn er hat dies alles geschaffen, er ist in jedem Ding, selbst im geringsten. Warum also sollte er nicht auch für dich da sein?

Hör auf mit deinen Zweifeln. Das ist nichts als hochmütige Vermessenheit.«

Ich habe Genoveva Rischacher noch nie eine so lange Rede halten hören. Der Zorn in ihrer Stimme war ebenso deutlich wie die Liebe und die Sorge um ihre Schwester. Irgendwie schien sie zu Magdalena von Hausen durchgedrungen zu sein. Die frühere Äbtissin des Stiftes Seggingen sagte nichts. Aber sie schaute Genoveva Rischacher an, als sähe sie sie zum ersten Mal. Dann senkte sie wieder den Kopf. Für einen flüchtigen Moment hatte ich in ihrem Gesicht so etwas wie Staunen wahrgenommen.

Ich blieb zwei Wochen in Basel. Doch dann hielt mich nichts mehr. Ich wollte heim nach Seggingen. Heim zu meinen Kindern, heim zum Stein der Seconia, den zu hüten ich einst geschworen hatte. Es war ein trauriger, ein schmerzhafter Abschied, von den Rischachers, besonders aber von Magdalena von Hausen. Ich wusste nicht, wann, und vor allem, wie ich sie wieder sehen würde. Doch ich hatte Hoffnung, dass Gott sie durch den kleinen, liebevollen Giorgio und mithilfe von Genoveva Rischacher wieder ins Leben zurückholen würde. Zernarbt und zerrissen zwar, aber ins Leben.

Das letzte Stück des Weges ging ich zu Fuß, trotz meiner Ungeduld, die Kinder möglichst schnell wieder zu sehen. Ich wollte mir meine Heimat im wahrsten Sinn des Wortes erlaufen, ganz bewusst zurückkommen. Ich wollte jeden Stein unter meinen Schuhsohlen fühlen, jeden Grashalm, jede Blume am Wegesrand wahrnehmen, den Duft dieser Landschaft einatmen. Als ich das Lachen meiner Kinder hörte, die offenbar im Garten unseres Häuschens spielten, da ging mir das Herz über vor Dankbarkeit. Hier gehörte ich hin. Hier war mein Zuhause. Ich würde es nie wieder leichtfertig aufs Spiel setzen.

»Mama! Anna komm schnell, Mama ist wieder da!«

Thomas war der Erste, der mich kommen sah, als ich um die

Mauerecke bog und in den Garten trat. Mein Sohn stürmte in meine Arme. Herrje, wie war er gewachsen.

»Mama, ich hab auf alles gut aufgepasst. Auf das Haus, auf Anna. Elisabeth hat mir ein bisschen geholfen. Manchmal ist auch Matthias Henlein gekommen und hat einige Sachen heil gemacht. Aber ich hab auf alles aufgepasst. Ganz allein.« Er glühte vor Aufregung.

Ich kam nicht dazu, etwas zu erwidern. Denn da rannte auch schon meine kleine Anna auf mich zu. Die warmen, braunen Augen von Konz Jehle schauten mich an. Ich nahm sie auf den Arm und drückte die Nase in ihren frisch riechenden Kleinmädchenbauch. Durch Anna war auch Konz hier. Mein Gott, ich würde ihn vermissen. Er fehlte mir so sehr. Doch ich durfte nicht klagen. Ich hatte so viel an Glück. Ich war endlich wieder daheim.

Da traten Elisabeth und Matthias Henlein aus der Türe meines Hauses. Lachend und winkend kamen sie auf mich zu. Zwei glückliche Menschen. Es war nicht allein meine Rückkehr, die sie zum Strahlen brachte. Zwischen ihnen war ein Band entstanden. Das zeigte die Art, wie sie nebeneinander hergingen. So hatte meine Reise nach Rom also doch etwas Gutes bewirkt. Hier waren zwei Menschen, die nun zusammengehörten. Zuerst waren sie etwas befangen. Doch als sie merkten, wie sehr mich ihr Glück freute, tauten sie auf: Es würde bald wieder eine Hochzeit geben in Seggingen! Elisabeth war zwar um einige Jahre älter als Matthias Henlein, doch das sah man ihr nicht an. Das Glück hatte aus der verbitterten alten Jungfer eine lebensbejahende Frau gemacht, die davon träumte, vielleicht doch noch eigene Kinder zu haben. Natürlich erklärte ich mich bereit, Trauzeugin und Patin des ersten Kindes zu sein. Ich hatte diesen beiden Menschen viel zu verdanken. Sie hatten mein Heim bewahrt und meine Kinder gut beschützt, während ich fort war.

Am Abend ging ich zum Stein der Seconia. Ich spürte die Wärme, die Kraft unter meinen Händen. Die Hüterin der hei-

lenden Wasser und ihr singender Stein hießen mich willkommen. Willkommen daheim.

Die Monate, die folgten, waren aufregend und arbeitsreich. Es schien fast, als hätten die Menschen mich vermisst. Fürstäbtissin Agatha Hegenzer von Wasserstelz begrüßte mich auf ihre übliche, herbe Art. Ich nahm es ihr nicht übel. Ich konnte sehen, dass sie sich freute, dass ich wieder da war. Jedenfalls musste ich mir eine ganze Litanei von Wehwehchen anhören. Nach einer eingehenden Untersuchung stellte ich fest, dass ihr eigentlich nichts fehlte außer jemand, der sich um sie kümmerte. Es gab so viele, die mit ihren Sorgen zu ihr kamen. Doch sie hatte niemanden, an den sie sich wenden konnte.

Mit den Wochen und Monaten, die vergingen, wurden wir fast so etwas wie Freundinnen, auch wenn sie weiterhin eine gewisse Distanz zwischen uns hielt. Diese Frau vertraute keinem Menschen leicht. Wir kamen uns so nahe, wie es ihrem Wesen nach eben möglich war. Wir sprachen nie über unser Verhältnis, Agatha Hegenzer hielt nichts von solchen Gesprächen. Doch ich mischte ihr pflichtschuldigst ihre Kräuter und hörte ihr zu. Manchmal fragte sie mich in dem einen oder anderen Fall sogar um Rat. Ich war mir der Ehre bewusst.

Ähnliches galt auch für die Menschen der Stadt. Sie hatten mich als eine der ihren akzeptiert, obwohl ich anders war und es immer sein würde. Sicher, manche rümpften noch über das Niemandskind die Nase. Auch das würde immer so bleiben. Doch es machte mir nichts mehr aus. Und je weniger es mich berührte, desto weniger Aufhebens machten die Menschen darum, dass sie nicht wussten, wer meine Eltern waren. Vielleicht hatte ihre Unsicherheit auch daher gerührt, dass ich mich so lange ausgeschlossen, anders, allein gefühlt hatte.

Wenn ich gerufen wurde, sah ich immer öfter ein Lächeln.

Sie grüßten mich auf der Straße. Und sie kamen auch tagsüber in mein Haus, um ihre Kräuter zu holen, ihre Wehwehchen vorzutragen, mir ihren Kummer zu erzählen. Manchmal reichte es schon, einfach zuzuhören, damit ein Mensch mit neuer Kraft seinen Alltag bewältigen konnte.

Im Juni nach meiner Heimkehr heirateten Matthias Henlein und meine Freundin Elisabeth. Ganz Seggingen nahm an der Trauung teil, jeder auf seine Weise. Elisabeth strahlte, sie sah fast aus wie 18, als ihr Mann schließlich vor dem Altar ihren Schleier hob und sie sanft küsste. Jedenfalls errötete sie wie ein junges Mädchen. Ich freute mich aus ganzem Herzen mit ihnen.

Und dann kam jener Tag, an dem mein Leben neu begann.

Es war ein wunderschöner Julinachmittag. Rings um unser kleines Haus stand der Lavendel in voller Blüte und verströmte jenen Duft, der für mich schon immer ein Bote der Hoffnung gewesen war. Ich hatte einige freie Stunden genutzt und war mit den Kindern zum alten Bootssteg gegangen. Es war heiß, doch der Wind und die Kühle vom Fluss strichen durch mein Haar, die bekannte, widerspenstige Strähne kitzelte meine Nase. Ich saß auf dem morschen Steg mit den nun fast völlig durchgefaulten Bohlen, hatte die Schuhe ausgezogen und spielte mit den Zehen im Wasser. Es war inzwischen nicht ganz ungefährlich, hier zu sitzen. Doch ich hatte diese Stelle schon immer geliebt. Mein Blick schweifte hinüber zur Stadt, zu den aneinander geschmiegten Dächern hinter der Mauer, zu den beiden hohen Türmen des Fridolinsmünsters. Am Ufer, unter den langen, hängenden Ästen einer Trauerweide lachten meine Kinder. Anna wollte Frau und Mann spielen. Thomas musste mitmachen, ob er wollte oder nicht. Sie konnte sehr bestimmend sein, meine kleine Tochter. Doch mein gutmütiger Sohn ließ sich schließlich breitschlagen, alle die Gerichte zu essen, die sie ihm, ganz wie eine geschäftige Hausfrau, auf Blättern servierte.

Ich hörte sie schallend lachen, als ihm der »Fisch« aus Stöckchen vom Blatt-Teller fiel, und musste schmunzeln, als ich gleich darauf ihre Kinderstimme sehr streng sagen hörte: »Thomas, du solltest besser aufpassen. Wenn du immer kleckerst, muss ich gleich die ganze Stube fegen.« Es war, als hörte ich mich selbst.

Ich hielt mein Gesicht in die Sommersonne, blinzelte mit den Augen und beobachtete eine Weile lang die glitzernden Punkte, die das Sonnenlicht aufs Wasser zauberte. Ich hörte die Stimmen meiner Kinder, das Wasser des Flusses, wie es gegen die Bohlen platschte, sah einer kleinen Haubentaucherfamilie zu, wie sie eifrig auf Jagd ging. Das Männchen entfernte sich im Eifer des Gefechtes immer weiter von seiner Frau mit den Jungen. Da wurde sie unruhig. Ich beobachtete, wie sie den Kopf reckte, die Wasseroberfläche absuchte und hoffte, ihr Mann würde gleich wieder auftauchen. Eine glückliche Familie.

Wieder musste ich an Konz denken. Ich vermisste ihn so unsäglich. Nur der Gedanke daran, dass es für ihn besser war, dass ich aus seinem Leben verschwunden war, half mir ein wenig. Ich hoffte so sehr, dass er endlich glücklich sein durfte. Anna konnte sich nicht mehr an ihren Vater erinnern. Dafür hatte Thomas anfangs immer wieder nach ihm gefragt. Doch ich wusste keine Antwort. Zumindest keine, die ich ihm geben konnte. Mir war klar, dass ich meinen Kindern irgendwann einmal die ganze Geschichte erzählen musste. Sie hatten ein Recht darauf zu erfahren, was aus ihrem Vater geworden war. Sie sollten nicht aufwachsen müssen wie ich, ohne zu wissen, woher sie kamen. Doch ich fürchtete mich auch davor. Vielleicht würden sie mich dann nicht mehr lieben. Denn schließlich war ich es gewesen, die ihnen den Vater genommen hatte. Aber der Tag der Beichte würde kommen. Dessen war ich mir bewusst.

Ich holte tief Luft. Noch nicht jetzt. Nein, noch lagen einige ungetrübte Jahre vor uns. Ich würde ihnen alles erzählen, wenn sie etwas älter waren – und hoffen müssen, dass sie mir verziehen.

Plötzlich wurde es still. Das Kinderlachen, das murmelnde Geräusch ihrer Stimmen hatte abrupt aufgehört. Ich sah mich um. Thomas stand wie eine Statue am Ufer und rührte sich nicht. Ich sprang auf, so schnell ich konnte, um zu ihnen zu laufen, um zu sehen, was passiert war.

Und da stand er. Wie einst im Schatten eines Baumes, beobachtete er uns. Ich hatte ihn nicht kommen hören. Meine Füße waren wie festgenagelt, wollten sich nicht rühren. Konz Jehle von der Niedermühle war zu mir gekommen. Ich blinzelte mit den Augen, glaubte jeden Moment aus diesem Traum erwachen zu müssen. Doch das wollte ich nicht.

Er sagte nichts, stand einfach nur da, mit der einen Schulter gegen den Stamm des Baumes gelehnt. Ich werde diesen Anblick nie vergessen. Zögernd ging ich einige Schritte. Dann konnte ich nicht mehr weiter. Ich wünschte und fürchtete zugleich, dass es ein Traum war. Ich hatte solche Angst vor der Verachtung, die vielleicht in seinen Augen zu lesen sein könnte.

»Papa, Papa ist wieder da, komm schnell, Anna, komm schon, da oben steht Papa!« Der jubelnde Schrei meines Sohnes riss mich aus meiner Erstarrung. Thomas rannte die Uferböschung hinauf, stolperte, fing sich, krabbelte auf allen vieren, um so schnell wie möglich zu ihm zu kommen. Anna, das Mädchen mit den Augen ihres Vaters, stapfte zögernd hinterher. Sie traute der Sache nicht so recht. Thomas hatte die Böschung erklommen, stürmte weiter und warf sich direkt in die weit geöffneten Arme seines Vaters. Der nahm ihn auf, drückte ihn an sich, barg den Kopf unseres kleinen Sohnes an seiner Schulter.

Da sah ich seinen Blick. Er schaute mich an, über den Kopf von Thomas hinweg. In seinen Augen stand Unsicherheit, Angst und eine ebenso große Sehnsucht, wie ich sie fühlte. In diesem Moment wusste ich, mein Mann war heimgekommen.

Worte waren nicht notwendig, die würden später folgen. So ging ich ebenfalls zu ihm.

Eine ganze Ewigkeit lang sahen wir uns nur an. Dann streckte Konz seine Hand aus. Ich nahm sie. Und mein Herz fand Frieden. Endlich Frieden.

Nachwort

Magdalena von Hausen hat wirklich gelebt, ebenso wie Thomas Leimer und Dorothea Offenburg. Auch einen Rebellen namens Konz Jehle von der Niedermühle hat es gegeben, genauso wie die meisten anderen Personen in diesem Buch. Katharina, ihr Mann, ihre Kinder und die alte Nele sind meine freie Erfindung. Denn dies sollte keine geschichtliche Abhandlung werden, sondern vor allem ein Roman über ein Frauenschicksal und das Leben der Menschen, wie es sich vor rund 450 Jahren in einer bewegten Zeit abgespielt hat.

Im Wesentlichen haben sich die äußeren Ereignisse so zugetragen, wie ich sie beschrieben habe. Allerdings habe ich mir hin und wieder die Freiheit genommen, sie zeitlich geringfügig zu verändern. So viel ist überliefert: Magdalena von Hausen war Fürstäbtissin – es gab in ihrer Zeit als junges Stiftsfräulein einen Prozess gegen sie, weil sie dem reformatorischen Gedankengut nahe stand. Und sie hat Thomas Leimer, den zur Reformation konvertierten Mönch, geheiratet. Dann kam seine Flucht, ihre Gefangennahme, die Petition der Seckinger Bürger, die zweite Heirat Thomas Leimers mit Dorothea Offenburg und die Flucht des Paares.

Über Secunda, die Frau der heilenden Wasser, existiert ein Aufsatz mit der These, dass es einen solchen Stein wirklich gegeben haben könnte. Er beschäftigt sich mit der Herkunft des heutigen Wappens der Stadt, in der die beschriebenen Geschehnisse ihren Anfang nahmen: Bad Säckingen.

Magdalena von Hausen hat laut der »Geschichte des Stiftes Säckingen« nach über zehn Jahren Hausarrest die Möglichkeit bekommen, nach Baden im heute schweizerischen Kanton Aargau in Kur zu gehen. Sie kam niemals wieder nach Seggingen zurück, sondern blieb in Basel. Im Jahre 1558 schied sie offiziell aus dem Stift aus. Am 20. Juni kaufte sie sich mit 200 Gulden frei. Ansonsten wären zwei Drittel ihres Vermögens nach

Nachwort

Magdalena von Hausen hat wirklich gelebt, ebenso wie Thomas Leimer und Dorothea Offenburg. Auch einen Rebellen namens Konz Jehle von der Niedermühle hat es gegeben, genauso wie die meisten anderen Personen in diesem Buch. Katharina, ihr Mann, ihre Kinder und die alte Nele sind meine freie Erfindung. Denn dies sollte keine geschichtliche Abhandlung werden, sondern vor allem ein Roman über ein Frauenschicksal und das Leben der Menschen, wie es sich vor rund 450 Jahren in einer bewegten Zeit abgespielt hat.

Im Wesentlichen haben sich die äußeren Ereignisse so zugetragen, wie ich sie beschrieben habe. Allerdings habe ich mir hin und wieder die Freiheit genommen, sie zeitlich geringfügig zu verändern. So viel ist überliefert: Magdalena von Hausen war Fürstäbtissin, es gab in ihrer Zeit als junges Stiftsfräulein einen Prozess gegen sie, weil sie dem reformatorischen Gedankengut nahe stand. Und sie hat Thomas Leimer, den zur Reformation konvertierten Mönch, geheiratet. Dann kam seine Flucht, ihre Gefangennahme, die Petition der Segginger Bürger, die zweite Heirat Thomas Leimers mit Dorothea Offenburg und die Flucht des Paares.

Über Seconia, die Göttin der heilenden Wasser, existiert ein Aufsatz mit der These, dass es einen solchen Stein wirklich gegeben haben könnte. Er beschäftigt sich mit der Herkunft des heutigen Namens der Stadt, in der die beschriebenen Geschehnisse ihren Anfang nahmen: Bad Säckingen.

Magdalena von Hausen hat laut der »Geschichte des Stiftes Säckingen« nach rund zehn Jahren Hausarrest die Möglichkeit bekommen, nach Baden im heute schweizerischen Kanton Aargau in Kur zu gehen. Sie kam niemals wieder nach Seggingen zurück, sondern blieb in Basel. Im Jahre 1558 schied sie offiziell aus dem Stift aus: Am 20. Juni kaufte sie sich mit 200 Gulden frei. Ansonsten wären zwei Drittel ihres Vermögens nach den Statuten an das Stift gefallen. Als ihr Vertreter unterzeichnete der Segginger Schultheiß Marx Bürer diesen Loskaufvertrag. Wie es mit ihr und Thomas Leimer weiterging, darüber kann auch die Stiftsgeschichte nur spekulieren. Sie soll ihn in Basel wieder getroffen und beide sollen dann zusammengelebt haben.

Viele haben geholfen, dass dieser Roman zustande kam. Mein Mann und meine Kinder haben mir Mut gemacht, ebenso wie meine erste Testleserin Stefanie, die viele gute Anregungen beitrug. Das gilt auch für meine Agenten Michael Görden und Ines Geweyer. Sie haben Vertrauen in mich gesetzt und mir manchen guten Rat gegeben. Nicht zu vergessen Stadthistorikerin Adelheid Enderle-Jehle und der Bad Säckinger Stadtarchivar Peter Müller, die meine unzähligen Fragen mit viel Geduld beantwortet haben. Zu denen, die mir Mut machten, als ich dachte, es würde mit meinem großen Traum vom Schreiben nicht mehr weitergehen, gehörte auch mein Lektor Christian Buggisch.

Ihnen allen möchte ich danken.

Petra Gabriel

Glossar

Allmende: Als Allmende bezeichnete man damals ein Gelände oder ein Waldgebiet, das der Allgemeinheit zur Verfügung stand. Es wurde unter anderem als Viehweide genutzt und lag zumeist außerhalb der Stadtmauern. Oft gehörte es einem Lehensherren.

Badmatte: Die Badmatte war zur Zeit der Geschichte ein Gelände im Südwesten des alten Segginger Stadtkerns auf der nördlichen Rheinseite, in etwa beim heutigen Kurzentrum. Dort standen die Badehäuser.

Bannwart: Flur- und Waldhüter.

Bannschuppose: Als Bannschuppose wurde der Hof bezeichnet, der zur Ausstattung der Flur- und Waldhüter gehörte und zum Beispiel als Unterbringungsort für die Gerätschaften diente.

Bundschuh: Der Bundschuh war ursprünglich eine Fußbekleidung, die schon von den Germanen und später dann von den deutschen Bauern getragen wurde – ein Stück Leder, das mit Riemen um den Knöchel befestigt war. Später wurde er zum Sinnbild, Feldzeichen und Namen aufständischer Bauernbünde im Südwesten Deutschlands in den Jahren 1493 bis 1517.

Bündten: Kleinere Gärten, oft außerhalb der Stadtmauern, in denen Obst und Gemüse für den täglichen Bedarf angebaut wurde.

Canonicus: Ein Kleriker, der Mitglied eines Domkapitels oder Stifts war.

Chorherr: Chorherren waren Ordensleute, die nicht nach einer Mönchsregel, sondern nach den Richtlinien (Canones) für Kleriker lebten. Sie entstanden im Gefolge der gregorianischen Reform. Ihre wichtigste Aufgabe war der gemeinsame Chordienst neben Seelsorge, Unterricht und Wissenschaft.

Damenstift: Das weltliche Damenstift in Seggingen war nach der Regel der Benediktinerinnen ausgerichtet und direkt dem Kaiser verantwortlich. Zu Anfang hatten nur die Töchter freiadliger Familien Zugang, später auch Mädchen aus dem gehobenen Dienstadel. Sie mussten eine Mitgift einbringen und wurden dort in christlichem Geist erzogen und unterrichtet. Oft wurden jüngere Töchter dort untergebracht. Anders als in einem Kloster konnten sie das Stift aber wieder verlassen und ihm ihre Mitgift wieder abkaufen. Viele verließen das Stift, um zu heiraten.

Dekan: In der katholischen Kirche unter anderem als Würdenträger in Dom- und Stiftskapiteln ein Vorgesetzter von Pfarrern.

Dinghof: Zum Stift Seggingen gehörten zahlreiche Ding- oder Kellerhöfe. Sie waren der Mittelpunkt eines größeren Güterkomplexes in rechtlicher und verwaltungstechnischer Hinsicht. Dort war der Sitz des Dinggerichtes und die Sammelstelle für die Zinsabgaben. Zum Dinghof Murg gehörten Rhina, Niederhof, Diegeringen, Helgeringen und Harpolingen. Keller des Dinghofes Murg waren zur Zeit der Handlung dieses Romans Wolfgang Erler (1534) und Jörg Erler (1556). Die Keller wurden von den Bauern gewählt und von der Äbtissin als Verwaltungsbeamte vereidigt. An Naturalzinsen musste der Dinghof Murg zum Beispiel 1428 an das Stift zahlen: 65 Mut Roggen, ein halbes Viertel Spichermes und fünf Mut Burgmes, 15 Mut Burgmes Hafer, vier Viertel Salz, 1,5 Pfund Wachs, fünf Hühner, 10 Schafe, 5 Viertel Erbsen, 5 Winmenni (Weinsteuer).

Dinggericht: Der Dinghof hatte seine eigenen Gerichtstage mit Teilnahmepflicht für alle, die zur Gemeinschaft gehörten. Es gab zwei Hauptgerichtstage: das Maien- und das Herbstding. Entschieden wurden dort Streitigkeiten zu Erbteilungen, Obsignationen, Bürgeraufnahmen und die Bestrafung kleinerer Frevel.

Domherr: Mitglied eines Domkapitels (siehe Stiftskapitel).

Fall/Fälle: Beim Tod eines Hörigen musste die Familie dem Lehensherren ein Kopfgeld für den Verlust der Arbeitskraft des Verstorbenen leisten. Anfangs war es das wertvollste Stück oder Gewand, später wurden die Fälle in Form von Geld festgesetzt. Für den Dinghof Murg, zu dem zwölf Hörige gehörten, waren es fünf Pfund. Zwei Pfund entsprachen etwa dem Gegenwert von zwölf Schafen. Insgesamt hatte das Stift Seggingen zum Ende des Mittelalters rund 1000 Hörige und zinspflichtige Bauern.

Fürstäbtissin: Die Fürstäbtissin war die Oberin des weltlichen Damenstiftes Seggingen. 1526 wurde die Äbtissin per Erlass des Kaisers in den Stand einer Reichsfürstin erhoben. Dieser Stand ging danach automatisch auf die jeweilige Äbtissin über. Äbtissinnen wurden Frauen erst des höheren, später des niederen Dienstadels. Das weltliche Damenstift Seggingen war unmittelbar dem Kaiser unterstellt.

Fron: Alle Dienste, die in der Verrichtung körperlicher Arbeiten bestanden. Sie hafteten der Person an oder gehörten zu einem bestimmten Grundstück und waren oft unentgeltlich.

Fuhrfron: Auch beim Dinghof Murg war damals die so genannte Fuhrfron üblich. Dafür musste ein Wagen gestellt werden, zum Beispiel bespannt mit Rindern und begleitet von drei Knechten, der den Zinswein aus Stetten und Schliengen holte.

Generalpräpositus oder Präpositus: Ein Präpositus war unter anderem ein Probst, ein Bischof oder der Vorsteher eines Ordens. Generalpräpositus hieß bei den Theatinern der oberste Leiter des Ordens, vergleichbar dem Ordensgeneral bei den Jesuiten.

Gotte: Alemannischer und noch heute gebräuchlicher Ausdruck für Patin. Das männliche Gegenstück dazu heißt Götti.

Großmeier: Der Großmeier oder Inhaber des großen Meieramtes (siehe dort) versah die höhere Gerichtsbarkeit, also die schweren Fälle für das weltliche Damenstift Seggingen. Die Gerichtsbarkeit war eine Pfründe, die vom Stift vergeben wurde und mit der auch Einnahmen sowie eine erhebliche Machtposition verbunden waren. Über lange Zeit lag das große Meieramt des Stiftes in den Händen der Herren von Schönau.

Höriger: Ein Höriger war jemand, der ursprünglich nur durch die seinem Gut anhaftende Unfreiheit zu einem Eigenmann geworden war oder jemand, der Zinsabgaben sowie Fronden (Frondienste) zu leisten hatte. Ein Höriger konnte gleichzeitig auch Leibeigener sein.

Ledine: Die auf dem Rhein damals benutzten Schiffe waren vorwiegend Lastensegler, nur kleiner. Die Ledinen auf dem Bodensee maßen laut Vorarlberger Quellen 110 x 14 Fuß (33 Meter), waren etwa 4 Meter breit und hatten 4–5 Fuß (gut einen Meter) Tiefgang. Sie waren meist aus Eichenholz gefertigt, die Fugen wurden mit Hanf ausgestopft und mit Pech verklebt und schließlich der ganze Rumpf mit Pech bestrichen. Rheinaufwärts wurden sie an Seilen mithilfe von Gespannen und Taglöhnern gezogen. Die Schifffahrt auf dem Rhein wurde vor allem bei hohem Wasserstand betrieben, also meist von April bis Oktober, seltener auch zur Winterszeit.

Lehenswesen: Das Lehenswesen bildete die Grundlage des Feudalismus, dessen Staats- und Gesellschaftsordnung auf dem Verhältnis von Lehensleuten und Lehensherren beruhte. Grundkomponenten dieser im 8. Jahrhundert entstandenen Ordnung waren ein dingliches und ein persönliches Element. Der Lehensherr konnte Land, ein Amt oder ein bestimmtes Recht an einen Lehensnehmer vergeben, der dafür bestimmte Verpflichtungen einging. Diese konnten entweder darin bestehen, dass er für den Lehensherrn bestimmte Dienste verrichten oder zum Beispiel auch einen bestimmten Teil seiner Ernte an ihn abgeben musste.

Prim, Non, Sixt und Terz: Die Gebete, die täglich im Segginger Münster gesprochen wurden, bekamen ihre Namen nach den Zeiten, zu denen gebetet werden musste.

Meieramt: Der Meier des Stiftes Seggingen war neben dem Vogt wichtigster Träger der politischen Gewalten. Die Meier hatten eine beschützende Funktion, waren lokale Steuererheber und Verwalter und führten die Aufsicht über das niedere Gericht der Dinghöfe. Sie erhielten das Amt von der Äbtissin als Lehen. Eine Zeit lang war es aufgesplittet in das kleine Meieramt (die Herren zu Wieladingen) und das große Meieramt (zur Zeit der Handlung dieses Romans die Herren von Schönau).

Reisläufer: Mittelalterlicher Ausdruck für einen Berufssoldaten oder Legionär.

Schabzieger: Grüner, mit Steinklee gewürzter Käse, für den das Rezept aus Seggingen stammen soll, der aber über Jahrhunderte hinweg im heutigen schweizerischen Kanton Glarus hergestellt wurde.

Spichwärter oder Spicher: Der Verantwortliche für die Speicher des Segginger Stiftes.

Stiftskapitel: Die rechtliche Gemeinschaft aller vollberechtigten Mitglieder eines Stiftes.

Stühlung: Die Stühlung war die Aufnahme einer Anwärterin als vollwertiges Mitglied in das Kapitel des Stiftes Seggingen. Der Ausdruck kommt wahrscheinlich von den besonderen Stühlen, die den vollwertigen Kapitelmitgliedern im Fridolinsmünster zugewiesen waren. Auch die feierliche Amtseinsetzung der Äbtissin des Stiftes im Münster, gewöhnlich nach einer genau geregelten Wahl durch die Kapitelmitglieder, wurde Stühlung genannt.

Tagwen: Ein Feldmaß, das die Größe eines Grundstückes beschreibt, das an einem Tag bearbeitet werden kann.

Theatiner: Lateinisch Ordo Clericorum Regularium vulgo Theatinorum (Orden der Regularkleriker). Die Theatiner wurden 1524 in Rom von Cajetan von Thiene (1480 bis 1547) und Gian Pietro Carafa, dem späteren Papst Paul IV., damals Bischof von Chieti, ursprünglich als Männerorden gegründet. Später kamen auch Frauenklöster hinzu. Die Theatiner waren nach der Augustinerregel ausgerichtet. Sie setzten sich unter anderem für die Durchführung der Beschlüsse des Konzils von Trient ein. Bedeutende Niederlassungen gab es in München, Prag, Salzburg und Wien. Der in Rom beheimatete Orden mit Sitz des Generalpräpositus ist heute in der Mission tätig.

Vogt: Ein Vogt war im Wesentlichen ein Verwalter, also ursprünglich ein Laie, der im Mittelalter Kleriker oder kirchliche Institutionen in weltlichen Angelegenheiten vertreten musste, so zum Beispiel vor Gericht. Im 12. Jahrhundert brachten die deutschen Fürsten zahlreiche Vogteien an sich, und so wurde die landesherrliche Schirmvogtei mit der Zeit zum wichtigsten Element der Landesherrschaft.

Widumsgut: Andere Bezeichnung für Kirchengut.

Wiler: Ein Schleier (abgeleitet vom englischen *wheal*), der zur Bekleidung der Stifsdamen gehörte.

Wohner: Hausdiener.

Zehnt: Der Zehnt ist eine – etwa seit dem 5. Jahrhundert – von der Kirche geforderte Vermögensabgabe der Laien zum Unterhalt des Klerus, die allerdings selten tatsächlich den Umfang von zehn Prozent erreichte.

Gefährliche Liebschaften und mörderische Intrigen im mittelalterlichen Mailand

Valeria Montaldi
DER HERR
DES FALKEN
Historischer Roman
480 Seiten
ISBN 3-404-15243-3

Mailand im Jahre 1226. Am Ufer des Vettabbia-Kanals wird die Leiche einer jungen Frau entdeckt. Der Zustand des Leichnams deutet auf einen gewaltsamen Tod hin. Ein Medaillon gibt Auf-schluss über die Herkunft der Toten: Es ist Caterina Gisalbertini, deren mächtige Familie enge Beziehungen zum Haus des Erz-bischofs pflegt. Möglicherweise allzu enge Beziehungen, denn wie sich herausstellt, hatte Caterina kurz vor ihrem Tod heimlich ein Kind zur Welt gebracht. In einer Zeit, in der die Inquisition in vollem Gange ist und der Widerstand gegen den Stauferkaiser Friedrich II. für großen Aufruhr sorgt, gelangt nach und nach eine Tragödie mit weitreichenden Folgen ans Tageslicht ...

Bastei Lübbe Taschenbuch

Ein großer historischer Roman für alle Freunde des MEDICUS und der SÄULEN DER ERDE

Schottland 1096: Papst Urban hat die Gläubigen aufgerufen, ins Heilige Land zu ziehen und das Grab Christie zu befreien. Drei der Kreuzfahrer sind der Gutsherr Ranulf und seine Söhne von den fernen Orkney-Inseln. Nur Murdo, der Jüngste, bleibt zurück. Doch als ein gieriger Bischof und ein korrupter Abt Murdo und seine Mutter von Haus und Hof vertreiben, muss der Junge seine eigene Pilgerfahrt antreten. Eine abenteuerliche Reise durch das mittelalterliche Europa beginnt, die ihn bis vor die Tore Jerusalems führt – und mitten hinein in den Schrecken des Krieges. Alleine muss Murdo den Kampf um sein Glück und das Erbe seiner Familie aufnehmen. Dabei gelangt er in den Besitz eines der größten Schätze der Christenheit, der ihn zum Begründer einer geheimen Tradition macht, die uber dle Jahrhunderte bis in die Gegenwart reicht.

ISBN 3-404-14729-4

BASTEI
LÜBBE

England 1360: Nach dem Tod seines Vaters, des ehemaligen Earl of Waringham, reißt der zwölfjährige Robin aus der Klosterschule aus und verdingt sich als Stallknecht auf dem Gut, das einst seiner Familie gehörte. Als Sohn eines angeblichen Hochverräters zählt er zu den Besitzlosen und ist der Willkür der Obrigkeit ausgesetzt.

Besonders Mortimer, der Sohn des neuen Earl, schikaniert Robin, wo er kann. Zwischen den Jungen erwächst eine tödliche Feindschaft.

Aber Robin geht seinen Weg, der ihn schließlich zurück in die Welt von Hof, Adel und Ritterschaft führt. An der Seite des charismatischen Duke of Lancaster erlebt er Feldzüge, Aufstände und politische Triumphe – und begegnet Frauen, die ebenso schön wie gefährlich sind. Doch das Rad der Fortuna dreht sich unaufhörlich, und während ein junger, unfähiger König England ins Verderben zu reißen droht, steht Robin plötzlich wieder seinem alten Todfeind gegenüber …

ISBN 3-404-13917-8

BASTEI LÜBBE